蘭州大學人文社會科學類高水平著作出版經費資助

國家社科基金西部項目

「《元刊雜劇三十種》集校與研究」（18XYY021）結項成果

集校箋注《元刊雜劇三十種》

下册

焦浩 著

中国社会科学出版社

下册目録

大都新編関目公孫汗衫記

張國賓

校本五種

鄭騫本：鄭騫《校訂元刊雜劇三十種》

徐沁君本：徐沁君《新校元刊雜劇三十種》

甯希元本：甯希元《元刊雜劇三十種新校》

王季思本：王季思《全元戲曲》（第四卷）

高橋繁樹本：高橋繁樹等《新校訂元刊雜劇三十種》（二）

第一折

（正末①扮員外引卜兒②、外末③、外旦④上，開）老夫南京人氏，姓張，名文秀，婆婆⑤趙氏，孩兒張孝友，媳婦李氏，在這馬行街居住，人口順⑥子⑦喚我做張員外。平日好善，救困扶危。時遇冬天，下着國家祥瑞⑧。孩兒，道与交安排酒者⑨！喒看街楼⑩上賞雪咱⑪！〔一〕

〔校〕〔一〕此處徐沁君本、王季思本補「（唱）」。

〔注〕①「正末」，扮張員外，名張文秀。②「卜兒」，扮張文秀之妻趙氏。③「外末」，扮張孝友，張文秀之子。④「外旦」，扮張孝友之妻李氏。⑤「婆婆」，老年妻子。⑥「口順」，順口；隨口。⑦「子」，只。⑧「國家祥瑞」，瑞雪。元雜劇習見。⑨「者」，祈使語氣詞。⑩「看街楼」，臨街的樓閣，可觀看街景。⑪「咱」，祈

使語氣詞。

【仙吕】〔一〕【點絳唇】密布彤雲①，乱飄瓊粉②，朔風③緊，一色④如銀，這雪交孟老騎驢穩⑤。

（帶〔二〕云）大哥，這是冬天那⑥春天？（等外末云了）〔三〕

〔校〕〔一〕原本無宫調名【仙吕】，各本均已補。〔二〕徐沁君本删「帶」字，高橋繁樹本「帶」字改作「正末」。〔三〕此處徐沁君本、王季思本補「（正末唱）」。

〔注〕①「彤雲」，下雪前的陰雲。②「瓊粉」，白色粉末，比喻雪花。③「朔風」，西北風；寒風。④「一色」，一種顔色；單色。⑤「孟老騎驢穩」，言天寒雪大。「孟老」，孟浩然。明張岱《夜行船》卷一「踏雪尋梅」條：「孟浩然情懷曠達，常冒雪騎驢尋梅，曰：『吾詩思在灞橋風雪中驢背上。』」「灞橋」即灞陵橋。⑥「那」，哪，疑問語氣詞。

【混江龍】雖是孟冬①時分，你言冬至我疑春。既不呵②，〔一〕梨花片片，柳絮紛紛？梨花墜变爲〔二〕銀世界，柳絮飛番〔三〕做玉乾坤。〔四〕將酒來！〔五〕銀瓶注鵝〔六〕黄③嫩。俺是鳳城④中士庶⑤，龍袖里嬌民⑥。

（等净⑦上凍倒科）（等外末交救了）（等净礼了）〔七〕

〔校〕〔一〕「梨」上徐沁君本、甯希元本補「可怎生」，徐沁君本校記云：「據趙、臧本改。」甯希元本未出校。〔二〕「爲」原本作「与」，各本均已改。〔三〕原本「番」字，各本均改作「翻」。按，「番」同「翻」。〔四〕「將」上鄭騫本、徐沁君本、王季思本、高橋繁樹本補「（帶云）」。〔五〕「來」下徐沁君本、王季思本補「（唱）」。〔六〕「瓶注鵝」三字，原本「瓶」漫漶不清，覆元槧本作一空圍；「注」殘存右半部分，作「」；「鵝」原本似「蛾」，作「」。鄭騫本校作「□生蛾」，徐沁君本、甯希元本作「瓶注鵝」，王季思本作「瓶注蛾」，高橋繁樹本作「□注鵝」。徐沁君本校記云：「趙本作：『銀瓶中滿斟着鵝黄嫩。』臧本作：『倒銀瓶滿泛着鵝黄嫩。』據改『瓶』、『鵝』兩字。杜甫《少年行》：『指點銀瓶索酒嘗。』白樸《梧桐雨》第二折：『酒注鵝黄嫩。』據知本曲之爲『銀瓶注鵝黄嫩。』」王季思本校記云：「『瓶』字原模糊，『注』字殘存右半，今據徐本

改補。」甯希元本校記云：「據脉抄本、《元曲選》改。『鵝黄』，指酒的顔色。杜甫《舟前小鵝兒詩》：『鵝兒黄似酒，對酒愛新鵝。』可證。」按，今從徐沁君本校。〔七〕此處徐沁君本、王季思本補「（正末唱）」。

〔注〕①「孟冬」，冬季第一個月，即農曆十月。②「呵」，的話，與「既」一起使用。③「鵝黄」，即鵝黄酒，也代指美酒。④「鳳城」，京城的美稱。⑤「士庶」，士人和庶民，也泛指人民、百姓。⑥「龍袖嬌民」，居住在京城的人民。「龍袖」，京城。宋代京城居民享受許多特殊待遇，被稱爲「龍袖嬌民」「龍袖驕民」。⑦「净」，扮陳虎。

【油葫芦】我子①見百結鶉衣②不盖身。呵！呵！呵！怎直這般家道③窘！（〔一〕交□□〔二〕科）〔三〕交連珠兒④熱酒飲三樽。那蘇秦未遇⑤青天困，它〔四〕時來便掛黄金印⑥。番〔五〕手是雨，合手是雲⑦。讀書万卷多才俊，少是末〔六〕⑧一世不如人。

（〔七〕交与衣服科）〔八〕

〔校〕〔一〕〔七〕「交」上高橋繁樹本補「正末」二字。〔二〕兩空圍原本漫漶不辨，徐沁君本「據趙、臧本科白補」，作「净飲酒」，其他各本均作「與酒」。〔三〕此處徐沁君本補「（正末唱）」。〔四〕原本「它」字，各本均改作「他」。按，「它」同「他」。〔五〕原本「番」字，鄭騫本未改，其他各本均改作「翻」。按，「番」同「翻」。〔六〕王季思本「末」改作「麽」。〔八〕此處徐沁君本、王季思本補「（正末唱）」。

〔注〕①「子」，只。②「百結鶉衣」，全是補丁的破衣服。「百結」指補丁連綴很多。「鶉」，鵪鶉。鵪鶉尾巴短秃，似打滿補丁。③「家道」，家境；家業；家庭命運。④「連珠兒」，連續不斷。⑤「未遇」，尚未被賞識、重用；未發迹。⑥「掛黄金印」，指做高官。⑦「番手是雨，合手是雲」，比喻反復無常或玩弄權術。⑧「少是末」，即「少甚麽」，有很多；不少。

【天下樂】把這一套兒衣服旧改新。〔一〕与十兩銀做盤纏①。〔二〕与了盤纏交速離門。〔三〕休嫌少！〔四〕俺与你〔五〕時間週〔六〕急②添些氣分③。有一日馬頷〔七〕下纓侶火，頭直上傘如雲④。哥哥，早爲官早立身。

（云）送下楼去者⑤。（等外末云了）（净云了）〔八〕

〔校〕〔一〕「与」上徐沁君本、王季思本、高橋繁樹本補「（帶云）」。〔二〕此處徐沁君本、王季思本補「（唱）」。〔三〕「休」上徐沁君本、王季思本、高橋繁樹本補「（帶云）」。〔四〕此處徐沁君本、王季思本補「（唱）」。原本「嫌少」不清，覆元槧本空缺，鄭騫本補作「謝者」。〔五〕甯希元本「你」下補「一」字，校記云：「原本脱『一』字，文氣不足。據脉抄本補。」〔六〕原本「週」字，鄭騫本未改，其他各本均改作「周」。〔七〕「頷」原本作「[illegible]」，鄭騫本未改，其他各本均作「頷」。〔八〕此處徐沁君本、王季思本補「（正末唱）」。

〔注〕①「盤纏」，費用；花費；錢。常特指旅途費用。②「週急」，給錢以幫助他人脱離急難。「週」同「周」。③「氣分」，身份；體面。④「馬頷下纓侶火，頭直上傘如雲」，此指做官、功成名就。「頷」，下巴。「纓」，紅纓，馬頷、頸部的配飾。「頭直」，頭頂，一般作「頭直上」。⑤「者」，祈使語氣詞。

【金盞兒】恰才賣花唇①，显精神，説它〔一〕善搠②槍、快使刀、能輪〔二〕棍。那剛強和柔弱是老聃③云。我見長不見短，它〔三〕習武不習文。我敬善不敬惡，你宜假不宜真。

（等外末云交净看庫了）（等解〔四〕子④押外净趙興孫上，云住）（〔五〕云）將十兩銀來与它〔六〕做盤纏。（等卜兒認義⑤了）（等净奪銀了）〔七〕

〔校〕〔一〕〔三〕〔六〕原本「它」字，各本均改作「他」。按，「它」同「他」。〔二〕原本「輪」字，徐沁君本、甯希元本改作「掄」。按，「輪」通「掄」。〔四〕「解」原本作「界」，各本均已改。〔五〕「云」上徐沁君本、王季思本、高橋繁樹本補「正末」二字。〔七〕此處徐沁君本、王季思本補「（正末唱）」。

〔注〕①「賣花唇」，賣弄花言巧語。「花唇」，花巧的嘴唇，指花言巧語。②「搠」，持；執；拿；用。③「老聃」，老子。④「解子」，解差。⑤「認義」，結義；認乾親。

【後庭花】你道它〔一〕眉下没眼筋〔二〕①，口边有餓文〔三〕②。豈不聞馬向群中覰，人居貧内親。不索你怒生嗔，它〔四〕如今身遭危困，你將它〔五〕惡語噴，它〔六〕將你厮怨恨，恩和讎兩个人，是和非三処分。

〔校〕〔一〕〔四〕〔五〕〔六〕原本「它」字，各本均改作「他」。按，「它」同「他」。〔二〕「筋」原本作「斤」，各本均已改。〔三〕原本「文」字，徐沁君本、王季思本改作「紋」。

〔注〕①「眼筋」，眼睛，也指眼光、眼力。②「餓文」，人嘴角延伸到嘴裏的皺紋。古人認爲有此紋者必定餓死。亦作「餓紋」。

【青哥兒】休显的我言而、言而无信，你便是交人、交人評論。它〔一〕如今迭〔二〕配①遭囚鎖纏〔三〕着身，你枉了相聞，你亂〔四〕說胡云，它〔五〕背義忘恩，道不是良民，一世孤貧②。你問毗鄰③，遶〔六〕户巡門④，你也曾一年春尽一年春，這般穷身分。

(等解〔七〕子⑤、外净先下)〔八〕

〔校〕〔一〕〔五〕原本「它」字，各本均改作「他」。按，「它」同「他」。〔二〕「迭」原本作「𨑻」，疑是「跌」字，各本均改作「迭」。〔三〕「纏」原本省作「廛」，各本均已改。〔四〕「亂」字原本空缺，各本均補「亂」字。〔六〕原本「遶」字，鄭騫本、高橋繁樹本未改，其他各本均改作「繞」。〔七〕「解」原本作「界」，各本均已改。〔八〕此處徐沁君本、王季思本補「（正末唱)」。

〔注〕①「迭配」，發配；流放。②「孤貧」，孤苦貧寒。③「毗鄰」，此指鄰居。④「遶户巡門」，挨家挨户要飯、乞討。「遶」同「繞」。⑤「解子」，解差。

【賺尾〔一〕】陳虎來〔二〕！壯士惜孤寒①，好漢怜危困②。它〔三〕怎肯記小過忘人大恩？□□〔四〕子肋底插柴怎不自隱〔五〕③，全没些敬老憐貧。惡相聞，不争④你匹〔六〕手⑤奪銀，显得我也慘，它〔七〕也羞，你也哏〔八〕⑥。它〔九〕待學灵輒⑦的〔十〕报恩，你便佀龐涓⑧般挾恨⑨，我勸你个得時人⑩休笑失時人⑪！

（下）（等淨提了，下)〔十一〕

〔校〕〔一〕徐沁君本「尾」改作「煞」。〔二〕「陳虎來」原本不清，前二字覆元槧本空缺，第三字刻作「未」，鄭騫本作「□□未」。其他各本均校作「陳虎唻」。〔三〕〔七〕〔九〕原本「它」字，各本均改作「他」。按，「它」同「他」。〔四〕二空圍原本第一字僅剩一「亻」旁，第二字空缺。甯希元本作「你□」，其他各本均據脉鈔本、《元曲選》校作「這厮」。〔五〕原本「隱」字，鄭騫本、王季思本、高橋繁樹本改作「穩」。按，「肋底下插柴」是元代習語，后常接「隱」或「忍」，類似歇後語，指有苦痛要自己隱忍。如關漢卿《趙盼兒風月救風塵》第三折：「我爲甚不敢明聞，肋底下插柴自穩，怎見你便打他一頓」，王季思《全元戲曲》、藍立蓂《匯校詳注關漢卿集》均校作「肋底下插柴自忍」。王季思等在《全元戲曲》第一卷《救風塵》校記中認爲應作「肋底下插柴自忍」，在第四卷《元曲選》本和元刊本《汗衫記》中却均作「自穩」，失校。「隱」「忍」義同，藍氏還指出「肋底下插柴自忍」「肋底下插柴自隱」均可。另有「内忍」，元無名氏《凍蘇秦衣錦還鄉》第四折：「兀良肋底下插柴内忍，全不想冰雪堂無事哏。」「穩」「隱」形近而誤，故該句及《救風塵》均應校作「隱」。《漢語大詞典》「肋底下插柴」條釋義及例句均有不當之處，釋義爲「謂自行隱忍或自行穩住」，所列兩例均作「自穩」，釋義之失源自例句之誤。〔六〕原本「匹」字，高橋繁樹本未改，其他各本均據脉鈔本、《元曲選》改作「劈」。按，「匹手」習見，不煩改字。〔八〕原本「哏」字，鄭騫本改作「很」，其他各本均改作「狠」。按，「哏」猶「狠」，凶狠；殘忍。〔十〕「輒的」原本作「轍的」，徐沁君本、王季思本據脉鈔本、《元曲選》改作「輒般」，其他各本均作「輒的」。〔十一〕「（等淨提了，下）」，徐沁君本、甯希元本置于第一折末，其他各本均置于第二折開頭。按，下有科介「（等净上）」，故今將「（等淨提了，下）」置于第一折末。

〔注〕①「孤寒」，孤苦貧寒。②「危困」，危難窮困。③「肋底插柴怎不自隱」，有苦痛要自己隱忍。④「不争」，不想；不料；没想到；想不到。⑤「匹手」，形容手的動作迅速，令人來不及防備。⑥「哏」，猶「狠」，凶狠；殘忍。⑦「靈輒」，即桑下餓人，被趙盾救助、捨飯。後扶輪報趙盾恩。⑧「龐涓」，戰國時期魏國名將。⑨「挾恨」，懷恨在心。⑩「得時人」，獲得時機而走運的人。⑪「失時人」，不走時運的人。

第二折

（等外末上，云住）（等净上，説〔一〕外末躲〔二〕灾了〔三〕）（都下）（等卜兒呌住）（正末慌〔四〕上）（等卜兒告了〔五〕）〔六〕忤〔七〕逆①賊！俺子是个開店的者波！您去呵，也合交我知道。休説〔八〕俺是親爺〔九〕親娘！婆婆，嗜趕去！（等卜兒云了）〔十〕

〔校〕〔一〕原本有二「説」字，甯希元本保留，其他各本均删其一。甯希元本校記云：「以言語動人曰『説説』（Shui Shuo）。……此語多見于脉望館抄本元劇。」〔二〕「躲」原本作「軃」，鄭騫本未改，其他各本均改作「躲」。〔三〕原本此頁左下角空缺四字，「了」是第一字，鄭騫本、甯希元本未補，其他各本均補。〔四〕「慌」原本作「荒」，各本均已改。〔五〕此「了」字是此頁所缺第二字，鄭騫本、甯希元本未補，其他各本均補。〔六〕此處鄭騫本補「（云）」，徐沁君本、王季思本、高橋繁樹本補「（正末云）」，甯希元本未補。〔七〕「忤」原本作「五」，各本均已改。〔八〕「休」下爲此頁所缺第三字，鄭騫本將「休」作爲獨詞句，加感嘆號。甯希元本補「道」，其他各本均補「説」。〔九〕「爺」原本作「耶」，鄭騫本未改，其他各本均改作「爺」。〔十〕此處徐沁君本、王季思本補「（正末唱）」。

〔注〕①「忤逆」，子女不孝順。

【越調】【鬪鵪鶉】我有眼如盲，有口佀瘂〔一〕。您〔二〕緑鬢朱顔①，我蒼髯皓〔三〕髪②。不争③背母抛爺〔四〕④，却須違条碍法⑤。它〔五〕不怕天折罰⑥！您閑遥遥⑦喝婢呼奴⑧，穩拍拍⑨騎鞍壓馬。

〔校〕〔一〕原本「瘂」字，各本均改作「啞」。按，「瘂」同「啞」。〔二〕甯希元本「您」改作「你」。〔三〕「皓」爲此頁所缺第四字，各本均據脉望館鈔校本、《元曲選》補「皓」字。〔四〕「爺」原本作「耶」，鄭騫本未改，其他各本均改作「爺」。〔五〕原本「它」字，各本均改作「他」。按，「它」同「他」。

〔注〕①「緑鬢朱顔」，形容女子年輕貌美，也代指年輕貌美的女子。②「蒼髯皓髪」，形容男人鬚髪皆白。③「不争」，不想；不料；

没想到；想不到。④「背母抛爺」，背棄母親，抛棄父親。⑤「違条碍法」，違反法律。⑥「折罰」，報應懲罰。⑦「閑遥遥」，無所事事貌。亦作「閑摇摇」「閑約約」「閑夭夭」「閑悠悠」。⑧「喝婢呼奴」，使唤僕人。⑨「穩拍拍」，穩穩地；穩當貌。亦作「穩丕丕」。

【紫花兒序】没錢〔一〕事人離財散，好可間〔二〕水遠山遥①，平白的②海角天涯③。你將着那價高的〔三〕行貨④，你引着个年小的渾家⑤，〔四〕還有些争差⑥，您這双没主意〔五〕的爺〔六〕娘是怕也不怕？您唱〔七〕好⑦心麄膽大！（帶〔八〕云）婆婆，喒出酸棗門，边〔九〕着⑧黄河岸上赶去來！〔十〕哎！〔十一〕俺這般拽〔十二〕巷攞街⑨，都因它棄業抛家〔十三〕⑩。

（等卜兒云了）〔十四〕

〔校〕〔一〕原本「錢」字，徐沁君本未改，其他各本據脉鈔本改作「些」。〔二〕「間」原本不清，似「闌」字，覆元槧本刻作「闌」，鄭騫本校作「闌」，其他各本均作「間」。〔三〕原本「價」字不清，「高」字空缺，「的」字殘損，各本均據脉鈔本、《元曲選》校作「價高的」。〔四〕甯希元本「還」上補「若」字，校記云：「依元人語例補。」〔五〕「意」原本作「易」，各本均已改。〔六〕「爺」原本作「耶」，鄭騫本未改，其他各本均改作「爺」。〔七〕原本「唱」字，徐沁君本、高橋繁樹本未改，其他各本均改作「暢」。按，「唱好」同「暢好」。〔八〕鄭騫本、王季思本删「帶」字。〔九〕鄭騫本「边」字斷屬上句。甯希元本以形誤將「边」改作「遶」。〔十〕此處徐沁君本、王季思本補「（唱）」。〔十一〕鄭騫本删「哎」字。〔十二〕徐沁君本「拽」改作「曳」。〔十三〕「它棄業抛家」，原本「業抛」爲墨丁，「家」爲「錢」之俗寫「[illegible]」。各本均校作「他棄業抛家」。按，「它」同「他」。〔十四〕此處徐沁君本、王季思本補「（正末唱）」。

〔注〕①「水遠山遥」，謂路途遥遠。②「平白的」，無緣無故地；没有缘由地；無端地。③「海角天涯」，謂距離遥遠、相隔甚遠。④「行貨」，貨物；貨品；商品。⑤「渾家」，古代白話文學中「妻子」的俗稱。⑥「争差」，差錯；意外。⑦「唱好」，真是；正是。亦作「暢好」，後常用「是」。⑧「边着」，疑其義爲「沿着；順着」。

⑨「拽巷攞街」，大呼小叫，驚擾街坊。一般作「拽巷囉街」，亦作「拽巷邏街」「羅街拽巷」等。⑩「棄業抛家」，捨棄家業，離開家鄉。

【天净沙】兀良①踈林〔一〕落日昏鴉，兀的淡烟老樹殘霞。喒趂着古道西風瘦馬，映着夕陽西下，子問〔二〕那野橋流水人家。

（〔三〕做問船科〔四〕）〔五〕

〔校〕〔一〕原本「踈」字，鄭騫本、甯希元本未改，高橋繁樹本作「踈」，其他各本均作「疏」。「林」字原本爲墨丁，各本均校作「林」。〔二〕原本「」字，各本均改作「叫」。「」原本爲小字，徐沁君本、王季思本、高橋繁樹本據下「再叫」將「叫」改作科介，「叫」上高橋繁樹本補「正末」二字，「叫」下徐沁君本補「唱」字。王季思本「（叫）」下補「（唱）」。鄭騫本、甯希元本「叫」作 爲曲文與前後連爲一句。〔三〕「做」上高橋繁樹本補「正末」二字。〔四〕「科」下徐沁君本補「唱」字。〔五〕此處王季思本補「（唱）」。

〔注〕①「兀良」，襯詞，無意義。

【酒旗兒】不知在那个桅竿①下，排着舟楫②，纜③着船栰④？〔一〕張孝友住者⑤！〔二〕將我這淚眼□□〔三〕望不見它〔四〕。（再〔五〕）兀的不得我咽喉叉〔六〕。（等外末一行上）（〔七〕云）婆婆，拖住只⑥！〔八〕好也□！〔九〕却不父母在不合⑦離家！你兀的不惹得傍〔十〕人罵。

（等外末云了）〔十一〕

〔校〕〔一〕此處鄭騫本、王季思本補「（云）」，徐沁君本、高橋繁樹本補「（帶云）」，甯希元本未補。〔二〕此處徐沁君本補「（唱）」。〔三〕原本此二字墨似無，不可辨，鄭騫本「據文義補」「揉乾」，王季思本、甯希元本從補。徐沁君本、高橋繁樹本補「模糊」二字，徐沁君本校記云：「『模糊』二字墨淡如無。覆本空缺。今補。按：鄭廷玉《楚昭公》（臧本）第三折：『偏生的望眼模糊，悄不見那西秦遠來相助。』張壽卿《紅梨花》第四折：『直恁般醉眼模糊認不周全。』想『泪眼』亦應爾也。」〔四〕原本「它」字，各本均改作「他」。按，「它」同「他」。〔五〕「」下徐沁君本補「唱」字，王季思本「（再叫）」下補「（唱）」。〔六〕原本「叉」字，鄭騫本、王季思本、高橋繁樹本改作「岔」。〔七〕「云」上徐沁君本、王季思本、高橋繁樹本補「正末」二字。〔八〕此處徐沁君本、王季思本補「（唱）」。〔九〕□原本作殘作「[illegible]」，「好也□」原本作小字，覆元槧本空缺。鄭騫本無此三字。徐沁君本「好也」爲小字，「[illegible]」校作大字「你」，與下句連讀，王季思本從。甯希元本、高橋繁樹本校作「好也囉」，甯希元本爲小字、賓白。高橋繁樹本處理爲大字。〔十〕原本「傍」字，各本均改作「旁」。按，「傍」同「旁」。〔十一〕此處徐沁君本、王季思本補「（正末唱）」。

〔注〕①「桅竿」，船上掛帆的桿子。亦作「桅桿」。②「舟楫」，舟和槳，借指船隻。③「纜」，用繩子輕輕綁著。④「船栰」，船和筏子，指船隻。⑤「者」，祈使語氣詞。⑥「只」，表感嘆的語氣詞。⑦「合」，該；當；應當。

【小桃紅】更〔一〕做道①好兒好女眼前花，你說這不辥〔二〕您爺〔三〕娘的話。兀的是那一个袁天綱〔四〕②筭來的卦？這言語〔五〕謊庄家。却不憂父母病躲着床榻。〔六〕你去了呵！〔七〕交人道做爺〔八〕娘的鰥寡③，做孩兒的謊詐④，交人道你个媳婦兒不賢達⑤。

（等外旦對卜兒云了）（卜兒云了）〔九〕

〔校〕〔一〕覆元槧本未刻「更」字，鄭騫本沿誤。〔二〕原本「辥」字，徐沁君本據脉鈔本改作「聽」。〔三〕〔八〕「爺」原本作「耶」，鄭騫本未改，其他各本均改作「爺」。〔四〕「綱」原本作「岡」，鄭騫本、王季思本改作「罡」，徐沁君本、甯希元本、高橋繁樹本作「綱」。按，「袁天綱」與「袁天罡」係同一人。〔五〕「語」下徐沁君本、王季思本據脉鈔本、《元曲選》補「則好」二字。〔六〕此處鄭騫本、徐沁君本、王季思本、高橋繁樹本補「（帶云）」。〔七〕此處徐沁君本、王季思本補「（唱）」。〔九〕此處徐沁君本、王季思本補「（正末唱）」。

〔注〕①「更做道」，即使；縱使。亦作「更做」「更做到」「更則道」。②「袁天綱」，隋末唐初玄學家、相術家。③「鰥寡」，鰥，老而無妻的人；寡，老而無夫的人。④「謊詐」，撒謊欺詐。⑤「賢達」，賢明通達；有才德有聲望。

【鬼三臺】聽言罷，无憑話，惹的聰明人笑話。那没子嗣，没根芽①，燒大馳細馬②，將金帋銀錢③香火加，便賢孫孝〔一〕子兒女多。早難道④神不容奸，天能鑒察。

（等外末云了）〔二〕

〔校〕〔一〕「孝」原本作「老」，各本均已改。〔二〕此處徐沁君本、王季思本補「（正末唱）」。

〔注〕①「根芽」，植物根上長出的幼芽，比喻子嗣。②「大馳細馬」，燒給鬼神的紙馬。亦作「高馱細馬」。③「金帋銀錢」，燒給鬼神的紙錢。④「早難道」，豈不聞；怎不知。

【紫花兒序】我問甚玉杯茭〔一〕①下下②，惹〔二〕大③个東大岳④爺爺〔三〕，它〔四〕閑管您肚皮里娃娃。却不種穀得穀，種麻收麻。兀那積善之家⑤，天綱〔五〕恢恢⑥，不道漏了纖掐⑦。這言語有傷風化⑧，我不信您調嘴〔六〕摇舌⑨，利〔七〕齒伶牙⑩。

〔校〕〔一〕原本「茭」字，鄭騫本、王季思本、甯希元本改作「珓」，徐沁君本、高橋繁樹本改作「筊」。徐沁君本校記云：「『杯筊』之『筊』，或作『珓』、『校』、『𢽾』。」按，既然有多個字形，「茭」可不改字。〔二〕原本「惹」字，甯希元本、王季思本改作「偌」。按，「惹」同「偌」。〔三〕「大岳爺爺」原本作「大岳耶耶」，鄭騫本作「泰岳耶耶」，徐沁君本、甯希元本、高橋繁樹本作「泰岳爺爺」，王季思本作「泰嶽爺爺」。按，「大」通「太」，「太山」即「泰山」。〔四〕原本「它」字，各本均改作「他」。按，「它」同「他」。〔五〕「綱」原本作「罔」，各本均已改。〔六〕「嘴」原本作「觜」，各本均已改。〔七〕原本「利」字，徐沁君本、高橋繁樹本改作「俐」。按，「利齒」，口齒伶俐。

〔注〕①「杯茭」，占卜用具，用蚌殼或形似蚌殼的竹木兩片，投空擲于地，視其俯仰，以定吉凶。亦作「杯筊」「杯珓」等。（參見《漢語大詞典》）②「下下」，最末等，此指占卜結果不好。③「惹大」，偌大。④「大岳」，泰山。⑤「積善之家」，累積善行的家庭。⑥「天綱恢恢」，天道似大綱，比喻作惡者不能逃脱上天懲罰。⑦「纖掐」，比喻極小的量。⑧「風化」，風教；教化；風氣。⑨「調嘴摇舌」，耍嘴皮子，搬弄是非。亦作「調嘴弄舌」「調嘴學

舌」「調嘴調舌」。⑩「利齒伶牙」，伶牙俐齒；口齒伶俐；能説會道。

（等外末云了）（〔一〕云）婆婆，心去意難留，交它〔二〕去！媳婦兒，大哥有着身①穿的汗衫兒脱將來。（等〔三〕脱了）（〔四〕做拆開兩半了）（〔五〕云）媳婦兒，你將取一半，我收着一半。（做咬破小指，衫兒上抹血科）（卜〔六〕兒問了）〔七〕

〔校〕〔一〕「云」上徐沁君本、王季思本、高橋繁樹本補「正末」二字。〔二〕原本「它」字，各本均改作「他」。按，「它」同「他」。〔三〕「等」下高橋繁樹本補「外末」二字。〔四〕「做」上高橋繁樹本補「正末」二字。〔五〕「云」上徐沁君本、王季思本補「正末」二字。〔六〕「卜」原本作「下」，各本均已改。〔七〕此處徐沁君本、王季思本補「（正末唱）」。

〔注〕①「着身」，貼身。

【調笑令】把衫兒拆下，着血糊搽〔一〕。世上子①有蓮子花②，我别无甚弟兄，没甚房下③。万一間④命掩黄沙⑤，將衫兒半壁⑥向匣盖上搭，便是你轝車⑦前拽〔二〕布拖麻⑧。

（等外末一行辞了，先下）〔三〕

〔校〕〔一〕「搽」原本作「[illegible]」，鄭騫本、王季思本、高橋繁樹本校作「擦」，徐沁君本作「捺」，甯希元本作「搽」。按，「[illegible]」更似「搽」，今校作「搽」。〔二〕原本「拽」字，鄭騫本改作「掩」，徐沁君本改作「曳」。按，「拽」字是。〔三〕此處徐沁君本、王季思本補「（正末唱）」。

〔注〕①「子」，只。②「蓮子花」，「憐子花」的諧音，指愛子之人。③「房下」，妻子；内人。④「間」，詞綴。⑤「命掩黄沙」，喪命。⑥「半壁」，半邊。⑦「轝車」，本指小車；肩輿。此指靈車。⑧「拽布拖麻」，指戴孝。

【寨兒令】交俺空感傷，謾嗟呀①，狠毒兒去也難恋它〔一〕。交梢公②楫③開舡栰〔二〕④，向水路行踏〔三〕⑤，早過了茅舍兩三家。棹篦⑥摇撥散蒹葭⑦，櫓椿〔四〕⑧鳴驚起鵝鴨，云烟飛繚乱，榆柳鬧交雜⑨。不見它〔五〕，空望得我眼睛花。

（帶〔六〕云）婆婆，它〔七〕每去了！喒也家去來！〔八〕

〔校〕〔一〕〔五〕〔七〕原本「它」字，各本均改作「他」。按，「它」同「他」。〔二〕甯希元本「栰」誤作「棧」。〔三〕「踏」原本作「沓」，各本均已改。〔四〕「椿」原本作「庄」，各本均已改。〔六〕徐沁君本删「帶」字。〔八〕此處徐沁君本、王季思本補「（唱）」。

〔注〕①「嗟呀」，驚嘆；嘆息。②「梢公」，船夫；掌舵人。亦作「艄公」。③「楫」，船槳。④「舡栰」，船和筏子，指船隻。「舡」同「船」。⑤「行踏」，行走；行動；往來。⑥「棹篦」，「棹」是船桨，「篦」是一种打人的工具。⑦「蒹葭」，蒹和葭都是生長在水邊的草。⑧「櫓椿」，安装櫓的椿子。「櫓」，比較長的船槳。⑨「交雜」，错雜；混雜；雜亂。

【絡絲娘】好家私①便侶水底捺瓜②，親子父便侶拳中掿沙③。寺門前金剛④閗厮打，佛也理會⑤不下。

〔注〕①「家私」，家産；錢財。②「水底捺瓜」，把瓜按進水裏，放手即浮起，形容不能容納。「捺」亦作「納」。該詞亦作「水底納瓜」「水裏納瓜」。③「拳中揢沙」，用手握沙子，比喻不能團結在一起。「揢」，握；拿。④「金剛」，即金剛力士，是佛的侍從力士。⑤「理會」，料理；處理。

【二】〔一〕陳虎那厮奸奸詐詐〔二〕，張孝友又虔虔荅荅①。媳婦兒當年整二八。呀！〔三〕只願得你出入通達②。

（〔四〕提入城了）（等外云失火了）〔五〕

〔校〕〔一〕原本【二】，徐沁君本、王季思本、甯希元本改作【幺篇】，鄭騫本、高橋繁樹本未改。徐沁君本校記云：「原【絡絲娘】曲凡三支，其第二支作【二】，第三支作【三】。今將二、三兩支改作【幺篇】。」〔二〕「詐詐」原本作「乍」和一重文符號，鄭騫本、高橋繁樹本作「乍乍」，其他各本均改作「詐詐」。〔三〕「呀」原本作「[illegible]」，覆元槧本空缺，鄭騫本沿誤。徐沁君本、王季思本校作「嗄」，甯希元本作「嗏」，高橋繁樹本作「呀」。按，今校作「呀」。〔四〕「提」上高橋繁樹本補「正末」二字。〔五〕此處徐沁君本、王季思本補「（正末唱）」。

〔注〕①「虔虔荅荅」，恭敬莊肅貌。②「通達」，暢通。

【三】〔一〕道張員外遺漏①火發②，立挣③了呆荅孩④諕〔二〕杀。待去來當街⑤里立着兵馬，俺却是怎生合煞⑥！

〔校〕〔一〕原本【三】，徐沁君本、王季思本、甯希元本改作【幺篇】，鄭騫本、高橋繁樹本未改。〔二〕原本「諕」字，徐沁君本、王季思本、甯希元本改作「唬」。

〔注〕①「遺漏」，失火；發生火灾。②「火發」，着火；發生火災。③「立挣」，發怔；發呆。④「呆荅孩」，發呆；痴呆。亦作「呆荅合」「呆答孩」「呆打孩」「呆打頦」。⑤「當街」，街上。⑥「合煞」，指事情有著落、結局、終了。亦作「合殺」。

【耍三臺】焰騰騰①惹〔一〕高下，火焰起狂風乱刮。擺一街铁猫②水瓮，列兩行鈎鐮③麻搭④。巡院⑤里高声叫巷長⑥，交把那為頭兒失火的拿下。〔二〕苦也！苦也！〔三〕銅斗兒⑦大〔四〕院深宅！〔五〕天那〔六〕！天那！〔七〕火燒的无根椽片瓦⑧！

〔校〕〔一〕王季思本「惹」改作「偌」。〔二〕〔五〕此處徐沁君本、王季思本補「（帶云）」。〔三〕〔七〕此處徐沁君本、王季思本補「（唱）」。〔四〕「大」原本作「火」，各本均已改。〔六〕徐沁君本兩「那」字均改作「哪」。

〔注〕①「焰騰騰」，火勢猛烈貌。②「鉄猫」，古代救火工具。③「鈎鐮」，古代一種兵器。④「麻搭」，古代一種用來砍殺的刀類兵器。「搭」本字爲「劄」，亦有作「紮」者。⑤「巡院」，古代掌管緝捕刑訊的機構。宋代稱「軍巡院」，元代稱「警巡院」。（參見《漢語大詞典》）⑥「巷長」，古代街道負責人。⑦「銅斗兒」，形容富裕而堅固。⑧「根椽片瓦」，一根椽子，一片瓦。也比喻簡陋的房屋。「椽」，椽子，搭在大梁上承托房頂的圓木。

【青山口】這家那家叫丫丫〔一〕①，街坊②每③救火咱④！幾家瓦厦⑤，忽剌剌⑥被巡軍⑦都拽〔二〕塌。天呵！苦痛杀！真加人唾罵。你浪酒閑茶⑧，卧柳眠花⑨，半世禁害⑩杀，自矜自誇⑪，兀的天折天罰⑫。它〔三〕也末它〔四〕不睬〔五〕咱，多也末多是非多〔六〕。俺那張家，你那根芽⑬，有傷人倫⑭風化⑮，你好不知个礼法⑯。

〔校〕〔一〕「丫丫」原本作「丫」和一重文符號，徐沁君本、甯希元本改作「吖吖」。〔二〕徐沁君本「拽」改作「曳」。〔三〕原本「它」字，各本均改作「他」。按，「它」同「他」。〔四〕原本「它」字，各本均改作「他」。按，「它」同「他」。王季思本「末」改作「麽」。〔五〕「瞅」原本作「秋」，甯希元本改作「偢」，其他各本均作「瞅」。按，「偢」同「瞅」。〔六〕此句甯希元本據脉鈔本改作「咱也末咱，可憐他」。王季思本「末」改作「麽」。

〔注〕①「叫丫丫」，叫嚷吵鬧。②「街坊」，鄰居。③「每」，們，複數標記。④「咱」，祈使語氣詞。⑤「瓦厦」，瓦房；房子。⑥「忽剌剌」，狀房屋倒塌聲。⑦「巡軍」，巡街并維持治安的士兵。⑧「浪酒閑茶」，風月場上的吃喝之事。⑨「卧柳眠花」，嫖妓；狎妓。⑩「禁害」，牽累妨害。⑪「自矜自誇」，自負，自己誇耀自己。⑫「天折天罰」，來自上天的報應懲罰。⑬「根芽」，子嗣；後代。⑭「人倫」，人與人之間尊卑長幼的等級關係。⑮「風化」，風教；教化；風氣。⑯「禮法」，禮儀法度。

【收尾】兒呵！俺從那水胡花①擡舉②的你惹〔一〕來大，交俺兩个老業人③索〔二〕④排門⑤兒叫〔三〕化⑥。元〔四〕是个卧牛城⑦富豪民，少不得悲天〔五〕院⑧里凍餓杀！

（下）

〔校〕〔一〕王季思本、甯希元本「惹」改作「偌」。按，「惹」同「偌」。〔二〕「索」原本作「色」，各本均已改。〔三〕「叫」原本作「教」，各本均改作「叫」。按，今從本劇刻寫習慣，校作「叫」。〔四〕王季思本「元」改作「原」。〔五〕原本「天」字，徐沁君本、甯希元本改作「田」。

〔注〕①「水胡花」，意義不詳，待考。②「擡舉」，照顧；照料。③「老業人」，老人自稱，指遭受罪孽、業障的人。④「索」，須。⑤「排門」，挨家挨户；逐門逐户。⑥「叫化」，乞討；行乞。⑦「卧牛城」，宋元時代的汴京（開封）。因形似卧牛，故名。⑧「悲天院」，即「悲田院」，亦作「卑田院」。《漢語大詞典》「悲田院」：「唐開元時置病坊，收容乞丐；武宗時改爲悲田養病坊。後

泛稱養濟院爲悲田院。俗訛作『卑田院』。」

第三折

（等外末一行上）（净打外末下水了）（等净提得倈兒①了）（等外末扮相国寺長老②上，開関子③下了）（等外旦、净、小末④上，云住）（交小末應舉⑤科）（等净囑付〔一〕了，先下）（外旦与小末汗衫了）（等長老上，開住）（等小末扮孤上，見長老提打齋⑥，坐定）（正末引卜兒扮都子⑦上，叫街⑧住〔二〕）〔三〕

〔校〕〔一〕「囑付」原本作「哇付」，甯希元本改作「囑咐」，其他各本均作「囑付」。〔二〕「住」下徐沁君本補「唱」字。〔三〕王季思本此處補「（正末唱）」。

〔注〕①「倈兒」，元雜劇中扮演兒童的角色，此指小孩兒、兒子。②「長老」，佛教寺院的住持。③「開関子」，説故事、情節，介紹來龍去脉，也作「説關子」。④「小末」，扮張文秀之孫，張孝友之子，即上文之「倈兒」長大後。⑤「應舉」，参加科舉考試。⑥「打齋」，指僧人念經做法事。⑦「都子」，宋元時期對乞丐的稱呼。⑧「叫街」，古代乞丐在街上呼喊乞討。

【中吕】〔一〕【粉蝶兒】遶着後巷前街，叫〔二〕化①些餘食剩湯殘菜，受了些霜欺雪壓風篩。我想五臟神②，一頓飽，多應在九霄雲外③。運拙時乖④，叫幾声爺〔三〕娘佛⑤有誰怜愛！

〔校〕〔一〕原本無宫調名【中吕】，各本均已補。〔二〕「叫」原本作「教」，各本均改作「叫」。按，今從本劇刻寫習慣，校作「叫」。〔三〕「爺」原本作「耶」，鄭騫本未改，其他各本均改作「爺」。

〔注〕①「叫化」，乞討；要飯。「叫」同「叫」。②「五臟神」，古人認爲人的五臟各有神主，即心神、肺神、肝神、腎神、脾神，合稱五臟神，亦作「五藏神」。③「九霄雲外」，指極高或極遠之地。④「運拙時乖」，時運不佳，身處逆境。⑤「爺娘佛」，該詞僅見于此劇元、明版本，確切詞義待考。

【醉春風】濟困①的衆街坊②，您是救苦③的觀自在④。誰肯与半抄⑤麄米一根柴？街坊每[⑥]歹！没个把俺睬〔一〕！着[⑦]个甚買！但[⑧]得半片兒羊皮，一頭[⑨]藁薦[⑩]，俺便是得生天界。

（〔二〕做跪下，放）〔三〕

〔校〕〔一〕「睬」原本作「采」，覆元槧本誤作「來」，鄭騫本沿誤。甯希元本改作「倸」，其他各本均作「睬」。〔二〕「做」上高橋繁樹本補「正末」二字。〔三〕此處王季思本補「（正末唱）」。按，「放」即包括開唱，不必補「（正末唱）」。

〔注〕①「濟困」，救助處于貧困、危難的人。②「街坊」，鄰居。③「救苦」，使人從苦難中解脱出來。④「觀自在」，佛教觀世音菩薩的别名。⑤「抄」，量詞，古代容量單位，是一升的千分之一。也指極少的量。⑥「每」，們，複數標記。⑦「着」，用。⑧「但」，只要，表假設和條件。⑨「一頭」，一旦。亦作「一投」。⑩「藁薦」，草席。窮人用草席裹尸，此指死亡、去世。

【快活三】風捎〔一〕[①]得〔二〕个手倦[②]擡，凍餓死怎挣揣[③]。一場天火[④]送[⑤]了家財〔三〕！婆子[⑥]，我問你那少年兒今何在！

〔校〕〔一〕「捎」原本作「梢」，鄭騫本、高橋繁樹本未改，徐沁君本、王季思本改作「捎」，甯希元本作「哨」。按，「捎」字是，風吹、颳、拂。〔二〕甯希元本「得」改作「的」。〔三〕「財」原本作「才」，各本均已改。

〔注〕①「捎」，風吹、颳、拂。②「倦」，懶得；疲憊；懈怠。③「挣揣」，努力挣得。④「天火」，自然原因引起的火災，如雷電、自燃等。⑤「送」，斷送；葬送。⑥「婆子」，妻子。

【朝天子】老迈[①]，正該，命運拙飢寒𥋝〔一〕。无鋪也末〔二〕无盖冷難捱〔三〕[②]，雪風〔四〕緊没遮塞。俺不敢番〔五〕身，拳[③]做一塊。您敢救氷雪〔六〕堂[④]地獄灾〔七〕。俺這里跪在，大街，把救苦[⑤]的爺〔八〕娘來拜！

（等卜兒云了）〔九〕

〔校〕〔一〕原本「𥋝」字，鄭騫本、高橋繁樹本未改，其他各本均改作「煞」。按，「𥋝」同「煞」。〔二〕王季思本「末」改作「麽」。〔三〕「捱」原本作「啀」，各本均已改。〔四〕徐沁君本「雪風」倒作「風雪」。〔五〕原本「番」字，各本均改作「翻」。按，「番」同

「翻」。〔六〕原本無「雪」字，鄭騫本、高橋繁樹本未補，其他各本據脉鈔本、《元曲選》補「雪」字。〔七〕甯希元本「灾」誤作「炎」。〔八〕「爺」原本作「耶」，鄭騫本未改，其他各本均改作「爺」。〔九〕此處徐沁君本、王季思本補「（正末唱）」。

〔注〕①「老迈」，年紀老。②「捱」，熬；心焦地等待。③「拳」，同「踡」，彎曲；踡曲。④「氷雪堂」，冰冷破敗的房屋。⑤「救苦」，使人從苦難中解脱出來。

【四边静】冬寒天色，冷落窯中又〔一〕没根柴。凍死尸骸，无人偢保〔二〕①，誰肯着②杴③土埋，少不的撇在荒郊外！

（等外〔三〕云了）（等卜兒云了）（〔四〕云）婆婆，前面引着，喒喫齋去來！〔五〕

〔校〕〔一〕原本「又」字，覆元槧本誤作「只」，鄭騫本沿誤。〔二〕原本「偢倸」，鄭騫本、王季思本改作「瞅睬」，其他各本未改。〔三〕「外」下王季思本補「末」字。〔四〕「云」上徐沁君本、王季思本、高橋繁樹本補「正末」二字。〔五〕此處徐沁君本、王季思本補「（唱）」。

〔注〕①「偢倸」，理睬；搭理。亦作「偢采」「偢睬」「偢採」「瞅睬」「瞅采」。②「着」，用。③「杴」，農具，木鍁或鐵鍁，可用于鏟土、挖坑、施肥等。

【普天樂】听道了喜盈腮，剛行剛驀〔一〕①，身軀強整，脚步難擡。（〔二〕做到寺了）（外云了）（〔三〕做回身云）婆婆，喒這口衣飯，子阿〔四〕的②是也！（放）餓文〔五〕③在口角頭④，食神在天涯外。誰侶俺公婆每⑤穷得甒〔六〕⑥，喒怎生直恁地月值〔七〕年灾⑦。能勾〔八〕⑧殘湯半瓢，食充五臟，俺又索〔九〕日轉千階⑨。

（等孤唤了）（〔十〕做過去）（等与齋飯⑩了）（〔十一〕云）婆婆，你子在這里，我那壁⑪謝官人去。願官人一官未尽，一官到來。（打認科〔十二〕）〔十三〕

〔校〕〔一〕「剛行剛驀」原本作「罔行罔陌」，各本均據脉鈔本、《元曲選》改作「剛行剛驀」。〔二〕「做」上高橋繁樹本補「正末」二字。〔三〕「做」上徐沁君本、王季思本、高橋繁樹本補「正末」二字。〔四〕甯希元本「阿」誤作「呵」。〔五〕原本「文」字，鄭騫本、高橋繁樹本未改，其他各本均改作「紋」。按，「文」同「紋」。

〔六〕原本「瞧」字，鄭騫本、高橋繁樹本未改，其他各本均改作「煞」。按，「瞧」同「煞」。〔七〕「值」原本作「滯」，徐沁君本、王季思本改作「值」，其他各本未改。〔八〕原本「勾」字，各本均改作「够」。按，「能勾」同「能够」。〔九〕「索」原本作「色」，各本均已改。〔十〕「做」上徐沁君本、高橋繁樹本補「正末」二字。〔十一〕「云」上徐沁君本、王季思本、高橋繁樹本補「正末」二字。〔十二〕「科」下徐沁君本補「唱」字。〔十三〕此處王季思本補「（正末唱）」。

〔注〕①「剛行剛驀」，勉强行走，費力行走。②「阿的」，即「兀的」，這；這個。③「餓文」，人嘴角延伸到嘴裏的皺紋。古人認爲有此紋者必定餓死。亦作「餓紋」。④「口角頭」，口角邊。⑤「每」，們，複數標記。⑥「瞧」，同「煞」，很；極。⑦「月值年灾」，一年的灾禍在一個月内發生，比喻時運不濟、連遭灾禍。⑧「能勾」，能够。⑨「日轉千階」，喻官職晋升極快。⑩「齋飯」，布施給僧尼、窮人的飯食。⑪「那壁」，那邊。

【上小樓】甚風兒吹你到來，來還鄉界。交我呆呆鄧鄧①，哭哭啼啼，怨怨哀哀②。你喜喜歡歡，停停當當③，无妨无碍。也合探恁〔一〕這老爺〔二〕娘快④也不快。

（等孤云了）〔三〕官人姓甚底⑤？（等〔四〕云了）〔五〕多少年纪？（等〔六〕云了）（〔七〕与卜兒云了）（等〔八〕云了）〔九〕不是，它〔十〕十七也！（打認了〔十一〕）〔十二〕

〔校〕〔一〕徐沁君本、王季思本「恁」改作「您」。〔二〕「爺」原本作「耶」，鄭騫本未改，其他各本均改作「爺」。〔三〕〔五〕〔九〕此處鄭騫本補「（云）」，徐沁君本、王季思本、高橋繁樹本補「（正末云）」。〔四〕〔六〕「等」下徐沁君本、高橋繁樹本補「孤」字。〔七〕「与」上徐沁君本、高橋繁樹本補「正末」二字。〔八〕「等」下徐沁君本、高橋繁樹本補「卜兒」二字。〔十〕原本「它」字，各本均改作「他」。按，「它」同「他」。〔十一〕「了」下徐沁君本補「唱」字。〔十二〕此處王季思本補「（正末唱）」。

〔注〕①「呆呆鄧鄧」，發呆、痴呆貌。②「怨怨哀哀」，哀怨貌。③「停停當當」，妥帖；妥當。④「快」，痛快；愉快；暢快。⑤「甚

底」，甚的；什麼。

【幺篇】[一]嗨[二]！好侶呵！便是一个印合脫將下來①！一般②言語，一般容顏，一般身材。不是莽壯[三]頭③，把官人④，斷贏斷賽，錯認了把老身⑤休怪。

〔校〕〔一〕【幺篇】原本作【么】，鄭騫本、高橋繁樹本改作【幺】，其他各本均作【幺篇】。〔二〕「嗨」原本作「海」，各本均已改。〔三〕「莽壯」原本作「忙壯」，各本均改作「莽撞」。按，「莽壯」同「莽撞」。

〔注〕①「一个印合脫將下來」，謂相貌極相似。「印合」，印盒，模子。②「一般」，一樣；相同。③「莽壯頭」，言語、行動輕率魯莽的人。「莽壯」同「莽撞」。④「官人」，官吏；做官的人。⑤「老身」，古代老年女人的自稱。

（等孤云了）（[一]做接了衫兒看了[二]）[三]婆婆，喒那[四]壁衫兒那[五]里？（等卜[六]云了）（[七]做將兩半衫兒比了，悲云）婆婆，我省得，喒張孝友孩兒被陳虎那廝亏圖①了！喒媳婦兒去時，有三个月身子[八]，經今②去了十七年也！這官人道它[九]姓陳，十七歲也。眼見的陳虎那廝送③了俺孩兒性命！把媳婦強嚇④為妻也！[十]

〔校〕〔一〕〔七〕「做」上徐沁君本、王季思本、高橋繁樹本補「正末」二字。〔二〕「了」下徐沁君本、高橋繁樹本補「云」字。〔三〕此處鄭騫本補「（云）」。〔四〕「那」下徐沁君本、王季思本補「半」字。〔五〕徐沁君本「那」改作「哪」。〔六〕「卜」下徐沁君本、高橋繁樹本補「兒」字。〔八〕「子」原本作「小」，徐沁君本、高橋繁樹本改作「子」，其他各本未改。〔九〕原本「它」字，各本均改作「他」。按，「它」同「他」。〔十〕此處徐沁君本、王季思本補「（唱）」。

〔注〕①「亏圖」，使吃虧；謀害；謀算。②「經今」，至今；到如今。③「送」，斷送；葬送；謀害。④「強嚇」，强迫恐嚇。

【脫布衫】覷絕①時雨淚盈腮②，俺那別離時我心規劃③。被你盼望杀這爹爹妳妳④，問俺那少年兒在也不在？

〔注〕①「覷絕」，看完；看罷。②「雨淚盈腮」，泪流满面。③「規劃」，計劃；安排。④「爹爹妳妳」，爺爺奶奶。

【小梁州】這半壁①衫兒是我拆開，你可是那[一]里將來②？（孤問了）[二]

二十年前有家財〔三〕③，我是張員外，家住在馬行街。

〔校〕〔一〕徐沁君本「那」改作「哪」。〔二〕此處徐沁君本、王季思本補「（正末唱）」。〔三〕「財」原本作「才」，各本均已改。

〔注〕①「半壁」，半邊；半個。②「將來」，拿來。③「家財」，家產。

【幺篇】〔一〕當年認得不良才〔二〕①，是俺一家兒橫禍非災②。俺孩兒去做客，離鄉外，趂着黄河一派③，一去不回來。

（帶〔三〕云）官人，你娘那〔四〕里？（等〔五〕云了）（〔六〕做把衫兒分付④与孤了〔七〕）〔八〕

〔校〕〔一〕原本脱此曲牌名，鄭騫本、高橋繁樹本補【幺】，其他各本補【幺篇】。〔二〕甯希元本「才」改作「賊」，校記云：「原本『賊』字，音假爲『才』。據《元曲選》改。本折韵用『皆來』，徐本以『賊』字出韵，不取，蓋不知『賊』（Zi）（疑脱e）字在元代尚有『才』（Cai）字之异讀。《元曲選》『賊』字音釋，即作『池齋切』，可證。」〔三〕徐沁君本删「帶」字。高橋繁樹本「帶」字改作「正末」。〔四〕徐沁君本「那」改作「哪」。〔五〕「等」下徐沁君本、高橋繁樹本補「孤」字。〔六〕「做」上徐沁君本、王季思本、高橋繁樹本補「正末」二字。〔七〕「了」下徐沁君本補「唱」字。〔八〕此處王季思本補「（正末唱）」。

〔注〕①「不良才」，心地不善之人；忘恩負義之人。②「横禍非灾」，横殃飛禍。亦作「横禍飛灾」。③「一派」，猶「一片」，用于景色、氣象等。④「分付」，交給。

【耍孩兒】將衫兒半壁親捎帶，你子①道馬行街里公婆每②老迈③。這消息莫交你爺〔一〕知，子④你娘行⑤分付⑥的明白。若是您一句射透〔二〕⑦千年事，強如⑧俺十謁朱門九不開⑨。那賊漢⑩也合⑪是敗，您福消灾至⑫，俺苦尽甘來⑬。

〔校〕〔一〕「爺」原本作「耶」，鄭騫本未改，其他各本均改作「爺」。〔二〕「透」字原本殘損，「句射透」徐沁君本、王季思本據脉鈔本、《元曲選》改作「言説透」。

〔注〕①④「子」，只。②「每」，們，複數標記。③「老迈」，年紀老。⑤「行」，是由漢蒙語言接觸而成的與位格標記，是方位詞

「上」的音變形式。元代漢語方位詞經常承擔蒙古語格標記功能。此「行」相當于後置的介詞「對」，表示動作的對象。「子你娘行分付的明白」即只對你娘説清楚。⑥「分付」，説明；交代。⑦「射透」，猶「説透」。⑧「強如」，强于；比……强。「如」是比較標記。「A 强如 B」體現 VO 型的語序類型。⑨「十謁朱門九不開」，富豪人家十有八九爲富不仁，上門求助多遭拒絶。「謁」，拜見。⑩「賊漢」，賊人。⑪「合」，該；應當。⑫「福消灾至」，福氣消散，灾禍將至。⑬「苦尽甘來」，苦難過去，美好到來。

【收〔一〕尾】強如①俺佛刺②佛刺〔二〕頭又磕，天呵天呵手又摑③。能勾〔三〕④媳婦兒眼前把公婆拜，識認了俺孫兒大古里⑤采⑥。

〔四〕(等孤提了，下)

〔校〕〔一〕徐沁君本「收」改作「煞」。〔二〕徐沁君本兩「刺」字均改作「喇」。〔三〕原本「勾」字，鄭騫本未改，其他各本均改作「够」。按，「能勾」同「能够」。「能勾」上徐沁君本、王季思本據脉鈔本、《元曲選》補「我但」二字。〔四〕此處徐沁君本、王季思本據脉鈔本、《元曲選》補「（同卜兒下）」。

〔注〕①「強如」，强于；比……强。「如」是比較標記。「A 强如 B」體現 VO 型的語序類型。②「佛刺佛刺」，磕頭拜佛時口中念叨佛啊佛啊。③「摑」，用巴掌打。④「能勾」，能够。⑤「大古里」，大概；總之。⑥「采」，高興。

第四折

（外旦上，云住）（孤上見住，云了）（等外旦說関子①了）（等净上，云了）（等孤赶净下）（等外净扮邦老②趙興孫，開住）〔一〕（正末引卜兒隨外上，唱）

【雙調】〔二〕【新水令】您要的是輕裘肥馬③不公錢④，却截打〔三〕俺這忍飢寒的范丹〔四〕⑤、原〔五〕憲⑥。打聽俺兒死活，路過你山川。我又赤手空拳⑦，越好漢越慈善。

（等外云，擁見太僕〔六〕了）（等外净問了）〔七〕

〔校〕〔一〕此前科介鄭騫本置于第三折末，「（孤上見住，云了）」

之「上」原本上部不清，覆元槧本刻作「一」，鄭騫本沿誤作「一」。〔二〕原本無宫調名【雙調】，各本均已補。〔三〕「打」原本作「你」，鄭騫本改作「留」，甯希元本改作「打」。徐沁君本、王季思本、高橋繁樹本「截你」改作「打截」。徐沁君本校記云：「『你』爲『打』字的形誤，『截打』又爲『打截』的顛倒。……『打截』同『打劫』。『打家劫舍』一語，亦作『打家截舍』。」甯希元本校記云：「原本『打』字，形誤爲『你』。依徐本改。」〔四〕「丹」原本作「單」，各本均已改。王季思本「范」誤作「範」。〔五〕「原」原本作「袁」，鄭騫本未改，其他各本均改作「原」。〔六〕「僕」原本殘損嚴重，鄭騫本作一空圍，徐沁君本、王季思本校作「僕」，甯希元本、高橋繁樹本作「保」。徐沁君本校記云：「趙本白：『婆婆，走走走！太僕饒性命！』據補。按：朱居易《元劇俗語方言例釋》『太保（太僕）』條：『太保、太僕，本係官名，元劇中多作大王解。』本劇元刊本趙興孫扮邦老，趙本張員外呼趙興孫爲太僕。臧本趙興孫改做『巡檢老爺』，不是『大王』了。」王季思本校記云：「『僕』字原缺損，據脉望館本補。」甯希元本校記云：「原本『保』殘缺。元曲中例稱山寨好漢爲『太保』或『太僕』，據改。」按，今從徐沁君本補。〔七〕此處徐沁君本、王季思本補「（正末唱）」。

〔注〕①「說関子」，説故事、情節，介紹來龍去脉。②「邦老」，宋元戲曲中扮演强盗、匪徒等角色的俗稱，一般由净行扮演。③「輕裘肥馬」，輕暖的裘皮衣服和肥壯的駿馬，比喻優渥、富裕的生活。④「不公錢」，當指來路不正的錢財。⑤「范丹」，東漢名士，是古代廉吏的典範。⑥「原憲」，春秋末年宋國人，孔子弟子，出身貧寒，安貧樂道，不願與世俗合流。⑦「赤手空拳」，没錢；一無所有。

【風入松】俺夷門①祖業百十年，頗有万貫家緣②。（等〔一〕問了）〔二〕我兒是張孝友，在海角天涯遠。（等〔三〕認了，審〔四〕住）（等〔五〕云了）〔六〕果然道施恩在未遇之前③。到今日无喫无穿，您將俺何怜見④。

（等外净云了）（〔七〕提插簡下）（等長老上，云住）（〔八〕便上見長老科〔九〕）〔十〕

〔校〕〔一〕〔五〕「等」下徐沁君本、高橋繁樹本補「外净」二字。〔二〕此處徐沁君本補「（正末唱）」。〔三〕「等」下高橋繁樹本補「外净」二字。〔四〕「審」原本作「番」，鄭騫本未改，其他各本均作「審」。高橋繁樹本「審」上補「正末」二字。〔六〕此處徐沁君本、王季思本補「（正末唱）」。〔七〕「提」上徐沁君本、王季思本、高橋繁樹本補「正末」二字。〔八〕「便」上徐沁君本、王季思本、高橋繁樹本補「正末」二字。〔九〕「科」下徐沁君本補「云」，并將下一曲之「日月尋俗」四字改作「日月迅速」，移至此處，處理爲小字、説白。〔十〕此處王季思本補「（正末唱）」。

〔注〕①「夷門」，古代大梁（即開封）的别稱。②「家緣」，家產；家業。③「施恩在未遇之前」，俗語，給予他人幫助在未相識之前最真誠。④「可怜見」，值得可憐。「見」，詞綴，無意義。

【落梅風】日月尋俗①見，山僧②遇有緣〔一〕。俺是③不修來④呵⑤在這乞兒⑥中貧賤。告吾師略將法藏⑦轉，佛不与世俗人為怨〔二〕⑧。

（等〔三〕問了）（〔四〕云）待插簡里〔五〕。告長老，寫个名牌⑨兒咱⑩。（等〔六〕問了）〔七〕

〔校〕〔一〕徐沁君本前二句爲「見山僧，遇有緣」。按，徐沁君本誤改。「日月尋俗見，山僧遇有緣」，是説日月容易見，見到山僧却需要有緣分。「尋俗見」與「遇有緣」爲首二句正格字。據曲譜，【落梅風】首句末字宜用去聲。〔二〕「怨」原本作「愿」，鄭騫本、高橋繁樹本作「願」，其他各本均作「怨」。按，「怨」字是，「與……爲怨」習見于文獻。〔三〕〔六〕「等」下徐沁君本、高橋繁樹本補「長老」二字。〔四〕「云」上徐沁君本、王季思本、高橋繁樹本補「正末」二字。〔五〕原本「里」字，各本均改作「哩」。按，「里」同「哩」。〔七〕此處徐沁君本、王季思本補「（正末唱）」。

〔注〕①「尋俗」，尋常；平常。②「山僧」，住在山寺的僧人。③「是」，如果；若。假設連詞。④「修來」，修善進德，以求福報。⑤「呵」，的話，表假設的後置詞，元雜劇習見。⑥「乞兒」，乞丐。⑦「法藏」，佛法妙義。⑧「為怨」，怨恨；歸怨。常見格式爲「與……爲怨」。⑨「名牌」，寫有人或事物名稱的牌子。⑩「咱」，

祈使語氣詞，表請求。

【沽美酒】若説着俺的祖先，大豪富有家緣①，又道我披着蒲席〔一〕②説有錢。(等〔二〕問了) 俺家鄉不遠，祖宗住在梁園③。

(等〔三〕問了)〔四〕

〔校〕〔一〕「席」原本殘損，各本均據脉鈔本、《元曲選》補作「席」。〔二〕〔三〕「等」下徐沁君本、高橋繁樹本補「長老」二字。〔四〕此處徐沁君本、王季思本補「（正末唱)」。

〔注〕①「家緣」，家産；家業。②「蒲席」，用蒲草葉編成的席子。③「梁園」，汴京，今河南開封。

【太平令】俺向①馬行街開着个門面。(等〔一〕問了)〔二〕這五兩銀權做齋錢。您〔三〕將那梁武懺②多讀〔四〕幾卷，消灾咒③盛④看与幾遍。你便、可怜、老〔五〕夫的命蹇⑤，你將俺張孝友孩兒來追薦⑥。

(云) 寫呵〔六〕⑦，子⑧七个字：追薦亡灵⑨張孝友。(等長老做意)〔七〕怕⑩你寫不得，將來⑪我自寫。(等〔八〕悲了)〔九〕不寫呵，你〔十〕哭子末⑫？(等〔十一〕問了)〔十二〕

〔校〕〔一〕「等」下徐沁君本、高橋繁樹本補「長老」二字。〔二〕此處徐沁君本、王季思本補「（正末唱)」。〔三〕「您」原本爲小字，「心」旁略殘損，鄭騫本、王季思本、高橋繁樹本校作「你」，徐沁君本、甯希元本作「您」。〔四〕鄭騫本「讀」誤作「談」。〔五〕原本「老」字殘損，各本均校作「老」。徐沁君本校記云：「趙本作『老漢』，據補。」〔六〕「呵」字原本空缺，鄭騫本、高橋繁樹本作一空圍，其他各本均補「呵」字。徐沁君本「據下『不寫呵』補」。甯希元本從。王季思本亦「據下文『不寫呵』補」。〔七〕〔九〕此處鄭騫本補「（云)」，徐沁君本、王季思本、高橋繁樹本補「（正末云)」。〔八〕「等」下徐沁君本、王季思本、高橋繁樹本補「長老」二字。〔十〕「你」原本作「休」，鄭騫本未改，斷作「不寫呵，休哭子末」。甯希元本未改，斷作「不寫呵休，哭子末」。其他各本改作「你」，斷作「不寫呵，你哭子末」。〔十一〕「等」下徐沁君本、王季思本、高橋繁樹本補「長老」二字。〔十二〕此處徐沁君本、王季思本補「（正末唱)」。

〔注〕①「向」，介詞，在；于。②「梁武懺」，亦作「梁皇懺」，是佛教書《慈悲道場懺法》的别稱。相傳梁武帝爲了替妻郗氏懺悔罪業，集録佛經語句，作成懺法十卷，因稱《梁皇懺》。後成爲佛家常用的超度懺法。（參見《漢語大詞典》）③「消灾咒」，消除灾禍的咒語。④「盛」，多。亦作「賸」「剩」。⑤「命蹇」，命運不好。「蹇」，困苦；不順利。⑥「追薦」，追悼；祭奠；誦經超度。⑦「呵」，的話。⑧「子」，只。⑨「亡灵」，死者的靈魂。⑩「怕」，如果；若。由懼怕義語法化爲假設義。⑪「將來」，拿來。⑫「子末」，怎麽；做什麽。

【小將軍】都因它〔一〕歹業冤①，折倒②了俺好家緣③，火燒了宅院，典賣④了庄田〔二〕⑤，俺兩口兒難過遣⑥。

〔校〕〔一〕原本「它」字，各本均改作「他」。按，「它」同「他」。〔二〕「田」原本作「由」，各本均已改。

〔注〕①「業冤」，罪業冤讎。②「折倒」，摧殘；折磨。亦作「折到」。③「家緣」，家産；家業。④「典賣」，本指可按規定期限贖回的出賣。此指出賣。⑤「庄田」，莊稼地；土地。⑥「過遣」，過活；過日子。

【江兒水】到晚來枕的是多半个磚，每日向①長街上轉，叫杀爺〔一〕娘佛②，没个可怜見③！陳虎唻〔二〕！俺和你有是末④杀父母冤！

〔校〕〔一〕「爺」原本作「耶」，鄭騫本未改，其他各本均改作「爺」。〔二〕「唻」原本作「才」，鄭騫本未改，徐沁君本、王季思本、高橋繁樹本改作「唻」，甯希元本改作「賊」。徐沁君本校記云：「趙本作『睬』，即係『唻』字的形誤。」王季思本從。甯希元本未出校，其將本劇第三折【小梁州】【幺篇】之「不良才」改作「不良賊」，可參看上文校記。

〔注〕①「向」，介詞，在；于。②「爺娘佛」，該詞僅見于此劇元、明版本，確切詞義待考。③「可怜見」，值得可憐。「見」，詞綴，無意義。④「是末」，什麽。

【碧玉簫〔一〕】那厮心腸兒機变①，色膽②大如天。那厮容顔兒慈善，賊漢③軟如綿。俺孩兒信它〔二〕言，信它〔三〕言裝〔四〕上舡，去了十七年，不能勾〔五〕見。天！閃④我在悲天〔六〕院⑤。

（等長老云了）（〔七〕吽有鬼科〔八〕）〔九〕

〔校〕〔一〕「簫」原本作「筲」，各本均已改。〔二〕〔三〕原本「它」字，各本均改作「他」。按，「它」同「他」。〔四〕「裝」原本作「庄」，各本均已改。〔五〕原本「勾」字，各本均改作「够」。按，「能勾」同「能够」。〔六〕原本「天」字，徐沁君本、甯希元本改作「田」。〔七〕「吽」上徐沁君本、王季思本、高橋繁樹本補「正末」二字。〔八〕「科」下徐沁君本補「唱」字。〔九〕此處王季思本補「（唱）」。

〔注〕①「機变」，有機謀、善權詐。②「色膽」，好色犯奸的膽量。③「賊漢」，賊人。④「閃」，抛撇；坑害。⑤「悲天院」，即「悲田院」，亦作「卑田院」。《漢語大詞典》「悲田院」：「唐開元時置病坊，收容乞丐；武宗時改爲悲田養病坊。後泛稱養濟院爲悲田院。俗訛作『卑田院』。」

【雁兒落】一日家①啹提②到千万言，片時間③作念④勾〔一〕三十遍。子被你閃⑤杀我也張孝友，我子道〔二〕能勾〔三〕見孩兒面。

〔校〕〔一〕原本「勾」字，各本均改作「够」。按，「勾」同「够」。〔二〕「道」下徐沁君本補「不」字，無詳細校語，王季思本從補。〔三〕原本「勾」字，各本均改作「够」。按，「能勾」同「能够」。

〔注〕①「家」，詞綴。②「啹提」，念叨；掛念。亦作「掂提」。③「片時間」，極短的時間。④「作念」，思念；想念。⑤「閃」，抛撇；坑害。

【得〔一〕勝令】元〔二〕來是和尚替鬼通傳①，我活七十歲也不曾見。你那尸首兒歸何处？你這魂灵兒②在眼前。休言，也是我作念③的強魂④現；你生天⑤，也是俺心堅石也穿。

（等長老云閑兒⑥）（〔三〕做說与卜兒，認住）（外旦上，云了）（〔四〕認住）（等孤赶净上）（净待下，外净衝〔五〕上，拿住）〔六〕（出場）

〔校〕〔一〕「得」原本作「徳」，鄭騫本未改，其他各本均改作「得」。〔二〕王季思本「元」改作「原」。〔三〕「做」上徐沁君本、王季思本、高橋繁樹本補「正末」二字。〔四〕「認」上高橋繁樹本補「正末」二字。〔五〕「衝」原本作「充」，各本均已改。〔六〕此處王季思本補「（下）」。

〔注〕①「通傳」，通報傳達。②「魂灵兒」，鬼魂；靈魂。③「作念」，思念；想念。④「強魂」，倔强的魂魄；厲鬼。（參見《漢語大詞典》）⑤「生天」，升天；行善者轉生天道。⑥「云関兒」，即「説關子」，説故事、情節，介紹來龍去脉。

題目〔一〕　馬行街姑姪初結義　黄河渡妻夫相抛〔二〕弃

正名　金山〔三〕院子父再團圓　相國寺公孫汗衫記

大都新編関目公孫汗衫記全〔四〕

〔校〕〔一〕原本無「題目」，此處爲「正名」。高橋繁樹本未改，其他各本均已改。〔二〕「抛」原本作「抱」，各本均已改。〔三〕甯希元本「山」改作「沙」，未出校。按，甯希元本當據脉鈔本、《元曲選》改。〔四〕尾題鄭騫本改作「相國寺公孫汗衫記終」，徐沁君本作「大都新編關目《公孫汗衫記》全」，甯希元本作「相國寺公孫汗衫記雜劇終」，高橋繁樹本作「大都新編關目公孫汗衫記全」，王季思本删。

新刊的本薛仁貴衣錦還鄉閿目全

張國賓

校本五種

鄭騫本：鄭騫《校訂元刊雜劇三十種》

徐沁君本：徐沁君《新校元刊雜劇三十種》

甯希元本：甯希元《元刊雜劇三十種新校》

王季思本：王季思《全元戲曲》（第四卷）

高橋繁樹本：高橋繁樹等《新校訂元刊雜劇三十種》（二）

楔子

（駕①上開，一折了）（净②上，一折）（外末③一折）（正末④同老旦⑤上，開）老漢本貫⑥絳州龍門鎮人氏，世業⑦庄農⑧，姓薛，年紀大也，人口順⑨呌我做薛大伯。嫡親⑩三口兒，有孩兒薛仁貴。這孩兒從小不好庄農作業，子⑪好掄槍使棒，學的十八般武藝皆全。目今⑫聽知国家跨海征遼，召募民義⑬充軍，孩兒待⑭充軍去，兀的怎柰何⑮！孩兒，你撇了俺兩口兒，遠処充軍去，好下的⑯呵！（外末云了）〔一〕孩兒，你心去意難留。你去子去，你休問得官不得官，子早回家些兒者⑰！〔二〕

〔校〕〔一〕此處鄭騫本補「（云）」，徐沁君本、王季思本、高橋繁樹本補「（正末云）」。〔二〕此處徐沁君本、王季思本補「（唱）」。

〔注〕①「駕」，扮演皇帝的角色。此駕扮唐太宗。②「净」，扮張

士貴。③「外末」，扮薛仁貴。④「正末」，扮薛仁貴之父薛大伯。⑤「老旦」，扮演老年女性的角色。此老旦扮薛仁貴之母。⑥「本貫」，原籍。⑦「世業」，世代從事；世代從事的職業。⑧「庄農」，農夫；農民。⑨「口順」，順口；隨口。⑩「嫡親」，此指最親近的家屬。⑪「子」，只。⑫「目今」，目前；現在。⑬「民義」，民間義勇之士。⑭「待」，要；想要。⑮「柰何」，奈何；耐何。⑯「下的」，捨得；忍心。亦作「下得」。⑰「者」，祈使語氣詞。

【仙吕】〔一〕【端正好】你如今離了村庄，别了鄉黨①，拜辭了〔二〕年老爺娘，你待忘生捨死在沙場上。威糾糾，氣昂昂，身凜凜，皃堂堂，臨軍陣，在沙場，服②衣甲，執刀槍，得功業，显高強，那時節，便還鄉。皃呵！休交〔三〕兩口皃每日逐朝③眼巴巴④的空倚定着門皃望！

（下）

〔校〕〔一〕原本無宫調名【仙吕】，各本均已補。〔二〕「辭了」原本作小字「净了」，各本均據《元曲選》改作大字「辭了」。〔三〕鄭騫本、王季思本「交」改作「教」。按，「交」同「教」。

〔注〕①「鄉黨」，鄉親；鄉族朋友。②「服」，穿著。③「每日逐朝」，每天；天天。④「眼巴巴」，盼望貌。

第一折

（駕上開，一折）（外末上，一折）（净上云）（净、〔一〕末争功①了）（駕上開住）（交宣了）（正末扮杜如晦②上，開）老夫姓杜，名如晦，官拜軍府③参謀，職掌④功勞簿⑤。官里⑥聖旨〔二〕宣微臣定奪⑦諸將功勞，這場是非，煞⑧非〔三〕小可⑨。據諸⑩人心術呵！〔四〕

〔校〕〔一〕「末」上徐沁君本、王季思本、高橋繁樹本補「外」字。〔二〕「聖旨」原本作「〇〇」，各本均已改。〔三〕原本無「非」字，鄭騫本、王季思本未補，其他各本均已補。〔四〕此處徐沁君本、王季思本補「（唱）」。

〔注〕①「争功」，争奪功勞。②「杜如晦」，唐初名相。③「軍府」，將帥的府署。④「職掌」，掌管；主管。⑤「功勞簿」，記録

功勞、成就的簿册。⑥「官里」，皇帝；君王。⑦「定奪」，决定事情可否或予取。⑧「煞」，真的；的確。⑨「小可」，細小；微小。⑩「據諸」，根據；依據。「諸」，于；之于。

【仙吕】〔一〕【點絳唇】恰便佀困虎當途①，甚人敢去，長安路。子待要惡紫奪朱②，不肯將賢人③舉④。

〔校〕〔一〕原本無宫調名【仙吕】，各本均已補。

〔注〕①「困虎當途」，陷入困境的老虎擋在路上。②「惡紫奪朱」，喻以邪勝正。古人以朱爲正色，喻正統，故云。出自《論語·陽貨》。（參見《漢語大詞典》）③「賢人」，有才能的人。④「舉」，舉薦；推薦。

【混江龍】殺人可恕，誰敢把別人功業厮胡突①。都待要勾籌伏辜〔一〕②，斬斫③權謀④。你子⑤説慷慨⑥將軍八面威，聖明天子百灵⑦扶⑧。我整羅襴⑨，按幞頭⑩，納金帶⑪，秉⑫象笏⑬，望瑶階〔二〕⑭可捕捕⑮忙挪〔三〕步。我与你定奪个功罪，别辨个实虚。

（見駕礼數了）（駕云了）（外末、〔四〕净云了）〔五〕

〔校〕〔一〕「辜」原本作「虎」，各本均未改。徐沁君本校記云：「疑有誤字。或原作『坐籌帷幄』，與下句『斬斫權謀』相應。」按，「伏虎」不合語境。徐沁君本所校改動過大，不從。「伏辜」義爲認罪伏法。「勾籌」爲「查考；計算」義，意指要算清楚張士貴的罪狀，以便「斬斫權謀」。明羅貫中《五代秘史》第五十七回：「其君束手就縛，其臣計籌伏辜，迹其人謀，豈不幸哉！」「計籌伏辜」與「勾籌伏辜」義同。〔二〕「瑶階」原本作「堯街」，鄭騫本、高橋繁樹本未改，其他各本均改作「瑶階」。徐沁君本校記云：「白樸《梧桐雨》第一折：『上瑶階挪步近前楹。』宫天挺《七里灘》第四折：『扶策的我步瑶階。』均與本曲語意近似。」王季思本、甯希元本從徐沁君本改。按，徐沁君本所校是，杜如晦見皇帝，望見的應是「瑶階」，即帝王宫殿中玉砌的臺階。〔三〕「挪」原本作「那」，各本均已改。〔四〕原本「净」上衍「外」字，鄭騫本未删，其他各本均已删。〔五〕此處徐沁君本、王季思本補「（正末唱）」。

〔注〕①「胡突」，糊塗；不明確。②「勾籌伏辜」，計算罪狀并使

認罪伏法。③「斬斫」，斬殺；砍殺。④「權謀」，權術陰謀，此指玩弄權謀的人。⑤「子」，只。⑥「慷慨」，志氣昂揚。⑦「百灵」，衆多神靈。⑧「扶」，扶助；幫助。⑨「羅襴」，絲質的官服。⑩「幞頭」，古代男子束髮的頭巾。⑪「金帶」，有金飾的腰帶。⑫「秉」，拿。此指拿在胸前。⑬「象笏」，古代大臣上朝時所執的象牙做的板子，也叫手板，材質除象牙外，還有竹木、玉石等。⑭「瑶階」，宫殿中玉砌的臺階。⑮「可捕捕」，狀心跳聲。多作「可撲撲」。

【油葫芦】對着這創業開基①仁聖主②，兩边厢有文共③武，都只道定天山三箭又有〔一〕誰伏。也不索④將軍争競⑤功勞簿⑥，你子似鳳凰飛上梧桐樹。别人有十大功，他可寸箭⑦无。子待平地上放鵰去拿獐兔⑧，不肯滄〔二〕海内釣鰲魚⑨。

〔校〕〔一〕「又有」原本誤倒作「有又」，高橋繁樹本已乙轉，其他各本均以「又」爲重文符號，删去。〔二〕甯希元本「滄」誤作「沧」。

〔注〕①「創業開基」，開創基業，開國皇帝的功績。②「仁聖主」，仁慈聖明的君主。③「共」，和；與。④「索」，須。⑤「争競」，競争；争强；計較。⑥「功勞簿」，記録功勞、成就的簿册。⑦「寸箭」，即「寸箭之功」，比喻極小的軍功。⑧「平地上放鵰去拿獐兔」，謂容易得到功勞。⑨「滄海内釣鰲魚」，比喻努力付出辛勞而得到功勞。

【天下樂】你兀的不枉做男兒大丈夫！我私曲①实无你的美除②，你不會六壬③遁甲④吕望書⑤。你待要領⑥密院⑦，坐帥府，那里有无功勞的請俸禄?

（外末、净云了）（駕云了）（〔一〕云）您二人心術⑧，我都知道。〔二〕

〔校〕〔一〕「云」上徐沁君本、王季思本、高橋繁樹本補「正末」二字。〔二〕此處徐沁君本、王季思本補「（唱）」。

〔注〕①「私曲」，私衷；内心真實想法。②「美除」，除授美官、高官。③「六壬」，六十甲子中的六個「壬」：壬申、壬午、壬辰、壬寅、壬子、壬戌，用于占卜吉凶。④「遁甲」，術數術語，是以趨吉避凶爲目的的占卜之術。⑤「吕望書」，應指《六韜》。「吕望」

即姜太公，名尚，字子牙，號飛熊，傳説他著有軍事類著作《六韜》。⑥「領」，領導；統領。⑦「密院」，樞密院的簡稱。⑧「心術」，心意；居心；内心想法。

【金盞兒】一个秉①着機謀，一个仗着陰符②，一个待施仁義，一个行跋扈，交同畫字③，理會④軍儲⑤。〔一〕陛下豈不聞，久的子是久〔二〕，踈⑥的到頭⑦踈〔三〕。他兩个正是賢愚⑧難並居⑨，水火不同炉⑩。

（外末、〔四〕净云）（駕云）〔五〕

〔校〕〔一〕「陛」上鄭騫本、王季思本補「帶云」。〔二〕原本兩「久」字，鄭騫本、高橋繁樹本未改，徐沁君本、王季思本改作「親」，甯希元本改作「舊」。徐沁君本校記云：「兩『親』字原均作『乆』。今改。《語辭匯釋》卷一『子（一）』條引本曲，『乆』讀作『久』，并釋云：『按：「久」與「舊」音近，即親舊之義。』釋義雖是，而字讀作『舊』，不從。按：『親的子是親』，爲元曲中常用成語。張國賓《羅李郎》第四折：『我好生的和勸到半時辰，親的原來則是親。』見于他劇者，如：關漢卿《救風塵》第三折：『則這緊的到頭終是緊，親的原來只是親。』又《裴度還帶》第四折白：『則爲你當初才學德行難酬志，方信到親的原來則是親。』」徐沁君本所列例句衆多，兹不具引。王季思本從徐沁君本改。甯希元本校記云：「原本二『舊』字，均音假爲『久』。今改。鄭本失校。徐本改作『親』，雖與『舊』同義，但與原本字形、音讀不符，故不取。」〔三〕原本二「踈」字，鄭騫本、甯希元本未改，徐沁君本、王季思本改作「疏」，高橋繁樹本作「疎」。〔四〕原本「净」上衍「外」字，鄭騫本未删，其他各本均已删。〔五〕此處徐沁君本、王季思本補「（正末唱）」。

〔注〕①「秉」，執；持。②「陰符」，古代兵書名，也泛指兵法書籍。③「畫字」，在文件、文書上簽字、畫押。④「理會」，料理；處理；處置。⑤「軍儲」，糧草等軍用物資。⑥「踈」，關係疏遠。同「踈」「疏」。⑦「到頭」，到最後；最終；終究。⑧「賢愚」，指有才能的人和無才能的人。⑨「並居」，同處；相提并論。⑩「水火不同炉」，謂兩者根本對立，不能同處。

【醉扶歸】〔一〕天子交微臣坐都堂①食君禄，子索②行王道化③風俗④。豈不聞舉枉錯直民不伏〔二〕⑤，交兩个就殿下把輸贏〔三〕賭。（駕云了）〔四〕贏〔五〕了的朝治〔六〕⑥内峥嶸⑦侍主⑧，輸了的交深山里鋤刨〔七〕⑨去。（駕云了）（外末、〔八〕净云下〔九〕）〔十〕

〔校〕〔一〕【醉扶歸】原本作【醉中天】，各本均已改。〔二〕原本「伏」字，徐沁君本、王季思本、高橋繁樹本改作「服」。徐沁君本校記云：「語出《論語·爲政》：『舉直錯諸枉，則民服；舉枉錯諸直，則民不服。』」按，「伏」通「服」。〔三〕〔五〕「贏」原本作「羸」，各本均已改。〔四〕此處徐沁君本、王季思本補「（正末唱）」。〔六〕「治」原本作「野」，徐沁君本、高橋繁樹本未改，其他各本均改作「治」。按，「朝野」指朝廷和民間，「朝治」指朝廷。「治」字是。〔七〕「刨」原本作「庖」，鄭騫本、高橋繁樹本改作「鉋」，其他各本均作「刨」。按，「鉋」是「刨」之古字。〔八〕原本「净」上衍「外」字，鄭騫本未删，其他各本均已删。〔九〕原本「下」字，徐沁君本、甯希元本改作「了」。〔十〕此處徐沁君本、王季思本補「（正末唱）」。

〔注〕①「都堂」，指官署、衙門的辦公之處。②「子索」，只須。③「化」，教化。④「風俗」，風氣；習俗。⑤「舉枉錯直民不伏」，任用邪曲之人，置于正直人之上，人民不服。「伏」通「服」。⑥「朝治」，朝廷。⑦「峥嶸」，謂仕途得意。⑧「侍主」，侍奉君主；爲君主工作。⑨「鋤刨」，鋤地；刨地。代指從事農業生産活動。

【憶王孫】薛仁貴君〔一〕子断其初①，張士貴賊兒膽底虚②。一个話頭兒③先順④，一个口里先囁嚅〔二〕⑤。薛仁貴暗歡〔三〕娱，張士貴似热地上蚰蜒⑥没是処⑦。

（駕云）（射垜子⑧了）〔四〕

〔校〕〔一〕「君」原本作「若」，鄭騫本未改，其他各本均改作「君」。徐沁君本校記云：「此爲當時成語。關漢卿《魯齋郎》第三折：『早難道君子斷其初。』……凡『早難道』、『豈不聞』、『常言道』、『可不道』云者，皆表明其爲成語也。」〔二〕「囁嚅」原本作「咠喘」，各本均改作「囁嚅」。〔三〕「歡」原本作「散」，各本均已改。〔四〕此處徐沁君本、王季思本補「（正末唱）」。

〔注〕①「君子断其初」，君子開始做某事就很堅定，決定的事不反悔。②「賊兒膽底虛」，猶做賊心虛。③「話頭兒」，話題；話語。④「順」，有條理。⑤「囁嚅」，小聲私語貌；欲言又止貌。⑥「热地上蚰蜒」，比喻處于窘迫之境的人。「蚰蜒」，似蜈蚣而體形略小的蟲子，喜陰暗潮濕。⑦「没是処」，沒辦法；不知怎麼辦好。⑧「垜子」，城墻向上突出的部分。

【醉扶歸】薛仁貴箭發无偏曲①，手段不尋俗②。張士貴拽硬③射親〔一〕④却不大故⑤。薛仁貴那箭把金錢眼里吉丁⑥的牢関住，張士貴拽滿了絃〔二〕鳴箭出，那箭離垜子⑦有三十步。

（張士貴云了）（駕云了）〔三〕

〔校〕〔一〕「親」原本作「⿰耒見」，鄭騫本校作「親」，甯希元本校作「近」，其他各本均作「規」。鄭騫本云：「（射親）此二字待校。」徐沁君本僅云：「疑是『規』字。」甯希元本校記云：「原本『近』（jin）字，音假爲『親』（qin）。今改。按：此語有打趣之意，拉硬弓，射近的，結果，『離垜子有三十步』，愈見其不濟。徐本依字形改作『規』，似非。」按，「⿰耒見」形似「規」而實非，應校作「親」。左邊部件刻作「耒」，本劇第二折第二支曲子【逍遥樂】：「却交我没親没屬」，「親」字刻作「⿰耒見」。元刊雜劇中，「親」「新」字的部件「亲」多刻作「耒」，如《看錢奴》第二折：「可憐見小冤家把你做七世親娘拜」之「親」字刻作「⿰耒見」，第四折：「便道東嶽新添速報司」之「新」字刻作「⿰耒斤」。「親」有「準」義，尤指射箭。「射親」指箭射得準，或者指訓練或比賽射箭準確性的軍事項目。《宋史·兵志九》：「不習射親不可以臨陣」，北宋官修軍事著作《武經總要》卷一：「次能射親者四千人。」「準」義的「親」與「疏」相對，《武經總要》卷二：「乃以弓之硬弱、箭之遲速遠近、射的親疏、穿甲重數而爲之等。」〔二〕原本「絃」字，鄭騫本、高橋繁樹本未改，其他各本均改作「弦」。按，「絃」有「弓弦」義，可不改字。〔三〕此處徐沁君本、王季思本補「（正末唱）」。

〔注〕①「偏曲」，不正；不準。②「尋俗」，尋常；平常。③「拽

硬」，拉硬弓。④「射親」，射得準，也指訓練或比賽射箭準確性的軍事項目。「親」，準。⑤「大故」，特别；出奇。亦作「大古」。「不大故」，不怎麽樣。⑥「吉丁」，擬聲詞，狀金屬、玉器等互相撞擊聲。⑦「垛子」，城墻向上突出的部分。

【那吒令】托〔一〕賴①着聖天子有齊天洪福②，特交老微臣將功勞尽数，薛仁貴這將軍听官封破虜③。這將軍馬到処，无門路④，却不道天理何如。

〔校〕〔一〕「托」原本殘作「𠀋」，徐沁君本校作「元」，其他各本均作「托」。按，「托」字是，「托賴着」習見于元代文獻。

〔注〕①「托賴」，依賴；倚仗；被庇護。②「齊天洪福」，天大的福氣。③「破虜」，此當是薛仁貴的將軍名號。④「門路」，此指逃脱的途徑。

【鵲〔一〕踏枝】他每①待②定機謀，見贏輸。托賴③着聖明天子，百灵④咸⑤助，杀的敗殘軍前追後逐，趕的來一个皆〔二〕无。

（駕云了）（〔三〕云）陛下不索⑥説。〔四〕

〔校〕〔一〕「鵲」原本作「雀」，各本均已改。〔二〕「皆」原本作「比日」二字，各本均校作「皆」。〔三〕「云」上徐沁君本、王季思本、高橋繁樹本補「正末」二字。〔四〕此處徐沁君本、王季思本補「（唱）」。

〔注〕①「每」，們，複數標記。②「待」，要；想要。③「托賴」，依賴；倚仗；被庇護。④「百灵」，各種神明。⑤「咸」，都；皆。⑥「索」，須。

【金盞兒】見贏輸，定榮華〔一〕，賜的是將軍每①建立功勞処。一个索②剥官卸職③，一个索〔二〕掛金魚④。〔三〕張士貴！〔四〕你將取飽⑤苦庄〔五〕三頃地，扶手一〔六〕張鋤⑥。〔七〕薛仁貴，你不謝恩子麽⑦？〔八〕你受取⑧門排十二戟⑨，户列八椒〔九〕圖⑩。

（外謝恩了）〔十〕

〔校〕〔一〕原本「華」字，鄭騫本、王季思本改作「枯」，其他各本校作「辱」。鄭騫本、王季思本均云「據韻改」，徐沁君本校記云：「『榮辱』與上句『輸贏』相應；且『辱』字叶韵。」甯希元本校記云：「原本『榮』字，當由『榮華』一詞常連用，誤作『華』。

今改。徐本同。鄭本改作『枯』，不取。」按，「華」亦可通，不改。〔二〕「索」下徐沁君本、王季思本據《元曲選》補「玉帶上」。〔三〕「張」上徐沁君本、王季思本補「（帶云）」。〔四〕「貴」下徐沁君本、王季思本補「（唱）」。〔五〕原本「飽」字，鄭騫本、高橋繁樹本改作「鉋」，其他各本改作「刨」。原本脱「苫」字。按，「飽」字無誤，「取飽」爲一詞，「莊」上脱一「苫」字。「取飽」指以某物充飢。《祖堂集》卷四：「只見餓夫來取飽，未聞漿逐渴人死」，晋葛洪《抱樸子·外篇·良規》：「雖策命暫隆，弘賞暴集，無異乎……飢者之取飽於鬱肉漏脯也。」「苫莊三頃地，扶手一張鋤」爲元代習語，指務農、從事農業勞動。該劇《元曲選》本第一折：「射不著的『苫莊三頃地，扶手一張鋤』」，《元曲選》本《趙氏孤兒》第二折：「老夫掌不得王事，罷職歸農，苫莊三頃地，扶手一張鋤。」「你將取飽苫庄三頃地，扶手一張鋤」指張士貴將要以務農爲生。故「庄」上脱一「苫」字。「苫庄」確切義待考。據曲譜，【金盞兒】第五、六兩句須對，正格均五字，「苫莊」對「扶手」，「三頃地」對「一張鋤」，「你將取飽」是襯字。〔六〕「扶」原本作「佚」，「一」原本空缺，各本均已補改。〔七〕「薛」上鄭騫本補「（云）」，徐沁君本、王季思本、高橋繁樹本補「（帶云）」。〔八〕「麼」下徐沁君本、王季思本補「（唱）」。〔九〕「椒」原本作「焦」，各本均已改。〔十〕「外謝恩了」原本作「外謝思子」，徐沁君本、王季思本、高橋繁樹本補改作「外末謝恩了」，鄭騫本、甯希元本作「外謝恩了」。「（外謝恩了）」下徐沁君本補「（正末唱）」。

〔注〕①「每」，們，複數標記。②「索」，須。③「剥官卸職」，剥奪官職。④「掛金魚」，即玉帶上掛金魚，代指做高官。⑤「取飽」，以某物充飢。⑥「苫庄三頃地，扶手一張鋤」，指務農。⑦「子麼」，怎麼；做什麼。⑧「受取」，享受。⑨「門排十二戟」，大門兩邊各列六名執戟的士兵，是官位、地位高的表現。⑩「户列八椒圖」，大門上有螺形裝飾物，是古代官署或顯貴人家的標志。「八椒圖」，古代大門上的螺形裝飾物，俗稱「鼓丁」。

【賺煞尾】官里①待報答你那血濺的戰袍紅，草染的征靴〔一〕緑，那一枝〔二〕方天戟[②]超今越古[③]。你覷張士貴容顏如地土，他這賴功的是天理乘〔三〕除[④]。鎮[⑤]皇都，四海无虞[⑥]，倚着這百二[⑦]山河壯帝居[⑧]。為你呼風喚雨[⑨]，他拿雲握霧[⑩]，不是我呵〔四〕[⑪]，你怎能勾〔五〕[⑫]一封天子詔〔六〕賢書？

（下）（駕云了）〔七〕

〔校〕〔一〕「征靴」原本作「紅柳」，各本均據《元曲選》改作「征靴」。〔二〕「枝」原本作「杖」，高橋繁樹本未改，其他各本均改作「枝」。按，「枝」「杖」形近而誤。〔三〕「乘」原本作「升」，各本均已改。鄭騫本校記云：「音近借用，據文義改。」徐沁君本校記云：「《陽春白雪》後集卷三劉時中【端正好】《上高監司》第二套：『怕不你人心奸巧，争奈有造物乘除。』無名氏《劉弘嫁婢》第一折：『想咱這人貧人富，原來這天公暗裏自乘除。』本曲『天理乘除』，與『造物乘除』、『天公乘除』意同。」王季思本從鄭騫本、徐沁君本改。甯希元本校記云：「原本『乘』字，音假爲『升』。今改。」〔四〕「不」原本作「干」，「呵」原本作「可」，各本均已改。王季思本「不」上補「（云）」，「呵」下補「（唱）」。〔五〕原本「勾」字，鄭騫本未改，其他各本均改作「够」。按，「能勾」同「能够」。〔六〕原本「詔」字，鄭騫本、王季思本未改，徐沁君本、甯希元本改作「召」，高橋繁樹本改作「招」。〔七〕鄭騫本「（駕云了）」置于第二折開頭。王季思本將兩科介乙作「（駕云了）（下）」。

〔注〕①「官里」，皇帝。②「方天戟」，兵器名，多作「方天畫戟」，柄上有彩繪裝飾，上部作「井」字形。③「超今越古」，超越古今，指少見、罕見。④「天理乘除」，按照天道進行計算。⑤「鎮」，鎮守。⑥「四海无虞」，天下太平，没有内憂外患。「虞」，憂慮；憂患。⑦「百二」，謂以二敵百，指山河險固。⑧「帝居」，帝王的居處，亦指京都。⑨「呼風喚雨」，比喻有支配自然的力量。⑩「拿雲握霧」，比喻手段高强。⑪「呵」，的話，表假設。⑫「能勾」，能够。

第二折

（外末做夢里扣門科）（正末扮孛老[①]同老旦上〔一〕）〔二〕

【商調】〔三〕【集賢賓】子②聽的吖吖地叫了我一声薛大伯！天！是那一个迤逗③我的小敲才④？立不定前合後偃⑤，行不動東倒西歪。折倒⑥的我身体兒尪〔四〕羸⑦，憂愁的髭髪⑧班〔五〕白⑨。那當軍⑩去了大郎⑪安在哉！便⑫是鉄頭〔六〕人也感嘆傷懷。不能勾〔七〕掌六軍⑬元帥府，敢子落的釘一面⑭遠鄉牌⑮。

〔校〕〔一〕「上」下徐沁君本補「唱」。〔二〕此處王季思本補「（正末唱）」。〔三〕原本無宫調名【商調】，各本均已補。〔四〕「尪」原本作「汪」，各本均已改。〔五〕原本「班」字，各本均改作「斑」。按，「班白」同「斑白」。〔六〕王季思本據《元曲選》將「頭」改作「石」。〔七〕原本「勾」字，各本均改作「够」。按，「能勾」同「能够」。

〔注〕①「孛老」，元雜劇裏的中老年男性角色，正末、外末、净均可扮演。此扮薛仁貴之父薛大伯。②「子」，只。③「迤逗」，挑逗；招惹；打斷；耽誤。④「敲才」，詈詞，猶「欠打的東西」。⑤「前合後偃」，身體晃動，站立不穩。⑥「折倒」，摧殘；折磨。⑦「尪羸」，瘦弱；病弱。⑧「髭髪」，鬍鬚和頭髪。⑨「班白」，同「斑白」。⑩「當軍」，當兵；從軍。⑪「大郎」，大兒子。此指薛仁貴。⑫「便」，即便；即使；就算。⑬「六軍」，不同時代所指不同，泛指禁軍或高級軍隊。⑭「面」，量詞，稱量「遠鄉牌」。⑮「遠鄉牌」，古代指客死異鄉之人的墓碑。

【逍遥樂】我子①為你个孩兒出外，交我少精没神②，失魂散魄③。兒呵！他那里日炙〔一〕風篩④，多應⑤陣場⑥中土昧〔二〕塵埋〔三〕⑦。指望你一箭獲功把門户改，光显⑧咱薛家祖代。却交我没親没屬⑨，没靠没挨⑩，没米没柴。

（老旦〔四〕云了）〔五〕

〔校〕〔一〕「炙」原本殘似「灵」，各本均已改。〔二〕王季思本「昧」誤作「抹」。〔三〕「埋」原本作「理」，各本均已改。〔四〕「旦」原本作「孤」，鄭騫本未改，其他各本均改作「旦」。徐沁君本校記云：「本劇角色中無『老孤』。」〔五〕此處徐沁君本、王季思本補「（正末唱）」。

〔注〕①「子」，只。②「少精没神」，没有精神。③「失魂散魄」，

即「失魂落魄」，指驚慌憂慮、心神不定。④「日炙風篩」，日曬風吹。⑤「多應」，很可能。⑥「陣場」，戰場。⑦「土昧塵埋」，被塵土掩埋。⑧「光顯」，光耀。⑨「没親没屬」，没有親人。⑩「没靠没挨」，没有依靠。

【梧葉兒】那刘太公菩薩女，却招了壯王二做布袋〔一〕①，交眾親眷插環釵。到我行②休交拜，我道是因甚來，子一句話道的〔二〕我淚盈腮。〔三〕薛仁貴兒！〔四〕子被你没主意③了爺爺妳妳！

（老旦云了）〔五〕

〔校〕〔一〕「袋」原本作「袱」，各本均已改。〔二〕原本脱「的」字，各本均已補。〔三〕「薛」上徐沁君本、王季思本補「（帶云）」。〔四〕「兒」下徐沁君本、王季思本補「（唱）」。高橋繁樹本「薛仁貴兒」作大字，與下句曲文連讀。〔五〕此處徐沁君本、王季思本補「（正末唱）」。

〔注〕①「布袋」，上門女婿；招贅女婿。「布袋」是「補代」的諧音。②「行」，處；地方。③「没主意」，没有主見；不知怎麼辦。

【掛金索】也是我前世前緣，少欠①你冤家債；逐〔一〕日逐朝②，思量得您爺娘害③。〔二〕我兒！薛仁貴！那〔三〕里？〔四〕你賺④到我庄東，交我笑靨⑤兒鑽破兩腮。不見我孩兒〔五〕，交我直哭到門兒外。

（外末云了）（老旦云了）〔六〕

〔校〕〔一〕「逐」原本作「遂」，各本均已改。〔二〕「我」上鄭騫本補「（云）」，徐沁君本、王季思本、高橋繁樹本補「（帶云）」。〔三〕徐沁君本「那」改作「哪」。〔四〕「里」下徐沁君本、王季思本補「（唱）」。〔五〕「不見我孩兒」原本爲小字，各本均改作大字、曲文。〔六〕此處徐沁君本、王季思本補「（正末唱）」。

〔注〕①「少欠」，欠；虧欠。同義連文。②「逐日逐朝」，每天；天天。③「害」，損害；患病。④「賺」，騙；哄騙。⑤「笑靨」，笑容；笑顔；笑意。

【後庭〔一〕花】割捨〔二〕了一不做二不該①，孩兒！你也忒千自由百自在②！你從二十二上投軍③去，可怎三十三上恰到來？那一日離庄宅，朝〔三〕登紫陌④，絳州城，显氣槩，投義軍⑤，施手策⑥，把〔四〕家門⑦，待便改，怎承望⑧，十数載！

〔校〕〔一〕「庭」原本作「亭」，各本均已改。〔二〕「割捨」原本作「合旧」，高橋繁樹本未改，鄭騫本改作「合就」，其他各本據《元曲選》改作「割捨」。〔三〕原本「朝」字，徐沁君本、王季思本據《元曲選》删，其他各本未删。按，不應删「朝」字。「那一」至「数載」部分，「宅」下、「城」下、「軍」下、「門」下、「望」下均應點斷。據曲譜，【後庭花】本格七句，末句正格五字。該曲【後庭花】有增句，屬于變體。「紫陌」後爲四個六字句，據曲譜應斷爲四個六字折腰句，作：「絳州城、顯氣槩，投義軍、施手策，把家門、待便改，怎承望、十數載！」「絳州城、顯氣概」是從本格第七句正格五字改成的，其餘三個六字折腰句爲增句。這樣的話，「那一」前有四句，故「那一日離庄宅朝登紫陌」應爲第五、六句。第五、六句正格分别爲三字和四字，故應斷作：「那一日離庄宅，朝登紫陌」，「那一日」爲襯字。第五句須押韵，「宅」字恰好爲韵脚。若删「朝」字，則第六句短一正格字。「朝登紫陌」常與「暮踐紅塵」或「暮踏紅塵」連言，「朝」「暮」相對，「紫陌」「紅塵」出自唐代劉禹錫《玄都觀桃花》詩：「紫陌紅塵拂面來，無人不道看花回。」「紫陌」指京都附近的路，「紫陌紅塵」代指繁華的社會生活。該句下文并無「暮」字與「朝」對言，但「朝」字却不可删掉，原因在于【後庭花】第六句正格字數的要求。〔四〕原本「把」字上部殘損，覆元槧本刻作「他」，鄭騫本沿誤。

〔注〕①「一不做二不該」，要麽不做，要麽做到底。是「一不做二不休」的變體，因押韵改用「該」字。②「千自由百自在」，謂極自由自在。③「投軍」，参軍。④「朝登紫陌」，喻指過上繁華的社會生活。「紫陌」指京都附近的路。⑤「義軍」，古代政府或民間臨時組建的軍隊。⑥「手策」，手段；本事；本領。⑦「家門」，家世；門第。⑧「承望」，指望。

【柳葉兒】子〔一〕想着我兒安在，誰承望①你日轉千堦②！他向塵埃中展脚舒腰③拜，我与你權④躭待〔二〕⑤。只想你送灯臺〔三〕⑥，一去了却早回來。(外末云)〔四〕

〔校〕〔一〕「子」原本作「千」，各本均已改。〔二〕「躭待」原本作「躭帶」，鄭騫本未改，徐沁君本、甯希元本作「耽待」，王季思本、高橋繁樹本作「躭待」。〔三〕「灯臺」原本作「灯哀」，甯希元本未改，徐沁君本改作「燈臺」，其他各本均改作「曾哀」。鄭騫本校記云：「（送曾哀）曾原作『燈』，今改。此爲元曲常用典故，或云趙老送燈臺，或云趙藁送曾哀，未有云送燈哀者。」徐沁君本校記云：「『臺』原本作『哀』。今改。臧本作『送曾哀』。按，或作『送燈臺』，或作『送曾哀』，均可；『送燈哀』，必有一誤。參看孫楷第《滄洲集》卷六《釋趙藁送曾哀》文、朱居易《元劇俗語方言例釋》『趙杲送燈臺』條。」王季思本「據鄭、徐本改」。甯希元本校記云：「送燈哀：即『趙老送燈臺，一去不回來』二語之縮。鄭本改作『送曾哀』，徐本改作『送燈臺』，似可不改。」按，「送燈臺」是，「趙藁」「趙杲」均爲「趙老」之音轉，「趙老」是「鮑老」之音轉，「鮑老」之來源尚不明。參見楊琳《「趙老送燈臺」考源》。〔四〕此處徐沁君本、王季思本補「（正末唱）」。

〔注〕①「承望」，指望。②「日轉千堦」，喻官職晋升極快。③「展脚舒腰」，伸展腰、脚。「舒」，伸。④「權」，權且；姑且。⑤「躭待」，耽待；原諒；諒解。⑥「送燈臺」，即歇後語「趙老送燈臺——一去不回來」。

【醋葫芦】不索①你糕也侣②糰③，謎也似④猜，我運槳擔水⑤趲⑥下資財。壓〔一〕⑦出去的破鍋用尖〔二〕擔⑧擡，子落的這横財〔三〕兩塊，我兒得後⑨怕為灾。

（外〔四〕云了）〔五〕

〔校〕〔一〕甯希元本「壓」改作「押」，校記云：「『押』，即抵押，原本音假爲『壓』。」〔二〕「尖」原本作「健」，唯甯希元本改，校記云：「『尖擔』，兩頭成尖狀的扁擔，原本『尖』，音假爲『健』。今改。」按，甯希元本所校是。〔三〕「財」原本作「才」，鄭騫本、高橋繁樹本改作「財」，其他各本改作「材」，均無詳細校語。〔四〕「外」下徐沁君本、王季思本、高橋繁樹本補「末」字。〔五〕此處徐沁君本、王季思本補「（正末唱）」。

〔注〕①「不索」，不須。②④「也侣」「也似」，一般；似的。③「糰」，即「團」。⑤「運漿擔水」，比喻替他人作粗活兒。⑥「趲」，同「攢」，積攢。⑦「壓」，擱置。⑧「尖擔」，用來挑柴草等物的長棍，兩頭尖，便于插入柴草捆。⑨「後」，「之後；以後」「的話」兩義均通。「後」的假設義由時間義語法化而來。

【幺篇】〔一〕婆婆！把酒快買，將猪便宰，去那店東頭當①下〔二〕旧麻〔三〕鞋。你怕薛仁貴酒腸②寬似海，床底下更有五升來③喬〔四〕麥。笑的頑〔五〕涎④溜我一合頦〔六〕⑤。

(净拿外末了〔七〕)〔八〕

〔校〕〔一〕【幺篇】原本作【么】，鄭騫本、高橋繁樹本改作【幺】，其他各本均作【幺篇】。〔二〕王季思本「下」誤作「一」。〔三〕「麻」原本形誤爲「府」，各本均已改。〔四〕原本「喬」字，鄭騫本、王季思本未改，其他各本均改作「蕎」。按，古代文獻中常見「喬麥」，可不改。〔五〕「頑」原本作「溜」，鄭騫本改作「滑」，其他各本均改作「頑」。按，「頑」與「翫」音同致誤，「翫」又形誤爲「溜」。〔六〕原本「合頦」，鄭騫本未改，徐沁君本改作「台頦」，王季思本、高橋繁樹本從徐沁君本改，甯希元本改作「頷胲」。徐沁君本校記云：「『台頦』一詞，參看《語辭匯釋》卷五『台孩』條、《元劇俗語方言例釋》『胎孩條』。」甯希元本校記云：「『頷』，當音假爲『含』，形誤爲『合』。今改。元人稱下巴爲『頷胲』。《元典章》卷三十禮部三，叙畏吾兒喪事體例：『合（含）胲上，乳頭上，肚臍上，放的是金子。』可證。徐本改作『台頦』，實誤。」按，元代文獻「合頦」數見，「合」本字應爲「頷」。「頷頦」指下巴、下頷。可不改。徐沁君本使用簡體，認爲「合」爲「台」之形誤，「台（臺）頦」與「臺孩」「胎孩」同。徐説不確。其一，三十種元刊雜劇中確有將「臺」刻作簡體「台」的，然《薛仁貴》整部劇中無「臺」字，「擡」均爲繁體，無作「抬」者，故形誤之説不大可能成立；其二，「臺孩」「胎孩」狀表情嚴肅、板著臉之貌，爲謂詞性詞語，而該條「合頦」前有「我一」，顯係名詞，故「台（臺）頦」失之。「合頦」即「頷頦」，指下巴、下頷。元代無名氏《虎牢關三戰吕布》第二折：「你看我水磨鞭帶合頦打綻那賊臣口」，指用水磨鞭把賊臣口連帶下巴都打綻。甯希元本所校失之迂折，所列《元典章》例亦無效力，并不能證明「合」爲「含」之形誤。〔七〕該科介原本作「外末那外净了」，鄭騫本未改，徐沁君本、王季思本作「净上拿外末了」，甯希元本作「净上，拿外末了」，高橋繁樹本作「净拿外末了」。徐沁君本校記云：「臧本作：『張士貴領卒子衝上。』」按，「那」顯係「拿」之音誤，今從高橋繁樹本改。〔八〕此處徐沁君本、王季思本補「（正末唱）」。

〔注〕①「當」，典當；抵押。②「酒腸」，酒量。③「來」，助詞，表概數。④「頑涎」，口水。⑤「合頦」，下巴。「合」本字爲「頜」。

【幺篇】〔一〕見他傷憋憋〔二〕①的開聖旨〔三〕，諕〔四〕的我黄甘甘②改了面色，見幾个惡喑喑③的公吏人兩边排〔五〕。告你个南海南救苦觀自在④，我与你磕頭礼拜，你放了我孩兒勝如⑤做万僧齋⑥。

（〔六〕拿外末下〔七〕了）〔八〕

〔校〕〔一〕【幺篇】原本作【三】，鄭騫本未改，高橋繁樹本作【幺】，其他各本均改作【幺篇】。〔二〕「憋憋」原本作「敝」和一重文符號，鄭騫本、高橋繁樹本作「敝敝」，徐沁君本、王季思本、甯希元本作「憋憋」。按，「傷憋憋」，厲害、凶狠貌。「敝敝」則狀疲倦困頓貌。〔三〕「聖旨」原本作「〇〇」，各本均已改。〔四〕原本「諕」字，鄭騫本、高橋繁樹本未改，其他各本均改作「唬」。〔五〕「排」原本作「非」，各本均已改。〔六〕「拿」上徐沁君本補「净」字。〔七〕「下」原本作「上」，鄭騫本未改，其他各本均改作「下」。〔八〕此處徐沁君本、王季思本補「（正末唱）」。

〔注〕①「傷憋憋」，厲害、凶狠貌。②「黄甘甘」，臉色乾黄貌。③「惡喑喑」，凶惡的樣子。④「觀自在」，佛教觀世音菩薩的别名。⑤「勝如」，比……好/强。「如」，比較標記。「A 勝如 B」體現 VO 型的語序類型。⑥「万僧齋」，將食物施捨給一萬名僧人。

【浪里來煞】〔一〕把孩兒捕魯魯①推出寨〔二〕門②，慘〔三〕可可③待〔四〕殺壞，眼見的苦厭厭④血〔五〕泊⑤里躺〔六〕着尸骸。着⑥麻繩子背綁〔七〕⑦怎挣揣〔八〕⑧？欲要你殘生得在，兒呵！子除是九重天⑨滴溜溜⑩飛下一㡀赦書⑪來！

（下）（推〔九〕末下了）

〔校〕〔一〕【浪里來煞】原本作【浪里來】，鄭騫本、甯希元本、高橋繁樹本補作【浪來裏煞】，徐沁君本、王季思本作【浪裏來煞】。按，【浪裏來】同【浪來裏】，可作尾聲，作尾聲時加「煞」字。〔二〕高橋繁樹本「寨」改作「宅」。〔三〕原本「慘」字，徐沁君本未改，其他各本均改作「磣」。按，「慘可可」，悲痛貌。「磣可可」，淒慘可怕貌。似可不改。〔四〕「待」原本作「持」，各本均已改。〔五〕「厭厭」原本作「厥」和一重文符號，鄭騫本作「厥厥」，其他各本均作「厭厭」。原本脱「血」字，各本均已改。〔六〕「躺」原本作「倘」，各本均已改。〔七〕「綁」原本作「傍」，各本均已改。〔八〕「揣」原本作「惴」，各本均已改。〔九〕徐沁君本、王季思本「推」上補「净」字，下補「外」字。甯希元本「推」上補「净」字。高橋繁樹本「推」下補「外」字。

〔注〕①「捕魯魯」，狀人多推搡聲。②「寨門」，村寨的大門。③「慘可可」，悲痛貌。④「苦厭厭」，苦悶；痛苦。亦作「苦懨懨」。⑤「血泊」，受傷、被殺時流出的大片的血。⑥「着」，用；使用。⑦「背綁」，反綁；手被綁在身後。⑧「挣揣」，挣扎；挣脱。⑨「九重天」，泛指天。古人認爲天有九層。⑩「滴溜溜」，旋轉飛下貌。⑪「赦書」，赦免罪狀的文書。

第三折

（駕上開了）（宣外末還鄉了）（外末云了）〔一〕（正末扮拔禾①上，云）
呌〔二〕伴姑兒②，你醉了，等我咱③。〔三〕

【中吕】〔四〕【粉蝶兒】節遇寒食④，一家家上墳準備，煮煠⑤了些祭奠茶食，有些个菜饅頭⑥、瓢漏〔五〕粉⑦，雞豚狗彘⑧。知它〔六〕是甚娘⑨喬為⑩，直喫得恁般⑪來杀势⑫。

〔校〕〔一〕徐沁君本將前三個科介置于第二折末尾。〔二〕徐沁君本「呌」字處理爲科介。〔三〕此處徐沁君本、王季思本補「（唱）」。〔四〕原本無宫調名【中吕】，各本均已補。〔五〕「瓢漏」原本作「[illegible]

陋」，各本均校作「瓢漏」。〔六〕原本「它」字，各本均改作「他」。按，「它」同「他」。

〔注〕①「拔禾」，農民；莊稼漢。亦作「拔和」。(《漢語大詞典》「拔和」：宋雜劇的後散段。由雜扮藝人扮演，内容多爲没有進過城見過世面的鄉下人鬧的笑話。) ②「伴姑兒」，宋元時農村年輕女子的泛稱。③「咱」，祈使語氣詞。④「寒食」，即「寒食節」，在清明前一或二日，此日禁烟火，冷食，是爲了紀念春秋時期晋文公大臣介子推。介子推隱于綿山，文公爲了逼介子推出仕而燒山，介子推抱樹被火燒死。⑤「煠」，炸；油炸。⑥「菜饅頭」，菜包子。⑦「瓢漏粉」，粉條。「瓢漏」是粉的做法，粉從帶洞的瓢中漏出成爲粉條。⑧「雞豚狗彘」，泛指肉類。「豚」，小豬。「彘」，大豬。⑨「娘」，詈詞，猶「他媽的」。⑩「喬為」，矯揉造作的行爲。「喬」，矯飾；做作。⑪「恁般」，那樣；那般。⑫「杀势」，樣子；模樣。亦作「沙勢」，是「勢沙」之倒文。「勢沙」也作「勢煞」「勢霎」。(參見《詩詞曲語辭辭典》)

【醉春風】你失掉〔一〕了鑞釵鎞〔二〕①，歪斜了油鬏髻②。上墳処③是④有醉的婆娘，也不似你！你！你！〔三〕吃得來東倒西歪，後合前偃⑤，哧⑥得來吐天吐地⑦。

(〔四〕旦醉了)〔五〕

〔校〕〔一〕「掉」原本作「吊」，各本均已改。〔二〕高橋繁樹本「鎞」改作「篦」。〔三〕甯希元本「你」字二叠，校記云：「原本［醉春風］曲『你』字三叠，今據曲律及《元曲選》删其一。」〔四〕「旦」上徐沁君本、王季思本據《元曲選》補「禾」字。〔五〕此處徐沁君本、王季思本補「（正末唱）」。

〔注〕①「鑞釵鎞」，鉛鋁合金的髮釵和篦子。「鑞」，鉛錫合金，外觀色澤似銀。「鎞」同「篦」。②「油鬏髻」，油亮的髮髻。③「処」，時；的時候。④「是」，即使。⑤「後合前偃」，身體晃動，站立不穩。⑥「哧」，「噇」的俗體，指無節制的吃喝。⑦「吐天吐地」，嘔吐厲害貌。

【朝天子】每日價①這壁〔一〕②，那壁〔二〕③，哧④的來醺醺醉。古語常言是真实，正是酒賤黄泥貴⑤。走向前來，揪撏⑥一會。這婆娘没道理。我敢打〔三〕你，我也敢罵〔四〕你，打你那醉了重還醉。

〔校〕〔一〕〔二〕「壁」原本作「比」，各本均已改。〔三〕〔四〕徐沁君本「打」「罵」二字互易，校記云：「『罵』、『打』二字原互易。今改正。再下句『打你』云云，即承第二句而言。」

〔注〕①「價」，詞綴，也作「家」。②「這壁」，這邊；這裏。③「那壁」，那邊；那裏。④「㖞」，「噇」的俗體，指無節制的吃喝。⑤「酒賤黄泥貴」，謂極愛飲酒。⑥「揪撏」，撕扯；打架。「撏」，拉；扯；拔。

【十二月】〔一〕你把我扌〔二〕揉了面皮，我把你扯住衣袂①。不學他緝〔三〕麻②土〔四〕布，倒杼番〔五〕機③，不學些真純老實〔六〕，子④待要⑤弄盞傳杯⑥。

〔校〕〔一〕【十二月】原本作【堯民歌】，各本均已改。〔二〕王季思本「扌」改作「搽」。〔三〕甯希元本「緝」改作「績」。〔四〕原本「土」字，鄭騫本、徐沁君本未改，王季思本改作「織」，甯希元本改作「上」，高橋繁樹本改作「做」。按，未知孰是，暫不改。〔五〕「杼番」原本作「苧番」，鄭騫本未改，其他各本均改作「杼翻」。按，「苧」「杼」音同而誤，「番」同「翻」。〔六〕「實」原本作「宊」。

〔注〕①「衣袂」，衣袖，也代指衣衫。②「緝麻」，把麻搓成繩、綫。③「倒杼番機」，倒弄織布機，即織布。「杼」，織布用的梭子。④「子」，只。⑤「待要」，要；想要。⑥「弄盞傳杯」，指飲酒，猶「推杯换盞」。

【堯民歌】〔一〕滿城里没你這般歹東西！我死了休你〔二〕送寒衣①，你便上青山一化做望夫石②，不与俺窮漢做活計。吡吡〔三〕！婆娘婦女每③，子④待⑤每日醺醺〔四〕醉。

（外末一行上，云了）（〔五〕做驚諕科〔六〕）〔七〕

〔校〕〔一〕原本無【堯民歌】，各本均已補。〔二〕原本「休你」，鄭騫本、高橋繁樹本未改，徐沁君本、王季思本乙作「你休」，甯希元本補作「休想你」。〔三〕甯希元本「吡吡」改作「呲呲」。〔四〕「醺醺」原本作「薰薰」，各本均已改。〔五〕「做」上徐沁君本、王季思本、高橋繁樹本補「正末」二字。〔六〕「科」下徐沁君本補「唱」字。原本「諕」字，鄭騫本、高橋繁樹本未改，其他各本均改作「唬」。〔七〕此處王季思本補「（正末唱）」。

〔注〕①「送寒衣」，農曆十月初一，天氣轉冷，爲去世親人燒紙、燒紙衣，叫作「送寒衣」。②「望夫石」，民間傳説婦人站立企盼夫君歸來，久而化爲石頭。③「每」，們，複數標記。④「子」，只。⑤「待」，要；想要。

【上小樓】見人言語，听的馬嘶，來到根底〔一〕①。諕〔二〕的我驚驚〔三〕戰戰②，悠悠蕩蕩，魄散魂飛。這壁〔四〕廂③那壁〔五〕廂④无処躲〔六〕避，我只〔七〕索可捕捕⑤馬前膝跪。

（外末云了）〔八〕

〔校〕〔一〕「根底」原本作「根的」，鄭騫本、甯希元本、高橋繁樹本改作「根底」，徐沁君本、王季思本改作「跟底」。〔二〕原本「諕」字，鄭騫本、高橋繁樹本未改，其他各本均改作「唬」。〔三〕原本「驚驚」，鄭騫本、高橋繁樹本未改，徐沁君本、王季思本改作「兢兢」，甯希元本改作「競競」。〔四〕〔五〕「壁」原本作「比」，各本均已改。〔六〕「躲」原本作「軃」，鄭騫本、高橋繁樹本未改，其他各本均改作「躲」。〔七〕甯希元本「只」改作「子」。〔八〕此處徐沁君本、王季思本補「（正末唱）」。

〔注〕①「根底」，跟前。亦作「跟底」。②「驚驚戰戰」，害怕、驚恐貌。③「這壁廂」，這裏；這邊。④「那壁廂」，那裏；那邊。⑤「可捕捕」，狀心跳聲。多作「可撲撲」。

【幺篇】〔一〕子①是你扢〔二〕皺②眉，古都③着嘴，全不似昨來④村村棒棒⑤，叫天吖地⑥。小的⑦每⑧若説的差之毫厘⑨，我便是死无那葬身之地。

（外〔三〕云了）〔四〕

〔校〕〔一〕【幺篇】原本作【幺】，鄭騫本、高橋繁樹本改作【幺】，其他各本均作【幺篇】。〔二〕「扢」原本作「合」，鄭騫本未改，其他各本均改作「扢」。〔三〕「外」下徐沁君本、王季思本補「末」字。〔四〕此處徐沁君本、王季思本補「（正末唱）」。

〔注〕①「子」，只。②「扢皺」，皺；蹙。「扢」，揚眉。③「古

都」，噘嘴；閉嘴咀嚼。④「昨來」，近來。⑤「村村棒棒」，匆忙急迫貌。⑥「呌天吖地」，呼天喊地；大聲喊叫。⑦「小的」，古代平民百姓、差役面對官吏時的自稱。⑧「每」，們，複數標記。⑨「差之毫厘」，相差極小。

【滿庭芳】俺不是推東阻〔一〕西①，子怕言不按〔二〕典②，話不投〔三〕機③。俺龍門鎮積祖④當差役，力寡丁微⑤。俺叔叔瘤瀁跛疲〔四〕⑥，俺爺爺又老弱殘疾。怕着夫役，俺鄉都説知，折末〔五〕⑦要是末⑧便依隨〔六〕⑨。(外末云了)〔七〕俺認得薛仁貴。〔八〕

〔校〕〔一〕「阻」原本作「主」，鄭騫本未改，其他各本均改作「阻」。〔二〕甯希元本「按」改作「諳」。〔三〕「投」原本作「役」，各本均已改。〔四〕「瘤瀁跛疲」原本作「瘤瀁疲跛」，鄭騫據韵改作「瘤瀁跛疲」，徐沁君本改作「瘤臁瘸跛」，甯希元本改作「瘸臁跛臂」，王季思本改作「瘸臁跛疲」，高橋繁樹本改作「瘤臁跛疲」。按，鄭騫本「瘤瀁跛疲」正確。據曲譜，【滿庭芳】第六、七句均爲七字句，節奏爲三四。兩句均須押韵。該曲押「齊微」韵，「跛」失韵，應改作「瘤瀁跛疲」，與第七句「老弱殘疾」對，八個字均狀身體問題。「老弱殘疾」均爲形容詞，故「瘤瀁跛疲」亦均應爲形容詞，或用如形容詞，「瘤」字是。「臁」指小腿，名詞，故「瀁」不宜改作「臁」。原本「瀁」有形容詞義，《康熙字典·疒部》「瀁」字條引《集韵》：「臞疾。」「臞」即瘦弱。「疲」有衰弱義。故「瘤瀁跛疲」均爲形容詞。「瘤瀁跛疲」也符合「平平仄×（平仄不拘）」的要求，原本次序「疲」字不合平仄。〔五〕王季思本「折末」改作「遮莫」。〔六〕「隨」原本作「随」，各本均已改。〔七〕「俺」上鄭騫本補「（云）」，徐沁君本、王季思本、高橋繁樹本補「（正末云）」。〔八〕此處徐沁君本、王季思本補「（唱）」。

〔注〕①「推東阻西」，阻撓；找各種借口推托。②「言不按典」，説話不能根據典故。③「話不投機」，談話時彼此意見、志趣不合。④「積祖」，世代。⑤「力寡丁微」，人丁不旺。⑥「瘤瀁跛疲」，謂身體瘦弱多病。「瘤」，長瘤子。「瀁」，瘦弱。「跛」，腿有疾。「疲」，身體衰弱。⑦「折末」，任憑、無論、不管，亦作「折莫」

「折麽」「遮末」「遮莫」「者末」「者莫」「者麽」「者磨」，是近代漢語常見的連詞，還有即使、假如、什麽、爲什麽、莫非、大約等義。⑧「是末」，什麽。⑨「依隨」，順從；聽從。

【快活三】俺兩个曾麥場上捎〔一〕①了穀穗，樹頭上摘青梅，倒騎牛背上品羌笛②，偷的生瓜來連皮吃。

〔校〕〔一〕「捎」原本作「俏」，鄭騫本改作「偷」，其他各本均改作「捎」。甯希元本校記云：「《説文》：『自關已西凡取物之上者，爲撟捎。』《中州音韻》：『捎，尸嘲切。取也，掠也。』今山東西部方言仍把穀穗用刀削下者叫『捎』（見任均澤《魯西方言詞彙》）。」

〔注〕①「捎」，摘取。②「羌笛」，古代的管樂器。長二尺四寸，三孔或四孔。因出于羌中，故名。（參見《漢語大詞典》）

【紅芍藥】俺兩个從小里相知，即地①相隨，從小里槍棒苦温習，不肯拽耰〔一〕扶犁②。是他抛農業，演③武藝，便壓着④一班一輩⑤。与一付〔二〕⑥弓箭能射，与一疋劣馬⑦能騎，也不使鞭鍊丫錐〔三〕。

〔校〕〔一〕「耰」原本作「擺」，鄭騫本改作「欘」，其他各本均改作「耰」。〔二〕原本「付」字，鄭騫本、王季思本、甯希元本未改，徐沁君本、高橋繁樹本改作「副」。按，「付」是古代常見量詞。唐代李肇《翰林志》：「端午，衣一付，金花銀器一事，百索一軸。」〔三〕「鍊丫錐」原本作「鍊吖錐」，鄭騫本改作「鍊吖鎚」，徐沁君本、甯希元本作「鍊丫錐」，王季思本作「鍊丫錘」，高橋繁樹本作「鍊丫鎚」。徐沁君本校記云：「這是四件武器，除『鞭』字外，其他三字寫法不一。」

〔注〕①「即地」，隨地。②「拽耰扶犁」，指務農。「耰」，用來弄碎土塊、平整土地的農具，由牲口拉著，人站在上面。③「演」，演習；練習。④「壓着」，勝過；强過。⑤「一班一輩」，此指同齡、同輩人。⑥「付」，量詞，副。⑦「劣馬」，瘦弱的馬；性情暴烈、不易馴服的馬。

【鮑老兒】那上面更滴溜〔一〕①着金錢豹子尾，使一条畫桿方天戟②。後來向義軍③叢中占了第一，歡喜杀揔〔二〕管④張士貴。他待⑤要南征北〔三〕討⑥，西除東蕩⑦，厮杀相持⑧。問甚掄槍使劍，挾人捉將，扯皷奪旗。

〔校〕〔一〕王季思本「溜」誤作「留」。〔二〕原本「揔」字，各本均改作「總」。按，「揔」同「總」。〔三〕「北」原本作「比」，各本均已改。

〔注〕①「滴溜」，提；懸掛。②「畫桿方天戟」，兵器名，即「方天畫戟」，柄上有彩繪裝飾，上部作「井」字形。③「義軍」，古代政府或民間臨時組建的軍隊。④「揔管」，此爲軍事長官名。⑤「待」，要；想要。⑥「南征北討」，四處征戰。⑦「西除東蕩」，四處征戰。⑧「厮杀相持」，征戰。

【哨遍】據男子成人長立，想爺娘不同天和地，那兩口兒忒尫〔一〕羸①，折倒②的腰屈頭低③。當村里，沙三、牛表、伴哥、王留④，提起來長吁氣⑤，養〔二〕小呵把老來防備。他如今騎鞍壓馬，廕〔三〕子封妻⑥。待⑦着⑧的〔四〕親⑨兒女報〔五〕深恩⑩，子⑪除是肩擔着爷娘念阿弥。那厮早死遲生，落塹拖〔六〕坑⑫，下場少不的⑬木驢⑭上坐地⑮。

（外末云了）〔七〕

〔校〕〔一〕「尫」原本作「汪」，甯希元本未改，其他各本均改作「尫」，且甯希元本「羸」誤作「贏」。〔二〕「養」原本作「勝」，各本均已改。〔三〕原本「廕」字，鄭騫本、高橋繁樹本未改，其他各本均改作「蔭」。按，「廕」通「蔭」。〔四〕原本「的」字，各本均改作「嫡」。按，「的親」即「嫡親」。〔五〕「報」原本作「根」，各本均已改。〔六〕甯希元本「拖」改作「墮」，未出校。按，「落塹拖坑」義與「落塹墮坑」同。據曲譜，【哨遍】第十三句正格四字，平仄爲「×仄平平」（×表示平仄不拘），「拖」字符合平聲要求，「墮」字仄聲，不合平仄。故不必改。〔七〕此處徐沁君本、王季思本補「（正末唱）」。

〔注〕①「尫羸」，瘦弱。②「折倒」，折磨；摧殘。亦作「折到」。③「腰屈頭低」，比喻屈服；卑微。④「沙三、牛表、伴哥、王留」，元雜劇中常見的農村青年名字，類似今天的「張三、李四、王五」之類。⑤「長吁氣」，長出氣；深長的歎息。⑥「廕子封妻」，即「封妻廕子」，妻子受到封誥，子孫襲得爵位、官禄、特權等。亦

作「封妻蔭子」。⑦「待」，要；想要。⑧「着」，讓；使。⑨「的親」，即嫡親，指至親。⑩「深恩」，厚恩；大恩。⑪「子」，只。⑫「落塹拖坑」，指落入險境或困境。「塹」，鴻溝。亦作「墮坑落塹」「落塹填坑」。⑬「少不的」，不免；免不了。⑭「木驢」，古代凌遲用的刑具。⑮「坐地」，坐著；坐了。

【耍孩兒】老爺娘受苦他榮貴，少不的〔一〕那五六月雷声霹靂。（外〔二〕問了）（〔三〕云）我認得薛仁貴可知？（外〔四〕又云了）〔五〕你比那時節吃的較豐肥①，更長出些苫〔六〕脣髭髯②。我恰罵了你幾句欋休罪，須是咱間别③了多年不認得。你馬兒上簪簪④的，你記得共我摸班〔七〕鳩争上樹，跨六軸〔八〕⑤比高低。

（外末問了）〔九〕

〔校〕〔一〕「少不的」原本作「不的」，鄭騫本「據文義補」作「不聽的」，王季思本從改。徐沁君本、甯希元本補作「少不的」。高橋繁樹本改作「不聽」。〔二〕「外」下徐沁君本、王季思本、高橋繁樹本補「末」字。〔三〕「云」上徐沁君本、王季思本、高橋繁樹本補「正末」二字。〔四〕「外」下徐沁君本、王季思本、高橋繁樹本補「末」字。〔五〕「你」上徐沁君本、王季思本補「（正末唱）」。〔六〕「苫」原本作「苦」，各本均已改。〔七〕原本「班」字，各本均改作「斑」。按，「班」通「斑」。〔八〕「跨六軸」原本作「夸六軸」，鄭騫本、高橋繁樹本改作「跨六軸」，徐沁君本作「挎碌軸」，王季思本、甯希元本作「跨碌軸」。按，「六軸」「碌軸」均爲「碌碡」方音的記音字。〔九〕此處徐沁君本、王季思本補「（正末唱）」。

〔注〕①「豐肥」，胖；豐腴。②「苫脣髭髯」，蓋住嘴脣的鬍鬚。「苫」，遮蓋。「髭髯」，鬍鬚。③「間别」，分别；離别。④「簪簪」，威嚴、莊嚴貌。常用來形容騎馬的姿勢。⑤「六軸」，即「碌碡」，碾軋穀物的石頭磙子。

【五〔一〕煞】你娘近七旬①，你爺整八十，又没一个哥哥妹妹和兄弟。你那孤独鰥寡爺擔〔二〕②冷，你那老弱殘疾娘受飢。你空長三十歲。枉了頂天立地，帶眼安眉③！

〔校〕〔一〕原本「五」字，鄭騫本、甯希元本改作「一」。〔二〕「擔」

原本作「檐」，鄭騫本、王季思本、高橋繁樹本改作「擔」，徐沁君本作「耽」，甯希元本改作「躭」。按，「擔」「檐」形近而誤。

〔注〕①「七旬」，七十歲。②「擔」，忍受。③「帶眼安眉」，長了眼睛、眉毛。謂是個人。

【四〔一〕煞】那兩口〔二〕兒端的①衣无遮躰衣，食无充口食。這鄰庄近疃②都知委③。怕小的④每⑤眼前説謊胡支對⑥，常言道路上行人口勝碑⑦。説的都識〔三〕的。受了些風寒暑濕〔四〕⑧，飢飽勞役⑨。

（外末云了）〔五〕

〔校〕〔一〕「四」原本作「二」，徐沁君本、王季思本、高橋繁樹本改作「四」。〔二〕「口」原本作「曰」，各本均已改。〔三〕甯希元本「識」改作「是」，無詳細校語。〔四〕「濕」原本作「温」，各本均已改。〔五〕此處徐沁君本、王季思本補「（正末唱）」。

〔注〕①「端的」，的確；確實。②「鄰庄近疃」，附近的村莊。「疃」，村莊。③「知委」，知道；了解。④「小的」，古代平民百姓、差役面對官吏時的自稱。⑤「每」，們，複數標記。⑥「支對」，對付；應付。⑦「路上行人口勝碑」，人們的評價勝過刻碑記載。⑧「風寒暑濕」，寒冷和濕熱。⑨「勞役」，被强迫的勞動、工作。

【三煞】俺歛〔一〕①与柴，濟②与些米，付〔二〕能③我拾④下些吃的无穿的。您爺受絶臘月三冬冷，您娘撥尽寒炉一夜灰。餓的肝腸碎。甚的是羊肉白麵，子⑤是些淡飯黄虀⑥。

（外云〔三〕）〔四〕

〔校〕〔一〕原本「歛」字，徐沁君本未改，其他各本均改作「斂」。〔二〕徐沁君本、王季思本「付」改作「甫」。按，「付能」同「甫能」。〔三〕原本「外云」，徐沁君本、王季思本改作「外末云了」，高橋繁樹本改作「外末云」，鄭騫本、甯希元本未改。〔四〕此處徐沁君本、王季思本補「（正末唱）」。

〔注〕①「歛」，收；收拾。同「斂」。②「濟」，幫助。③「付能」，好容易；好不容易。亦作「甫能」「不付能」「不甫能」，「不」無義。④「拾」，接受或給予他人不用、剩下的東西。⑤「子」，只。⑥「淡飯黄虀」，比喻簡樸的飲食。「淡飯」，簡單的飯食。「黄

韲」，鹹菜，亦作「黄齏」。

【二〔一〕煞】与人家擔好水，換惡水，又不會南頭販賤北頭販〔二〕貴①。您享着玉堂②里臣宰③千鍾禄④，却覷着那草舍内爺娘三不歸⑤。洒了些恓〔三〕惶⑥淚，子變〔四〕的煩煩惱惱，切切悲悲⑦。

〔校〕〔一〕「二」原本作「四」，徐沁君本、王季思本、高橋繁樹本改作「二」。〔二〕「販」原本作「敗」，各本均已改。〔三〕原本「恓」字，鄭騫本、高橋繁樹本改作「悽」，王季思本改作「凄」。〔四〕「變」原本作「辨」，甯希元本未改，其他各本均改作「辦」。按，「辦」字費解，今改作「變」。

〔注〕①「南頭販賤北頭販貴」，賤買貴賣；倒賣；販賣。②「玉堂」，美麗的宫殿。③「臣宰」，大臣宰輔。④「千鍾禄」，指優厚的俸禄。「千鍾」本指糧食極多。⑤「三不歸」，無著落；没辦法。⑥「恓惶」，悲傷不安，亦作「悽惶」。⑦「切切悲悲」，極度悲傷。

【收尾煞】〔一〕從黄昏哭到早晨，早晨又〔二〕哭到晚西〔三〕①，作念②杀离鄉背井〔四〕③薛仁貴。（帶〔五〕云）你今日得了〔六〕官，佳人捧臂〔七〕，壯士擎鞭，早家去些兒个！〔八〕你那一双年老爺娘兀的正盼望杀你！

（下）（外末云了）〔九〕

〔校〕〔一〕徐沁君本【收尾煞】改作【煞尾】。〔二〕「早晨又」原本作三個「又」字形重文符號，徐沁君本重作「從早晨」，其他各本均作「早晨又」。〔三〕原本「西」字，鄭騫本、高橋繁樹本未改，其他各本均改作「晚夕」。按，「晚西」，晚上。不必改字。〔四〕「井」原本作「非」，各本均已改。〔五〕鄭騫本删「帶」字。〔六〕「了」原本作「不」，各本均已改。〔七〕原本「臂」字，鄭騫本、徐沁君本、王季思本未改，甯希元本改作「杯」，高橋繁樹本改作「硯」。甯希元本校記云：「原本『杯』字，音假爲『臂』。今改。按：朱庭玉散曲《歸隱》［青杏子］套［還哀樂］曲：『豈望皇宣省劄，壯士持鞭，佳人捧斝。』與此意同，可證。」〔八〕此處徐沁君本、王季思本補「（唱）」。〔九〕鄭騫本「（外末云了）」置于第四折開頭。王季思本將二科介改作「（外末云了）（並下）」。

〔注〕①「晚西」，晚上。②「作念」，思念；掛念；想念；懷念。

③「離鄉背井」，離開家鄉。

第四折

(〔一〕重扮①孛老②同老旦上〔二〕)〔三〕

【雙調】〔四〕【新水令】為你个養家兒③啼哭的我眼精〔五〕④花，兒呵！從你去十年交我放心不下。你多應⑤歸地府⑥，〔六〕掩黄沙⑦。你可甚出入通達⑧，遣〔七〕煩惱甚時罷？

〔校〕〔一〕「重」上各本均補「正末」二字。〔二〕「上」下徐沁君本補「唱」字。〔三〕此處王季思本補「（唱）」。〔四〕原本無宫調名【雙調】，各本均已補。〔五〕原本「精」字，鄭騫本未改，其他各本均據《元曲選》改作「睛」。〔六〕「掩」上徐沁君本、高橋繁樹本補二空圍。徐沁君本校記云：「按曲譜：此應爲五字句，『掩』字上當缺二字。」按，據曲譜【新水令】第三、四句本格均爲三字，亦可改作五字句，故可不補空圍。〔七〕原本「遣」字，徐沁君本未改，其他各本均改作「這」。鄭騫本校記云：「這原作遣，形近之誤。」甯希元本校記云：「原本『這』字，形誤爲『遣』。今改。」

〔注〕①「重扮」，正末第三折扮拔禾，本折重新扮演薛仁貴之父，故説「重扮」。②「孛老」，元雜劇裏的中老年男性角色，正末、外末、净均可扮演。此扮薛仁貴之父薛大伯。③「養家兒」，用來養家口的兒子。④「眼精」，眼球；眼仁。⑤「多應」，大概；很可能；多半是。⑥「地府」，陰間；迷信認爲人死後所去的地方。⑦「掩黄沙」，掩埋于黄沙之下，多指死于荒郊或戰場。⑧「出入通達」，官運亨通。「出入」指做官的情況，「出將入相」之謂。

【陣陣贏】〔一〕你撇〔二〕下兩口兒老爺娘，却怎生①一去不來家，〔三〕流落在天涯。〔四〕盼你似蝶戲鏡中花②，〔五〕被你思量③煞④我也！〔六〕兒呵！

〔校〕〔一〕鄭騫本校記云：「陣陣贏爲得勝令之别名，但此曲與得勝令大異；遍查雙調諸曲，無一與此相似，不知究係何調。」甯希元本校記云：「鄭本云：即［得勝令］之别名，但本曲與［得勝令］大異，不知究爲何調？王校云：疑爲［步步嬌］。今姑依［得勝令］斷句，所缺各字，均以『□』標識。」〔二〕「你撇」原本作「尔𠌯」，各本均校作「你撇」。按，該劇他處均作「你」，不作「尔」。「𠌯」「撇」形近而誤。〔三〕「流」上徐沁君本補「飄零在海角」，甯希元本補五個空圍。徐沁君本校記云：「按曲譜：三、四兩句均爲五言。此處原缺一五言句。今補。」〔四〕「盼」上徐沁君本、甯希元本補二空圍。〔五〕「被」上徐沁君本、甯希元本補二空圍。〔六〕徐沁君本「兒」上補「(云)」，「兒呵」處理爲夾白，「呵」下補「(唱)」。其他各本「兒呵」均與前連爲一句，處理爲曲文。按，「兒呵」應爲夾白。

〔注〕①「怎生」，怎麼。②「蝶戲鏡中花」，比喻無果的思念。③「思量」，思念；想念。④「煞」，死。作補語。亦作「殺」。

【豆葉黄】〔一〕被〔二〕你个小冤家，把我來迤逗①杀②。黄泉无旅店家，晚〔三〕天今夜宿在誰家。爺娘看看③七〔四〕十八，死限兒來時，誰与我拽布拖麻④，奠酒澆茶⑤！

〔校〕〔一〕鄭騫本校記云：「此曲與豆葉黄大異，亦不似雙調中之任何一調，與前曲陣陣羸俱無從考定。」甯希元本校記云：「曲文與曲牌名大異，不知爲何曲之誤題。存疑俟考。」〔二〕「被」原本作「彼」，各本均已改。〔三〕「晚」原本作「脱」，徐沁君本、甯希元本改作「晚」，「家」下斷句。鄭騫本、王季思本「旅店」下斷句，下句作「家脱天今夜宿在誰家」。高橋繁樹本「旅店」下斷句，删「家脱天」三字。〔四〕「七」原本作「上」，鄭騫本未改，甯希元本改作「八」，其他各本均改作「七」，均無詳細校語。

〔注〕①「迤逗」，連累；拖累。②「杀」，死。作補語，同「煞」。③「看看」，眼看；即將。④「拽布拖麻」，指戴孝。⑤「奠酒澆茶」，指祭奠逝者。

【慶東原】你把我難當鬦，作戲〔一〕耍，睡夢里迤〔二〕逗①得我心中怕。孩兒在呵可是寒灰焰發②，孩兒在呵磁瓮長芽③，孩兒在呵子除④是枯樹上開花⑤。俺孩兒不能勾〔三〕⑥帝王宣⑦，子⑧落的漁樵話⑨。

(外末云了)(眾云了)(一〔四〕行做住)(外末云了)〔五〕

〔校〕〔一〕原本「戲」字，覆元槧本誤作「覷」，鄭騫本、甯希元本沿誤。〔二〕「迤」原本作「拖」，鄭騫本未改，其他各本均改作

「迤」。按，「迤逗」與「拖逗」意義不同。「迤逗」，連累；拖累；牽掛。「拖逗」，拖延；耽擱。此處當作「迤逗」。〔三〕原本「勾」字，各本均改作「够」。按，「能勾」同「能够」。〔四〕覆元槧本脱「一」字，鄭騫本、王季思本沿誤。〔五〕此處徐沁君本、王季思本補「（正末唱）」。

〔注〕①「迤逗」，連累；拖累；牽掛。②「寒灰焰發」，熄滅的灰燼生發出火焰，比喻不可能實現的事。③「磁瓮長芽」，磁瓮上長出新芽，比喻不可能實現的事。④「子除」，只能；除非。⑤「枯樹上開花」，比喻不可能實現的事。⑥「能勾」，能够。⑦「宣」，宣召。⑧「子」，只。⑨「漁樵話」，漁人、樵夫閑聊，指淪爲他人談資。

【慶宣和】俺家里没甚草料多〔一〕，那里取槽鍘①？這幾年折倒②的我家緣③尽消乏④。（帶云）我家驢也没一个騎。〔二〕更那里有鋪馬⑤！鋪〔三〕馬！（外末云了）（〔四〕云）官人每可怜見⑥，俺穷人家有甚末東西去！〔五〕

〔校〕〔一〕甯希元本「多」改作「垛」。〔二〕「更」上徐沁君本、王季思本補「（唱）」。〔三〕「鋪」原本作「駙」，徐沁君本改作「鋪」，甯希元本改作「副」。徐沁君本校記云：「按曲譜：本曲末爲兩個二字句，叠。」甯希元本校記云：「元代民之服役站赤者，稱站户，復其地四頃，不輸租，然須出馬供使役，有正馬、副馬。正馬稱鋪馬，在站當役；副馬稱帖馬，由站户在家餵養，以備補換。見《元典章》卷三十六兵部三鋪馬條，又見《經世大典》驛傳條。原本『副馬』作『駙馬』，今改。徐本改作『鋪馬』，非。」按，今從徐沁君本改。〔四〕「云」上徐沁君本、王季思本、高橋繁樹本補「正末」二字。〔五〕此處徐沁君本、王季思本補「（唱）」。

〔注〕①「槽鍘」，刀下有槽口的鍘刀，用來鍘草。②「折倒」，折磨；摧殘。亦作「折到」。③「家緣」，家産；家財。④「消乏」，消減；耗費。⑤「鋪馬」，驛馬。古時驛站傳遞文書、迎送公差的馬。⑥「可怜見」，值得可憐。「見」，詞綴，無意義。

【川撥棹】子听得説根芽①，一回家没乱②杀。何須自誇，武藝熟〔一〕滑③，戰策④通達⑤，上陣处⑥披〔二〕袍貫甲⑦，把遼兵一陣杀，招捉⑧你為駙〔三〕馬。

〔校〕〔一〕「熟」原本作「塾」，各本均已改。〔二〕「披」原本作「投」，各本均已改。〔三〕「駙」原本作「附」，各本均已改。

〔注〕①「根芽」，植物的根和芽，比喻根源、根由。②「没乱」，心神不定。③「熟滑」，熟練高超。④「戰策」，打仗的策略。⑤「通達」，亨通順暢。⑥「処」，時，由處所義語法化爲時間義。⑦「披袍貫甲」，穿戴好戰袍、鎧甲，指做好戰鬥準備。⑧「招捉」，招親；婚聘。

【七弟兄】交人笑話，笑咱，兀的甚奢華①？枉吃他當村②人罵。我則會巴巴沙沙③摸魚鰕，俺剌剌〔一〕搭搭④搭犁耙〔二〕⑤。

〔校〕〔一〕甯希元本「剌剌」誤作「刺刺」。〔二〕「耙」原本殘作「𢪖」，鄭騫本改作「欛」，高橋繁樹本作「耙」，其他各本均改作「耙」。

〔注〕①「奢華」，奢侈豪華。②「當村」，本村。③「巴巴沙沙」，水中摸索貌。④「剌剌搭搭」，拉扯貌。⑤「耙」，碎土平地的農具，用牲口拉著，人站在其上。同「耙」。

【絡絲娘】漏星堂①半間石灰厦②，又没甚粮食囤塌〔一〕③，老鼠兒赤留出刺④，都叫屈声冤⑤餓杀。

〔校〕〔一〕「塌」原本作「榻」，鄭騫本未改，其他各本均改作「塌」。徐沁君本校記云：「王曄《桃花女》第一折：『囤塌細米，垛下乾柴。』無名氏《陳州糶米》第二折：『河涯邊趲積（積當作運）下些糧，倉厫中囤塌下些籌。』喬吉【水仙子】《爲友人作》：『愁行貨頓塌在眉間。』劉時中【端正好】《上高監司》第一套：『殷實户欺心不良，停塌户瞞心不當。』均作『塌』。」王季思本從徐沁君本改。甯希元本校記云：「原本『塌』字，音假爲『榻』。今改。按：塌，屯積貨物之房屋。吴自牧《夢粱録》卷十九有『塌房』一條，謂杭州富豪人家于水次，起造塌房，專以假賃與鋪席客旅人家，寄藏貨物以取利。又《陳州糶米》二折［煞尾］曲：『河涯邊趲運下些糧，倉厫中囤塌下些籌。』」

〔注〕①「漏星堂」，能看到星光的房屋，指破爛的房子。②「石灰厦」，用石灰石蓋成的房子。③「囤塌」，囤積。④「赤留出刺」，老鼠、蛇等動物快速爬動貌。⑤「叫屈声冤」，喊冤。

【雁兒落】穿着个破背褡〔一〕①虱子兒乱如麻，拿②將來磚上掐〔二〕，最少有三四把。

〔校〕〔一〕「褡」原本作「荅」，鄭騫本未改，其他各本均已改。〔二〕「掐」原本作「恰」，鄭騫本未改，其他各本均已改。

〔注〕①「背褡」，背心；馬甲。亦作「背褡子」。②「拿」，捉。

【搗練子】俺命運，不通達①，与人家推耒〔一〕②推磨作生涯③。破笠子④頭上搭〔二〕，旧麻鞋脚上撒〔三〕⑤。

（外〔四〕云了）〔五〕是俺兒薛仁貴?!〔六〕

〔校〕〔一〕原本「耒」字，鄭騫本、王季思本誤作「來」。〔二〕「搭」原本作「答」，各本均已改。〔三〕原本「撒」字，徐沁君本、甯希元本改作「趿」，其他各本未改。按，「撒」字無誤。「撒」有「趿拉」義，《西游記》第三十九回：「裩下無憂履，與他一雙舊僧鞋撒了。」「旧麻鞋脚上撒」即脚上趿拉著舊麻鞋，故不必改作「趿」。〔四〕「外」下徐沁君本、甯希元本、高橋繁樹本補「末」字。〔五〕此處鄭騫本補「（云）」，徐沁君本、王季思本、高橋繁樹本補「（正末云）」。〔六〕此處徐沁君本、王季思本補「（唱）」。

〔注〕①「通達」，亨通順暢。②「耒」，古代木杈形農具；古代農具耜上的曲柄。③「生涯」，生計；營生。④「破笠子」，破斗笠。⑤「撒」，鞋後不穿好，趿拉著。

【梅花酒】可甚势杀〔一〕①？身子兒村沙②，衣服兒糟〔二〕雜，眼腦③兒赤瞎④，我柱杖⑤兒不刺〔三〕。燒火草没半掐〔四〕⑥，土炕〔五〕上額斯㩦〔六〕⑦，似叫〔七〕化⑧，深村里受波查⑨，薛仁貴自詳察。

〔校〕〔一〕甯希元本「殺」改作「沙」。〔二〕「糟」原本作「嘈」，徐沁君本改作「糟」，王季思本從徐沁君本改，其他各本未改。甯希元本校記云：「北方方言以衣服經久不洗，敝薄不堪曰『嘈』（cao）。徐本改作『糟』（zao），非。」按，今從徐沁君本改。〔三〕原本「柱」字，各本均改作「拄」。原本「兒」字，高橋繁樹本據文義改作「彎」。甯希元本「不刺」改作「撥刺」。按，「柱」字無誤，不煩改字。「柱杖」即手杖、拐杖。疑「兒」下脱一字。此四句句式相同，均爲：名詞＋兒＋形容詞，所以不應改「兒」字。「不刺」

非形容詞，而是形容詞詞尾，或稱語尾助詞。如：顛不剌、破不剌、淡不剌、彎不剌、嘴不剌、雜不剌等，「不剌」無意義，故該條之「不剌」應爲形容詞詞尾，高橋繁樹本「彎不剌」可通，但「兒」字應保留。甯希元本作「我拄杖兒撥剌」，「撥剌」即「撥」，亦可備一說。〔四〕「掐」原本作「恰」，鄭騫本未改，其他各本均改作「掐」。按，「掐」字是。〔五〕「炕」原本作「亢」，各本均已改。〔六〕「拶」原本作「咂」，鄭騫本、甯希元本未改，其他各本均改作「砸」。按，「咂」應改作「拶」，音同致誤。「咂」「砸」均不通。「咂」與「拶」同音。「拶」有「逼迫；擠壓」義，該義可言額頭，指兩個人額頭挨著額頭。元喬吉散曲【南吕·一枝花】：「小心兒一見了相牽掛，腿廝捺著説話，手廝把著行踏，額廝拶著作耍，腮廝揾著温存，肩廝挨著曲和琵琶，尋題目頂真續麻。」元董君瑞散曲【般涉調·哨遍】：「襟廝封頭髮牢結定，額廝拶眉毛緊廝拴。廝蘸定權休散，坐時同坐，赸後齊赸。」「土炕上額廝拶」指薛仁貴父母在土炕上額挨額，言其生活無著落、窘迫，又無計可施之狀。〔七〕「叫」原本作「教」，各本均已改。

〔注〕①「勢杀」，様子；模様。亦作「勢沙」「勢煞」「勢霎」，亦可倒作「沙勢」。（參見《詩詞曲語辭辭典》）②「村沙」，粗鄙；厲害。③「眼腦」，眼睛。④「赤瞎」，眼角、眼眶發紅、潰爛。⑤「柱杖」，手杖；拐杖。⑥「掐」，量詞，兩手合起所能握持的量；拇指和另一指頭所能握持的量。用于稱量條狀或成綹的物品。⑦「額廝拶」，額頭挨著額頭。「拶」，逼迫；擠壓。⑧「叫化」，乞丐。⑨「波查」，艱辛；折磨。

【收江南】怎敢和大唐皇帝〔一〕做對門家①！若是兒家，女家，有争差②，有碗來③大紫金瓜④，我其实怕他！大妳子休諕〔二〕小娃娃〔三〕！（末云〔四〕）〔五〕你拜我，少些礼数。〔六〕

〔校〕〔一〕「皇帝」原本作「○○」，徐沁君本校作「天子」，其他各本均作「皇帝」。〔二〕原本「諕」字，鄭騫本、高橋繁樹本未改，其他各本均改作「唬」。〔三〕「娃娃」原本作「哇」和一重文符號，各本均校作「娃娃」。〔四〕原本「末云」，徐沁君本補作

「外末云了」，其他各本均作「外末云」。〔五〕「你」上鄭騫本補「（云）」，徐沁君本、王季思本、高橋繁樹本補「（正末云）」。〔六〕鄭騫本脱「数」字。「数」下徐沁君本、王季思本補「（唱）」。

〔注〕①「對門家」，此指兒女親家。②「争差」，差錯。③「來」，助詞，表概數。④「紫金瓜」，古代衛士所執金色銅質瓜形兵仗，可用來擊殺他人。

【太平令】直等我秋成①收罷，去扇〔一〕錢与一窩麻，怕少時②明年添与兩擔〔二〕瓜。生得龐道③整④、身子兒詐⑤，帶〔三〕着朵〔四〕像生花⑥，恰似普賢菩薩。來，來，大〔五〕⑦拜俺兩个成精螞蚱〔六〕。

（〔七〕做攧倒了〔八〕）〔九〕

〔校〕〔一〕甯希元本「去扇」改作「取三」，校記云：「原本『三』字，音假爲『扇』。今改。舊時婚後三日或九日，新夫婦同到女家拜見雙親，丈人丈母照例要送些禮物給女婿，叫『回三』或『接三』。本劇薛仁貴被皇帝『招捉』爲駙馬，是上門的女婿。因此，他的回家算是『倒回三』，或『倒回門』，他的父母也要給媳婦以禮物，故云『取三錢』。鄭徐二本失校。」〔二〕「擔」原本作「檐」，各本均已改。〔三〕原本「帶」字，徐沁君本、甯希元本改作「戴」，其他各本均未改。按，「帶」同「戴」。〔四〕王季思本「朵」誤作「垜」。〔五〕原本「大」字，鄭騫本、高橋繁樹本未改，其他各本均改作「待」。按，「大」同「待」。〔六〕「螞蚱」原本作「蟆吒」，唯甯希元本改作「螞蚱」，校記云：「『螞蚱』，即蝗蟲。原本二字音假爲『蟆吒』。今改。鄭、徐二本失校。」〔七〕「做」上高橋繁樹本補「正末」二字。〔八〕徐沁君本「了」下補「唱」字。〔九〕此處王季思本補「（唱）」。

〔注〕①「秋成」，秋季成熟的莊稼。②「時」，的話，表假設。假設義由時間義語法化而成。③「龐道」，臉龐。也説「龐兒」。④「整」，端正；端莊。⑤「詐」，張揚貌。⑥「像生花」，假花。⑦「大」，同「待」。要；想要。

【得〔一〕勝令】子見簸〔二〕箕大手查〔三〕沙①，揪住我短頭髮，漾〔四〕②在堦直下③，搶④了我老鼻凹⑤。□□〔五〕，爺是當今駕⑥；詳察，俺這穷身分怎消受他。

(眾外做擡〔六〕正末了)〔七〕

〔校〕〔一〕「得」原本作「德」，鄭騫本未改，其他各本均改作「得」。〔二〕「籤」原本作「管」，各本均已改。〔三〕原本「查」字，鄭騫本、王季思本改作「揸」。〔四〕「漾」原本作「樣」，各本均已改。〔五〕原本無此二字，徐沁君本補「稀詑」二字，王季思本從徐沁君本改，其他各本均補二空圍。鄭騫本校記云：「原少兩字，未空格，據律補。」徐沁君本校記云：「按曲譜：應有此二字句，今以意補。」甯希元本校記云：「依律，此句當有一二字句。」〔六〕「擡」原本殘作「[illegible]」，徐沁君本、王季思本校作「叩」，其他各本均作「擡」。徐沁君本校記云：「『叩』原字似『扣』。覆本殘存『扣』字左旁。今改。」王季思本從徐沁君本。按，下一曲用「擡」字，疑「[illegible]」是「抬」字。〔七〕此處徐沁君本、王季思本補「(正末唱)」。

〔注〕①「查沙」，張開。「查」，同「奓」。②「漾」，撇；抛；摔。③「堦直下」，臺階下。「堦」同「階」。④「搶」，傷；使受傷；擦傷。⑤「鼻凹」，鼻翼凹下去的地方。⑥「駕」，皇帝。

【殿前歡】若官司①見呵②，敢交咱受刑罰。(帶云)早是③禁断賽社④。〔一〕私擡着个當坊⑤土地⑥撞人家。你丕丕⑦地走，謕〔二〕得我慘慘〔三〕怕，擺列着兩行頭荅〔四〕⑧。老小人有句話，我道麼〔五〕，你休踏着磚瓦，辟留撲同〔六〕⑨敢漾〔七〕⑩我在堦直下⑪，不是磕碎腦袋〔八〕，就是〔九〕搶⑫了鼻凹⑬。〔十〕

(散場)

〔校〕〔一〕此處徐沁君本、王季思本補「(唱)」。〔二〕原本「謕」字，鄭騫本、高橋繁樹本未改，其他各本均改作「唬」。〔三〕「慘慘」原本作「參又」或「參」和一重文符號，上句第二個「丕」字原本作「又」字形的重文符號。鄭騫本校作「參參」，徐沁君本、王季思本作「慘又」，甯希元本作「滲滲」，高橋繁樹本作「慘慘」。按，今從高橋繁樹本改。〔四〕原本「荅」字，徐沁君本改作「踏」，其他各本均作「答」。徐沁君本校記云：「『頭踏』亦作『頭達』、『頭荅』。」〔五〕「麼」原本作「麻」，甯希元本未改，徐沁君本作「嘛」，其他各本均改作「麼」。徐沁君本、王季思本將此三字處理爲夾白，并于「我」上補「（帶云）」，「（嘛/麼）」下補「（唱）」。〔六〕甯希元本「同」改作「洞」。〔七〕「漾」原本作「樣」，各本均已改。〔八〕「袋」原本作「代」，各本均已改。〔九〕原本無「就是」二字，徐沁君本、甯希元本已補，其他各本未補。〔十〕此處王季思本補「（同下）」。

〔注〕①「官司」，官府。②「呵」，表假設的後置詞，相當于「的話」。③「早是」，已經；已是。④「賽社」，古代秋收後或農閑時節用酒祭祀田神的活動。⑤「當坊」，本地，亦作「當方」。⑥「土地」，土地神。⑦「丕丕」，人們成群行走貌。⑧「頭荅」，古代官員出行時的儀仗隊。⑨「辟留撲同」，狀摔倒聲。⑩「漾」，撇；拋；摔。⑪「堦直下」，臺階下。「堦」同「階」。⑫「搶」，傷；使受傷；擦傷。⑬「鼻凹」，鼻翼凹下去的地方。

題目　白袍將①朝中隱福〔一〕　黑心賊雪上加霜

正名　唐太宗招賢納士　薛仁貴衣錦還鄉

新刊的本薛仁貴衣錦還鄉関目全〔二〕

〔校〕〔一〕高橋繁樹本「福」改作「伏」，校記云：「趙景深主編、邵曾祺編著《元明北雜劇總目考略》亦作『白袍將朝中隱伏』。」按，「福」字無誤，不煩改校。「白袍將」義爲原本没有功名的將領，即平頭百姓通過努力而成的將領，此指薛仁貴。劇中薛仁貴本爲農民，參軍后成爲將軍、駙馬，此係其福氣，故曰「隱福」。「黑心賊」則指與薛仁貴作對、争功的張士貴，比武輸後，被杜如晦貶至深山種地務農，故曰「雪上加霜」。「隱伏」即隱藏，不通，劇中并無薛仁貴隱藏于朝廷的意思。再者，雜劇題目一般上下對偶，「福」對「霜」，爲名詞對名詞，正合適。〔二〕尾題鄭騫本改作「薛仁貴衣錦還鄉終」，徐沁君本作「新刊的本《薛仁貴衣錦還鄉》關目全」，甯希元本作「薛仁貴衣錦還鄉雜劇終」，高橋繁樹本作「新刊的本薛仁貴衣錦還鄉關目全」，王季思本删。

〔注〕①「白袍將」，平民出身的將領。「白袍」，未做官、無功名的士人。

新刊關目張鼎智勘魔合羅

孟漢卿

校本四種

鄭騫本：鄭騫《校訂元刊雜劇三十種》

徐沁君本：徐沁君《新校元刊雜劇三十種》

甯希元本：甯希元《元刊雜劇三十種新校》

王季思本：王季思《全元戲曲》（第三卷）

楔子

（正末①同旦②上，云）自家③李德〔一〕昌便是④。妻刘氏，有个小孩兒，嫡親⑤三口兒，在這河南府居住，開着个綫線鋪⑥。有叔叔李伯英，与叔伯兄弟李文鐸，開着个生藥鋪⑦，對着門住。如今我往南昌做買賣去，渾家⑧在意⑨看家咱⑩。（旦云住）〔二〕

〔校〕〔一〕「德」原本作「得」，各本均已改。按，本劇其他各處均作「李德昌」。〔二〕此處徐沁君本、王季思本補「（正末唱）」。

〔注〕①「正末」，扮李德昌。楔子和第一、二折正末均扮李德昌。②「旦」，扮李德昌妻劉玉娘。③「自家」，自己；我。④「自家李德昌便是」，此句體現了蒙古語的SOV語序，「自家」後省略「是」，實際上是「是」和「的便是」共現，是元代漢蒙語言接觸造成的特殊語法現象。其完全形式是「自家是李德昌的便是」，疊加方式爲：

SVO + SOV = SVOV，即：自家是李德昌 + 李德昌的便是 = 自家是李德昌的便是。「是」和「的」均可省略。元刊雜劇中人物角色出場的自報家門多爲這種漢蒙混合形式。可參看江藍生《語言接觸與元明時期的特殊判斷句》（《語言學論叢》第二十八輯，商務印書館 2003 年版，第 43 頁）⑤「嫡親」，此指最親近的家屬。⑥「絨線鋪」，賣絲綫的商店。⑦「生藥鋪」，藥材店。⑧「渾家」，古代白話文學中「妻子」的俗稱。⑨「在意」，留意；小心。⑩「咱」，祈使語氣詞。

【仙吕】〔一〕【賞花時】你叔嫂從來情〔二〕性乖①，因此上②將伊曾勸來。休闲惱③，莫傷懷，照管這家私④里外，好覷付⑤小嬰孩。

〔校〕〔一〕原本無宫調名【仙吕】，各本均已補。〔二〕「情」原本作「清」，各本均已改。

〔注〕①「乖」，背離；違背；不合。②「上」，是由元代的漢蒙語言接觸而成的離格標記，表原因。與「因」共現，「因」和「上」均相當于「因爲」。③「闲惱」，煩惱。④「家私」，家産；錢財。⑤「覷付」，照管；照顧。

【幺篇】〔一〕男子為人須挣揣①，如今向它〔二〕鄉做買賣。你〔三〕則②管淚盈腮，多不到半載，但③得利便回來。（下）（旦下）

〔校〕〔一〕【幺篇】原本作【么】，鄭騫本作【幺】，其他各本均作【幺篇】。〔二〕原本「它」字，各本均改作「他」。〔三〕甯希元本「你」改作「休」，校記云：「原本『休』字，形誤爲『你』。據《元曲選》、《酹江集》改。」

〔注〕①「挣揣」，努力挣得。②「則」，只。③「但」，只要；一旦。

第一折

（旦〔一〕、外一折）（正〔二〕末擔砌末上，云）從南昌買賣回來，這里離家有十里田地。早起天晴，如今陡〔三〕恁的好雨，衣裳行李〔四〕都濕了！且是無避雨処！〔五〕

〔校〕〔一〕「旦」原本作「二」，鄭騫本未改，并將「（二外一折）」置于楔子末。其他各本均將「二」改作「旦」。徐沁君本校記云：

「本劇『外』扮李文鐸。據陳、臧、孟各本本折開頭，有李文道（鐸）調戲李德昌妻劉玉娘的情節。元本『旦、外一折』，當即演此事。『二』字爲『旦』字上部殘損所致，非謂兩個『外』角也。」〔二〕鄭騫本、王季思本脱「正」字。〔三〕「陡」原本作「陟」，各本均已改。〔四〕「李」原本作「里」，各本均已改。〔五〕此處徐沁君本、王季思本補「（唱）」。

【仙吕】〔一〕【點絳唇】七月才初，孟秋①時序②，猶〔二〕存暑③。穿着這单布衣服，怎遮懸麻雨④？

〔校〕〔一〕原本無宫調名【仙吕】，各本均已補。〔二〕「猶」原本作「尤」，各本均已改。

〔注〕①「孟秋」，秋季第一個月，農曆七月。②「時序」，時節；時候。③「存暑」，有暑熱之氣。④「懸麻雨」，密集如麻的雨。

【混江龍】連連不住①，荒郊一望水模糊。子②見雨迷山岫③，雲閉青虚④。雲氣重如倒懸東大海，雨勢大似番〔一〕合洞庭湖。滿眼无歸路，黑洞洞⑤雲迷四野⑥，白漭漭⑦水渰〔二〕長途⑧。

〔校〕〔一〕原本「番」字，鄭騫本、王季思本未改，徐沁君本、甯希元本改作「翻」。按，「番」同「翻」。〔二〕原本「渰」字，鄭騫本、王季思本改作「淹」，徐沁君本、甯希元本未改。按，「渰」同「淹」。

〔注〕①「連連不住」，連續不停。②「子」，只。③「山岫」，山巒；山峰。④「青虚」，青天；上天。⑤「黑洞洞」，狀雲黑、陰沉貌。⑥「四野」，原野；四處；四方。⑦「白漭漭」，狀雨大、水多貌。⑧「長途」，遠程；遠路。

【油葫芦】便似畫俺在瀟湘水墨圖。淋得俺湿漉漉，显那吉飈古〔一〕堆①波浪渲〔二〕②成渠。吸留忽浪〔三〕③水流乞留屈吕④路，失留踈〔四〕剌⑤風擺奚留急了⑥樹，乞紐忽嚷⑦泥，匹飈撲荅⑧淤。急張拘住⑨慢行早尺留出吕⑩去，我子索⑪滴留滴列⑫整身軀〔五〕。

〔校〕〔一〕「古」原本作「右」，各本均已改。〔二〕「波浪渲」原本作「波渲」和一重文符號，各本均已改。甯希元本正文「渲」誤作「喧」，校記作「渲」。〔三〕徐沁君本「浪」改作「剌」。〔四〕原本「踈」字，鄭騫本、王季思本作「踈」，徐沁君本作「疏」，甯希元本未改。〔五〕「軀」原本作「駈」，各本均已改。

〔注〕①「吉颩古堆」，狀波浪聲。②「渲」，湧流；傾注。③「吸留忽浪」，狀大水聲。④「乞留屈吕」，彎曲貌。⑤「失留踈剌」，狀大風聲。⑥「奚留急了」，樹木劇烈晃動貌。⑦「乞紐忽噥」，泥濘貌。⑧「匹颩撲荅」，泥濘貌。⑨「急張拘住」，急促不安、緊張慌亂貌。⑩「尺留出吕」，路滑難行貌。⑪「子索」，只須；必須。⑫「滴留滴列」，身體顫抖、晃動貌。

【天下樂】百忙的麻鞋斷了乳〔一〕①，難行，穷對付，扯的蒲包②上檾〔二〕麻③且拴个住。淋的我頭怎擡，脚怎舒④，眼巴巴⑤没是处⑥。

〔校〕〔一〕「乳」原本作「蒓」，鄭騫本未改，其他各本均作「蕊」，徐沁君本校記云：「各本『蕊』作『乳』。」按，《元曲選》本、脉望館藏《古名家雜劇》作「乳」，鄭騫本校記稱「似應從」。「蒓」應改作「乳」，音近而訛。「蒓」同「蕊」，「麻鞋斷了蒓」不通。「乳」古代指草鞋上穿鞋帶的兩耳，因其似乳頭狀，故稱。唐五代貫休和尚《送僧入馬頭山》：「竹笠援補，芒鞋藤乳」，「藤乳」即草鞋上用藤條做的兩耳。元代武漢臣《李素蘭風月玉壺春》第三折：「穿一對連底兒重十斤壯乳的麻鞋。」李德昌路遇大雨，走壞了麻鞋的「乳」。該曲押「魚模」韵，「蒓」「蕊」失韵，「乳」字押韵。〔二〕「檾」原本作「頃」，鄭騫本未改，徐沁君本作「**檾**」，王季思本作「檾」，甯希元本作「**[illegible]**」。

〔注〕①「乳」，古代草鞋上穿鞋帶的兩耳，因其似乳頭狀，故稱。②「蒲包」，用香蒲葉子編成的包。③「檾麻」，植物名，莖皮纖維與麻相似，可以做成繩子。「檾」亦作「苘」。④「舒」，伸；伸展。⑤「眼巴巴」，無可奈何；急切企盼。⑥「没是处」，没辦法；無可奈何。

【那〔一〕吒令】恨不得七里八步①，那里敢十歇九住②，避不得千辛万苦〔二〕。意緊急，心慌〔三〕速，怎敢猶豫。

〔校〕〔一〕王季思本「那」改作「哪」。〔二〕「苦」原本作「若」，各本均已改。〔三〕「慌」原本作「荒」，各本均已改。

〔注〕①「七里八步」，比喻走路快。②「十歇九住」，指常常停下休息。

【鵲踏枝】則見近高陂①，靠長途②，驀地③抬頭，見座林木，這的是寺宇知它〔一〕是庙宇，畧而④間避雨權居。

（云）是个庙宇，且入去避雨咱⑤。〔二〕

〔校〕〔一〕原本「它」字，各本均改作「他」。按，「它」同「他」。〔二〕此處徐沁君本、王季思本補「（唱）」。

〔注〕①「高陂」，高高的山坡。②「長途」，遠程；遠路。③「驀地」，忽然；突然。④「畧而」，暫且；權且。⑤「咱」，祈使語氣詞。

【醉中天】折〔一〕供床①撐門户，荒野草長階隅〔二〕②。我捻土焚香③畫地炉④，拜罷也頻頻覷〔三〕。謝灵神佑護，金鞭指路⑤，交无災殃⑥疾到鄉閭⑦。

〔校〕〔一〕原本「折」字，鄭騫本、王季思本改作「拼」。〔二〕「階隅」原本作「街隅」，鄭騫本、甯希元本改作「階隅」，徐沁君本、王季思本改作「階除」。〔三〕「覷」原本作「瞧」，各本均已改。鄭騫本校記云：「據文義及韻改。」甯希元本從鄭騫本改。徐沁君本校記云：「『瞧』字無義，且失韵。」王季思本從鄭騫本、徐沁君本改。

〔注〕①「供床」，寺廟中神佛前放供品的几案。②「階隅」，臺階的角落。③「捻土焚香」，在没有香火的情况下，搓土成香，以示虔誠。④「畫地炉」，在地上畫香爐。⑤「金鞭指路」，謂指點迷津。⑥「災殃」，灾禍。⑦「鄉閭」，鄉間；鄉里。

【醉扶歸】忙扭拆单袴〔一〕①，再曬〔二〕湿衣服。則②怕〔三〕盖行李油单③有漏処，再把行貨④從頭覷。疑怪三四番揩⑤不乾額顱。呆丑生⑥！〔四〕忘了將湿漉漉頭巾取。

（頭疼科〔五〕）〔六〕

〔校〕〔一〕「袴」原本作「侉」，各本均已改。〔二〕「曬」原本作「瞧」，各本均已改。〔三〕「怕」原本作「帕」，鄭騫本、徐沁君本、王季思本均已改。甯希元本「則怕」誤作「疑怪」。〔四〕徐沁君本「呆」上補「（帶云）」，「生」下補「（唱）」。〔五〕「科」下徐沁君本補「唱」。〔六〕此處王季思本補「（唱）」。

〔注〕①「单袴」，單薄的褲子。「袴」同「褲」。②「則」，只。③「油单」，防水的油布。④「行貨」，貨物；商品。⑤「揩」，擦。⑥「呆丑生」，呆畜生。「丑」記録的是「畜」的方言音變形式。

【憶王孫】鹿兒般撲撲①撞胷脯，火塊〔一〕似烘烘②燒肺腹〔二〕③。莫不是腥臊臭氣把神道④觸⑤？我轉思慮，這病，少半兒因風多半是雨！

〔校〕〔一〕「塊」原本作「魂」，各本均已改。〔二〕原本「腹」字，鄭騫本未改，其他各本均改作「腑」。按，「肺腹」同「肺腑」。

〔注〕①「撲撲」，狀心跳聲。②「烘烘」，狀灼熱貌。③「肺腹」，肺腑；内心。同「肺腑」。④「神道」，神靈；神明。⑤「觸」，觸犯。

【金盞兒】淋的不心踈〔一〕①，听得便眉舒，不朗朗②搖響蛇皮皷。（高山③上，見了）〔二〕我出門觀覷，好出落④，快鋪謀⑤，有拴頭⑥鑞〔三〕釵子⑦，壓鬢骨頭梳⑧，有吃〔四〕巧⑨泥媳婦，消夜⑩悶葫芦⑪。

（云）賣貨郎〔五〕哥哥！你与我寄个信到家，交來接我咱⑫！（外應了，云住）〔六〕

〔校〕〔一〕「心踈」原本作「心𠹁」，鄭騫本作「心踈」，王季思本作「心疏」，徐沁君本、甯希元本據明本改作「尋俗」。按，「𠹁」是「踈」之形誤，「心踈」即心情爽朗、舒暢。〔二〕「我」上徐沁君本補「（正末唱）」。〔三〕「鑞」原本作「鎖」，鄭騫本、王季思本未改，徐沁君本、甯希元本改作「鑞」。按，「鎖」「鑞」形近而誤。〔四〕原本「吃」字，各本均改作「乞」。按，「吃巧」不誤，不煩改字。〔五〕「郎」原本作「巾」，各本均已改。〔六〕此處徐沁君本、王季思本補「（正末唱）」。

〔注〕①「心踈」，心情爽朗、舒暢。②「不朗朗」，狀貨郎鼓聲。③「高山」，貨郎的姓名。④「出落」，表現；展現。⑤「鋪謀」，謀劃；安排。⑥「拴頭」，綁頭髮。⑦「鑞釵子」，鉛鋁合金的髮釵。「鑞」，鉛錫合金，外觀色澤似銀。⑧「骨頭梳」，骨頭製成的梳子。⑨「吃巧」，古代七夕聚集、飲食于門口，叫作吃巧。⑩「消夜」，消遣、打發夜間時光。⑪「悶葫芦」，玩意兒名。⑫「咱」，祈使語氣詞。

【後庭花】安着一片新板闥〔一〕①，住一間高瓦屋，隔壁兒熟食店，對門兒生藥鋪②。怕〔二〕③不知処④，則⑤問李德昌絨〔三〕鋪⑥，俺街坊⑦都道与。

〔校〕〔一〕「闥」原本作「沓」，各本均已改。〔二〕「怕」原本作「帕」，各本均已改。〔三〕徐沁君本「絨」下補「綫」字，其他各本未補。

〔注〕①「板闥」，門板，亦作「板搭」。②「生藥鋪」，藥材店。③「怕」，若；如果。假設義由懼怕義語法化而來。④「処」，的話，表假設的後置詞，與「怕」一起使用。「處」的處所義語法化出時間義，進而語法化爲假設義。⑤「則」，就。⑥「絨鋪」，絨綫鋪；賣絲綫的店。⑦「街坊」，鄰居。

【賺煞】〔一〕是必記心懷，休疑慮，祝〔二〕付①了重還祝〔三〕付，自己擔〔四〕疾難去家〔五〕，或交它〔六〕借馬尋驢〔七〕。莫躊躕〔八〕，這裏又帋筆全无，你去何須要寫書。你个哥哥莫阻，道与俺看家拙婦，交它〔九〕早些兒扶策②我這病身軀〔十〕！

（下）（高山下）

〔校〕〔一〕【賺煞】原本作【尾】，各本均已改。〔二〕〔三〕原本「祝」字，鄭騫本、王季思本未改，徐沁君本、甯希元本改作「囑」。按，「祝付」「囑付」均同「囑咐」。〔四〕原本「擔」字，鄭騫本、王季思本未改，徐沁君本改作「耽」，甯希元本改作「躭」。〔五〕原本「去家」，徐沁君本、甯希元本改作「家去」，以「去」爲韵脚。〔六〕〔九〕原本「它」字，各本均改作「他」。按，「它」同「他」。〔七〕原本無「驢」字，各本均據明本補。〔八〕「躊躕」原本作「惆𢞟」，鄭騫本、王季思本作「躊躕」，徐沁君本、甯希元本作「躊躇」。〔十〕「軀」原本作「駈」，各本均已改。

〔注〕①「祝付」，囑咐。②「扶策」，拯救；幫助。

第二折

（李文鐸上）（高山上見，問科）（李文鐸云，下）（高山下）（正末病重上，云）交賣貨郎哥哥寄信去，不見來取我，怎生柰〔一〕何①！〔二〕

〔校〕〔一〕原本「柰」字，各本均改作「奈」。按，「柰何」同「奈何」。〔二〕此處徐沁君本、王季思本補「（唱）」。

〔注〕①「柰何」，奈何；耐何。

【黄鐘】〔一〕【醉花陰】滿腹内陰陰①似刀攪，唏唏②的錐鑽額角③，忽忽④的耳如燒，撒撒⑤增寒，撲撲⑥心頭跳。〔二〕

〔校〕〔一〕原本無宫調名【黄鐘】，各本均已補。〔二〕王季思本將下一曲前兩句「那些兒最難熬，一陣頭疼似劈碎腦」移至此處，校記云：「二句原放在［喜遷鶯］一曲開頭，元曲選本、脈望館本及《盛世新聲》均放於此曲之尾，按曲律，此曲牌當有七句，底本才有五句，故從三本移位。」

〔注〕①「陰陰」，狀隱痛感。②「唏唏」，狀尖鋭的痛感。③「額角」，額頭兩邊。④「忽忽」，狀灼熱感。⑤「撒撒」，狀寒冷感。⑥「撲撲」，狀心跳聲。

【喜迁鶯】那些兒最難熬，一陣頭疼似劈〔一〕碎腦。却待交誰人醫療？奈无人家野外荒郊。想着，則怕〔二〕歹人來到，不由咱〔三〕常懷着逢賊盗，的薛薛①心驚膽戰，普速速②肉跳身摇〔四〕③。

〔校〕〔一〕「劈」原本作「擘」，鄭騫本未改，其他各本均已改。〔二〕「怕」原本作「帕」，各本均已改。〔三〕「咱」下鄭騫本、甯希元本、王季思本補「心中自懊惱」。王季思本「咱」改作「我」。鄭騫本校記云：「原無此五字，文義既不聯貫，又不合律，據摘艷補。二本作心中添懊惱，添字平聲，不如自字去聲起調。」王季思本校記云：「按曲律，［喜遷鶯］一曲當有八句，脈望館本、元曲選本、《盛世新聲》均合律，而底本缺一句，從《盛世新聲》補。」甯希元本校記云：「原本脱此一句。據《盛世新聲》、《詞林摘艷》、《雍熙樂府》補。」〔四〕「摇」原本作「遥」，各本均已改。

〔注〕①「的薛薛」，狀顫抖貌，亦作「滴薛薛」「滴些些」等。②「普速速」，顫動、抖動貌，亦作「撲速速」「撲簌簌」。③「肉跳身摇」，身體顫抖、晃動。

【出隊子】怎這般没顛没倒①，越將人厮倒撲。一會家②陰陰〔一〕③心痛若錐挑，一會家忽忽④的頭疼似火燒，一會家撒撒⑤增寒如水澆。

〔校〕〔一〕「陰陰」原本作「音」和一重文符號，徐沁君本校作「喑喑」，其他各本均改作「陰陰」。按，本折【醉花陰】作「陰陰」。

〔注〕①「没顛没倒」，紛亂貌。②「家」，詞綴，亦作「價」。③「陰陰」，狀隱痛感。④「忽忽」，狀灼熱感。⑤「撒撒」，狀寒冷感。

【刮地風】眼盼盼①的妻兒音信〔一〕杳②，急煎煎③心痒難揉〔二〕，慢騰騰行出灵神庙。（望科〔三〕）舉目凝眺④。猶自〔四〕⑤未下澀道⑥，恰到簷梢〔五〕⑦。〔六〕我則⑧道十分緊閉着，却原來〔七〕不插拴〔八〕牢。

〔校〕〔一〕原本無「信」字，各本均據明本補。〔二〕「揉」原本作「猱」，各本均已改。〔三〕「科」下徐沁君本補「唱」字。〔四〕「猶自」原本作「由子」，鄭騫本改作「猶子」，其他各本均改作「猶自」。〔五〕「到簷梢」原本作「道簷稍」，鄭騫本作「到簷稍」，徐沁君本作「到檐梢」，王季思本作「到檐稍」，甯希元本作「到簷梢」。〔六〕「我」上鄭騫本、王季思本、甯希元本補「覺昏沉，剛挣揣，把門緊靠」。鄭騫本校記云：「原無此十字，文義既不聯貫，又不合律，據摘艷補。二本緊靠作倚靠，雖免與下緊閉重複，但倚字不如緊字切實有力。」王季思本校記云：「三句原無，與下文難接，且不合律，從元曲選本、《盛世新聲》補。」甯希元本校記云：「原本脱此十字。據《盛世新聲》、《詞林摘艷》、《雍熙樂府》補。」〔七〕原本無「却原來」三字，各本均據《盛世新聲》《詞林摘艷》《雍熙樂府》等明本補。〔八〕甯希元本「拴」改作「栓」。

〔注〕①「眼盼盼」，盼望貌。②「杳」，無。③「急煎煎」，焦急貌。④「凝眺」，注目遠望。⑤「猶自」，尚未；還没。⑥「澀道」，爲防滑而鑿刻有紋路無臺階的道路。⑦「簷梢」，屋簷下。⑧「則」，只。

【四門子】靠着時啞〔一〕的門開了〔二〕，仰剌叉①吃一交，可知道嚴霜偏杀枯根草②。阿喲〔三〕！又〔四〕跌着我殘病腰！一陣〔五〕家③疼，一會家焦④，莫不錢財物業⑤没下稍〔六〕⑥。一會家疼，一會家焦，則⑦把灵神禱告。

（李文鐸上）（末害怕科〔七〕）〔八〕

〔校〕〔一〕徐沁君本「啞」改作「呀」。〔二〕「開了」原本作「閉子」，各本均已據明本改。〔三〕「阿喲」原本作「阿要」，鄭騫本未改，王季思本改作「哎喲」，徐沁君本、甯希元本改作「阿喲」。〔四〕「叉」原本作「㐅」，徐沁君本、甯希元本校作「叉」，鄭騫本、王季思本校作「又」。按，「叉」字是，前有「吃一交」，故應用「叉」字。〔五〕原本「陣」字，徐沁君本、甯希元本改作「家」。〔六〕原本「稍」字，徐沁君本、甯希元本改作「梢」。〔七〕「末」上徐沁君本補「正」字。「怕」原本作「蛇」，各本均已改。「科」下徐沁君本補「唱」字。〔八〕此處王季思本補「（唱）」。

〔注〕①「仰刺叉」，仰面朝天摔倒在地。②「嚴霜偏杀枯根草」，比喻雪上加霜，灾禍偏降臨在不幸的人身上。③「家」，詞綴，亦作「價」。④「焦」，着急；憂慮。⑤「物業」，家業；産業。⑥「下稍」，亦作「下梢」，末尾；結局。⑦「則」，只。

【水仙子】呀呀呀我這里正覰着，嗨嗨嗨唬〔一〕得我〔二〕魂魄飄！扯扯扯將㬊錢忙遮，來來來把泥神①緊靠。悄悄悄它〔三〕偏掩映〔四〕着，它它它〔五〕走將來展脚舒腰②。我我我再凝眸〔六〕仔細觀相皃，是是是我兄弟間別③身安樂，休休休免拜〔七〕李文鐸。

（外④遞藥）（末吃科〔八〕）〔九〕

〔校〕〔一〕三「嗨」字原本作「海」和二重文符號，鄭騫本、王季思本作三「海」字，徐沁君本、甯希元本作三「嗨」字。原本「唬」字，鄭騫本、王季思本改作「諕」。〔二〕「我」下鄭騫本、王季思本補「悠悠」二字。鄭騫本校記云：「原無此二字，不合句法，據二本補。」王季思本校記云：「『悠悠』原無，不合句法，從元曲選本和脈望館本補。」〔三〕〔五〕原本「它」字，各本均改作「他」。按，「它」同「他」。〔四〕「映」原本作「月」旁，各本均已改。王季思本「映」字誤移至下句開頭。〔六〕「凝眸」原本作「疑曉」，鄭騫本改作「從頭」，徐沁君本改作「凝眺」，王季思本、甯希元本改作「凝眸」。鄭騫本校記云：「原作疑曉，形近之誤，據文義改。」徐沁君本校記云：「何本作『凝眸』，『眸』字失韵。」王季思本校記云：「從脈望館本趙琦美改筆改。」甯希元本校記云：「原本二字誤作『凝（疑）曉』。依何録、王校改。徐本以『眸』字失韵，改『凝眺』。按：此處不應斷句，何録『凝眸』義長，故取。」按，綜合各家校記，今校作「凝眸」。〔七〕「拜」下鄭騫本、王季思本、甯希元本補「波」字。鄭騫本校記云：「原無波字，據二本補，少此字語氣不足。」王季思本校記云：「『波』字原無，從元曲選本、脈望館本、《盛世新聲》補。」甯希元本「據諸本補」。〔八〕徐沁君本「末」上補「正」字，「科」下補「唱」字。〔九〕此處王季思本補「（唱）」。

〔注〕①「泥神」，泥塑的神像。②「展脚舒腰」，伸展腰脚。③「間别」，離别；分離。④「外」，扮李文鐸。

【寨兒令】不是昨宵〔一〕，則是今朝，被風寒撲的傷着。嚥〔二〕下去心似热油澆，烘烘①燒五臟，忽忽②燎〔三〕三焦③。兄弟！〔四〕這敢④不是風寒藥！

〔校〕〔一〕「宵」原本作「霄」，各本均已改。〔二〕原本「嚥」字，徐沁君本、王季思本改作「咽」。按，「嚥」同「咽」。〔三〕王季思本「燎」誤作「繚」。〔四〕徐沁君本「兄弟」上補「（帶云）」，下補「（唱）」。

〔注〕①「烘烘」，狀灼熱感。②「忽忽」，狀灼熱感。③「三焦」，中醫上焦、中焦、下焦的合稱。「上焦」指舌下至胃上口，包括心肺。「中焦」指腹腔上部。「下焦」指胃下口至盆腔的部分，包括腎臟、大小腸和膀胱。④「敢」，可能。

【神仗兒】它〔一〕化的水調，我咽①的嚥〔二〕了，則覺烘②的昏迷，可早坯〔三〕的③藥④倒。却似烟生七竅⑤，冰沉〔四〕了四稍〔五〕⑥。嗨！〔六〕不承望⑦咲〔七〕里藏刀！呀！眼見是丧荒郊！

（外一折下）〔八〕

〔校〕〔一〕原本「它」字，各本均改作「他」。按，「它」同「他」。〔二〕原本「嚥」字，徐沁君本、王季思本改作「咽」。按，「嚥」同「咽」。〔三〕原本「坯」字，徐沁君本未改，其他各本均改作「丕」。甯希元本「早」誤作「旱」。〔四〕「沉」原本作「鴆」，鄭騫本、王季思本改作「浸」，徐沁君本改作「沉」，甯希元本改作「鴆」。鄭騫本無詳細校語。徐沁君本校記云：「盛、雍本『冰沉』作『病沉』，陳、臧、孟本作『冰浸』。蓋『沉』亦作『沈』，因誤爲『鴆』，再誤爲『鳩』。『病沉』之『病』，爲『冰』字音近致誤；『冰浸』之『浸』，與『沉』字義通而改。」王季思本「從元曲選本、脈望館本改」。甯希元本校記云：「『鴆』，音義同『酖』，原本形誤爲『鳩』。徐本以『鴆』爲誤字，改作『冰沉』，可並存，俟考。」按，未知孰是，暫從徐沁君本改。〔五〕原本「稍」字，王季思本、甯希元本改作「梢」。〔六〕「嗨」原本作「海」，鄭騫本、王季思本未改，徐沁君本、甯希元本改作「嗨」。〔七〕原本「咲」字，各本均改作「笑」。按，「咲」同「笑」。〔八〕此處徐沁君本、王季思本補「（正末唱）」。

〔注〕①「咽」，擬聲詞，狀咽下湯水聲。②「烘」，狀眩暈感。③「坯的」，擬聲詞，狀人倒地聲。多作「丕的」「丕地」。④「藥」，動詞，毒。⑤「七竅」，指眼、鼻、耳、口七孔。⑥「四稍」，舌爲肉稍，齒爲骨稍，髮爲血稍，甲爲筋稍。亦作「四梢」。⑦「不承望」，不料；想不到。

【村里迓鼓〔一〕】這厮好損人安己①，不合神道②！錢物又不多，要時③分明好要，怎生下得④交哥哥身夭⑤！更做道⑥錢心⑦重，情分少，枉辱末〔二〕⑧杀分金管鮑⑨。

〔校〕〔一〕「鼓」原本作「古」，各本均已改。〔二〕原本「末」字，徐沁君本、甯希元本未改，鄭騫本、王季思本改作「没」。按，「辱末」同「辱没」。

〔注〕①「損人安己」，損害他人，從而使自己得到好處。②「合神道」，合乎神明之道。③「時」，的話，表假設。由時間義語法化爲假設義。④「下得」，忍心；捨得。亦作「下的」。⑤「身夭」，身亡。⑥「更做道」，即使；縱使。亦作「更做」「更做到」「更則道」。⑦「錢心」，愛錢；占有金錢的欲望。⑧「辱末」，辱没；玷污。⑨「分金管鮑」，《史記·管晏列傳》：「管仲曰：『吾始困時，嘗與鮑叔賈，分財利多自與，鮑叔不以我爲貪，知我貧也。』」「管鮑」是春秋時期管仲和鮑叔牙的合稱，兩人相知甚深，「分金管鮑」「管鮑交」比喻交情深厚的摯友。

【者〔一〕刺古】身軀被病执縛①，難走難逃。咽喉被藥把捉②，難訴難學[③]。托青天暗表[④]，願灵神早報。行善得善，行惡得惡。天呵！末〔二〕[⑤]不是今年灾禍招！

〔校〕〔一〕「者」原本作「這」，鄭騫本未改，其他各本均改作「者」。〔二〕鄭騫本、王季思本「末」改作「莫」。

〔注〕①「执縛」，纏；糾纏。②「把捉」，控制；掌握。③「學」，向别人説明事情經過、來龍去脉。④「表」，表明；説明。⑤「末」，同「莫」。

【掛金索】我則[①]道調理風寒，誰想它〔一〕暗里藏毒藥。到如今它〔二〕致命圖財[②]，我正是養着家生哨〔三〕[③]。疑怪[④]來時，不將[⑤]着親嫂嫂。万代人傳，倒大來[⑥]惹得関張[⑦]咲〔四〕。

〔校〕〔一〕〔二〕原本「它」字，各本均改作「他」。按，「它」同「他」。〔三〕王季思本「哨」改作「肖」。〔四〕原本「咲」字，各本均改作「笑」。按，「咲」同「笑」。

〔注〕①「則」，只。②「致命圖財」，爲了錢財謀害他人性命。③「家生哨」，亦作「家生肖」。詈詞，猶言家盜内賊。哨即「哨子」，指騙子。習見于元曲。④「疑怪」，奇怪；詫异。⑤「將」，幫助；扶助。⑥「倒大來」，非常；無比。⑦「関張」，關羽和張飛。比喻兄弟。

【尾聲〔一〕】應有東西共[①]財宝，一星星[②]不落半分毫！〔二〕嗨！〔三〕好情理呵！〔四〕它〔五〕緊緊[③]將[④]馬駝〔六〕將去了！

（下）（旦上云）（文鐸上，云住）〔七〕（文鐸報〔八〕到官科）（孤上了，云）（一行上，告住）（孤省會）（一行下〔九〕）（旦吃枷了）〔十〕

〔校〕〔一〕原本無「聲」字，鄭騫本、甯希元本未補，徐沁君本、王季思本補。〔二〕「毫」下鄭騫本、徐沁君本、王季思本補「（帶云）」。〔三〕「嗨」原本作「海」，鄭騫本、王季思本未改，徐沁君本、甯希元本改作「嗨」。〔四〕「呵」下徐沁君本補「（唱）」。〔五〕原本「它」字，各本均改作「他」。按，「它」同「他」。〔六〕原本「駝」字，鄭騫本未改，其他各本均改作「馱」。按，「駝」通「馱」。〔七〕原本此處有一科介「（王大上了）」，鄭騫本保留，其他各本均移至第三折開頭，詳見下折。〔八〕「報」原本作「抱」，鄭騫本未改，徐沁君本、王季思本改作「告」，甯希元本改作「拖旦」二字。按，「抱」「報」音同致誤。李德昌被李文鐸謀財害命。李文鐸又逼李德昌之妻劉玉娘爲妻，劉氏不從。李文鐸誣陷劉氏因奸情毒死親夫，將她告到官府。「報」指李文鐸將劉氏害死親夫之事報到官府。〔九〕「下」原本作「一」，鄭騫本、甯希元本改作「了」，徐沁君本、王季思本改作「下」。徐沁君本校記云：「上云『一行上』，此云『一行下』，前後相應。」王季思本從徐沁君本改。〔十〕鄭騫本「（旦上云）」至「（旦吃枷了）」置于第三折開頭。

〔注〕①「共」，和；與。②「一星星」，一點點，指極少量。③「緊緊」，趕快；趕忙。④「將」，用。

第三折

（王大尹上了）〔一〕（正末〔二〕①上唱）

【商調】〔三〕**【集賢賓】**這幾日併〔四〕迭②的有勾當③，因僉押④離司房⑤。俺倒大來⑥擔公徒⑦利害，笔尖上⑧定生死存亡〔五〕。更察詳生分⑨女落盜為非，不孝男趁波逐浪⑩。官人⑪委付⑫將文〔六〕案⑬掌，有公事豈敢行唐⑭。听得鼕鼕的升〔七〕衙鼓⑮，喏喏⑯的吗攛箱⑰。

（見科〔八〕）〔九〕

〔校〕〔一〕「（王大尹上了）」原本作「（王大上了）」，在第二折末，鄭騫本未移來，其他各本均補「尹」字，并移至此處。徐沁君本校記云：「據各本本劇劇情，并無『王大』這一人物。第三折開頭，府尹上場白：『老夫完顔女直人氏，完顔者姓王。』知此處上場者實爲『王大尹』，原脱一『尹』字。再者，第二折的『孤』爲縣尹，本折的『孤』即指此『王府尹』而言。玆特移置于此。」甯希元本從徐沁君本改。王季思本校記云：「此劇並無『王大』人物，當是『王大尹』之脱字，而王大尹在第三折才出現，故從徐本移至下折（第三折）開頭。」〔二〕「末」下徐沁君本補「扮張鼎」三字。〔三〕原本無宫調名【商調】，各本均已補。〔四〕原本「併」字，徐沁君本、王季思本改作「并」。〔五〕原本脱「亡」字，各本均已補。〔六〕原本「文」字，鄭騫本、甯希元本改作「六」。鄭騫本校記云：「六原作文，形近致誤，據二本改。張鼎官職爲六案孔目。」甯希元本校記云：「張鼎爲六案孔目。原本『六』字，形誤爲『文』。據諸本改。」〔七〕「升」原本作「聲」，鄭騫本、甯希元本未改，徐沁君本改作「升」，王季思本改作「陞」。〔八〕「科」下徐沁君本補「唱」字。〔九〕此處王季思本補「（唱）」。

〔注〕①「正末」，扮張鼎。②「併迭」，收拾料理。亦作「併疊」。③「勾當」，事情。④「僉押」，在文書上簽字畫押表示負責。代指處理公務。⑤「司房」，元、明州縣衙門裏負責記録口供、管理案卷的文書部門，即六房中的刑房。（參見《漢語大詞典》）⑥「倒大來」，非常；無比。⑦「公徒」，步兵；鄉勇。代指刑罰。⑧「上」，是方位詞承擔了蒙古語的格標記成分，是工具格標記，相當于後置的「用」。「筆尖上」即用筆尖。⑨「生分」，乖戾；忤逆。⑩「趂波逐浪」，奔波；顛沛流離。⑪「官人」，官吏；做官的人。⑫「委付」，委托；交付。⑬「文案」，公文案件。亦作「文按」。⑭「行唐」，遲慢；搪塞；敷衍。⑮「升衙鼓」，衙門升堂問案的鼓聲。⑯「喏喏」，應諾聲，有順從敬慎義。（參見《漢語大詞典》）⑰「攛箱」，宋元時期開庭理案時，設箱在衙門，告狀者要投狀于箱内，稱爲「攛箱」，亦作「攛厢」。

【逍遥樂】我恰子抬頭觀望，節使①升廳②，净〔一〕悄悄有如听講。整頓③了衣裳，正行中舉目端詳。見雄糾糾的公人④如虎狼，推擁⑤定个得罪的婆娘。子見啼哭垂淚，帶鎖〔二〕披枷⑥，不知是競〔三〕土争桑⑦。

〔校〕〔一〕「静」原本作「净」，各本均已改。〔二〕「鎖」原本作「銷」，各本均已改。〔三〕「競」原本作「竟」，各本均已改。

〔注〕①「節使」，節度使的簡稱；持符節的使者。②「升廳」，古代官員升堂處理政務，審理案件。③「整頓」，整理。④「公人」，公差；差役。⑤「推擁」，多人將一人向前推。⑥「帶鎖披枷」，戴著枷鎖，指犯法、犯罪。⑦「競土争桑」，争奪土地、桑樹，泛指争競、争奪。「争桑」，楚國、吴國兩女争奪桑樹，見于《史記·吴太伯世家》，也作爲邊境不寧的典實。（參見《漢語大詞典》）

【金菊香】子見濕〔一〕浸浸①血污旧衣裳，多管②磣可可③身躭④新杖瘡⑤，被死囚枷壓的曲了脊樑，把咽喉剛〔二〕舒⑥，最傷心兩眼淚汪汪。

〔校〕〔一〕「濕」原本作「温」，各本均已改。〔二〕「剛」原本作「岡」，各本均已改。徐沁君本「咽喉」改作「咽頸」，校記云：「各本『咽頸』作『粉頸』，均作『頸』字。」

〔注〕①「濕浸浸」，濕潤貌。②「多管」，多半；大概；很可能。③「磣可可」，凄慘可怕。亦作「磣磕磕」。④「躭」，忍受；承受。⑤「杖瘡」，杖傷造成的瘡。⑥「舒」，伸展。

【醋葫芦】我恰觀了一會，覷了半晌，子那不行中把冤屈暗包藏。不知婆娘家犯甚歹勾當①？直這般帶枷吃棒②。休！休！不干己事枉听張③。(旦告科)〔一〕

〔校〕〔一〕此處徐沁君本、王季思本補「（正末唱）」。

〔注〕①「歹勾當」，壞事情。②「帶枷吃棒」，戴著枷鎖，被棒子打。③「聽張」，聽到。

【幺篇】〔一〕我慢慢的過兩廊，他遥遥的映秉〔二〕墻①，哭啼啼口内訴衷腸。我待兩三番推阻②不問當③，他緊拽住我衣服不放，不由咱須索④厮應昂⑤。

(云）我官人行⑥說了。(見孤住〔三〕)〔四〕

〔校〕〔一〕【幺篇】原本作【么】，鄭騫本作【幺】，其他各本均作【幺篇】。〔二〕原本「秉」字，徐沁君本、王季思本改作「東」。徐沁君本校記云：「『秉』爲『東』之形誤。各本改作『行至稟堂』，蓋以『秉』、『稟』音同致誤，因改『墻』爲『堂』，作『稟堂』，疑非是。」王季思本從徐沁君本改。甯希元本校記云：「秉墻：即屏墻，俗名照壁。徐本改作『東墻』，實誤。」〔三〕「住」下徐沁君本補「唱」。〔四〕此處王季思本補「（正末唱）」。

〔注〕①「秉墻」，照墻，起遮擋作用，類似影壁、影壁墻。亦作「屏墻」「稟墻」。②「推阻」，推辭。③「問當」，問。「當」，詞綴，無意義。④「須索」，必須；一定。⑤「應昂」，答應；同意。⑥「行」，是「上」的音變形式，是方位詞承擔了蒙古語的與位格標記，表示動作的對象，相當于後置的介詞「對」或「向」，「官人行說了」即向/對官人說了。

【金菊香】這是打家賊①勘②完贓〔一〕，這是犯界③私鹽④寫下搽〔二〕，這公事正与咱一地方。這是恰下符文〔三〕⑤，這是官差納送遠〔四〕倉粮。

〔校〕〔一〕「勘完贓」原本作「看完藏」，各本均已據明本改。〔二〕原本「搽」字，鄭騫本、王季思本未改，徐沁君本改作「榜」，甯希元本改作「本」。徐沁君本無詳細校語。甯希元本校記云：「『本』，即文本，原本音假爲『搽』，今改。《哭存孝》二折［菩薩梁州］曲：『這公事何須問，何消的再寫本。』與本劇此曲可相互發明。徐本改作『寫下榜』，誤。」〔三〕原本「文」字，徐沁君本、王季思本據明本改作「樣」。甯希元本校記云：「徐本據各本改作『符樣』，誤。此爲元代公文常語。」〔四〕原本「送遠」作「𨘷」，各本均據明本改補作「送遠」。

〔注〕①「打家賊」，打家劫舍的盜賊。②「勘」，查勘；勘測。③「犯界」，侵犯邊界。④「私鹽」，未經相關部門批准而私製、私賣的鹽。⑤「符文」，公文；文書。

【醋葫蘆】〔一〕這是沿河道便盖橋，隨州城新置倉。這是主首①陳立置田庄，這〔二〕張千毆〔三〕打王大傷，則好勾將來對詞②責狀③。這是王阿張數次罵街坊④。

（押文字⑤了，出）（旦又告了）〔四〕

〔校〕〔一〕【醋葫蘆】原本作【浪來里】，徐沁君本據明本改作【醋葫蘆】，甯希元本從改。鄭騫本未改，王季思本作【浪裏來】。〔二〕「這」下徐沁君本、王季思本補「是」字。〔三〕「毆」原本作「歐」，各本均已改。〔四〕此處徐沁君本、王季思本補「（正末唱）」。

〔注〕①「主首」，首領。②「對詞」，對質。③「責狀」，具結；保證、擔保文書。④「街坊」，鄰居。⑤「押文字」，簽字。

【幺篇】〔一〕又沒甚公事忙，心緒①攘②，若有大公事失悮〔二〕不惹灾殃？量這些兒早不將心記〔三〕想。哎！張鼎！〔四〕你大古里③貴人多忘，署而④听引〔五〕莫心忙。

（回見孤說前事了）（孤云住）〔六〕

〔校〕〔一〕【幺篇】原本作【浪來里】，徐沁君本據明本改作【幺篇】，甯希元本從改。鄭騫本未改，王季思本作【浪裏來】。〔二〕原本「悮」字，鄭騫本未改，其他各本均改作「誤」。按，「悮」同「誤」。〔三〕「記」原本作「𧦅」，各本均已改。〔四〕徐沁君本「哎」上補「（帶云）」，「鼎」下補「（唱）」。〔五〕原本「听引」，鄭騫本、甯希元本據明本改作「停待」。〔六〕此處徐沁君本、王季思本補「（正末唱）」。

〔注〕①「心緒」，心情。②「攘」，亂；紛擾。③「大古里」，大概；總之。④「畧而」，暫且；權且。

【幺篇】〔一〕早是為官的性忒剛，你个做吏的又不見長，這案不完公事不商量。則道干連①人背後少一張，更少那奸夫的招狀②，怎葫芦提③推擁④赴雲陽⑤？

（孤云，下）〔二〕

〔校〕〔一〕【幺篇】原本作【浪來里】，徐沁君本據明本改作【幺篇】，甯希元本從改。鄭騫本未改，王季思本作【浪裏來】。〔二〕此處徐沁君本、王季思本補「（正末唱）」。

〔注〕①「干連」，牽連；牽涉。②「招狀」，罪犯招供的文字記録。③「葫芦提」，糊塗；糊裏糊塗。亦作「葫蘆蹄」「葫蘆題」「葫蘆啼」。④「推擁」，多人將一人向前推。⑤「雲陽」，本爲地名，秦李斯被斬于雲陽街市。後以「雲陽市」「雲陽鬧市」代指行刑之地；刑場。

【浪來裏煞】〔一〕那刘玉娘罪責①虛，張司吏口非強，把唧〔二〕冤人②提出是非鄉。則那離鄉的屈死李德昌，命歸在何処〔三〕，我待〔四〕③交平人④无过交盜賊償。

〔五〕（旦下）

〔校〕〔一〕【浪來裏煞】原本作【尾】，鄭騫本改作【浪來裏煞】，其他各本均改作【浪裏來煞】。〔二〕「唧」原本作「御」，鄭騫本、王季思本改作「銜」，徐沁君本、甯希元本改作「唧」。〔三〕「処」下徐沁君本、甯希元本補「喪」字。徐沁君本校記云：「按譜：本句應叶韻。各本作『知他來怎生身喪』，據補一『喪』字。」甯希元本從徐沁君本補。〔四〕「待」原本作「大」，各本均已改。〔五〕此處鄭騫本、王季思本補「（下）」。

〔注〕①「罪責」，罪狀；罪名。②「啣冤人」，含冤人。③「待」，要；想要。④「平人」，平民；百姓。

第四折

（正末上，唱）

【中吕】【粉蝶兒】投至[①]我勘問[②]出強賊，憂愁的寸腸[③]粉碎，悶懨懨[④]廢寢廢食[⑤]。你教我怎推詳[⑥]，難決斷，不知個詳細。索用心機，要搜尋百謀千計[⑦]。〔一〕

〔校〕〔一〕原本無此曲，各本均據明本補。「憂愁」上徐沁君本有一「早」字。鄭騫本此曲後注云：「原本無此曲，今補録；但是否應補頗有問題，詳校勘記。」校記云：「【粉蝶兒】原本此折以醉春風起，無粉蝶兒。元曲選、古名家雜劇及北詞廣正譜中吕套數分題引此折，均有粉蝶兒。按：雜劇中吕套首曲例用粉蝶兒，醉春風例爲第二曲。散曲則有以醉春風爲首曲者，如曾瑞卿撰『七國謀臣謟』套（見太平樂府卷八）。雖雜劇散曲所用套式有别，但未必不能通假。故原本之無粉蝶兒，究係脱落，或套式根本如此，殊難斷言。姑依古名家補録。（子母調乃説明唱法者，似與是否首曲無關。）」徐沁君本校記云：「本曲曲文原脱。據各本補。」王季思本校記云：「［中吕·粉蝶兒］一曲原無，按曲律，中吕套首曲用［粉蝶兒］，次曲方爲［醉春風］，故從脈望館本補。」甯希元本校記云：「原本脱此曲，明刊諸本皆有，今依《古名家》本補。」

〔注〕①「投至」，及至；等到。②「勘問」，查問。③「寸腸」，心中；心意。④「悶懨懨」，煩悶貌，也作「悶厭厭」「悶淹淹」。⑤「廢寢廢食」，忘記或不想睡覺、吃飯。⑥「推詳」，推究審理。⑦「百謀千計」，各種方法、計策。

【〔一〕醉春風】好意的勸他家，惡頭兒[①]揣自己。元來口是禍之門，張鼎呵！却又悔！悔！若要万法[②]皆明，出脱[③]眾人无事，全在寸心不昧。〔二〕將刘玉娘過來。（眾推〔三〕上住）〔四〕

〔校〕〔一〕原本「醉」上有「子母調」三字，鄭騫本保留，其他各本均删。〔二〕「將」上鄭騫本、徐沁君本、王季思本補「（云）」。

〔三〕徐沁君本「推」下補「旦」字。〔四〕此處徐沁君本、王季思本補「（正末唱）」。

〔注〕①「惡頭兒」，罪名；罪狀；罪責。②「万法」，指一切事物。③「出脱」，開脱。

【叫聲】虎狼似①惡公人②，撲魯③推擁④廳前跪。我則見噎着氣，吞着聲⑤，把頭低。

（云）刘玉娘，你怎生藥杀丈夫來？（旦云住）〔一〕

〔校〕〔一〕此處徐沁君本、王季思本補「（正末唱）」。

〔注〕①「似」，一般；似的。②「公人」，公差；差役。③「撲魯」，擬聲詞，狀推倒聲。④「推擁」，多人將一人向前推。⑤「噎着氣，吞着聲」，忍氣吞聲。「噎」，忍受；忍耐。

【喜春來】你道啣冤負屈①贓謀②你，則這致命圖財本是誰？你直打得皮開肉綻悔應〔一〕遲。不是我斷臨逼③，早說了是便宜④。

〔校〕〔一〕「應」原本作「𪆀」，各本均已改。

〔注〕①「啣冤負屈」，含冤負屈。②「贓謀」，謀害；圖謀。③「臨逼」，緊逼。④「便宜」，方便；順當。

【紅綉鞋】我得了嚴假①限一朝兩日，你却才支吾②到数次十廻，你管③惹場六問共三推④。一椿〔一〕話，没半星⑤实，我根〔二〕前⑥怎過得？（打科）〔三〕

〔校〕〔一〕「椿」原本作「庄」，各本均已改。〔二〕原本「根」字，徐沁君本、王季思本改作「根」。〔三〕此處徐沁君本、王季思本補「（正末唱）」。

〔注〕①「嚴假」，有嚴格期限的假期。②「支吾」，説話含混、躲閃、搪塞。③「管」，一定；肯定。④「六問共三推」，反復多次審訊。「共」，和；與。亦作「三推六問」。⑤「半星」，半點兒，言極少量。⑥「根前」，即「跟前」，本爲方位詞，元代用來對譯蒙古語静詞的格附加成分，從而産生了格標記的用法。此「根前」爲離格標記，相當于後置的「從」。意爲：從我這怎麼過得去？

【迎仙客】比及①下撒子〔一〕②，先浸了麻槌③。行杖④的腕〔二〕頭⑤着氣〔三〕力，直打得紫連青，青間⑥赤。惹得棍棒臨逼⑦，待⑧悔如何悔〔四〕！

（旦云了）〔五〕

〔校〕〔一〕徐沁君本據明本將「撒子」改作「桚指」。按，「撒子」無誤，不煩改校。「撒子」又稱「桚子」「撒子角」，是一種夾手指的刑具，宋代無名氏戲文《小孫屠》第十一齣：「怎推這鐵鎖沉枷，麻槌撒子？」《水滸傳》第十二回：「撒子角，囚人見了心驚。」〔二〕「腕」原本作「脘」，各本均已改。〔三〕甯希元本「着氣」改作「齊着」。〔四〕兩「悔」字原本均作「晦」，各本均改作「悔」。〔五〕此處徐沁君本、王季思本補「（正末唱）」。

〔注〕①「比及」，及至；等到。②「下撒子」，用撒子夾犯人的手。「撒子」又稱「桚子」「撒子角」，是一種夾手指的刑具。③「麻槌」，用麻絞成的短粗的鞭子，浸水後威力大增。④「行杖」，用木杖責打。⑤「腕頭」，手上；手頭。⑥「間」，間雜。⑦「臨逼」，緊逼。⑧「待」，要；想要。

【白鶴〔一〕子】你道便死呵①則是屈，硬抵〔二〕定②不招实③。則你那出城接主何心？則它陌〔三〕門④死因何意？

（旦云住）〔四〕

〔校〕〔一〕「鶴」原本作「鳩」，各本均已改。〔二〕「抵」原本作「秪」，各本均已改。〔三〕原本「它陌」，王季思本改作「他陌」，其他各本均改作「他驀」。按，「它」同「他」。〔四〕此處徐沁君本、王季思本補「（正末唱）」。

〔注〕①「呵」，的話，表假設的後置詞。②「抵定」，抵觸。③「招实」，招出實情。④「陌門」，街門。「陌」，街道。

【幺篇】〔一〕那下書①的是同買賣新伴當②？元〔二〕茶酒旧相知？可是怎生上帶家書③？因甚通消息？

（云）〔三〕玉娘，你記〔四〕得那寄信的末？（旦云住）〔五〕

〔校〕〔一〕【幺篇】原本作【么】，鄭騫本作【幺】，其他各本均作【幺篇】。〔二〕王季思本「元」改作「原」，校記云：「從脈望館本、元曲選本改。」〔三〕徐沁君本「玉」上補「劉」字。〔四〕「記」原本作「[illegible]」，各本均已改。〔五〕此處徐沁君本、王季思本補「（正末唱）」。

〔注〕①「下書」，送信。②「伴當」，夥伴；朋友。③「家書」，家信。

【幺篇】〔一〕那廝身材長共短？肌骨①瘦和肥？它〔二〕是面皮②黑面皮黄？有髭髮③无髭髮？

(旦云住)〔三〕

〔校〕〔一〕【幺篇】原本作【么】，鄭騫本作【幺】，其他各本均作【幺篇】。〔二〕原本「它」字，各本均改作「他」。按，「它」同「他」。〔三〕此處徐沁君本、王季思本補「（正末唱）」。

〔注〕①「肌骨」，肌肉和骨骼，代指身材、體格。②「面皮」，臉皮。③「髭髮」，鬍鬚。

【幺篇】〔一〕莫不身居在小〔二〕巷東？家住在大街北？甚街巷？甚庄宅①？何姓字？何名諱②？

(旦云住)(〔三〕末云) 孔子道：視其所以，觀其所由，察其所安，人焉廋③哉！人焉廋哉！〔四〕

〔校〕〔一〕【幺篇】原本作【么】，鄭騫本作【幺】，其他各本均作【幺篇】。〔二〕「小」原本作「子」，鄭騫本、甯希元本未改，徐沁君本、王季思本據明本改作「小」。〔三〕「末」上徐沁君本補「正」字。〔四〕此處徐沁君本補「（唱）」。

〔注〕①「庄宅」，田産、宅院。「庄」，莊窠，亦作「莊科」，即莊園、田産。②「名諱」，名字，含敬意。③「廋」，藏匿；隱藏。

【幺篇】〔一〕投至①逼迫出賊下落，搜尋得案完備，敢熬〔二〕煎我鬢班〔三〕白，蒿惱②的心腸碎。

(做尋思了，云) 是幾日寄信來？(旦云〔四〕)

〔校〕〔一〕【幺篇】原本作【么】，鄭騫本作【幺】，其他各本均作【幺篇】。〔二〕「熬」原本作「懊」，各本均已改。〔三〕原本「班」字，各本均改作「斑」。按，「班」通「斑」。〔四〕「云」下甯希元本補「住」字。

〔注〕①「投至」，及至；等到。②「蒿惱」，猶打擾、麻煩。

【幺篇】〔一〕是七月七日？〔二〕莫不買油面為節食①？裁綾羅做秋衣？為何事離宅中？有甚事來城内？

（旦云了）（〔三〕末云）取那魔〔四〕合羅②來。（取到了）〔五〕

〔校〕〔一〕【幺篇】原本作【么】，鄭騫本作【幺】，其他各本均作【幺篇】。〔二〕徐沁君本「是七月七日」移至曲牌名前，并于「是」上補「（正末云）」，「日」下補「（唱）」。王季思本亦將「是七月七日」移至曲牌名前，并于「日」下補「（正末唱）」。鄭騫本「是」上補「（云）」。〔三〕「末」上徐沁君本補「正」字。〔四〕「魔」原本作「麼」，各本均已改。〔五〕此處徐沁君本、王季思本補「（正末唱）」。

〔注〕①「節食」，節日所吃食品。②「魔合羅」，梵語 mahoraga 的音譯，本是佛教的摩睺羅神，唐宋時借其名製作成土木偶人，作爲七夕送子的吉祥物，逐漸演變爲玩偶，引申爲漂亮、可愛義，多形容小孩。亦作「磨合羅」「磨喝樂」。

【叫聲】你曾把愚痴①的小孩兒，教訓、教訓〔一〕的心聰慧。你若把這冤屈事，說与勘官②知。

〔校〕〔一〕徐沁君本、王季思本第一個「教訓」屬上句，鄭騫本、甯希元本屬下句。按，第一個「教訓」應屬下句。據曲譜，【叫聲】第二句首二字應重叠。該曲第二、三句須押韵，「慧」「知」屬「齊微」韵。按曲譜要求，兩「訓」字是句中暗韵，但「訓」屬「真文」韵，體現了元代陽聲韻尾［-n］消失的語音現象。

〔注〕①「愚痴」，愚笨。②「勘官」，負責稽察的官吏。

【醉春風】不強如①你教幼女演②裁割〔一〕③，佳人學綉刺〔二〕④。要分付⑤不明白冤屈重刑名，魔〔三〕合羅呵！全在你！你！出脫⑥婦人啣冤，我敢交大人享〔四〕祭⑦，強如着⑧小童博戲〔五〕⑨。

（末〔六〕云）馬有垂繮〔七〕之报⑩，狗有展草之恩⑪，禽獸尚然如此，何况你為人類！既交人補〔八〕火添香，何似通灵显圣？可怜負屈啣冤婦，指出圖財致命人。〔九〕

〔校〕〔一〕「割」原本作「[illegible]」，各本均校作「[illegible]」。按，疑「[illegible]」是「割」之形誤。〔二〕「刺」原本作「刺」，甯希元本未改，其他各本均改作「刺」。〔三〕「魔」原本作「[illegible]」，各本均改作「魔」。〔四〕「享」原本作「亨」，各本均已改。〔五〕覆元槧本「戲」誤作「覷」，鄭騫本沿誤。〔六〕徐沁君本删「末」字。〔七〕「繮」原本作「彊」，鄭騫本改作「繮」，其他各本均作「韁」。〔八〕甯希元本「補」改作「拔」（當是「撥」字簡體之誤），校記云：「原本『撥』（bo）字，音假爲『補』（bu）。據諸本改。」按，「補」字可通，不必改字。〔九〕此處徐沁君本、王季思本補「（唱）」。

〔注〕①「強如」，强于；比……强。「如」是比較標記。「A 强如 B」體現 VO 型的語序類型。②「演」，演練；練習。③「裁割」，裁剪。④「綉刺」，刺綉。⑤「分付」，交代；講明。⑥「出脱」，開脱。⑦「享祭」，祭祀。⑧「着」，讓；使。⑨「博戲」，賭輸贏的游戲。⑩「垂繮之報」，指馬垂下繮繩救落入山澗的苻堅的事，古代文獻常用作報恩的典故。⑪「展草之恩」，《搜神後記》記楊生醉卧草澤，失火，楊生所養的狗以身浸水，沾濕草地，楊生免于火焚。亦成爲報恩典故。

【滚綉球】〔一〕你曲弯弯畫翠眉①，寬綽綽②染絳衣③，黄烘烘④鳳冠霞帔〔二〕⑤，覷形容⑥仙女合宜⑦。直到七月七，乞巧⑧的，都將你慶歡享祭⑨，〔三〕便显神通，百事依隨。比似〔四〕十指玉笋穿針線，你敢啟一點朱唇說是非，交万代人知。

〔校〕〔一〕【滚綉球】原本作【衮綉求】，各本均已改。〔二〕「帔」原本作「披」，各本均已改。〔三〕原本無「都將你慶歡享祭」，唯徐沁君本未補。鄭騫本校記云：「原無此七字，語意不聯貫，又少一句，據古名家補。」王季思本「據脈望館本補」。甯希元本校記云：「原本脱此句。依鄭本據《古名家》補。」〔四〕徐沁君本、甯希元本據明本于「似」下補「露」字。

〔注〕①「翠眉」，古代女子用青黛畫眉毛，故稱。②「寬綽綽」，從容不迫貌。③「絳衣」，深紅色衣服。④「黄烘烘」，鮮亮的金黄色。⑤「鳳冠霞帔」，古代富家女出嫁時穿的奢華服飾。⑥「形容」，外貌；長相。⑦「合宜」，恰當；合適。⑧「乞巧」，農曆七月七日夜晚，婦女在院子中向織女星祈求智巧，稱爲「乞巧」。⑨「享祭」，祭祀。

【倘秀才】枉塑下觀音般像儀①，没半點慈悲的面皮，空着②我盤問你个魔〔一〕合羅口无氣。從上下，細觀窺，到底。
（見高山二字科了〔二〕）〔三〕

〔校〕〔一〕「魔」原本作「麽」，各本均已改。〔二〕「了」下徐沁君本補「唱」。〔三〕此處王季思本補「（正末唱）」。

〔注〕①「像儀」，形象、儀容。②「着」，讓；使。

【蛮姑令】我則①道在那壁②，元〔一〕來在這里。誰想底坐下包藏着杀人賊。呼左右，叩堦基③，那个把高山認的？
（祗〔二〕候④云了）（喚高山見了，跪住）（〔三〕末云）你藥杀李德昌來！你快疾招了！（高山云了）〔四〕

〔校〕〔一〕王季思本「元」改作「原」。〔二〕原本「祗」字，徐沁君本、甯希元本改作「祇」。按，「祗候」無誤，作「祇」當係形近而訛。「祗候」同「祗候人」，指官府衙役或富貴人家僕從。〔三〕「末」上徐沁君本補「正」字。〔四〕此處徐沁君本、王季思本補「（正末唱）」。

〔注〕①「則」，只。②「那壁」，那邊；那裏。③「堦基」，臺階。④「祗候」，即「祗候人」，指官府衙役或富貴人家僕從。

【快活三】魔〔一〕合羅你做的，高山須是你名諱①。并賊〔二〕拿敗更推誰？剗地②硬抵着頭皮諱③！

〔校〕〔一〕「魔」原本作「麽」，各本均已改。〔二〕原本「并賊」，鄭騫本、王季思本改作「併贜」，甯希元本作「并贜」，徐沁君本未改。鄭騫本校記云：「贜（正文作贜）原作賊，據二本改。敗二本作賊。按：併贜拿敗語見周公攝政第四折甜水令，敗字不誤。」徐沁君本校記云：「陳本作『并賊拿贜』，臧、孟本作『并贜拿賊』。按：《西厢記諸宫調》卷四：『夜静也私離了書齋，走到寡婦人家，是别人早做賊捉敗。』本曲『并賊拿敗』，亦即『做賊捉敗』之意。又鄭光祖《周公攝政》第四折：『今日個將你擒獲，對證無差，并贜拿敗。』以上共有四種説法：『做賊捉敗』，『并賊拿敗』，『并贜拿敗』，『并贜拿賊』。蓋此本當時通行諺語，口耳相傳，致生歧異。」王季思本校記云：「據元雜劇《周公攝政》第四折：『今日個將你擒獲，對證無差，並贜拿敗。』故從鄭本改。」甯希元本未出校。

〔注〕①「名諱」，名字，含敬意。②「剗地」，反而；反倒。③「硬抵着頭皮諱」，謂硬着頭皮抵賴不承認；死不認賬。

【鮑老兒】須是[①]你藥杀他男兒交帶累[②]它〔一〕妻，嗨！〔二〕你暢好[③]會使拖刀計[④]，漾[⑤]个瓦兒在空虛里怎住的，嗏！到底須索着田地。你狂言詐語[⑥]，花唇巧舌[⑦]，信口胡題[⑧]。則要你依頭捋〔三〕當[⑨]，分星擘〔四〕兩[⑩]，責狀[⑪]招实。

（高山云）〔五〕

〔校〕〔一〕原本「它」字，各本均改作「他」。按，「它」同「他」。〔二〕「嗨」原本作「海」，鄭騫本、王季思本未改，徐沁君本、甯希元本改作「嗨」。〔三〕「捋」原本作「吕」，徐沁君本改作「理」，其他各本均改作「縷」。鄭騫本校記云：「縷原作吕，同音借用，據二本改。」徐沁君本校記云：「『理』原本作『吕』。今改。何本作『口』字，非。各本均作『縷』，亦不從。」王季思本從鄭騫本改。甯希元本校記云：「原本『縷當』作『吕當』。據諸本改。『依頭縷當』，謂如治亂絲，從頭一一理順。」按，今改作「捋」，梳理、整理義，「吕」係同音致誤。〔四〕「擘」原本作「百」，各本均已改。〔五〕此處徐沁君本、王季思本補「（正末唱）」。

〔注〕①「須是」，終是；一定是。②「帶累」，連累。③「暢好」，正好；甚好。④「拖刀計」，武將佯敗，拖刀而走，突然回頭攻擊之計。⑤「漾」，撇；拋。⑥「狂言詐語」，虛誕、放肆、欺騙的言語。⑦「花唇巧舌」，即花言巧語。「花唇」即花巧的嘴唇，「巧舌」即能説會道的舌頭，均借指花言巧語。⑧「信口胡題」，隨口胡説。⑨「依頭捋當」，從頭梳理清楚。⑩「分星擘兩」，詳細説清楚、説明白。⑪「責狀」，具結；保證、擔保文書。

【古鮑老】他恰〔一〕数説[①]半日，依本分話兒有道理。恰〔二〕参詳[②]了一會，干剌〔三〕，這人有暗昧[③]。則這婆娘屈，可更[④]這漢虛，是它〔四〕官司[⑤]逼。嗨！〔五〕注着咱命里，勘[⑥]不出其中情意，張鼎索躭〔六〕干繫〔七〕[⑦]。

〔校〕〔一〕「恰」原本作「合」，徐沁君本未改，甯希元本改作「恰」，鄭騫本、王季思本據古名家本補改作「恰纔」。按，「合」當係「恰」之形誤。〔二〕「恰」原本作「拾」，各本均已改。〔三〕徐沁君本

「刺」改作「刺」，鄭騫本、王季思本「刺」下補「個」字。鄭騫本校記云：「原無個字，據古名家補。此三字未詳其意。」〔四〕原本「它」字，各本均改作「他」。按，「它」同「他」。〔五〕「嗨」原本作「海」，鄭騫本、王季思本未改，徐沁君本、甯希元本改作「嗨」。〔六〕徐沁君本「躭」改作「耽」。〔七〕「繫」原本作「計」，各本均已改。

〔注〕①「数說」，一五一十地說。②「参詳」，仔細思量、考慮。③「暗昧」，此指不可告人之事。④「可更」，再加上；兼之。⑤「官司」，官員或官府。⑥「勘」，查；檢查。⑦「干繫」，關係。

【鬼〔一〕三臺】從相離，傳消息，沿路上曾撞着誰？（高山云了）〔二〕听言罷，悶漸消，添歡喜，這官司①，試見的。呼左右，親問端的②，這大〔三〕夫，誰相識？

（正末〔四〕云）只除恁的智勘〔五〕將出來。請李文鐸去！（外云住）（文鐸上見了，云住）〔六〕

〔校〕〔一〕原本無「鬼」字，鄭騫本未補，其他各本均已補。〔二〕此處徐沁君本補「（正末唱）」。〔三〕「大」原本作「丈」，各本均已改。〔四〕徐沁君本删「正末」二字。〔五〕原本無「勘」字，鄭騫本未補，徐沁君本、王季思本、甯希元本均補。〔六〕此處徐沁君本、王季思本補「（正末唱）」。

〔注〕①「官司」，訴訟；案件。②「端的」，究竟；詳細情況。

【剔銀灯】又不是多年旧積，則①是些寒冷物②重傷脾〔一〕胃。子那建〔二〕中湯我想堪③醫治，你則多加些附子和當歸。（外与藥了）（〔三〕末与銀了）（外下）（便喚外上見了）（〔四〕末云）一頭④吃了你藥，險〔五〕藥杀官人！〔六〕如今官人着⑤我問你，你依着我者⑥，推你老的⑦，到其間有个覷當⑧。（喚老大夫上了）（〔七〕末放，唱）那老子還問他，他〔八〕便实道与，見〔九〕有人當官告者〔十〕。

〔校〕〔一〕「脾」原本作「皮」，各本均已改。〔二〕「建」原本作「見」，各本均已改。〔三〕〔四〕〔七〕「末」上徐沁君本補「正」字。〔五〕「險」原本作「𢤱」，各本均改作「險」。〔六〕此處原本衍「末云」二字，各本均已删。〔八〕「他」原本作「又」字形重文符號，鄭騫本、王季思本校作「又」字，徐沁君本、甯希元本校作「他」。〔九〕甯希元本「見」改作「現」。〔十〕原本「者」字，鄭騫本、王季思本未改，徐沁君本據《古名家雜劇》改作「只」，甯希元本據《元曲選》《酹江集》改作「執」。按，「者」字可通，不必改字。

〔注〕①「則」，只。②「寒冷物」，寒凉的食物。③「堪」，能。④「一頭」，一旦。亦作「一投」。⑤「着」，讓；使。⑥「者」，祈使語氣詞。⑦「老的」，年老的父母。⑧「覷當」，照看；照顧。「當」，詞綴，無意義。

【蔓菁〔一〕菜】新刷案的張司吏，一徑①俺勾追②，來喚你〔二〕。但③若分毫不依隨，拖入衙門内。

（李伯英上見，云住）〔三〕

〔校〕〔一〕「菁」原本作「青」，鄭騫本、王季思本未改，徐沁君本、甯希元本改作「菁」。〔二〕「一徑」至「喚你」，鄭騫本據古名家本，王季思據脉望館本和《元曲選》補改爲：「一徑的將你緊勾追，交我火速來喚你」，甯希元本「俺」下補「着」字。〔三〕此處徐沁君本、王季思本補「（正末唱）」。

〔注〕①「一徑」，徑直；一直。②「勾追」，追捕；捉拿。③「但」，只要。

【穷河西】你問我誰向官中①指攀②着伊，是你那孝子曾參③賽过盧醫④。你又不是恰才⑤新認義⑥，須是你的親姪。哎！老〔一〕丑生⑦无端⑧忒下的⑨！

（李伯英云）（〔二〕末云）你孩兒墻那壁⑩，道你合⑪毒藥，藥死〔三〕你親姪兒來。你休諱⑫！我問你兒，听者⑬！（〔四〕末問了）（文鐸指父科了）（伯英云住）〔五〕

〔校〕〔一〕「老」原本作「子」，各本均已改。〔二〕〔四〕「末」上徐沁君本補「正」字。〔三〕徐沁君本「死」改作「殺」。〔五〕此處徐沁君本、王季思本補「（正末唱）」。

〔注〕①「官中」，官府。②「指攀」，招供時攀扯他人；檢舉、告發。③「孝子曾參」，孔子弟子曾参以孝著稱。④「盧醫」，名醫扁

鵲的别稱，泛指良醫。⑤「恰才」，剛纔。⑥「認義」，結義；認干親。⑦「老丑生」，老畜生。「丑」記録的是「畜」的方言音變形式。⑧「無端」，無故；無緣由。⑨「下的」，忍心；捨得。亦作「下得」。⑩「那壁」，那邊；那裏。⑪「合」，調和；合成。⑫「諱」，隱晦；隱瞞。⑬「者」，祈使語氣詞。

【柳青娘】子着這些兒見識，瞞過這老无知。却不你千悔万悔，是潑水在地怎收拾〔一〕①？唬〔二〕的个黄甘甘②臉兒如地皮。古語一言既出，方信駟〔三〕馬難追。已招伏③，難擘劃④，怎支持⑤。

〔校〕〔一〕「拾」原本作「恰」，各本均已改。〔二〕原本「唬」字，鄭騫本、王季思本改作「諕」。〔三〕「駟」原本作「四」，鄭騫本、王季思本未改，徐沁君本、甯希元本改作「駟」。

〔注〕①「潑水在地怎收拾」，比喻事情不可挽回。②「黄甘甘」，臉色乾黄貌。③「招伏」，招認。④「擘劃」，籌劃；安排；謀劃。⑤「支持」，應付；對付。

【道和】却則端的，端的，〔一〕虚事不能实。忒蹺蹊，交俺、交俺難根緝①。天交張鼎忽使機，脱灾危，啜賺〔二〕②出是和非。難支吾③，難支對④，難分説⑤，難分細〔三〕⑥。那些、那些咱歡喜，那些、那些咱伶俐⑦。一行人取情招伏⑧訖，那些、那些它〔四〕愁慽〔五〕⑨。當初指望成家計，到如今番〔六〕做得落便宜〔七〕⑩！

〔校〕〔一〕原本「却則端的，端的」，徐沁君本據《元曲選》《古今名劇合選》改作「恰知端的，知端的」，甯希元本據《元曲選》《酹江集》改同徐沁君本。〔二〕「賺」原本作「𪡏」，鄭騫本校作「賺」，其他各本均作「脱」。按，「賺」字是。「啜脱」不詞，「啜賺」習見于文獻，義爲「哄騙、撮弄」。「賺」亦爲「騙」義，元雜劇習見，今河北方言仍用之，如「這衣裳這麽貴，真是賺人」。元代無名氏【黄鐘·醉花陰】《秋懷》：「則被這薄情啜賺，不明白事怎諳」，元代蕭德祥《楊氏女殺狗勸夫》第四折：「只待要興心啜賺俺潑家私，每日家哄的去花街酒肆。」此句意爲張鼎用計哄騙李文鐸，使其招認毒害李德昌之事。〔三〕「細」原本作「説」，各本均據明本改作「細」。徐沁君本校記云：「『分細』一詞，亦見于他劇。鄭廷玉《後庭花》第四折：『你從頭至尾説真實，可怎生只恁的難分細。』高文秀《遇上皇》第三折：『有你哥哥信息，小人階前分細。』」〔四〕原本「它」字，各本均改作「他」。按，「它」同「他」。〔五〕甯希元本「慽」改作「戚」。〔六〕原本「番」字，徐沁君本、甯希元本改作「翻」。按，「番」同「翻」。〔七〕「落便宜」原本脱「落」和「宜」，各本均已據明本補。

〔注〕①「根緝」，根究；追根究底。②「啜賺」，哄騙。③「支吾」，應付；對付。④「支對」，應付；應對。⑤「分説」，分辯；辯白。⑥「分細」，詳説。⑦「伶俐」，爽快；乾脆。⑧「招伏」，招認。⑨「愁慽」，憂愁。亦作「愁戚」「愁戚戚」。⑩「落便宜」，猶吃虧。

【啄木兒煞】〔一〕人間私語，天聞若雷。①勸君休將神天昧②。善惡事休言不報，〔二〕恰須是只争③个來早共④來遲。〔三〕

〔校〕〔一〕【啄木兒煞】原本作【尾】，徐沁君本、王季思本改作【煞尾】。徐沁君本無詳細校語，王季思本校記云：「據曲律從元曲選本改。」鄭騫本、甯希元本改作【啄木兒煞】。鄭騫本校記云：「原作尾，據律改題。」甯希元本「依鄭本改」。〔二〕徐沁君本「善惡事休言不報」改作小字、夾白，并于「善」上補「（帶云）」，「報」下補「（唱）」。〔三〕此處王季思本補「（下）」。

〔注〕①「人間私語，天聞若雷」，在人間的私語，上天都能聽得一清二楚。謂什麼話都瞞不過上天。②「昧」，欺騙；蒙蔽。③「争」，差。④「共」，和；與。

古杭新刊张鼎智勘魔合羅终〔一〕

〔校〕〔一〕尾題鄭騫本作「張鼎智勘魔合羅終」，徐沁君本作「古杭新刊《张鼎智勘魔合羅》终」，甯希元本作「张鼎智勘魔合罗羅劇终」，王季思本删。

古杭新刊関目的本李太白貶夜郎

王伯成

校本九種

鄭騫本：鄭騫《校訂元刊雜劇三十種》

徐沁君本：徐沁君《新校元刊雜劇三十種》

甯希元本：甯希元《元刊雜劇三十種新校》

王季思本：王季思《全元戲曲》（第二卷）

王國維本：王國維《二牖軒隨録》（《王國維全集》第三卷，謝維揚、房鑫亮主編）

盧冀野本：盧冀野《元人雜劇全集》（第六册）

隋樹森本：隋樹森《元曲選外編》（第二册）

赤松紀彦本：赤松紀彦等《元刊雜劇の研究》（二）

王玉章本：王玉章《雜劇選》（選零折－第一折）

第一折

（駕[①]上云了）（高力士云了）（太真云了）（禄山上了）（外末[②]宣住了）（正末[③]扮上，開[〔一〕]）小生姓李名白，字太白。曾夢跨[④]白鶴上昇[⑤]，吾非个中人[⑥]也。[〔二〕]

【仙呂】[〔三〕]【點絳唇】鶴夢翱翔，坦然独向，蓬山[⑦]上。引[〔四〕]九曲滄浪[⑧]，助我杯中况[⑨]。

〔校〕〔一〕王國維本「開」下補「云」。〔二〕此處徐沁君本、王季思本補「（唱）」。〔三〕原本無宫調名【仙吕】，盧冀野本、王國維本、王玉章本未補，其他各本均已補。〔四〕王玉章本「引」字置于括弧中。

〔注〕①「駕」，扮唐明皇。②「外末」，扮高力士。③「正末」，扮李白。④「跨」，騎；乘。⑤「上昇」，得道升天。⑥「个中人」，此中人，指熟悉内情或某方面經驗頗多的人。⑦「蓬山」，蓬萊山，傳説中仙人居住的地方。⑧「九曲滄浪」，迂迴曲折的滄浪水。「滄浪」是古水名，説法不一。⑨「杯中况」，指酒。

【混江龍】忽地①眼皮開放〔一〕，似一竿風外酒旗②忙。不向竹溪翠影，决〔二〕恋着花市③清香。我舞袖拂開三島④路，醉魂飛上五云鄉⑤。甘心致仕⑥，自願歸休⑦，歐養〔三〕⑧浩氣，澆灌⑨吟懷⑩，不求名，不求利，雖不一簞〔四〕食，一瓢飲⑪，我比顔回隱跡⑫只争⑬个无深巷。嘆人生碌碌⑭，羡塵世蒼蒼⑮。

（〔五〕見駕了）（〔六〕云了）〔七〕小生却則〔八〕酒肆⑯之中，飲了幾盃。〔九〕

〔校〕〔一〕盧冀野本「放」字斷屬下句。〔二〕盧冀野本「决」字作一空圍。〔三〕「歐養」原本作「㲉陽」，鄭騫本、赤松紀彦本作「毆陽」，鄭騫本校記云：「此二字待校。」徐沁君本校作「掀揚」，校記云：「『掀揚』原本作『毆陽』。今改。王、盧、隋本均改作『歐陽』，非是。李本全句改作『浩然真氣』，與下句『澆灌吟懷』句式不類，亦不足取。」王季思本從徐沁君本。甯希元本改作「頤養」，校記云：「原本『頤』字，形誤爲『毆』；『養』字，音假爲『陽』。今改。按：此處用《孟子·公孫丑》上『我善養吾浩然之氣』意。盧、隋二本改作『歐陽浩氣』；徐本作『掀揚浩氣』，均失。」盧冀野本、隋樹森本、王玉章本作「歐陽」，王國維本作「飛揚」。按，疑「㲉」爲「毆」之形誤，「陽」「養」音近而誤。「歐養」，養育。《管子·幼官》：「藏温濡，行毆養。」俞樾《諸子平議·管子一》：「毆當讀爲『嘔』。《莊子·人間世篇》：『以下傴拊人之民。』《釋文》引崔注曰：『傴拊，猶嘔呴，謂養也，字亦作嫗。』《禮記·樂記篇》：『煦嫗覆育萬物。』此云『嘔養』，彼云『煦嫗覆育』，其義正同：嘔即嫗也，養即育也。」（參見《漢語大詞典》）〔四〕「簞」原本作「單」，各本均已改。〔五〕「見」上王季思本補「正末」二字。〔六〕「云」上徐沁君本補「駕」字。〔七〕「小」上徐沁君本補「（正末云）」。〔八〕盧冀野本「則」改作「只」。〔九〕此處徐沁君本、王季思本補「（唱）」。

〔注〕①「忽地」，忽然；突然；一下子。②「酒旗」，酒館的幌子；酒館的門簾。③「花市」，賣花的集市，也代指妓院。④「三島」，傳説中的蓬萊、方丈、瀛洲三座海上仙山。亦泛指仙境。⑤「五云鄉」，神仙的居處。「五云」，五色祥雲，是吉祥、祥瑞的征兆。⑥「致仕」，辭官。⑦「歸休」，退休回家。⑧「毆養」，養育。⑨「澆灌」，猶陶冶。⑩「吟懷」，作詩的情懷。⑪「一簞食，一瓢飲」，指極少量的飲食。「簞」，古代用竹子編的盛飯的器具。⑫「隱跡」，隱藏行蹤。⑬「争」，差；少。⑭「碌碌」，煩忙勞累貌。⑮「蒼蒼」，茫然無邊界。⑯「酒肆」，酒館。

【油葫芦】常是不記蒙恩①出建章②，身踉蹌③，把一領④錦宫袍常惹御炉⑤香。臣覷得緑樽〔一〕一點蒲萄〔二〕醸⑥，似禹門⑦三月桃花浪⑧。記當日設早朝，没揣的⑨見帝王。覺來時都汗〔三〕尽江湖量⑩，急卒〔四〕⑪着⑫甚的⑬潤枯腸⑭？

〔校〕〔一〕徐沁君本「樽」改作「尊」。〔二〕「蒲萄」原本作「蒲蔔」，王季思本、王國維本、甯希元本改作「葡萄」，其他各本均改作「蒲萄」。〔三〕原本「汗」字，徐沁君本、王季思本、甯希元本改作「乾」，其他各本未改。按，「汗」字無誤，「乾」字不通。「江湖量」指很大的酒量，猶今之「海量」。宋李曾伯《水調歌頭》：「留取江湖量，歸去醉中州。」「乾尽江湖量」似指喝了很多酒，表面可通，但這種校改没有注意到前面的「覺來時」。李白説這兩句話時，已經在唐明皇面前，并没有飲酒，故「覺來時乾尽」不通。原作「汗」字，整句應該是指李白覲見唐明皇之前喝了很多酒，睡了一覺，那些酒都變作汗液流出去了，所以覺得口渴，正好與下句「着甚的潤枯腸」相連，同時也與下一曲【天下樂】首句「官里御手親調醒酒湯」相連。因此，「汗」字無誤，不煩改校。〔四〕盧冀野本「卒」改作「猝」。

〔注〕①「蒙恩」，蒙受恩惠。②「建章」，建章宫，本爲漢代宫殿名，後泛指宫殿。③「踉蹌」，身體、脚步晃動不穩。④「領」，上衣的量詞。⑤「御爐」，御用香爐。⑥「蒲萄釀」，葡萄酒。⑦「禹門」，龍門，指科舉考場。⑧「桃花浪」，傳説河津桃花浪起，江海之魚集聚龍門下，躍過龍門的化爲龍，否則點額暴腮。比喻春闈。(參見《漢語大詞典》) ⑨「没揣的」，不料；没想到。⑩「江湖量」，很大的酒量；海量。⑪「急卒」，倉促。⑫「着」，用。⑬「甚的」，什麽；甚末。⑭「潤枯腸」，滋潤、浸潤乾枯的腸肚。

【天下樂】官里[①]御手親調醒酒湯，聞香，不待[②]嚐[〔一〕][③]，量這筯[〔二〕]頭酸[④]怎揉我心上痒？不能勾[〔三〕]瓮里[⑤]篘[〔四〕][⑥]，斗内[⑦]量，那一回浮生空自忙。

(駕云[〔五〕])[〔六〕]陛下休小覷[⑧]這酒，有幾般[⑨]好処。[〔七〕]

〔校〕〔一〕原本「嚐」字，王玉章本、赤松紀彦本未改，其他各本均改作「嘗」。〔二〕原本「筯」字，盧冀野本誤作「筋」，王國維本、徐沁君本改作「箸」，其他各本未改。〔三〕原本「勾」字，盧冀野本、隋樹森本改作「彀」，王國維本、王玉章本、赤松紀彦本未改，其他各本均改作「够」。〔四〕盧冀野本「篘」改作「蒭」。〔五〕「云」下鄭騫本、徐沁君本、王季思本、王國維本、隋樹森本補「了」字。〔六〕此處鄭騫本補「(云)」，王國維本、隋樹森本補「(末云)」，徐沁君本、王季思本補「(正末云)」。〔七〕此處徐沁君本、王季思本補「(唱)」。

〔注〕①「官里」，皇帝。②「待」，要；想要。③「嚐」，嘗。④「筯頭酸」，酸味醒酒湯。「筯」，箸子；筷子。「頭」，方位詞兼作領格標記，相當于「上的」。⑤「里」，方位詞兼作領格標記，相當于「裏的」。「瓮里篘」即瓮裏的酒。⑥「篘」，過濾酒的竹製工具，代指酒。⑦「内」，方位詞用作工具格標記，相當于後置的「用」。「斗内量」即用斗量。⑧「小覷」，小看；輕視。⑨「般」，種。

【那吒令】這酒曾散漫[①]却云烟浩蕩[②]，這酒曾眇[〔一〕]小[③]了風雷勢况[④]，這酒曾混沌[⑤]了乹坤氣像[〔二〕][⑥]。想為人百歲中，得運子[〔三〕][⑦]有十年旺，待有多少時光。

(駕云了)〔四〕

〔校〕〔一〕原本「眇」字，鄭騫本、王季思本、甯希元本、赤松紀彦本改作「渺」。按，「眇」字無誤，不煩改字。《説文解字·目部》：「眇，一目小也。」「眇」字由指眼睛小泛化爲指多方面的「小」，如形貌矮小，《史記·孟嘗君列傳》：「始以薛公爲魁然也，今視之，乃眇小丈夫耳」；地位低微，唐元稹《有唐贈太子少保崔公墓志銘》：「公乃取一大吏，劾其贓；其餘眇小不法者牒按之。」可見，「眇小」同「渺小」。該句中「眇小」義爲「減弱；使變弱」。元喬吉《水仙子·客中春晚》：「眇小了花風信，闌珊了蝶夢魂」，與該句同。「渺小」是以今改古。〔二〕原本「像」字，各本均改作「象」。〔三〕原本「子」字，王國維本、王季思本改作「只」，盧冀野本改作「祗」，隋樹森本改作「則」。〔四〕此處徐沁君本、王季思本補「（正末唱）」。

〔注〕①「散漫」，猶減弱。②「云烟浩蕩」，此指戰爭的緊張局勢。③「眇小」，減弱。④「風雷势况」，緊張局面的態勢、情况。⑤「混沌」，使混亂。⑥「乹坤氣像」，即乾坤氣象，此指天下的情狀、態勢。「乹坤」，乾坤。「氣像」，氣象。⑦「子」，只。

【鵲〔一〕踏枝】欲要臣不顛狂，不荒唐，咫尺①舞破中原，禍起蕭〔二〕墻②。再整理乹坤紀綱③，恁時節有个商〔三〕量。

(駕云了)〔四〕陛下道微臣在長安市上，酒肆人家，土炕〔五〕上便睡吵〔六〕！那的是④學士⑤每⑥好処！(做住了〔七〕)〔八〕

〔校〕〔一〕「鵲」原本作「雀」，各本均已改。〔二〕「蕭」原本作「肖」，各本均已改。〔三〕「商」原本作「啇」，各本均已改。〔四〕此處鄭騫本補「（云）」，盧冀野本、王國維本、隋樹森本補「（末云）」，徐沁君本、王季思本補「（正末云）」。〔五〕「炕」原本作「坑」，盧冀野本、鄭騫本、王國維本、王玉章本未改，其他各本均已改。〔六〕「吵」原本作「沙」，徐沁君本、甯希元本改作「吵」。徐沁君本、甯希元本「吵」字獨立成句，盧冀野本、王國維本、隋樹森本「沙」字獨立成句。按，「吵/沙」不應獨立成句，相當于「的話」。「土炕上便睡吵」，就在土炕上睡的話。〔七〕「了」下徐沁君本補「唱」字。〔八〕此處王季思本補「（唱）」。

〔注〕①「咫尺」，極短的時間。②「禍起蕭墻」，禍患從内部發生。「蕭墻」，古代宫室内當門的墻，比喻内部。③「紀綱」，綱領；法度；秩序。④「那的是」，那是；那就是。⑤「學士」，學者；讀書人。⑥「每」，們，複數標記。

【寄生草】休笑那通廳炕〔一〕①，闊矮床，臣便似玉仙〔二〕②高卧仙人掌③，錦橙嫩擘④銷金帳⑤，便似醉鞭⑥悮〔三〕入平康巷⑦。子這一席好酒百十琖〔四〕，抵⑧多少五陵豪氣三千丈⑨。

（駕云了）〔五〕

〔校〕〔一〕「通廳炕」原本作「通厅坑」，盧冀野本作「通□坑」，王國維本作「連廳坑」，王玉章本作「通片坑」，徐沁君本、王季思本、隋樹森本作「通廳炕」，鄭騫本、赤松紀彦本未改。按，「炕」字是，即大通炕。〔二〕徐沁君本「仙」改作「山」，校記云：「蒙下『仙人掌』而誤。」按，「玉仙」不誤，「玉山」不通。「玉仙」即仙人，「仙人掌」本是陝西華山的山峰名，代指華山。此指李白認爲睡在土炕上、矮床上好似仙人睡在華山上。「玉山高卧」則不通，蓋因不知「仙人掌」何義。〔三〕原本「悮」字，鄭騫本、王玉章本、赤松紀彦本未改，其他各本均改作「誤」。按，「悮」同「誤」。〔四〕「琖」原本殘作「[illegible]」，鄭騫本校作「巡」，徐沁君本、甯希元本、王季思本校作「觴」，盧冀野本、隋樹森本、王玉章本、赤松紀彦本存疑，作「□」，王國維本改作「只這新豐美酒十千錢」，改動過大。按，「巡」「觴」皆與原殘字不類，不從。我們認爲「[illegible]」字形與「琖」更接近。同劇第二折：「止不過琖號温凉」，「琖」字刻作「琖」，第三折：「看你執琖慇懃」，「琖」字刻作「琖」。據曲譜，【寄生草】第六句不須押韵，該曲【寄生草】押「江陽」韵，「琖」屬「寒山」，故作「琖」可備一説。〔五〕此處徐沁君本、王季思本補「（正末唱）」。甯希元本誤删「（駕云了）」。

〔注〕①「通廳炕」，大通炕。②「玉仙」，仙人；神仙。③「仙人掌」，陝西華山的山峰名，代指華山。④「擘」，分開。⑤「銷金

帳」，嵌有金綫的豪華床幔、幃帳。⑥「醉鞭」，醉酒者手中的鞭子。⑦「平康巷」，即平康里，本爲唐代長安街坊名，後代指妓院。⑧「抵」，頂。⑨「五陵豪氣三千丈」，高門貴族的豪邁氣概。「五陵」是渭水北岸今陝西咸陽附近的五個縣的合稱。五縣爲：長陵、安陵、陽陵、茂陵、平陵，是豪富、外戚的居住地。（参見《漢語大詞典》）

【幺篇】〔一〕舒開牋〔二〕①无皺，磨得墨有光。就霜毫②寫出凌烟像③，文場④中〔三〕立定中軍帳⑤，就兵床拜起元戎將⑥。那里是樽〔四〕前悮〔五〕草⑦嚇蛮書⑧，便是我醉中納了〔六〕風魔狀⑨。

（駕云了）〔七〕陛下问微臣，直到〔八〕幾時不喫酒？〔九〕

〔校〕〔一〕【幺篇】原本作【幺】，王玉章本、赤松紀彦本未改，盧冀野本、王國維本、鄭騫本、隋樹森本改作【幺】，其他各本均作【幺篇】。〔二〕原本「牋」字，盧冀野本、王國維本、隋樹森本、徐沁君本、甯希元本改作「箋」。按，「牋」同「箋」。〔三〕王國維本删「中」字，「文」上補「向」字。徐沁君本、甯希元本删「中」字。徐沁君本校記云：「蒙下『中軍帳』而衍。」甯希元本校記云：「原本『場』字下誤衍一『中』字。今删。」〔四〕原本「樽」字，徐沁君本、甯希元本改作「尊」。〔五〕原本「悮」字，鄭騫本、王玉章本、赤松紀彦本未改，其他各本均改作「誤」。按，「悮」同「誤」。〔六〕「納了」原本作「[illegible]了」，王玉章本重作「[illegible]」，其他各本均作「納了」。〔七〕此處鄭騫本補「（云）」，盧冀野本、王國維本、隋樹森本補「（末云）」，徐沁君本、王季思本補「（正末云）」。〔八〕「到」原本作「道」，王國維本、王玉章本未改，其他各本均已改。按，「道」「到」音同致誤。〔九〕此處徐沁君本、王季思本補「（唱）」。

〔注〕①「牋」，紙。②「霜毫」，本指白色獸毛，代指毛筆。③「凌烟像」，凌烟閣中功臣的畫像。「凌烟閣」，唐代爲表彰功臣而建的懸掛功臣畫像的高閣。④「文場」，文壇；科舉考場。⑤「中軍帳」，元帥、將軍的軍帳。⑥「元戎將」，主將；統帥。⑦「草」，草擬；迅速書寫。⑧「嚇蠻書」，傳説李白曾爲唐玄宗起草答渤海國

可毒書，後世稱爲「嚇蠻書」。泛指恐嚇异族的文書。（参見《漢語大詞典》）⑨「風魔状」，言辭輕狂、不羈的文書。

【六幺[一]序】何時静，尽日①狂，但行処②酒債尋常。粜③尽黄粮[二]④，典⑤尽衣裳，知他在誰家里也琴劍書箱⑥！這酒似長江後浪催前浪[三]⑦，酒歌[四]楼⑧醉墨⑨琳瑯⑩。筆尖兒皷角⑪声悲壯，駈[五]雷霆号令，焕⑫星斗文章⑬。

（駕云了）[六]

〔校〕〔一〕「幺」原本作「么」，鄭騫本、王季思本、王玉章本、赤松紀彦本未改，其他各本均作「幺」。〔二〕原本「粮」字，王玉章本未改，甯希元本作「梁」，其他各本均改作「粱」。按，「黄粮」指皇糧，官吏的糧餉。〔三〕原本無「催前浪」，盧冀野本、隋樹森本、王國維本、王玉章本未補，其他各本均已補。徐沁君本校記云：「此爲宋元時成語。……曲譜，本句應七字。據補。」〔四〕「歌」原本作「哥」，各本均已改。〔五〕原本「駈」字，赤松紀彦本未改，其他各本均改作「驅」。按，「駈」同「驅」。〔六〕此處徐沁君本、王季思本補「（正末唱）」。

〔注〕①「尽日」，終日；整天。②「処」，話題標記，相當于「的話」，由假設義語法化而成，與「但」一起使用，義爲「只要……的話」。③「粜」，賣糧食。④「黄粮」，皇糧；官吏的糧餉。⑤「典」，當；抵押。⑥「琴劍書箱」，琴、劍、書箱，指古代讀書人的常備之物。⑦「長江後浪催前浪」，比喻新事物不斷替代舊事物。⑧「歌楼」，有歌舞演藝的樓，代指妓院。⑨「醉墨」，醉酒後所作書畫。⑩「琳瑯」，精美玉石，代指美好的事物。⑪「皷角」，古代軍中用來發令或報時的戰鼓和號角。⑫「焕」，焕發（光彩、光芒）。⑬「星斗文章」，超群、出衆的文章。

【幺篇】[一]直等蛮王①，見了吾皇，恁時節酒態軒昂②，詩興飄揚，割捨了金鸾[二]殿③上，微臣待醉一場。紫綬金章④，法酒肥羊⑤，幾時填还⑥徹這臭肉皮囊⑦？圣朝帝主合⑧興旺，交這[三]厮横枝兒⑨燮[四]理陰陽⑩！肚嵐躭[五]⑪喫得惹[六]⑫來胖！没些君臣义分⑬，只有子母情腸！

〔校〕〔一〕【幺篇】原本作【么】，王玉章本、赤松紀彦本未改，盧冀野本、王國維本、鄭騫本、隋樹森本改作【幺】，其他各本均作【幺篇】。〔二〕原本「鸾」字，赤松紀彦本未改，其他各本均改作「鑾」。按，「金鸾殿」同「金鑾殿」，不必改校。唐李商隱《巴江柳》：「好向金鸞殿，移陰入綺窗」，宋梅堯臣《七夕》：「獨對金鸞月，宫詞付小臣」，「金鸞」即金鑾殿。各本蓋因「金鑾殿」習見而改。〔三〕盧冀野本、隋樹森本「交」改作「教」。甯希元本「這」誤作「在」。〔四〕「燮」原本作「泄」，王玉章本未改，其他各本均已改。〔五〕原本「嵐躭」，盧冀野本作二空圍，王玉章本作「□躭」，徐沁君本「躭」改作「耽」。徐沁君本校記云：「『嵐耽』一詞，有幾種寫法。《太平廣記》卷一七五蘇頲條：『適有人獻（蘇）瓌兔，懸於廊廡之下。瓌乃召頲詠之。頲立呈詩曰：兔子死闌殫，持來掛竹竿。試將明鏡照，何異月中看。』王讜《唐語林》卷三『夙慧門』引此詩，作『闌單』。陶谷《清異録》卷三：『諺曰：闌單帶，叠垛衫，肥人也覺瘦岩岩。』闌單，破裂也；叠垛，補衲蓋掩之多。『闌殫』、『闌單』與『嵐耽』、『囒耽』，音義相同，一詞异寫。」按，「嵐嵐」，肥胖而肉下垂貌，用來形容臉蛋兒、肚子肉多貌。〔六〕原本「惹」字，王季思本、甯希元本改作「偌」，王國維本改作「咱」。按，「惹」同「偌」，如此；這般。

〔注〕①「蛮王」，對异族領袖的蔑稱。②「軒昂」，精神飛揚、飽滿、振奮。③「金鸾殿」，金鑾殿，帝王召見群臣的寶殿。④「紫綬金章」，紫色印綬和金印，代指位高權重。⑤「法酒肥羊」，泛指美酒和美食。「法酒」，按官府法定規格釀造的酒。⑥「填还」，償還；報償；歸屬。⑦「臭肉皮囊」，代指人的肉體。⑧「合」，應該；應當。⑨「横枝兒」，旁出；額外；多餘。⑩「燮理陰陽」，調和陰陽，指治理國家，也指宰相、高官的政務工作。⑪「嵐躭」，肥胖而肉下垂貌，用來形容臉蛋兒、肚子肉多貌。⑫「惹」，同「偌」，如此；這般。⑬「義分」，情分；感情；情腸。

【金盞兒】遶一百二十行，三万六千場。這酒似及時雨露從天降，寬洪海量勝汪洋。臣那里燕鶯花月影，鷗鷺水云鄉①。〔一〕這里鳳凰歌舞地，龍虎戰争場②。

（駕央〔二〕末寫詞了）〔三〕

〔校〕〔一〕「這」上鄭騫本、王季思本補「陛下」二字，鄭騫本校記云：「據文義補。」徐沁君本補「（駕云了）（正末唱）」，校記云：「駕云了——原無，留有三個字的空位置。王、盧、隋本皆作三個方框，以示空缺。今臆補。下兩句曲，即對『駕云』而言。」王季思本從鄭騫本。盧冀野本、隋樹森本、王玉章本、甯希元本補三空圍。〔二〕「末」上徐沁君本補「正」字。〔三〕此處徐沁君本、王季思本補「（正末唱）」。

〔注〕①「燕鶯花月影，鷗鷺水云鄉」，喻男女恩愛、風花雪月之地。②「鳳凰歌舞地，龍虎戰争場」，喻帝王所居之處。

【醉扶歸】見娘娘〔一〕捧硯將人央①，不如我看劍引盃長②。生把个菱花鏡③里粧，做了个水墨觀音樣。這孩兒從懷抱里看生見長④，子〔二〕⑤一句道得他小鹿兒心頭撞⑥。

〔校〕〔一〕第二個「娘」原本作重文符號，王玉章本誤作「了」。〔二〕原本「子」字，盧冀野本改作「衹」，王國維本、王季思本改作「只」，隋樹森本改作「則」。按，「子」「則」「衹」義均同「只」。

〔注〕①「央」，請求；懇求。②「看劍引盃長」，出自杜甫《夜宴左氏莊》：「檢書燒燭短，看劍引盃長。」③「菱花鏡」，古代銅鏡名，因常作六角形或背面刻有菱花而得名。④「看生見長」，親眼看著某人出生、長大，也形容對某人十分熟悉。⑤「子」，只。⑥「小鹿兒心頭撞」，喻驚恐。

【金盞兒】子〔一〕管里開宴出紅粧〔二〕①，咫尺②想像賦《高唐》③。瑞云重遶金雞帳④，麝烟濃噴洗兒湯⑤。不争⑥玉樓⑦巢翡翠，便是〔三〕錦屋〔四〕⑧閉鸾凰⑨。如今宫牆圍野鹿，却是金殿鎖鴛鴦〔五〕。

（正〔六〕末做脱靴科〔七〕）〔八〕力士，你休小覷⑩此物！〔九〕

〔校〕〔一〕原本「子」字，盧冀野本改作「衹」，王國維本、王季思本改作「只」，隋樹森本改作「則」。按，「子」「則」「衹」義均同「只」。〔二〕「粧」原本作「庄」，各本均已改。〔三〕「是」原本俗寫作「[illegible]」，盧冀野本誤作「早」，王玉章本誤作「蚤」。按，元刊雜劇「是」常刻作「[illegible]」。〔四〕原本「錦」字，甯希元本改作

「金」。原本「屋」字，徐沁君本改作「幄」。甯希元本校記云：「原本『金』字，音假爲『錦』。據《詞謔》改。」按，「錦屋」字可通，不煩改校。據曲譜，【金盞兒】第五、六句須對偶，故「玉樓」對「錦屋」。元無名氏《金水橋陳琳抱妝盒》第四折：「陪伴他綉榻香茵，出入在華堂錦屋」，「錦屋」與「華堂」義同。「幄」指「帷幕」，與「樓」對仗不工，改作「幄」或因平仄要求，第六句第二字要求仄聲，但此處平仄不足爲據，因爲「屋」字亦爲仄聲（入聲作上聲）。〔五〕「鴛鴦」原本作「夗央」，各本均已改。〔六〕「正」字徐沁君本改作「交外」，校記云：「此演力士脱靴。」〔七〕「科」下王國維本、隋樹森本、鄭騫本、徐沁君本、王季思本補「云」字。〔八〕此處盧冀野本補「（末云）」。〔九〕此處徐沁君本、王季思本補「（唱）」。

〔注〕①「紅粧」，女子盛妝，代指美女。②「咫尺」，極短的時間。③「《高唐》」，戰國時期宋玉所作《高唐賦》。④「金雞帳」，亦作「金雞障」「金雞寶帳」「金雞步帳」，指畫金鷄爲飾的坐障。（参见《漢語大詞典》）⑤「洗兒湯」，給出生三日或滿月嬰兒洗澡的水。⑥「不争」，不是；如果不是。⑦「玉樓」，華麗的樓閣。⑧「錦屋」，錦綉的屋宇。⑨「鸞凰」，比喻夫妻或戀人。⑩「小覷」，小看；輕視。

【后庭花】這靴曾〔一〕朝踏輦路①霜，暮登天子堂②，軟趂殘紅片③，輕沾落絮香。我若站〔二〕危邦④，這的是〔三〕脱身小樣⑤，不合⑥將足下⑦央⑧。（末〔四〕出朝科〔五〕）〔六〕

〔校〕〔一〕原本「曾」字，王玉章本誤作「穪」。〔二〕「站」原本作「沾」，徐沁君本、赤松紀彦本改作「站」。徐沁君本校記云：「李本（明李開先《詞謔》）已改。」赤松紀彦本據李白《比干碑》：「故能獨立危邦，横抗興運」改作「站」。〔三〕「是」原本俗寫作「[illegible]」，盧冀野本校作「早」，王玉章本校作「蚤」。〔四〕徐沁君本删「末」字，王季思本「末」上補「正」字。〔五〕「科」下徐沁君本補「唱」字。〔六〕此處王季思本補「（唱）」。

〔注〕①「輦路」，帝王車駕所經過的路。②「朝踏輦路霜，暮登

天子堂」，比喻迅速晋升。③「殘紅片」，凋落的花瓣。④「危邦」，不安寧的國家。⑤「小樣」，榜樣；模型。⑥「合」，該；應該。⑦「足下」，敬稱，用于下對上或同輩之間。⑧「央」，請求；懇求。

【賺煞】〔一〕那廝主置〔二〕①定乱宫心，醞釀着謾天謊②。倚仗着強爺〔三〕壯娘，全不顧〔四〕白玉堦頭納③表章④，子〔五〕信着被窩兒里頓首⑤誠惶〔六〕⑥。我遶着利名場⑦，佯⑧做个風〔七〕狂⑨，指點銀瓶〔八〕索酒嚐〔九〕。侭交〔十〕⑩讒〔十一〕臣⑪每⑫〔十二〕数量⑬，至尊⑭把我屈央⑮，休想楚三閭⑯肯跳汨〔十三〕羅江。

（下）

〔校〕〔一〕【賺煞】原本作【尾】，鄭騫本、徐沁君本、王季思本、甯希元本改作【賺煞】，其他各本未改。〔二〕原本「主置」，盧冀野本作「生□」，王玉章本作「王□」。〔三〕「爺」原本作「耶」，盧冀野本、鄭騫本未改，其他各本均改作「爺」。〔四〕「顧」原本作「雇」，各本均已改。〔五〕原本「子」字，隋樹森本改作「則」，王國維本、盧冀野本改作「衹」，王季思本改作「只」。〔六〕「誠惶」原本作「城隍」，各本均已改。〔七〕隋樹森本「風」改作「瘋」。〔八〕甯希元本「瓶」字作「甁」。〔九〕原本「嚐」字，王玉章本未改，其他各本均改作「嘗」。〔十〕原本「侭交」，盧冀野本、王國維本、隋樹森本作「儘教」，鄭騫本、王玉章本、王季思本、赤松紀彦本作「儘交」，徐沁君本作「盡交」，甯希元本作「盡教」。〔十一〕王玉章本「讒」誤作「纔」。〔十二〕王國維本「每」改作「們」。〔十三〕「汨」原本作「泪」，各本均已改。

〔注〕①「主置」，打定主意。②「謾天謊」，極大的謊言。③「納」，交；提交。④「表章」，奏章。⑤「頓首」，古代表章、奏摺末尾用語，表示致敬。⑥「誠惶」，古代表章、奏摺中的套話，表示惶恐不安。（參見《漢語大詞典》）⑦「利名場」，追名逐利的場所。⑧「佯」，假裝。⑨「風狂」，瘋狂；痴傻。「風」同「瘋」。⑩「侭交」，儘管讓。⑪「讒臣」，好進讒言的佞臣、奸臣。⑫「每」，們，複數標記。⑬「数量」，數落。⑭「至尊」，皇帝；

天子。⑮「央」，請求；懇求。⑯「楚三閭」，屈原，曾任楚國三閭大夫。

第二折

（駕云〔一〕）（外末進宝了）（駕、旦、外〔二〕一行〔三〕了）（外〔四〕做宣〔五〕末科）（正末扮上了，引僕童①上了〔六〕）〔七〕嗨!〔八〕對着此景，却不快活!（做交〔九〕小童②斟〔十〕酒科〔十一〕）〔十二〕小童，此処无事，你自廻去。如是朝冶〔十三〕③里官人④每〔十四〕⑤，你道我在這里。（僕童下）（〔十五〕末做住〔十六〕）〔十七〕

〔校〕〔一〕「云」下盧冀野本、王季思本補「了」字。〔二〕「外」下徐沁君本、王季思本補「末」字。〔三〕原本「行」字，徐沁君本、王季思本、甯希元本改作「折」。〔四〕「外」下徐沁君本、王季思本補「末」字。〔五〕「末」上徐沁君本、王季思本補「正」字。〔六〕「了」下徐沁君本補「云」字。〔七〕此處盧冀野本補「（末云了）」，王國維本、王季思本補「（云）」，隋樹森本補「（正末云）」。〔八〕「嗨」原本作「海」，王國維本、鄭騫本、赤松紀彦本未改，其他各本均改作「嗨」。〔九〕原本「交」字，盧冀野本、隋樹森本改作「教」，甯希元本改作「叫」。〔十〕「斟」原本作「斷」，各本均已改作「斟」。〔十一〕「科」原本殘作「[illegible]」，徐沁君本校作「科」，赤松紀彦本作一空圍，其他各本均作「了」。〔十二〕此處盧冀野本補「（末云）」，鄭騫本、王季思本補「（云）」。〔十三〕原本「冶」字，王國維本、徐沁君本改作「野」。按，「冶」字是。「朝冶」指朝廷，「朝野」指朝廷和民間。此處應爲「朝廷」義。〔十四〕王國維本「每」改作「們」。盧冀野本「每」下增一「來」字。〔十五〕「末」上徐沁君本、王季思本補「正」字。〔十六〕「住」下徐沁君本補「唱」字。〔十七〕此處王季思本補「（唱）」。

〔注〕①「僕童」，青少年男僕。②「小童」，年幼男僕。③「朝冶」，朝廷。④「官人」，官吏；官員。⑤「每」，們，複數標記。

【正宮】〔一〕【端正好】滿長安，花无数，霎時間暮景桑榆①。偏得你醉鄉〔二〕②中閉塞定賢門路，偏俺不合③殢④樽〔三〕中物⑤。

〔校〕〔一〕原本無宫調名【正宫】，盧冀野本、王國維本未補，其他各本均已補。〔二〕「醉鄉」原本作「罪鄉」，盧冀野本、隋樹森本未改，王國維本作二空圍，其他各本均作「醉鄉」。〔三〕徐沁君本「樽」改作「尊」。

〔注〕①「暮景桑榆」，指晚年時光。日落時陽光照在桑樹、榆樹枝頭，借指日暮、晚年。亦作「桑榆景」「桑榆晚景」「桑榆之景」。②「醉鄉」，指醉酒後所進入的狀態。③「合」，該；應當。④「殢」，沉溺；滯留；糾纏。⑤「樽中物」，酒。

【滾綉球】〔一〕這酒尋芳踏雪沽，弃琴留劍与。便大①交〔二〕我眼睁睁〔三〕死生无路，末〔四〕②不仕〔五〕途中買〔六〕我胡突③。對着山河壯帝居④，乹坤一草庐，便是〔七〕我畫堂⑤深処，那嚇蛮舡似酒面上浮蛆⑥。不恋着九間天子長〔八〕朝殿⑦，曾〔九〕如三尺黄公旧酒炉〔十〕⑧。但行処⑨挈榼提壶⑩。（力士云了，籠馬⑪上了，做尋〔十一〕末科）（〔十二〕見住了）（力士云了）〔十三〕你道是我在此処无好処？我直喫的——〔十四〕

〔校〕〔一〕【滾綉球】原本作【衮綉求】，各本均已改。盧冀野本、隋樹森本、赤松紀彦本「求」改作「毬」。〔二〕原本「大交」，王國維本、赤松紀彦本未改，盧冀野本、隋樹森本作「大教」，其他各本均改作「待交」。按，「大」同「待」。〔三〕「睁睁」原本作「争」和一重文符號，赤松紀彦本作「争争」，其他各本均改作「睁睁」。〔四〕原本「末」字，隋樹森本、鄭騫本、王季思本改作「莫」。按，「末」同「莫」。〔五〕盧冀野本「仕」誤作「任」。〔六〕「買」原本作「兕」，鄭騫本、王季思本、赤松紀彦本校作「咒」，盧冀野本作一空圍，其他各本均作「買」。按，「買」字是，「咒」字不通。「兕」是「買」字俗體，本劇第二折【四煞】：「怕我先嘗後買」之「買」刻作「兕」，第三折【滿庭芳】：「得了買不語一官半職」之「買」刻作「兕」，可證。徐沁君本「得了買不語一官半職」校記云：「本曲言以一官半職買己之不語也，正與第二折『買我胡突』語意同。」徐沁君本所校是。〔七〕「是」原本俗寫作「[illegible]」，盧冀野本作一空圍。〔八〕原本「長」字，王國維本、徐沁君本、甯希元本改作「常」。按，「長」字無誤，不煩改校。文獻中，「長朝殿」同

「常朝殿」，以「長朝殿」爲常見，指大臣朝覲天子的大殿。如元《三國志平話》卷上：「吾爲天子，此長朝殿也」，《宋史 · 本紀二十八》：「己卯，朝獻聖祖于常朝殿。」〔九〕甯希元本「曾」改作「怎」。〔十〕原本「炉」字，隋樹森本、王國維本、鄭騫本、王季思本改作「壚」。按，「酒炉」同「酒壚」。〔十一〕「末」上徐沁君本、王季思本補「正」字。〔十二〕「見」上徐沁君本補「正末」二字。〔十三〕此處隋樹森本、徐沁君本、王季思本補「（正末云）」。〔十四〕盧冀野本、隋樹森本、王國維本、徐沁君本、王季思本、甯希元本、赤松紀彦本「我直喫的」移至下一曲開頭。此處徐沁君本、王季思本補「（唱）」。按，「我直喫的」原係賓白，不必移位，今加一破折號，以示與下一曲緊相連接。

〔注〕①「大」，待。②「末」，莫。③「胡突」，糊塗。④「帝居」，帝王的居處，也指京都。⑤「畫堂」，精美、華麗的堂舍。⑥「浮蛆」，酒面上漂浮的泡沫或膏狀物。⑦「長朝殿」，大臣朝覲天子的大殿。亦作「常朝殿」。⑧「三尺黄公旧酒炉」，即「公酒壚」，本指魏晋時期竹林七賢聚會飲酒之處，後指朋友聚會飲酒之處。「黄公」，泛指賣酒者。⑨「処」，話題標記，相當于「的話」，由假設義語法化而成，與「但」一起使用，義爲「只要……的話」。⑩「挈榼提壺」，手提酒器、酒壺，指愛飲酒。「挈」，持；拿。「榼」，一種酒器。⑪「籠馬」，牽着馬；控制着馬。

【倘秀才】芳草展花裀綉褥①，直喫的明月長〔一〕銀臺畫烛。自有春風醉後扶。怎和那兒女輩，潑无徒②，做伴侶？

（力士云了）〔二〕你朝治〔三〕③里不如我這里。〔四〕

〔校〕〔一〕原本「長」字，盧冀野本、徐沁君本改作「上」，甯希元本改作「掌」。甯希元本校記云：「與上句『芳草展花裀綉褥』爲對文，芳草展褥，明月掌燈，自有無限情意。原本『掌』字，音假爲『長』（zhang）。今改。各本失校。徐本改作『上』，亦誤。」〔二〕「你」上鄭騫本補「（云）」，盧冀野本、隋樹森本、王國維本補「（末云）」，徐沁君本、王季思本補「（正末云）」。〔三〕原本「治」字，王國維本、徐沁君本改作「野」，王季思本誤作「治」。按，「治」

字是。「朝冶」指朝廷，「朝野」指朝廷和民間。此處應爲「朝廷」義。〔四〕此處徐沁君本、王季思本補「（唱）」。

〔注〕①「花裀綉褥」，織花、綉花的墊子、褥子，此指芳草地。②「潑无徒」，無賴之人。③「朝冶」，朝廷。

【滚綉球】〔一〕禁庭①中受用②処③，止不过皓齒歌，細腰舞，鬧炒炒〔二〕勿〔三〕知其数，這其間眾公卿似有如无。奏梨園樂章曲，按廣寒羽衣④譜，一声声不叶⑤音律，到〔四〕不如小槽⑥边酒滴真珠⑦。你那里四時開宴充〔五〕肥鹿，我這里万里摇舡捉醉魚，胸捲江湖⑧。

（力士交〔六〕末上馬了）〔七〕力士，我醉也，只怕〔八〕去不的！（上馬了〔九〕）〔十〕

〔校〕〔一〕【滚綉球】原本作【衮秀求】，各本均已改。盧冀野本、隋樹森本、赤松紀彦本「求」改作「毬」，其他各本均作「球」。〔二〕「炒炒」原本作「炒」和一重文符號，徐沁君本、王季思本、甯希元本改作「吵吵」，其他各本未改。〔三〕「勿」原本作「物」，徐沁君本、王季思本、甯希元本、赤松紀彦本改作「勿」，王國維本改作「不」，其他各本未改。按，「勿」字是，「勿知其数」即不知道有多少。〔四〕原本「到」字，赤松紀彦本未改，其他各本均改作「倒」。按，「到」同「倒」。〔五〕原本「充」字，甯希元本改作「嗵」，校記云：「無節制的吞食。原本音假爲『充』。今改。按：『肥鹿』，諧『肥禄』，指安禄山。」按，「充」字無誤，不煩改字。此句與下句對仗，「充」對「捉」，「充」爲「飼養」義，指皇宫裏飼養著肥鹿以供隨時開宴。北魏酈道元《水經注・谷水》：「樹松竹草木，捕禽獸以充其中」，「充其中」即養在其中。「嗵」字意義過于實在，音假與諧音之説皆無據。〔六〕「交」下徐沁君本、王季思本、甯希元本補「正」字。盧冀野本、隋樹森本「交」改作「教」。〔七〕此處鄭騫本補「（云）」，盧冀野本、王國維本、隋樹森本補「（末云）」，徐沁君本、王季思本補「（正末云）」。〔八〕「怕」原本作「帕」，各本均已改。王國維本「只」改作「恐」。〔九〕「了」下徐沁君本補「唱」。〔十〕此處王季思本補「（唱）」。

〔注〕①「禁庭」，宫庭。②「受用」，享受。③「処」，結構助詞，相當于「的」，由「處」的處所義虚化而來。④「羽衣」，指《霓裳

羽衣曲》。⑤「叶」，指聲韵和諧。⑥「小槽」，古代濾酒器出酒的槽子。⑦「真珠」，珍珠。⑧「胸捲江湖」，指内心感情澎湃。

【脱布衫】花梢〔一〕驚燕子鶯雛，錦〔二〕韉①蕩蝶翅蜂須，玉轡〔三〕②迎桃蹊杏塢，金鐙〔四〕③挑落花飛絮。

〔校〕〔一〕甯希元本「梢」改作「鞭」。〔二〕原本無「錦」字，隋樹森本未補，其他各本均已補。〔三〕「轡」原本作「吉」，王國維本作一空圍，其他各本均改作「轡」。〔四〕「鐙」原本作「蹬」，隋樹森本未改，其他各本均已改。

〔注〕①「錦韉」，錦製的襯托馬鞍的坐墊，也代指裝飾華美的馬匹。（參見《漢語大詞典》）②「玉轡」，精美的馬繮繩。③「金鐙」，金質馬鐙。

【醉太平】不比趂①雕輪綉轂②，遊月巷云衢③；又不比荔枝千里赴皇都，止不过上天街御路。全不似数声啼鳥留人住，他子待〔一〕一鞭行色④催人去，我〔二〕怎肯滿身花影倩⑤人扶。一言既出。

（正末、外末下〔三〕）（駕、旦上了）（〔四〕末騎馬上了〔五〕）〔六〕

〔校〕〔一〕「子待」原本作「子大」，盧冀野本、赤松紀彦本未改，盧冀野本改作「衹大」，王國維本改作「只待」，隋樹森本改作「則是」，其他各本均改作「子待」。〔二〕王國維本脱「我」字。〔三〕「下」原本作「了」，鄭騫本、王國維本、隋樹森本、赤松紀彦本未改，徐沁君本、王季思本改作「下」，甯希元本補改作「下了」。盧冀野本「末了」改作「云了」。〔四〕「末」上徐沁君本、王季思本補「正」字。〔五〕「了」下徐沁君本補「唱」。〔六〕此處王季思本補「（唱）」。

〔注〕①「趂」，乘坐；搭乘。②「雕輪綉轂」，雕飾華麗的車。③「月巷云衢」，指天上的道路。④「行色」，行旅。⑤「倩」，請。

【倘秀才】恰①離了光燦燦花叢錦簇，又來到鬧炒炒〔一〕車塵马足②，抵③多少白日明窗过隙駒④。勝急價〔二〕⑤，更疾如⑥，狂風驟雨。

（〔三〕末跪〔四〕馬了）（旦驚〔五〕了）（驾怒了）（〔六〕末見驾了〔七〕）〔八〕陛下，不干臣事，是陛下馬的不是。〔九〕

〔校〕〔一〕「炒炒」原本作「炒」和一重文符號，徐沁君本、王季思本、甯希元本改作「吵吵」，其他各本未改。〔二〕甯希元本「價」改作「加」，未出校。按，「價」是結構助詞，無誤，「加」字不通。「價」是近代漢語中常見的結構助詞，相當于結構助詞「地」，《水滸傳》第四十九回：「説起槍棒武藝，如糖似蜜價愛。」「勝急價」即「勝急地」，言時光之快。〔三〕〔六〕「末」上徐沁君本、王季思本補「正」字。〔四〕「跪」原本殘損，依稀可辨，王國維本校作「躥」，甯希元本校作「跑」。〔五〕「驚」原本作「驾」，隋樹森本、鄭騫本、赤松紀彦本未改，盧冀野本于「驾」下補一空圍，甯希元本「驾」改作「罵」，其他各本均改作「驚」。〔七〕「了」下隋樹森本、徐沁君本補「云」字。盧冀野本「了」改作「云」。〔八〕此處王國維本、鄭騫本、王季思本補「（云）」。〔九〕此處徐沁君本、王季思本補「（唱）」。

〔注〕①「恰」，剛；剛剛。②「車塵马足」，謂車馬奔波，亦喻人世俗事，或指代車騎。③「抵」，頂。④「过隙駒」，「白駒過隙」的化用，指時光飛逝。⑤「勝急價」，即「勝急地」，言時光之快。⑥「疾如」，快于；比……快。「如」是比較標記。「A 疾如 B」體現 VO 型的語序類型。

【叨叨令】鳳城①有似溪橋路，落紅②乱點莎茵③緑，淡烟深鎖垂楊樹，因此上玉驄④錯認西湖路。委实⑤勒不住也末〔一〕哥，委实勒不住也末〔二〕哥，便似跳龍門⑥及第〔三〕⑦思鄉〔四〕去。

（等〔五〕云了）（〔六〕末飲酒科）（驾賜衣服了）〔七〕

〔校〕〔一〕〔二〕原本「末」字，王季思本改作「麼」。〔三〕「第」原本作「弟」，各本均已改。〔四〕原本「鄉」字，徐沁君本改作「歸」。〔五〕「等」下王國維本、徐沁君本、王季思本補「駕」字。〔六〕「末」上徐沁君本、王季思本補「正」字。〔七〕此處徐沁君本、王季思本補「（正末唱）」。

〔注〕①「鳳城」，京城的美稱。②「落紅」，落花。③「莎茵」，緑草地。④「玉驄」，駿馬。⑤「委实」，的確；實在。⑥「跳龍門」，科舉及第、中選。⑦「及第」，科舉中選、考中。

【喜春來】又不是風流天宝新人物，子〔一〕是个落托〔二〕①長〔三〕安旧酒徒②。怎消③得明圣主，賜一領④濺酒護身服〔四〕。

〔校〕〔一〕原本「子」字，盧冀野本改作「衹」，隋樹森本改作「則」。按，「子」「則」「衹」義均同「只」。〔二〕盧冀野本「托」改作「託」。〔三〕甯希元本衍一「長」字。〔四〕「服」原本作「符」，各本失校。按，「一領濺酒護身符」不通，「符」應改作「服」。【喜春來】曲前科介云：「驾賜衣服了」，可證。

〔注〕①「落托」，放蕩不羈；貧困失意。亦作「落拓」。②「酒徒」，好飲嗜酒的人。③「消」，消受；享受。④「領」，上衣的量詞。

【十二月】〔一〕也不宜幞頭①象笏②，玉帶金魚③，金貂綉襖④，真紫朝服。臣再洪飲⑤天之美禄⑥，倘或間⑦少下青鳧〔二〕⑧。

〔校〕〔一〕【十二月】原本作【堯民哥】，盧冀野本、王國維本、隋樹森本作【堯民歌】。原本此曲是【十二月】與下曲【堯民歌】合爲一曲，題爲【堯民哥】。盧冀野本、隋樹森本未分開，其他各本均已分作【十二月】和【堯民歌】兩曲。〔二〕原本「鳧」字，徐沁君本改作「蚨」，校記云：「『鳧』爲『蚨』之音誤。」甯希元本從改。

〔注〕①「幞頭」，古代男子束髪的頭巾。②「象笏」，古代大臣上朝時所執的象牙做的板子，也叫手板，材質除象牙外，還有竹木、玉石等。③「玉帶金魚」，即玉帶上掛金魚，代指做高官。④「金貂綉襖」，代指做高官。「金貂」，古代大臣冠上的貂尾飾物。「綉襖」，錦綉的上衣。⑤「洪飲」，豪飲；酒量大。⑥「天之美禄」，酒的美稱。⑦「倘或間」，假如；如果。「間」，詞綴。⑧「青鳧」，緑頭野鴨。

【堯民歌】也強如①鳳城②春色典③琴沽，白馬紅纓④富之余。披一襟瑞靄⑤出天衢⑥，携兩袖天香下蓬壺⑦。須臾⑧，須臾，行过長安市上去，便是臣衣錦还鄉去〔一〕。

（末〔二〕帶醉出朝科〔三〕）〔四〕古人尚然如此！〔五〕

〔校〕〔一〕王國維本、王季思本「去」改作「處」，王季思本校記云：「與上句重韻，今改。」盧冀野本此處加括注：「此爲十二月堯民歌也。」〔二〕徐沁君本删「末」字，王季思本「末」上補「正」字。〔三〕「科」下隋樹森本、鄭騫本、徐沁君本、王季思本補「云」

字。〔四〕此處盧冀野本、王季思本補「（云）」。〔五〕此處徐沁君本、王季思本補「（唱）」。

〔注〕①「強如」，强于；比……强。「如」是比較標記。「A 强如 B」體現 VO 型的語序類型。②「鳳城」，京城的美稱。③「典」，典當；抵押。④「紅纓」，馬脖子上的紅纓裝飾物。⑤「瑞靄」，祥雲。⑥「天衢」，廣闊的天空；京城；京城的大路。⑦「蓬壺」，蓬萊的别稱，傳説中的仙山。⑧「須臾」，極短的時間。

【四煞】想着刘伶数尺墳頭土，誰恋架上三封天子書？那酒更壓着①救旱恩澤〔一〕②，洗心〔二〕甘露，止渴青梅，灌頂醍醐③。怕〔三〕我先噇〔四〕後買，散打零〔五〕兜④，高價寬沽。月明江〔六〕浦⑤，春醉酒錢麄〔七〕。（太真、禄山送〔八〕末了）（〔九〕出朝科，末〔十〕云了〔十一〕）〔十二〕

〔校〕〔一〕原本「澤」字，徐沁君本改作「霖」。〔二〕「心」原本作「沁」，盧冀野本、隋樹森本未改，其他各本均改作「心」。〔三〕「怕」原本作「帕」，各本均已改。〔四〕原本「噇」字，赤松紀彦本未改，其他各本均改作「嘗」。〔五〕「零」原本作「令」，各本均已改。〔六〕「江」原本作「注」，王國維本、鄭騫本、赤松紀彦本改作「南」，隋樹森本、徐沁君本、王季思本、甯希元本改作「江」，盧冀野本作一空圍。按，「南」「江」均可通，「江」字形近，今校作「江」。〔七〕「錢麄」原本作「夊虎」，盧冀野本校作一空圍，王國維本作兩空圍，隋樹森本作「□漉」，鄭騫本作「××」，王季思本、甯希元本作「巾漉」，徐沁君本作「久篘漉」，赤松紀彦本作「錢麤」。徐沁君本「醉」改作「醅」。按，「春醉酒錢麄」出自元好問《中州集》：「石鼎夜吟詩句健，奚囊春醉酒錢粗。」「夊」是「錢」字俗體「钅」之形誤，「虎」是「粗」字俗體「麄、麁」之形誤。〔八〕徐沁君本、王季思本「末」上補「正」字。〔九〕「出」上徐沁君本補「正末」二字。〔十〕徐沁君本删「末」字，王季思本「末」上補「正」字。〔十一〕「了」下徐沁君本補「唱」字。〔十二〕此處王季思本補「（唱）」。

〔注〕①「壓着」，勝過；强過。②「恩澤」，帝王、朝廷給臣民百姓的恩惠，如雨露之澤被萬物。③「醍醐」，從乳酪中提煉出來的酥

油。④「散打零兜」，指散買、零買。⑤「江浦」，江河；江濱。

【三煞】娘娘甚酒中真〔一〕潔真賢婦？禄山甚才〔二〕上分明大丈夫？止不过琖号温凉①，布名火浣〔三〕②，瓶置玻璃，樹長珊瑚；犀沉離〔四〕水，裙織綾絹〔五〕，簾捲鰕須③；真珠④琥珀，紅瑪瑙，紫硨磲〔六〕⑤。

〔校〕〔一〕原本「真」字，盧冀野本、王國維本、隋樹森本、鄭騫本、王季思本、甯希元本改作「貞」。按，徐沁君本校記云：「『真潔』指酒言，諧『貞節』，爲雙關語。」〔二〕原本「才」字，王國維本、鄭騫本、王季思本、甯希元本、赤松紀彦本改作「財」。按，徐沁君本校記云：「『財上分明大丈夫』，當時成語，元曲中多用之。這裏『才』是『財』的諧音，譏禄山不才也。」〔三〕「浣」原本爲「院」字校筆改爲「浣」，隋樹森本校作「院」，甯希元本作「烷」，其他各本均作「浣」。按，「火浣」是一種布名。〔四〕「沉離」原本作「澄離」，隋樹森本、鄭騫本未改，盧冀野本作「澄□」，王國維本作「澄分」，徐沁君本、王季思本、甯希元本作「沉離」，赤松紀彦本作「沈離」。鄭騫本校記云：「疑當作犀沉。」徐沁君本校記云：「《水滸傳》第八十二回：『第二個戲色的，繫離水犀角腰帶。』《抱樸子·登涉》：『通天犀……得其角一尺以上，刻爲魚而銜以入水，水常爲開。』即犀沉離水之謂也。」〔五〕鄭騫本、王季思本、甯希元本「絹」誤作「綃」。〔六〕「硨磲」原本作「瑼磲」，盧冀野本、隋樹森本作「璹磲」，王國維本作「硨渠」，鄭騫本、徐沁君本、王季思本作「硨磲」，甯希元本作「硨磲」，赤松紀彦本未改。按，「硨磲」即「硨磲」，玉石名。「瑼」應是「硨」之形誤。

〔注〕①「琖号温凉」，名爲「温凉」的盞。②「火浣」，布名，用石棉纖維織成的布，具有不燃性。③「簾捲鰕須」，用蝦鬚製成的小簾子。④「真珠」，珍珠。⑤「硨磲」，玉石名。

【二煞】這个曾手扶万丈擎天柱，這个曾口吐千年照殿珠①。只消②的一管③霜笔〔一〕④，数張白紙，寫万古清風，不勾〔二〕一醉工夫。怕〔三〕我連真⑤帶草⑥，一㓰⑦数黑論黄⑧，寫㑮〔四〕描朱⑨。從頭至尾，依本畫葫〔五〕芦⑩。

〔校〕〔一〕原本「筆」字殘作「笔」，赤松紀彦本校作「筆」，其他各本均作「毫」。〔二〕原本「勾」字，王國維本、赤松紀彦本未改，盧冀野本、隋樹森本改作「彀」，其他各本均改作「够」。按，「勾」「彀」均通「够」。〔三〕「怕」原本作「帕」，各本均已改。〔四〕原本「㑂」字，盧冀野本作一空圍，王國維本改作「紫」，隋樹森本、鄭騫本、王季思本、赤松紀彦本校作「倣」，徐沁君本、甯希元本作「仿」。按，「㑂」「倣」「仿」義同，可不改。〔五〕盧冀野本「葫」誤作「萌」。

〔注〕①「照殿珠」，照亮宫殿的夜明珠。②「消」，需要。③「管」，毛筆的量詞。④「霜筆」，即「霜毫」，本指白色獸毛，代指毛筆。⑤「真」，真書、正書，即楷書。⑥「草」，草書。⑦「一刬」，一概；全都。⑧「数黑論黄」，説長道短；挑唆是非。⑨「描朱」，兒童初習毛筆字時，在印有紅色楷書的紙上描摹，亦稱「描紅」。⑩「依本畫葫芦」，依照葫蘆本來的様子畫葫蘆，比喻單純模仿、原樣照搬，没有創新。也作「依樣畫葫蘆」。

【〔一〕尾】那是〔二〕安禄山义子台意〔三〕怒，子〔四〕是〔五〕楊貴妃賊兒膽底虚①。似這般忒自由，没拘束，猛軒騰②，但發露〔六〕③，交近南蛮④，至北隅⑤，接西边，去東魯⑥，一年多，半載餘，那里景凄〔七〕凉，地悽〔八〕楚。軃⑦袖垂肩仕女圖，似秋草人情日日踈〔九〕，待寄蕭〔十〕娘一紙書⑧，天〔十一〕北天南雁亦〔十二〕无。忽地興兵起士卒，大势長驅〔十三〕⑨入帝都，一戰功成四海枯⑩，得手如还入宫宇⑪，一就⑫无毒不丈夫，玉殿珠楼尽交付⑬，抵⑭多少烛滅烟銷〔十四〕⑮帝業⑯亏〔十五〕，十万里江山共⑰实物，和那花朵兒渾家⑱做不得主！

（下）〔十六〕（一行下）〔十七〕

〔校〕〔一〕鄭騫本、徐沁君本、王季思本、甯希元本「尾」上補「煞」字。〔二〕〔五〕「是」原本刻作俗體「[illegible]」，盧冀野本作一空圍。〔三〕原本無「意」字，徐沁君本、王季思本、甯希元本補「意」字，盧冀野本補一空圍。王國維本「台」字改爲「心頭」二字，鄭騫本「台」字改爲「心中」二字。隋樹森本、赤松紀彦本未改。徐沁君本校記云：「盧本在『台』、『怒』之間作一方框，蓋已知其缺字而無以補也。按：戴善夫《風光好》第一折：『太守見我退後來早台意怒，學士見我向前去早惡心煩。』據補。」王季思本、甯希元本據徐沁君本補。〔四〕原本「子」字，王國維本改作「這」，盧冀野本改作「衹」，隋樹森本改作「則」。按，「子」「衹」「則」均同「只」。〔六〕「露」原本作「路」，盧冀野本、隋樹森本未改，王國維本改作「落」，其他各本均改作「露」。按，「發露」，顯現；流露；揭露；被揭露。〔七〕隋樹森本「凄」改作「悽」。〔八〕原本「悽」字，王國維本、鄭騫本、王季思本改作「凄」，徐沁君本、甯希元本作「悽」，其他各本未改。〔九〕原本「踈」字，甯希元本、赤松紀彦本未改，盧冀野本、王國維本、隋樹森本、鄭騫本改作「疎」，徐沁君本、王季思本作「疏」。按，「踈」「疎」「疏」義均同。〔十〕「蕭」原本作「肖」，各本均已改。〔十一〕盧冀野本、隋樹森本、甯希元本「天」改作「地」。〔十二〕「亦」原本作「一」，盧冀野本、鄭騫本、甯希元本改作「也」，隋樹森本、徐沁君本、王季思本、赤松紀彦本改作「亦」，王國維本「雁一」乙作「一雁」。〔十三〕「驅」原本作「軀」之俗體「躯」，各本均已改。〔十四〕甯希元本「銷」改作「消」。〔十五〕原本「亏」字，鄭騫本改作「輸」，盧冀野本、甯希元本改作「污」，王國維本改作「虛」，其他各本未改。〔十六〕盧冀野本删「（下）」。〔十七〕王國維本將「（一行下）」置于第三折開頭。盧冀野本、隋樹森本「（一行下）」改作「（一行上）」，并置于第三折開頭。

〔注〕①「賊兒膽底虛」，猶做賊心虛。②「軒騰」，掀騰；鬧騰。③「發露」，顯現；流露；揭露；被揭露。④「南蛮」，古代對南方民族及其居住地的稱呼。⑤「北隅」，北邊。⑥「東魯」，魯地，今山東省。⑦「𨊾」，垂；下垂。⑧「蕭娘一紙書」，詩詞曲文中習見，常表相思、腸斷之情。⑨「長驅」，長途驅馳，多指戰爭攻城。⑩「四海枯」，指天下生靈塗炭。⑪「宮宇」，宮殿，多指帝王的宮殿。⑫「一就」，一味；本來。⑬「交付」，交待，猶「完蛋」。⑭「抵」，頂。⑮「烛滅烟銷」，謂毀滅、滅亡。⑯「帝業」，帝王的基業、事業。⑰「共」，和；與。⑱「渾家」，古代白話文學中「妻子」的俗稱。

第三折

（禄山、旦云了）（外〔一〕宣〔二〕末了）（正末扮帶酒上了〔三〕）〔四〕

【中吕】〔五〕【粉蝶兒】只被宿酒①禁持②，轟騰③杀〔六〕浩然之氣。幾曾明白見一个烏〔七〕兔④西飛？今日醉鄉中，如混沌⑤，初分天地。恰辨〔八〕得個南北東西，被子規⑥声喚回春睡⑦。

〔校〕〔一〕「外」下徐沁君本補「末」字。〔二〕「宣」下徐沁君本、王季思本補「正」字。〔三〕「了」下徐沁君本補「唱」字。〔四〕此處王季思本補「（唱）」。〔五〕原本無宮調名【中吕】，盧冀野本、王國維本未補，其他各本均已補。〔六〕盧冀野本、隋樹森本「杀」改作「煞」。〔七〕盧冀野本「烏」改作「玉」。〔八〕「辨」原本作「办」，各本均改作「辨」。

〔注〕①「宿酒」，猶「宿醉」。②「禁持」，糾纏；折磨；擺布。③「轟騰」，形容氣勢旺盛。④「烏兔」，指日月。古代神説日中有三足金烏，月中有玉兔。⑤「混沌」，古代傳説中指天地未分時模糊一團的狀態。⑥「子規」，杜鵑；杜宇。杜鵑啼聲哀切，猶盼子歸，故名子歸，又曰子規。⑦「春睡」，春日的睡意。

【醉春風】一壁①恰控〔一〕得錦袍干，又酒淹得衫袖湿。半醒時猶透頂門②香，不喫時怎由得你！你！躭〔二〕閣③得半世无成，非是我一心偏好，子〔三〕為你滿朝皆醉。

〔校〕〔一〕「控」原本作「空」，鄭騫本、甯希元本改作「控」，盧冀野本、隋樹森本、王國維本、徐沁君本、王季思本改作「烘」，赤松紀彦本未改。〔二〕徐沁君本「躭」改作「耽」。〔三〕原本「子」字，盧冀野本改作「衹」，隋樹森本改作「則」，王國維本、王季思本改作「只」。按，「子」「衹」「則」均同「只」。

〔注〕①「一壁」，一邊。②「頂門」，頭頂前部。③「躭閣」，耽擱。

【迎仙客】比及①沾雨露，恨不得吐虹霓②，滄海倒傾③和④月吸。向翠紅鄉⑤，圖畫里，不設着歌〔一〕舞筵席，枉辜負了遲日⑥江山麗。

〔校〕〔一〕原本無「歌」字，盧冀野本、隋樹森本未補，其他各本均已改。盧冀野本注：「（太和正音譜作若不設歌舞筵席末句無了字）」。

徐沁君本校記云：「據《太和正音譜》補。」甯希元本校記云：「依《太和正音譜》補。」

〔注〕①「比及」，及至；等到。②「虹霓」，螮蝀；彩虹。③「倒傾」，傾倒。④「和」，連同；連帶。⑤「翠紅鄉」，指妓院。⑥「遲日」，指春日、春光。《詩經·豳風·七月》：「春日遲遲」，因以「遲日」指春日。

【醉高歌】脚列〔一〕趄①登輦路②花基③，神恍惚步瑶堦④玉砌⑤。吐了口中涎⑥，按捺⑦定心頭氣，勉強山〔二〕呼⑧万歲。

（正末〔三〕失驚了〔四〕）〔五〕

〔校〕〔一〕原本「列」字，盧冀野本、隋樹森本、王國維本、鄭騫本、赤松紀彦本未改，徐沁君本、王季思本、甯希元本改作「趔」。按，「列趄」同「趔趄」。〔二〕盧冀野本「山」改作「三」。〔三〕徐沁君本删「正末」二字。〔四〕「了」下徐沁君本補「唱」字。〔五〕此處王季思本補「（唱）」。

〔注〕①「列趄」，趔趄；脚步不穩貌。②「輦路」，帝王車駕所經過的路。③「花基」，花壇；種滿花的路。④「瑶堦」，宫殿中玉砌的臺階。⑤「玉砌」，玉砌的臺階。可代指臺階。⑥「涎」，口水。⑦「按捺」，抑制；忍耐。⑧「山呼」，亦稱「嵩呼」，封建時代對皇帝的祝頌儀式，叩頭高呼「萬歲」三次。（參見《漢語大詞典》）

【石榴花】疑恠翠柈〔一〕人用錦重圍，不听得月殿樂声齊。往〔二〕常恐東風①吹与外人知，怎想這里泄漏天機？知他那堝〔三〕兒②醉倒唐皇帝？空有聚温泉一派香池。又无落花輕泛波紋細，怎生悮〔四〕走到武陵溪③？（外末、旦做住了）（外末同旦与正末礼了）〔五〕不想如此！〔六〕

〔校〕〔一〕原本「柈」字，盧冀野本、鄭騫本未改，隋樹森本改作「樓」，其他各本均作「盤」。徐沁君本校記云：「『柈』爲『盤』的异體字。『翠盤』指楊貴妃的盤舞。」〔二〕「往」原本作「枉」，各本均已改。〔三〕王國維本「堝」改作「窩」。〔四〕王國維本、徐沁君本、王季思本、甯希元本「悮」改作「誤」。〔五〕此處鄭騫本補「（云）」，王國維本補「（末云）」，盧冀野本、隋樹森本、徐沁君本、王季思本補「（正末云）」。〔六〕此處鄭騫本、徐沁君本、王季思本補「（唱）」。

〔注〕①「東風」，春風。②「那塌兒」，那裏；那兒。③「武陵溪」，即武陵源；桃花源；世外桃源。

【鬪鵪鶉】恰才个①倚翠偎紅②，揣与③个論黄数黑④。子〔一〕他行怕〔二〕行羞⑤，和我也面紅面赤。誰大〔三〕⑥兩白日細看春風玉一圍⑦？却是甚所為？更做个抱子携男⑧，末〔四〕不忒回乾就湿⑨！

（力士云了）（一同與正末把酒了）（〔五〕末笑科〔六〕）〔七〕

〔校〕〔一〕原本「子」字，盧冀野本改作「衹」，王季思本改作「只」，王國維本、隋樹森本改作「則」。按，「子」「衹」「則」均同「只」。〔二〕「怕」原本作「帕」，各本均已改。〔三〕原本「大」字，盧冀野本、隋樹森本、鄭騫本、赤松紀彦本未改，其他各本均改作「待」。按，「大」同「待」。〔四〕隋樹森本、鄭騫本、王季思本「末」改作「莫」。〔五〕「末」上徐沁君本、王季思本補「正」字。〔六〕「科」下徐沁君本補「唱」字。〔七〕此處王季思本補「（唱）」。

〔注〕①「个」，詞綴。②「倚翠偎紅」，形容與女子親密依偎。「紅」「翠」，代指女子。③「揣与」，將某事强加給某人。④「論黄数黑」，説長道短；挑唆是非。⑤「行怕行羞」，又畏懼又羞愧。⑥「大」，同「待」，要；想要。⑦「春風玉一圍」，代指女子的美貌。⑧「抱子携男」，謂抱著孩子。⑨「回乾就湿」，母親養育孩子時，讓孩子居乾燥處，自己居潮濕處。

【普天樂】不須你沈郎憂，蕭娘難易〔一〕，就未央宫①擺布②樽〔二〕罍③，直喫的尽醉方歸。折末〔三〕④藏着劍鋒，承着機密，漢國功〔四〕臣臻臻⑤地，來，來吃一回吕太后筵席⑥。穩便⑦波鸾交鳳友⑧！休憂波鶯兒燕子⑨！休忙波蝶使蜂媒⑩！

（正末〔五〕云了）（外〔六〕把盞⑪了）（〔七〕末云了〔八〕）〔九〕

〔校〕〔一〕「蕭娘難易」原本作「肖郎難易」，赤松紀彦本改作「蕭娘難易」，徐沁君本改作「蕭娘殢」，甯希元本改作「蕭娘疑」，其他各本均作「蕭郎難易」。徐沁君本校記云：「『沈郎』指外末（安禄山），『蕭郎』當作『蕭娘』，指旦（楊貴妃）。『難易』的合音爲

『殢』。」甯希元本校記云：「原本『娘』字，涉上文『沈郎憂』句誤作『郎』；又于『郎』下誤衍一『難』字；『疑』，音假爲『易』。今改。徐本改作『蕭娘殢』，謂『難易』二字合音爲『殢』。然元曲中未見此例，故不取。」按，未知孰是，「蕭娘」暫從徐沁君本、甯希元本改。〔二〕徐沁君本、甯希元本「樽」改作「尊」。〔三〕王季思本「折末」改作「遮莫」。〔四〕「功」原本作「公」，盧冀野本、隋樹森本、鄭騫本、王季思本未改，王國維本「公臣」改作「公卿」，其他各本均將「公」改作「功」。〔五〕徐沁君本删「正末」二字。〔六〕「外」下徐沁君本補「末」字。〔七〕「末」上徐沁君本、王季思本補「正」字。〔八〕「了」下徐沁君本補「唱」字。〔九〕此處王季思本補「（唱）」。

〔注〕①「未央宫」，漢代未央宫。「漢國功臣」韓信死在未央宫。②「擺布」，安排；擺放。③「樽罍」，酒杯；酒盞。「罍」是小口大肚的酒器。④「折末」，任憑、無論、不管，亦作「折莫」「折麽」「遮末」「遮莫」「者末」「者莫」「者麽」「者磨」，是近代漢語常見的連詞，還有即使、假如、什麽、爲什麽、莫非、大約等義。⑤「臻臻」，衆聚貌。⑥「吕太后筵席」，漢高祖劉邦的皇后吕雉設宴用毒酒毒殺惠王劉肥，「吕太后筵席」後指暗含殺機、陰謀的筵席。亦稱「吕后筵」。⑦「穩便」，穩妥；穩當。⑧「鸾交鳳友」，比喻情侣或夫妻。⑨「鶯兒燕子」，代指美女。⑩「蝶使蜂媒」，比喻爲男女情愛傳遞信息的媒介。⑪「把盞」，本指跪地敬酒，後泛指敬酒。

【干荷葉】來的盞不曾推，有的話且休提。準備着明日向君王行①主意的緊支持，刁蹬②的斷央及③。被我連珠兒④飲了三兩盃，子〔一〕理會⑤酒肉攤〔二〕場⑥喫。

〔校〕〔一〕原本「子」字，盧冀野本改作「祇」，王國維本、王季思本改作「只」，隋樹森本改作「則」。按，「子」「祇」「則」均同「只」。〔二〕「攤」原本作「𡐓」，盧冀野本、隋樹森本校作「擅」，王國維本、赤松紀彦本校作「壇」，鄭騫本校作「撞」，徐沁君本、王季思本、甯希元本校作「攤」。徐沁君本校記云：「盧、隋本改作

『擅』，『擅場』連讀，用在這裏疑非是。按：此爲當時熟語，亦見他劇。高文秀《誶范叔》第二折白：『常言道酒肉攤場吃，王條依正行。』無名氏《陳州糶米》第一折：『便容你酒肉攤場吃，誰許你金銀上秤秤?』」

〔注〕①「行」，由元代的漢蒙語言接觸而成的離格標記，表示從某處得到某物。「行」是「上」的音變形式，在元代的漢蒙語言接觸過程中，承擔了來自蒙古語的格標記功能，成爲常見的後置詞。後置詞「行」與前置詞「向」呼應使用，相當于「從」，體現了漢語系統對蒙古語語法成分的調整與融合。意爲：從君王那裏得到支持的主意。②「刁蹬」，爲難；捉弄。亦作「刁鐙」「刁頓」。③「央及」，懇求；請求。④「連珠兒」，連續不斷。⑤「理會」，懂得。⑥「攤場」，有步驟地；慢慢地。(參見《漢語大詞典》)

【上小樓】這孩兒何曾夜啼，无些驚氣①。嬌的不肯離懷，懶慵②挪〔一〕步，怕見〔二〕独立。三衙家③，適定着〔三〕，親娘扒背。兀的後宫中養軍千日!

〔校〕〔一〕「挪」原本作「那」，赤松紀彥本未改，其他各本均改作「挪」。〔二〕王國維本「見」改作「風」。〔三〕王國維本脱「着」字。

〔注〕①「驚氣」，因受驚嚇而産生的氣惱。②「懶慵」，懶得。③「三衙家」，慢騰騰；懶洋洋。(參見《漢語大詞典》)

【幺篇】〔一〕穿了好的，喫了好的。盛〔二〕比別人，非理①分外〔三〕，費衣搭食。甚時曾，向人前，分明喘氣，他一身兒孝當竭力!

〔四〕力士，我只道官里②宣喚，誰想如此!(旦云了)〔五〕

〔校〕〔一〕【幺篇】原本作【幺】，赤松紀彥本未改，盧冀野本、隋樹森本、王國維本、鄭騫本作【幺】，其他各本均作【幺篇】。〔二〕甯希元本「盛」改作「賸」。〔三〕鄭騫本、王季思本、甯希元本「非理」屬上句，「分外」屬下句。盧冀野本「理」下斷開，「非理」「分外」爲兩個二字句。〔四〕此處王國維本、隋樹森本、鄭騫本、徐沁君本、王季思本、赤松紀彥本補「(云)」。〔五〕此處徐沁君本、王季思本補「(正末唱)」。

〔注〕①「非理」，違背情理；不合道理。②「官里」，皇帝；帝王。

【滿庭芳】你心知腹知，宫中子母，村里夫妻。覷得俺唐明皇顛倒如兒戲，我不來這其間敢錦被堆堆。得了買〔一〕不語①一官半職，做了个六証三媒。枉了閑咷〔二〕氣②，又道我唬〔三〕嚇你酒食，怕悮〔四〕了你愛月夜眠遲③。

〔校〕〔一〕原本「買」字，盧冀野本、隋樹森本改作「兒」。徐沁君本校記云：「本曲言以一官半職買己之不語也，正與第二折『買我胡突』語意同。」〔二〕王季思本「咷」改作「洶」。〔三〕「唬」原本作「虎」，隋樹森本、鄭騫本未改，王國維本改作「諕」，其他各本均改作「唬」。〔四〕原本「悮」字，盧冀野本、隋樹森本、王國維本、徐沁君本、王季思本、甯希元本改作「誤」，鄭騫本、赤松紀彦本未改。

〔注〕①「買不語」，以金錢、地位收買某人閉口不言。②「咷氣」，洶氣；頑皮。③「愛月夜眠遲」，因愛月色而睡覺晚。

（正末〔一〕做出殿科）（外〔二〕扯住了）（外〔三〕將荔枝上了）（外〔四〕央①正末喫科）（〔五〕末取物簽〔六〕科，云了〔七〕）我本大〔八〕②簽〔九〕一个來，却簽〔十〕着你兩个。〔十一〕

〔校〕〔一〕徐沁君本删「正末」二字。〔二〕〔三〕〔四〕「外」下徐沁君本補「末」字。〔五〕「末」上徐沁君本、王季思本補「正」字。〔六〕〔九〕〔十〕「簽」原本作「芊」，王國維本未改，甯希元本改作「簽」，其他各本均改作「籤」。〔七〕盧冀野本、隋樹森本、王國維本、鄭騫本、徐沁君本、王季思本删「了」字。〔八〕原本「大」字，赤松紀彦本未改，其他各本均改作「待」。按，「大」同「待」。〔十一〕此處徐沁君本、王季思本補「（唱）」。

〔注〕①「央」，央求；請求。②「大」，同「待」，要；想要。

【快活三】沾粘〔一〕①着不摘離，厮胡突②不伶〔二〕俐③。尽壓着④玉枝漿，白蓮釀，錦棖〔三〕䣿⑤。官里⑥更加上些忍辱波羅密〔四〕⑦。

〔校〕〔一〕「粘」原本作「拈」，盧冀野本、隋樹森本、鄭騫本、王季思本未改，其他各本均改作「粘」。按，「沾粘」習見于元雜劇。〔二〕「伶」原本作「怜」，隋樹森本、盧冀野本、赤松紀彦本未改，其他各本均改作「伶」。盧冀野本「俐」改作「悧」。〔三〕原本「棖」

字，隋樹森本、赤松紀彦本未改，盧冀野本改作「帳」，其他各本均改作「橙」。甯希元本「錦」改作「金」。按，「棖」同「橙」。〔四〕原本「密」字，鄭騫本、赤松紀彦本未改，其他各本均改作「蜜」。按，「波羅密」同「波羅蜜」。

〔注〕①「沾粘」，聯結在一起；不可分離。（參見《漢語大詞典》）②「胡突」，糊塗。③「伶俐」，清楚；乾凈。常用于否定形式。④「壓着」，勝過；超過。⑤「玉枝漿，白蓮釀，錦棖醅」，三者均指美酒。⑥「官里」，皇帝；帝王。⑦「波羅密」，指彼岸。梵語音譯詞。多作「波羅蜜」。

【鮑老兒】若是忔〔一〕①摟定舌尖上②度与③喫，更壓着④王母蟠〔二〕桃〔三〕會。更做⑤果木叢中占了弟〔四〕一，量這斯有多少甜滋味。壓着商〔五〕川甘庶，鄱〔六〕陽龍眼，杭地楊梅，吴江乳橘，福州橄欖，不弱〔七〕如⑥魏府鵝梨。

（覷旦科〔八〕）〔九〕

〔校〕〔一〕甯希元本「忔」下補「搭」字，無詳細校語。〔二〕「蟠」原本作「播」，各本均已改。〔三〕王國維本「桃」下補「宴」字。〔四〕原本「弟」字，各本均改作「第」。按，「弟」字可不改。〔五〕「商」原本作「商」，各本均已改。〔六〕「鄱」原本作「番」，各本均已改。〔七〕原本無「弱」字，各本失校，今補。按，【鮑老兒】曲是説如果楊貴妃用舌尖喂安禄山吃荔枝，那滋味比王母娘娘的蟠桃以及各種美味的果品都甜。「壓着」習見于元雜劇，表示比較，是「比……好/强/厲害等」義，此指「比……味道好」。末句的「鵝梨」與前面的甘蔗、龍眼、楊梅、乳橘、橄欖一様，味道都不如用舌尖喂的甜。故「不如」意義正相反，應脱一「弱」字，「弱如」「强如」亦均習見于元雜劇，表示比較。「弱如」即「比……弱/差/不好」，一般均以其否定形式「不弱如」使用，「强如」即「比……强/好/厲害等」義。如元刊本《追韓信》第三折：「這一遍不弱如文王自臨渭濱」，又，「臣昨日做了個夜度昭關伍員，不弱如有國難投孫臏」。「不弱如魏府鵝梨」即味道不比魏府的鵝梨差。「不弱如」與「壓着」意義是相承接的。〔八〕徐沁君本「科」下補「唱」字。

〔九〕此處王季思本補「（唱）」。

〔注〕①「忔」，喜歡；喜愛。②「上」，是由元代的漢蒙語言接觸而成的工具格標記。後置詞「上」相當于「用；使用」，「舌尖上度与吃」即用舌尖喂給他吃。③「度与」，授予；給予。④「壓着」，勝過。⑤「更做」，即使；縱使。⑥「弱如」，弱于；比……弱。「如」是比較標記。「A 弱如 B」體現 VO 型的語序類型。

【哨遍】兩葉①眉兒頻繫〔一〕蹙〔二〕②，鎖〔三〕青嵐③一帶驪山翠。香靄④暗宮闈〔四〕⑤，子〔五〕是子孫司⑥里酒病花醫⑦。子〔六〕為个肥肌体，把錦幃綉幄⑧，幔幙垂簾〔七〕⑨，做了張盖世界的鴛鴦〔八〕被。這張紙於官不利，作〔九〕云㠃⑩斜掩，雾帳⑪低垂。那里是遮藏丑事護身符，子〔十〕是張發露〔十一〕⑫私情樂章集。看你执琖慇懃⑬，捧〔十二〕硯驅〔十三〕馳⑭，脱靴面皮⑮。

（賓〔十四〕）你問我那〔十五〕里去?〔十六〕

〔校〕〔一〕「繫」原本作「擊」，盧冀野本、隋樹森本、鄭騫本未改，其他各本均改作「繫」。徐沁君本校記云：「『系』字繁體作『繫』，『击』字繁體作『擊』，形似致誤。」〔二〕鄭騫本、王季思本「蹙」字斷屬下句。甯希元本乙作「蹙繫」。〔三〕「鎖」原本作「瑣」，各本均已改。〔四〕「闈」原本作「圍」，唯鄭騫本未改，其他各本均已改。〔五〕〔六〕〔十〕原本「子」字，盧冀野本改作「祗」，王國維本、王季思本改作「只」，隋樹森本改作「則」。按，「子」「祗」「則」均同「只」。〔七〕「簾」原本作「廉」，各本均已改。〔八〕「鴛鴦」原本作「夗央」，各本均已改。〔九〕王國維本「作」誤作「乍」。〔十一〕「露」原本作「路」，各本均已改。〔十二〕王國維本「捧」改作「奉」。〔十三〕「驅」原本簡作「区」，各本均已改。〔十四〕原本「賓」字，盧冀野本删，隋樹森本、甯希元本改作「云」。徐沁君本校記云：「賓，當即『賓白』之簡稱。『賓白』亦即説白。」〔十五〕徐沁君本「那」改作「哪」。〔十六〕此處徐沁君本、王季思本補「（唱）」。

〔注〕①「葉」，量詞。②「繫蹙」，皺眉；收緊眉頭。③「青嵐」，竹林間的霧氣。④「香靄」，雲霧；焚香的烟霧。⑤「宮闈」，帝王

的後宫；宫廷。⑥「子孫司」，掌管子孫後嗣的神仙機構。⑦「酒病花鬡」，迷戀酒色，此指迷戀酒色的人。⑧「錦幃綉幄」，錦綉的帷幔。⑨「幔幙垂簾」，幔帳和簾子。⑩「云帲」，雲的屏障。「帲」同「屏」。⑪「雾帳」，霧的幃帳。⑫「發露」，顯現；流露；揭露；被揭露。⑬「慇懃」，即「殷勤」，熱情周到。⑭「驅馳」，受苦；受累。⑮「面皮」，面子；情面。

【耍孩兒】一頭[①]離了鶯花地[②]，直赴俺蓬萊宴會。碧桃[③]間拂面風吹，浩歌声聒耳[④]如雷。平駈[⑤]風月粧詩興，倒捲江湖此酒盃。偃仰[⑥]在銀〔一〕河内，折末〔二〕[⑦]冠簪[⑧]顛倒，衫袖淋漓[⑨]。〔三〕我知道！我知道！〔四〕

〔校〕〔一〕「銀」原本作「艮」，各本均已改。〔二〕王季思本「折末」改作「遮莫」。〔三〕「漓」原本作「灕」，各本均已改。「我」上隋樹森本、鄭騫本、徐沁君本、王季思本、赤松紀彦本補「（云）」。〔四〕此處徐沁君本、王季思本補「（唱）」。

〔注〕①「一頭」，一旦。亦作「一投」。②「鶯花地」，妓院。③「碧桃」，仙桃；仙桃樹。④「聒耳」，聲音雜亂刺耳。⑤「平駈」，平穩地驅馳前進。「駈」同「驅」。⑥「偃仰」，俯仰，猶「浮沉；進退」。⑦「折末」，即使；縱使。亦作「折莫」「折麽」「遮末」「遮莫」「者末」「者莫」「者麽」「者磨」。⑧「冠簪」，將帽、冠固定在髮髻上的簪子。⑨「淋漓」，長且美好貌。

【五煞】見没処發付[①]咱，便飇〔一〕一声宣喚你。這場悮〔二〕賺[②]神仙罪。我閑來親去朝[③]金闕[④]，不記誰扶下玉梯[⑤]。〔三〕這腌臢〔四〕[⑥]輩，鬧中取静，醉後添愁〔五〕。

〔校〕〔一〕盧冀野本「飇」改作「風」。〔二〕原本「悮」字，鄭騫本、赤松紀彦本未改，其他各本均改作「誤」。按，「悮」同「誤」。〔三〕王國維本「這」上補二空圍。〔四〕「腌臢」原本作「唵嗒」，盧冀野本、隋樹森本、鄭騫本未改，其他各本均改作「腌臢」。〔五〕原本「醉後添愁」，盧冀野本、隋樹森本未改，王國維本作「醉後□□」，鄭騫本、王季思本、甯希元本、赤松紀彦本改作「醉後添悲」，徐沁君本補改作「我醉後添悲」。鄭騫本校記云：「據韻改。」王季思本從鄭騫本改。甯希元本「依鄭本改」。徐沁君本校記云：

「『我』字原無，『悲』原作『愁』。今補改。按：『愁』字失韵。上句指『腌臢輩』，本句自謂。醉，自指也。」

〔注〕①「發付」，打發；發落；對付。②「賺」，騙；欺騙；哄騙。③「朝」，朝見；拜見。④「金闕」，天上的黄金闕，可指天帝、神仙或帝王居住的宫闕。⑤「玉梯」，即玉樓，華麗的樓閣，天帝、神仙的居所。也可指玉欄，即玉石欄杆。⑥「腌臢」，骯髒；不乾净。

【四煞】你親上親，我鬼中鬼。无用如碧澄澄①緑湛湛②清冷〔一〕水。於民只解滌塵垢，潤国何曾洗是非。水共③禄山渾④相類⑤，見了些浮花浪蕋⑥，玉骨冰肌⑦。

〔校〕〔一〕原本「冷」字，盧冀野本、徐沁君本、王季思本改作「泠」。

〔注〕①「碧澄澄」，湛藍而明净。②「緑湛湛」，碧緑貌。③「共」，和；與。④「渾」，完全。⑤「相類」，相似。⑥「浮花浪蕋」，喻輕浮女子。「蕋」即「蕊」。⑦「玉骨冰肌」，形容女子身材苗條，肌膚潔白，儀容秀美。

【三煞】大古里①家不和隣里欺〔一〕，人貧賤也親子離，不求金玉重重貴②。你惟③情之外别无想，除睡人間揔不知④。謊得來无巴臂⑤！不曾三年乳哺⑥，一剗⑦合〔二〕⑧肥。

（外末共旦云了）（〔三〕做指禄山云了〔四〕）

〔校〕〔一〕「欺」原本作「人」，隋樹森本、甯希元本未改，盧冀野本「人」斷屬下句，鄭騫本改作「嫌」，王國維本、徐沁君本、王季思本、赤松紀彦本改作「欺」。鄭騫本「據文義補」。徐沁君本校記云：「這一諺語，今尚流行。見民間文學研究會主編《中國諺語資料》上册。」甯希元本校記云：「意謂家人不和就如同路人。原本文義可通，自不煩改。鄭本改『人』字爲『嫌』字，徐本改作『欺』，均不取。」〔二〕「合」原本作「台」，徐沁君本、王季思本、甯希元本校作「台」，其他各本校作「合」。按，「合」字正確，「台」字不通。雖然唐朝以胖為美，但不得不説《貶夜郎》一劇融合進了元代人的審美標準。李白早就察覺出楊貴妃與安禄山有染，故一直對楊貴妃及其肥胖持貶斥態度，全劇三度提到楊貴妃的「肥」，三次均在第三折，除該句外，另兩處分别爲：【哨遍】：「子為个肥肌體」；

【煞尾】：「見如今鳳幃中摟抱着肥兒睡。」「肥兒」的「兒」與「賊兒」「偷兒」「乞兒」「侍兒」「貧兒」的「兒」一樣，帶貶義色彩，指不道德的或社會地位低的人。「三年乳哺」習見于文獻，指母親辛苦哺育孩子。元無名氏《争報恩三虎下山》第二折：「那妮子又不知三年乳哺恩，那裏曉懷耽十月胎。」傳説安禄山曾認楊貴妃爲義母，該劇第二折有：「那是安禄山義子台意怒，子是楊貴妃賊兒膽底虚」，第三折：「宫中子母，村裏夫妻。」「不曾三年乳哺」指楊貴妃并没有哺育安禄山三年，「一剗合肥」即所以一直都很胖，「合」是「應該；會」義。「台肥」不詞。〔三〕「做」上徐沁君本、王季思本補「正末」二字。〔四〕「了」下徐沁君本補「唱」字。

〔注〕①「大古里」，大概；總之。②「金玉重重貴」，代指富貴榮華。③「惟」，只；僅。④「除睡人間揔不知」，除了睡覺，什麼也不關心。⑤「巴臂」，來由；根據。亦作「巴鼻」。前多用否定詞「没」「無」等。⑥「三年乳哺」，指母親辛苦哺育孩子。⑦「一剗」，一直。⑧「合」，該；應該。

【二煞】拈起㢮筆，標事〔一〕实，交千年万古傳於世。看了書中有女顔如玉，路上行人口勝碑①。兒曹輩〔二〕②，悔〔三〕之晚矣！歸去來兮！

〔校〕〔一〕「標事」原本作「摽是」，盧冀野本、王國維本、隋樹森本、鄭騫本、赤松紀彦本校作「標是」，徐沁君本、王季思本、甯希元本校作「標事」。鄭騫本校記云：「『是實』應作事實。」〔二〕原本無「輩」字，鄭騫本、徐沁君本、王季思本、甯希元本補「輩」字，赤松紀彦本補「每」字。鄭騫本校記云：「原無輩字，據句法及韻補。」徐沁君本校記云：「按譜：這句三字，叶韵。『曹』『輩』義同，『兒曹』即『兒輩』。但元曲中『兒曹輩』用的極多。」王季思本校記云：「底本無『輩』字，不合律且失韻，從鄭、徐本補。」甯希元本校記云：「原本無『輩』字。按譜，本句三字當韵。依鄭本補。徐本亦補。」〔三〕「悔」原本作「晦」，各本均已改。

〔注〕①「路上行人口勝碑」，人們的評價勝過刻碑記載。②「兒曹輩」，兒輩。「曹」「輩」義同，等輩；儕類。

【〔一〕尾】没遭罹〔二〕①李翰林②，忒昏沉③楊貴妃。見〔三〕如今鳳幃④中楼抱着肥兒⑤睡，更那里别尋个杜子美⑥！

（下）

〔校〕〔一〕徐沁君本「尾」上補「煞」字。〔二〕原本「遭」字，王季思本、甯希元本改作「遮」。「罹」原本作「羅」，盧冀野本、鄭騫本、王季思本、甯希元本未改，隋樹森本、王國維本、徐沁君本、赤松紀彦本改作「罹」。徐沁君本校記云：「《唐詩紀事》卷二十四顔真卿條，引清遠道士詩：『我本長殷周，遭罹歷秦漢。』」王季思本未出校，甯希元本校記云：「原本『遮』字，形誤爲『遭』。今改。『遮羅』，意同遮蓋、庇覆。《連環記》四折蔡邕云：『若到的銀臺門登了寶位，便當遮羅天下，這一座私宅也不要他。』徐本改作『遭罹』，義同遭遇。如曾敏行《獨醒雜誌》敘洪邁『以使命見執於金，其間遭罹危辱者屢矣』。用于本劇，似不妥。」〔三〕原本「見」字，徐沁君本、甯希元本改作「現」。

〔注〕①「没遭罹」，此指没有好的遭遇。②「李翰林」，李白，曾在翰林院做過學士。③「昏沉」，沉迷；昏亂。④「鳳幃」，閨中幃帳。⑤「肥兒」，肥胖的人，此指楊貴妃。「兒」帶貶義色彩，指不道德的或社會地位低的人。⑥「杜子美」，杜甫，字子美。

第四折

【雙調】〔一〕【新水令】謝你个月中人①不弃我酒中仙，向浪花中死而无怨。是清風連夜飲，幾曾漁火對愁眠。眕〔二〕眼②的湖水潮淵〔三〕，豁達③似翰林院。

〔校〕〔一〕原本無宫調名【雙調】，盧冀野本、王國維本未補，其他各本均已補。徐沁君本與【雙調】上補「（正末上。唱:)」。〔二〕原本「眕」字，盧冀野本改爲一空圍，王國維本改作「滿」，王季思本、甯希元本改作「整」。〔三〕「潮淵」原本作「[illegible]淵」，鄭騫本、盧冀野本、隋樹森本、赤松紀彦本校作「湖淵」，王國維本、徐沁君本、王季思本、甯希元本校作「湖烟」。按，「[illegible]淵」應校作「潮淵」，各本誤校。該句中「湖」字刻作「[illegible]」，「[illegible]」與之迥异，顯係「潮」字，各本皆誤。該劇第四折「望海門潮信遠」之「潮」字殘作「淵」，可佐證。「淵」字左邊部件顯係「氵」，而非「火」字；右邊部件亦非「因」字。該劇第二折「因此上玉驄錯認西湖路」，第四折「因此上醉魂如燈滅」之「因」字皆刻作「囙」；第一折「這酒曾散漫却云烟浩蕩」之「烟」字刻作「烟」，「就霜毫寫出凌烟像」之「烟」字刻作「烟」，「麝烟濃噴洗兒湯」之「烟」字刻作「烟」；第二折「淡烟深鎖垂楊樹」之「烟」字刻作「烟」，「扺多少烛滅烟銷帝業虧」之「烟」字刻作「烟」；第四折「緑簑衣帶雨和烟」之「烟」字刻作「烟」，「早解纜如烟」之「烟」字刻作「烟」，「少人烟」之「烟」字模糊，作「烟」；第二折「芳草展花裀綉褥」之「裀」字刻作「裀」。可見，該劇「因」字及部件「因」皆刻作「囙」，無一例外，故「淵」字非「烟」，應是「淵」字。第四折「魚跳深淵」之「淵」字刻作「淵」，可佐證。

〔注〕①「月中人」，月中仙人，喻美女。②「眕眼」，眼看；眼見。③「豁達」，規模宏大。

【駐馬听】想着天子三宣，翠袖①双扶不上舡。不如素娥②捧勸③，巨甌④一飲倒垂蓮。為⑤楊妃昧⑥龍庭⑦夫乃婦之天，釣風波⑧口似〔一〕鈎和線。雖然在海角邊⑨，舉頭日近長安遠⑩。

（云）我想此処，却不強如⑪与他每⑫鬧鬧炒炒〔二〕地。〔三〕

〔校〕〔一〕徐沁君本「似」改作「是」。〔二〕「炒炒」原本作一「炒」字和一重文符號，王國維本、鄭騫本作「炒炒」，其他各本均作「吵吵」。〔三〕此處徐沁君本、王季思本補「（唱）」。

〔注〕①「翠袖」，青緑色的衣袖，也代指美麗女子。②「素娥」，嫦娥的别稱；白衣美女，常指月宮仙女。③「捧勸」，捧杯勸酒。④「巨甌」，大酒杯。⑤「為」，因爲。⑥「昧」，欺瞞；欺騙。⑦「龍庭」，朝廷，代指天子、帝王。⑧「風波」，比喻亂子、糾紛。⑨「海角邊」，極遠處。⑩「日近長安遠」，離太陽近，離長安遠。比喻嚮往帝都長安，却不得至。⑪「強如」，强于；比……强。「如」是比較標記。「A 强如 B」體現 VO 型的語序類型。⑫「每」，們，複數標記。

【沉醉東風】恰①離了天子金鸾〔一〕殿〔二〕②前，又來到農〔三〕家鸚鵡洲邊。

自休官〔四〕，從遭貶，早遞流③了水地④三千。待交〔五〕我簑〔六〕笠輪〔七〕竿⑤守自然，我比姜太公多來近遠？

〔校〕〔一〕原本「鸾」字，盧冀野本、隋樹森本、王國維本、徐沁君本、甯希元本改作「鑾」。按，「金鸾殿」同「金鑾殿」，不必改校。〔二〕盧冀野本脱「殿」字。〔三〕王國維本、甯希元本「農」誤作「儂」。〔四〕「官」原本作「管」，各本均已改。〔五〕盧冀野本、隋樹森本「交」改作「教」。〔六〕隋樹森本、徐沁君本、甯希元本「簑」改作「蓑」。〔七〕原本「輪」字，各本均改作「綸」。按，「輪」字可通，不煩改校。「輪竿」「綸竿」均爲釣魚竿之一種，文獻中「綸竿」的確常與「簑笠」連用，宋代徐積《漁父樂》：「漁唱歇，醉眠斜，綸竿簑笠是生涯」，元代滕斌《普天樂·四時道情》：「伴綸竿箬笠蓑衣。」「輪竿」是帶轉輪的釣竿，也可以出現在與「綸竿」相同的語境中，金代劉鐸《所見》：「輪竿老子緑蓑衣。」故「輪竿」可通。又，「輪」「綸」二字，「車」「糹」二旁迥异，訛誤的可能性不大。

〔注〕①「恰」，剛；剛剛。②「金鸾殿」，金鑾殿，帝王召見群臣的寶殿。③「遞流」，放逐、流放犯人。④「水地」，水域，亦泛指地理形勢。⑤「輪竿」，帶轉輪的釣魚竿。

【沽美酒】他被窩兒里獻利便，枕頭上納陳言①，义子賊臣②掌重權。那里肯舉善薦賢③，他當家兒〔一〕④自迁轉⑤。

〔校〕〔一〕王國維本脱「兒」字。

〔注〕①「陳言」，舊説；陳舊的言辭。②「賊臣」，亂臣；奸臣。③「舉善薦賢」，舉薦有才德的人。④「當家兒」，當家、管家的人，此指把持朝政的人。「兒」帶貶義、蔑視意味。⑤「迁轉」，官員的升遷和流轉。

【太平令】大唐家朝治〔一〕①里龍蛇不辨〔二〕②，禁幃〔三〕③中共〔四〕④豬狗同眠。河洛⑤間圖書⑥〔五〕皆現〔六〕，日月下清渾不辨〔七〕。把謫仙⑦，盛貶，一年半年，浪淘尽塵埃滿面。

（云）小生終日以酒為念〔八〕。〔九〕

〔校〕〔一〕原本「治」字，盧冀野本、王季思本誤作「治」，王國維本、徐沁君本改作「野」。按，「冶」字是。「朝冶」指朝廷，「朝野」指朝廷和民間。此處應爲「朝廷」義。〔二〕「辨」原本作「办」，各本均已改。〔三〕原本「幃」字，王國維本、徐沁君本改作「闈」。〔四〕王國維本脱「共」字。〔五〕「圖書」原本作「途俗」，王季思本、甯希元本已改作「圖書」。甯希元本校記云：「原本『圖書』二字，音假爲『途俗』；『現』，省借爲『見』。今改。河圖、洛書本吉語。《易・繫辭》上云：『河出圖，洛出書，聖人則之。』古人以爲王者受命之兆。惟此處實指圖讖之言，若《推背圖》之類，預言天下治亂、歷代興廢之事，爲統治者所深忌，犯者至死。各本失校。」王季思本校記云：「此句『圖書』二字，底本音近誤作『途俗』，今改。按，易・繫辭上：『河出圖、洛出書，聖人則之。』」〔六〕徐沁君本「現」改作「見」。〔七〕「辨」原本作簡體「变」，王國維本、鄭騫本未改，其他各本均改作「辨」。〔八〕原本「念」字，徐沁君本、甯希元本改作「命」。「以」原本作「与」，各本失校。按，「念」字無誤，「与」當改作「以」，音近而訛。「与……爲念」「与……爲命」皆不通。「与」當是「以」之訛，「以……爲念」即：把……當作重要的，很重視、看重……，這一結構習見于文獻，王實甫《西廂記》第三本：「先生當以功名爲念」，元代《三國志平話》卷下：「軍師嚴令，豈以酒色爲念。」「以酒為念」指把酒看得很重。〔九〕此處徐沁君本、王季思本補「（唱）」。

〔注〕①「朝冶」，朝廷。②「龍蛇不辨」，比喻分不清好人壞人。③「禁幃」，即「禁闈」，宫廷門户，也指朝廷、宫内。④「共」，和；跟。⑤「河洛」，黄河和洛水。⑥「圖書」，河圖和洛書。⑦「謫仙」，謫居人間的神仙，也指才學優异之人。此指李白。

【殿前歡〔一〕】酒如川，鷺鷗長聚武陵源〔二〕①，鴛鴦〔三〕不鎖黄金殿，緑簑〔四〕衣帶雨和烟。酒里坐，酒里眠，紅蓼岸②，黄芦堰③，更壓着④金馬門⑤，瓊林宴⑥。岸邊學淵明⑦種柳，水面學太乙⑧浮蓮。

〔校〕〔一〕「歡」原本作「懽」，赤松紀彦本未改，其他各本均改作「歡」。〔二〕「源」原本作「原」，盧冀野本、隋樹森本、王國維本未改，其他各本均改作「源」。〔三〕「鴛鴦」原本作「夗央」，各本均已改。〔四〕原本「簑」字，隋樹森本、徐沁君本、王季思本、甯希元本改作「蓑」。

〔注〕①「武陵源」，即桃花源；世外桃源。②「紅蓼岸」，長滿紅蓼的水邊。③「黄芦堰」，長滿黄蘆葦的堤壩。④「壓着」，勝過。⑤「金馬門」，本爲漢代宫門名，是學士待詔之處。⑥「瓊林宴」，皇帝在瓊林苑招待新科進士的宴會。⑦「淵明」，陶淵明。⑧「太乙」，指道教神仙太乙真人。

【甜水令】鬧鬧炒炒〔一〕，懽懽〔二〕喜喜，張筵開宴，送到楊柳岸古堤〔三〕邊①。正稚〔四〕子②妻兒，痛哭嚎〔五〕咷〔六〕③，牽衣④留恋，早解纜〔七〕⑤如烟。

〔校〕〔一〕「炒炒」原本作一「炒」字和一重文符號，王國維本、鄭騫本作「炒炒」，其他各本均作「吵吵」。〔二〕「懽懽」原本作「懽」和一重文符號，赤松紀彦本作「懽懽」，其他各本均改作「歡歡」。按，「懽」同「歡」。〔三〕盧冀野本「堤」改作「隄」。〔四〕甯希元本「稚」誤作「雅」。〔五〕「嚎」原本作「[illegible]」，盧冀野本、隋樹森本、王國維本校作「號」，其他各本均作「嚎」。〔六〕王季思本「咷」改作「啕」。〔七〕「纜」原本作「攬」，各本均已改。

〔注〕①「楊柳岸古堤邊」，均爲送别之地。②「稚子」，幼子；小孩。③「嚎咷」，大哭。亦作「嚎啕」「號啕」。④「牽衣」，牽著衣襟，喻留戀不捨。⑤「解纜」，解開船的纜繩，指開船。

【折桂令】一時間趂篷〔一〕箔①順水推舡，不比西出陽関②，北侍③居延〔二〕④。幾時得為愛青山，住東風懶着吟〔三〕鞭⑤。流落似守汨〔四〕羅独醒屈原，飄零〔五〕似泛浮〔六〕槎〔七〕⑥没興⑦張騫。納了一昏皇〔八〕宣⑧，撇下滿門良賤〔九〕⑨，對十五嬋娟⑩，怎不淒〔十〕然。他每〔十一〕⑪向水底天心⑫，兩下里⑬團圓〔十二〕。

（末〔十三〕虚下⑭）（水府龍王一齊上，坐定了）〔十四〕

〔校〕〔一〕盧冀野本、王國維本、赤松紀彦本「篷」改作「蓬」。〔二〕「延」原本作「[illegible]」，盧冀野本改作「筵」，其他各本均改作「延」。按，「居延」，地名，古代西北軍事重鎮。〔三〕「吟」原本作「呤」，各本均已改。〔四〕「汨」原本作「汩」，盧冀野本未改，其他各本均已改。〔五〕「零」原本作「令」，各本均已改。〔六〕「泛浮」原本倒作「浮泛」，盧冀野本、隋樹森本未改，其他各本均乙作「泛浮」。〔七〕王國維本「槎」字誤作「搓」。〔八〕盧冀野本、隋樹森本「皇」改作「黄」。〔九〕「賤」原本作「濺」，各本均已改。〔十〕王國維本「凄」改作「悽」。〔十一〕王國維本「每」改作「們」。〔十二〕「圓」原本作「园」，各本均已改。〔十三〕徐沁君本删「末」字。王季思本「末」上補「正」字。〔十四〕此處王國維本補「（末上）」，徐沁君本補「（正末唱）」，王季思本補「（正末上，唱）」。

〔注〕①「篷箔」，代指小船。「篷」，船篷。「箔」，船上的簾子。②「陽関」，古關名，在甘肅敦煌西南。③「侍」，掌管。④「居延」，地名，古代西北軍事重鎮。⑤「吟鞭」，行吟詩人的馬鞭。⑥「浮槎」，木筏；木船。⑦「没興」，倒霉；晦氣。⑧「皇宣」，皇帝宣召的文書、詔書。⑨「滿門良賤」，一大家子人。⑩「嬋娟」，美人。⑪「每」，們，複數標記。⑫「天心」，天空中心。⑬「兩下里」，兩方面；兩邊。⑭「虚下」，元雜劇用語，指角色作背身下場狀，仍在臺上，但觀衆覺得他已下場。（參見《漢語大詞典》）

【夜行船】畫戟門①開見隊〔一〕仙②，听龍神細説根元〔二〕③。向人鬼中間，輪廻④里面，又轉生⑤一遍。

〔校〕〔一〕徐沁君本「隊」字改作「醉」，校記云：「按：馬致遠《任風子》第一折，亦有此語，『醉』亦作『隊』。參看該劇校記。」按，不必改字，「隊仙」即「墜仙」，「隊」同「墜」。「墜仙」指從天上降下的神仙。可參看《任風子》第一折【天下樂】曲第〔一〕條校記。〔二〕原本「元」字，盧冀野本、王國維本、隋樹森本、鄭騫本、赤松紀彦本未改，其他各本改作「源」。按，「根元」同「根源」。

〔注〕①「畫戟門」，畫有戟的豪富之門，代指顯貴、豪富人家。②「隊仙」，即「墜仙」，從天上降下的神仙。「隊」同「墜」。③「根元」，根源；根本。④「輪廻」，即「六道輪廻」，佛教術語，六道指天道、人道、阿修羅道、地獄道、餓鬼道、畜生道。生命各因其所行善惡在六道中轉世相續爲「六道輪廻」。⑤「轉生」，轉世再生。

【川撥〔一〕棹】赴科選①，跳龍門②奪狀元。命掩黄泉，魚跳深淵。不見九五数[③]飛龍在天[④]，望海門[⑤]潮信〔二〕[⑥]遠。

〔校〕〔一〕「撥」原本作「卜」，各本均已改。〔二〕「信」字原本僅殘存左「亻」旁，覆元槧本空缺，鄭騫本校作「近」，其他各本均作「信」。

〔注〕①「科選」，科舉考試。②「跳龍門」，科舉及第、中選。「龍門」，科舉考試。③「九五数」，「九五」本爲《易》卦爻位名，九是陽爻，五是從下向上第五位。《易》乾卦：「九五，飛龍在天，利見大人。」「九五」，代指帝王。④「飛龍在天」，喻帝王在位。出自《易》乾卦：「九五，飛龍在天，利見大人。」⑤「海門」，内河入海口。⑥「潮信」，潮水，因漲落有定時，故稱「信」。

【七弟兄】偶然，見面，恕生年〔一〕[①]，那里取禹門浪急桃花片[②]，玉溪月滿木蘭舡[③]，錦溪〔二〕露湿芙蓉面[④]。

〔校〕〔一〕原本「年」字，盧冀野本改作「平」，王季思本改作「眼」。王季思本校記云：「底本『眼』作『年』，義費解，今據文義及韻改。」〔二〕原本「溪」字，徐沁君本、甯希元本改作「蹊」。徐沁君本校記云：「上句言『玉溪』，本句自不應再重『溪』字。」甯希元本從改。

〔注〕①「生年」，年歲；活著的時候。②「禹門浪急桃花片」，比喻春闈。「禹門」，龍門，指科舉考場。「浪急桃花片」，傳説河津桃花浪起，江海之魚集聚龍門下，躍過龍門的化爲龍，否則點額暴腮。(參見《漢語大詞典》) ③「木蘭舡」，木蘭樹的木頭造的船。④「芙蓉面」，似芙蓉花的面龐，指美人的容顔。

【梅花酒】他雖无帝主宣，文武双全，將相雙權，鸾〔一〕驾[①]齊肩。比侯門深似海，我怎敢酒量大如川。憶上元[②]，芍藥圃，牡丹园，梧桐院，海棠軒，歌舞地，綺羅筵[③]，衫袖湿，帽簷偏〔二〕，相隔着，水中原，无旅店，少人烟。龜大夫在傍〔三〕邊，鱉相公守根〔四〕前[④]，鼋〔五〕先鋒可怜見[⑤]，眾水族〔六〕[⑥]尽皆全，擺列[⑦]着一圓〔七〕圈。

〔校〕〔一〕原本「鸾」字，盧冀野本、隋樹森本、赤松紀彦本未改，其他各本均改作「鑾」。按，「鸾」字可通，不煩改校。「鸾驾」與「鑾駕」均可指天子車駕。但二者命名之由來略有不同，「鸾驾」本指鸞鳥駕的車，唐李庾《兩都賦》：「鸞駕，鶴車，往來於中天」，「鸞駕」除指天子車駕外，還成爲車輛的美稱。也就是説，該詞不只指天子之車；而「鑾駕」本以帶鑾鈴而得名，專指天子之車。該句指龍王的車駕，「鸾驾」可通，不必改字。〔二〕「偏」原本作「𠑊」，盧冀野本校作「偈」，其他各本均作「偏」。〔三〕原本「傍」字，鄭騫本、赤松紀彦本未改，其他各本均改作「旁」。按，「傍」同「旁」。〔四〕原本「根」字，王國維本、徐沁君本、王季思本改作「跟」，其他各本未改。按，「根前」同「跟前」。〔五〕「鼋」原本作「猿」，隋樹森本未改，其他各本均已改。〔六〕「族」原本作「簇」，各本均已改。〔七〕「圓」原本作「园」，盧冀野本校作「團」，其他各本均作「圓」。

〔注〕①「鸾驾」，本指鸞鳥駕的車，也指天子車駕，或車輛美稱。②「上元」，農曆正月十五爲上元節，即元宵節。③「綺羅筵」，華美豐盛的筵席，也稱「綺筵」。④「根前」，跟前。⑤「可怜見」，值得可憐。「見」，詞綴，無意義。⑥「水族」，水中生物的統稱。⑦「擺列」，擺放；排列。

【收江南】可甚玉簪①珠履②客三千，比長安市上酒家眠，兀的不氣喘，月明孤枕夢難全！

〔注〕①「玉簪」，玉製的髮簪，借指美人。②「珠履」，有珠寶裝飾的鞋，借指門客。

【后庭花】〔一〕翰林才显耀徹，酒家錢〔二〕还报徹。酬①了鶯花②志，補完了天地缺。尋常病无些，玉山低趄③。不合④把〔三〕他短処揭〔四〕，便將俺冤恨雪，君王行⑤厮間迭〔五〕⑥，听讒臣⑦耳畔説，貶離了丹鳳闕⑧。下江舡不暫歇，采石渡逢令節⑨，友人將筵會設，酒盃來一飲竭。正更闌人静〔六〕也，波心⑩中猛覷絶，見冰輪⑪皎潔潔〔七〕，手張狂脚列〔八〕趄⑫，探身軀將丹桂⑬折。

〔校〕〔一〕徐沁君本校記云：「【後庭花】——及下【柳葉兒】兩曲，其宫調、韵部均與全套不同，低兩格排，以示區别。蔡瑩《元劇聯套述例》列入套内，實非是。」甯希元本亦將末二曲低兩格排。〔二〕「錢」原本作「邊」之俗體「辺」，盧冀野本、隋樹森本校作

「邊」，其他各本均作「錢」。按，「錢」字俗體「[illegible]」與「[illegible]」右上部件相同而致誤。〔三〕「把」原本作「保」，王國維本改作「將」，徐沁君本、王季思本、甯希元本改作「把」，其他各本未改。按，「保」「把」音近致誤。〔四〕「揭」原本作「刧」，盧冀野本、鄭騫本未改，王國維本、隋樹森本、赤松紀彦本作「劫」，徐沁君本、王季思本、甯希元本改作「揭」。按，「刧」「揭」音近致誤。「把他短処揭」是，今從徐沁君本改。〔五〕原本「迭」字，徐沁君本、甯希元本改作「諜」。〔六〕「更闌人静」原本作「人闌人净」，盧冀野本、隋樹森本、王國維本、徐沁君本作「更闌人静」，鄭騫本、王季思本、甯希元本、赤松紀彦本作「夜闌人静」。〔七〕王國維本「潔」字不叠。〔八〕原本「列」字，徐沁君本、王季思本、甯希元本改作「趔」，其他各本未改。按，「列趄」同「趔趄」。

〔注〕①「酬」，實現。②「鶯花」，代指美女、妓女。③「玉山低趄」，指不高興、生氣的樣子。「玉山」代指俊美的儀容，「低趄」本指頭低垂，脚趔趄。④「合」，該；應該。⑤「行」，是方位詞「上」的音變形式，元代承擔了來自蒙古語的與位格標記功能，成爲常見的後置詞。後置詞「行」與前置詞「向」呼應使用，二者語法功能相同，「行」相當于「向」「對」，體現了漢語系統對來自蒙古語的異質成分的調整與融合。「向君王行厮間迭」即對/向君王挑撥離間。⑥「間迭」，挑撥離間。⑦「讒臣」，好進讒言的佞臣、奸臣。⑧「丹鳳闕」，京城；帝都。⑨「令節」，佳節。⑩「波心」，水中央。⑪「冰輪」，月亮；滿月。⑫「列趄」，即趔趄，身體摇晃，脚步不穩。⑬「丹桂」，月宫中的桂樹。

【柳葉兒】因此上[①]醉魂如灯滅，中秋夜禄尽衣絶[②]，再相逢水底撈明月[③]。生冤業[④]，死離别，今番去再[〔一〕]那里來也！

（下）

〔校〕〔一〕王國維本「再」改作「了」，并于「了」下斷句。

〔注〕①「上」，是由元代的漢蒙語言接觸而成的離格標記，表原因。與「因」共現，「因」和「上」均相當于「因爲」。②「禄尽衣絶」，指丢官。③「水底撈明月」，喻不可能實現的事。④「冤業」，

冤孽，因造業而招來的冤報。

古杭州新刊関目的本李太白貶夜郎〔一〕

〔校〕〔一〕尾題王國維本、赤松紀彦本未改，盧冀野本、甯希元作「李太白貶夜郎雜劇終」，鄭騫本作「李太白貶夜郎終」，徐沁君本作「古杭州新刊關目的本《李太白貶夜郎》」。隋樹森本、王季思本删尾題。盧冀野本尾題上補「題目」和「正名」，作「題目　□□□□□□　正名　李太白貶夜郎」。

新編岳孔目借鐵枴李還𡨥

岳伯川

校本四種

鄭騫本：鄭騫《校訂元刊雜劇三十種》

徐沁君本：徐沁君《新校元刊雜劇三十種》

甯希元本：甯希元《元刊雜劇三十種新校》

王季思本：王季思《全元戲曲》（第三卷）

題目校記

原本「枴」字，鄭騫本未改，其他各本均改作「拐」。按，「枴」，枴杖；支撐身體的棍杖。

第一折

〔一〕某是鄭州奉寧郡〔二〕人氏，姓岳，岳受〔三〕便是①。在這六房②中做一个都孔目③，人順口叫我做岳孔目。嫡親④三口兒，渾家⑤李氏，孩兒福童。早起晚息，多亏張千這个兄弟。這六房中若不是我呵〔四〕！可咱是一件，張千呵！〔一〕

〔校〕〔一〕此處鄭騫本、王季思本補「（正末扮上開）」，徐沁君本補「（正末上，云）」，甯希元本補「（正末引張千上，開）」。〔二〕原本「郡」字，徐沁君本、甯希元本改作「軍」。徐沁君本校記云：

「《宋書・地理志》:『鄭州，滎陽郡，奉寧軍節度。』」甯希元本校記云:「原本『軍』字，誤作『郡』。宋代于鄭州立奉寧軍。依徐本改。」〔三〕原本「受」字，鄭騫本未改，其他各本均改作「壽」。徐沁君本校記云:「據臧、孟本改。按:『受』、『壽』音同借用。宮天挺《范張鷄黍》第三折:『可惜好人不長壽。』元本『壽』亦作『受』。」王季思本校記云:「『壽』原作『受』，今據元曲選本改。下同。」甯希元本校記云:「原本作『岳受』。據《元曲選》、《酹江集》改。」按，不改，下同。〔四〕「呵」原本作「和」，鄭騫本、王季思本「和」下注「(此下有脱文)」，徐沁君本以音誤改作「呵」，甯希元本該句及下句作「這六房中若不是我和兄弟呵怎可，咱是一體」。甯希元本校記云:「原本無『兄弟呵怎』四字，當有脱文。姑予校補如上。」又云:「原本『體』字，形誤爲『件』。今改。」

〔注〕①「岳受便是」，是元代特殊判斷句，是漢語與蒙古語接觸的結果，是由漢語的 SVO 語序與蒙古語的 SOV 語序疊加而成的，其完全形式是:某是岳壽的便是。其疊加過程爲:某是岳受 + 某岳受的便是 = 某是岳受的便是。「是」和「的」可以省略。元刊雜劇中人物角色出場的自報家門多爲這種漢蒙混合形式。可參看江藍生《語言接觸與元明時期的特殊判斷句》(《語言學論叢》第二十八輯，商務印書館 2003 年版，第 43 頁) ②「六房」，宋代門下省設六房:孔目房、吏房、户房、兵房、禮房、刑房，由給事中分治。後成爲地方衙門中吏役的統稱。(參見《漢語大詞典》) ③「都孔目」，宋代管理簿籍的官吏，元代泛指判官、吏目一類官吏。(參見《漢語大詞典》) ④「嫡親」，此指最親近的家屬。⑤「渾家」，古代白話文學中「妻子」的俗稱。

【仙吕】〔一〕【點絳唇】名分①輕薄，俸錢些小②，家私③暴。我又不會耕種得鋤刨〔二〕④。〔三〕倚仗着筜杖徒流絞⑤。

(張千云)〔四〕哥哥，昨朝⑥中牟〔五〕縣解⑦將一火〔六〕⑧強盜來，作何發〔七〕落了?(末云〔八〕)

〔校〕〔一〕原本無宫調名【仙吕】，各本均已補。〔二〕「刨」原本作「抛」，鄭騫本改作「鉋」，其他各本均作「刨」。鄭騫本「鋤」

誤作「鍘」。〔三〕原本「倚」上有約三字被校筆塗掉，鄭騫本、徐沁君本認作「哥哥你」，王季思本、甯希元本認作「我和你」。鄭騫本「哥哥」爲小字獨立成句，「你」與下句連讀。徐沁君本處理爲張千夾白，并上補「（張千云）」，下補「（正末唱）」。王季思本、甯希元本校作大字「我和你」，與下句連讀。按，未知孰是，暫付闕如。〔四〕「哥」上各本均補「（張千云）」。按，張千非正末，而元刊本一般僅録正末、正旦賓白。爲更清晰，今亦補科介「（張千云）」。〔五〕「牟」原本作「吾」，各本均已改。〔六〕王季思本「火」改作「伙」。〔七〕「發」原本作「法」，各本均已改。〔八〕原本「末云」，甯希元本删，鄭騫本、王季思本改作「末唱」，徐沁君本補作「正末云。唱:」。

〔注〕①「名分」，名位與身份。②「些小」，微小；細小。③「家私」，家産；錢財。④「鋤刨」，鋤地；刨地。代指從事農業生産活動。⑤「笞杖徒流絞」，古代的五種刑罰。「笞」，用鞭、杖、板打。「杖」，用荆條、竹板打。「徒」，徒刑，將犯人拘禁并强制勞動。「流」，流放，將犯人放逐到遠方。「絞」，死刑之一種，將犯人從脖頸處吊起勒死。⑥「昨朝」，昨天。⑦「解」，押送犯人。⑧「火」，量詞，伙。

【混江龍】想昨朝那一火〔一〕強盗，又被那瞇〔二〕心錢①買轉②我這管③紫霜〔三〕毫④。我減一筆當所〔四〕⑤責斷〔五〕，我添一筆交他為從〔六〕⑥的該敲。憑着我拗曲作直⑦取狀筆⑧，勝如⑨那致命圖財〔七〕杀人刀。官來接會〔八〕⑩，物西錢東⑪，私多公少〔九〕⑫，日久天長，咱〔十〕俺做令史⑬的那一个敢合神道⑭。伴當⑮每⑯指山賣〔十一〕磨⑰，百姓每畫地為牢⑱。

〔校〕〔一〕王季思本「火」改作「伙」。〔二〕原本「瞇」字，王季思本、甯希元本改作「昧」，均未出校。〔三〕「霜」原本作「双」，各本均已改。〔四〕原本「所」字，甯希元本改作「刑」，王季思本改作「刑的」二字，其他各本作「廳」。甯希元本校記云：「與下句『爲從的該敲』爲對文。即應該殺頭的首犯薄加責罰，跟著幹壞事的從賊反而送了性命。原本『刑』字，形誤爲『所』。」王季思本校記云：「原作『當廳責段』，此據元曲選本改。」按，「所」是「廳」之俗寫，「當廳」即「當堂」，不必改。〔五〕「斷」原本作「段」，覆元槧本誤刻作「股」，鄭騫本沿作「股」，其他各本均作「斷」。甯希元本校記云：「『斷』字，音假爲『段』。今改。仿刻本誤『段』为『股』，鄭本沿誤。徐本『所』字失校。」〔六〕「從」原本作「縱」，各本均據《元曲選》《古今名劇合選》改作「從」。〔七〕「財」原本作「才」，各本均已改。徐沁君本據《元曲選》《古今名劇合選》乙作「圖財致命」。〔八〕原本「官來接會」，鄭騫本、甯希元本據《元曲選》《酹江集》改作「關來節會」。按，「官來接會」無誤，「關來節會」不通。「關來節會」蓋指年關、節日時官員相互往來，但官員之間的往來不只在年節期間，還應包括一般公務性往來。這一改法没有真正理解原本「官來接會」爲何義。「官來接會」之前數句，是講岳受如何憑藉手中「取狀筆」來賺「瞇心錢」，其後數句是岳受與其他官員的往來。「接會」有接洽往來之義，此指官員之間的接洽往來。清代吴檝《殺鐵良之原因》：「每見漢官，必查明來歷，然後接會。」清代夏敬渠《野叟曝言》第七十三回：「吩咐管門人，一切賓客，十日内俱不接會。」「物西」至「神道」是説岳受與其他官員接洽往來時，會互送錢物，貪污公款，長此以往，當官的没有一個合神道的！〔九〕「私多公少」原本作「思多共少」，各本均已改。〔十〕徐沁君本删「咱」字。〔十一〕甯希元本「賣」誤作「買」。

〔注〕①「瞇心錢」，昧心錢；黑心錢。②「買轉」，買通。③「管」，毛筆的量詞。④「紫霜毫」，代指毛筆。⑤「當所」，當堂。「所」是「廳」之俗體。⑥「為從」，附從，多指從犯。⑦「拗曲作直」，把彎曲的東西弄直，比喻顛倒是非、歪曲事實。⑧「取狀筆」，當指在狀紙上簽署審理結果的筆。⑨「勝如」，比……好/强。「如」，比較標記。「A 勝如 B」體現 VO 型的語序類型。⑩「接會」，接洽往來。⑪「物西錢東」，錢物收受、往來。⑫「私多公少」，謂貪污。⑬「令史」，宋元時代官府中胥吏的通稱。胥吏主要負責文書事務。⑭「合神道」，合乎神明之道。⑮「伴當」，夥伴；朋友。⑯「每」，們，複數標記。⑰「指山賣磨」，指著山上的石頭當磨來賣。比喻耍

手段、説空話騙人。也作「指山説磨」。⑱「畫地為牢」，在地上畫一個圈作爲監獄，比喻只能在限定範圍内活動。

（外末①云）（張千云）〔一〕我來到門首〔二〕②，有一个酒醉先生③，大笑三声，大哭三声，罵俺嫂嫂是寡婦，罵俺福童孩兒是〔三〕无爹的業種④！（末云）〔四〕我分開這人看他，他叫我做无頭鬼⑤！張千，這厮好生⑥无礼！〔五〕

〔校〕〔一〕原本無「（張千云）」，鄭騫本未改，徐沁君本「外末」改作「張千」，王季思本「（外末云）」下補「（張千云）」，甯希元本「外」改作「正」。徐沁君本校記云：「本折以『外末』扮韓魏公。張千出現在許多雜劇裏，都用姓名，不用任何角色作代稱。」王季思本校記云：「張千云：三字原缺，今補。」甯希元本校記云：「原本誤作『外末云』。今改。鄭本失校。徐本改作『張千云』，非。」按，今從王季思本。〔二〕「首」原本作「看」，鄭騫本「看」斷屬下句，甯希元本「門」「看」間補一「前」字，徐沁君本、王季思本「看」改作「首」。按，今從徐沁君本、王季思本。〔三〕「是」原本作「一」，鄭騫本未改，其他各本均改作「是」。按，「一」是代字符號，承上句「罵俺嫂嫂是寡婦」之「是」減省作「一」。下文「這厮好生无礼」之「這」本作「一」，上有校筆改作「這」。〔四〕原本無「（末云）」，鄭騫本、甯希元本未補，徐沁君本、王季思本補「（正末云）」。按，「我分」至「无礼」顯係正末賓白，今依慣例補「（末云）」。〔五〕此處徐沁君本、王季思本補「（唱）」。

〔注〕①「外末」，扮韓魏公。②「門首」，門前；門口。③「先生」，道士。④「業種」，孽種；壞種。詈詞。⑤「無頭鬼」，没有頭的鬼。有時特指神話中的無頭惡鬼猗狂。⑥「好生」，很；甚。

【油葫〔一〕芦】欺負俺孩兒年紀小〔二〕，出家兒①死善趣〔三〕②，吃的來呆呆荅荅〔四〕③醉淘淘〔五〕，走在門前哭罷又在門前笑，走到我堦頭〔六〕指定堦頭鬧。俺孩兒着④娘引着，他説道他爺死了。不索⑤司房⑥中插狀子⑦當官告，消得⑧我三指⑨大一个紙題〔七〕條⑩。

〔校〕〔一〕「葫」原本作「胡」，各本均已改。〔二〕原本「小」下有一重文符號，各本均删。〔三〕原本「死善趣」，鄭騫本改作「厮扇摇」，徐沁君本、王季思本改作「死善道」，甯希元本改作「施善道」。按，「死善趣」無誤，「趣」字失韵，但不必改字。鄭騫本稱「死善趣」不可解，且「趣」字失韵，據《元曲選》本改作「厮扇摇」，推測「扇摇」因音近誤作「善邀」，「邀」又形誤爲「趣」。徐、王二本認爲「死善道」是對道士的戲謔之詞，典出《論語·泰伯》：「篤信好學，守死善道。」甯希元本謂「施善道」指施行善道，「施」音假爲「死」，「道」形誤爲「趣」，并引耶律楚材《西游録》「行文教，施善道」爲證。以上三種校勘意見有三個相同之處：其一，所據不實，皆爲臆改；其二，都注意到了「趣」字失韵；其三，没有注意到「出家兒」與「善趣」的聯繫。「善趣」是一個帶有宗教色彩的詞語，指六道輪回中好的去處，如天道、人道等。該詞與「惡趣」相對，指畜生道、餓鬼道、地獄道等惡去處。「趣」即「趨向」，指人、動物死後的去向，六道輪回又稱「六趣輪回」。二詞習見于佛典文獻，《大藏經》第一卷：「佛告比丘，三法聚者，一法趣惡趣，一法趣善趣。」「出家兒」即出家人。「出家兒死善趣」即出家人死後應該去好的去處。下文岳受説吕洞賓喝醉信口駡人。意思是出家人本該死後去好去處，你吕洞賓却又喝酒又駡人。言外之意，吕洞賓所作所爲不合其道士身份。據曲譜，【油葫蘆】第二句正格六字，末字須押韵。該曲其他語句韵脚字分别爲：小、醄、笑、鬧、着、了、告、條，屬「蕭豪」韵，「趣」屬「魚模」韵，的確失韵。然失韵現象在元雜劇中頗具一定數量，應視作正常現象。據趙變親《元雜劇用韵研究》，元雜劇中「齊微」「江陽」「寒山」「支思」「皆來」「歌戈」韵部字均有雜入「蕭豪」部的用例，并認爲元雜劇的用韵并没有想象的那樣嚴格，也并非只有同部、相近韵部的字可以互押。因此，在「死善趣」意義完全可以講通的情况下，可以認爲「趣」字失韵，是「魚模」部與「蕭豪」部通押。〔四〕「呆呆荅荅」原本作「呆呆谷谷」，第二個「呆」「谷」均爲重文符號，鄭騫本仍作「呆呆谷谷」，徐沁君本作「呆呆答答」，王季思本「據文意改」作「呆呆臌臌」，甯希元本作「噎噎臌臌」。徐沁君本無詳細校語，甯希元本校記云：「『噎噎臌臌』，吃食物過多，腹脹喉湧的樣子。原本音假爲『呆呆谷谷』，徐本改作『呆呆答答』。似失。」按，徐沁君本所校是，今校作「呆呆荅荅」，「荅」「谷」形近而誤。甯希元本「噎噎」改動過大而無據。「黱黱」亦失，該句描寫吃酒後的醉酒狀態，并不是吃食物後的狀態。〔五〕「淘淘」原本作「淘」和一重文符號，鄭騫本、王季思本作「陶陶」，徐沁君本、甯希元本作「醄醄」。〔六〕甯希元本「頭」下衍一「前」字。〔七〕王季思本據《元曲選》將「題」改作「提」。

〔注〕①「出家兒」，出家人。②「善趣」，佛教指六道輪回中好的去處，如天道、人道等，與「惡趣」相對。③「呆呆荅荅」，痴呆、痴傻貌。此處用來描寫醉酒狀態。④「着」，讓。⑤「不索」，不須。⑥「司房」，元、明州縣衙門裏負責記録口供、管理案卷的文書部門，即六房中的刑房。（參見《漢語大詞典》）⑦「狀子」，狀紙，即訴訟呈文。⑧「消得」，需要；須得。⑨「三指」，中指。⑩「紙題條」，小紙條。

【天下樂】我將它〔一〕拖到官中①便下牢②，我這里先交、先〔二〕交他省會③了，把他似打家賊④併〔三〕排⑤押〔四〕定脚⑥。首領每⑦去解了你的縧⑧，祗〔五〕候人⑨當了你的袍，我把他牛馬般吃一頓拷〔六〕⑩。

〔校〕〔一〕原本「它」字，各本均改作「他」。〔二〕原本第一個「先交」下爲一重文符號和一「一」字，其上均有校筆修改，鄭騫本、甯希元本不重「先」字，徐沁君本、王季思本重「先交」二字。〔三〕原本「併」字被校筆塗掉，在旁邊改爲「兵」字，鄭騫本校作「併」，其他各本均作「並」。按，「併排」同「並排」。〔四〕甯希元本「押」改作「匣」，其他各本未改。徐沁君本校記云：「李志遠《還牢末》第二折：『牢獄中鬧吵吵，將軍柱釘頭髮梢，十字下滚肚索，緊邦邦匣定脚。』『押定脚』，即『匣定脚』，這是一種酷刑。又第三折：『他把我死羊般拖奔入牢房，依舊硬邦邦匣定囚床。』這叫柙床、押床或匣床，是另一種非刑。」甯希元本校記云：「原本『匣』字，當俗寫作『柙』，形誤爲『押』。今改。《元典章》卷四十刑部二有匣禁條，謂江南有司『匣禁重囚，晝杻雙手，匣其一足；夜則并匣雙足』。匣禁是一種酷刑，刑具如匣，故稱『匣床』。徐本雖引用了《還牢末》曲文中『匣定脚』、『匣定囚床』諸語，但誤認爲是兩種不同的非刑，因而『匣』字失校。」按，「押」當是「匣」的記音字，可不改。〔五〕「祇」原本作「支」，鄭騫本、王季思本未改，徐沁君本、甯希元本改作「祇」。按，「支」應改作「祇」，音同致誤。「祇」非。「祇候人」指古代官府小吏或富家僕從。〔六〕「拷」原本作「考」，各本均已改。

〔注〕①「官中」，官府。②「下牢」，下獄；監禁。③「省會」，明白；理解。④「打家賊」，打家劫舍的賊盜。⑤「併排」，并排。⑥「押定脚」，即「匣定脚」，將犯人的脚鎖起來。「匣」本是關猛獸或犯人的籠子，亦作「柙」。⑦「每」，們，複數標記。⑧「絛」，絲繩；絲帶。⑨「祇候人」，古代官府小吏或富家僕從。⑩「拷」，拷打。

（外〔一〕云）老夫不是别人，韓魏〔二〕公便是①。私行②到岳受門首③，吊着一个先生④，我放了，看有甚麼人出來。（張千出來，云〔三〕）是誰放了這〔四〕先生？（外末云）〔五〕是老夫放了。（張千云）這老子⑤好无礼！我与哥哥說去。哥哥，那先生被一个老庄家⑥放了。（末云）〔六〕這老子，你好无礼！張千，你拿那老子高高的吊起。放下問事簾⑦來，我問這老子。〔七〕

〔校〕〔一〕「外」原本作「末」，各本均補作「外末」。按，元刊雜劇中「末」一般均指「正末」，「外」多指「外末」，下曲夾白中即作「外云」。〔二〕「魏」原本作「衛」，各本均已改。〔三〕原本無「云」字，各本均已補。〔四〕「這」原本作「遠」，各本均已改。〔五〕原本無「（外末云）」，各本均已補。〔六〕原本無「（末云）」，鄭騫本、王季思本補「（末云）」，徐沁君本、甯希元本補「（正末云）」。〔七〕此處徐沁君本、王季思本補「（唱）」。

〔注〕①「韓魏公便是」，元代特殊判斷句，是漢語與蒙古語接觸的結果，由漢語的 SVO 語序與蒙古語的 SOV 語序疊加而成，其完全形式是：老夫是韓魏公的便是。其疊加過程爲：老夫是韓魏公 + 老夫韓魏公的便是 = 老夫是韓魏公的便是。「是」和「的」可以省略。元刊雜劇中人物角色出場的自報家門多爲這種漢蒙混合形式。可參看江藍生《語言接觸與元明時期的特殊判斷句》（《語言學論叢》第二十八輯，商務印書館 2003 年版，第 43 頁）。②「私行」，私訪；

官吏因私事出行。③「門首」，門口；門前。④「先生」，道士，指呂洞賓。⑤「老子」，對老年男性的泛稱。⑥「庄家」，農民；莊稼人。⑦「問事簾」，古代問案時隔在官吏和涉案人員之間的簾子。

【醉扶歸】〔一〕你問他住在村鎮？居在城郭①？（外〔二〕云）城里有房兒，鄉里有庄兒。〔三〕你問他當甚夫役②？納③甚差徭④？（外〔四〕云）軍民差⑤都當些。〔五〕你問他開鋪席⑥為經商？做甚手作⑦？你与我審个住處，知个名号⑧。（张千〔六〕云）哥哥，你問它〔七〕怎的？〔八〕待不得⑨三朝五朝⑩，必把俺坐〔九〕解的冤讎报。

〔校〕〔一〕【醉扶歸】原本作【醉中天】，各本均已改。〔二〕〔四〕徐沁君本「外」下補「末」字。〔三〕〔五〕「你」上徐沁君本補「（正末唱）」，王季思本補「（末唱）」。〔六〕「張千」原本作「外」，各本均已改。〔七〕原本「它」字，各本均改作「他」。〔八〕「待」上徐沁君本補「（正末唱）」，王季思本補「（末唱）」。〔九〕甯希元本「俺坐」改作「他左」，校記云：「原本『他』字，形誤爲『俺』；『左』字，音假爲『坐』。據《元曲選》改。『左解』，即左袒，指韓魏公私放呂洞賓事。徐本失校。」按，「坐解」疑當作「坐結」，「坐結的冤讎」即坐下、結下的冤讎，俟考。

〔注〕①「城郭」，城市。②「夫役」，服勞役或受雇傭以供役使的人。③「納」，繳納。④「差徭」，差役；徭役。⑤「軍民差」，軍隊的差役和普通差役。⑥「鋪席」，商鋪；商店；商行。⑦「手作」，手藝；手工。⑧「名号」，姓名；名字和號。⑨「待不得」，等不得。⑩「三朝五朝」，三五天，言時間短。

【金盞兒】（張千云）〔一〕哥哥，你問他怎麼？〔二〕我問它〔三〕使个〔四〕斗秤拿个大小？等①个低高？（張千云）〔五〕哥哥，他不使斗秤，它〔六〕只閑坐。〔七〕只它〔八〕那粉壁②低，水甕小。拿它〔九〕在當街③里拷。〔十〕站車④过，說与那上守⑤。這老子我交他劈先里⑥，〔十一〕着⑦司房⑧中勾⑨一遭便有〔十二〕禍，案卷⑩里添一筆便違条⑪。挑河夫⑫當一遭穷断他筋〔十三〕，打家賊⑬指一指拷折它〔十四〕腰。

〔校〕〔一〕〔五〕原本無「（張千云）」，各本均已補。〔二〕「麼」下王季思本補「（末唱）」。徐沁君本、甯希元本將「（張千云）哥哥，你問他怎麼?」移至曲牌名【金盞兒】之前。徐沁君本「麼」下補「（正末唱)」。〔三〕〔六〕〔八〕〔九〕〔十四〕原本「它」字，各本均改作「他」。〔四〕徐沁君本據《元曲選》《古今名劇合選》删「个」字。〔七〕「坐」下徐沁君本補「（正末唱)」，王季思本補「（末唱)」，鄭騫本「坐」下括注「（此下有缺文)」。〔十〕「站」上鄭騫本補「(張千云)」，徐沁君本、王季思本補「(帶云)」，甯希元本未補。按，此應是正末帶白，可不補。〔十一〕原本「站車」至「先里」均爲大字，鄭騫本、王季思本「站車」至「先里」改作小字、帶白，鄭騫本將「里」改作「哩」，徐沁君本「站車」至「上守」改作小字、帶白，甯希元本「站車」至「交他」改作小字、帶白。鄭騫本「哩」下括注「（此下有缺文)」，徐沁君本「守」下補「(唱)」，王季思本「里」下補「(唱)」。〔十二〕「便有」原本作「更肩」，鄭騫本改作「更有」，王季思本、甯希元本改作「便有」，徐沁君本注「待校」。按，「劈先里」一詞習見于元雜劇，義爲「先；首先」，關漢卿《錢大尹智寵謝天香》第二折：「我最愁是劈先裏遮一聲唱，這裏但有個女娘，坐場，可敢烘散我家私做的賞」，「裏」是副詞標記。據曲譜，【金盞兒】第五、六句須對仗。「司房中勾一遭更肩禍」對「案卷里添一筆便達條」，「更肩」對「便達」，甯希元本、王季思本改作「便有」是正確的。意爲：先把韓魏公勾到司房中走一遭就讓他有禍事，再在案卷中添一筆就讓他違犯法律。「這老子我交他劈先里着司房中勾一遭便有禍」意思可通，并無脱文。這一長句是兩個使役式套用在一起，可分解為：這老子我交他便有禍，劈先里着司房中勾一遭。「交」「着」是使令動詞。使役式的一個重要作用是有所處置，第一句中「這老子」和「他」都是指韓魏公，是對韓魏公的處置；第二句是説讓人把韓魏公勾到司房中，也是對韓魏公的處置。元雜劇中，處置式、被動式、使役式常常套用、雜糅。蔣紹愚、曹廣順《近代漢語語法史研究綜述》指出：「被動式、處置式、使役式三者之間存在密切的聯繫，都表達某一對象承受某種處置或某種影響，只是程度有所不同。」這種處置或影響就是三種句式發生套用、雜糅的句法語義基礎。〔十三〕「筋」

原本作「𥳑」，各本均校作「筋」。徐沁君本校記云：「『窮斷脊梁筋』，當時成語。」

〔注〕①「等」，戥子，稱金銀、中藥等物品的衡器。此處用如動詞，用戥子稱。②「粉壁」，白色墻壁，宋元時期指用來張貼告示、法令的墻壁。③「當街」，街上。④「站車」，俟考。⑤「上守」，上級官員。⑥「劈先里」，先；首先。⑦「着」，讓；使；令。⑧「司房」，元、明州縣衙門裏負責記録口供、管理案卷的文書部門，即六房中的刑房。（參見《漢語大詞典》）⑨「勾」，捉拿；拘捕。⑩「案卷」，案件的卷宗。⑪「違条」，違反法律、律條。⑫「挑河夫」，承擔河工任務的人。⑬「打家賊」，打家劫舍的强盗。

〔一〕這一會把那老子吊在外頭。我接韓魏〔二〕公忙里〔三〕！你自家①做一个方便放了罷。（張千云）〔四〕兀那老子，我在哥哥面前説了這半日，我放你，你把些鈔与我買酒吃。（外云）〔五〕我有鈔，在腰里，我手疼拿不得，你自取。（張千云）〔六〕這老子，你鄉下人到閧〔七〕我城里人。（外云）〔八〕我不閧〔九〕你，你自取。（張千去取，見這〔十〕腰間誓釰金〔十一〕牌②，張千諕倒在地）〔十二〕

〔校〕〔一〕「這」上各本均補「（云）」。〔二〕「魏」原本作「衛」，各本均已改。〔三〕原本「里」字，各本均改作「哩」。〔四〕〔六〕原本無「（張千云）」，各本均已補。〔五〕〔八〕原本無「（外云）」，各本均補「（外末云）」。〔七〕原本「到閧」，覆元槧本誤作「到問」，鄭騫本沿誤，徐沁君本、甯希元本作「倒哄」，王季思本作「倒閧」。按，「到」同「倒」，「閧」同「哄」。「閧」無「哄騙」義。〔九〕原本「閧」字，鄭騫本作「問」，王季思本作「閧」，徐沁君本、甯希元本作「哄」。〔十〕徐沁君本脱「這」字。〔十一〕「誓釰金」原本作「誓釰今」，鄭騫本作「誓劍金」，其他各本均作「勢劍金」。按，「誓劍」同「勢劍」，「釰」同「劍」。〔十二〕此處徐沁君本補「（正末唱）」，王季思本補「（末唱）」。

〔注〕①「自家」，自己。②「誓釰金牌」，帝王授予大臣全權處理事件的尚方寶劍和金牌。一般作「勢劍金牌」，「誓劍」同「勢劍」，

「釖」同「劍」。

【賺煞】〔一〕則俺這長官廉，曹司①拗②，你便是能吏③然〔二〕怎當他三番取招④。則今日為頭兒索警覺，則它〔三〕那在先⑤事乱如牛毛。我這里自量度，須索躭〔四〕饒⑥，他把我停了俸追了錢將我來断罷了。是做的千錯万錯，大綱來⑦一还一报⑧，則你那禍之門⑨便是俺斬身刀⑩！〔五〕

〔校〕〔一〕【賺煞】原本作【尾聲】，各本均已改。〔二〕甯希元本「然」改作「煞」，校記云：「原本『煞』字，形誤爲『然』。」鄭騫本「然」下點斷。〔三〕原本「它」字，各本均改作「他」。〔四〕原本「躭」字，徐沁君本、甯希元本改作「耽」。〔五〕此處王季思本補「（下）」。

〔注〕①「曹司」，官署。②「拗」，執拗，猶「愛較真」。③「能吏」，有能力的官吏。④「取招」，留取招供的證據。⑤「在先」，以前；從前。⑥「躭饒」，饒恕。亦作「擔饒」「耽饒」。⑦「大綱來」，大概；總之；通常。亦作「大剛來」「待剛來」。「來」，詞綴。⑧「一还一报」，做一件壞事必受到一次報應、報復。⑨「禍之門」，即「口」，取「禍從口出」義。⑩「斬身刀」，惹來殺身之禍的刀，取自「舌是斬身刀」。謂口舌是惹來殺身之禍的刀。

第二折

（旦上，詩曰）待①當家時不當家，及至〔一〕②當家乱如麻。早晨起來七件事，柴米油鹽醬醋茶。妾身不是别人，是岳孔目的渾家③。俺岳孔目昨日得了一口驚氣④，一卧不起，發昏。平日家⑤好穿的衣服，都与他装〔二〕裹⑥在身上。（〔三〕末云）大嫂，我這身上覺沉重。（旦云）岳孔目，你好没分曉⑦。你才發昏半日。你平昔⑧愛的好衣服，都与你穿在身上，可知沉重。（〔四〕末云）大嫂，你差了！〔五〕

〔校〕〔一〕「至」原本作「則」，鄭騫本未改，王季思本改作「到」，徐沁君本、甯希元本改作「至」。〔二〕「装」原本作「庄」，各本均已改。〔三〕〔四〕「末」上徐沁君本補「正」字。〔五〕此處徐沁君本、王季思本補「（唱）」。

〔注〕①「待」，要；須。②「及至」，等到。③「渾家」，古代白話

文學中「妻子」的俗稱。④「驚氣」，因受驚嚇而招致的氣惱。⑤「家」，後綴；無意義。⑥「裝裹」，給逝者或即將去世者穿壽衣。⑦「没分曉」，糊塗；不明事理。⑧「平昔」，平日、往日。

【正宫】〔一〕【端正好】設若你裝〔二〕裹到二十重三十件。（旦云）丈夫，你置〔三〕下，你死合穿。〔四〕妻呵！你道是我置下我死合穿。知他這土坑中埋我多深淺？哎！妻呵！裝〔五〕裹杀誰人見！

（旦云）也則表我賢會〔六〕心腸。〔七〕

〔校〕〔一〕原本無宫調名【正宫】，各本均已補。〔二〕〔五〕「裝」原本作「庄」，各本均已改。〔三〕「置」原本作「治」，各本均已改。〔四〕「妻」上鄭騫本、王季思本、甯希元本補「（末唱）」，徐沁君本補「（正末唱）」。〔六〕原本「會」字，鄭騫本未改，其他各本均改作「慧」。按，「賢會」同「賢慧」。〔七〕此處徐沁君本補「（正末唱）」，王季思本補「（末唱）」。

【滚綉球】〔一〕妻呵！非是你賢，你須索①聽我言，這衣服且休説万針千線，或单或夾②或綿；你如今出下業冤③，到明日陪〔二〕着死錢，這衣服你与我但留取幾件。（旦云）你死也，留取這衣服何用？〔三〕怕你那子母每〔四〕④受貧穷的時節留与你典賣⑤做些盤纏⑥。不强佀⑦纏尸裹〔五〕骨棺函⑧内爛，留着些或時〔六〕⑨遇着热逢着寒与你每子母穿，省可里⑩熬煎。

〔校〕〔一〕原本無曲牌名【滚綉球】，各本均已補。〔二〕徐沁君本「陪」改作「賠」。按，「陪」同「賠」。〔三〕此處徐沁君本補「（正末唱）」，王季思本補「（末唱）」。〔四〕「每」原本作「一」，上有校筆，各本均校作「每」。〔五〕「裹」原本作「果」，各本均已改。〔六〕鄭騫本「時」改作「是」。按，「或時」，有時。

〔注〕①「須索」，須；必須。②「夾」，雙層薄衣。③「業冤」，罪業冤仇。④「每」，們，複數標記。⑤「典賣」，本指可按規定期限贖回的出賣。此指出賣。⑥「盤纏」，費用；花費。⑦「强佀」，即「强似」，比……强，「佀/似」是比較標記。「A强佀/似B」體現VO型的語序類型。⑧「棺函」，棺材；棺槨。⑨「或時」，有時。⑩「省可里」，省得；免得；休要。

（旦云）孫福叔叔在外前①。（〔一〕末云）大嫂，交兄弟入來。（外〔二〕云）哥哥，你兄弟入來。（外〔三〕云）哥哥，你兄弟領着韓魏〔四〕公爺爺的言語，將白米一担，鈔十錠，好了病呵②，爺爺要用你。（〔五〕末云）大嫂，我身上覺輕快③些。你去熬些粥湯來我吃。我合④兄弟說些話兒。（旦云）出的門外，我這里听着。他〔六〕好歹⑤分付〔七〕⑥孫福叔叔些話兒，我這里听着他。（末云）

〔校〕〔一〕〔五〕「末」上徐沁君本補「正」字。〔二〕〔三〕「外」下徐沁君本補「末」字。〔四〕「魏」原本作「衛」，各本均已改。〔六〕鄭騫本、王季思本「他」字斷屬上句。〔七〕王季思本「分付」改作「吩咐」。按，「分付」同「吩咐」。

〔注〕①「外前」，外邊跟前。②「呵」，的話，表示假設，相當于後置的「如果」。③「輕快」，謂感覺病情好轉。④「合」，和。⑤「好歹」，無論如何；不管怎樣。⑥「分付」，吩咐。

【倘秀才】孫福！也〔一〕不索①我多祝付〔二〕②你千言萬言。（外〔三〕云）哥哥有的話，你佟〔四〕③分付〔五〕④着兄弟。〔六〕想咱同衙府里十年五年。你若是打听的山妻⑤照顧〔七〕着豚〔八〕犬⑥。一頭里⑦亡过夫主⑧，散了家緣〔九〕⑨，兄弟呵！你嫂嫂從來有些腼腆。

〔校〕〔一〕「孫福也」原本作大字，上有小字「末云」被校筆塗掉，甯希元本刪「末云」，「孫福也」改作小字、帶白，「福」誤作「富」。其他各本均保留「末云」，并將「（末云）孫福也」移至曲牌名【倘秀才】前，徐沁君本「末」上補「正」字，徐沁君本、王季思本「也」下補「（唱）」。按，今將「也」字處理爲大字、曲文。〔二〕原本「祝付」，鄭騫本未改，徐沁君本、甯希元本改作「囑付」，王季思本改作「囑咐」。按，「祝付」即「囑咐」。〔三〕「外」下徐沁君本補「末」字。〔四〕徐沁君本「佟」改作「盡」。〔五〕王季思本「分付」改作「吩咐」。〔六〕「想」上徐沁君本補「（正末唱）」，王季思本補「（末唱）」。〔七〕「顧」原本作「雇」，各本均已改。〔八〕「豚」原本作「肫」，各本均已改。〔九〕「緣」原本作「绿」，各本均已改。

〔注〕①「不索」，不須。②「祝付」，囑咐。③「佟」，儘管。④「分付」，吩咐。⑤「山妻」，隱士之妻，後多用爲自稱其妻的謙

辭。⑥「豚犬」，謙稱自己的兒子。⑦「一頭里」，一旦。「里」，詞綴。「一頭」亦作「一投」。⑧「夫主」，丈夫。⑨「家緣」，家産；家業。

【叨叨令】怕①有那一等无廉耻謊勤兒〔一〕②每③胡來纏，則你這无主意拙嫂嫂從來善。哎！你一个无私曲〔二〕④的兄弟頻來見〔三〕。〔四〕怕⑤有禁礼的言語你説不出來。〔五〕着俺那无面皮⑥嬸子將它〔六〕來勸。〔七〕伯娘，俺伯伯在時是人頭上行的人，你休做歹勾當⑦，你休辱末⑧它〔八〕！〔九〕着言語道它〔十〕也麼哥，着言語道它〔十一〕也麼哥，豈不聞臨危時好与人方便。

〔校〕〔一〕「勤兒」原本作「[illegible]」，左側有校筆填改痕迹，鄭騫本校作「撞」，徐沁君本、王季思本據《元曲選》《古今名劇合選》校作「漢」，甯希元本校作「勤」。甯希元本校記云：「原本『勤』字，誤作『撞』。依原本校筆改。元代稱子弟爲勤兒，徐本改作『謊漢每』，似泛。」按，應校補作「勤兒」。「勤兒」亦作「懃兒」「琴兒」「禽兒」，指浪蕩公子或嫖客，因其勤于聲色，故名。「勤」是本字。四種詞形均須帶「兒」字，「兒」有實義，舊指社會地位低或從事不光彩職業的人，帶貶義色彩，不可省略，「偷兒」「賊兒」「乞兒」「鴇兒」「侍兒」「貧兒」均屬此類。「勤」字單獨使用時不指浪蕩公子或嫖客，故「勤」下脱一「兒」字。「謊勤兒」亦見于元代蘭楚芳【中吕·粉蝶兒】《驕馬金鞭》：「到別州城不問二三，那謊勤兒敢有萬千。」「謊勤兒」仍指浪蕩公子、紈絝子弟。意思是岳受將死，囑咐好兄弟孫福，自己死後要照顧嫂嫂，不要讓那些「謊勤兒每」來糾纏自己的妻子。〔二〕「曲」原本作「屈」，各本均已改。〔三〕「見」原本爲「看」，被校筆改爲「見」，各本均已改，「看」字出韵。〔四〕「怕」上徐沁君本補「（帶云）」，鄭騫本、王季思本補「（末云）」。〔五〕「來」下徐沁君本、王季思本補「（唱）」。〔六〕〔十〕〔十一〕原本「它」字，各本均改作「他」。〔七〕原本「伯」上有「末云」被校筆塗掉，鄭騫本、王季思本校作「（外云）」，徐沁君本校作「（帶云）」。按，此處賓白當屬正末，是岳受在提前演練要對「無面皮嬸子」説的話，正末賓白一般無科介提示，故有校筆塗掉。〔八〕原本「末」字，鄭騫本、王季思本改作「没」。原本

「它」字，各本均改作「他」。〔九〕「着」上徐沁君本補「(唱)」，王季思本補「（末唱)」。

〔注〕①⑤「怕」，若；如果。由懼怕義語法化出假設義。②「勤兒」，指浪蕩公子或嫖客，因其勤于聲色，故名。亦作「懃兒」「琴兒」「禽兒」，「勤」是本字。③「每」，們，複數標記。④「私曲」，私心；私衷。⑥「無面皮」，不要臉。⑦「歹勾當」，壞事。⑧「辱末」，辱没。

（旦云）我道它〔一〕支出我去〔二〕，好歹①与孫福叔叔說些話也。岳孔目，你好多心多慮！你死之後，我也大門不出便了。（〔三〕末云）大嫂，你婦人家那里得那恒常久遠的心腸！大嫂，我数②你幾件兒你便出門。（旦云）你数〔四〕幾樁〔五〕兒我听。〔六〕

〔校〕〔一〕原本「它」字，各本均改作「他」。〔二〕「去」原本作「主」，各本均已改。〔三〕徐沁君本「末」上補「正」字。〔四〕「数」原本作「一」，各本均校作「數」。〔五〕「樁」原本作「庄」，各本均已改。〔六〕此處徐沁君本補「（正末唱)」，王季思本補「（末唱)」。

〔注〕①「好歹」，無論如何；不管怎樣。②「数」，數説；數落。

【倘秀才】或是你祭祖先逢冬來遇年。（旦云）我不出去，着①福童孩兒出去。〔一〕待②賓客排筵做筵③。（旦云)〔二〕我也不出去，教孩兒出去把鍾④，我在家里执料⑤。（末云)〔三〕大嫂!〔四〕則俺那五服⑥内男兒也不曾能勾見面。則為你有人才⑦多嬌態⑧，不老像〔五〕正當年⑨，休失了大人家体面⑩！（末〔六〕云）我則再說兩樁〔七〕⑪兒便出門。〔八〕

〔校〕〔一〕「待」上徐沁君本補「(正末唱)」，王季思本補「(末唱)」。〔二〕原本無「（旦云)」，各本均已補。〔三〕原本無「（末云)」，徐沁君本補「(正末云)」，鄭騫本、王季思本補「(末唱)」，甯希元本補「(末云)」。〔四〕「嫂」下徐沁君本補「(唱)」。〔五〕徐沁君本、王季思本「像」改作「相」。〔六〕徐沁君本删「末」字。〔七〕「樁」原本作「庄」，各本均已改。〔八〕此處王季思本補「（唱)」。

〔注〕①「着」，讓；使；令。②「待」，接待。③「排筵做筵」，安排筵席。④「把鍾」，敬酒，猶「把盞」。⑤「执料」，操持；料理。

⑥「五服」，指高祖父、曾祖父、祖父、父親、自身五代。⑦「有人才」，指女子貌美。⑧「嬌態」，嬌美的樣態。⑨「正當年」，指正處在身强體壯的年紀。⑩「体面」，面子；體統。⑪「椿」，件。

【滚綉毬】〔一〕我死之後〔二〕你須索①迎着門兒接帋錢。（旦哀〔三〕）我和你单夫隻妻②，我不接，教誰人接！〔四〕隨着灵車兒哭少年。（末〔五〕云）街市人説，岳孔目有个好娘子，從來不曾見。如今岳孔目死了，俺众人都去看去。〔六〕那時節任誰把你來都見。（旦云）它〔七〕見我待怎的？〔八〕有那等厮圖謀謊〔九〕漢③每④心堅⑤。（旦云）他心堅待怎的？〔十〕向俺親眷行⑥買會服⑦，恁〔十一〕爺娘行使會錢⑧。（末〔十二〕云）俺親眷，你爺娘，都肯了，則有你不肯里〔十三〕。你平日不曾見的好頭面，不曾穿的好衣服。〔十四〕与你些打眼目⑨的衣服頭面⑩。妻也！守志⑪杀刚捱的滿三年。你别嫁个知心可意新家長⑫，福童兒！那里發付⑬你个少爺无娘小業冤⑭！則我這里有話難言！

〔校〕〔一〕【滚綉毬】原本作【衮綉毬】，各本均改作【滚綉球】。〔二〕原本「我死之後」爲大字，鄭騫本、王季思本改作小字，處理爲夾白；徐沁君本移至該曲前「便出門」後；甯希元本未改。按，今改作小字、夾白。〔三〕原本「哀」字，鄭騫本改作「云」，徐沁君本、王季思本「哀」下補「云」，甯希元本未改。按，可不補改。〔四〕此處徐沁君本補「（正末唱）」，王季思本補「（末唱）」。〔五〕原本「末」字徐沁君本改作「帶」。〔六〕此處徐沁君本、王季思本補「（唱）」。〔七〕原本「它」字，各本均改作「他」。按，早期白話中「它」可用作第三人稱代詞，不改。〔八〕此處徐沁君本補「（正末唱）」，王季思本補「（末唱）」。〔九〕「謊」原本作「⿰言瓦」，鄭騫本、王季思本改作「誑」，徐沁君本改作「謊」，甯希元本改作「誆」。鄭騫本校記云：「誑原作⿰言匝，蓋誑字通作誆，形近誤⿰言匝。元曲選白作謊漢，謊誑義通。」徐沁君本校記云：「『謊』原本作『⿰言匝』。今改。按：『⿰言匝』當是『誆』或『誑』之形誤，而『誆』或『誑』又與『謊』音近而誤。臧、孟本改作『賊漢』，而説白中仍作『謊漢』，可證。」甯希元本校記云：「原本『誆』字，形誤爲『⿺辶言』。依王校、鄭本改。徐本改作『謊』，與原本字形不類，不取。」王季思本校記云：「原作『詎』，從鄭校本改。」按，今從徐本改。〔十〕此處徐沁君本補「（正末唱）」，王季思本補「（末唱）」。〔十一〕原本「恁」字，徐沁君本、王季思本改作「您」。〔十二〕原本「末」字，徐沁君本改作「帶」。〔十三〕原本「里」字，各本均改作「哩」。〔十四〕此處徐沁君本、王季思本補「（唱）」。

〔注〕①「須索」，應該；必須。②「单夫隻妻」，謂只有夫妻二人。③「謊漢」，騙子；浮浪子弟。亦作「謊漢子」「謊子」，「子」尾帶有貶義色彩。④「每」，們，人稱代詞複數標記。元代及明初人稱代詞、指人名詞的複數標記多作「每」。⑤「心堅」，意志堅强。⑥「行」，因宋元時代漢蒙語言接觸而產生的後置詞，是方位詞「上」的音變形式，相當于「向」。與前置詞「向」共現，是漢語系統對外來成分調整、吸收、融合產生的新用法。下句單用「行」字。⑦「會服」，俟考。⑧「會錢」，指加入摇會等組織的成員按期平均交納的款項。（參見《漢語大詞典》）⑨「打眼目」，引人眼球。⑩「頭面」，首飾。⑪「守志」，堅守志向，此指寡婦不改嫁。⑫「家長」，丈夫。⑬「發付」，打發；發落；對付。⑭「小業冤」，猶小冤家。「業冤」本指罪業冤讎。

【脱布衫】俺從那十三四上同吃同穿，十七八上共枕同眠。一覺①里停尸在眼前，則落的你献〔一〕茶澆奠②！

〔校〕〔一〕原本無「献」字，有校筆補簡體「献」，各本均據明傳本補「酒」字。按，今依校筆補「献」字。

〔注〕①「一覺」，謂睡醒一次。②「澆奠」，灑茶、酒祭奠。

【小梁州】澆奠罷守定灵床①哭少年，則落的雨淚連連〔一〕。怕有一等②迎〔二〕奸賣俏③俊官員，打与〔三〕付④金頭面⑤，早忘了〔四〕守三年。

〔校〕〔一〕原本「連連」，鄭騫本、王季思本未改，徐沁君本、甯希元本改作「漣漣」。徐沁君本校記云：「據臧、孟本改。」甯希元本校記云：「原本『漣漣』二字，省借爲『連連』。據《元曲選》、《酹江集》改。」〔二〕「迎」字原本作「人」，有校筆改作「迎」，鄭騫本校作「贏」，校記云：「據元曲選改。」其他各本均作「迎」。徐沁君本校記云：「『迎』原作『人』。校筆已改。臧、孟本作『贏』。按：

白樸《墻頭馬上》第二折白：『俺這裏不是贏奸買俏去處。』李行道《灰闌記》第四折白：『只爲趙令史賣俏行奸，張海棠負屈銜冤。』無名氏《連環計》第二折：『俺好意的張筵置酒，你走將來賣俏行奸。』朱有燉《團圓夢》第二折：『你覷那迎奸賣俏的查胡勢。』《水滸全傳》第一〇一回：『善會偷香竊玉，慣的賣俏行奸。』『迎』、『贏』、『行』，『賣』、『買』，都是音近異寫。」甯希元本校記云：「原本『迎』字，由文字待勘符號『卜』，形誤爲『人』。依原本校筆改。」王季思本校記云：「原作『人』，從底本校筆改。」〔三〕原本「与」字，有校筆改作「乙」，呈「[illegible]」形。鄭騫本從覆元槧本作「乙」，徐沁君本、甯希元本作「一」，王季思本作「與」。王季思本校記云：「底本校筆改作『乙』，不從。」其他各本未出校。〔四〕原本「了」下有校筆補「閉户」二字，各本均未從。

〔注〕①「灵床」，停放死者的床鋪。②「一等」，一類；一種。③「迎奸賣俏」，即「行奸賣俏」，指恣淫行邪，弄姿作態。（參見《漢語大詞典》）「迎」「贏」「嬴」均爲音近別字。④「付」，量詞，有時用同「副」。⑤「頭面」，首飾。

【幺篇】〔一〕高盤雲髻①无心恋，你那里對鸾臺②抹粉搽胭。愛〔二〕你个小業冤③，听你爺爺勸，恁娘若〔三〕别尋一个姻眷，則那的便是你買服錢④。

（云）大嫂，有兩个古人，你仿〔四〕學一个，休學一个。〔五〕

〔校〕〔一〕【幺篇】原本作【么】，鄭騫本作【幺】，其他各本均作【幺篇】。〔二〕原本「愛」字，鄭騫本保留，徐沁君本、甯希元本改作「噯」，王季思本改作「哎」。〔三〕原本「若」字爲校筆所補，鄭騫本、甯希元本未補，徐沁君本、王季思本均從校筆補。〔四〕「仿」原本作「訪」，各本均已改。〔五〕原本此賓白位于下一曲牌名下，各本均移至此處。徐沁君本、王季思本補「（唱）」。

〔注〕①「雲髻」，女性高聳的髮髻。②「鸾臺」，宫殿、高臺的美稱。③「小業冤」，猶小冤家。「業冤」本指罪業冤讎。④「買服錢」，要守喪期間的寡婦除喪服再嫁所出的錢。（參見《漢語大詞典》）

【煞尾】〔一〕仿〔二〕學那趙貞〔三〕女①羅裙包土墳臺上奠〔四〕，休學那犯十惡②桑新婦③，彩扇上題詩將墓頂搧④。哈嚕嚕⑤潮上涎⑥，脚難移，手〔五〕怎拳？則我那血海⑦也似相識不能面⑧，花朵兒⑨渾家⑩不能恋，摩合〔六〕羅⑪孩兒不能見，銅斗兒⑫家〔七〕私⑬不能羡。孫福、張千你兩个廝可怜，〔八〕三口兒相逢〔九〕時我則是日子遠！〔十〕

〔校〕〔一〕「煞尾」原本作「尾声」，各本均已改。〔二〕「仿」原本作「訪」，各本均已改。〔三〕「貞」原本作「真」，各本均已改。〔四〕「奠」原本作「佃」，鄭騫本、徐沁君本未改；甯希元本改作「填」，未出校；王季思本據文意改作「墊」。按，此處引用趙貞女羅裙包土筑墳臺安葬公婆的民間故事，取「在墳臺上祭奠」之義。〔五〕原本「手」字似是校筆在「方」字上改成，鄭騫本校作「腿」，其他各本均作「手」。〔六〕「合」字鄭騫本作「哈」。〔七〕「家」原本作「一」，各本均校作「家」，徐沁君本校記云：「據臧、孟本改。」〔八〕徐沁君本于「三」上補「則俺這」，校記云：「據臧、孟本補。」〔九〕「逢」原本作「逄」，形近而誤，各本均已改。〔十〕王季思本此處補「（下）」。

〔注〕①「趙貞女」，亦稱「趙貞」「趙五娘」。《趙貞女》本是南戲，元雜劇中常引用趙貞女羅裙包土筑墳臺安葬公婆的典故。②「十惡」，封建社會的十種大罪。《隋書・刑法志》記載：「一曰謀反，二曰謀大逆，三曰謀叛，四曰惡逆，五曰不道，六曰大不敬，七曰不孝，八曰不睦，九曰不義，十曰内亂。」③「桑新婦」，據《漢語大詞典》，《曲海總目提要》卷三十引《廣輿記・山東兖州府・流寓人物》：「〔莊周〕一日游山下，過一新塚，有少婦縞素扇墳，曰：『受夫約，墳土乾乃嫁，故扇之欲其早乾耳。』」後因以「桑新婦」指狠心不賢的妻子。「桑新」，「喪心」的諧音。④「搧」，同「扇」。⑤「哈嚕嚕」，擬聲詞，模擬有痰的呼吸聲。⑥「潮上涎」，指口内涎水上湧似潮。《素問・本病論》：「民病風厥涎潮。」⑦「血海」，疑指關係好。⑧「面」，見面。⑨「花朵兒」，此指漂亮。⑩「渾家」，古代白話文學中「妻子」的俗稱。⑪「摩合羅」亦作「磨合羅」「磨喝樂」「摩睺羅」「魔合羅」，本是佛典文獻中印度神名的音譯形式，宋元時代兒童玩具小偶人被稱作磨合羅，引申指漂亮、可

愛。⑫「銅斗兒」，形容富裕而堅固。⑬「家私」，家産；錢財。

楔子

（外末云）貧道吕岩便是[①]。才見一个獄卒，將一个人去油鍋内煠〔一〕。我去問閻〔二〕王抄化[②]做徒弟。（外末云〔三〕）（閻王回答）不瞞上仙[③]知道，他是鄭州六房中都孔目岳受〔四〕，他在陽間，觸污[④]大羅神仙[⑤]，叉〔五〕在油鍋内煠〔六〕他。（外末云）閻王，你肯与我做徒弟？（閻王〔七〕云）願与上仙做徒弟去。（外末〔八〕云）你使一个小鬼，去望鄉臺[⑥]上看他〔九〕尸首可在？（閻王答云）才使人去看，尸首不在，𩲡灵在。（仙〔十〕云）再使人看，同日有甚人尸首在？（閻王〔十一〕云）他〔十二〕東庄有个李屠，死了三日未曾埋。（仙〔十三〕云）可將岳孔目真𩲡借李屠尸首還𩲡，交他去陽間与他妻子見面，除了酒色財氣，貧道度脱他神〔十四〕仙了道。〔十五〕

〔校〕〔一〕〔六〕「煠」原本作「扎」，各本均已改。「煠」同「炸」。〔二〕「閻」原本作「閆」，鄭騫本未改，徐沁君本、甯希元本、王季思本均改作「閻」。〔三〕原本無「云」字，鄭騫本將「外末」與「閻王回答」連文，徐沁君本補「見閻王」，甯希元本補「云」，王季思本補「問」。〔四〕原本「受」字，鄭騫本未改，其他各本均改作「壽」。〔五〕「叉」原本似「人」字，有污損，鄭騫本與上句連作「觸污大羅神仙人」，徐沁君本、王季思本校作「叉」，王季思本校記云：「元曲選本作：『叉入油鑊』。」甯希元本校作「因」。〔七〕「閻王」原本作「外」，各本均已改。〔八〕原本無「末」字，鄭騫本、王季思本保留，徐沁君本、甯希元本補「末」字。〔九〕「他」原本作「它」，各本均已改。〔十〕原本「仙」字，徐沁君本改作「外末」。〔十一〕「閻王」原本作「外」，鄭騫本、徐沁君本、王季思本均已改，甯希元本改作「閻王答」。〔十二〕「他」原本作「你」，鄭騫本、王季思本未改，徐沁君本、甯希元本改作「他」。〔十三〕原本「仙」字，徐沁君本改作「外末」。〔十四〕原本「神」字，鄭騫本、王季思本未改，徐沁君本改作「成」，甯希元本改作「升」。〔十五〕此處徐沁君本、甯希元本補「（正末上，唱）」，王季思本補「（正末唱）」。

〔注〕①「貧道呂岩便是」，此句體現了蒙古語的SOV語序，「貧道」後省略「是」，「岩」後省略「的」，實際上是「是」和「的便是」共現，是元代漢蒙語言接觸造成的特殊語法現象。其完全形式是「貧道是呂岩的便是」，疊加方式爲：SVO + SOV = SVOV，即貧道是呂岩 + 貧道呂岩的便是 = 貧道是呂岩的便是。「是」和「的」均可省略。元刊雜劇中人物角色出場的自報家門多爲這種漢蒙混合形式。可參看江藍生《語言接觸與元明時期的特殊判斷句》（《語言學論叢》第二十八輯，商務印書館2003年版，第43頁）②「抄化」，度化。③「上仙」，道教品級最高的神仙。④「觸污」，冒犯；玷污。⑤「大羅神仙」，天仙、天神。⑥「望鄉臺」，迷信指人死後在陰間可以眺望陽世家中情況的地方。

【仙吕】〔一〕【賞花時】火坑内消息①兒我敢踏〔二〕②，油鍋内錢財〔三〕我敢拿。折没〔四〕③它〔五〕能跳塔，快輪鍘〔六〕④，今日在陰司下折罰⑤，將我去番〔七〕滾滾油鍋内煠〔八〕。

（仙〔九〕云）岳受〔十〕，你認的甚的是〔十一〕生死？（正末云）〔十二〕師父，我知生死。〔十三〕

〔校〕〔一〕原本無宫調名【仙吕】，各本均已補。〔二〕原本「踏」字，鄭騫本校作「踏」。〔三〕「財」原本作「才」，各本均已改。〔四〕原本「没」字，徐沁君本未改，其他各本均改作「末」。按，「没」「末」音近，可不改。〔五〕原本「它」字，各本均改作「他」。〔六〕「輪鍘」原本作「輪踏」，鄭騫本、王季思本校作「輪鍘」，徐沁君本、甯希元本校作「掄鍘」。鄭騫本未出校。徐沁君本校記云：「據臧、孟本改。參看朱居易《元劇俗語方言例釋》『跳塔輪鍘』條。」甯希元本校記云：「據《元曲選》、《酹江集》改。」王季思本校記云：「據元曲選本改。」〔七〕原本「番」字，鄭騫本未改，其他各本均改作「翻」。按，可不改。〔八〕「煠」原本作「扎」，各本均已改。〔九〕原本「仙」字，徐沁君本改作「外末」。〔十〕原本「受」字，鄭騫本未改，其他各本均改作「壽」。〔十一〕「甚的是」原本空缺，據徐沁君本補，徐沁君本校記云：「今以意補。」鄭騫本、王季思本「認的」下注「此下有脱文」，甯希元本補「什麼是」。

〔十二〕原本無「（正末云）」，鄭騫本未補，徐沁君本、甯希元本補「（正末云）」，王季思本補「（末云）」。〔十三〕此處徐沁君本、王季思本補「（唱）」。

〔注〕①「消息」，機關，發動機械裝置的樞機。（参見《漢語大詞典》）②「蹅」，用脚踏、踩。③「折没」，同「折末」。④「跳塔輪鍘」，比喻手段高强，敢冒險。（参見《漢語大詞典》）⑤「折罰」，報應懲罰。

【幺篇】〔一〕我這里扯住環縧①礼拜他〔二〕，聽的〔三〕道火焚了尸骸好交〔四〕我没乱②杀！則我這妻子軟癱〔五〕，〔六〕我一灵兒③到家，有如④枯樹上再開花！

〔校〕〔一〕原本無【幺篇】，鄭騫本補【幺】，其他各本均補【幺篇】。〔二〕「他」原本作「它」，各本均已改。〔三〕原本「聽的」處空缺，鄭騫本補「師父」，其他各本均補「聽的」，徐沁君本校記云：「據臧、孟本補。」〔四〕原本「交」字，甯希元本改作「教」。〔五〕此字下有校筆塗改的一個空圍，鄭騫本作「×□」。徐沁君本校作「癱」。甯希元本校作「癱煞」。王季思本校作「癱□」。按，暫不改。〔六〕徐沁君本、甯希元本此處補「若放」二字。

〔注〕①「環縧」，用絲編成的腰帶。②「没乱」，心神不定。③「一灵兒」，靈魂。④「有如」，就像。

第三折

（外末云〔一〕）俺孩兒李屠死了三日，心頭尚〔二〕暖，不敢埋他〔三〕。

〔校〕〔一〕原本無「云」字，鄭騫本未補，徐沁君本補「上，云」，甯希元本、王季思本補「云」。按，今補「云」。〔二〕「尚」原本作「向」，各本均已改，今從。〔三〕「他」原本作「它」，各本均已改。「他」下徐沁君本補「（正末上，唱）」，甯希元本補「（正末上，做還魂科，唱）」，王季思本補「（正末唱）」。

【雙調】【新水令】妬廉官①滑〔一〕吏②墮阿鼻③，謝俺〔二〕吕先生，把俺來化爲徒弟。這其間啼哭杀嬌養兒，煩惱杀脚頭妻④。咱人〔三〕道生死輪回，我這里急回來知它〔四〕是弟〔五〕幾日。

(外末云)俺李屠孩儿还魂过来了！这个是你媳妇！这个是恁[六]孩儿！我是你老子。(正末云)岳大嫂！福童孩儿！(外末云)这孩儿道甚麼？这个是你妻！这个是你儿！在[七]那里有甚麼岳大嫂！(外末云)(外末云)[八]言语的却不是俺这孩儿的言语。[九]

〔校〕〔一〕原本「滑」字，徐沁君本、王季思本改作「猾」。按，可不改，「滑」有「狡詐、油滑」義。〔二〕徐沁君本脱「俺」字。〔三〕甯希元本「人」字改作「子」。〔四〕原本「它」字，各本均改作「他」。〔五〕原本「弟」字，各本均改作「第」。按，可不改，「弟」同「第」。〔六〕原本「恁」字，徐沁君本改作「您」，王季思本改作「你」。〔七〕原本「在」字，甯希元本改作「再」。〔八〕原本無「(外末云)」，鄭騫本「正末云」下補「了」字，又補「(外末云)」，徐沁君本將「正末云」改作「外末背云」，甯希元本此處補「(外末云)」。王季思本同鄭騫本。〔九〕此處徐沁君本補「(正末唱)」，王季思本補「(末唱)」。

〔注〕①「廉官」，廉潔的官員。②「滑吏」，奸滑的官吏。③「阿鼻」，佛教音譯詞，指痛苦没有間斷。④「脚頭妻」，結髮妻。

【沽美酒】恁[一]知他[二]是誰是誰[三]，我將你來記一記[四]。我這里委实其[五]实將恁[六]來敢不認得。怪末那你怎生一發①鬧起，恁[七]知他[八]是甚親戚？

(正末[九]云)你都靠后，我再想一想。我死在陰府間去，那師父教人望鄉臺上看我尸首，渾家把來燒毀了三日。師父道[十]，將李屠尸首，我真䰟，借尸還䰟，是！是！我且認了是你兒子。父親，將与我一陌②紙馬③，去東岳庙上招䰟。到俺家認我妻子孩兒，看他認得我麼？[十一]

〔校〕〔一〕〔六〕〔七〕原本「恁」字，徐沁君本、王季思本改作「您」。〔二〕〔八〕「他」原本作「它」，各本均已改。〔三〕原本第一個「是誰」下有兩個重文符號，鄭騫本、王季思本校作「他是誰他是誰」，徐沁君本校作「誰是誰」，甯希元本校作「是誰是誰」。〔四〕兩「記」字原本均作「計」，各本均已改。〔五〕原本「其」字，甯希元本、王季思本改作「委」。〔九〕徐沁君本删「正末」。〔十〕「道」原本殘作「首」，各本均已改。〔十一〕此處徐沁君本、王季思本補「（唱）」。

〔注〕①「一發」，一起；一齊；一同。②「一陌」，一百張紙錢，泛指一沓紙錢。③「紙馬」，舊俗祭祀時所用的神像紙，祭畢隨即焚化。古代祭祀用牲幣，秦俗用馬，后演變爲用木馬。唐王璵以紙爲幣，用紙馬以祀鬼神。后世刻板以五色紙印神佛像出售，名曰紙馬。或謂舊時所繪神像，皆畫馬其上，以爲神佛乘騎之用，故稱紙馬。又稱甲馬。（參見《漢語大詞典》）

【太平令】依舊有青天白日，可怎生則①不見我幼子嬌妻？才离了三朝五日！〔一〕大嫂！兒呵！〔二〕這其間哭得來一絲〔三〕兩氣②！我在他這里，可知他〔四〕在那里，天那！幾时能勾〔五〕父子妻夫完備？

（正末〔六〕云）師父呵！与我全身，可怎麼与我殘疾条腿？胡着嘴③？俺陽世間做的歹事〔七〕多了！〔八〕七寸逍遥管④，三分玉兔毫⑤。落在文人手，勝如壯士刀。〔九〕

〔校〕〔一〕徐沁君本此處補「（帶云）」。〔二〕徐沁君本此處補「（唱）」。〔三〕「絲」原本作「系」，各本均已改。〔四〕「他」原本作「它」，各本均已改。〔五〕原本「勾」字，各本均改作「够」。按，可不改。〔六〕徐沁君本删「正末」。〔七〕「事」原本作「士」，各本均已改。〔八〕此處徐沁君本、王季思本補「（詩曰）」。〔九〕此處徐沁君本、王季思本補「（唱）」。

〔注〕①「則」，只。②「一絲兩氣」，形容氣息微弱，生命垂危。③「胡嘴」，指鬍鬚茂密。④「逍遥管」，指毛筆。⑤「玉兔毫」，白兔的毫毛。

【雁兒落】一管筆拗曲直，一片心瞞天地。一家兒享寶貴，輩輩〔一〕兒除差役①。

〔校〕〔一〕「輩輩」原本作「背」和一重文符號，鄭騫本、徐沁君本校作「輩輩」，甯希元本、王季思本校作「一輩」。

〔注〕①「除差役」，當指免除差役。

【得勝令】天那！今日个独自个落便宜①，更那堪半路里脚殘疾！為甚麼尸首〔一〕兒登途②慢，則我這魇灵〔二〕探爪③疾。我暗想起當日，罵韓魏公一場怕一場氣；至如到今日，諕得我一脚高一脚低。

〔校〕〔一〕「尸首」原本被校筆改作「脚手」，各本均不從，均作「尸首」。〔二〕王季思本「灵」下補「兒」。

〔注〕①「落便宜」，吃虧。②「登途」，啟程；上路。③「探爪」，伸手。有時指撈錢。

【川撥棹】自從俺做夫妻，二十年幾曾道离了半日。早起在衙里，〔一〕晚时在家里，那一場歡喜，要一奉十①，舉案齊眉，那些兒是夫妻每道理。听得我打遠差，推病疾。〔二〕

〔校〕〔一〕甯希元本此處據《元曲選》《酹江集》補「便是别離」四字。〔二〕「听得」至「病疾」原在下一曲之首，各本均移至此處。徐沁君本、甯希元本在「推」上補「早教我」。

〔注〕①「要一奉十」，要一個給十個。

【七弟兄】他〔一〕道〔二〕一七〔三〕①二七哭啼啼，三七四七在墳前立，五七六七脚兒稀，尽七少侶②頭七淚。

〔校〕〔一〕「他」原本作「它」，各本均已改。〔二〕原本「道」字，甯希元本、王季思本改作「到」。〔三〕「一七」原本有校筆塗改，鄭騫本校作「頭七」，其他各本均作「一七」。

〔注〕①「一七」，人死後第一個七天，也稱「頭七」，「二七」指第二個七天，以此類推。「尽七」，最後一個七天，即「七七」。②「少侶」，比……少。「侶」是比較標記。

【梅花酒】呀！看看①的过百日②！〔一〕一壁厢〔二〕官事〔三〕③將門摰〔四〕，一壁厢〔五〕衣食催逼。奶奶，飢孩兒把他〔六〕央及④。那婦人人才勾〔七〕七八分，年紀〔八〕不到四十歲。我若是〔九〕去的遲，有他〔十〕那歹婆娘使心機，使心機到家里，到家里厮成計，厮成計寄東西，寄東西買珠翠，買珠翠指良媒，指良媒怎支持，怎支持他杀〔十一〕人賊！

〔校〕〔一〕「呀！看看的过百日」原本在前一曲末尾，各本均移至此處。徐沁君本校記云：「據臧、孟本移作【梅花酒】曲首句。按譜：【七弟兄】不應有此句。」〔二〕〔五〕「厢」原本作「相」，各本均已改。〔三〕原本「事」字，徐沁君本、甯希元本改作「司」。〔四〕原本「摰」字有塗改，徐沁君本校作「系」，其他各本均作「摰」。〔六〕〔十〕「他」原本作「它」，各本均已改。〔七〕原本「勾」

字，各本均改作「够」。按，可不改。〔八〕「紀」原本作「幾」，各本均已改。〔九〕「是」原本作「时」，各本均已改。〔十一〕原本似是校筆將「會」字改作「殺」字簡體。鄭騫本校作「會」，徐沁君本、甯希元本校作「殺」，王季思本校作「謊」。徐沁君本校記云：「臧、孟本作『謊人賊』。下同。」王季思本校記云：「據元曲選本改。」

〔注〕①「看看」，眼看著；轉眼間。②「百日」，多日；也特指人死後一百天。③「官事」，官司，訴訟之事；官府事務。④「央及」，懇求；請求。

【收江南】〔一〕不中!〔二〕則怕那杀〔三〕人賊贏勾①了我脚頭妻，脚頭妻害怕便依隨，若是依隨了他一遍怎相離。我在他這里〔四〕，我這里得便宜，俺渾家他那里落便宜!

〔校〕〔一〕原本無【收江南】曲牌名，各本均已據明傳本補。〔二〕原本「不中」爲大字，各本均處理爲小字、夾白，徐沁君本置于【收江南】曲前，并前補「（云）」。〔三〕「杀」鄭騫本作「會」，王季思本作「謊」，徐沁君本、甯希元本作「殺」。按，「杀」字與上一曲保持一致。〔四〕該小句徐沁君本處理爲夾白，前補「（帶云）」，後補「（唱）」，校記云：「原作大字，與上下曲文連寫。今改小字，作爲夾白處理。」

〔注〕①「贏勾」，勾引；哄騙。亦作「謍勾」。

【古調太清歌】〔一〕則他〔二〕那退猪湯①不热似②俺那研濃墨，則他〔三〕那杀猪刀不快似③俺那圓尖筆。杀生害命爲活計，作業④无知〔四〕，是覔了幾文錢拗是〔五〕为非⑤。〔六〕俺也曾磣可可⑥活吃民心髓，抵多少猪肚猪皮〔七〕。你倚仗秤大小瞞心昧己⑦，我倚仗着膿〔八〕血債⑧覔衣食。你瞞人怎抵俺傷人義〔九〕，這的是東行不知西行利⑨。〔十〕

〔校〕〔一〕【古調太清歌】原本作【古調大青哥】，徐沁君本據臧、孟本改作【太清歌】，其他各本均作【古調太清歌】。〔二〕〔三〕「他」原本作「它」，各本均已改。〔四〕原本「无」字作「[illegible]」，似「死」字，徐沁君本校作「無」，但「知」字屬下句，其他各本均作「無知」。按，「无知」「無知」是。按曲譜，該曲第四句爲四字句，平仄爲「仄仄平平」。〔五〕「是」原本作「事」，各本均已改。

〔六〕甯希元本此處補二空圍，獨自爲句。按，可不補，據曲譜，第五句二字句可省。〔七〕原本「皮」字，徐沁君本據臧、孟本改作「蹄」。〔八〕「膿」原本作「濃」，各本均已改。〔九〕原本「義」字，徐沁君本、甯希元本改作「易」。〔十〕徐沁君本、甯希元本將末二句移至下曲首。

〔注〕①「退猪湯」，殺猪煺毛時使用的熱水。②③「似」，比，差比標記。④「作業」，造孽。⑤「拗是为非」，將對的拗成錯的。⑥「磣可可」，凄慘可怕。亦作「磣磕磕」。⑦「瞞心昧己」，違背良心做壞事。⑧「膿血債」，專指受棍杖鞭笞的痛苦。⑨「東行不知西行利」，指到處賺錢牟利。

【川撥棹】一番去衙里，馬兒上穩坐地①，腆②着胸脯，撚着髭髯，拘〔一〕③着相識。見人不祇揖④，我便有省官〔二〕臺官氣勢。

〔校〕〔一〕原本「拘」字，甯希元本改作「傲」，校記云：「原本『傲』字，當音假爲『拗』，形誤爲『拘』。據《元曲選》《酹江集》改。」徐沁君本校記云：「『拘』疑當作『勾』。勾，勾捉義。」〔二〕甯希元本脱「官」字。

〔注〕①「坐地」，坐著；坐了。②「腆」，猶「挺」。③「拘」，勾。④「祇揖」，行肅拜禮。

【鴛鴦煞】我這里鬅鬆①短髮身淹〔一〕危②，剗地③着我柱〔二〕着一条龐拐瘸着一条腿！在生时請俸禄將養④的紅白，飲羊羔⑤吃的丰肥。唱道是〔三〕我這殘病身軀，丑剎〔四〕⑥的面皮，穿着些藍縷⑦的衣服，可奈〔五〕不的腥羶氣！到家呵〔六〕見了我幼子嬌妻，他〔七〕把我借尸首的䰟灵認不的！〔八〕

〔校〕〔一〕原本「淹」字，徐沁君本改作「奄」。按，「淹」字可通，不必改字。含語素「淹」的詞彙多有陷入困境之義，如「淹漸」「淹蹇」「淹滯」「淹遲」「淹纏」「淹困」「淹廢」等，「淹危」亦含陷入困境、危險之義。岳受借鐵枴李的尸首還魂，看見自己殘疾的身體，故曰「身淹危」。〔二〕原本「柱」字，唯鄭騫本未改，其他各本均改作「拄」。按，可不改字，「柱」上聲有「支撑」義。〔三〕「是」原本作「𦣻」，徐沁君本校作「自」，其他各本均作

「着」。按，疑「自」是「是」之誤。「自」「着」在該條中均不通，應校作「是」。「唱道」即「暢道」，同「唱道是」「暢道是」，是元雜劇習見的無實義的話搭頭。〔四〕原本「剎」字，鄭騫本、徐沁君本保留，甯希元本、王季思本改作「詫」。按，「剎」字無誤，不必改字。該句《元曲選》本作「醜詫面皮」，另有「醜姹」，明代無名氏《齊天大聖》第三折：「眞乃是蠢魯之物，醜姹之形。」三種詞形實爲一詞，都是「醜陋」義，該義來自第一個語素「醜」，第二個語素「剎」「詫」「姹」無實義，是詞綴或詞尾，帶貶義色彩。因是詞綴或詞尾，故字無定形。〔五〕「奈」原本作「𭍞」，徐沁君本校作「聞」，其他各本均校作「奔」。按，疑是「奈」字之誤，「聞」字可通，但字形相差甚遠。「奈」同「耐」，忍受。〔六〕「呵」字原本應是「和」字上有校筆塗改，鄭騫本校作「私」，其他各本均作「呵」。〔七〕「他」原本作「它」，各本均已改。〔八〕王季思本此處補「（下）」。

〔注〕①「鬅鬆」，蓬鬆。②「淹危」，陷入困境、危險。③「剗地」，反而；反倒。④「將養」，調養。⑤「羊羔」，美酒名。⑥「丑剎」，醜陋。⑦「藍縷」，襤褸，形容衣服破爛。

第四折

（正末上，云）〔一〕兀的①便是城隍廟，隔〔二〕壁是我家里，正与我做好事②里〔三〕，人鬧嚷嚷〔四〕的。我分開這人入去。〔五〕

〔校〕〔一〕原本無「（正末上，云）」，鄭騫本補「（云）」，王季思本補「（正末云）」，徐沁君本補「（正末上，云）」，甯希元本補「（正末上云）」。〔二〕「隔」原本作「革」，各本均已改。鄭騫本將「隔壁」屬上句。〔三〕原本「里」字，各本均改作「哩」。按，「里」同「哩」，可不改。〔四〕「嚷嚷」，原本作「滚」，被校筆塗改。鄭騫本校作「滚滚」，徐沁君本作「穰穰」，甯希元本、王季思本作「嚷嚷」。徐沁君本校記云：「元本校筆眉批『穰穰』，從之。」〔五〕此處徐沁君本、王季思本補「（唱）」。鄭騫本將此處賓白置于第三折末尾。

〔注〕①「兀的」，那；那裏。②「好事」，超度、祈福消災等宗教法事。

【中吕】〔一〕【粉蝶兒】大院深宅，你把那閑雜人赶离門外。他〔二〕与亡人壘七追齋①，則我那守服妻、持孝子豈知我〔三〕安在？听得道岳孔目回來，這一場大驚小怪。

〔校〕〔一〕原本無宫調名【中吕】，各本均已補。〔二〕「他」原本作「它」，各本均已改。〔三〕徐沁君本、甯希元本此處補「真形」二字，徐沁君本校記云：「元本校筆眉批已補。」

〔注〕①「壘七追齋」，指人死後逢七做佛事。亦作「壘七修齋」。

【醉春風】恩愛重如山，侯門深似海。（旦云）這漢子他說是岳孔目。我〔一〕推他〔二〕一交，則我那岳孔目佀這等模樣！（〔三〕末唱）我入門來推我一个脚稍〔四〕天①，這婆娘好歹也！歹也！〔五〕劈面抓撓，踴〔六〕身推搶②，可甚麽③降堦④接待！

（末〔七〕云）岳大嫂，我從頭說与你一遍〔八〕：我死了三日，你燒了我尸首。（末〔九〕唱）

〔校〕〔一〕「我」原本作「[illegible]」，鄭騫本校作「我」，甯希元本、王季思本校作「試」。徐沁君本校作「私」，并將「私推他一交」處理爲科介。〔二〕「他」原本作「它」，各本均已改。〔三〕此處徐沁君本補「正」字。〔四〕原本「稍」字，鄭騫本未改，徐沁君本、甯希元本作「捎」，王季思本作「梢」。〔五〕原本「好歹也」下爲兩個重文符號，鄭騫本、徐沁君本重作「歹歹」，甯希元本、王季思本僅重一「歹」字。按，今校作「歹也」。〔六〕「踴」原本作「勇」，鄭騫本作「湧」，其他各本均作「踴」。〔七〕〔九〕徐沁君本删「末」字。〔八〕「遍」原本作「便」，鄭騫本改作「徧」，其他各本均作「遍」。

〔注〕①「脚稍天」，即脚朝天。②「推搶」，推搡。③「可甚麽」，說什麽；算什麽。④「降堦」，走下臺階，表示尊敬。

【十二月】〔一〕諕的我驚魂喪鬼，吕先生免罪消災。閻〔二〕羅王饒了我性命，听得道火焚了我尸骸，陰司下无处擺懷〔三〕①，好交我哭痛〔四〕哀哀。

〔校〕〔一〕原本無曲牌名【十二月】，各本均已補。〔二〕「閻」原本作「閆」，鄭騫本未改，其他各本均已改。〔三〕原本「擺懷」，鄭騫本未改，徐沁君本作「擘劃」，甯希元本作「擺劃」，王季思本作「刮劃」。徐沁君本校記云：「臧、孟本作『刮劃』，一詞异寫。」按，「擺懷」應視作記音詞，可不改。〔四〕原本「哭」字有塗改，「哭痛」二字鄭騫本作「苦苦」，徐沁君本作「痛苦」，甯希元本、王季思本未改。

〔注〕①「擺懷」，即擘劃、刮劃，指籌劃；籌措；安排。

【堯民歌】李屠的尸首借將來，我這跛臂瘸膁〔一〕①踐塵埃。为孤兒寡婦痛傷懷，一灵兒②直至望鄉臺。歪也麼歪〔二〕，特的为恁〔三〕來，恁〔四〕怎麼遣我在門兒外？

〔校〕〔一〕「瘸膁」原本作「[illegible]」，各本均已改。〔二〕原本「歪也麼歪」下有四個重文符號被校筆劃去。徐沁君本從之，其他各本均重該句。〔三〕〔四〕原本「恁」字，徐沁君本、王季思本改作「您」。

〔注〕①「跛臂瘸膁」，此處指瘸腿。「臂」可指動物前腿。「膁」，小腿。②「一灵兒」，靈魂。

（旦云）我認了你，你是俺丈夫。（外末云）我的兒子，你怎麼認做你丈夫？我和你告官司去來。（官云）告狀的是甚麼人？從頭說一遭。〔一〕

〔校〕〔一〕此處徐沁君本補「（正末唱）」，王季思本補「（末唱）」。

【普天樂】爲相公①有声名，小人无年代。我便有銅心鐵膽，相公有誓〔一〕劍金牌②。我一灵歸地府，尸首兒焚燒壞。尸首燒了冤灵兒在，謝俺那呂先生度脱〔二〕③的我回來。因此上更名改姓，我這里换骨抽胎④。

〔校〕〔一〕原本「誓」字，鄭騫本保留，其他各本均改作「勢」。按，「誓劍」同「勢劍」，不必改字。「誓劍」「勢劍」均于元代開始出現，指尚方寶劍，常與「金牌」連用，二者都是官員代表皇帝全權處理事務的憑證。〔二〕「脱」原本作「托」，各本均已改。

〔注〕①「相公」泛指官吏，此指韓魏公。②「誓劍金牌」，二者都是官員代表皇帝全權處理事務的憑證。③「度脱」，超度；解脱。④「换骨抽胎」，猶脱胎换骨。

【快活三】〔一〕官司①將牛馬禁，私地里②將母猪宰。懸羊頭賣犬肉賴人錢債，倚仗着秤兒小刀兒快。

【鮑老兒】呀！你一人〔二〕有德行吾師却才到來，我這里展脚舒[3]腰拜。慌慌〔三〕忙忙，穷穷苦苦，不由我喜笑盈腮。

〔校〕〔一〕原本無曲牌名【快活三】，曲文并入【鮑老兒】，鄭騫本、甯希元本、王季思本均已改，今從。〔二〕原本「人」字，徐沁君本、甯希元本、王季思本均改作「個」，鄭騫本未改。〔三〕「慌慌」原本作一「荒」字和一個重文符號，各本均校作「慌慌」。

〔注〕①「官司」，官府。②「私地里」，背地裏；偷偷地。③「舒」，伸；伸展。

（外末〔一〕云）自家吕洞賓的便是[1]。我今日交岳孔目還魂過來，見了〔二〕生死，我把他〔三〕酒色財氣都交弃了，隨我去做个徒弟。〔四〕

〔校〕〔一〕原本「外末」，甯希元本改作「仙」。〔二〕「了」原本作「一」，鄭騫本未改，其他各本均改作「了」。〔三〕「他」原本作「它」，各本均已改。〔四〕徐沁君本此處補「（正末唱）」，王季思本補「（末唱）」。

〔注〕①「自家吕洞賓的便是」，是元代特殊判斷句，是漢語與蒙古語接觸的結果，由兩種語言的語法雜糅而成，體現了蒙古語 SOV 的語序特征。其完全形式爲「自家是吕洞賓的便是」，叠加過程爲：自家是吕洞賓＋自家吕洞賓的便是＝自家是吕洞賓的便是。「是」和「的」可以省略，該句「是」字省略。

【上小樓】把我這玉鎖[1]頓開，金枷不帶[2]。我這里弃了酒色，辞了財氣，跳出塵埃。我如今，〔一〕穿草鞋，麻袍寬快，我敢无憂愁心腸寬大。

〔校〕〔一〕徐沁君本、甯希元本此處據臧本、孟本補「拄着拐」。

〔注〕①「玉鎖」，喻羈身之物。②「玉鎖頓開，金枷不帶」，指從煩惱、世俗事務中解脱出來。金枷玉鎖比喻既是珍寶，又是包袱。（參見《漢語大詞典》）

【幺篇】〔一〕我這里抹[1]了鉢盂，裝入直〔二〕袋[2]。你道我藍藍縷縷，滴滴溜溜，往往來來。我如今上的街，化的〔三〕齋，无妨無礙，兀的不完全了乞兒[3]皮袋[4]。

〔校〕〔一〕【幺篇】原本作【么】，鄭騫本改作【幺】，其他各本均作【幺篇】。〔二〕原本「直」字，徐沁君本保留；鄭騫本保留，并于「直」下補「布」字；甯希元本、王季思本改作「執」。徐沁君本校記云：「『執袋』、『直袋』，一詞异寫。」〔三〕「的」原本作「一」，各本均已改。

〔注〕①「抹」，擦拭。②「直袋」，亦作「執袋」，有提手的袋子。③「乞兒」，乞丐；行乞之人。④「皮袋」，皮囊；身軀。

【尾聲】我如今側着身在云霧里行，瘸〔一〕着腿在水面上蹉〔二〕。屠家漢脚趄①全憑着拐，令史②的心平過得海！

〔校〕〔一〕「瘸」原本作「付」，各本均已改。〔二〕原本「蹉」字，鄭騫本、甯希元本改作「踩」，徐沁君本、王季思本改作「踹」。按，「蹉」有失足義，可不改。

〔注〕①「趄」，傾斜；走路不穩。②「令史」，宋元時代官府中胥吏的通稱。

題目〔一〕　　岳孔目借屍還魂

正名　　呂洞賓度脱李岳

新編岳孔目借鐵枴李還魂〔二〕

〔校〕〔一〕原本無「題目」，各本均已補。〔二〕尾題鄭騫本作「岳孔目借鐵枴李還魂終」，徐沁君本作「新編《岳孔目借鐵拐李還魂》」，甯希元本作「岳孔目借鐵拐李還魂雜劇終」，王季思本删尾題。

新編関目晋文公火燒介子推

狄君厚

校本七種

鄭騫本：鄭騫《校訂元刊雜劇三十種》

徐沁君本：徐沁君《新校元刊雜劇三十種》

甯希元本：甯希元《元刊雜劇三十種新校》

王季思本：王季思《全元戲曲》（第三卷）

盧冀野本：盧冀野《元人雜劇全集》（第八册）

隋樹森本：隋樹森《元曲選外編》（第二册）

赤松紀彦本：赤松紀彦等《元刊雜劇の研究》（二）

第一折

（净旦一折）（駕①上開住）（太子奏住）（旦譖奏了）（貶太子了）（貶正夫〔一〕入冷宫住）（正末扮介子推披秉②上開）自家介子推，晋朝職當諫議③。晋献公為君，朝治〔二〕④里信皇妃麗姬、国舅呂用公所譖，貶東宫〔三〕太子申生、重耳於霍地為民，更將正宫皇后齊姜下入冷。信麗姬与他兩个太子，大者奚齊，次者卓慈〔四〕，大者為雲，次者愛月，奏官里蓋千尺雲月臺，臺上太極宫百二十間，動天下民夫，幾日成功〔五〕。朝中宰輔⑤，緘口无言，没一个敢諫官里。似此這般，怎生柰何呵！〔六〕

〔校〕〔一〕原本「夫」字，鄭騫本、王季思本改作「后」，徐沁君本改作「宫」，甯希元本補作「宫夫人」，盧冀野本、隋樹森本、赤松紀彦本補作「夫人」。未知孰是，暫不改。〔二〕原本「冶」字，徐沁君本改作「野」，王季思本誤作「治」，其他各本均未改。按，可不改字。〔三〕原本「宫」字，甯希元本改作「君」。〔四〕原本「慈」字，盧冀野本、隋樹森本、徐沁君本、甯希元本改作「子」，其他各本未改。下同，不再出校。〔五〕原本「幾日成功」，王季思本、甯希元本改作「即日成功」，徐沁君本改作「計日程功」。〔六〕徐沁君本此處補「（唱）」。

〔注〕①「駕」，扮晋獻公。②「披秉」，穿戴官服及飾物。③「諫議」，官職名，諫議大夫。④「朝冶」，朝廷。⑤「宰輔」，輔政大臣；宰相。

【仙吕】〔一〕【點絳唇】我想今日人才，各居朝代，為臣宰①。怕〔二〕不都立在舜殿堯階②，一个个將古聖風俗壞〔三〕！

〔校〕〔一〕原本無宫調名【仙吕】，盧冀野本未補，其他各本均已補。〔二〕「怕」原本作「帕」，各本均已改。〔三〕原本「壞」字，覆元槧本誤刻作「賤」，盧冀野本沿誤，鄭騫本、隋樹森本改作「敗」。

〔注〕①「臣宰」，大臣宰輔。②「舜殿堯階」，指堯舜的住處。

【混江龍】當日个高辛氏舉八元八凱〔一〕①，慎微②五典五惇③哉。今日父子无義慈情分，兄弟喪恭友心懷〔二〕。則為五教④不明生仇〔三〕恨，致令得四時失序⑤降民灾。今日父子无高低悦順，兄弟无上下和諧。臣宰⑥与君王主事，君王信麗后支劃〔四〕⑦。大太子申生軟弱，小太子重耳囊揣。毒性子奚齊如蛇蠍，很〔五〕⑧心腸卓慈似狼豺。愛的是為雲長子，寵的是愛月嬰孩。却正是農忙耕種，百忙里官急科差⑨。割捨了我當忠諫，取奏天裁。我這里整朝章⑩秉象简⑪端居於相位中，我与你出班部⑫上瑶階⑬赴丹墀⑭直望着君王拜〔六〕。皆因朝中肱股〔七〕⑮，托賴⑯着君勝唐堯〔八〕⑰，元首⑱明哉。

〔校〕〔一〕原本「凱」字，隋樹森本、徐沁君本、甯希元本改作「愷」，其他各本未改。按，不必改字，「八凱」同「八愷」，指高陽氏時代的八位才子。〔二〕「懷」原本作「壞」，隋樹森本未改，其他各本均已改。〔三〕「仇」原本作「酬」，各本均已改。〔四〕原本「劃」

字左側漫漶，覆元槧本空缺，盧冀野本、隋樹森本作一空圍。甯希元本改作「畫」，校記云：「原本『畫』字形迹可辨。仿刻本空缺，盧、隋二本失補。」其他各本均作「劃」。按，甯希元本誤認作「劃」。〔五〕原本「佷」字，盧冀野本、隋樹森本未改，其他各本均改作「狠」。〔六〕原本此處不清，盧冀野本删，隋樹森本補二空圍，其他各本均校作「王拜」。〔七〕原本「肱股」，甯希元本誤乙作「股肱」。〔八〕原本「君勝唐堯」漫漶不清，盧冀野本、隋樹森本、鄭騫本作「□勝□□」，赤松紀彦本作「君勝□□」，徐沁君本、王季思本校作「君勝唐堯」。甯希元本校作「股肱良哉」，校記云：「各本失校，徐本改作『君勝唐堯』，非。語出《尚書・益稷》篇：『股肱良哉，元首明哉。』」徐沁君本校記云：「『唐堯』二字皆模糊，『君』、『堯』約略可辨。覆本三字均空缺。今補。按：高文秀《澠池會》第四折：『托賴著當今帝王勝唐堯。』費唐臣《貶黄州》第三折：『有一日君勝唐堯，宣的我依舊抽毫侍禁闈。』鄭光祖《周公攝政》第二折：『殿下仁勝殷湯，賢效虞姚。』羅貫中《風雲會》第二折：『娘娘德行勝唐堯。』無名氏《射柳捶丸》第四折：『托賴著聖主寬仁，德勝唐虞。』皆與本曲類似，可據補。」按，今從徐沁君本。

〔注〕①「八元八凱」，代指輔佐帝王的良臣。「八元」指高辛氏時代的八位才子，《左傳・文公十八年》：「高辛氏有才子八人：伯奮、仲堪、叔獻、季仲、伯虎、仲熊、叔豹、季貍，忠肅共懿，宣慈惠和，天下之民謂之『八元』。」「八凱」同「八愷」，指高陽氏時代的八位才子，《左傳・文公十八年》：「昔高陽氏有才子八人：蒼舒、隤敳、梼戭、大臨、尨降、庭堅、仲容、叔達。齊圣廣淵，明允篤誠，天下之民謂之『八愷』。」《舊唐書・韋湊傳》：「八凱、五臣，良佐也。」②「慎微」，對于細微之處極謹慎。③「五典五惇」，出自《尚書・皋陶謨》：「天敘有典，敕我五典五惇哉！」五典即五常，指父母兄弟子，或曰父義、母慈、兄友、弟恭、子孝。惇，厚也。五惇就是使人厚于五常，所以叫作「五典五惇」。④「五教」，有關五常的教育。⑤「失序」，次序混亂；失去常規。⑥「臣宰」，大臣宰

輔。⑦「支劃」，處置；支使；擺布。⑧「很」，狠；狠毒。⑨「科差」，官府向人民征收税捐，派服勞役。⑩「朝章」，此指朝服。⑪「象简」，象笏，古代大臣上朝時所執的象牙做的板子，也叫手板，材質除象牙外，還有竹木、玉石等。⑫「班部」，朝班的行列。⑬「瑶階」，宫殿中玉砌的臺階。⑭「丹墀」，宫殿或祠廟的紅色臺階。⑮「肱股」，股肱，大腿和胳膊，比喻重要輔臣。⑯「托賴」，依賴；倚仗；被庇護。⑰「唐堯」，上古帝王，帝嚳之子。⑱「元首」，君主；帝王。

(做起，末[一]礼了)（駕云了）([二]云）臣該万死，□[三]奏天顔①，臣見貶正宫皇后、東宫太子、西府儲君②，不知有何罪犯?（駕云了)[四]陛下信讒臣之奏，待蓋雲月臺，不可興工!（净、旦云了）（駕云了)[五]□□[六]言者錯矣![七]

〔校〕〔一〕徐沁君本删「末」字。〔二〕此處徐沁君本、王季思本補「正末」。〔三〕此字漫漶不清，徐沁君作「誤」，甯希元本作「慢」，王季思本作「謾」，隋樹森本、鄭騫本、赤松紀彦本作一空圍。盧冀野本删。〔四〕此處徐沁君本、王季思本補「（正末云)」，鄭騫本補「（云)」。〔五〕此處徐沁君本、王季思本補「（正末云)」，鄭騫本補「(云)」。〔六〕此二字漫漶，盧冀野本、鄭騫本、隋樹森本無此二字，徐沁君本作「陛下」，甯希元本、王季思本作「娘娘」，赤松紀彦本作二空圍。〔七〕此處徐沁君本、王季思本補「（唱)」。

〔注〕①「天顔」，帝王、天子的容顔。②「儲君」，未來的帝王。

【油葫芦】二[一]太子□□上□□[二]將雲月摘[三]，上青霄①可无大才。娘娘呵！便怎能勾[四]挽蟾宫攀折得桂枝來?（[五]云）晋朝宫室蓋不得!（駕云了）（[六]云）陛下！不可[七]![八]枉了[九]乘舡用車把礴石載，枉了梁山選木將园林采。石包成千尺臺，礴砌就五丈階。為甚咱晋朝中宫殿難修蓋?（此處缺七字)[十]棟梁材!

〔校〕〔一〕原本「二」字漫漶似「三」，盧冀野本、隋樹森本、鄭騫本作「三」，其他各本均作「二」。按，當作「二」，指申生、重耳。〔二〕原本「上」上下二字均不清，徐沁君本、王季思本補作「要尋」「天梯」；甯希元本作「要□」「□□」。其他各本均作四空圍。〔三〕原本此字漫漶似「摘」又似「梢」，盧冀野本、鄭騫本作「梢」，并與下句連作一句。其他各本均作「摘」。〔四〕原本「勾」字，各本均改作「够」。〔五〕此處徐沁君本補「帶」字，王季思本補「正末」。〔六〕徐沁君本此處補「正末」二字。〔七〕「可」盧冀野本、隋樹森本作「呵」。〔八〕此處徐沁君本、赤松紀彦本補「(唱)」。〔九〕原本「枉了」幾乎無墨迹，盧冀野本無，隋樹森本、鄭騫本作二空圍，其他各本據下句補「枉了」二字。〔十〕原本此處缺七字，盧冀野本補三空圍，隋樹森本、甯希元本、赤松紀彦本補七空圍，鄭騫本、王季思本注「（此下原缺七字）」，徐沁君本據語意補「子那深山裏摧殘」。

〔注〕①「青霄」，青天；高天。

【天下樂】今日待①動土興工計利②開，但用的民夫，將百姓差，題〔一〕起來痛傷情老臣心内駭。不争③宫殿〔二〕上太極宫，不争臺修成雲月臺，臣子〔三〕怕引得禍從天上來！

〔校〕〔一〕原本「題」字，王季思本改作「提」。〔二〕原本「殿」字，徐沁君本、王季思本改作「蓋」。徐沁君本僅注「今改」，王季思本校記云：「與下句句式不類，徐本已改。」〔三〕原本「子」字，隋樹森本、王季思本改作「則」，盧冀野本改作「祇」。

〔注〕①「待」，要；將要。②「計利」，計較利益；謀取利益。③「不争」，不料；不想；想不到。

（駕云了）（〔一〕云）臣敢説麽？（駕云了）（〔二〕云）當日紂王无道，因宠妲己，盖摘星楼、不明殿、長夜宫，敲陽人①脛腿〔三〕驗髓，剖婦人腹氣驗胎，如此不仁！有諫臣三人：微子、箕子、比干。此三人者，乃是紂之庶民。為②諫不從，微子去之，箕子為奴，比干諫而死。自古至今，百姓、諸侯、史官，皆毁③紂王无道。（駕云了）〔四〕

〔校〕〔一〕〔二〕徐沁君本、王季思本補「正末」。〔三〕原本「腿」字，徐沁君本、王季思本改作「腿」。〔四〕此處徐沁君本、王季思本補「（正末唱）」。

〔注〕①「陽人」，活人。②「為」，因爲。③「毁」，指責。

【哪〔一〕吒令】百姓每怒嫉能妬〔二〕色①，損臣僚重宰②；力侯三市〔三〕諸侯恨荒淫好色，布八方四海；史官每罵輕賢重色，傳千年万載。那其間〔三〕正值着飢歲時，凶年代，普天下併役當差。

〔校〕〔一〕原本「哪」字，隋樹森本、徐沁君本、甯希元本改作「那」。〔二〕原本「妬」字，盧冀野本、鄭騫本作「好」。〔三〕原本「力侯三市」，赤松紀彦本未改，徐沁君本删，盧冀野本作「力三市」，鄭騫本、王季思本作「驪山市」，隋樹森本、甯希元本作「力□三市」。鄭騫本校記云：「『驪山』原作力三，音近之誤。此用周幽王烽火戲諸侯事。」按，鄭騫本以覆元槧本爲底本，覆元槧本「力」下漏刻「侯」字。未知孰是，暫保留原句。〔四〕「間」原本作「田」，盧冀野本作「冋」，其他各本均改作「間」。

〔注〕①「嫉能妬色」，嫉妒賢能之人。②「臣僚重宰」，重臣。

【鵲踏枝】比及①壘起基堦②，立起樑材，百姓每凍餓死的尸骸，成山握〔一〕盖。那座摘星楼興工了数載，不曾動分毫府庫資財。

(〔二〕云了)〔三〕

〔校〕〔一〕原本「握」字，徐沁君本改作「堆」，甯希元本、王季思本改作「卧」；鄭騫本「握」下斷句，「盖」字與下句連讀，「成」前補「積」字，校記云：「原無積字。據文義補。握音歪上聲。見元曲選李逵負荊劇第四折音釋，此字未失韻，文義亦可解。全集未補積字，以下句蓋字屬上，讀『成山握蓋』四字爲句，文義不通。」〔二〕徐沁君本、甯希元本、王季思本此處補「駕」字。〔三〕此處徐沁君本、王季思本補「（正末唱）」。

〔注〕①「比及」，比；和……相比。②「基堦」，建築物的地基和臺階。

【寄生草】百姓每如何敢賣，官司①也不敢買。(駕云了)〔一〕揀〔二〕人家高樑〔三〕大厦渾成〔四〕壞，問甚末聖壇佛〔五〕堂從頭兒拆〔六〕，將它〔七〕那皇宮内苑從新②盖。告大王恁時節龍楼鳳閣③已成功，待〔八〕子麼到如今雕闌玉砌今何在？

(〔九〕云了)〔十〕

〔校〕〔一〕此處徐沁君本、王季思本補「（正末唱）」。〔二〕原本「揀」字，盧冀野本改作「楝」。〔三〕原本「樑」字，徐沁君本改作「樓」。〔四〕原本「成」字，徐沁君本、王季思本改作「摧」。〔五〕「佛」原本作「弗」，各本均已改。〔六〕「拆」原本作「折」，盧冀野本、隋樹森本未改。〔七〕原本「它」字，赤松紀彦本未改，其他各本均改作「他」。〔八〕原本「待」字，覆元槧本誤刻作「特」，鄭騫本作「特」。「待子」盧冀野本作「特祇」，隋樹森本改作「待怎」。〔九〕徐沁君本、甯希元本、王季思本此處補「駕」字。〔十〕此處徐沁君本、王季思本補「（正末唱）」。

〔注〕①「官司」，官府。②「從新」，重新。③「龍楼鳳閣」，代指帝王的宫殿。

【六幺〔一〕序】每日將生灵害，每日把筵宴開。〔二〕微子，箕〔三〕子，比干，〔四〕這三人諫在金階。〔五〕諫不從也！〔六〕微子便走去西伯，箕子在宮苑塵埃。把那比〔七〕干腹交刀刃分開，磣可可①活把心肝摘，血瀝瀝〔八〕的苦痛傷懷，驗三毛七孔②真加在。妲己早嚾娱③滿面，紂王早喜笑盈腮。

（駕云了）〔九〕

〔校〕〔一〕「幺」原本作「么」，盧冀野本、鄭騫本、王季思本、赤松紀彦本未改，其他各本均改作「幺」。盧冀野本「六」誤作「大」。〔二〕此處鄭騫本、徐沁君本、王季思本、赤松紀彦本補「（帶云）」。〔三〕「箕」原本作「其」，各本均已改。〔四〕此處徐沁君本、王季思本、赤松紀彦本補「（唱）」。〔五〕此處徐沁君本、王季思本、赤松紀彦本補「（帶云）」。〔六〕此處徐沁君本、王季思本、赤松紀彦本補「（唱）」。〔七〕「比」原本作「此」，各本均已改。〔八〕「瀝瀝」原本作「濯」和一重文符號，盧冀野本、隋樹森本校作「濯濯」，赤松紀彦本認作「濯濯」，校作「瀝瀝」。其他各本均校作「瀝瀝」。〔九〕此處徐沁君本、王季思本補「（正末唱）」。

〔注〕①「磣可可」，凄慘可怕。亦作「磣磕磕」。②「三毛七孔」，本指心臟構造有三毛七竅。可喻指心思、心機。③「嚾娱」，歡愉。

【幺篇】〔一〕為那嬌態，有些顏色，選入宮來。把那蠆〔二〕盆①深埋，銅柱②牢栽〔三〕，酒池鐫開，肉林安排，損害人材，食啖嬰孩，引的四海兵來，戈戟无該。想着紂王興衰，我王裁劃③：則為摘星楼把山河敗〔四〕壞，陛下，修甚〔五〕麼望月臺？（駕云了）〔六〕戊午日兵來，甲子日成災〔七〕。皆因那姜太公妙策奇材，臨時間血浸朝歌壞，把座摘星楼变做塵埃。武王伐紂功〔八〕勞大：一來是神天佑護，二〔九〕來是天地裁〔十〕排④。

〔校〕〔一〕【幺篇】原本作「么」，盧冀野本、赤松紀彦本未改。鄭騫本作【幺】。其他各本均作【幺篇】。〔二〕「蠆」原本作「𧈧」，盧冀野本、隋樹森本校作「魚」，徐沁君本校作「血」，其他各本均校作「蠆」。按，「𧈧」當是「蠆」字簡寫之訛。〔三〕「裁」原本作「栽」，盧冀野本、隋樹森本未改，其他各本均已改。〔四〕「敗」原本作「拜」，各本均已改。〔五〕「甚」原本作「臺」，盧冀野本、隋樹森本、鄭騫本未改，其他各本均已改。〔六〕此處徐沁君本、王季思本補「（正末唱）」。〔七〕「災」原本作「史」，盧冀野本、隋樹森本未改，其他各本均已改。〔八〕「功」原本作「工」，各本均已改。〔九〕原本「二」字，上横不清，甯希元本校作「二」，其他各本均作「一」。〔十〕原本「裁」字，徐沁君本、甯希元本、赤松紀彦本改作「栽」，其他各本未改。按，不必改字。「裁排」「栽排」均有「安排」義。「裁排」謂「裁定安排」，言武王伐紂能够成功是天意安排，是順應天意的。「栽排」謂「提前安排」或「栽贓安排」，元刊本《任風子》第三折：「先交我栽排下久長活計」，爲「提前安排」義；關漢卿《感天動地竇娥冤》第四折：「你本意待闇裏栽排，要逼勒我和諧，倒把你親爺毒害」，「闇裏栽排」即「暗地裏栽贓」。顯然，「裁排」更適合該條語境。

〔注〕①「蠆盆」，傳説商紂時蓄養毒蛇、毒蟲的大坑，將罪人推入蠆盆是一種酷刑。②「銅柱」，此指炮烙之刑的銅柱。③「裁劃」，裁定；定奪。④「裁排」，裁定安排。

（净、旦云〔一〕）（駕云了）（〔二〕謝駕云）万歲！万歲！〔三〕（出朝科，云）聖人道，篤信好學，守死善道，危邦①不入，乱邦②不居。天下有道則見，無道則隱。今日退朝，是吾全身之樂哉！〔四〕

〔校〕〔一〕此處徐沁君本、甯希元本、王季思本補「了」。〔二〕此處徐沁君本、王季思本、赤松紀彦本補「正末」。〔三〕原本第一個

「万歳」下有兩個重文符號，徐沁君本、王季思本重作「萬萬歲」，其他各本均作「萬歲」。〔四〕此處徐沁君本、王季思本補「(正末唱)」。

〔注〕①「危邦」，不安寧的國家。②「乱邦」，動亂的國家。

【賺煞】〔一〕跳出那興廢利名場，做一个用捨行藏①客。孔子道：危行言遜〔二〕免害，不得中行〔三〕而與之，必也狂狷進退〔四〕乎哉。(净、旦云了)〔五〕現如今您晋朝中禍已成胎，少不得惹起場干戈横禍灾。(〔六〕云了)〔七〕我想這千尺月臺，恁時節撇在九霄雲外。(净云了)〔八〕我道來，去了這晋朝臣，您可索②隄〔九〕備③着楚兵來!

(下)(駕一行下了)〔十〕

〔校〕〔一〕【賺煞】原本作【尾】，盧冀野本、隋樹森本未改，其他各本均已改。〔二〕原本「危行言遜」，徐沁君本改作「危言行孫」，其他各本未改。按，「危行言遜」語出《論語·憲問》：「邦有道，危言危行；邦無道，危行言孫」，「孫」通「遜」。孔子的意思是：國有道則正言正行；國無道則仍須正行，但言語要謹慎。徐沁君本校記誤引作「邦無道，危言行孫」。該劇中晋獻公無道，故介子推「危行言遜」。「遜」「孫」通假，可不改。〔三〕「行」原本作「興」，盧冀野本未改，其他各本均已改。〔四〕「狷」原本作「簡」，盧冀野本、鄭騫本未改。徐沁君本删「進退」二字。〔五〕〔七〕〔八〕此處徐沁君本、王季思本補「（正末唱)」，赤松紀彦本補「（唱)」。〔六〕此處徐沁君本、王季思本補「净」。〔九〕原本「隄」字，徐沁君本改作「堤」，王季思本改作「提」。〔十〕「（駕一行下了)」盧冀野本、隋樹森本置于第二折開頭。

〔注〕①「用捨行藏」，出自《論語·述而》：「用之則行，捨之則藏」，被任用就出仕，不被任用就退隱。此處指行迹；行止。②「索」，要；應該。③「隄備」，提防，防備。

第二折

(净、旦說計了)〔一〕(駕上云)(奏住)(駕云了)(申生、重耳哭住)(駕一行上)(旦與申生祭食①，藥死②神擻〔二〕③了)(重耳走下)(回奏了)(駕云了)(〔三〕扮閹〔四〕官④托砌末⑤上云)自家六宫〔五〕⑥大使王

安。奉官里⑦聖旨〔六〕，皇后懿旨〔七〕，賫〔八〕⑧三般朝典⑨，將東宫太子賜死。想人生冤枉，何処伸訴！〔九〕

〔校〕〔一〕「(凈、旦說計了)」徐沁君本置于第一折末。〔二〕「獒」原本作「傲」，各本均改作「獒」。〔三〕此處徐沁君本、甯希元本、王季思本、赤松紀彦本補「正末」。〔四〕「閹」原本作「淹」，盧冀野本、隋樹森本作「奄」，其他各本均作「閹」。〔五〕「六」原本似「大」，「宫」作「官」，盧冀野本、隋樹森本作「大官」，其他各本均作「六宫」。〔六〕〔七〕「聖旨」「懿旨」原本作四個「○」，盧冀野本、隋樹森本删，鄭騫本校作兩個「聖旨」，其他各本均作「聖旨」「懿旨」。〔八〕「賫」原本作簡體「赍」，盧冀野本、隋樹森本、鄭騫本誤作「賚」。〔九〕此處徐沁君本、王季思本補「（唱）」。

〔注〕①「祭食」，以食物祭祀。②「藥死」，毒死。③「神獒」，指猛犬。④「閹官」，宦官。⑤「砌末」，戲劇表演中所用道具、布景等。⑥「六宫」，古代皇后的寢宫，正寢一，燕寢五，合爲六宫。(參見《漢語大詞典》) ⑦「官里」，皇帝。⑧「賫」，抱著；懷著。⑨「朝典」，朝廷的法律。

【南吕】〔一〕【一枝花】致令得申生遭罪囚，逼臨得重耳私奔走。雖然是麗〔二〕皇后生嫉妬，哎！你个晋天子也合①問緣〔三〕由。您肯分解个恩仇，賜朝典②它〔四〕甘心受。料東宫一命休。子〔五〕是刎頸〔六〕交〔七〕傷身，離〔八〕不了這短劍、白練③、藥酒④。

〔校〕〔一〕原本無宫調名【南吕】，盧冀野本未補，其他各本均已補。〔二〕原本「麗」字，盧冀野本、隋樹森本、鄭騫本、王季思本改作「驪」。下同。〔三〕「緣」原本作「緑」，各本均已改。〔四〕原本「它」字，赤松紀彦本未改，其他各本均作「他」。〔五〕原本「子」字，盧冀野本改作「祇」，隋樹森本作「則」。〔六〕「頸」原本作「脛」，各本均已改。〔七〕徐沁君本此處補「害命」二字，校記云：「『害命』二字原無。今以意補。按譜：本句爲上三下四的七言句。」甯希元本補二空圍。王季思本「交」改作「教」。〔八〕「離」原本作「難」，盧冀野本、隋樹森本未改，其他各本均已改。

〔注〕①「合」，該；應該；應當。②「朝典」，朝廷的法律。③「白練」，白色的熟絹。此指用于賜縊死的白布。④「藥酒」，毒酒。

【梁州第七〔一〕】前家兒①功番〔二〕成罪累〔三〕②，後堯婆③恩变為仇。〔四〕從古到今，〔五〕前家後继從來有。似這麗后定計，国舅鋪謀④，暗存着燕侶鶯儔⑤，可待〔六〕請佃⑥它〔七〕鳳閣龍楼⑦。送⑧的个前家兒惹罪遭殃，搬〔八〕⑨得个親夫主出乖弄醜⑩，都是後堯婆私事公仇。国舅〔九〕，太后，君王行兩三遍題名⑪兒奏，着自〔十〕家自等候。交〔十一〕武士金瓜列在我這腦背后，我如何不敢〔十二〕承頭⑫。

（天臣云了）（〔十三〕听了）（太子云了）〔十四〕

〔校〕〔一〕原本無「第七」，盧冀野本、隋樹森本、鄭騫本、赤松紀彦本未補，其他各本均補。〔二〕原本「番」字，徐沁君本、甯希元本、王季思本改作「翻」。〔三〕「累」原本作「壘」，徐沁君本、王季思本刪，盧冀野本、鄭騫本未改，其他各本均改作「累」。〔四〕此處徐沁君本、王季思本、赤松紀彦本補「（帶云）」。〔五〕此處徐沁君本、王季思本、赤松紀彦本補「（唱）」。〔六〕「待」原本作「持」，盧冀野本、隋樹森本未改，其他各本均改作「待」。〔七〕原本「它」字，赤松紀彦本未改，其他各本均改作「他」。〔八〕「搬」原本作「般」，各本均已改。〔九〕「舅」原本作「旧」，各本均已改。〔十〕「着」原本簡寫似「自」，盧冀野本誤作「自」。原本「自」字，徐沁君本、甯希元本改作「咱」。〔十一〕原本「交」字，盧冀野本改作「教」。〔十二〕原本「不敢」，徐沁君本、甯希元本、王季思本乙轉。〔十三〕此處徐沁君本、王季思本、赤松紀彦本補「正末」。〔十四〕此處徐沁君本、王季思本補「（正末唱）」。

〔注〕①「前家兒」，前妻生的兒子。②「罪累」，罪過。③「後堯婆」，後妻；後母。④「鋪謀」，鋪排謀劃。⑤「燕侶鶯儔」，比喻相愛的年輕眷侶，或年輕女伴。⑥「請佃」，接受；承受。⑦「鳳閣龍楼」，指帝王的樓閣、宫殿。⑧「送」，斷送；葬送。⑨「搬」，搬弄；挑撥；挑唆。⑩「出乖弄醜」，出錯、丢醜。⑪「題名」，題寫姓名。⑫「承頭」，承擔；承當。

【牧羊関】將太子待放來如何放？交太子待走來如何走？〔一〕臣若壞〔二〕了太子呵！〔三〕交這潑宫奴万載名留！若不交太子短劍下身亡，微臣便索①金瓜②下命休。太子！今日青天上遭罪死，若到黄泉下不可結冤仇。（太子云了）〔四〕那壁③是聖旨〔五〕難推熂，微臣這壁官差不自由。（做待着尋思了，云）自至宫中，誰會害人性命！〔六〕

〔校〕〔一〕此處徐沁君本、王季思本、赤松紀彦本補「（帶云）」。〔二〕「壞」原本僅存右邊部件，各本均已改。〔三〕此處徐沁君本、王季思本、赤松紀彦本補「（唱）」。〔四〕此處徐沁君本、王季思本補「（正末唱）」，赤松紀彦本補「（唱）」。〔五〕「聖旨」原本作兩個「○」，隋樹森本保留，盧冀野本作二空圍，其他各本均作「聖旨」。〔六〕此處徐沁君本、王季思本補「（唱）」。

〔注〕①「索」，要；該。②「金瓜」，古代衛士所執金色銅質瓜形兵仗，可用來擊殺他人。③「壁」，邊。

【四塊玉】我從來是个奉善①人，那里有杀人的手！竹節也似聖旨〔一〕催怎敢遲留！〔二〕至如東宫合死呵！〔三〕也不合交這明晃晃短劍下亡！（覷〔四〕砌末云）若要个完全的尸首，〔五〕子合交這長挽挽白練休！（覷砌末云）太子呵！〔六〕你能可②眼睁睁〔七〕服藥酒！

（使臣上云〔八〕）（〔九〕云）臣不知太子有何罪犯？官里与皇后有這般冤恨！（〔十〕說関子③了）（〔十一〕听住）〔十二〕

〔校〕〔一〕「旨」原本作「○」，各本均校作「旨」。〔二〕此處徐沁君本、王季思本、赤松紀彦本補「（帶云）」。〔三〕此處徐沁君本、赤松紀彦本補「（唱）」。〔四〕原本無「覷」字，盧冀野本、隋樹森本未補，其他各本均已補。〔五〕〔六〕此處徐沁君本、王季思本、赤松紀彦本補「（唱）」。〔七〕「睁睁」原本作「争」和一重文符號，各本均已改。〔八〕王季思本此處補「了」字。〔九〕此處徐沁君本、王季思本、赤松紀彦本補「正末」。〔十〕此處徐沁君本、王季思本補「太子」。〔十一〕此處徐沁君本、王季思本、赤松紀彦本補「正末」。〔十二〕此處王季思本補「（唱）」，徐沁君本「住」下補「唱」。

〔注〕①「奉善」，信奉善念。②「能可」，寧可。③「說関子」，說

故事、情節，介紹來龍去脉。

【罵玉郎】听太子從頭兒說開无虛謬，元來①是争社稷結冤仇。子是這三人定的計策臣也都參透：是君王傳的聖旨，麗后定的見識，是〔一〕賊子②施的機彀③。

（净云了）（〔二〕慌〔三〕听了）〔四〕

〔校〕〔一〕徐沁君本脱「是」字。〔二〕此處徐沁君本、王季思本、赤松紀彦本補「正末」。〔三〕「慌」原本作「荒」，盧冀野本、隋樹森本未改，其他各本均已改。〔四〕此處王季思本補「（唱）」，徐沁君本「了」下補「唱」。

〔注〕①「元來」，原來。②「賊子」，亂臣。③「機彀」，機謀；圈套；陷阱。

【感皇恩】呀！諕的我魂魄悠悠，不隄〔一〕防有人隨後。嗨！〔二〕太子命難逃，微臣也身難趓，那賊漢怒難收。（太子云了）〔三〕都是賊子奏，奏得您继母焦，焦〔四〕得您父王愁。

（太子云了）〔五〕

〔校〕〔一〕原本「隄」字，徐沁君本改作「堤」，甯希元本、王季思本改作「提」。〔二〕「嗨」原本作「每」，盧冀野本未改，其他各本均已改。〔三〕此處徐沁君本、王季思本補「（正末唱）」。〔四〕「焦」原本作一重文符號，徐沁君本作「奏」，其他各本均作「焦」。徐沁君本校記云：「我認爲第二、三兩句句首的『奏』字，都是承第一句末字，故都用上重文符號。此重文符號，不宜死看。」〔五〕此處徐沁君本、王季思本補「（正末唱）」。

【採茶歌】你道他下場頭①，怎干休？太子呵！子〔一〕除你一心分破帝王憂。古〔二〕往今來雖是有，冤冤相报何時休！

（使臣上云〔三〕）（〔四〕云）天臣②言者差矣！〔五〕

〔校〕〔一〕原本「子」字，盧冀野本改作「祇」，隋樹森本、王季思本改作「則」。〔二〕「古」原本作「右」，各本均已改。〔三〕王季思本、赤松紀彦本「云」下補「了」字。〔四〕此處徐沁君本、王季思本、赤松紀彦本補「正末」。〔五〕此處徐沁君本、王季思本補「（唱）」。

〔注〕①「下場頭」，下場；結局；結果。②「天臣」，皇帝使臣，

此處爲敬稱。

【牧羊関】他父親牽腸肚，咱兩个哥費〔一〕口。它〔二〕子父每更歹杀呵痛関着骨肉。待①將它〔三〕摘膽剜心，怎做的不傷懷袖。觸突②着皇后合依平論③，冒〔四〕突〔五〕④着天子合問緣由。傷毒着宮婢非為罪，藥煞〔六〕神獥〔七〕直〔八〕甚狗。

〔校〕〔一〕「哥費」原本作「哥廢」，盧冀野本、隋樹森本未改，鄭騫本校作「×廢」，徐沁君本校作「可費」，甯希元本、王季思本校作「何費」，赤松紀彦本作「哥費」。按，「兩个哥」當指申生和重耳。〔二〕〔三〕原本「它」字，赤松紀彦本未改，其他各本均改作「他」。〔四〕「冒」原本似「皃」，鄭騫本作「觸」，盧冀野本作「免」，其他各本均作「冒」。〔五〕原本「突」字，甯希元本改作「瀆」。〔六〕原本「煞」字，徐沁君本、甯希元本改作「殺」，其他各本未改。〔七〕「獥」原本爲「彳」旁，各本均改作「獒」。按，「獥」同「獒」。〔八〕原本「直」字，徐沁君本改作「值」，無校語。

〔注〕①「待」，要。②「觸突」，冒犯。③「平論」，評論；言論。④「冒突」，冒犯。

【黃鐘尾〔一〕】你今日道屠杀它這太子不怕難合口。（帶云）上天生我，上天死我，君王何不可！〔二〕我怕甚伏侍君王不到頭①！哎！衆公卿，衆宰候：别人有家私不能勾，有妻男不能守，有功名不能就。宰輔臣僚，冒支請受②。臣道君昏，怎生不奏？麗后心毒，献公出醜。杀的是玉葉金枝，有如〔三〕榆柳；將鳳子龍孫③，不如猪狗。尔〔四〕等蒼生，真乃禽獸！我已過〔五〕三十，不為夭壽④；為主忠心，死而甘受。我博一个万載清〔六〕名，煞〔七〕⑤強如⑥交万民咒。（帶云）我如今弃了身，弃了命，便死身亡！〔八〕問甚您鋼〔九〕刀下爛〔十〕朽！（帶云）割捨了訛言課語⑦，抗〔十一〕勑違宣⑧！〔十二〕怕甚末金瓜下碎首！（帶云）既為臣子，怎敢將主所杀！〔十三〕我將這行仁慈有道礼〔十四〕⑨忒忠孝的申生我委实下不得手！（外〔十五〕云住）（申生自刎了〔十六〕）（駕一行上）（净奏住）（下）

〔校〕〔一〕「黃鐘尾」原本作「尾」，徐沁君本、王季思本、甯希元本已改，鄭騫本作「隔尾」，其他各本未改。〔二〕〔八〕〔十二〕

〔十三〕此處徐沁君本、王季思本、赤松紀彦本補「（唱）」。〔三〕「如」原本作「好」，盧冀野本、隋樹森本未改，其他各本均改作「如」。〔四〕原本「尒」字，赤松紀彦本未改，其他各本均作「你」。〔五〕「過」原本作簡體「还」，甯希元本保留，校記云：「已還，元代俗語，即已經。」其他各本均改作「過」。〔六〕「清」原本作「青」，盧冀野本、隋樹森本保留，其他各本均作「清」。〔七〕「煞」原本左側有「木」旁，盧冀野本保留，其他各本均作「煞」。〔九〕徐沁君本「您」改作「末」。「鋼」原本作「岡」，隋樹森本、徐沁君本、甯希元本作「鋼」，其他各本作「剛」。〔十〕「爛」原本作「闌」，各本均已改。〔十一〕「抗」原本作「亢」，各本均已改。〔十四〕原本「礼」字，盧冀野本、隋樹森本、鄭騫本、赤松紀彦本未改，其他各本均改作「理」。〔十五〕原本「外」字，徐沁君本改作「使臣」。〔十六〕「了」原本作「子」，盧冀野本未改，其他各本均改作「了」。

〔注〕①「伏侍君王不到頭」，元雜劇習語，指爲君王服務一輩子卻不得善終。②「冒支請受」，當指冒名支取收受錢財。③「鳳子龍孫」，帝王的子孫。④「夭壽」，短命；早死。⑤「煞」，表程度，真的；極；甚。⑥「強如」，强于；比……强。「如」是比較標記。「A 强如 B」體現 VO 型的語序類型。⑦「訛言課語」，胡言亂語；無根據的言語。⑧「抗敕違宣」，違抗皇帝的命令或宣召。⑨「道礼」，禮數；規矩。

第三折

（〔一〕末素扮①引外〔二〕背劍上，開）自當日出朝，載老母歸於庄宅②上，半載之間，倒大來③悠哉！〔三〕

〔校〕〔一〕此處徐沁君本、王季思本補「正」字。〔二〕此處徐沁君本補「末」字。〔三〕此處徐沁君本、王季思本補「（唱）」。

〔注〕①「素扮」，角色穿素色衣服，平民打扮。②「庄宅」，農家住宅。③「倒大來」，非常；無比。

【中吕】〔一〕【粉蝶兒】活〔二〕計生涯，遣僕男①一犁兩耬，落得个任逍遥散誕〔三〕②行踏〔四〕③。背一張琴，携一壺酒，訪〔五〕友在山間林下。今日还家，想着我出朝時那場驚〔六〕怕。〔七〕孔子云：「邦有道則知，邦無道則愚。其知，可及也；其愚，不可及也。」信有之也。〔八〕

〔校〕〔一〕原本無宮調名【中吕】，唯盧冀野本未補。〔二〕「活」原本作「舌」，唯盧冀野本未改。〔三〕「誕」原本作「但」，唯赤松紀彦本未改。〔四〕「踏」原本作「達」，盧冀野本、隋樹森本、赤松紀彦本未改，其他各本均已改。〔五〕「訪」原本右旁作「亢」，各本均已改。〔六〕「驚」原本作「今」，各本均已改。〔七〕此處鄭騫本、徐沁君本、王季思本補「（云）」。〔八〕此處徐沁君本、王季思本補「（唱）」。

〔注〕①「僕男」，男僕。②「散誕」，逍遥自在；放誕不羈。③「行踏」，行走。

【醉春風】我如今耳净勝如聾，眼明渾似瞎。我便有那論邦辯國的巧舌頭，子〔一〕不如粧做个瘂①！瘂！瘂！瘂！〔二〕將書劍收拾〔三〕，素琴②擡起，劍匣③高掛。

〔校〕〔一〕原本「子」字，盧冀野本作「祇」，隋樹森本作「則」。〔二〕此處原本作一「瘂」字和三個重文符號，盧冀野本重作「做個啞」，甯希元本重作「妝做個啞」，鄭騫本、王季思本作三「啞」字，隋樹森本、徐沁君本、赤松紀彦本作四「啞」字。〔三〕「拾」原本作「十」，各本均已改。

〔注〕①「瘂」，同「啞」。②「素琴」，不加裝飾的琴。③「劍匣」，裝寶劍的盒子。

（見卜兒了）（介林〔一〕拜了）（〔二〕云）介林〔三〕於府學①中攻〔四〕書，已經半年之間，不知你做甚工〔五〕課②里〔六〕？（介林〔七〕云了）〔八〕孩兒，你習文武科，也學得是也。我想來，則不如不會到③好。（介林〔九〕云了）〔十〕听我説〔十一〕：

〔校〕〔一〕「林」原本作「休」，盧冀野本、徐沁君本、王季思本未改，其他各本均改作「林」。〔二〕此處徐沁君本、王季思本補「正末」。〔三〕原本「林」字，徐沁君本、王季思本改作「休」。〔四〕「攻」原本作「功」，各本均已改。〔五〕原本「工」字，唯赤松紀彦本未改，其他各本均改作「功」。〔六〕原本「里」字，盧冀野本、隋樹森本、赤松紀彦本未改，其他各本均作「哩」。〔七〕〔九〕原本「林」字，徐沁君本、王季思本改作「休」。〔八〕〔十〕此處鄭騫本補「（云)」，徐沁君本、王季思本補「（正末云)」。〔十一〕此處徐沁君本補「（唱:)」。

〔注〕①「府學」，古代官學的一種。②「工課」，功課，學生的課業。③「到」，「倒」。

【喜春來】你今日修文治国平天下，你如今待①演武安邦定杀伐。兒呵！你如今修文演武未通達②。（帶云）罷！罷！至如你便不成呵！（唱）似我也退朝〔一〕，誰肯將你貨〔二〕与帝王家。

〔校〕〔一〕「朝」下徐沁君本、甯希元本、王季思本、赤松紀彦本補「罷」字，徐沁君本校記云：「『罷』字原無。今補。按譜：本句三字，叶韵。」鄭騫本注：「（此下有脱文)」。〔二〕「貨」原本不清，盧冀野本作一空圍，其他各本均作「貨」。

〔注〕①「待」，要。②「通達」，此指亨通顯達。

（林〔一〕云了）（〔二〕云）孩兒，你說的言語，有擎王保駕①之意，安邦定国之心。豈不知孔子擊罄於衛，荷蕢〔三〕者曰：「有心哉，擊罄乎！」子貢曰：「有美玉於斯，韞匵②而藏諸？求善價而沽諸？」子曰：「沽之哉！沽之哉！我待價者也。」尔〔四〕今未〔五〕入於室〔六〕③，焉知〔七〕就里④？權〔八〕然後知〔九〕輕重〔十〕長短。我受过的辛苦，緣〔十一〕何不知？便憑才藝，奪国家大柄貴者，只除是出朝將，入朝相矣。（林〔十二〕云了）〔十三〕

〔校〕〔一〕〔十二〕原本「林」字，徐沁君本、王季思本改作「介休」，甯希元本補作「介林」。〔二〕此處徐沁君本、王季思本補「正末」。〔三〕原本無「荷蕢」，盧冀野本、隋樹森本未補，徐沁君本、赤松紀彦本據《論語・憲問》補「有荷蕢而過孔氏之門」，鄭騫本、王季思本據補「荷蕢」，甯希元本據補「有荷蕢」。〔四〕原本「尔」字，各本均改作「你」。〔五〕「未」原本作「耒」，盧冀野本、隋樹森本校作「來」。〔六〕「室」原本作「至」，盧冀野本、隋樹森本未改，其他各本均已改。〔七〕〔九〕「知」原本作「之」，盧冀野本、隋樹森本未改，其他各本均已改。〔八〕原本無「權」字，徐沁君本、甯希元本、赤松紀彦本已補。〔十〕此處徐沁君本、甯希元本、赤松紀彦本據《論語·先進》補「度然後知」，分作兩句。〔十一〕「緣」原本作「緑」，盧冀野本改作「原」，其他各本均作「緣」。〔十三〕此處徐沁君本、王季思本補「（正末唱）」。

〔注〕①「擎王保駕」，保護、輔佐帝王。②「韞匵」，珍藏在櫃子裏，常比喻懷才珍視，待價而沽。③「入於室」，比喻修養、學問等達到精深的程度。④「就里」，比喻内中的奥妙。

【普天樂】出為將便是鎮華夷①，入為相居朝②朝〔一〕鸾駕③。鎮華夷呵便似挾太山以超北海，朝鸾駕呵便索待漏④院久立東華。假若封加你官位高，至如升迁得你功劳大，剗地⑤索招罪招殃添驚怕。兒呵！子不如无是无非且做庄家⑥！（外〔二〕云了）〔三〕這的是送⑦你身的〔四〕榮華富貴！（外云〔五〕）〔六〕兀的是追〔七〕你魂的高車駟馬⑧！（〔八〕云了）〔九〕那的是取你命的大纛〔十〕高牙⑨！

（重耳上，叫了）（做驚問了〔十一〕）

〔校〕〔一〕原本只有一「朝」字，「居」下徐沁君本、王季思本補一「朝」字，甯希元本補一「官」字，其他各本未改。按，原本「朝」下應脱一重文符號，據曲譜，【普天樂】首二句正格均爲三字。該曲首二句正格爲「鎮華夷」「朝鸞駕」，「出為將」對「入為相」，「居」下若無「朝」字，則「居」字義無所屬。甯希元本「居官朝鸞駕」，不能表現「出將」與「入相」的對立，「出為將」與「入為相」都是居官。「居朝」可以體現「在朝」而不是外出征戰的意思。〔二〕「外」下徐沁君本補「末」字。〔三〕〔六〕〔九〕此處徐沁君本、王季思本補「（正末唱）」。〔四〕「送你身的」原本作「送的你」，鄭騫本作「送你□的」，盧冀野本、隋樹森本未改，其他各本均作「送你身的」。〔五〕鄭騫本、王季思本補「了」字，徐沁君本補作「外末云了」。〔七〕「追」原本作簡體「还」，盧冀野本、隋樹森本、鄭騫本未改，其他各本均改作「追」。〔八〕徐沁君本補「外末」，王季思本、赤松紀彦本補「外」。〔十〕「纛」原本作「索」，各本均已改。〔十一〕徐沁君本、王季思本「做」上補「正末」，「了」下分别補「唱」「（唱）」。

〔注〕①「華夷」，華夏民族與少數民族，代指天下。②「居朝」，

此指文官在朝中。③「鸾駕」，天子、帝王的車駕，代指天子、帝王，亦作「鑾駕」。④「待漏」，等待。⑤「剗地」，反而。⑥「庄家」，農民。⑦「送」，葬送；斷送。⑧「高車駟馬」，四匹馬拉的高車，指富貴人家的車馬。⑨「大纛高牙」，軍中的旗幟，比喻聲勢顯赫。「纛」，古代用毛羽做的舞具或帝王車輿上的飾物，亦指軍隊或儀仗隊的大旗。「高牙」，牙旗。

【迎仙客】他道認得咱，不知是誰那？（做見科了〔一〕）臣道是誰家个客人？元來却是殿下。（做講〔二〕）小太子若是但躬身①，微臣便該万剮。（做起了〔三〕）東宫安在？（〔四〕云了）（〔五〕打悲了，唱）東宫元來自刎昇遐②！〔六〕哎！〔七〕晋天子呵！〔八〕全不怕万載人民罵！

〔校〕〔一〕此處徐沁君本、王季思本補「唱」。〔二〕王季思本「講」改作「跪」。徐沁君本、王季思本補「唱」。〔三〕鄭騫本、徐沁君本、王季思本補「云」。〔四〕鄭騫本、徐沁君本補「重耳」。〔五〕此處徐沁君本、王季思本補「正末」。〔六〕此處鄭騫本補「（云）」，徐沁君本、王季思本補「（帶云）」。〔七〕「哎」原本作「文」，徐沁君本、王季思本、赤松紀彦本改作「哎」，其他各本均刪。〔八〕此處徐沁君本、王季思本補「（唱）」。

〔注〕①「躬身」，俯身前趨。②「昇遐」，代指帝王去世。

（净上）（〔一〕驚住）（净背云了）（〔二〕听問）（做見卜兒、旦、太子、介林）〔三〕太子事〔四〕泄，非干微臣之过，皆因吕用公〔五〕奉官里圣旨〔六〕所逼。国舅〔七〕仗着寶劍道〔八〕：「你家中有小太子重耳，好生將得項上頭來便休！若不將出頭來，交您全家兒賜死！」老漢〔九〕以此說：「太子在于宅内。」太子勿慮，臣替太子死去。母親，將您孩兒項上首級腐爛，度〔十〕与国舅，言稱是太子之首。我雖然尽其忠，不能尽其孝，争柰①有七十〔十一〕歲老母，如百年之後，无臨喪祭之子。休！休！休！既為忠臣，何思孝以哉！（歌曰）别恨山妻②涙滿腮，含悲老母痛傷懷。忠心替代儲〔十二〕君③死，孺子疾忙取劍來！（介林〔十三〕自刎了）（〔十四〕做慌〔十五〕放④）

〔校〕〔一〕〔二〕此處徐沁君本、王季思本補「正末」。〔三〕此處科介隋樹森本、鄭騫本校作：［做見卜兒旦太子］［介林］，徐沁君本校作：（正末做見卜兒、旦、太子，介休云:），盧冀野本、甯希元本校作：（做見卜兒、旦、太子、介林），王季思本校作：（正末做見卜兒、旦、太子）（介休云了）（正末云），赤松紀彦本校作：[做見卜兒旦太子]［介林云］。按，盧冀野本、甯希元本所校是。重耳出逃，來到介子推家，國舅亦追至此。該條科介是介子推見到國舅之後的動作，科介後大段賓白爲介子推所説，非介林所説。故「見」的賓語包括「卜兒、旦、太子、介林」四人，大段賓白也是對此四人所説。〔四〕「事」原本作「是」，盧冀野本、隋樹森本未改，其他各本均已改。〔五〕「公」原本作「厶」，各本均已改。〔六〕「旨」原本作「○」，各本均已改。〔七〕「舅」原本作「旧」，各本均已改。〔八〕「道」原本作「到」，盧冀野本未改，并與「你家中」連爲一句。其他各本均改作「道」。〔九〕原本「漢」字，徐沁君本、王季思本改作「臣」。〔十〕「度」原本作「𡖅」，盧冀野本、隋樹森本作「交」，徐沁君本、王季思本、甯希元本作「授」，鄭騫本、赤松紀彦本作「度」。按，原字形似「度」，可通。〔十一〕原本無「十」字，各本均已補。〔十二〕「儲」原本作「仇」，各本均已改。〔十三〕徐沁君本、王季思本作「休」，誤。〔十四〕此處徐沁君本、王季思本補「正末」。〔十五〕「慌」原本作「荒」，盧冀野本、隋樹森本、赤松紀彦本未改，其他各本均作「慌」。

〔注〕①「争柰」，亦作「争奈」「争耐」，即怎奈；怎耐。②「山妻」，隱士之妻，後多用爲自稱其妻的謙詞。③「儲君」，未來的帝王。④「放」，雜劇每折正角開唱或説賓白的提示詞。

【上小樓】我子見扯劍出匣，它〔一〕便揪住頭髮，吃察①刀过処，頭落地，苦痛天那！〔二〕你好是②下得③呵！兒呵！好兒！〔三〕今日个不尋思，就就死擎王保駕。（太子云〔四〕）〔五〕显得臣也忠心扶〔六〕你晋朝天下！

〔校〕〔一〕原本「它」字，赤松紀彦本未改，其他各本均改作「他」。〔二〕此處鄭騫本、赤松紀彦本補「（云）」，徐沁君本、王季思本補「（帶云）」。〔三〕此處徐沁君本、赤松紀彦本補「（唱）」。〔四〕此處徐沁君本、甯希元本、王季思本補「了」。〔五〕此處徐沁君本、王季思本補「（正末唱）」。〔六〕「扶」原本作「伏」，盧冀野本、隋樹森本未改，其他各本均改作「扶」。

〔注〕①「吃察」，擬聲詞，此處狀刀砍斷脖子的聲音。②「好是」，真是；恰是。③「下得」，捨得；忍心。

【幺篇】〔一〕你没兒待怎生？我絶嗣待子麼？孩兒今日救了儲〔二〕君，替了親爺，它〔三〕須是為国於家①。（旦哭做住）〔四〕不争②你舉哀声，敢③把咱全家誅杀。〔五〕君王小可④。〔六〕題起那麗姬怕那不怕！

（做怕〔七〕了）（净云了，下）（太子做望，云了）（〔八〕扮風雪上）（太子云了，悲住）〔九〕

〔校〕〔一〕【幺篇】原本作「么」，盧冀野本、赤松紀彦本未改。鄭騫本作【幺】。其他各本均作【幺篇】。〔二〕「儲」原本作「仇」，各本均已改。〔三〕原本「它」字，赤松紀彦本未改，其他各本均改作「他」。〔四〕〔九〕此處徐沁君本、王季思本補「（正末唱）」。〔五〕此處鄭騫本、徐沁君本、王季思本補「（帶云）」。〔六〕此處徐沁君本、王季思本補「（唱）」。〔七〕「做怕」原本作「帕做」，盧冀野本、隋樹森本作「怕做」，鄭騫本删「帕」，其他各本均乙改作「做怕」。〔八〕此處徐沁君本、王季思本補「正末」。

〔注〕①「為国於家」，爲國家爲人民。②「不争」，如果；倘若。③「敢」，可能。④「小可」，還可以；稍好。

【醉高歌】行路途劫劫巴巴①，躭②悽楚消消〔一〕洒洒。頭直③上風雪紛紛下，咱兩個凍不煞〔二〕多應④餓杀！

〔校〕〔一〕「消消」原本作「消」和一重文符號，徐沁君本、甯希元本、王季思本作「瀟瀟」，其他各本均作「消消」。按，「消灑」同「瀟灑」。〔二〕原本「煞」字，盧冀野本、隋樹森本、赤松紀彦本未改，其他各本均改作「殺」。

〔注〕①「劫劫巴巴」，謂路途坎坷。②「躭」，忍受。③「頭直」，頭頂。一般作「頭直上」。④「多應」，很可能。

【紅綉鞋】受了他五七日心驚膽怕，不似這兩三程行得人力尽身乏。（〔一〕云了）〔二〕望見兀那野烟起処有人家。（帶云）太子共我，絶糧三日。我每日割着身上肉，推做山林内拾得野物肉，与太子充飢。它〔三〕有一日為君呵！〔四〕至如①他〔五〕心亏負我〔六〕，我須是割股養着它〔七〕！（太子云了）（到山中了）〔八〕深山里絶餓杀！
（眼花意了）（太子背靠坐定）（太子燒肉与〔九〕末吃）〔十〕

〔校〕〔一〕此處徐沁君本補「太子」。〔二〕此處徐沁君本補「（正末唱）」。〔三〕〔七〕原本「它」字，赤松紀彦本未改，其他各本均改作「他」。〔四〕此處徐沁君本、王季思本、赤松紀彦本補「（唱）」。〔五〕「他」原本作「我」，鄭騫本、王季思本「我」下補一空圍，徐沁君本、甯希元本、赤松紀彦本改作「他」，盧冀野本、隋樹森本未改。〔六〕王季思本「我」與下句相連，兩「我」連讀。〔八〕「到山中了」徐沁君本、甯希元本處理爲賓白，徐沁君本前補「（正末云）」，後補「（唱）」。其他各本均處理爲科介。〔九〕此處徐沁君本補「正」字。〔十〕此處徐沁君本、王季思本補「（正末唱）」。

〔注〕①「至如」，即使；即便。

【快活三】想着我适才〔一〕來澗底下，割得來与它〔二〕家，燒得來半熟慌〔三〕用手來拿，早是①我忍〔四〕柰无收煞②。
（太子云了）〔五〕

〔校〕〔一〕「着我适才」原本作「我着十才」，隋樹森本未改，盧冀野本校作「我着適纔」，鄭騫本作「着我拾得」，徐沁君本作「我着適才」，其他各本均作「着我適才」。〔二〕原本「它」字，赤松紀彦本未改，其他各本均改作「他」。〔三〕「慌」原本作「荒」，盧冀野本、隋樹森本、赤松紀彦本未改，其他各本均作「慌」。〔四〕「忍」原本作「澁」，「澁」同「澀」，疑「澀」是「忍」之形誤。「柰」同「奈」「耐」。介子推每天割自己的肉養活重耳，「忍柰无收煞」即不知要忍耐到什麼時候。〔五〕此處徐沁君本、王季思本補「（正末唱）」。

〔注〕①「早是」，已經是。②「无收煞」，没結束；不到頭。

【朝天子】百忙里讓咱，猛然的見它〔一〕，不由我吃忒忒①心頭怕。（太子〔二〕云了）〔三〕太子問臣声喚②子甚③那？有幾処熱癤壞瘡發。（〔四〕云了）〔五〕微臣里忍痛難禁，声疼不罷。（太子云住）〔六〕太子呵！〔七〕臣這疼痛如刀刃扎！（太子〔八〕云了）〔九〕你又待損剮、損剮些肉咱。（〔十〕云了）〔十一〕你直待㕮〔十二〕咬煞微臣罷！

〔校〕〔一〕原本「它」字，赤松紀彦本未改，其他各本均改作「他」。

〔二〕「太子」原本作「大」，鄭騫本改作「太」，各本均作「太子」。〔三〕〔五〕〔九〕〔十一〕此處徐沁君本、王季思本補「（正末唱）」。〔四〕此處徐沁君本、王季思本、赤松紀彦本補「太子」。〔六〕此處徐沁君本、王季思本補「（正末云）」。〔七〕此處徐沁君本、王季思本補「（唱）」。〔八〕原本無「子」字，唯鄭騫本未補。〔十〕此處徐沁君本、王季思本補「太子」。〔十二〕原本「𠱥」字，徐沁君本、甯希元本未改，王季思本改作「啃」，其他各本據覆元槧本校作「咽」。未知孰是。

〔注〕①「吃忒忒」，狀心跳貌。②「声喚」，叫喚；喊叫。③「子甚」，同「則甚」，做什麼；怎麼。

（楚使上，云住）（[一]打認住）（太子云）（関子了）[二]（[三]云）既然楚大夫肯將太子去楚，老夫家中有老母无人侍[四]養，老夫还家，等太子雪冤時分，臣迎太子來。（打悲了[五]）[六]

〔校〕〔一〕此處徐沁君本補「正末」。〔二〕此二條科介，徐沁君本補作「（太子云了。）（楚使説關子了。）」，盧冀野本、隋樹森本、鄭騫本、王季思本作「（太子云）（關子了）」，甯希元本作「（太子云了）（説關子了）」，赤松紀彦本作「（太子云關子了）」。〔三〕此處徐沁君本、王季思本補「正末」。〔四〕「侍」原本作「待」，各本均已改。〔五〕此處徐沁君本補「唱」。〔六〕此處王季思本補「（唱）」。

【耍孩兒】哭啼啼訴不尽別離話。（太子[一]云了）[二]你与我疾忙①上馬。你一程程乘騎去它[三]邦，我子索慢慢的步砠[四]还家。他那里傷心去路何時尽？我這里含恨歸程知它[五]幾日是家？

（太子[六]云了）[七]赤緊的您父子无投機話，可知道風雲氣少，那里問兒女情多。

〔校〕〔一〕〔六〕原本無「子」字，唯鄭騫本未補。〔二〕〔七〕此處徐沁君本、王季思本補「（正末唱）」。〔三〕原本「它」字，赤松紀彦本未改，其他各本均改作「他」。〔四〕「砠」原本作「碴」，盧冀野本、隋樹森本未改，徐沁君本校記稱疑當爲「砌」，甯希元本、王季思本、赤松紀彦本徑改爲「砌」，鄭騫本「步碴」作「××」。按，疑「碴」是「砠」之形誤。「砠」指有土的石山，《詩經·周南·

卷耳》:「陟彼砠矣」,毛傳:「石山戴土曰砠。」此處言重耳騎馬跟隨楚使而去,介子推順着山路步行回家。「步砠」暫備一説。

〔注〕①「疾忙」,急忙;趕快。

【三煞】今世里父賢子不孝,子孝父不達。這的是父不父子不子傷了風化①。我如今有兒無兒皆如此!(太子〔一〕云了)〔二〕你今日有爺无爺〔三〕争②甚那?謝楚大夫相提拔。太子為晋唐③枝葉④,皆是你齊楚根芽⑤。

〔校〕〔一〕原本無「子」字,唯鄭騫本未補。〔二〕此處徐沁君本、王季思本補「(正末唱)」。〔三〕兩「爺」字原本均作「耶」,唯盧冀野本未改。

〔注〕①「風化」,道德規範;風教;風氣。②「争」,差。③「晋唐」,春秋時期的晋國,晋和唐都是古山西的代稱。④「枝葉」,後代、子嗣。⑤「根芽」,後代、子嗣。

【二煞〔一〕】太子呵!想必那春申君擡舉①你。(〔二〕云了)〔三〕你見那孟嘗君隨順它〔四〕。若是君王〔五〕向那客舍里權安插,俺便似山川〔六〕困虎生剛距〔七〕②。(太子云〔八〕)〔九〕你便似淺水蛟龍奮爪牙。(太子〔十〕云了)〔十一〕怎肯交麗姬賊子擎〔十二〕③了天下。太子呵!直等的先皇晏駕④,那其間便起征伐。

〔校〕〔一〕原本無「煞」字,盧冀野本、隋樹森本、鄭騫本未補,其他各本均已補。〔二〕此處徐沁君本、王季思本、赤松紀彦本補「太子」。〔三〕〔九〕〔十一〕此處徐沁君本、王季思本補「(正末唱)」。〔四〕原本「它」字,赤松紀彦本未改,其他各本均改作「他」。〔五〕「王」原本作「權」,甯希元本删,徐沁君本、王季思本改作「王」,其他各本均保留未改。徐沁君本校記云:「原『權』字蒙下『權安插』而誤。」今從徐本改。〔六〕徐沁君本「川」改作「林」。〔七〕「剛距」原本作「剛巨」,盧冀野本、隋樹森本未改,徐沁君本改作「鋼距」,其他各本均作「剛距」。按,《漢語大詞典》收「剛巨」,釋作:「堅硬鋭利的爪」,例句即爲此例,爲孤證。「距」有「脚爪」義,可從。甯希元本以音假改「生」爲「伸」,過于武斷。〔八〕此處徐沁君本、甯希元本、王季思本補「了」。〔十〕原本無「子」字,唯鄭騫本未補。〔十二〕「擎」原本作「情」,盧冀野本改作「清」，隋樹森本改作「請」，鄭騫本、赤松紀彦本改作「擎」，徐沁君本、王季思本補作「情受」，甯希元本未改。

〔注〕①「擡舉」，幫助。②「剛距」，動物堅硬鋭利的脚爪。③「擎」，持；取。④「晏駕」，帝王去世。

【煞〔一〕尾】太子呵！你若是报不得母，雪①不得兄，你便空②破了国；若是借〔二〕不得母，埋不得兒，我便是自〔三〕喪了家！你若是雪不得冤，報不得恨，則恁地空干罷，太子呵！你便是治不得国，我便是齊不得家，咄！枉交人唾罵杀！

（一行下）

〔校〕〔一〕原本無「煞」字，徐沁君本、王季思本補。〔二〕原本「借」字，徐沁君本、王季思本改作「侍」，并于「若」前補「我」，其他各本未改。鄭騫本校記云：「借字費解，疑是藉字。」甯希元本校記云：「徐本改『借』爲『侍』，誤。『借』，即藉，顧惜也。」〔三〕原本「自」字，徐沁君本、甯希元本、王季思本、赤松紀彦本改作「白」。

〔注〕①「雪」，洗雪。②「空」，白白地。

楔子

（净、旦開了）（駕上，開了）（叔向奏了）（卜兒開了）（〔一〕末上見卜〔二〕云）您孩兒去晋城，知得重耳為君，号文公即位，將群臣都封贈①了，惟忘了您兒。兒作了一篇《龍蛇歌》，懸於晋朝宫門。晋文公若見，必宣您兒來。（卜儿云〔三〕）（〔四〕不省了，云）上問母親，怎生是「一世之荣，不如万載之名」？（卜儿云了）（〔五〕做省得了）母親言者善也！家中无妨〔六〕礙。〔七〕

〔校〕〔一〕此處徐沁君本、王季思本補「正」字。〔二〕此處徐沁君本補「兒」字。〔三〕此處鄭騫本、王季思本補「了」。〔四〕〔五〕此處徐沁君本、王季思本補「正末」。〔六〕「妨」原本作「方」，各本均已改。〔七〕此處徐沁君本、王季思本補「（唱）」。

〔注〕①「封贈」，帝王將官爵授予大臣的父母，父母存者稱封，死者稱贈。

【仙吕】〔一〕【賞花時】母親道：「奉帝〔二〕臨朝一世荣，背母歸山博〔三〕个万代〔四〕名。」〔五〕家中万事无牵掛，〔六〕則今日便登程。（卜〔七〕云了）〔八〕遥望着翠巍巍綿山峻嶺。（卜儿云〔九〕）〔十〕您孩兒鴉背①着母親行。

〔校〕〔一〕原本無宫調名【仙吕】，唯盧冀野本未補。〔二〕「帝」原本作「地」，唯鄭騫本未改。〔三〕「博」原本作「撥」，盧冀野本改作「留」。〔四〕「代」原本誤作「伐」，各本均已改。〔五〕此處鄭騫本、徐沁君本、王季思本補「（帶云）」，甯希元本補「（云）」。〔六〕此處徐沁君本補「（唱）」。〔七〕此處徐沁君本、甯希元本、王季思本、赤松紀彦本補「兒」字。〔八〕〔十〕此處徐沁君本、王季思本補「（正末唱）」。〔九〕此處鄭騫本、徐沁君本、甯希元本、王季思本補「了」。

〔注〕①「鴉背」，俟考。

第四折

（駕上開）（駕提燒山了）（〔一〕扮樵夫上，慌〔二〕放①）〔三〕

【越調】【鬥鵪鶉】〔四〕焰騰騰火起紅霞，黑洞洞煙飛墨雲，鬧垓垓②火魄〔五〕縱横，急穰穰烟煤乱滚〔六〕，悄蹙蹙③火巷④外〔七〕潛藏，古爽爽⑤烟峽内側隱。我子見煩煩⑥的烟氣燻，紛紛的火焰噴，急煎煎地火燎心焦，密匝匝烟屯合⑦峪門⑧。

〔校〕〔一〕此處徐沁君本、王季思本補「正末」。〔二〕「慌」原本作「荒」，盧冀野本、隋樹森本、赤松紀彦本未改，其他各本均改作「慌」。〔三〕此處王季思本補「（唱）」。按，有「放」不必補「唱」。〔四〕原本無宫調名【越調】，唯盧冀野本未補。「鵪鶉」原本省作「奄享」，各本均已改。〔五〕原本「魄」字，各本均改作「塊」。〔六〕「滚」原本作「衮」，各本均已改。〔七〕徐沁君本「外」改作「内」。

〔注〕①「放」，雜劇每折正角開唱或説賓白的提示詞。②「鬧垓垓」，喧鬧、雜亂貌。③「悄蹙蹙」，悄悄。④「火巷」，房屋之間爲防火勢滋蔓的小巷。⑤「古爽爽」，孤零零。⑥「煩煩」，狀濃烟翻滚貌。⑦「屯合」，聚集。⑧「峪門」，山谷口。

【紫花序】紅紅的星飛迸散，騰騰的焰接林梢，烘烘的火閉了山門。烟〔一〕驚了七魄，火諕了三魂。不付能①這性命得安存，多謝了烟火神灵搭〔二〕救了人，慚愧呵嶮〔三〕些兒有家難奔。尽都是火嶺煙嵐，望不見水館山村。

〔校〕〔一〕隋樹森本「烟」誤作「炯」。〔二〕「搭」原本作「荅」，各本均已改。〔三〕原本「嶮」字，各本均改作「險」。

〔注〕①「不付能」，亦作「不甫能」，義爲「好容易」，同「好不容易」。「不」無義。

(駕云了)〔一〕有个老宰相，共①个老婆婆，火燒了也！那个老宰相，不肯趓那火，抱着黄芦樹，現〔二〕今燒死了也！(駕云了)〔三〕

〔校〕〔一〕此處鄭騫本補「（云）」，徐沁君本、王季思本補「（正末云）」。〔二〕「現」原本作「見」，唯盧冀野本未改。〔三〕此處徐沁君本、王季思本補「（正末唱）」。

〔注〕①「共」，和；與；跟。

【小桃紅】小人向虎狼叢里过了三旬①，每日負力擔柴捆〔一〕，交□〔二〕稚子②山妻③得安遁。(駕云了)〔三〕我不知你笑那深山里玉堂臣④，他向〔四〕那濃烟烈焰里成灰烬。(〔五〕云了)〔六〕為甚俺這樵夫得脫身无事〔七〕？他皇〔八〕天有信，從來不負俺這苦辛人。(〔九〕云）那个老官人和我每日攀話⑤。(〔十〕云了)〔十一〕

〔校〕〔一〕「捆」原本不清，似是「困」字，盧冀野本、王季思本校作「梱」，隋樹森本、徐沁君本校作「薪」，甯希元本校作「捆」，鄭騫本、赤松紀彦本作一空圍。〔二〕原本此字漫漶，盧冀野本、鄭騫本刪，徐沁君本、甯希元本、王季思本作「俺」，隋樹森本、赤松紀彦本作一空圍。〔三〕〔六〕此處徐沁君本、王季思本補「（正末唱）」。〔四〕「向」原本作「[illegible]」，盧冀野本刪此字，鄭騫本、甯希元本、赤松紀彦本校作「在」，徐沁君本、王季思本校作「向」，隋樹森本作一空圍。按，原字輪廓依稀可辨是「向」字，元雜劇中「向……方位詞」結構習見。〔五〕此處徐沁君本、甯希元本、王季思本補「駕」字。〔七〕原本「事」字，徐沁君本改作「非」，「無非」與下句連讀；甯希元本改作「是」，「無是」與下句連讀；盧冀野本「無事」與下句連讀；其他各本「無事」均屬上句。〔八〕原本「皇」字不清，但依稀可辨，盧冀野本、隋樹森本作一空圍，鄭騫本校作「蒼」，其他各本均作「皇」。〔九〕此處王季思本補「正末」。〔十〕此處徐沁君本、王季思本補「駕」。〔十一〕此處徐沁君本、王季思本補「（正末唱）」。甯希元本删「（云了）」。

〔注〕①「三旬」，三十年。②「稚子」，幼子；未成年的孩子。③「山妻」，隱士之妻，後多用爲自稱其妻的謙詞。④「玉堂臣」，宫殿上的大臣。⑤「攀話」，攀談。

【金蕉葉】小人怕不待①信着口傾心告君，則恐怕觸〔一〕突②着當今至尊。（〔二〕云了）〔三〕小人雖是个庄家漢，也省的③些个小勾當。〔四〕止不过玉帛④玄纁⑤奉品〔五〕⑥，不似你晋国里招賢廢人⑦！

（駕云〔一〕）〔一〕

〔校〕〔一〕原本「觸」字，盧冀野本改作「搪」。〔二〕此處徐沁君本、王季思本補「駕」。〔三〕此處徐沁君本、王季思本補「（正末云）」，甯希元本補「（云）」。〔四〕此處徐沁君本、王季思本、赤松紀彦本補「（唱）」。〔五〕甯希元本「奉」改作「俸」，徐沁君本疑「品」應改作「聘」。按，「玉帛」比喻賢士，「玄纁」本爲黑色和淺紅色的布帛，常代指帝王聘請賢士的禮品，「奉品」應指按品級。

〔注〕①「怕不待」，難道不；豈不。②「觸突」，冒犯。③「省的」，明白；知道。④「玉帛」，比喻賢士。⑤「玄纁」，黑色和淺紅色布帛，代指帝王聘請賢士的禮品。⑥「奉品」，按品級。⑦「廢人」，不用某人。

【調笑令】柴林下那个宰臣①，交火燒了身，兀的不辛苦杀凌烟閣②上人。（〔一〕云了）〔二〕我道來呵！〔三〕道它親孩兒替死向剛〔四〕刀下刎，他血瀝瀝〔五〕割股焚身。封官時宰相每若議論，則封個完躰將軍。

（駕云〔六〕）〔七〕

〔校〕〔一〕此處徐沁君本、王季思本補「駕」字。〔二〕此處徐沁君本、王季思本補「（正末云）」，甯希元本補「（云）」。〔三〕此處徐沁君本、王季思本、赤松紀彦本補「（唱）」。〔四〕原本「剛」字，隋樹森本、徐沁君本、王季思本改作「鋼」。〔五〕原本「瀝」字不重，盧冀野本、隋樹森本未重，其他各本均重。〔六〕此處鄭騫本、徐沁君本、王季思本補「了」。〔七〕此處徐沁君本、王季思本補「（正末唱）」。

〔注〕①「宰臣」，重臣。②「凌烟閣」，唐代爲表彰功臣而建的懸掛功臣畫像的高閣。

【寨兒令】道它〔一〕曾巴巴劫劫①背着主公，波波〔二〕碌碌②踐紅塵。行到半路里〔三〕絶粮剮割濕肉烹。道大王當日從臣，道大王今日為君。〔四〕每日重裀而卧③，列鼎而食④。〔五〕那其間路上有飢人！（駕云了）〔六〕您向當心里放水瓮防身，您却四面火把燒焚。一投〔七〕⑤放水把〔八〕水浪滚，一投放火把〔九〕火光焚。（云〔十〕）做皇帝〔十一〕一投放水，一投放火。（唱）那的是您，天子重賢臣！

〔校〕〔一〕原本「它」字，赤松紀彦本未改，其他各本均改作「他」。〔二〕「波波」原本作「破」和一重文符號，盧冀野本、隋樹森本作「破破」，其他各本均作「波波」。〔三〕徐沁君本「行到半路里」處理爲賓白，前補「帶云」，後補「（唱）」。〔四〕此處鄭騫本、徐沁君本、王季思本、赤松紀彦本補「（帶云）」。〔五〕此處徐沁君本、王季思本、赤松紀彦本補「（唱）」。〔六〕此處徐沁君本、王季思本補「（正末唱）」。〔七〕四個「一投」，徐沁君本、甯希元本改作「一頭」。〔八〕「放」「把」二字原本均作「於」，盧冀野本、隋樹森本、赤松紀彦本未改；鄭騫本均改作「放」；徐沁君本、甯希元本前「於」改作「放」，後「於」删；王季思本前「於」改爲「放」，後「於」改作「把」。暫依王季思本。〔九〕徐沁君本删「把」字。〔十〕徐沁君本改作「帶云」，赤松紀彦本改作「駕云了」。〔十一〕「帝」原本作「〇」，各本均已改。

〔注〕①「巴巴劫劫」，謂道路坎坷難行。②「波波碌碌」，忙碌奔走貌。③「重裀而卧」，睡覺鋪多層被褥。④「列鼎而食」，吃飯排列着各色美食，形容貴族奢華的生活。⑤「一投」，一邊。

【鬼〔一〕三台】颼颼的〔二〕狂風徹〔三〕，將密匝匝①山圍尽，猛一陣煤撲人生烟嗆人。風卷泄蕩起灰塵，火焰紅如絳雲②。漚漚③煙熏的兩輪日月昏，刮刮④的火煉的一合天地分。補氤氤〔四〕⑤氳走兔〔五〕被烟迷，忒楞楞⑥撲飛禽被那火淋。
(駕云〔六〕)〔七〕

〔校〕〔一〕原本「鬼」字，鄭騫本、王季思本改作「耍」。鄭騫本校記云：「據律改題」。〔二〕原本有二「的」字，盧冀野本、隋樹森本、赤松紀彦本保留，其他各本均删一個。〔三〕原本「徹」字，徐沁君本、王季思本未改，盧冀野本、隋樹森本改作「撤」，鄭騫本、赤松紀彦本改作「撒」，甯希元本改作「扯」。〔四〕「氤」原本不重，徐沁君本、甯希元本、赤松紀彦本重，徐沁君本校記云：「據下句『忒楞楞撲』構詞格式補」。〔五〕「走兔」原本作「兔走」，徐沁君本、甯希元本、王季思本、赤松紀彦本據下句「飛禽」乙轉。〔六〕此處鄭騫本、徐沁君本、王季思本補「了」字。〔七〕此處徐沁君本、王季思本補「（正末唱）」。

〔注〕①「密匝匝」，嚴實稠密貌。②「絳雲」，紅色的雲。③「漚漚」，濃烟貌。④「刮刮」，大火聲。⑤「補氤氤」，烟霧繚繞貌。⑥「忒楞楞」，禽類拍動翅膀聲。

【禿厮兒】您這火林外前後有軍，深山里進退无門。他道是向火坑中自喪身，更休想，卧麒麟，高塚〔一〕①！
(〔二〕云了)〔三〕

〔校〕〔一〕原本「塚」字，徐沁君本、甯希元本、王季思本改作「墳」，盧冀野本末句改作「卧高塚麒麟」。〔二〕此處徐沁君本、甯希元本、王季思本補「駕」字。〔三〕此處徐沁君本、王季思本補「（正末唱）」。

〔注〕①「高塚」，常與「麒麟」連用爲「高塚麒麟」「麒麟高塚」，「塚」亦作「冢」，指名臣、高官之墓，文獻習見「麒麟塚」「麒麟冢」。

【聖藥王】那老兒过六旬，近七旬，他道是老而不死是何人！你道他性子很〔一〕①，意氣②嗔③，現〔二〕如今抱黄芦肢体做灰塵，可知、可知〔三〕有甚吃火不燒身。

〔校〕〔一〕原本「很」字，盧冀野本、隋樹森本、鄭騫本保留，其他各本均改作「狠」。〔二〕「現」原本作「見」，徐沁君本、甯希元本改作「現」，其他各本未改。〔三〕原本第一個「可知」下有二重文符號，徐沁君本、甯希元本、王季思本重「可知」；盧冀野本、隋樹森本僅重「知」字，作「可知知」；鄭騫本作「可知道」，赤松紀彦本作「可知□」。

〔注〕①「很」，狠。②「意氣」，志向、氣概。③「嗔」，發怒；生氣。

【收〔一〕尾】不争①你个晋文公烈火把功臣尽〔二〕②，枉惹得万万載朝廷議論。常想趙盾捧車輪，也不似你个當今帝主狠！

（駕云了）（祭出）（散場）

〔校〕〔一〕徐沁君本删「收」字。〔二〕原本「尽」字，徐沁君本改作「儘」。

〔注〕①「不争」，不料；想不到。②「尽」，此指燒死。

新編関目晋文公火燒介子推〔一〕

〔校〕〔一〕原本無題目正名，盧冀野本補「題目」「正名」及四個五字句，作二十個空圍。尾題盧冀野本、甯希元本作「晋文公火燒介子推雜劇終」，鄭騫本作「晋文公火燒介子推終」，徐沁君本作「新編關目《晋文公火燒介子推》」，赤松紀彦本作「新編関目晋文公火燒介子推」，隋樹森本、王季思本無尾題。

大都新栞関目的本東窓事犯

孔文卿

校本八種

鄭騫本：鄭騫《校訂元刊雜劇三十種》

徐沁君本：徐沁君《新校元刊雜劇三十種》

甯希元本：甯希元《元刊雜劇三十種新校》

王季思本：王季思《全元戲曲》（第三卷）

盧冀野本：盧冀野《元人雜劇全集》（第八册）

隋樹森本：隋樹森《元曲選外編》（第二册）

鄭振鐸本：鄭振鐸編《世界文庫》（第五册）

邵曾祺本：邵曾祺《元人雜劇》（選零折－第二折）

題目校記

該劇元刊本題目爲「大都新栞関目的本東窓事犯」，盧冀野本改作「秦太師東窗事犯」，鄭騫本、邵曾祺本改作「地藏王證東窗事犯」，王季思本補改作「大都新栞關目的本地藏王證東窗事犯」，甯希元本補作「地藏王證東窗事犯雜劇」。

楔子

（正末扮[一]引二將上，坐定，開）某姓岳名飛，字鵬舉。幼習武藝，隨高宗南渡於金陵。不經旬日①，有大金国四太子追襲。到於浙西錢唐〔二〕鎮，立名行在②，即其帝位。某統軍在朱仙〔三〕鎮拒敵，四太子閉門不出。某平生願待復奪東京③，近新交上表，欲起軍去，不見聖旨到來。這幾日神思不安！呵，不知有甚事？〔四〕不知朝治〔五〕④里有甚事？張憲，岳雲，在意看守边塞！子今日便索⑤上馬去。〔六〕

〔校〕〔一〕「扮」原本作「粉」，盧冀野本、鄭振鐸本未改，隋樹森本、鄭騫本、徐沁君本、王季思本改作「扮」。徐沁君本、王季思本「扮」下補「岳飛」。甯希元本「粉」改作「粉扮岳飛」。〔二〕原本「唐」字，盧冀野本、隋樹森本改作「塘」。〔三〕「仙」原本作「迁」，唯鄭振鐸本未改。〔四〕原本「甚事」下有三字空，「不知」另起一行。隋樹森本補三空圍。鄭騫本、盧冀野本、徐沁君本、甯希元本、王季思本補「（使臣捧聖旨金牌上）（正末接旨了，云）」。鄭騫本校記云：「原無此十四字，從全集補。全集亦是依劇情文義補足，並非別有所本。」〔五〕原本「治」字，徐沁君本改作「野」，王季思本改作「治」。王季思本校記云：「底本『治』作『冶』，形誤。徐本作『朝野』，不從。按，『朝治』之『治』，與縣治、府治之『治』同，爲最高官署所在地。」〔六〕此處徐沁君本、王季思本補「（唱）」。

〔注〕①「旬日」，十天，也指較短的時間。②「行在」，指帝王居住地，或帝王巡行時的居住地。③「東京」，汴州，今河南開封。④「朝治」，朝廷。⑤「索」，要；應該。

【仙吕】〔一〕【端正好】見一日帝王宣十三次，多應①擋〔二〕廻俺百万雄師！莫不②朝廷中别有甚関機〔三〕③事？〔四〕既不沙④！〔五〕却怎竹節也倡⑤差天使？

〔校〕〔一〕原本無宫調名【仙吕】，盧冀野本、鄭振鐸本未補，其他各本均已補。〔二〕「擋」原本作「黨」，盧冀野本改作「當」，其他各本均作「擋」。〔三〕原本「関機」，盧冀野本改作「機關」。〔四〕此處徐沁君本補「（帶云）」。〔五〕此處徐沁君本補「（唱）」。原本「沙」字，徐沁君本、甯希元本改作「吵」。

〔注〕①「多應」，很可能。②「莫不」，莫不是；難道是。③「關機」，機關；重要。④「沙」，表示假設的後置詞，相當于「的話」。

⑤「竹節也侣」，比喻多次。

【幺篇〔一〕】多敢是①聖明君犒賞特宣賜，怎肯信讒言節外生〔二〕枝？止不過休兵罷戰還朝呵！是〔三〕我暗暗地自尋思：莫不是封官爵〔四〕聖恩慈，明宣賜賞金資，添軍校復還時，將三略②展六韜③施〔五〕，收九〔六〕府取京師，杀猛將血横尸。奪了四京④九府⑤，〔七〕須要稱了俺平生志！（下）

〔校〕〔一〕「幺篇」原本作「幺」，盧冀野本、鄭振鐸本未改，鄭騫本作「幺」，其他各本均作「幺篇」。〔二〕原本「節外生」三字殘損，鄭振鐸本作三空圍，盧冀野本補作「節外更生」，其他各本均作「節外生」。〔三〕徐沁君本「止不」至「呵是」處理爲賓白，前補「（帶云）」，後補「（唱）」。徐沁君本「呵是」獨自成句。其他各本該句均爲唱詞，盧冀野本、鄭振鐸本「呵」屬上句，「是」屬下句。其他各本「是」均屬上句。〔四〕原本「官爵」二字空缺，盧冀野本、隋樹森本作二空圍，鄭振鐸本作三空圍，其他各本均補「官爵」。〔五〕原本「三略」和「施」空缺。隋樹森本補三空圍。盧冀野本此處所補及斷句作「將□□. 展六韜. □□府.」，鄭振鐸本作三空圍。其他各本均補「三略」和「施」。〔六〕原本「收九」二字空缺，鄭騫本據第三折【紫花兒序】「將四京九府平收」補，甯希元本、王季思本從。徐沁君本補「收軍」。鄭振鐸本作三空圍，隋樹森本作二空圍。〔七〕「奪了四京九府」鄭騫本、徐沁君本、甯希元本、王季思本處理爲賓白，鄭、徐、王三本均前補「（帶云）」，徐、王二本後補「（唱）」。原本「京九府」殘損，盧冀野本補作「奪了東京」，隋樹森本、鄭振鐸本作「奪了四京□□」，其他各本均作「奪了四京九府」。

〔注〕①「多敢是」，很可能是。②「三略」，軍事著作，傳説是漢初隱士黄石公所著。③「六韜」，軍事著作，傳説是姜太公所著。④「四京」，宋代開封府爲東京，河南府爲西京，應天府爲南京，大名府爲北京，合稱「四京」。⑤「九府」，代指各級官署。

第一折

（正末帶枷上，開）自宣某到於闕下，不引見官里①，有秦檜將某送下大

理寺[②]問罪。陛下信奸臣賊子，將俺功臣亏損[③]。太平不用旧將軍，信有之〔一〕！〔二〕

〔校〕〔一〕鄭騫本「之」下補「也」字。〔二〕此處徐沁君本、王季思本補「（唱）」。

〔注〕①「官里」，皇帝。②「大理寺」，掌管刑獄的官署。③「亏損」，虧負。

【仙吕】〔一〕【點絳唇】立國安邦，列着虎賁[①]郎〔二〕將[②]，沙場上，卧雪眠霜，争与恁〔三〕百二山河掌。

〔校〕〔一〕原本無宫調名【仙吕】，盧冀野本、鄭振鐸本未補，其他各本均已補。〔二〕「郎」原本作「狼」，徐沁君本、甯希元本、王季思本均已改，其他各本未改。徐沁君本校記云：「虎賁郎將爲虎賁中郎將之簡稱，非以虎、狼對舉也。」〔三〕徐沁君本、王季思本「恁」改作「您」。

〔注〕①「虎賁」，指勇士。「賁」「同」「奔」。②「郎將」，武官名。

【混江龍】想挾人捉將，相持厮杀数千場，則[①]落得被〔一〕[②]枷帶鎖，枉了俺展土開疆。信着个挾天子令諸侯紫綬臣[③]，待損俺守边塞破敵軍鉄衣郎[④]。俺与你掃除妖氣，洗蕩妖氛，不能勾〔二〕名標簿上，剗地[⑤]屈問廳前，想兒曹[⑥]反謀帝王前〔三〕，不由英雄泪滴枷梢上！想着俺掌帥府將軍一令，倒〔四〕不出的坐都堂[⑦]約法三章。

（云）非是岳飛造反，皇天可表！〔五〕

〔校〕〔一〕原本「被」字，徐沁君本、甯希元本、隋樹森本校作「披」，其他各本未改。〔二〕原本「勾」字，鄭振鐸本未改，其他各本均改作「够」。〔三〕疑「反謀」下應斷開，「帝王」前有脱文，各本失校。據曲譜，【混江龍】本格九句，第六句下可增三字句或四字句若干，增句必爲偶數，偶句押平聲韵。「想挾」至「衣郎」爲本格前六句，「不由」至「三章」爲本格后三句，中間的「俺與」至「王前」爲增句。增句正格皆爲四字，如「掃除妖氣」「洗蕩妖氛」。鄭本、徐本、甯本、王本皆以「想兒曹反謀帝王前」爲一句，這樣處理增句爲奇數，不合曲譜要求，且四字正格只能是「反帝王前」或「謀帝王前」，句意均不通順。加點的「場」「疆」「郎」

「上」「章」爲該曲本格的五個韵脚字，屬「江陽」韵。根據增句偶句要押平聲韵的要求，「氛」「前」「前」應爲韵脚字。「氛」屬「真文」，「前」屬「先天」。「真文」「先天」與「江陽」通押，體現了元代前、後鼻音混淆的語音現象。該曲增句應爲六句，「俺與」至「廳前」爲前四句，文從字順，語意連貫，應無脱漏。「帝王前」應爲第六句正格后三字，「反謀」下應斷開，「想兒曹反謀」應爲增句第五句。文獻中「反謀」皆爲名詞，義爲「反叛的陰謀」，略舉一例，元代《秦并六國平話》卷下：「二世大怒，令趙高治之，責李斯與子李由反謀狀。」該條「兒曹反謀」即秦檜反宋的陰謀，爲增句第五句正格字。故「帝王前」中至少脱一字，但《東窻事犯》只有元刊本，無所從補。〔四〕「倒」原本作「到」，盧冀野本、隋樹森本、鄭振鐸本未改，其他各本均改作「倒」。〔五〕此處徐沁君本、王季思本補「（唱）」。

〔注〕①「則」，只。②「被」，披；戴。③「紫綬臣」，佩戴紫色印綬的大臣，代指位高權重的大臣。④「鉄衣郎」，戰士。⑤「剗地」，反而；反倒。⑥「兒曹」，兒輩。⑦「都堂」，指官署、衙門的辦公之處。

【油葫芦】想十三人舞袖登城臨汴梁，向青城虜了上皇①。（〔一〕云）諕得禁軍八百万丢盔〔二〕卸甲！〔三〕那其間無一个匣中寶劍掣秋霜②！楊戩是个幫閑攢懶③元戎將④，蔡京是个傳書獻簡頭廳相⑤。一个治家亡了家，一个安邦的喪了邦。虜得些金枝玉葉⑥離了鄉黨⑦，若不是泥馬走康王⑧。

〔校〕〔一〕徐沁君本「云」上補「帶」字。盧冀野本删「（云）」。〔二〕「丢盔」原本空缺，盧冀野本此句作「諕得禁軍八百萬卸甲抛槍」，鄭振鐸本「卸甲」上下各補二空圍。鄭騫本、王季思本此句作「諕得禁軍八百萬都一齊卸甲丢盔」，甯希元本無「都」字。徐沁君本、隋樹森本「萬」下補「丢盔」二字。〔三〕此處徐沁君本、王季思本補「（唱）」。

〔注〕①「上皇」，太上皇。②「秋霜」，代指寶劍，「劍掣秋霜」即扯出寶劍。③「幫閑攢懶」，逢迎凑趣，耍弄乖巧。（參見《漢語大詞典》）④「元戎將」，主將；統帥。⑤「頭廳相」，宰相，也泛指

高官。「頭廳」，古代中央政府的最高行政機構。⑥「金枝玉葉」，比喻皇族子孫。⑦「鄉黨」，鄉親；鄉族朋友。⑧「泥馬走康王」，宋徽宗第九子康王構（宋高宗）再度使金，至磁州，留守宗澤勸留，不從。澤乃借神以止之，曰：此間有崔府君廟，甚靈，可以卜珓。是夜人報廟中泥馬銜車輦等物填塞去路。康王因止不前。事見《宋史·宗澤傳》。後敷演爲泥馬渡康王故事。（參見《漢語大詞典》）

【天下樂】到如今宋室江山都屬四国王！生①併②的国破城荒，那一場我与你重安日月定了四方。戰沙場〔一〕幾个死，破敵軍幾処傷，兀的是功名紙半張③！

（云）〔二〕既是我謀反，哪里積草屯粮？誰見來？〔三〕

〔校〕〔一〕「場」原本作「揚」，唯鄭振鐸本未改。〔二〕原本無「（云）」，甯希元本、鄭振鐸本未補，其他各本均已補。〔三〕此處徐沁君本、王季思本補「（唱）」。

〔注〕①「生」，生生；活生生。②「併」，打殺；拼殺。③「功名紙半張」，指功名不被珍惜。

【那吒令】恁〔一〕尋思試想，向杀場戰場；恁尋思試想，俺安邦定邦；恁尋思試想，立朝綱①紀綱②。我不合③扶持的帝業興，我不合保護的山河壯，我不合整頓的地老天荒④。

〔校〕〔一〕該曲三「恁」字，徐沁君本、王季思本均改作「您」。

〔注〕①「朝綱」，朝廷的法紀。②「紀綱」，法度。③「合」，該；應該。④「地老天荒」，此指山河永固。

【鵲踏枝】我不合定存亡，列刀鎗。恁〔一〕剗的①定計鋪謀②，損害賢良。試打入天羅地網，待交俺九族③遭殃！

〔校〕〔一〕原本「恁」字，徐沁君本、王季思本均改作「您」。

〔注〕①「剗的」，反而；反倒。②「定計鋪謀」，謀劃；安排。③「九族」，以自己爲本位，上推至四世之高祖，下推至四世之玄孫爲九族。也應泛指親屬。（參見《漢語大詞典》）

【寄生草】仰面將高天問，英雄氣怨上蒼。問天公不曾天垂象〔一〕，治居民不曾交〔二〕居民蕩①，統三軍不曾交三軍喪。子落的滿身枷鎖跪廳前，却甚②一輪皂盖③飛頭上！

〔校〕〔一〕「象」原本作「像」，唯鄭振鐸本未改。〔二〕該曲兩「交」字，盧冀野本、隋樹森本改作「教」。

〔注〕①「蕩」，動蕩；流離。②「却甚」，却怎麼。③「皂盖」，古代官員所用的黑色蓬傘。

【村里迓鼓】我不合扶立一人為帝，交〔一〕万民失望。我不合於家為国①，無明夜②將烟塵掃蕩。我不合仗手策③，憑英勇，占〔二〕得山河雄壯。鎮得四海寧，帝業④昌，民心息〔三〕。子〔四〕兀的是我請官受賞！

〔校〕〔一〕原本「交」字，盧冀野本、隋樹森本改作「教」。〔二〕原本「占」字，甯希元本以「省借」改作「戰」，稱：「各本失校。」〔三〕原本「息」字，隋樹森本、甯希元本改作「良」，徐沁君本、王季思本改作「向」，其他各本未改。徐沁君本校記云：「隋本『息』改作『良』，不從。今改作『向』。按：『息』字上半截『自』字，與『向』字形近，因致誤。」未知孰是，暫不改。〔四〕原本「子」字，盧冀野本改作「袛」，隋樹森本改作「則」，鄭振鐸本改作「只」。

〔注〕①「於家為国」，爲國爲家。②「無明夜」，暗夜。③「手策」，手段；本領。④「帝業」，帝王的基業、事業。

【元和令】消不得①上馬金下馬銀②，也合③交〔一〕出朝將入朝相。我与恁〔二〕奪旗扯鼓統兒郎，不能勾〔三〕列金釵十二行④。交這个牧童村叟蠢芒郎⑤，倒〔四〕能勾〔五〕暮登天子堂⑥。

〔校〕〔一〕原本「交」字，盧冀野本、隋樹森本改作「教」。〔二〕原本「恁」字，徐沁君本、王季思本改作「您」。〔三〕〔五〕原本「勾」字，鄭振鐸本未改，其他各本均改作「够」。〔四〕「倒」原本作「到」，盧冀野本、隋樹森本、鄭振鐸本未改，其他各本均改作「倒」。

〔注〕①「消不得」，不需要。②「上馬金下馬銀」，指待遇優厚。③「合」，該；應該。④「金釵十二行」，喻姬妾衆多。⑤「芒郎」，村夫。⑥「暮登天子堂」，比喻迅速晋升。

【上馬嬌】不索你狠，更怕我慌〔一〕，你道是先打後商量，做了个耕牛為主遭鞭杖①。〔二〕見外則荒，内則相隔着漢洋江②，陛下常久顧〔三〕鎮蘇杭。

〔校〕〔一〕「慌」原本作「荒」，盧冀野本、隋樹森本、鄭振鐸本未改，其他各本均改作「慌」。〔二〕原本「見外則荒内則相」刻作大字，與曲文同。盧冀野本、鄭騫本校作曲文，鄭本句讀爲：「見外則荒，内則相隔著漢陽江」，盧本、隋樹森本不斷開。王季思本同鄭本，校記稱該曲較常格增一句。徐沁君本「見外」上增「幾曾」，并補「帶云」，「荒」改作「將」，把「幾曾見外則將，内則相?」作爲夾白，稱「以意補改」，「内則相」下補「（唱）」。甯希元本「荒」改作「慌」，「見外則慌」改作夾白，「内則相」與後句連讀。鄭振鐸本「見外則荒」與上句「做了個耕牛為主遭鞭杖」連爲一句，作爲曲文。按，「見外則荒」應爲夾白，「荒」字無誤。據曲譜，【上馬嬌】全曲六句，第四句正格七字，爲「耕牛為主遭鞭杖」。將該曲與下曲【遊四門】首句「則怕不知禍起在蕭墻」聯繫起來，可以判斷，「見外」至「蘇杭」以及「則怕不知禍起在蕭墻」，都是對皇帝而言。故徐沁君本「外則將，内則相」不合語境。「相」是「互相」義，不是「宰相」義與動詞「隔着」連用。應斷作：「見外則荒，内則相隔着漢洋江」，「荒」有邊遠、被占據等義，「漢洋江」即長江。「漢洋江」是第五句正格字。南宋偏安一隅，皇帝看到自己的江山，外邊盡被异族所占，裏邊也僅是屈居于長江以南，長期駐鎮蘇杭。即使是在這樣的情況下，皇帝也不知道已經快要禍起蕭墻了。禍起蕭墻指秦檜謀反賣國之事。故甯希元本改作「慌」不合適。將「見外則荒」處理爲夾白，符合六句之數。〔三〕「顧」原本簡作「雇」，隋樹森本、鄭振鐸本未改，甯希元本作「頋」，其他各本均作「顧」。

〔注〕①「耕牛為主遭鞭杖」，指忠心爲主，却反遭禍殃。②「漢洋江」，長江，同「漢陽江」。

【遊四門】則怕不知禍起在蕭墻①！你待興心②乱朝綱，詐③傳宣賺④離我边庭⑤上。元來恁〔一〕没世界有官方，暗暗將，刀斧列在堦傍〔二〕。

〔校〕〔一〕原本「恁」字，徐沁君本、王季思本均改作「您」。〔二〕原本「傍」字，徐沁君本、甯希元本改作「旁」。按，「傍」同「旁」。

〔注〕①「蕭墻」，古代宫室内當門的墻，比喻内部。「禍起蕭墻」，禍患從内部發生。②「興心」，存心；故意。③「詐」，假；欺詐。④「賺」，騙；欺哄。⑤「边庭」，邊疆；邊地。也指邊地官署。

【勝葫芦】却甚爛〔一〕醉佳人錦瑟①傍〔二〕？今日和天也順時光！則那逆天的天不交命亡，順天的禍從天降！逆天的神灵不报，順天的受灾殃！

〔校〕〔一〕「爛」原本作「欄」，唯鄭振鐸本未改。〔二〕原本「傍」字，徐沁君本、甯希元本改作「旁」。按，「傍」同「旁」。

〔注〕①「錦瑟」，有織錦紋的瑟。

【寄生草】你道我把朝廷乱，不合①將社稷匡②。我不合降戚方③劫〔一〕寨施心量〔二〕，我不合捉李成④賊到中軍帳⑤，我不合破金国扶立的高宗旺〔三〕。待將我簽頭⑥号令市曹中，却甚功勞寫在凌煙⑦上！

（云）皇天可表，岳飛忠孝！〔四〕

〔校〕〔一〕「劫」原本作「揭」，鄭騫本、鄭振鐸本未改，其他各本均已改。〔二〕「量」原本作「亮」，徐沁君本、甯希元本、王季思本已改，其他各本未改。今從徐本。〔三〕原本「旺」字，徐沁君本改作「王」，校記云：「『王』讀去聲」。〔四〕此處徐沁君本、王季思本補「（唱）」。

〔注〕①「合」，該；應該。②「匡」，匡正；救助；扶助。③「戚方」，古代小説《説岳全傳》中的人物。爲人反復無常，後死在牛皋之手。④「李成」，金國名將，天生神力，終被岳飛擊敗。⑤「中軍帳」，元帥、將軍的軍帳。⑥「簽頭」，酷刑，斬首高懸示衆。⑦「凌煙」，即「凌烟閣」，唐代爲表彰功臣而建的懸掛功臣畫像的高閣。

【賺煞】下我在十惡①死囚牢，再不坐九頂〔一〕蓮花帳。子我這謀反事如何肯當！我死呵，做个負屈啣冤忠孝鬼！〔二〕見〔三〕有侵境界②小国偏邦，秦檜結勾〔四〕③起刀槍。陛下，則怕你坐不久龍床！俺死呵落得个盖世界④居民衆衆講：岳飛子父每不合捨性命，〔五〕生併的南伏〔六〕北降，出氣力西除東蕩！殺了岳飛、岳雲、張憲三人，〔七〕陛下！你便侶砍〔八〕折条擎天架〔九〕海紫金樑⑤！

（下）

〔校〕〔一〕「頂」原本作「鼎」，盧冀野本、隋樹森本、鄭振鐸本未改，其他各本均已改。〔二〕「做個負屈啣冤忠孝鬼」原爲大字，鄭騫本、隋樹森本、王季思本處理爲曲文，其他各本均爲賓白。徐沁君本「我」上補「帶云」，「鬼」下補「（唱）」。〔三〕原本「見」

字，徐沁君本、甯希元本改作「現」。〔四〕原本「勾」字，徐沁君本改作「搆」。〔五〕原本只有「岳飛子父每」爲小字，該句盧冀野本、隋樹森本、鄭振鐸本處理爲曲文，其他各本均作賓白。「岳」上鄭騫本、徐沁君本、王季思本補「（帶云）」，「命」下徐沁君本、王季思本補「（唱）」。〔六〕原本「伏」字，鄭騫本、王季思本、隋樹森本改作「服」。〔七〕該句只有鄭振鐸本作爲曲文，其他各本均作賓白。「殺」上隋樹森本、鄭騫本、徐沁君本、王季思本補「（帶云）」，盧冀野本、甯希元本未補。「人」下徐沁君本、王季思本補「（唱）」。〔八〕甯希元本「砍」改作「斫」。〔九〕「架」原本作「駕」，甯希元本已改，其他各本均未改。

〔注〕①「十惡」，封建社會的十種大罪。《隋書·刑法志》記載：「一曰謀反，二曰謀大逆，三曰謀叛，四曰惡逆，五曰不道，六曰大不敬，七曰不孝，八曰不睦，九曰不義，十曰内亂。」②「境界」，邊境。③「結勾」，勾結。④「盖世界」，全世界；整個世界。⑤「擎天架海紫金樑」，喻國家棟梁、中流砥柱。

第二折

（正末扮呆行者①拿火筒②上，念）吾乃地藏神，化為呆行者，在靈隱寺中泄漏秦太師東窓事犯。詩曰：損人自損自身己③，我風我痴我便宜。人我場中恁〔一〕試想，到底難逃死限催。〔二〕

〔校〕〔一〕原本「恁」字，徐沁君本、王季思本改作「您」。〔二〕此處徐沁君本、王季思本、邵曾祺本補「（唱）」。

〔注〕①「行者」，佛教指行脚乞食的苦行僧。②「火筒」，吹火的工具。③「身己」，身體。

【中吕】〔一〕【粉蝶兒】休笑我垢面風痴①，恁〔二〕參不透我本心主意，子為世人愚不解禪機。鬅鬙②着短頭髪，挎〔三〕着个破执袋③，就裏④敢⑤包羅天地。我將這吹火筒却〔四〕離了香積⑥，〔五〕我泄天機故臨凡世。

〔校〕〔一〕原本無宫調名【中吕】，盧冀野本、鄭騫本未補，其他各本均補。〔二〕原本「恁」字，徐沁君本、王季思本、邵曾祺本改作「您」。〔三〕「挎」原本作「胯」，盧冀野本、隋樹森本、鄭振鐸本未改，鄭騫本、邵曾祺本作「跨」，徐沁君本、甯希元本、王季思本作「挎」。〔四〕原本「却」字，徐沁君本、邵曾祺本改作「恰」。〔五〕原本此處有個小字「唱」，鄭振鐸本保留，鄭騫本處理作科介「（唱）」，其他各本均删。

〔注〕①「風痴」，瘋癲痴傻。②「鬅鬙」，頭髮散亂。③「执袋」，亦作「直袋」，有提手的袋子。④「就裏」，裏面；内中。⑤「敢」，可能。⑥「香積」，佛國。也指佛寺、僧人飯食。

【醉春風】又不曾禮經懺法堂中，俺則是打勤勞①山寺里。則為你上謾②天子下欺臣，（帶云）你道我痴，我道你奸。縛虎則易，縱虎則難。③太師！這言語單④道着你！你！休笑我噥〔一〕⑤，我干净如⑥你！你問我緣由，我對你説破，看怎生支對⑦！

有甚不知你來意？〔二〕

〔校〕〔一〕原本「噥」字，隋樹森本改作「穠」，邵曾祺本改作「膿」。〔二〕該曲賓白各本處理不同。盧冀野本「（帶云）」至「如你」爲賓白；隋樹森本「（帶云）」至「則難」爲賓白，并于「難」下補「（唱）」，「有甚」至「來意」爲曲文；鄭騫本、徐沁君本「（帶云）」至「太師」爲賓白，徐本「師」下補「（唱）」；鄭騫本「有甚」至「來意」為賓白，并于「有」上補「（云）」；徐沁君本「休笑」至「如你」，「有甚」至「來意」爲賓白，「休」上補「（帶云）」，「你」下補「（唱）」，「有甚」上補「（云）」，「意」下補「（唱）」；甯希元本同徐沁君本，僅「有」上補「（云）」；鄭振鐸本「（帶云）」至「來意」均爲賓白；王季思本「休笑」至「如你」爲曲文，其他同徐沁君本。邵曾祺本「（帶云）」至「太師」爲賓白，第二個「你」字與下句連爲一句，「噥」改爲「膿」，「你休笑我膿」爲賓白，「有甚」至「來意」爲賓白，「有甚」上補「（云）」，「意」下補「（唱）」。按，據曲譜，【醉春風】八句，第四、五句爲重叠的一字句。因此，「這言語單道着你！你！」爲第四、五句，「（帶云）」至「太師」爲賓白，「你問」至「支對」爲三個四字正格句，爲第六、七、八句。

〔注〕①「打勤勞」，元代習語，謂從事雜務、勞動。②「謾」，欺瞞。③「縛虎則易，縱虎則難」，比喻拿住强敵容易，若放掉就再難

對付。④「單」，專門。⑤「噥」，低聲絮語。⑥「如」，差比標記，「我干净如你」，指我比你乾净。⑦「支對」，對付；應付。

【迎仙客】你來意我理會得①，你未説我先知。知你个怕心也!〔一〕你那夢境惡故來動俺山寺里，祝神祇，禮懺②會。休只管央及③俺菩提，道不得念彼觀音力。

（等太師云了）〔二〕

〔校〕〔一〕該句原本爲大字，鄭騫本、徐沁君本、邵曾祺本、甯希元本、王季思本處理爲賓白。「知」上鄭騫本、邵曾祺本、王季思本補「（云）」，徐沁君本補「（帶云）」；「也」下徐沁君本、王季思本、邵曾祺本補「（唱）」。〔二〕此處徐沁君本、王季思本補「（正末唱）」，邵曾祺本補「（唱）」。

〔注〕①「理會得」，知道；曉得。②「禮懺」，禮拜佛菩薩，誦念經文，懺悔罪惡。③「央及」，懇求；請求。

【石榴花】太師一一問真实，你听我説因依①。當時不信大賢妻，他曾苦苦地勸你，你豈不自知？東窻下不解西來意，我葫芦提②你無支持。子為您奸滑〔一〕狡佞將心昧，你但③舉意④，我早先知。

〔校〕〔一〕原本「滑」字，徐沁君本、王季思本改作「猾」。

〔注〕①「因依」，原由；原委。②「葫芦提」，糊塗；糊裏糊塗。亦作「葫蘆蹄」「葫蘆題」「葫蘆啼」。③「但」，只要。④「舉意」，動念。

【鬥鵪鶉】知你結勾〔一〕①他邦，可甚②於家為国③。咱人事要尋思，免勞後悔〔二〕。豈不聞湛湛青天不可欺！據着你這所為，來這里謊鬼瞞神，做的个藏頭露尾。

（云）太師，尔〔三〕休笑這火筒。〔四〕

〔校〕〔一〕原本「勾」字，唯徐沁君本改作「搆」。〔二〕「悔」原本作「晦」，各本均已改。〔三〕原本「尔」字，唯鄭振鐸本未改，其他各本均改作「你」。〔四〕此處徐沁君本、邵曾祺本、王季思本補「（唱）」。

〔注〕①「結勾」，勾結。②「可甚」，也作「可甚麼」，説什麼；算什麼。③「於家為国」，爲國爲家。

【紅綉〔一〕鞋】他本是个君子人則待挾權倚勢①，吹一吹登時②交人烟滅灰飛。則為他節外生枝交人落便宜③。為甚不厨中放，常向我手中携?〔二〕這其間不是我掌握着呵!（唱）敢起烟塵傾④了社稷!

〔校〕〔一〕「綉」原本作「秀」，各本均已改。〔二〕此處徐沁君本、隋樹森本補「（帶云）」，鄭騫本、王季思本、邵曾祺本補「（云）」。

〔注〕①「挾權倚勢」，依靠權勢。②「登時」，立刻；馬上；頓時。③「落便宜」，猶吃虧。④「傾」，傾覆；覆滅。

【十二月】咲〔一〕你个朝中宰職①，只管里懊惱闍梨②。我這里明明取出，他那里暗暗掂提③。不是風④和尚直恁為嘴〔二〕，也強如⑤干喫了堂食⑥。

〔校〕〔一〕原本「咲」字，唯鄭振鐸本未改，其他各本均改作「笑」。〔二〕「嘴」原本作「觜」，唯鄭振鐸本未改。

〔注〕①「宰職」，宰相官職。②「闍梨」，高僧，也泛指僧人、和尚。③「掂提」，提到；念叨。④「風」，瘋。⑤「強如」，强于；比……强。「如」是比較標記。⑥「堂食」，古代公署的膳食。

【堯民歌】你好坐而不覺立而〔一〕飢①，這的是兩頭白面做來的。我重吃了兩个莫驚疑，你屈壞了三人待推誰?普天下明知，明知，其中造化機②。百姓每恰侶酸餡③一般，〔二〕都一肚皮衠包着氣。

〔校〕〔一〕兩「而」字，隋樹森本、鄭騫本、甯希元本改作「兒」。徐沁君本校記云:「此爲當時熟語，元劇中多用之，『而』、『兒』互見，當爲同音异寫。」〔二〕該句盧冀野本、隋樹森本、鄭振鐸本爲曲文，其他各本均爲賓白，「百」上鄭騫本、邵曾祺本補「（云）」，徐沁君本、王季思本補「（帶云）」，「般」下徐沁君本、王季思本、邵曾祺本補「（唱）」。

〔注〕①「坐而不覺立而飢」，坐着的不知道站着的飢餓。②「造化機」，此指奥秘；秘密。③「酸餡」，專指蔬菜餡的包子。

【滿庭芳】你則待亡家敗国，你幾曾奪旗扯皷，厮杀相持?將别人边塞功番〔一〕成罪，你子會改是為非。有神方難除你病疾，无妙藥將我難醫。尔〔二〕將那英雄輩，都向剛〔三〕刀下做鬼，雲陽①内血沾衣!

〔校〕〔一〕原本「番」字，盧冀野本、隋樹森本、鄭騫本、鄭振鐸本未改，其他各本均改作「翻」。〔二〕原本「尔」字，唯鄭振鐸本未改，其他各本均改作「你」。〔三〕原本「剛」字，徐沁君本、王季思本、邵曾祺本改作「鋼」。

〔注〕①「雲陽」，本爲地名，秦李斯被斬于雲陽街市，後以「雲陽」「雲陽鬧市」代指行刑之地；刑場。

【快活三】則為尔〔一〕非來我這風越起，風過処日光輝。子為你拿了云握住雨不淋漓。〔二〕便下雨呵！〔三〕則是替岳飛天垂泪！

〔校〕〔一〕原本「尔」字，唯鄭振鐸本未改，其他各本均改作「你」。〔二〕此處徐沁君本、王季思本補「（帶云）」，邵曾祺本補「（云）」。〔三〕此處徐沁君本、王季思本、邵曾祺本補「（唱）」。隋樹森本「便下雨呵」爲曲文。

【鮑老兒】替頭①兒看看②趲③到尔〔一〕，那里怕犯法沒頭罪。我不念經強如人呪罵你，你仔〔二〕細參詳八句詩中意。你心我知，一言既出，駟馬難追。

（詩曰）久聞丞相理乾坤，占断④官中第一人。都領群臣朝帝闕〔三〕⑤，堂中欽〔四〕伏⑥老勳臣⑦。有謀解使蛮夷退，塞閉奸邪禁衛⑧寧。賢相一心忠报国，路上行人說太平。（云）〔五〕俺這里景致好。〔六〕

〔校〕〔一〕原本「尔」字，唯鄭振鐸本未改，其他各本均改作「你」。〔二〕「仔」原本作「子」，各本均已改。〔三〕「闕」原本作「缺」，各本均已改。〔四〕原本「欽」字，徐沁君本、王季思本改作「歛」。〔五〕原本此處無「（云）」，隋樹森本、徐沁君本、鄭騫本、甯希元本、王季思本均補。〔六〕此處徐沁君本、王季思本、邵曾祺本補「（唱）」。

〔注〕①「替頭」，替身。②「看看」，眼看。③「趲」，追趕。④「占断」，占盡；全部占有。⑤「帝闕」，京城；皇城門。⑥「欽伏」，欽佩；佩服。⑦「勳臣」，功臣。⑧「禁衛」，保衛帝王、京城的軍隊，也指帝王巡行時的儀衛隊。

【耍孩兒】俺這〔一〕寺嵯峨①秀麗山疊翠，這湖〔二〕瀑布嵐光水碧。這山千層万壑似屏幃〔三〕，這玉湖清浩蕩盡蘇堤。青山只會磨今古，綠水何曾洗是非。枉〔四〕了你修福利②，送的交人亡家破，瓦解星飛。

〔校〕〔一〕此二字原本空缺，盧冀野本刪，隋樹森本補「這」，徐沁君本補「俺這」，鄭騫本、甯希元本補「這靈隱」，王季思本補「這寺」，鄭振鐸本作二空圍，邵曾祺本補「靈隱」。徐沁君本校記云：「上説白『俺這裏』云云，據補『俺這』二字。」今從徐本。〔二〕徐沁君本、甯希元本、王季思本删「湖」字。鄭騫本「這湖」作小字，可通。〔三〕「壑似屏幃」四字，「壑」原本不清，下三字空缺。盧冀野本、隋樹森本作「疊□□□」，鄭騫本、邵曾祺本作四空圍，徐沁君本作「壑似屏圍」，甯希元本、王季思本作「壑似屏幃」。徐本校記云：「據《納書楹曲譜》補。」原本「幃」下部殘存，「幃」比「圍」佳。〔四〕原本「是」殘存上部，「非枉」二字不清，各本均已補，但鄭振鐸本無「枉」字。

〔注〕①「嵯峨」，山勢高峻。②「修福利」，修福；行善積德。

【三煞】岳飛定家邦功已休，秦檜反朝廷事已知，你兩家冤讎有侶①簷間水。則為奸讒〔一〕宰相千般狠，送了慷慨將軍八面威。尔〔二〕所事違天理。休言神明不报，只争②來早來遲。

〔校〕〔一〕「讒」原本作「[illegible]」，各本均已改。〔二〕原本「尔」字，盧冀野本、鄭振鐸本未改，其他各本均已改。

〔注〕①「有侶」，好像；有如；猶如。②「争」，差。

【二煞】你看看業罐〔一〕滿①，漸漸〔二〕死限催，那三人等候在陰司內。這話是金風未動蟬先覺，暗送无常死不知。那時尔〔三〕歸泉世②，索③受他十惡④罪犯，休想打的出六道輪廻⑤。

〔校〕〔一〕原本「罐」字，鄭振鐸本、盧冀野本、隋樹森本、王季思本改作「貫」，其他各本未改。盧冀野本「業」改作「孽」。〔二〕「漸漸」原本不清，盧冀野本作「漱漱」，鄭騫本作「速速」，甯希元本作「簌簌」，鄭振鐸本作「漱漱」，其他各本均作「漸漸」。〔三〕原本「尔」字，盧冀野本、鄭振鐸本未改，其他各本均已改。

〔注〕①「業罐滿」，亦作「業貫滿」，即惡貫滿盈。②「泉世」，黄泉。③「索」，要。④「十惡」，封建社會的十種大罪。《隋書·刑法志》記載：「一曰謀反，二曰謀大逆，三曰謀叛，四曰惡逆，五曰不道，六曰大不敬，七曰不孝，八曰不睦，九曰不義，十曰內亂。」⑤「六道輪廻」，佛教術語，六道指天道、人道、阿修羅道、地獄

道、餓鬼道、畜生道。生命各因其所行善恶在六道中轉世相續爲「六道輪廻」，亦作「六道輪回」。

【收尾〔一〕】便佀啞謎①般說与你猜，你索佀悶事兒心上疑。有一日東窓事犯知我來意，子怕你手搠②着胸脯恁時節悔！

（下）

〔校〕〔一〕原本【收尾】，徐沁君本改作【煞尾】，邵曾祺本改作【尾聲】。

〔注〕①「啞謎」，隱語；謎語。②「搠」，戳；刺；插。

楔子〔一〕

（正末扮虞候上云）自家姓何，何宗立的便是。①秦太師鈞命②，交西山靈隱寺勾捉呆行者去。誰想不見，唯留帋一張，上有八句詩，須索交太師看。（做見太師）（等太師看詩科）（詩曰：）棄了袈〔二〕裟別了參，不來塵世住心庵。二時齋粥無心恋，薄利虛名不意貪。性佀白雲離嶺〔三〕岫③，心如孤月下寒潭。丞相問我歸何处，家住東南弟〔四〕一山。（云）〔五〕秦太師鈞旨，交往東南第一山勾捉呆行者葉守一，須索走〔六〕遭去。（閃下）（等賣卦先生上云住）（〔七〕末便上云）遠遠地見一个賣卦先生，弟一問東南山去路，弟二買一卦則个。（等賣卦先生云了，下）（〔八〕做望了拜〔九〕）〔十〕

〔校〕〔一〕盧冀野本楔子歸入第三折。〔二〕「袈」原本作「加」，鄭振鐸本改作「伽」，其他各本均作「袈」。〔三〕「嶺」原本作「領」，各本均已改。〔四〕此段三「弟」字，各本均改作「第」。〔五〕此處原本無「（云）」，隋樹森本、甯希元本補「（云）」，鄭騫本補「（正末上云）」，徐沁君本、王季思本補「（正末云）」，盧冀野本、鄭振鐸本未補。〔六〕「走」下隋樹森本、徐沁君本、王季思本補「一」字。〔七〕「末」上徐沁君本、王季思本補「正」字。〔八〕「做」上徐沁君本、王季思本補「正末」。〔九〕「拜」下徐沁君本補「唱」。〔十〕此處王季思本補「（唱）」。

〔注〕①「自家姓何，何宗立的便是」，該條是一種特殊判斷句，用于人物角色的自我介紹，符合元代漢語語法，體現的是蒙古語的

SOV 語序，是漢語與蒙古語接觸的結果，是由漢語的 SVO 語序和蒙古語的 SOV 語序叠加而成的，其完全形式是：自家是何宗立的便是。其叠加過程爲：自家是何宗立 + 自家何宗立的便是 = 自家是何宗立的便是。「是」與「的」可以省略。②「鈞命」，尊長的命令、使命。③「嶺岫」，山嶺。

【仙吕】〔一〕【賞花時】這六爻内①特將禍福看，指引迷人八卦間②。（等牧童吹笛科）（〔二〕做听住〔三〕）子听的笛声韵悠殘。這其間天昏日晚，直引鬼門関。〔四〕（閃下）（等地藏王上云）（〔五〕做見了科，云）我那里不尋你〔六〕？却在這里。秦太師鈞旨有勾！〔七〕

〔校〕〔一〕原本無宫調名【仙吕】，盧冀野本、鄭振鐸本未補，其他各本均已補。〔二〕〔五〕「做」上徐沁君本、王季思本補「正末」。〔三〕「住」下徐沁君本補「唱」。〔四〕原本此處有一「○」，唯鄭振鐸本未删。〔六〕「你」字隋樹森本、鄭振鐸本屬下句。〔七〕此處徐沁君本、王季思本補「（唱）」。

〔注〕①「内」，工具格標記，相當于「用」，即用六爻看禍福。②「間」，工具格標記，相當于「用」，即用八卦指引迷人。

【幺篇〔一〕】兀底明寫東南第一山。（等押秦太師帶枷上云了）〔二〕則①見鬼吏②牛頭慘霧間，見太師閤着淚訴艱難。〔三〕交傳示夫人。〔四〕子説道東窗事犯，大古③是人馬报平安。

（下）

〔校〕〔一〕「幺篇」原本作「么」，盧冀野本、鄭振鐸本未改，隋樹森本、鄭騫本作「幺」，其他各本均作「幺篇」。〔二〕此處徐沁君本、王季思本補「（正末唱）」。〔三〕此處徐沁君本、王季思本補「（帶云）」。〔四〕此處徐沁君本、王季思本補「（唱）」。該句原本爲小字，盧冀野本、隋樹森本爲曲文，鄭騫本爲科介。

〔注〕①「則」，只。②「鬼吏」，鬼差。③「大古」，大概；總之。

第三折

（等駕上，云住，睡了）（門神上了）（正末扮䰟了〔一〕引二將上，開）某三人自秦檜屈壞了，俺陽壽未終，奉天佛牒玉帝勑，東岳聖帝交來高宗太上皇托夢去。

〔校〕〔一〕原本「魂了」，鄭騫本改作「魂子」，徐沁君本、甯希元本、王季思本改作「岳飛魂子」。

【越調】【鬥鵪鶉】〔一〕但①行処怨霧凄迷，悲風乱吼。恰離枉死城②中，早轉到陰山背後。不能青史内標名〔二〕，子落的剛〔三〕刀下斬首。每日秦不管，魏不收。送的俺酩子里③遭誅，更怕我葫芦〔四〕④罷手。

〔校〕〔一〕原本無【鬥鵪鶉】，盧冀野本、鄭振鐸本未補，其他各本均已補。〔二〕原本無「名」字，唯鄭振鐸本未補。〔三〕原本「剛」字，隋樹森本、徐沁君本、王季思本改作「鋼」。〔四〕「芦」下鄭騫本、徐沁君本、王季思本補「提」字。甯希元本校記云：「［鬥鵪鶉］末句僅四字，可不補。」

〔注〕①「但」，只要。②「枉死城」，指非正常死亡的鬼魂居住的地方。③「酩子里」，暗地裏，暗中；忽然；平白地；無端地；糊裏糊塗地。④「葫芦」，此指「葫蘆提」，糊塗；糊裏糊塗。亦作「葫蘆蹄」「葫蘆題」「葫蘆啼」。

【紫花兒序】三魂兒消消〔一〕洒洒，七魄兒怨怨哀哀，一灵兒①蕩蕩悠悠。俺不是降灾邪祟②，俺是出力公侯。你問緣由，我對聖主明言剮骨髓，俺說的並無虚謬。謝上聖將這屈死冤魂，放入這鳳閣龍楼③。

〔校〕〔一〕原本「消消」，徐沁君本、甯希元本、王季思本改作「瀟瀟」。

〔注〕①「一灵兒」，靈魂。②「邪祟」，作祟害人的鬼怪。③「鳳閣龍楼」，指帝王的樓閣、宫殿。

【小桃紅】躬身叉手緊低頭，又不敢把龍床扣〔一〕，拜舞①山呼②痛僝僽③。見官里猛擡〔二〕頭，驚回御寢把天顔④奏。灯影下誠惶⑤頓首⑥，臣說着傷心感旧⑦，尚古自⑧眉鎖庙堂愁。

〔校〕〔一〕原本「扣」字，徐沁君本、王季思本改作「叩」。〔二〕「擡」原本作「檯」，各本均已改。

〔注〕①「拜舞」，古代朝拜帝王的禮節，跪拜與舞蹈。②「山呼」，亦稱「嵩呼」，封建時代對皇帝的祝頌儀式，叩頭高呼「萬歲」三次。（參見《漢語大詞典》）③「僝僽」，煩惱；折磨；憔悴。④「天顔」，帝王、天子的容顔。⑤「誠惶」，誠惶誠恐。本表示臣子對皇

帝十分敬畏，後指十分小心謹慎。⑥「頓首」，此處指磕頭、跪拜。⑦「感旧」，感念故舊。⑧「尚古自」，亦作「尚故自」「尚古子」，猶自，尚且。

【鬼三臺】臣在生時多生受①，馳甲胄②，做先鋒帥首，向沙塞③擁貔貅④。臣説着呵自羞。想微臣挾人捉將⑤一旦休，子落的披枷帶鎖遭重囚。臣想統三軍永遠長春，不想半路里拔着短籌⑥。

〔注〕①「生受」，辛苦；受苦。②「甲胄」，鎧甲。③「沙塞」，沙漠邊塞。④「貔貅」，代指軍隊、士兵。⑤「挾人捉將」，指戰鬥時能捉住敵將。⑥「拔着短籌」，指早死、短命。

【紫花兒序】臣性命不若如①花梢滴露，風里楊花，水上浮漚②。臣統三軍捨命，与四国王做敵頭，將四京九府平收。不想〔一〕臣扶侍〔二〕君王不到頭③，提起來雨淚交流。想〔三〕微臣盖世功名，到今日一筆都勾。〔四〕臣等三人每曾与国家出氣力來。〔五〕

〔校〕〔一〕〔三〕「想」原本作「相」，各本均已改。〔二〕「侍」原本作「待」，唯鄭振鐸本未改。〔四〕此處鄭騫本、徐沁君本、甯希元本、王季思本補「（云）」。〔五〕此處徐沁君本、王季思本補「（唱）」。

〔注〕①「若如」，像。②「水上浮漚」，水上漂浮的泡沫。③「扶侍君王不到頭」，元雜劇習語，指爲君王服務一輩子却不得善終。

【金蕉葉】臣捨性命沙場①上戰鬭，臣出氣力軍前陣後。剗地②撇俺在三鬧③里不偢④，臣意〔一〕社稷江山宇宙。

〔校〕〔一〕徐沁君本「意」改作「競」。

〔注〕①「沙場」，戰場。②「剗地」，反而；反倒。③「三鬧」，三街鬧市的略稱。古代刑人于市，因亦以「三鬧」指刑場。④「偢」，理睬；顧視。

【調笑令】陛下索趂逐①，替微臣報冤讎。臣須是一日无常万事休！②不能勾〔一〕懸牌掛印將君恩受，子落的絣扒吊拷③百事有，早難道重臣〔二〕千秋！

〔校〕〔一〕原本「勾」字，隋樹森本、鄭振鐸本未改，其他各本均改作「够」。〔二〕「重臣」原本作「衆臣」，盧冀野本、隋樹森本、鄭振鐸本未改，鄭騫本、王季思本「臣」下補「宰」字，徐沁君本據《西蜀夢》等劇用例改作「臣宰」，甯希元本從徐本，但校記稱從鄭騫本改。鄭騫本認爲若無「宰」字，末句末三字就成爲三平調。按，三平調不能成爲校改的絶對證據，因爲元雜劇中常見不合平仄和鄰韵通押現象。「衆」應爲「重」之别字。宋《五燈會元》卷十九：「一願皇帝萬壽，二願重臣千秋」，《大藏經》卷八十一：「皇帝萬歲，重臣千秋。」岳飛當然是宋朝重臣，一生爲國，本想流芳百世，【調笑令】下一曲【禿厮兒】首二句爲：「臣望寫黄閣千年不朽，標青史万代名留。」可證最終却落得「絣扒吊拷」，更别説作爲「重臣」流芳千古了。

〔注〕①「趑逐」，追查；追究。②「一日无常万事休」，指死了萬事皆休。「一日」，有朝一日；一旦。「无常」，死；去世。③「絣扒吊拷」，剥衣捆綁，酷刑吊打。

【禿厮兒】臣望寫黄〔一〕閣①千年〔二〕不朽，標青史万代名留。臣做了个充飢畫餅風内燭！這寃讎，這寃讎，怎肯干休②。

〔校〕〔一〕「黄」原本作「皇」，鄭騫本、徐沁君本、王季思本已改。〔二〕原本「年」下有一「〇」，隋樹森本、鄭振鐸本保留，其他各本均删。

〔注〕①「黄閣」，漢代丞相、太尉和漢以後三公官署廳門爲黄色，以區别于天子。唐代門下省也稱黄閣。黄閣還代指宰相。②「干休」，罷休。

【聖藥王】臣這勾〔一〕頭①，又不曾寫犯由②，也合三思然後再追求③。臣海外收伏〔二〕了四百州，將凌煙閣④番〔三〕作抱〔四〕官囚⑤。久已後再誰想分破帝王憂。

〔校〕〔一〕「勾」原本作「万」，隋樹森本、鄭騫本作「方」，盧冀野本作「狀」，鄭振鐸本作「萬」，徐沁君本、甯希元本、王季思本作「勾」。〔二〕徐沁君本「伏」改作「復」。〔三〕原本「番」字，徐沁君本、王季思本改作「翻」。〔四〕原本「抱」字，徐沁君本、甯希元本改作「報」。按，徐沁君本以《資治通鑒》「到洛陽，適見報囚」爲例證，改「抱」爲「報」。「報囚」指判决囚犯，此義不合語境。「抱官」指抱著官位不放，比喻貪戀禄位之人，「抱官囚」喻做官像囚犯一樣不自由，該句中代指囚犯。「抱官囚」亦較習見，元刊本范康《竹葉舟》第三折：「好不聰明愚濁漢，疾省悟抱官囚」，元代張國賓《羅李郎大閙相國寺》第一折：「假若便功名成就，算來則是抱官囚」，此二例皆指官迷。

〔注〕①「勾頭」，拘捕罪犯的文書。②「犯由」，犯罪的緣由。③「追求」，此指追查、追究。④「凌煙閣」，唐代爲表彰功臣而建的懸掛功臣畫像的高閣。⑤「抱官囚」，貪戀官位之人；官迷。

【絡絲娘】臣捨性命出氣力請麄粮將边庭[①]鎮守，秦檜沒功劳請俸〔一〕干吃了堂食[②]御酒。他待將咱宋室江山一筆勾，好金帛和大金家結勾〔二〕[③]。

〔校〕〔一〕「俸」下鄭騫本、徐沁君本、甯希元本、王季思本補「禄」字。〔二〕徐沁君本「勾」改作「搆」。

〔注〕①「边庭」，邊疆；邊地。也指邊地官署。②「堂食」，古代公署的膳食。③「結勾」，勾結。

【綿荅絮】臣趂着悲風淅淅[①]，怨氣哀哀，天公不管，地府難收。相伴着野〔一〕草閑花滿地愁，不能勾〔二〕勑賜[②]官封万户侯[③]。想世事悠悠，嘆英雄逐水流。

〔校〕〔一〕「野」原本作「也」，唯鄭振鐸本未改。〔二〕原本「勾」字，唯鄭振鐸本未改，其他各本均改作「够」。

〔注〕①「淅淅」，擬聲詞，狀風聲。②「勑賜」，皇帝賞賜。③「万户侯」，漢代最高一級的侯爵，享有萬户農民的賦税。泛指高官貴爵。

【拙魯速】臣將抽頭[①]不抽頭，向杀人処便攢頭[②]。秦檜安排釣鈎，正着[③]他機勾〔一〕[④]，怎生收救，臣當初只見食不見鈎。

〔校〕〔一〕原本「勾」字，唯鄭振鐸本未改，其他各本均改作「彀」。

〔注〕①「抽頭」，抽身；脱身。②「攢頭」，萬頭攢動，此指伸頭。③「着」，中。④「機勾」，圈套；陷阱。

【幺篇〔一〕】想微臣志未酬，除秦檜一命休。陛下逼逐[①]記在心頭。將緣由苦苦遺留，明明説透，把那禽獸，剮割肌肉，号令簽頭[②]，豁不尽心上憂。

〔校〕〔一〕「幺篇」原本作「么」，盧冀野本、鄭振鐸本未改，隋樹森本、鄭騫本作「幺」，其他各本均作「幺篇」。

〔注〕①「逼逐」，逼迫。②「簽頭」，酷刑，斬首高懸示眾。

【收尾】忠臣難出賊臣勾〔一〕①，陛下宣的文武公〔二〕卿講究：用刀斧將秦檜市曹②中誅，喚俺這屈死冤鬼奠③盞酒！

〔校〕〔一〕原本「勾」字，盧冀野本、鄭振鐸本未改，其他各本均改作「彀」。〔二〕「公」原本作「功」，唯鄭振鐸本未改。

〔注〕①「勾」，「彀」的俗字，機彀；圈套；陷阱。②「市曹」，市場人多熱鬧處，猶「雲陽市」「雲陽鬧市」，古代常在此類地方處决犯人。③「奠」，祭奠。

第四折

（正末扮何宗〔一〕立上，開）自太師差自家東南弟〔二〕一山勾呆行者葉守一去，不想去惹〔三〕多時節！〔四〕

【正宫】〔五〕【端正好】奉鈞命①陷在酆〔六〕都②，别妻子离了鄉郡③。則我便是个了事④公人，鬼窟籠〔七〕⑤里衣飯也能尋趁⑥，一去二十載無音信。

〔校〕〔一〕原本無「宗」字，唯鄭振鐸本未補，其他各本均已補。〔二〕原本「弟」字，各本均改作「第」。〔三〕甯希元本、王季思本「惹」改作「偌」。〔四〕此處徐沁君本、王季思本補「（唱）」。〔五〕原本無宫調名【正宫】，盧冀野本、鄭振鐸本未補，其他各本均已補。〔六〕「酆」原本作「豐」，唯鄭振鐸本未改。〔七〕「窟籠」原本作「屈[illegible]」，盧冀野本作「屈籠」，隋樹森本、徐沁君本、鄭振鐸本、甯希元本作「窟籠」，鄭騫本、王季思本作「窟窿」。

〔注〕①「鈞命」，尊長的命令、使命。②「酆都」，又稱酆都羅山，傳説中的地獄、地府。③「鄉郡」，此指故鄉。④「了事」，了解事情；辦妥事情。⑤「鬼窟籠」，應是鬼的住處。窟籠，窟窿。⑥「尋趁」，尋找；尋覓。

【滚綉球〔一〕】去時節未四旬①，回來經幾春。不覺染秋霜②兩鬢，轉回頭高塚麒麟[3]。改換的日月别，重安的社稷稳。每[二]應旧功臣老尽，今日另巍巍[4]别是个乾坤。果然道長江後浪催前浪，今日立起新君換旧君。歲月如奔。

〔校〕〔一〕「滚綉球」原本作「衮秀求」，各本均已改。〔二〕甯希元本「每」改作「嗨」，獨立成句，又于「應」前補「一」字。

〔注〕①「四旬」，四十歲。②「染秋霜」，謂頭髮變白。③「高塚麒麟」，亦作「高冢麒麟」，指名臣、高官之墓，文獻習見「麒麟塚」「麒麟冢」。④「另巍巍」，單獨貌。

【呆古朵】玉堦[1]前聖主將臣來問，聽臣説太師元因。當日做好事回來，路逢着一人，施全心膽大將他壞，秦檜福氣大難侵近[2]。本向灵隐寺祭福星，不想到宅上惹禍根[3]。

〔注〕①「玉堦」，玉石砌成的臺階。②「侵近」，靠近；接近。③「禍根」，禍患的根源。

【倘秀才】太師頓然省將詩句議論，道這个呆行者好言而有准，道那八个字自包天地自杀身。因此上差臣為公吏[1]，勾喚[2]那僧人。因此上事緊。

〔注〕①「公吏」，公差。②「勾喚」，抓捕；傳喚。

【滚綉球[一]】想着秦太師情性狠，不由何宗立去心緊。正行里[1]起撼天関大風一陣，无片時間早刮的地慘天昏。那風出山捲怪塵，那風入山推敗雲。險刮的那太華山一時崩損，□□[二]崙希力力[2]難以影[三]。那風刮的六朝老樹和[3]根倒，万里長江□□□[四]，進退無門。

〔校〕〔一〕「滚綉球」原本作「衮秀求」，各本均已改。〔二〕此處約二字位置空缺，徐沁君本補「刮的昆」，「崙」下補「山」；甯希元本、王季思本從；甯希元本作「刮的昆侖山」，王季思本作「刮的崑崙山」，其他各本均作二或三空圍，均不補「山」字。〔三〕徐沁君本、甯希元本、王季思本「影」下補「身」字。〔四〕原本此處空缺約三字，徐沁君本補「惡浪奔」，盧冀野本、甯希元本作「怪浪奔」，王季思本作「駭浪奔」。

〔注〕①「里」，表動作正在進行。②「希力力」，隱約不清貌。③「和」，連。

【倘秀才】又无侵古道踈籬遠村，見一个卦（有缺文）〔一〕隐，他和那野草閑花作近鄰。要知山下路，須問往來人，□□□□。〔二〕

〔三〕微臣向前去問那先生，那〔四〕先生道：「你休問我，（此處可能有缺文）〔五〕。」〔六〕

〔校〕〔一〕鄭騫本注「原缺六七字」，徐沁君本、王季思本此處補「肆兒深山潛」，甯希元本補「先兒深山潛」，甯希元本校記云：「元代稱醫卜星相之流多曰『先兒』，即先生。」其他各本均作空圍。〔二〕原本「人」及以下幾字空缺，「人」字唯鄭振鐸本未補。末句徐沁君本作二空圍，鄭振鐸本作三空圍，其他各本均作四空圍。鄭振鐸本與下賓白連爲一句。〔三〕此處鄭騫本、徐沁君本、甯希元本、王季思本補「（云）」。〔四〕原本此處爲三個重文符號，但徐沁君本未重「那」字。〔五〕此處徐沁君本補「去問那牧童」，王季思本注「原缺六七字」，鄭振鐸本補五空圍，其他各本認爲無缺文。〔六〕此處徐沁君本、王季思本補「（唱）」。

【叨叨令】恰問罷早□〔一〕祥云瑞靄乘着風信，（有缺文）〔二〕笛声韵。我將那東南山去路將它〔三〕問，它〔四〕指一（有缺文）〔五〕去了也末哥，去了也末哥〔六〕，向前來扯住禪師問。

〔校〕〔一〕原本此字不清，鄭騫本、鄭振鐸本作一空圍，徐沁君本、王季思本作「是」，甯希元本作「駕」，盧冀野本、隋樹森本删。〔二〕此處鄭騫本、王季思本注「原缺八九字」，徐沁君本補「早是牧童牛背」，甯希元本補「見一個牧童牛背」。其他各本均作空圍。〔三〕〔四〕原本「它」字，唯鄭振鐸本未改，其他各本均作「他」。〔五〕此處徐沁君本補「指靈隱寺行者分明近。他早」，鄭騫本、王季思本注「原缺七八字」，甯希元本補「指靈隱寺行者分明近。早」。其他各本均作空圍。〔六〕該句原本爲三個重文符號，鄭騫本、王季思本重作「去了也末哥」，徐沁君本、甯希元本重作「早去了也末哥」，盧冀野本重作「□去了也末哥」，隋樹森本作「□去了也麽哥」，鄭振鐸本僅重「也末哥」。今重五字。

（云）（有缺文）〔一〕道：「太師鈞命有勾！」那和尚道：「不索你勾，我（有缺文）〔二〕這里。怕你不信，交你看咱①。」

〔校〕〔一〕此處有缺文，「道」字殘存下部，盧冀野本删，鄭騫本、王季思本注「原缺七八字」，徐沁君本補作「微臣道」，甯希元本補「微臣扯住他道」。隋樹森本、鄭振鐸本作空圍。〔二〕此處有缺文，「我」字殘存上部，鄭騫本補作「那秦丞相鬼魂見在」，徐沁君本補作「你那秦太師在」。甯希元本「我」字屬上句，并補「秦太師已在」。王季思本「我」字亦屬上句，并補「那秦丞相鬼魂現在」。盧冀野本删，隋樹森本、鄭振鐸本作空圍。

〔注〕①「咱」，表祈使的語氣詞。

【倘秀才】恰道罷見太師（有缺文）〔一〕在身，並无那玉女金童接引①，則有一簇牛頭鬼吏狠，交秦□，□〔二〕微臣，普碌碌②推出獄門。

〔校〕〔一〕此處「太」字殘存上部，「師」字可據補，以下幾字空白，「見」下鄭騫本作「秦丞相枷鎖」，徐沁君本、王季思本作「太師鐵鎖沉枷」，甯希元本作「太師枷鎖」，其他各本均作空圍。〔二〕此處約二字空缺，盧冀野本作「□□，把」，鄭騫本、王季思本補「丞相，告」，徐沁君本、甯希元本作「檜，見」，隋樹森本、鄭振鐸本作二空圍。

〔注〕①「接引」，佛教語，謂佛、觀世音菩薩、大勢至菩薩引導衆生往生極樂世界。②「普碌碌」，狀人多擁擠、推搡聲。

【滚綉球〔一〕】太師道：從見了呆行者〔二〕西山里作下文，不想東窻下事犯緊。道它〔三〕則与〔四〕謾①君王幹家□□〔五〕心規運，子為它〔六〕虐〔七〕黎民好金帛前後絶倫；他不合倉敖〔八〕②中□□[illegible]〔九〕，府庫中偷了銀〔十〕；狠毒心一千般不依本分，更霸軍權屈杀了閫〔十一〕外將軍③。當初禍臨岳飛今日灾臨已，抵多少遠在兒孫近在身④，謊鬼〔十二〕謾神。

〔校〕〔一〕「滚綉球」原本作「衮秀求」，各本均已改。〔二〕此前鄭騫本、王季思本處理爲賓白，「太」上補「（帶云）」。〔三〕〔六〕原本「它」字，唯鄭振鐸本未改，其他各本均作「他」。〔四〕原本「与」字，鄭騫本、徐沁君本、甯希元本、王季思本改作「爲」，王季思本「謾」改作「瞞」。〔五〕此處約空二字，盧冀野本補「邦」，隋樹森本補一空圍，鄭振鐸本作二空圍，鄭騫本、王季思本補「私歹」，徐沁君本、甯希元本補「緣興」，盧冀野本「心」下「規」改作「虧」。〔七〕「虐」原本作「虚」，唯盧冀野本未改。〔八〕原本「敖」字，徐沁君本、甯希元本改作「廒」。〔九〕原本空缺兩字，一字殘存下部，隋樹森本作「□□粮」，盧冀野本、鄭騫本、鄭振鐸本作「□□根」，徐沁君本、王季思本作「盗了糧」。〔十〕「銀」原本作「艮」，唯鄭振鐸本未改。〔十一〕原本此字空缺，鄭振鐸本删，其他各本均補「閫」。〔十二〕「鬼」原本作「○」，鄭振鐸本保留，隋樹森本作一空圍，其他各本均校作「鬼」。

〔注〕①「謾」，欺瞞。②「倉敖」，同「倉廒」，糧倉。③「閫外將軍」，不在朝廷、京城任職的將軍；外任的將軍。④「遠在兒孫近在身」，對惡人的報應，遠在兒孫輩，近的就在自身。

【倘秀才】夫人听説了陰司下因，早不覺腮边淚痕，古自[①]想一夜夫妻百夜恩。説的夫人衠[②]愁悶，為太師受辛勤。〔一〕要見太師呵!〔二〕則[③]除是関山靠〔三〕夢䰟[④]。

〔校〕〔一〕此處鄭騫本、徐沁君本、王季思本補「（帶云）」。〔二〕此處徐沁君本、王季思本補「（唱）」。盧冀野本、隋樹森本此句處理爲曲文。〔三〕甯希元本據秦觀《鷓鴣天》「千里關山勞夢魂」改「靠」爲「勞」。

〔注〕①「古自」，尚且；仍然。亦作「古子」。②「衠」，真的。③「則」，只。④「関山」，寧夏南部山名，泛指高峻險要的大山。「関山靠夢䰟」，言只能夢中見面。

【滚綉球〔一〕】那陰司刑法别，比陽間官府狠。不想它〔二〕苦懨懨[①]痛遭危困，子因笑吟吟陷平人洗垢尋痕[②]。磣〔三〕可可[③]皮肉開，血瀝瀝〔四〕骨肉分，痛杀杀怎捱〔五〕那三推六問[④]，監押[⑤]都是惡鬼獰神。説太師千般淩虐苦〔六〕，則除你一上青山便化身[⑥]，显夫人九烈三貞〔七〕[⑦]。

〔校〕〔一〕「滚綉球」原本作「衮秀求」，各本均已改。〔二〕原本「它」字，唯鄭振鐸本未改，其他各本均作「他」。〔三〕「磣」原本作「參」，盧冀野本、隋樹森本、鄭振鐸本未改，其他各本均已改。〔四〕「瀝瀝」原本作「力」和一重文符號，盧冀野本、隋樹森本、鄭振鐸本校作「力力」，其他各本均改作「瀝瀝」。〔五〕「捱」原本作「啀」，唯鄭振鐸本未改。〔六〕「虐苦」原本作「雪若」，盧冀野本、隋樹森本、鄭振鐸本未改，其他各本均已改。〔七〕「貞」原本作「真」，盧冀野本、鄭振鐸本未改，其他各本均已改。

〔注〕①「苦懨懨」，苦悶；痛苦。亦作「苦厭厭」。②「洗垢尋痕」，洗净污垢，尋找痕迹。③「磣可可」，凄慘可怕。亦作「磣磕磕」。④「三推六問」，謂反復審訊。「推」，推究。「問」，訊問。⑤「監押」，看押犯人的人。⑥「一上青山便化身」，指望夫石傳説，謂女性極堅貞。⑦「九烈三貞」，謂女性極其貞烈。

【二煞】岳飛道：秦檜不肯學漢蕭何追韓信，至潭溪賚發①的交職掛〔一〕三齊②印；道陛下自离京兆③泥馬走④，佀高祖滎陽一跳身。枉了它〔二〕子父每捨死忘生，苦〔三〕征惡戰，擠鼓奪旗，捉將挾人⑤，漾人頭廝滚〔四〕，噙热血相噴⑥。亐煞他枕盔腮印月，卧甲地生鱗⑦。

〔校〕〔一〕「掛」原本作「卦」，各本均已改。〔二〕原本「它」字，唯鄭振鐸本未改，其他各本均作「他」。〔三〕「苦」原本作「若」，各本均已改。〔四〕「滚」原本作「㨰」，甯希元本校作「摔」，其他各本均作「滚」。

〔注〕①「賚發」，資助。②「三齊」，項羽分齊國舊地爲齊、膠東、濟北，稱爲三齊。③「京兆」，本指漢代京畿地域。④「泥馬走」，即「泥馬走康王」，宋徽宗第九子康王構（宋高宗）再度使金，至磁州，留守宗澤勸留，不從。澤乃借神以止之，曰：此間有崔府君廟，甚靈，可以卜珓。是夜人報廟中泥馬銜車輦等物填塞去路。康王因止不前。事見《宋史·宗澤傳》。後敷演爲泥馬渡康王故事。（參見《漢語大詞典》）⑤「捉將挾人」，指戰鬥時能捉住敵將。⑥「漾人頭廝滚，噙熱血相噴」，是描寫戰鬥慘烈景象的習語，表述形式多樣。元刊本《氣英布》第二折：「折末提人頭廝摔，噙熱血相噴」，指英布在戰場上的廝殺；臧晋叔《元曲選》本《氣英布》改作：「遮莫他提人頭廝摔，噴熱血相傾。」關漢卿《杜蕊娘智賞金線池》第一折：「今日個漾人頭廝摔，含熱血廝噴，定奪俺心上人」，指杜蕊娘不惜以死爲代價要嫁給韓輔臣。石君寶《魯大夫秋胡戲妻》第一折：「颺人頭似（疑應爲廝）滚，噙熱血相噴。」另有簡式，《張協狀元》第五十一齣：「人頭廝釘，熱血廝潑。」楊梓《功臣宴

敬德不伏老》第一折：「我也曾殺得敗殘兵骨碌碌人頭亂滾，滲滲呵熱血相噴。」《水滸傳》第一百回：「金階殿下人頭滾，玉砌朝門熱血噴。」⑦「枕盔腮印月，卧甲地生鱗」，枕著頭盔卧在地上睡覺，頭盔在腮上印上了月牙，鎧甲使地上印上了鱗片。

【煞〔一〕尾】投至①奏的九重禁闕②君王准，交燒与掌惡酆都③地藏神。屈杀了岳飛、岳雲、張憲三人，已上昇三个全身。將殺〔二〕身秦檜賊臣不須論，想他誑上欺君，苦〔三〕虐黎民，近有東岳灵文，交替了陳壽千年无字碑古自④証不的本⑤！

〔校〕〔一〕原本無「煞」字，隋樹森本、盧冀野本、鄭振鐸本未補，其他各本均已補。〔二〕「殺」原本作「身」，徐沁君本、王季思本改作「殺」，甯希元本二「身」字均删，其他各本未改。〔三〕「苦」原本作「若」，各本均已改。

〔注〕①「投至」，等到。②「九重禁闕」，森嚴的宫闈。③「酆都」，又稱酆都羅山，傳説中的地獄、地府。④「古自」，尚且；仍然。亦作「古子」。⑤「証不的本」，不够本；保不了本。

〔一〕【後庭花】見一日十三次金字牌，差天臣①將宣命開，宣微臣火速臨京闕②，以此上无明夜③离了寨栅〔二〕。馳驛馬④，踐塵埃，渡過長江一派。臣到朝中怎挣揣⑤。想秦檜无百〔三〕劃⑥，送微臣大理寺問罪責，將反朝廷名□〔四〕揣，屈英雄泪滿腮。臣争戰了十數載，將功勞番〔五〕做罪責。

〔校〕〔一〕鄭騫本、王季思本補宫調名【仙吕】。〔二〕「栅」原本不清，似「册」，徐沁君本、甯希元本、王季思本校作「栅」，其他各本均作「册」。〔三〕原本「百」字，鄭騫本、徐沁君本、王季思本改作「擘」，甯希元本改作「刯」，其他各本未改。〔四〕此字殘損，隋樹森本、鄭振鐸本作一空圍，盧冀野本作「目」，鄭騫本作「分」，徐沁君本、甯希元本、王季思本作「字」。〔五〕原本「番」字，徐沁君本、甯希元本、王季思本改作「翻」。

〔注〕①「天臣」，皇帝的使臣。②「京闕」，京城。③「无明夜」，黑夜；暗夜。④「驛馬」，古時驛站傳遞文書、迎送公差的馬。⑤「挣揣」，亦作「鬫闉」，挣扎。⑥「百劃」，即「擘劃」「刯劃」，籌劃；安

排；謀劃。

【柳葉兒】今日都撇在九霄雲〔一〕外，不能勾〔二〕位三公①日轉千階②。將秦檜三宗九族③家族壞，每家冤〔三〕讎大。將秦檜剖棺郭〔四〕④，剉⑤尸骸，恁的呵恩和讎报的明白〔五〕。

（等地藏王隊子上）（断出了）

〔校〕〔一〕「雲」字殘存上部，鄭振鐸本作一空圍。〔二〕原本「勾」字，隋樹森本、鄭振鐸本保留，其他各本均改作「够」。〔三〕原本「冤」字殘損，隋樹森本、鄭振鐸本作一空圍，其他各本均校作「冤」。〔四〕原本「郭」字，唯盧冀野本未改，其他各本均改作「槨」。〔五〕末二字原本一字空缺一字作「日」，盧冀野本、鄭振鐸本删此二字，隋樹森本作「□白」，其他各本均作「明白」。

〔注〕①「三公」，古代中央三種最高官銜的合稱。周代指太師、太傅、太保，西漢指丞相（大司徒）、太尉（大司馬）、御使大夫（大司空），東漢、唐宋指太尉、司徒、司空，明清代沿周制。（參見《漢語大詞典》）②「日轉千階」，喻官職晋升極快。③「三宗九族」，泛指親屬、本家。④「棺郭」，即「棺槨」，棺和槨。「槨」是套在棺材外面的大棺材。⑤「剉」，斬斷；磋磨。

題目　　岳樞密為宋國除患　　秦太師暗結勾〔一〕反諫〔二〕

正名　　何宗立勾西山行者　　地藏王證東窗事犯

大都新刊関目東窗事犯的本全〔三〕

〔校〕〔一〕原本「勾」字，徐沁君本改作「搆」。〔二〕原本「諫」字，鄭騫本、徐沁君本、甯希元本、王季思本改作「間」。〔三〕原本尾題，徐沁君本作「大都新刊關目《東窗事犯》的本全」，鄭振鐸本作「大都新刊關目的本東窗事犯全」，盧冀野本作「秦太師東窗事犯雜劇終」，鄭騫本作「地藏王證東窗事犯終」，甯希元本作「地藏王證東窗事犯雜劇終」，隋樹森本、王季思本删尾題。

古杭新刊関目霍光鬼諫

楊　梓

校本五種

鄭騫本：鄭騫《校訂元刊雜劇三十種》

徐沁君本：徐沁君《新校元刊雜劇三十種》

甯希元本：甯希元《元刊雜劇三十種新校》

王季思本：王季思《全元戲曲》（第四卷）

隋樹森本：隋樹森《元曲選外編》（第二册）

第一折

（昌邑王上，開了）（外〔一〕云了）（外〔二〕上諫不從了）（等外〔三〕出了）（正末重扮霍光帶劍上，開）老夫霍光，官拜大司馬。昭帝駕崩，昌邑王即位。文官尚書楊敞，武官老夫，俺二人扶立着他。老夫因病，数日不朝。听的道，昌邑王為君，未及一月，造下一千一百一〔四〕十七樁〔五〕大罪。朝治〔六〕①官人每②道，當初扶立他，不干别人事，都是霍光那老子。嗨〔七〕，交老夫怎主〔八〕呵！暗想高祖創立起葱〔九〕③大漢朝天下，也非同小可呵！〔十〕

〔校〕〔一〕〔二〕〔三〕「外」下徐沁君本補「末」字。〔四〕原本「一」字，隋樹森本、鄭騫本未改，徐沁君本、甯希元本、王季思本改作「二」。〔五〕「樁」原本作「庄」，各本均已改。〔六〕原本

「冶」字，徐沁君本作「野」，甯希元本、王季思本改作「治」。〔七〕「嗨」原本作「海」，唯鄭騫本未改。〔八〕徐沁君本疑「主」是「生」之誤。〔九〕原本「惹」字，甯希元本、王季思本改作「偌」。〔十〕此处徐沁君本、王季思本补「（唱）」。

〔注〕①「朝冶」，朝廷。②「每」，们，複數標記。③「惹」，偌；如此。

【仙吕】〔一〕【點絳唇】策立①懷王，遣差劉、項，驅兵將。西楚、秦邦，都有豪氣三千丈。

〔校〕〔一〕原本無宫調名【仙吕】，各本均已補。

〔注〕①「策立」，立皇帝、皇后、太子都須發布詔策文書，故稱策立。

【混江龍】得其民望①，沛公戈戟入咸陽。子嬰受降於軹道②，霸王自刎在烏江。滅楚亡秦刘社稷，亏杀創業開基③漢高皇。後□□□□□，□□□□，每〔一〕日價簫韶④隊里，絃管声中，歌喉宛轉，□□□□，□□□□，□□〔二〕龍袍，尚古自⑤醉薰薰〔三〕終日如泥様。子听的調絃品竹⑥，甚的是論道經邦⑦。

（云）來到朝門外，子怕撞着楊敞。不如子從後宰門入去。（楊敞撞見了，云了）〔四〕尚書諫不從！放心！老夫進諫去！〔五〕

〔校〕〔一〕原本「每」字殘存下部，甯希元本校作「每」，徐沁君本、王季思本作「鎮」。「後」下鄭騫本注「原缺十字」，王季思本注「原缺九字」，隋樹森本、甯希元本作十空圍，徐沁君本作九空圍。〔二〕原本「龍」上空缺，鄭騫本、王季思本注「原缺十字」，隋樹森本作十空圍，甯希元本作九空圍，徐沁君本作「舞態翩跹」和六空圍。〔三〕原本「薰薰」，隋樹森本未改，其他各本均改作「醺醺」。〔四〕此處甯希元本補「（云）」，徐沁君本、王季思本補「（正末云）」。〔五〕此處徐沁君本、王季思本補「（唱）」。

〔注〕①「民望」，民眾的希望、心願；在民眾中的聲望。②「軹道」，典故名，亭名，典出《史記》卷六《秦始皇本紀》。「子嬰即繫頸以組，白馬素車，奉天子璽符，降軹道旁。」後遂以「軹道」借指亡國投降。③「創業開基」，開創基業，開國皇帝的功績。④「簫韶」，舜樂名，泛指美妙的音樂。⑤「尚古自」，亦作「尚故自」

「尚古子」，猶自，尚且。⑥「調絃品竹」，演奏樂器。⑦「論道經邦」，談論治國之道，以更好地管理國家。

【油葫芦】終日醄醄入醉鄉，這其間敢歸洞房，呀，可早高燒銀烛照紅粧，子听的鬧垓垓①歌舞人來往，韵悠悠羌管声嘹亮。此日憂太康②，我待諫昌邑王。可敢闌珊〔一〕③了竹葉樽〔二〕前唱，回心待修国政，理朝綱。

〔校〕〔一〕「珊」原本作「冊」，各本均已改。〔二〕徐沁君本「樽」改作「尊」。

〔注〕①「鬧垓垓」，喧鬧、雜亂貌。②「太康」，指社會太平安寧。③「闌珊」，暗淡；零落；消沉；衰減。

【天下樂】剗地①爛醉佳人錦瑟傍〔一〕。我過得蕭〔二〕墻②，我待朝帝王。不听的古剌剌③净鞭④三下響，不見文官每列在左壁〔三〕，武官每列在右廂。尚古自⑤列金釵十二行⑥。

〔校〕〔一〕原本「傍」字，徐沁君本、甯希元本改作「旁」。〔二〕「蕭」原本作「肖」，各本均已改。〔三〕「壁」原本殘存上部，似「比」，鄭騫本校作「陛」，其他各本均作「壁」。

〔注〕①「剗地」，反而；反倒。②「蕭墻」，古代宫室内當門的墻。③「古剌剌」，擬聲詞，多狀風吹旗子聲。亦作「骨剌剌」。④「净鞭」，亦作「静鞭」，指古代帝王的一種儀仗，抽響鞭子令人肅静。⑤「尚古自」，亦作「尚故自」「尚古子」，猶自，尚且。⑥「金釵十二行」，喻姬妾眾多。

（見昌邑王了）（〔一〕云了）〔二〕殿下知罪麼？（〔三〕邑王云了）（〔四〕云）為君未及一月，造下罪一千一百一〔五〕十七椿〔六〕，殿下猶不知〔七〕！〔八〕

〔校〕〔一〕此處徐沁君本補「昌邑王」。〔二〕此處徐沁君本、王季思本補「（正末云）」。〔三〕此處徐沁君本、甯希元本、王季思本補「昌」字。〔四〕此處徐沁君本、王季思本補「正末」。〔五〕原本「一」字，徐沁君本、甯希元本、王季思本改作「二」。〔六〕「椿」原本作「庄」，各本均已改。〔七〕「猶」原本作「由」，「知」殘損，徐沁君本作「猶不知罪」，其他各本均作「猶不知」。〔八〕此處徐沁君本、王季思本補「（唱）」。

【那吒令】陛下！道你污濫[①]如寵西施越〔一〕王，好色如奸无祥[②]楚王，乱宫如宠妲己紂王。對着衆宰臣[③]，諸卿相，咱則是好好商量。

〔校〕〔一〕原本「越」字，徐沁君本、王季思本改作「吴」，徐沁君本校記云：「西施爲越所進，而吴王寵之。」

〔注〕①「污濫」，污濁不堪而無節制。②「无祥」，也稱無祥女，秦穆公之女。③「宰臣」，大臣；重臣。

【鵲〔一〕踏枝】似這般壞家邦，損忠良，疾忙分付[①]江山，遞納龍床。到如今四方軍民都讚揚，他德〔二〕过如[②]禹舜堯湯〔三〕。

〔校〕〔一〕「鵲」原本作「雀」，各本均已改。〔二〕「德」原本作「得」，唯鄭騫本未改。〔三〕原本「禹舜堯湯」，甯希元本改作「堯舜禹湯」。按，【鵲踏枝】末句正格七字，平仄要求爲「×××、×仄平平」，「堯舜禹湯」雖符合歷史順序，但「禹」爲仄聲，不合平仄。「禹舜堯湯」是因平仄限制而出現的次序。

〔注〕①「分付」，交給，交到。②「过如」，超過，「如」是差比標記。

【寄生草】他听得仁風[①]盛，帝業昌。孝昭帝先向山陵葬，昌邑王不識朝廷〔一〕相，現〔二〕如今新天子守取蟠龍亢〔三〕[②]。這的是前人田土後人收[③]，可正是長江後浪催前浪[④]。

(等昌邑王云了)〔四〕

〔校〕〔一〕原本無「廷」字，唯隋樹森本未補。〔二〕「現」原本作「見」，隋樹森本、鄭騫本未改，其他各本均改作「現」。〔三〕鄭騫本「亢」改作「炕」。〔四〕此處徐沁君本、王季思本補「（正末唱）」。

〔注〕①「仁風」，仁德之風，多用來頌揚帝王、官員的德政。②「蟠龍亢」，亦作「盤龍亢」，是「盤龍亢金椅」的簡縮形式。「亢」本爲星宿名，與之相配的「七曜」是「金」，「亢金」指朝廷。「亢金椅」代指皇帝、君王的龍椅、寶座。③「前人田土後人收」，比喻前人爲後人造福。④「長江後浪催前浪」，比喻新人代替舊人。

【六幺〔一〕序】到〔二〕[①]把我迎頭阻，劈〔三〕面搶[②]，到咱行数黑論黄[③]，賣弄他血氣方剛，武藝高強。我覷的小可[④]尋常，不由人豪氣三千丈，登時[⑤]交你禍起蕭〔四〕墻[⑥]，不問〔五〕[⑦]五步間敢血濺金堦上。休那里俄延[⑧]歲月，打捱[⑨]時光。

〔校〕〔一〕「幺」原本作「么」，唯鄭騫本未改。〔二〕原本「到」字，唯鄭騫本未改，其他各本均改作「倒」。〔三〕「劈」原本作「𨮏」，各本均已改。〔四〕「蕭」原本作「肖」，各本均已改。〔五〕「問」隋樹森本作「間」。

〔注〕①「到」，同「倒」，反倒。②「搶」，搶白。③「数黑論黄」，説長道短；挑唆是非。④「小可」，細微；尋常；輕易。⑤「登時」，立刻；馬上；頓時。⑥「蕭墻」，古代宫室内當門的墻。⑦「不問」，猶不超過。⑧「俄延」，耽誤；耽擱；延緩。⑨「打捱」，打發。

【幺篇〔一〕】應昂①，行唐②，走遶龍床，扯住衣裳，子就這金鸞〔二〕殿③上，咱兩个併〔三〕一場！我見他言語慌〔四〕忙，手脚張〔五〕狂，事急也却索着忙，俺英雄犯了无〔六〕遮擋。豈不聞專諸能刺吴王，今日咱君臣義分④无承望⑤。你待仿驪姬乱晋⑥，俺難學伊尹⑦扶湯。

〔校〕〔一〕「幺篇」原本作「么」，隋樹森本、鄭騫本作「幺」，其他各本均作「幺篇」。〔二〕原本「鸞」字，各本均改作「鑾」。〔三〕「併」字原本空缺，隋樹森本作一空圍，其他各本均補「併」。〔四〕「慌」原本作「荒」，各本均已改。〔五〕「張」原本作「獐」，各本均已改。〔六〕「犯了无」原本空缺，隋樹森本作三空圍，其他各本均據《北詞廣正譜》補「犯了無」。

〔注〕①「應昂」，答應。②「行唐」，遲慢；彷徨。③「金鸞殿」，金鑾殿，帝王召見群臣的寶殿。④「義分」，情分。⑤「承望」，指望。⑥「驪姬乱晋」，春秋時期驪戎之女，後成爲晋獻公夫人，她設計殺害晋國太子申生，晋獻公次子重耳（晋文公）流亡他國。⑦「伊尹」，古代名臣，是輔佐商湯的大臣，名伊，尹是官名。也代指著名政治家。

（云）尚書，昌邑王无道，咱兩个别〔一〕文武百官，擺整仗①鸞〔二〕駕②，請新君去來！（做迎駕上了，云）昌邑王无道，不堪為宗庙之主。今日别立新君，咱文武兩班，一齊呼譟〔三〕③者！（一行云了）（〔四〕云）昌邑王，新君聖旨〔五〕：免你死罪，封為海昏侯〔六〕。出朝去者！（昌邑〔七〕云了）（駕封官了）（〔八〕云）老臣情愿致仕閑居。（駕上〔九〕宣二净了，封官了）（〔十〕云）陛下，這兩个逆子，封許大④官職！據二〔十一〕人頂門⑤胎

髮猶[十二]存！[十三]

〔校〕〔一〕原本「别」字，徐沁君本、甯希元本改作「領」。〔二〕原本「仗」字，鄭騫本改作「張」，甯希元本改作「付」。原本「鸞」字，各本均改作「鑾」。〔三〕原本「諫」字殘存右上部，隋樹森本作一空圍，鄭騫本作「萬歲」，其他各本均作「噪」。〔四〕此處徐沁君本補「正末」。〔五〕「君」原本作「[illegible]」，「聖旨」作兩個「○」，隋樹森本校作「居皇帝」，鄭騫本作「居□□」，其他各本均作「君聖旨」。〔六〕原本無「海昏侯」，唯隋樹森本未補。〔七〕徐沁君本補「王」字。〔八〕〔十〕此處徐沁君本、王季思本補「正末」。〔九〕原本「上」字，徐沁君本、王季思本改作「云」。〔十一〕原本「二」僅存一横，隋樹森本、鄭振鐸本校作「一」，其他各本均作「二」。〔十二〕「猶」原本作「由」，各本均已改。〔十三〕此處徐沁君本、王季思本補「（唱）」。

〔注〕①「仗」，儀仗隊。②「鸞駕」，帝王的車駕，也代指帝王。亦作「鑾駕」。③「呼諫」，喧嚷；歡呼。亦作「呼噪」。④「許大」，如此大；這麼大。⑤「頂門」，頭頂前部。

【後庭花】怎消得把千鍾[①]禄位享，將万民財物匡[一]，把二品皇宣[②]受，將三臺[③]銀印掌。他那裹[二]會理朝綱[④]！據這厮每村沙[⑤]莽撞，念不的書兩行，開不的弓一張，便朝為田舍郎，暮登天子堂[⑥]。

〔校〕〔一〕原本「匡」字，唯隋樹森本未改，其他各本均改作「誆」。按，「匡」有虧損、損害義，可通。〔二〕「裹」原本作「理」，唯隋樹森本未改，其他各本均改作「裹」。

〔注〕①「千鍾」，本指糧食極多，後指優厚的俸禄。②「皇宣」，皇帝的宣召。③「三臺」，指三公。「三公」是古代中央三種最高官銜的合稱。周代指太師、太傅、太保，西漢指丞相（大司徒）、太尉（大司馬）、御使大夫（大司空），東漢、唐宋指太尉、司徒、司空，明清代沿周制。（參見《漢語大詞典》）④「朝綱」，朝廷的法紀。此指國家政務。⑤「村沙」，粗野莽撞。⑥「朝為田舍郎，暮登天子堂」，比喻迅速晋升。「田舍郎」，農家子。

【青哥兒】他怎做的朝中、朝中宰相，枉了失其、失其民望[①]。諒這厮生長在細米乾柴不漏房，便賜与紫綬金章②，羽旌旄幢③，交端坐都堂④，輔佐吾皇，判断朝綱，整治家邦，我子怕差錯陰陽，激惱穹蒼，天降災殃，六月飛霜，旱杀了農桑，水渰了田庄，四境飢荒，万姓逃亡。覷着他哏〔一〕⑤似豺狼，蠢似豬羊，眼嵌〔二〕縮腮模樣，面黄肌瘦形相，爺飯娘羹嬌養，夫貴妻榮休望，教骨奸折倍挑〔三〕，是〔四〕无梢船、没底筐。我王待遠法⑥商湯，臣伏戎羌，郊拱平章⑦，採獵〔五〕⑧賢良，選用忠良，行止端方，才智非常，論道經邦，展土開疆，交万國伏降，万民安康，万壽无疆，万世稱揚。似這等油煤猢〔六〕猻般性輕狂，〔七〕他怎圖畫作麒麟像⑨。

（駕云了）（〔八〕云）老〔九〕臣就今日辞了我主，向五〔十〕南採訪走一遭去。〔十一〕

〔校〕〔一〕原本「哏」字，鄭騫本作「很」，其他各本均作「狠」。〔二〕原本「嵌」字不清，鄭騫本作「皺」，隋樹森本作「欺」。〔三〕此句費解，隋樹森本、鄭騫本未改，徐沁君本改作「教猾奸折倭休慌」，甯希元本作「教猾奸折倍光」，王季思本作「教猾奸折倍挑」。〔四〕原本「是」字，覆元槧本誤作「長」，鄭騫本作「長」。〔五〕「獵」原本作「臘」，鄭騫本校作「獵」，其他各本均作「納」。〔六〕「猢」原本作「猾」，唯隋樹森本未改。〔七〕此處原本有一「唱」字，隋樹森本改作「猖」，與上句連讀。鄭騫本作爲科介，其他各本均删。〔八〕此處徐沁君本、王季思本補「正末」。〔九〕「老」原本作「僚」，唯隋樹森本未改。〔十〕原本無「五」字，唯隋樹森本未補。本劇第二折：「差老夫五南採訪。」〔十一〕此處徐沁君本、王季思本補「（唱）」。

〔注〕①「民望」，民衆的希望、心願；在民衆中的聲望。②「紫綬金章」，紫色印綬和金印，代指位高權重。③「羽旌旄幢」，有羽毛的旗幟。④「都堂」，指官署、衙門的辦公之處。⑤「哏」，狠。⑥「法」，效法。⑦「平章」，官職名，職位低于尚書、中書、門下長官，但可參議國事。⑧「採獵」，招納。⑨「麒麟像」，麒麟閣上給功臣、賢才繪的畫像，指極高的榮譽。

【賺煞尾〔一〕】帝登基，天垂象〔二〕。子今日天晴日朗，舜日堯年①應上蒼，頭直上②罩紫霧紅光，齊下五雲鄉③。它〔三〕寂寞索向秋江，耳〔四〕

听的撼宇宙春雷應天響。一个登基在建〔五〕章，一个潜身在海上，這的是真龍出世假龍藏。

（下）（駕云了，下）〔六〕

〔校〕〔一〕徐沁君本删「尾」字。〔二〕「象」原本作「像」，隋樹森本、甯希元本未改，其他各本均作「象」。〔三〕原本「它」字，各本均改作「他」。〔四〕「耳」原本作「年」，隋樹森本未改，徐沁君本改作「子」，其他各本均作「耳」。〔五〕「建」原本作「廷」，各本均已改。〔六〕隋樹森本「（駕云了，下）」置于第二折開頭。

〔注〕①「舜日堯年」，天下太平，多用于歌功頌德。②「頭直上」，頭上。③「五雲鄉」，神仙的居處。「五雲」，五色祥雲，是吉祥、祥瑞的征兆。

第二折

（二净上，開住）（卜兒云了）（二净見了，下）（駕一行上，開住）（二净上獻小旦了）（卜兒上，再云，下）（正末騎竹馬上，開）奉官里①圣旨，差老夫五南採訪，巡行一遭，又早是半年光景。今日到家，多大來喜悦。〔一〕

〔校〕〔一〕此處徐沁君本、王季思本補「（唱）」。

〔注〕①「官里」，皇帝。

【中吕】〔一〕【粉蝶兒】羸①馬長鞭，路迢遞②豈辞劳倦，行杀人也客况凄然。与皇家，出氣力，使杀我也死而无怨。這一場開解民冤，喜还家稱心滿願。

〔校〕〔一〕原本無宫調名【中吕】，各本均已補。

〔注〕①「羸」，體弱。②「迢遞」，遥遠。

【醉春風】行到二十程，路迭〔一〕三四千。向五南行到半年來，不似這途遠，遠。想着倚門山妻①，夢中兒子〔二〕，眼前活現。

（提〔三〕到家科〔四〕）左右，接了馬者②。（卜兒接住了，云了）〔五〕

〔校〕〔一〕原本「迭」字，隋樹森本、徐沁君本改作「途」。〔二〕原本「子」字，徐沁君本、王季思本改作「女」。〔三〕原本「提」字不清，隋樹森本作一空圍，鄭騫本、王季思本刪。〔四〕此處徐沁君本、王季思本補「云」。〔五〕此處徐沁君本、王季思本補「（正末唱）」。

〔注〕①「山妻」，隱士之妻，後多用爲自稱其妻的謙詞。②「者」，祈使語氣詞。

【紅綉鞋】拂綽了塵埃滿面，喜的咱夫婦團圓〔一〕。在家時孩兒每行①受了些熬煎。雖然咱有些俸禄，有些公田②，想着這窮家私難过遣③。（云）我沿路上想着兩个，怎生不來見我？（卜兒云了）（〔二〕云）成君女孩兒，也不出綉房來見我？（卜〔三〕云了）（〔四〕氣倒科〔五〕）〔六〕

〔校〕〔一〕「圓」原本作「园」，各本均已改。〔二〕〔四〕此處徐沁君本、王季思本補「正末」。〔三〕徐沁君本、甯希元本補「兒」字。〔五〕此處徐沁君本補「唱」。〔六〕此處王季思本補「（唱）」。

〔注〕①「行」，「上」的音變形式，是元代方位詞受蒙古語影響産生的離格標記用法，相當于後置的「從」。②「公田」，古代官府、官員控制的公家土地。③「过遣」，過活；打發日子。

【剔銀〔一〕灯】幹身事别无〔二〕甚麼拜見，將一个親姊〔三〕妹向君王行①托献。大古〔四〕里②是布衣走上黄金殿③，子俺那漢官家可甚納士招賢？想當日岩墻下，渭水边，和那乞食的淮陰少年④。

〔校〕〔一〕「銀」原本作「艮」，各本均已改。〔二〕「无」原本作「元」，各本均已改。〔三〕「姊」原本作「子」，徐沁君本、王季思本改作「姊」，其他各本未改。〔四〕原本「大古」，王季思本改作「特故」。

〔注〕①「行」，「上」的音變形式，是元代方位詞受蒙古語影響産生的與位格標記用法，相當于後置的「向」。②「大古里」，大概；總之。③「黄金殿」，華麗的宫殿。④「乞食的淮陰少年」，韓信。

【蔓菁菜】偏不曾一跳身①都荣显！不曾献妹妹准財錢，博〔一〕换②些俸錢！一口氣不回〔二〕來抵〔三〕住喉咽〔四〕，氣的我手兒脚兒滴羞篤速③戰！

〔校〕〔一〕原本「博」字，隋樹森本校作「轉」，甯希元本校作「擣」。〔二〕「回」字原本空缺，鄭騫本、王季思本刪，隋樹森本作一空圍，甯希元本作「上」，徐沁君本據本劇第三折「一口氣不回來便是休」補「回」。徐本可從。〔三〕「抵」原本作「底」，各本均已改。〔四〕原本「咽喉」，隋樹森本未改，徐沁君本、甯希元本、王季思本乙作「喉咽」。覆元槧本「咽」改作「咱」，鄭騫本校作「抵住咱喉咽」。「咽」字韻。

〔注〕①「一跳身」，一下子成功。②「博換」，換取。③「滴羞篤速」，顫抖，由「蹀躞」經過逆向變韻重疊發展而成。（參見焦浩《元刊雜劇《雙赴夢》【天下樂】曲校勘研究》）

（云）我子今日朝見〔一〕天子，就納諫去！（等駕上，開住）（外〔二〕上諫了）（正末便上，做与楊敞相見科）（〔三〕云了）〔四〕尚書，与老夫喚那二賊出來咱①！（二净出來，云了，下）〔五〕

〔校〕〔一〕「見」原本作「現」，各本均已改。〔二〕徐沁君本補「末」字。〔三〕徐沁君本補「外末」。〔四〕此處徐沁君本、王季思本補「（正末云）」，甯希元本補「（云）」。〔五〕此處徐沁君本、王季思本補「（正末唱）」。

〔注〕①「咱」，祈使語氣詞。

【石榴花】我想与皇家出氣力二十年，我也曾居帥府掌軍權，今日向都堂①出納②着帝王宣，不付能③得升〔一〕迁，做个官員。我也曾忘〔二〕生捨死沙場④上戰，我也曾眠霜卧雪，陣後軍前，想着我水磨鞭⑤，皮楞簡〔三〕⑥，鵰〔四〕翎箭⑦，卸金甲⑧博得个紫袍⑨穿。

〔校〕〔一〕「得升」原本作「的[illegible]」，隋樹森本作「的□」，鄭騫本作「的陞」，王季思本作「得陞」，徐沁君本、甯希元本作「得升」。〔二〕「忘」原本作「亡」，唯隋樹森本未改。〔三〕原本「皮楞簡」，鄭騫本、王季思本未改，隋樹森本作「方楞鐧」，徐沁君本作「劈楞簡」，甯希元本作「劈楞鐧」。〔四〕原本「鵰」字，各本均改作「雕」。

〔注〕①「都堂」，指官署、衙門的辦公之處。②「出納」，傳達皇帝命令，反映百姓意見。③「不付能」，亦作「不甫能」，義爲「好容易」，同「好不容易」。「不」無義。④「沙場」，戰場。⑤「水磨鞭」，水磨鋼鞭，短兵器之一種。⑥「皮楞簡」，古代三棱或四棱的鞭屬兵器。「楞」本字爲「棱」。亦作「劈楞簡」「劈楞鐧」「劈棱簡」。⑦「鵰翎箭」，雕翎毛做成的箭。⑧「金甲」，鎧甲。⑨「紫袍」，代指官服。

【鬥鵪鶉〔一〕】打這廝油鬏髻[①]上[②]封官，粉鼻凹[③]裏[④]受宣。您是裙帶頭[⑤]衣食，我是劍甲上[⑥]俸錢。不打死今番豁不了冤！就這里盼到半年。問甚末子父情腸，險失了君臣体面。

（做見駕了）（駕云了）〔二〕

〔校〕〔一〕「鵪鶉」原本作「奄享」，各本均已改。〔二〕此處徐沁君本、王季思本補「（正末唱）」。

〔注〕①「鬏髻」，假髮盤成的髮髻。②⑥「上」，與位格標記，表示動作的憑藉、依據。「油鬏髻上封官」即憑藉油鬏髻得到官位，「劍甲上俸錢」即憑藉劍甲而得到俸禄。③「鼻凹」，鼻翼凹下去的地方。④「裏」，與位格標記，表示動作的憑藉、依據。「粉鼻凹裏受宣」即憑藉粉鼻凹受到皇帝宣召。⑤「頭」，與位格標記，表示動作的憑藉、依據。「裙帶頭衣食」即憑藉裙帶關係而得到衣食。

【上小樓】打這廝才低智淺，怎消的隨朝迁轉。他那里會展土開疆，治国安邦，献策呈〔一〕言。量這廝有是末〔二〕[①]高識遠見，怎消的就都堂[②]户封八縣。

（駕云了）〔三〕

〔校〕〔一〕徐沁君本「呈」改作「陳」。〔二〕原本「是末」，隋樹森本作「甚末」，甯希元本作「什麼」，王季思本作「甚麼」，鄭騫本、徐沁君本未改。〔三〕此處徐沁君本、王季思本補「（正末唱）」。

〔注〕①「是末」，什麼。②「都堂」，指官署、衙門的辦公之處。

【幺篇〔一〕】倘或取受了百姓錢，違負了帝王宣，敢大膽欺壓良民，冒突[①]天顔[②]，惹罪招愆[③]。久以後市曹[④]中遭着刑憲[⑤]，我子怕又連累咱滿門良賤[⑥]。

（云）乞陛下將此二賊打為庶民，成君下於冷宫，聖鑒不錯！（駕云了，一行下）（楊敞云了）（〔二〕云）官里不從諫也！罷，罷，罷！〔三〕

〔校〕〔一〕「幺篇」原本作「幺」，隋樹森本、鄭騫本作「幺」，其他各本均作「幺篇」。〔二〕此處徐沁君本、王季思本補「正末」。〔三〕此處徐沁君本、王季思本補「（唱）」。

〔注〕①「冒突」，冒犯；觸犯。②「天顔」，皇帝的容顔。③「惹罪招愆」，招致罪過。④「市曹」，市場人多熱鬧處，猶「雲陽市」「雲陽鬧

市」，古代常在此類地方處决犯人。⑤「刑憲」，刑罚。⑥「滿門良賤」，一大家子人。

【耍孩兒帶四煞〔一〕】既君王圣怒難分辨〔二〕，便是老性命滴溜①在眼前。這場羞辱怎禁當②，好交我低首无言。天顔〔三〕盛怒難分解，惱犯着登時③斬在目前。人皆倦，輕呵杖該一百，重呵流遞〔四〕④三千。

〔校〕〔一〕「耍孩兒帶四煞」原本作「耍孩帶四煞」，隋樹森本未改，鄭騫本、王季思本作「耍孩兒帶四煞」，徐沁君本、甯希元本作「耍孩兒」。〔二〕原本「辨」字，隋樹森本、鄭騫本未改，其他各本均改作「辯」。〔三〕「顔」原本作「言」，隋樹森本、鄭騫本未改，其他各本均改作「顔」。〔四〕「遞」原本作「地」，隋樹森本、甯希元本未改，其他各本均改作「遞」。

〔注〕①「滴溜」，留下；剩下。②「禁當」，承受；擔當。③「登時」，立時；馬上。④「流遞」，發配；流放。

【三煞】可知道摘星楼①剖了比干，汨羅江滰杀屈原，姑蘇臺②范蠡辞了勾踐。從來乱国皆无道，自古昏君不重賢，不把清濁辨。子怕吃人心盗蹠〔一〕③，那里敬有德行顔淵。

〔校〕〔一〕「蹠」原本作「跋」，各本均已改。

〔注〕①「摘星楼」，傳説商紂王爲寵妲己所建的極高的樓。②「姑蘇臺」，傳説吴王夫差建的臺，也稱姑胥臺。③「盜蹠」，又名柳下蹠，傳説春秋時期的大盗。

【二煞】我為甚倦做官？我為何不愛錢？子圖久後清名①显。我不求金玉重重貴，可甚兒孫个个賢？稱不了平生愿。你速離我眼底，休到我根前②！

〔注〕①「清名」，清廉的名聲。②「根前」，跟前；眼前。

【收尾煞〔一〕】便加做一品官，剩〔二〕①受取幾道宣。(楊敞云了)〔三〕誰待倚唐丈眉势〔四〕②威風显！(外〔五〕云了)〔六〕我子怕養閨女為官分福③淺！(下)

〔校〕〔一〕原本「收尾煞」，徐沁君本、王季思本改作「煞尾」。〔二〕甯希元本「剩」改作「賸」。按，「剩」同「賸」「盛」，「多」義，不必改字。〔三〕〔六〕此處徐沁君本、王季思本補「（正末唱)」。〔四〕原本「唐丈眉势」，隋樹森本校作「唐丈有勢」，鄭騫本校作「國丈局勢」，甯希元本作「唐丈楣勢」，王季思本作「國丈楣勢」。〔五〕徐沁君本補「末」字。

〔注〕①「剩」，多。②「眉势」，派頭；氣派。③「分福」，福分。

第三折

（二净云了）（駕一折）（外〔一〕開一折）（正末做暴病扶主〔二〕，開）自從打了二賊，一卧二旬而不起。好是煩惱人！自〔三〕從前許〔四〕多功劳，今日一筆都勾！（做長吁氣科〔五〕）

〔校〕〔一〕徐沁君本補「末」字。〔二〕原本「主」字，鄭騫本、隋樹森本未改，徐沁君本改作「上」，甯希元本、王季思本作「柱」。〔三〕原本「自」字，隋樹森本、鄭騫本未改；徐沁君本、甯希元本改作「咱」并屬上句；王季思本改作「咱」并屬下句。〔四〕「許」原本作「說」，各本均已改。〔五〕此處徐沁君本補「唱」。

【正宫】〔一〕【端正好】於家謾①劬劳②，為国空生受③。自從立漢室扶監〔二〕④炎刘⑤，愁懷〔三〕不遂空低首，常子〔四〕是泪湿征衣⑥袖。

〔校〕〔一〕原本無宫調名【正宫】，各本均已補。〔二〕鄭騫本「監」校作「整」。〔三〕「懷」原本作「壞」，各本均已改。〔四〕隋樹森本「子」改作「則」。

〔注〕①「謾」，空；枉。②「劬劳」，辛勞；辛苦。③「生受」，受辛苦、辛勞。④「扶監」，扶助；監理。⑤「炎刘」，舊指以火德王的劉氏漢朝。（參見《漢語大詞典》）⑥「征衣」，軍服；出征將士們的衣服。

【滚綉毬〔一〕】我來的那日頭①，染証〔二〕候②，都子為辱家門禽獸，子我這潑殘生③千則千休④。將霍山纏住拘，將霍禹劈〔三〕面⑤毆〔四〕。喑⑥着氣感得幾声咳嗽，對夫人仔細遺留⑦。都子為辱家門豁不尽心頭氣，献妹妹遮不了臉上羞。性命似水上浮漚⑧。

（等二淨上，做探病了）（〔五〕云）孩兒，我年紀〔六〕子是兩脚疼痛。（二

净拘腿了)〔七〕

〔校〕〔一〕「滚綉毬」原本作「衮綉毬」，隋樹森本、王季思本作「滚綉毬」，其他各本均作「滚綉球」。〔二〕原本「証」字，隋樹森本、鄭騫本校作「證」，徐沁君本、甯希元本作「症」，王季思本作「癥」。按，中醫學一般用「證候」，不用「症候」「癥候」。「症」字有兩讀，讀陰平時，繁體爲「癥」；讀去聲時，作「症」，係「症狀」「症候」義。古代文獻中「癥」專指腹中結塊之病。《玉篇》：「癥，腹結病也」，《史記・扁鵲傳》：「以此視病，盡見五臟癥結，特以診脉爲名耳」，晋王熙《脉經・遲疾短長雜病法》：「脉沉重而中散者，因寒食成癥。」故「癥」專指腹病，不泛指一般症狀。指一般症狀的「症」是現代醫學名詞，這一意義在古代中醫學上都寫作「證」，如「證候」「表證」「裏證」「外證」等。〔三〕「劈」原本作「匹」，唯徐沁君本未改。〔四〕「毆」原本作「歐」，鄭騫校作「敺」，其他各本均作「毆」。〔五〕此處徐沁君本、王季思本補「正末」。〔六〕此處徐沁君本、甯希元本補「老」，王季思本補「大」，鄭騫本、隋樹森本未補。〔七〕此處徐沁君本、王季思本補「（正末唱）」。

〔注〕①「日頭」，天；日子。②「証候」，代指疾病。③「潑殘生」，苦命。④「千則千休」，必死無疑。⑤「劈面」，當頭；迎面。⑥「喑」，忍耐；忍受。⑦「遺留」，交代遺言。⑧「水上浮漚」，水上漂浮的泡沫。

【倘秀才】匹配下鸞交〔一〕鳳友①，博換②得堂食③御酒④，您子是男兒得志秋。我早子歸地府，葬荒丘，是一个了收⑤。

(小旦云了)(〔二〕云)孩兒，我上天遠，入地近，也有幾句遺留⑥，听我說与你。(等小旦云了)〔三〕

〔校〕〔一〕「交」原本作「膠」，唯隋樹森本未改。〔二〕此處徐沁君本、王季思本補「正末」。〔三〕此處徐沁君本、王季思本補「（正末唱）」。

〔注〕①「鸞交鳳友」，比喻夫妻、情侶。②「博换」，换取。「博」，换。③「堂食」，古代公署的膳食。④「御酒」，皇帝賞賜的酒。⑤「了收」，結束；結局；收場。⑥「遺留」，交代遺言。

【呆古朵】怕你老尊君[①]早晚身亡後，交你个女孩兒听我遺留[②]：交官里[③]納士招賢，休交他迷花恋酒。恐怕賊子將忠臣譖[④]，你索款慢[⑤]去君王行[⑥]奏。你子學立齊邦无鹽〔一〕女[⑦]，休學那乱刘朝吕太后[⑧]。

（等駕上，云住）（正末云）呀！臣該万死！〔二〕

〔校〕〔一〕「鹽」原本作「艶」，各本均已改。〔二〕此處徐沁君本、王季思本補「（唱）」。

〔注〕①「老尊君」，老父親。「尊君」，父親；敬稱。②「遺留」，交代遺言。③「官里」，皇帝。④「譖」，誣陷；説壞話。⑤「款慢」，緩慢；縱容。⑥「行」，是「上」的音變形式，在元代的漢蒙語言接觸中，方位詞産生了與蒙古語類似的格標記語法功能。格標記後置于名詞、代詞等静詞成分之後。此「行」相當于前置詞「向」，表示動作的對象。「君王行奏」即向君王啟奏。⑦「无鹽女」，戰國齊宣王王后鍾離春，是無鹽人，故稱。無鹽女貌醜但有德，後常代稱醜女。⑧「吕太后」，漢高祖劉邦的皇后，其人心狠手辣。

【倘秀才】臣披不的金章紫綬[①]，剛道的个誠惶[②]頓首[③]，臣講不的舞蹈揚塵[④]三叩頭。感陛下特怜念，旧公侯，親自來問候。

（駕問了）（〔一〕云）有幾椿〔二〕事，陛下索從微臣奏咱[⑤]！〔三〕

〔校〕〔一〕此處徐沁君本、王季思本補「正末」。〔二〕「椿」原本作「庄」，各本均已改。〔三〕此處徐沁君本、王季思本補「（唱）」。

〔注〕①「金章紫綬」，金印和紫色印綬，代指位高權重。②「誠惶」，誠惶誠恐。本表示臣子對皇帝十分敬畏，後指十分小心謹慎。③「頓首」，此處指磕頭、跪拜。④「舞蹈揚塵」，即「揚塵舞蹈」，舞蹈名，用于祭天、地、神，是最隆重的禮儀。⑤「咱」，祈使語氣詞。

【幺篇】〔一〕陛下！開赦書[①]撒〔二〕[②]放罪囚，薄[③]税斂〔三〕存恤[④]户口[⑤]，隨路州城把庙宇修。誅不擇骨肉，賞不避仇讎[⑥]，恩從上流[⑦]。

〔校〕〔一〕原本無【幺篇】，隋樹森本屬上曲，其他各本均獨立，鄭騫本作【幺】，其他各本均作【幺篇】。〔二〕原本「撒」字，徐沁君本改作「釋」，甯希元本誤作「撤」。〔三〕「斂」原本作「𢿙」，各本均已改。

〔注〕①「赦書」，赦免令的文書。②「撒」，放。③「薄」，减少。

④「存恤」，慰問；撫慰；救濟。⑤「户口」，人口。⑥「仇讎」，讎人；冤家對頭。⑦「上流」，上等；上品。

【滚綉毬〔一〕】陛下！交軍衣襖旋旋関，軍粮食日日有，便使①杀他也不辞生受②，敢捨性命在劍戟戈矛〔二〕。不争③咱粮又催税又催，那其間敢莜〔三〕不收麥不熟，枉併的它〔四〕一家家逃走，豈不怕笞杖徒流④。陛下開倉賑濟窮百姓，敢不自然樂業安家不趂求⑤。子這的是治國元〔五〕由⑥。

（一行上，告駕住）（〔六〕云）陛下，這兩个賊子，久後必然造反！告⑦一帋独角赦書⑧，赦了老臣之罪咱⑨！（駕云了）〔七〕

〔校〕〔一〕「滚綉毬」原本作「衮綉毬」，隋樹森本、王季思本作「滚綉毬」，其他各本均作「滚綉球」。〔二〕「矛」原本作「柔」，各本均已改。〔三〕原本無「莜」字，鄭騫本補「穀」，徐沁君本補「秋」，甯希元本、王季思本補「穀」，隋樹森本未補。按，「秋」「莜」同「蕎」，指蕎麥。蒲松齡《聊齋志异》有《莜中怪》篇。補「秋」或「莜」比「穀」「穀」「穀」好，「秋」「莜」極有可能因形近而承上「敢」或下「收」字脱。〔四〕原本「它」字，各本均改作「他」。〔五〕原本「元」字，鄭騫本改作「原」。〔六〕此處徐沁君本、王季思本補「正末」。〔七〕此處徐沁君本、王季思本補「（正末唱）」。

〔注〕①「使」，累。②「生受」，承受辛苦、辛勞。③「不争」，如果。④「笞杖徒流」，代指各種刑罰。⑤「趂求」，追求。⑥「元由」，根由；根源。⑦「告」，告諭；曉諭。⑧「獨角赦書」，專門赦免某一人的文書。「角」，份；封。⑨「咱」，祈使語氣詞。

【倘秀才】臣子①怕連累了霍光老幼，這厮每②必反啗刘朝宇宙。這的是未來事微臣早參透。幾句話，記在心頭，休交落後。

〔注〕①「子」，只。②「每」，們，複數標記。

【滚綉毬〔一〕】這兩个，吃劍頭①，久以後死得來不如猪狗，臣子怕連累着三尺荒坵②。不争③您剖棺槨④，戮尸首。這一紙独角赦把老臣搭救，我便一似護身符懷内牢收。不争剖開亡父新坵塚⑤，不交人唾罵微臣業骨頭⑥，勳業⑦都休。

（外〔二〕云了）〔三〕

〔校〕〔一〕「滚綉毬」原本作「衮綉毬」，隋樹森本、王季思本作「滚綉毬」，其他各本均作「滚綉球」。〔二〕徐沁君本補「末」字。〔三〕此處徐沁君本、王季思本補「（正末唱）」。

〔注〕①「吃劍頭」，挨劍砍的人。②「荒圻」，墳墓。③「不争」，如果。④「棺槨」，棺和槨。「槨」是套在棺材外面的大棺材。⑤「圻塚」，墳墓。⑥「業骨頭」，有業障的身軀，多用于老年。⑦「勳業」，功業。

【三煞】飽諳世事慵〔一〕①開口，可怎伏侍〔二〕君王不到頭②。子要你治国安邦，去邪歸正，納士招賢，立漢興刘。〔三〕學取祖公公。〔四〕豁達大度，海量寬洪〔五〕，納諫如流。托賴③上天眷祐，子要陛下知文武重公侯。

〔校〕〔一〕「慵」原本作「墉」，各本均已改。〔二〕「侍」原本作「待」，各本均已改。〔三〕此處鄭騫本、徐沁君本、王季思本補「（帶云）」。〔四〕此處徐沁君本、王季思本補「（唱）」。隋樹森本此句爲曲文。〔五〕原本「洪」字，徐沁君本改作「宏」。

〔注〕①「慵」，懶；懶得。②「伏侍君王不到頭」，元雜劇習語，指爲君王服務一輩子却不得善終。③「托賴」，依賴；倚仗；被庇護。

【二煞】天呵！謾心昧已①的增与陽壽〔一〕，論〔二〕到我為国於家②拔着短籌③。也是我前世〔三〕前緣，自遣自受，染病躭④疾，千則千休⑤。子落的三魂杳杳，四体烘烘，七魄悠悠。好交〔四〕我无言低首，淚不做淚珠流。

〔校〕〔一〕「壽」原本作「哥」，各本均已改。〔二〕原本「論」字，鄭騫本、隋樹森本未改，其他各本均改作「輪」。〔三〕「世」原本作「是」，各本均已改。〔四〕隋樹森本「交」改作「教」。

〔注〕①「謾心昧已」，昧良心。②「為国於家」，爲國爲民。③「拔着短籌」，短命；早死。④「躭」，承受；忍受。⑤「千則千休」，必死無疑。

【收尾煞〔一〕】雙手脉沉細難收救①，一口氣不回來便是休。自料殘生決不久，旦暮微臣死之後，不望高原葬土丘，何必追齋②枉生受，看誦經文念破口，休想亡灵免得憂。果必③君王賜恩厚，思念微臣国政修。出殯威儀迎过路口，登五〔二〕門④君王望影楼。〔三〕陛下若可怜微臣！〔四〕遥望着灵車奠⑤一盞酒！

（下）

〔校〕〔一〕原本「收尾煞」，徐沁君本、王季思本改作「煞尾」。〔二〕原本「五」字，鄭騫本、隋樹森本未改，其他各本均改作「午」。鄭騫本校記特意注曰：「［五門］非午門之誤，古者天子有五門。」〔三〕此處鄭騫本、徐沁君本、王季思本補「（帶云）」。〔四〕此處徐沁君本、王季思本補「（唱）」。隋樹森本此句爲曲文。

〔注〕①「收救」，挽救；收拾。②「追齋」，即「壘七追齋」，指人死後逢七做佛事。亦作「壘七修齋」。③「果必」，果然；果真。④「五門」，古代宫廷的五道門，即臯門、庫門、雉門、應門、路門，后泛指宫門、城門。⑤「奠」，祭奠。

第四折

（駕上，開住，做睡意了）（正末扮魂子①上，開）霍山、霍禹造反，須索②奏知天子去咱！哎！陰司景界，好与人世不同呵！（外〔一〕一折了，下）（等駕上，再開住）（二净説計一折，下）〔二〕

〔校〕〔一〕徐沁君本補「末」字。〔二〕此處徐沁君本、王季思本補「（正末唱）」。

〔注〕①「魂子」，傳統戲劇表演中扮演的鬼魂。②「須索」，應該；必須。

【雙調】〔一〕【新水令】冷颼颼風擺動引魂旛〔二〕，也是我為国家呵一灵兒①不散。高挑起紗照道，輕擺動馬鏾〔三〕環。我待學壘卵②攀欗〔四〕③，將我那有仁德帝王諫。

〔校〕〔一〕原本無宫調名【雙調】，各本均已補。〔二〕原本「旛」字，徐沁君本、甯希元本改作「幡」。〔三〕原本「鏾」字，徐沁君本誤作「鍘」。〔四〕「欗」原本作「襴」，各本均已改。

〔注〕①「一灵兒」，靈魂。②「壘卵」，把蛋堆疊起來，比喻極危險。③「攀欗」，攀登欄杆，比喻極危險。

【駐馬聽】夜静更闌，驀〔一〕①嶺登山尋故関；雲收霧散，披星帶〔二〕月入長安。生前出力保江山，命終尽節②扶炎漢③。你看我這一番，擎王保駕无辞憚。

（做入宮科）（做灯後立住）（等駕打慘科，云了）（〔三〕云）驚諕了我主，微臣不是邪祟④。（等駕云了）〔四〕

〔校〕〔一〕「驀」原本作「陌」，各本均已改。〔二〕王季思本「帶」改作「戴」。〔三〕此處徐沁君本、王季思本補「正末」。〔四〕此處徐沁君本、王季思本補「（正末唱）」。

〔注〕①「驀」，越過；翻越。②「尽節」，盡心竭力地保全節操。③「炎漢」，漢朝自稱以火德王，故稱炎漢，皇姓稱「炎劉」。④「邪祟」，作祟的鬼怪。

【雁兒落】微臣共①朝臣難擺班②，魂魄隨風散。边関事明日提，早朝把君王諫。

（等駕云了）〔一〕

〔校〕〔一〕此處徐沁君本、王季思本補「（正末唱）」。

〔注〕①「共」，和；與。②「擺班」，大臣排隊準備上朝。

【得勝令】來日个宰相五更寒，正三皷未更殘。（駕云了）〔一〕便待貶迫〔二〕我離宮闕，可甚①留連②你老泰山③？了當〔三〕間，待我似伊尹、周公旦；〔四〕今日把我做邪魔鬼祟看。

（正末云）陛下，有人造反也！（駕云〔五〕）〔六〕

〔校〕〔一〕此處徐沁君本、王季思本補「（正末唱）」。〔二〕「迫」原本作「怕」，隋樹森本未改，徐沁君本改作「謫」，其他各本均改作「迫」。〔三〕原本「了當」，鄭騫本「據文義改」作「往常」，王季思本從；甯希元本亦改作「往常」，校記云：「原本『往』字，由文字待勘符號『卜』，形誤爲『了』；『常』字，形誤爲『當』，今改。」甯説無根據，失之武斷。〔四〕此處徐沁君本「以意補」「似等閑」三字。鄭騫本校記云：「此處失去一韻，疑有脱誤。」按，宜存疑。〔五〕王季思本補「了」字。〔六〕此處徐沁君本、王季思本補「（正末唱）」。

〔注〕①「可甚」，也作「可甚麼」，説什麼；算什麼。②「留連」，

挽留；留戀。③「老泰山」，岳父。

【雁兒落】陛下道東連函谷関①，西接連雲棧②，誰人斷覷着？誰人相輕犯？

〔注〕①「函谷関」，關名，在今河南靈寶縣境内。②「連雲棧」，棧道名，在陝西漢中。

【掛玉鈎】陛下！隄備①着鉄甲將軍夜过関②！到把臣相輕慢③。子怕船到江心補漏難，見百姓遭塗〔一〕炭。臣武不及伍〔二〕子胥，文不及周公旦，可惜了六合④乾坤，万里江山。

〔三〕陛下！霍山、霍禹造反！明日請我主赴私宅，以擊金鐘為号，待乱天下！微臣一徑〔四〕來奏知我主！（下）（駕提天明了）（拿二浄上）（駕断了）（安排祭出〔五〕了）〔六〕

〔校〕〔一〕「塗」原本作「途」，各本均已改。〔二〕「伍」原本作「忤」，各本均已改。〔三〕此處鄭騫本、徐沁君本、甯希元本、王季思本均補「（云）」。〔四〕「徑」原本作「㘸」，徐沁君本、甯希元本校作「徑」，其他各本未改。〔五〕「出」原本作「土」，徐沁君本、甯希元本改作「出」。徐沁君本校記指出：「狄君厚《介子推》第四折末，鄭光祖《周公攝政》第四折末，皆有『祭出』表演。」〔六〕此處王季思本補「（正末上，唱）」。

〔注〕①「隄備」，提防。②「鉄甲將軍夜过関」，指伍子胥過昭關事。③「輕慢」，怠慢。④「六合」，指天下、天地四方、宇宙，體現的是古人對世界、空間等概念的認識。

【落梅風】滅九族①誅戮了髫齔〔一〕②，斬全家抄估③了事産④。可怜見二十年公幹⑤，墓頂上灩灩⑥土未乾。這的是承明殿霍光鬼諫。

（散場）

〔校〕〔一〕「髫齔」原本作「笤襯」，各本均已改。

〔注〕①「九族」，以自己爲本位，上推至四世之高祖，下推至四世之玄孫爲九族。（參見《漢語大詞典》）②「髫齔」，同「齠齔」，孩童。「齠」與「髫」同，指孩童下垂的短髮。「齔」，孩童换牙。③「抄估」，查抄；没收。④「事産」，家産。⑤「公幹」，公事；公務。⑥「灩灩」，濕潤貌。

題目　　長安城霍山造反　　海温〔一〕縣廢王遭難

正名　　長信宮宣帝登基　　承明殿霍光鬼諫

古杭新刊關目霍光鬼諫〔二〕

〔校〕〔一〕原本「温」字，徐沁君本、甯希元本、王季思本改作「昏」。

〔二〕原本尾題僅「光鬼諫」三字依稀可辨。鄭騫本作「承明殿霍光鬼諫終」，徐沁君本作「古杭新刊關目《霍光鬼諫》」，甯希元本作「承明殿霍光鬼諫雜劇終」，隋樹森本、王季思本删尾題。

新刊死生交范張鷄黍

宫天挺

校本五種

鄭騫本：鄭騫《校訂元刊雜劇三十種》

徐沁君本：徐沁君《新校元刊雜劇三十種》

甯希元本：甯希元《元刊雜劇三十種新校》

王季思本：王季思《全元戲曲》（第四卷）

赤松紀彦本：赤松紀彦等《元刊雜劇の研究》（三）

楔子

（卜兒、孔仲山云了）（駕引第五倫丞相〔一〕云了）（外〔二〕云了）（〔三〕扮秀士①戴秦巾深衣②引三人外末〔四〕上云）（正末扮秀才上）〔五〕方今③大漢〔六〕即位，天下太平无事〔七〕，国家大開學校。小子〔八〕姓范名式，字巨卿，山陽郡金鄉人也。与汝陽張劭元伯為友，同〔九〕住帝學。元伯為人孝義④，本隱晦不仕。小人勸〔十〕道：今日君聖〔十一〕臣賢，正士大夫立功名〔十二〕之秋。因此來就帝學。未及数年，選居上館，動達天庭〔十三〕，次進皆不就〔十四〕。争奈本〔十五〕志大，耻為州縣之職。今請暇看〔十六〕親，小子亦上塚拜掃，各還鄉里。這秀才姓王名韜，字仲略，洛陽人也。乃今天官主爵都尉兼學士判〔十七〕院門下女婿〔十八〕。素无才德〔十九〕，倚丈人之勢，亦在帝學。雖然驕傲，却素重小生輩。這箇是小人同鄉〔二十〕人，先聖之後，姓孔名嵩，字仲山，事母甚孝，待朋友甚信，其嚴重如居遊不仕進，亦奉母遊學京師。今知小生与元伯同歸鄉〔二十一〕，故來相别於長亭之上。(元伯把盞了)〔二十二〕至後二年今月今日，必過汝陽。(仲山云了)〔二十三〕仲山，仲略處豈有謬言，諸公各自尊〔二十四〕重。〔二十五〕

〔校〕〔一〕此處徐沁君本補「上丞相」三字，分作兩條科介：(駕引第五倫丞相上。)(丞相云了。)王季思本「相」下從徐本補「上」字。〔二〕此處徐沁君本補「末」字。〔三〕此處徐沁君本、甯希元本、王季思本補「正末」。〔四〕徐沁君本、甯希元本、王季思本删「外末」。〔五〕徐沁君本、甯希元本、王季思本以衍文删該條科介。鄭騫本「上」下補「云」。〔六〕此處徐沁君本、甯希元本補「皇帝」。〔七〕該句「太」原本作「大」，「事」爲校筆在「十」字上改成。各本均校作「太平無事」。〔八〕原本「子」字，徐沁君本、甯希元本、王季思本改作「生」。下文同。〔九〕「同」原本作「因」，各本均已改。〔十〕「勸」原本作「不」，唯赤松紀彦本未改。〔十一〕原本「聖」字爲校筆旁補，各本均從補。〔十二〕「名」原本作「明」，各本均已改。〔十三〕徐沁君本「庭」改作「聽」。〔十四〕該句徐沁君本改作「累次進職，皆不肯就」，甯希元本改作「屢次進職，皆不肯就」，王季思本改作「累次進職皆不就」，其他兩本未改。〔十五〕此處徐沁君本、甯希元本補「人」。〔十六〕原本「暇看」，徐沁君本改作「假省」，甯希元本、王季思本「暇」改作「假」。〔十七〕原本「判」字空缺，各本均補。〔十八〕原本「婿」字爲校筆旁補，各本均從補。〔十九〕原本「德」字空缺，各本均補。〔二十〕「鄉」原本作「一」，各本均已改。〔二十一〕此處徐沁君本補「里」，甯希元本將下「故」字斷屬此句。〔二十二〕〔二十三〕此處鄭騫本補「(云)」，徐沁君本、甯希元本、王季思本補「(正末云)」。〔二十四〕原本「尊」字，徐沁君本、甯希元本、王季思本改作「珍」。〔二十五〕此處徐沁君本、王季思本補「(唱)」。

〔注〕①「秀士」，德行、才藝出衆的人。②「深衣」，古代諸侯、士大夫家居時穿的上下衣相連的一種衣服。③「方今」，如今；現今。④「孝義」，孝順重義氣。

【仙吕】〔一〕【賞花時】文質彬彬一大儒，義烈堂堂美丈夫，為朋友数年餘，臨歧〔二〕①歸去，執手謾躊躇。

〔校〕〔一〕原本無宫調名【仙吕】，各本均已補。〔二〕「歧」原本作「[illegible]」，赤松紀彦本作「岐」，其他各本均作「歧」。

〔注〕①「臨歧」，亦作「臨岐」，指在歧路分别。

【幺篇〔一〕】後歲今朝來探汝，参拜白頭堂上母。何必要釀雲腴①，若但蒙殺雞為〔二〕黍，豈避千里遠宿〔三〕途。

〔校〕〔一〕「幺篇」原本作「么」，赤松紀彦本未改，鄭騫本作「幺」，其他各本均作「幺篇」。〔二〕原本「為」字，徐沁君本、王季思本改作「炊」。〔三〕原本「宿」字，徐沁君本、王季思本改作「程」，甯希元本改作「窮」。

〔注〕①「雲腴」，茶；酒；仙藥。此處當指美酒。

第一折

【仙吕】〔一〕【點絳唇】太極初分，剖開混沌①，陰陽藴，生意②紛紛，万物无終〔二〕尽。

〔校〕〔一〕原本無宫調名【仙吕】，各本均已補。〔二〕「終」原本作「中」，徐沁君本、王季思本改作「窮」，其他各本均作「終」。

〔注〕①「混沌」，傳説天地未分時模糊一團的狀態。②「生意」，生命；生機。

【混江龍】自天地人三皇興運，至女媧氏早一十八代定乾坤，紀年数三百二十七万，稱尊號一百八十餘君。陰〔一〕康氏壽域①同躋〔二〕千歲考，无懷氏豐年永樂四千春，伏羲氏造書契始書〔三〕八卦，神農氏嘗百〔四〕草普濟烝民②，軒轅氏製舟船〔五〕衣冠濟濟〔六〕③，少昊氏降封禪民物④欣欣，顓頊氏守淵静无為而治，高辛氏布威德率土之濱〔七〕，陶唐氏聰明文思，命羲和曆象星辰，有虞氏温恭⑤允塞⑥，舉臯陶屏除〔八〕兇臣，夏后氏功垂万世，使后稷播種耕耘，成湯作東征西怨⑦，用伊尹帝德⑧惟〔九〕新，文王應飛〔十〕熊夢兆，遇吕望際會風雲⑨，武王怒弔民伐罪⑩，哀惸獨法正施仁，周公禮〔十一〕百王兼備，孔子道千古獨〔十二〕尊，孟子時周流憂世，歷齊梁道屈无伸，距楊墨，法湯文，傳五典⑪，說三墳⑫，明天理，正人倫，君臣道主於仁，父子道主於親，夫婦道主於恩，道性〔十三〕善教本出曾參，見諸侯言必稱堯舜。（外云〔十四〕）〔十五〕孟氏没儒風已滅，秦皇起聖道湮淪⑬。

〔校〕〔一〕「陰」原本作「因」，唯鄭騫本未改。〔二〕「同躋」原本作「怕一」，唯赤松紀彦本未改。徐沁君本校記云：「據雍、息、孟本改。」〔三〕「書」原本爲草書「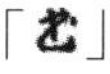」，鄭騫本、王季思本校作「書」，其他各本均作「畫」。〔四〕原本脱「百」字，各本均補。〔五〕「船」原本作「傳」，鄭騫本、甯希元本、赤松紀彦本未改，徐沁君本、王季思本據雍、息、孟本改作「車」。〔六〕「濟濟」原本空缺，各本均據雍、息、孟本補。〔七〕「濱」原本作「賓」，唯鄭騫本未改。〔八〕「除」原本作「」，各本均校作「出」。按，「屏出」義爲使出去、退下、回避，「屏除」義爲去除、除掉、去掉。〔九〕原本「惟」字，徐沁君本、甯希元本改作「維」。〔十〕「飛」原本作「非」，徐沁君本、王季思本未改，其他各本均已改。〔十一〕「禮」原本作「地」，各本均已改。〔十二〕「獨」原本殘損，各本均校作「獨」。〔十三〕「性」原本作「惟」，各本均已改。〔十四〕王季思本補「了」字。〔十五〕此處徐沁君本補「（正末唱）」。

〔注〕①「壽域」，人人都能盡天年的太平盛世。②「烝民」，人民；民衆；百姓。③「衣冠濟濟」，衣冠楚楚。④「民物」，人民與萬物。⑤「温恭」，温良恭順。⑥「允塞」，充満；充實；満足。⑦「東征西怨」，本指商湯向一方征伐，則另一方人民埋怨他不先來解救自己；後指帝王興仁義之師爲民除害，深受百姓擁戴。（參見《漢語大詞典》）⑧「帝德」，帝王的德行。⑨「際會風雲」，遇到好的際遇。⑩「弔民伐罪」，慰問受苦的人民，討伐有罪的統治者，即征討有罪者以撫慰百姓。⑪「五典」，傳説中的古書名，泛指古代典籍。⑫「三墳」，傳説我國最古老的的書籍，泛指古代典籍。⑬「湮淪」，埋没；淪落。

【油葫芦】道統①相承十二君，〔一〕三聖人，皇天有意為斯文②。教人從誠心正意修根本，以至齊家治国為標準。孔子書，齊魯論，不離忠恕③傳心印④，以此上⑤天子重賢臣。

〔校〕〔一〕此處徐沁君本補「孔顔孟」三字。

〔注〕①「道統」，儒家思想體系。②「斯文」，禮樂教化、典章制度。③「忠恕」，儒家道德規範之一。「忠」，盡心爲人；「恕」，推己及人。④「心印」，理學家以此指稱對聖人學説在心性上的領會。⑤「以此上」，因此上；因此。

【天下樂】方信文章可立身。今人，被名利引，赤緊的①翰林院老子每②錢上緊。怕〔一〕不歪吟得幾句詩，胡謅〔二〕③的一道文。〔三〕心術不正，何足道哉!〔四〕一味地立碑碣④諂倿臣。

〔校〕〔一〕「怕」原本作「旧」，鄭騫本作「×」，其他各本均作「怕」。〔二〕「謅」原本作「搊」，唯赤松紀彦本未改。〔三〕此處鄭騫本、王季思本、赤松紀彦本補「（云）」，徐沁君本補「（帶云）」。〔四〕此處徐沁君本、王季思本、赤松紀彦本補「（唱）」。原本無「道哉」，甯希元本補「論也」，其他各本均補「道哉」。

〔注〕①「赤緊的」，習見于元刊雜劇，意義複雜繁多，此處義爲「實在是；真的是」。②「每」，們，複數標記。③「胡謅」，瞎説；胡説。④「碑碣」，石碑；石刻。

【那吒令】如今國子監助教的，尚書做主人；秘書監著作的，參政是丈人；翰林院應奉①的，左丞家舍人。知他看春秋怎的發？正閏②如何論？制誥③怎生般行文？

〔注〕①「應奉」，侍奉。②「正閏」，正統和非正統。③「制誥」，皇帝的詔令；奉命草擬詔令。

【鵲〔一〕踏枝】恨那火〔二〕①老喬民②，因〔三〕這火〔四〕小猢孫〔五〕，見念得幾句粧點皮膚，子曰詩云。（外云了）〔六〕本子要借路③兒苟圖个出身，如今都團〔七〕了行不用别人。

〔校〕〔一〕「鵲」原本作「雀」，唯赤松紀彦本未改。〔二〕〔四〕原本「火」字，徐沁君本改作「伙」，王季思本作「夥」。〔三〕原本「因」字，徐沁君本、甯希元本改作「用」。〔五〕原本「孫」字，徐沁君本、甯希元本改作「猻」，其他各本未改。〔六〕徐沁君本補「（正末唱）」。〔七〕「團」原本作「园」，赤松紀彦本未改，徐沁君本作「團」，其他各本均作「圓」。徐沁君本校記云：「團行是行會組織，對于同行從業者，有約束作用。」今從徐本。

〔注〕①「火」，伙；夥。②「老喬民」，老家伙；老東西。③「借路」，借到；借機會。

【寄生草】將鳳凰池[①]攔了前路，把麒麟殿[②]頂〔一〕殺後門。你便是漢相如[③]獻賦難求進，賈長沙[④]上書誰俫問[⑤]，董仲舒對策也无公論。便是司馬迁也撞不開這昭文館内虎牢関，便是公孫弘也打不破編修院裏長蛇陣〔二〕[⑥]。

〔校〕〔一〕「頂」原本作「𤿎」，各本均校作「頂」。徐沁君本校記云:「據雍、息、臧、孟本改。」按，疑「𤿎」是「頂」字的會意俗寫體。〔二〕「陣」字原本空缺，各本均補「陣」。

〔注〕①「鳳凰池」，禁苑中池沼。魏晋南北朝時設中書省于禁苑，掌管機要，接近皇帝，故稱中書省爲「鳳凰池」。（參見《漢語大詞典》）②「麒麟殿」，漢代宫殿名。③「漢相如」，司馬相如。④「賈長沙」，賈誼。⑤「俫問」，關心；掛心；過問。⑥「長蛇陣」，古代用兵陣法，將軍隊排成長蛇形根據戰况靈活變化。

【幺篇〔一〕】口邊□奶〔二〕腥也不曾落，頂門[①]上胎髮依旧存。生下來便落在爺羹娘飯[②]長生的運，正行着子承父業的財帛[③]運，又交着夫荣婦貴臨〔三〕官運。俗交大〔四〕拚了千年家富小兒嬌[④]，不妨來少不的一朝馬死黄金〔五〕尽[⑤]。

〔校〕〔一〕「幺篇」原本作「幺」，赤松紀彦本未改，鄭騫本作「幺」，其他各本均作「幺篇」。〔二〕原本此處一字空缺，「奶」字殘存下部，徐沁君本、鄭騫本、赤松紀彦本據雍本補作「頭奶」，甯希元、王季思本據息、臧、孟本補作「厢奶」。〔三〕「臨」原本作「灵」，各本均已改。〔四〕原本「俗交大」，鄭騫本、赤松紀彦本未改，徐沁君本、甯希元本作「盡交待」，王季思本作「盡交大」。存疑。〔五〕「金」原本作「今」，各本均已改。

〔注〕①「頂門」，頭頂前部。②「爺羹娘飯」，指在父母寵愛下生活。③「財帛」，金銀布帛，泛指錢財。④「家富小兒嬌」，家庭富裕則子女容易嬌慣。⑤「馬死黄金尽」，謂錢財用盡。

【六幺〔一〕序】子母〔二〕每[①]輪替换當朝貴，倒班兒[②]居要津[③]，欺瞒煞万乘之君。官里便如海如春，如日如云，其力如輪，其志如神，怎識的這火〔三〕害軍民的聚斂之臣。如今棟梁材平地剛三寸，怎揞撑④万里乾坤。子是裝肥羊法酒⑤人皮囤⑥，一个个智无四兩，肉重千斤。

〔校〕〔一〕「幺」原本作「么」，鄭騫本、赤松紀彦本未改，其他各本均作「幺」。〔二〕原本「母」字，鄭騫本、赤松紀彦本未改，其他各本均改作「父」。〔三〕原本「火」字，徐沁君本改作「伙」，王季思本作「夥」。

〔注〕①「每」，們，複數標記。②「倒班兒」，輪流。③「要津」，此指重要職位、官位。④「揞撑」，支撑。⑤「肥羊法酒」，泛指美食和美酒。「法酒」，按官府法定規格釀造的酒。⑥「人皮囤」，人皮的囤子，即酒囊飯袋。

【幺篇〔一〕】這等魔軍①，又沒甚功〔二〕勳，却交他尽戟家門〔三〕②，列鼎重裀③，赤金白銀〔四〕，翠袖紅裙，羊馬成群〔五〕，花酒盈尊。有一日天打筭衣絶禄尽，着這个吊脊〔六〕筋。小生白身，樂〔七〕道安貧，視此徒〔八〕何足云云。滿胸襟拍塞懷孤憤〔九〕，將云間太華平吞。大丈夫若是言无信，枉頂天立地，束髮冠巾。

〔校〕〔一〕「幺篇」原本作「么」，赤松紀彦本未改，鄭騫本作「幺」，其他各本均作「幺篇」。〔二〕「功」原本作「工」，各本均已改。〔三〕原本「尽戟家門」，鄭騫本、赤松紀彦本校作「画戟家門」，其他各本均作「畫戟朱門」。按，「尽戟家門」意義與「畫戟朱門」相類，指官宦之家門口擺列著許多戟，或謂戒備森嚴，排場巨大。南宋《五燈會元》卷十一：「塵埃影裏不拂袖，畫戟門前磨寸金。」〔四〕「金」「銀」原本作「今」「艮」，各本均已改。〔五〕「群」原本作「郡」，各本均已改。〔六〕此處徐沁君本、甯希元本、王季思本據臧本補「抽」字。〔七〕「樂」原本作「未」，各本均已改。〔八〕徐沁君本、王季思本「徒」改作「輩」。〔九〕「憤」原本作「慣」，各本均已改。

〔注〕①「魔軍」，魔鬼組成的軍隊。②「尽戟家門」，官宦之家門口擺列著許多戟，或謂戒備森嚴，排場巨大。③「列鼎重裀」，比喻富貴的生活，崇高的地位。「列鼎」指擺列著盛有美食的鼎器。「重

裀」指雙層的坐卧墊褥，亦作「重茵」「重鞇」。

【金盞兒】二載隔音塵①，千里共消魂。我怕不待②趂天風飛入〔一〕山陽郡，想弟兄情分最関親。我大〔二〕③來升堂重拜母，尊酒細論文。當初不因鷄黍約，今朝誰識志誠人。

〔校〕〔一〕原本「入」字，徐沁君本、甯希元本、王季思本改作「出」。〔二〕原本「大」字，赤松紀彦本未改，其他各本均改作「待」。按，「大」同「待」。

〔注〕①「音塵」，音信；消息。②「怕不待」，難道不；豈不。③「大」，待，要。

【醉中天】〔一〕母親道一句何其准，不曽〔二〕到半箇时辰。小生雖真你更真，数日前早備下美饌篘①下佳醞②。量這些薄〔三〕③人事④別无甚孝順。（跪接盞了〔四〕）何須得母親劳困⑤，〔五〕有多少遠路風塵。

〔校〕〔一〕【醉中天】原本作【醉扶歸】，唯赤松紀彦本未改。〔二〕此處徐沁君本補「錯」字，甯希元本「到」改作「錯」。〔三〕原本「薄」字殘損，甯希元本校作「簿」，其他各本均作「薄」。〔四〕此處徐沁君本、王季思本補「唱」字。〔五〕原本「困」下爲兩頁空白，各本均據《雍熙樂府》補。

〔注〕①「篘」，古代濾酒的竹器。②「佳醞」，美酒。③「薄」，輕薄的。④「人事」，禮品。⑤「劳困」，勞累困頓。

【金盞兒】黄菊噴清芬①，白酒濁正深〔一〕。相逢萬事都休問，想離多會少百年身。烹雞方味美，炊黍却〔二〕②嘗新，我做了急喉嚨陳仲子③，你便是大肚量④孟嘗君。

〔校〕〔一〕「濁正深」徐沁君本改作「正清醇」，甯希元本「深」改作「清」。〔二〕「却」徐沁君本改作「恰」。

〔注〕①「清芬」，清香。②「却」，恰；正。③「陳仲子」，陳仲，戰國時期齊國賢士。④「肚量」，此處諧音「度量」。

【賺尾〔一〕】禮義①國之綱，孝弟②人之本，修天爵③其道自尊。繞着溪上青山郭〔二〕外村，多養着不粘錢的狗彘雞豚。奉尊親，笑〔三〕引兒孫，兀的不是羲皇④以〔四〕上人。休道是遶〔五〕皇宣⑤叩門，折末⑥便聘玄纁⑦的訪問，你與我掩柴扉高枕卧麒麟〔六〕。

〔校〕〔一〕徐沁君本、甯希元本作「賺煞」，王季思本作「賺煞尾」。〔二〕「郭」原作「廓」，唯赤松紀彦本未改。〔三〕徐沁君本「笑」改作「孝」。〔四〕《雍熙樂府》無「以」字，唯赤松紀彦本未補，其他各本均據《元曲選》補。〔五〕《雍熙樂府》「遶」字，赤松紀彦本未改，其他各本均改作「送」。〔六〕徐沁君本、甯希元本、王季思本據《元曲選》將「麒麟」改作「白雲」。

〔注〕①「禮義」，禮法道義。②「孝弟」，孝順父母，尊敬兄長。③「天爵」，天然爵位，指高尚的道德修養。④「羲皇」，伏羲。⑤「皇宣」，皇帝宣召。⑥「折末」，即使，亦作「折莫」「折麽」「遮末」「遮莫」「者末」「者莫」「者麽」「者磨」，是近代漢語常見的連詞，還有任憑、無論、不管、假如、什麽、爲什麽、莫非、大約等義。⑦「玄纁」，黑色和淺紅色布帛，代指帝王聘請賢士的禮品。

第二折

〔一〕【南吕】【一枝花】天不生仲尼，萬古如長夜。秦灰①猶未冷，漢道②復〔二〕衰絶。滿目奸邪，天喪斯文也。今日個秀才每③逢着末劫④。刀筆吏⑤入省登臺⑥，屠沽子⑦封侯建節⑧。

〔校〕〔一〕王季思本本折開頭補「（正末上，唱）」。〔二〕徐沁君本「復」改作「已」。

〔注〕①「秦灰」，秦始皇焚書坑儒的灰燼。②「漢道」，漢朝的道統。③「每」，們，複數標記。④「末劫」，此指黑暗的世道。⑤「刀筆吏」，掌管文案的官吏。⑥「入省登臺」，指做高官。⑦「屠沽子」，屠夫和沽酒者，常用作對出身低賤者的蔑稱。⑧「封侯建節」，封拜侯爵，建立節操。

【梁州第七】如今蕭丞相每正争頭鼓腦①，自俺〔一〕文宣王且〔二〕緘口藏舌②。有人問〔三〕古今儒吏分優劣。想舜庭③八凱〔四〕④，孔門十哲⑤，周朝八士⑥，殷室三仁⑦，又何如〔五〕漢國三傑⑧，況中興以〔六〕後三絶。如今〔七〕憲臺⑨疎亂滚滚當路〔八〕豺狼，選法弊絮叨叨請俸日月，禹門⑩深眼睁睁不辨龍蛇。紀綱⑪都敗缺，炎炎的漢火〔九〕⑫看看⑬滅。士大夫自古〔十〕尚風節，恰便似三〔十一〕寸草將來撞巨鐘，枉自摧折。

〔校〕〔一〕徐沁君本删「自俺」。〔二〕徐沁君本删「且」。〔三〕徐沁君本「有人問」改作「將」。〔四〕徐沁君本、甯希元本「凱」改作「愷」。〔五〕「又何如」徐沁君本作「更和那」。〔六〕徐沁君本作「已」。〔七〕徐沁君本此處有「那」字。〔八〕徐沁君本作「道」。〔九〕「火」《雍熙樂府》作「史」，各本據《元曲選》《酹江集》《盛世新聲》改作「火」。〔十〕徐沁君本無「自古」。〔十一〕徐沁君本無「三」字。

〔注〕①「爭頭鼓腦」，爭著出頭、冒尖兒。②「緘口藏舌」，閉口不言。③「舜庭」，舜所處時代。④「八凱」，同「八愷」，指高陽氏時代的八位才子，《左傳・文公十八年》：「昔高陽氏有才子八人：蒼舒、隤敳、梼戭、大臨、尨降、庭堅、仲容、叔達。齊圣廣淵，明允篤誠，天下之民謂之『八愷』。」⑤「孔門十哲」，孔子的十位學生，顔子、子騫、伯牛、仲弓、子有、子貢、子路、子我、子游、子夏。⑥「周朝八士」，周朝的八位賢士，伯達、伯適、仲突、仲忽、叔夜、叔夏、季隨、季騧。⑦「殷室三仁」，殷商末年的微子、箕子、比干。⑧「漢國三傑」，漢朝的張良、韓信、蕭何。⑨「憲臺」，御史官署。⑩「禹門」，龍門，指科舉考場。⑪「紀綱」，法度；謀略。⑫「漢火」，漢代邊防報警的烽火。⑬「看看」，眼看著；漸漸；轉瞬間。

【隔尾】想當日那踰垣而走的其實憋，飲鴆身〔一〕亡子〔二〕是呆。若〔三〕魏文侯似〔四〕公孫述般〔五〕性薄劣①，這其間田子方命絶，段干木死也。只落得萬古千秋教人做笑話兒說。

〔校〕〔一〕原本「身」字，徐沁君本改作「而」。〔二〕原本「子」字，徐沁君本改作「則」。〔三〕徐沁君本删「若」字。〔四〕徐沁君本「似」改作「比」。〔五〕徐沁君本删「般」字。

〔注〕①「薄劣」，薄情。

【牧羊関】生不遇天时①尔，道不行呵予命也。咱人子審的這出處是的便是英傑。伊尹②起呵万姓俱安，巢由③隱呵一身自潔。光武④量唐虞⑤比，子陵⑥傲古今絶。非子陵无以表光武量〔一〕包天地，非光武無以〔二〕知子陵名〔三〕高日月。

〔校〕〔一〕「量」原本作「大」，鄭騫本、赤松紀彦本未改，其他各本均改作「量」。徐沁君本校記云：「據盛、詞、息、孟本改。」〔二〕原本無「無以」，各本均補。〔三〕甯希元本「名」改作「明」。

〔注〕①「天时」，天然的有利條件。②「伊尹」，古代名臣，是商湯大臣，名伊，尹是官名。代指著名政治家。③「巢由」，巢父和許由，均爲堯時隱士，堯讓位于二人，均不受。後代指隱居不仕者。④「光武」，東漢光武帝劉秀。⑤「唐虞」，唐堯與虞舜。⑥「子陵」，東漢隱士嚴子陵。

【隔尾】望見高車呵早大開門倒屣①連忙接，聞得君〔一〕命至呵早不俟駕②披襟走不迭③。我賣〔二〕着領雪練般狐裘〔三〕赤緊的④遇着炎热，〔四〕本錢不折，上手來便撇。我怕不待⑤求善價沽諸，行貨⑥背時也。

〔校〕〔一〕「君」原本作「鈞」，各本均已改。〔二〕原本無「賣」字，甯希元本未補，其他各本均補。徐沁君本校記云：「據盛、詞、息、臧、孟本改。」〔三〕「狐裘」原本作「孤衮」，各本均已改。〔四〕徐沁君本補「但得」二字。

〔注〕①「倒屣」，倒穿著鞋，表示急于出迎，忙中出錯。②「不俟駕」，急于應天子召。③「不迭」，不止；不停。④「赤緊的」，想不到；不料。⑤「怕不待」，難道不；豈不。⑥「行貨」，貨物；貨品；商品。

【牧羊関】今日个東都門逢萌〔一〕①冠不掛，常朝殿朱云②檻不折，桑樹下拾〔二〕椹子噎〔三〕杀灵輒③，滄海上孫叔敖干受苦〔四〕十年，囹圄内管夷吾〔五〕枉〔六〕餓做兩截，赤松嶺張子房迷了歸路，洞庭岸越范蠡爛了椿橛，首陽山殷伯夷撑的肥胖，汨羅江楚三閭〔七〕咊的醉也。

〔校〕〔一〕「萌」原本作「明」，各本均已改。〔二〕「拾」原本作「十」，各本均已改。〔三〕「噎」原本作「一」，各本均已改。〔四〕「苦」原本作「若」，各本均已改。〔五〕「吾」下原本缺一頁，各本均據《盛世新聲》補。〔六〕徐沁君本「枉」改作「生」。〔七〕徐沁君本補「鶻嘍嘍」。

〔注〕①「逢萌」，漢代隱士。②「朱云」，漢代人士，曾折斷欄杆進諫，言敢于直言進諫。③「灵輒」，即桑下餓人，被趙盾救助、捨飯。

【隔尾】子是個春申君不必頭荅〔一〕①接，下吏②難消令〔二〕故牒，交個正一品的公孫弘到茅舍。量小生才不及傅説③，辯不及蒯徹④，被這厚禮卑辭送⑤了也。

〔校〕〔一〕《雍熙樂府》「荅」字，鄭騫本、王季思本改作「踏」。〔二〕甯希元本、赤松紀彦本「令」改作「今」。

〔注〕①「頭荅」，即「頭踏」，官員出行時的儀仗。②「下吏」，低級官吏。③「傅説」，殷代人，曾爲奴版築，商王武丁（高宗）夢見傅説，後于傅險（傅巖）得之。④「蒯徹」，漢代蒯通，能言善辯。⑤「送」，斷送；葬送。

【罵玉郎】平安信斷連三月，正心緒不寧貼①。家童報喜〔一〕高聲説，在那里，親自接〔二〕，不由我，添歡悦。

〔校〕〔一〕「報喜」徐沁君本作「來報」。〔二〕該句徐沁君本校作「兄弟在那些？我去親自接」。

〔注〕①「寧貼」，内心安寧。

【感皇恩】呀！〔一〕千里途賒①，兩字離别。阻隔着路迢遥②，山遠近，水重叠。我親身〔二〕問候，他躲閃藏趄〔三〕。咱〔四〕是親弟兄，比外人至親熱。

〔校〕〔一〕徐沁君本無「呀」字。〔二〕徐沁君本「身」改作「迎」。〔三〕「趄」字鄭騫本、赤松紀彦本未改，其他各本據《元曲選》《酹江集》《盛世新聲》改作「遮」。〔四〕徐沁君本補「須」字。

〔注〕①「途賒」，路途遥遠。「賒」，距離遠。②「迢遥」，遥遠。

【採茶歌】我恰待①向前些，〔一〕把我緊攔截。摺回衫袖把面皮遮，自攧②自推〔二〕空自哽咽，无言低〔三〕首感嘆傷嗟〔四〕。

〔校〕〔一〕徐沁君本補「他」字。〔二〕「推」原本作「执」，甯希元本改作「摧」，其他各本均改作「推」。〔三〕「低」原本作「位」，各本均已改。〔四〕「嗟」原本空缺，各本均已補。

〔注〕①「恰待」，正要；剛要。②「攧」，摔；跌。

【哭皇天】你〔一〕既是肯相探多承謝，便回程因甚的？把房門忙閉上，將衣袖緊揪〔二〕者。兄弟呵！想咱同堂學業，同舍攻書，同心报国，同志□□〔三〕，大〔四〕①和你同朝帝闕②。誰想你四旬③也不到，一事无〔五〕

成，抛離了老母，撇調下妻男，又不顧〔六〕這旧哥哥死去也。這回相見，今番永別。

〔校〕〔一〕原本「你」字，徐沁君本改作「他」。〔二〕「揪」原本作「俅」，各本均已改。〔三〕原本此處空缺二字，「志□□」赤松紀彦本保留，其他各本均據息機子、《酹江集》校作「侍君王」。〔四〕原本「大」字，赤松紀彦本保留，其他各本均改作「待」。〔五〕徐沁君本「無」改作「不」。〔六〕「顧」原本作「雇」，各本均已改。

〔注〕①「大」，同「待」，要。②「帝闕」，京城；皇城門。③「四旬」，四十歲。

【烏夜啼】咱兩个再相逢似水底撈明月，弟兄情一筆勾絶。把平生心事叮嚀說，不必喋喋，少住些些①。元來破莊周一枕夢蝴蝶，正日當卓午②非夤夜③。（云）可惜元伯一代奇才，不能遂志。命矣夫，斯人〔一〕也！老親无子，幼子无爺〔二〕。

〔校〕〔一〕原本無「人」字，各本均已補。〔二〕甯希元本乙轉末二句，作「幼子無爺，老親無子」。

〔注〕①「些些」，一些；一點兒。②「卓午」，正午。③「夤夜」，深夜。

【三〔一〕煞】奠楹①夢断陰風冽，薤露②歌〔二〕殘慘日斜。他從來正性不隨邪，凜凜的英魂，神道般剛明猛烈。豈可似餒鬼③慕饕餮？向〔三〕白日分〔四〕明显化④者〔五〕，我便問是邪非邪？

〔校〕〔一〕「三」原本作「二」，各本均已改。〔二〕「歌」原本作「哥」，各本均已改。〔三〕「向」原本作「𠂢」，徐沁君本、赤松紀彦本校作「兩」，其他各本均作「向」。〔四〕原本「白日」作「冒」，「分」作「今」，各本均已改。〔五〕「者」字原無，各本均補。

〔注〕①「奠楹」，婉辭，死亡。②「薤露」，西漢的一首挽歌。③「餒鬼」，不能享祭的鬼。④「显化」，顯靈。

【二煞】怕少盤〔一〕纏立文書过隔壁問鄰家借，怕无布絹將現〔二〕錢上〔三〕長街向鋪户截，乘騎鞍問〔四〕相公賒。千里途程，至少呵來回三月。他既值凶禍我問甚勳業①。長吏②功曹③這个名闕〔五〕，別請个有政事④豪傑。

〔校〕〔一〕「盤」原本作「然」，各本均已改。〔二〕「現」原本作「見」，鄭騫本、赤松紀彦本未改，其他各本均已改。〔三〕徐沁君本删「上」字。〔四〕「鞍」下鄭騫本、甯希元本、王季思本補「馬」字。甯希元本「問」改作「向」。〔五〕「名」原本作「多」，各本均已改。「闕」徐沁君本作「缺」。

〔注〕①「勳業」，功業；功勛。②「長吏」，地位較高的官員。③「功曹」，官職名，掌管人事，参與政務。④「政事」，政務。「有政事」，有處理政務的才能。

【黃鐘尾〔一〕】俺弟兄〔二〕情比陳雷膠〔三〕漆①情尤切，俺交友分比管鮑分金〔四〕②義更别。張元伯性〔五〕忠烈，范巨卿信士也〔六〕。半世交，一夢絶，覺〔七〕來時，淚流血，寸心酸，五情裂。咱功名，已不藉〔八〕，從明朝，避甚的，披殘星，帶曉月，衝寒風，冒凍雪，乘〔九〕③喪服，拽轝車④，築墳圻，盖庐舍，修墻垣，種松柏，那其間，尚未捨。猛思量，在時節，一〔十〕處⑤行，一處歇，戚同憂，喜同悦，生同堂，死同穴，到〔十一〕黃泉，厮守者，據平生，愿心徹。交人向墓門前，與〔十二〕您立一統⑥碑碣⑦，將俺死生交范張名姓寫〔十三〕。

〔校〕〔一〕「黃鐘尾」原本作「尾」，赤松紀彦本未改，鄭騫本作「煞尾」，其他各本均作「黃鐘尾」。〔二〕原本無「兄」字，各本均已補。〔三〕「膠」原本作「交」，各本均已改。〔四〕「金」原本作「今」，各本均已改。〔五〕原本無「性」字，各本均已補。〔六〕「士也」原本作「一」，各本均已改。〔七〕「覺」原本作「各」，各本均已改。〔八〕「藉」原本作「籍」，各本均已改。〔九〕徐沁君本、甯希元本「乘」改作「成」，王季思本改作「披」。〔十〕「未捨」至「一」原本空缺，各本均已補。〔十一〕「同悦」至「到」原本空缺，各本均已補。〔十二〕「心徹」至「與」原本空缺，各本均已補。〔十三〕原本無「范張名姓寫」，各本均已補。

〔注〕①「陳雷膠漆」，東漢陳重與雷義友情深厚，此成語喻友情篤厚。②「管鮑分金」，指「管鮑之交」，喻友情深厚。《史記·管晏列傳》：「管仲曰：『吾始困時，嘗與鮑叔賈，分財利多自與，鮑叔不

以我爲貪，知我貧也。』」③「乘」，穿；着。④「輦車」，本指小車；肩輿。此指靈車。⑤「一處」，一起；一同。⑥「統」，碑碣的量词。⑦「碑碣」，墓碑。

第三折

【商調】〔一〕【集賢賓】二十年死生交同志友，再相見永無由〔二〕。一灵兒①伴孤云冥冥杳杳，趂悲風蕩蕩悠悠。恨不的捽碎〔三〕袖里絲鞭②，走乏③我這坐下驊騮④。整整的三晝夜水漿不到口，沿路上幾時曾半霎兒遲留。身穿的緦麻⑤三月服，心懷着今古〔四〕一天愁。

〔校〕〔一〕原本無【商调】，各本均已補。王季思本本折开头補「（正末上，唱）」。〔二〕「友」至「由」原空缺，各本均已補。〔三〕徐沁君本「碎」改作「破」。〔四〕「古」原本作「右」，各本均已改。

〔注〕①「一灵兒」，靈魂。②「絲鞭」，絲質馬鞭，古代女方給男方的訂婚信物，男方接受表示同意。③「乏」，累；困頓。④「驊騮」，赤紅色的駿馬，代指駿馬。⑤「緦麻」，喪服名。

【逍遥樂】打的這匹馬不剌剌①的風團兒②馳驟③，百般的抹不过山腰盼〔一〕不到那地頭。知他那里也故塚松楸④？仰天号叫破我咽喉。那堪更樹杪〔二〕⑤頭陰風不住吼，恰〔三〕荒村雪霽云收。猛听得哭声哽咽〔四〕，纔望見幡影悠悠〔五〕，眼見的滯〔六〕魄〔七〕⑥夷猶⑦。

〔校〕〔一〕原本「盼」字殘損，各本均校作「盼」。〔二〕原本「杪」字，徐沁君本改作「梢」，甯希元本删此字，其他各本未改。〔三〕原本無「恰」字，據曲譜，【逍遥樂】第七句正格七字，須押韵。「收」字入韵，整句是三二二節奏，故「荒」上應脱一字。《元曲選》本該句作「恰荒村雪霽雲收」，可據補。各本失校。〔四〕「哽咽」原本作「咽喉」，甯希元本作「噎喉」，其他各本均作「哽咽」。〔五〕徐沁君本「悠悠」改作「飄颻」。〔六〕「滯」原本左側殘損，徐沁君本作「殢」，其他各本均作「滯」。〔七〕甯希元本「魄」改作「魂」。

〔注〕①「不剌剌」，狀馬快跑貌。②「風團兒」，喻速度快。③「馳驟」，快跑；疾馳。④「松楸」，松樹與楸樹。⑤「樹杪」，樹梢。

⑥「滯魄」，游蕩的魂魄。⑦「夷猶」，猶豫；遲疑不前。

【金菊香】三生夢斷九泉①幽，誰想一日无常万事休②。你〔一〕莫為尊堂妻子憂，這幾件我承頭③，你身後事不須憂。

〔校〕〔一〕徐沁君本補「你」字。

〔注〕①「九泉」，黄泉。②「一日无常万事休」，一旦死了所有事情就都結束了。「无常」，死。③「承頭」，承當；承擔。

【梧葉兒】舉孝廉①曾三聘〔一〕，論人〔二〕才弟一流，我只道你〔三〕拜相也封侯。正滄海魚龍夜②，趂西風鵰鶚秋。一去不回頭，這煩惱天長地久。

〔校〕〔一〕「三聘」原本殘缺，各本均已補。〔二〕徐沁君本「人」改作「文」。〔三〕鄭騫本、甯希元本補「不」字。

〔注〕①「孝廉」，古代選拔人才的科目。「孝」，孝悌者；「廉」，廉潔者。②「魚龍夜」，秋日。

【掛金索】我只見面摧〔一〕定个骷〔二〕髏，黄甘甘①渾〔三〕消瘦。恰便似刀剮我這心腸，痛杀杀〔四〕難禁受。恨則②恨我〔五〕這個月之間，少人問候。早知道你病在膏肓〔六〕，如何我不尽氣力將伊救。

〔校〕〔一〕原本「面摧」，赤松紀彦本未改，徐沁君本改作「皮掐」，鄭騫本、甯希元本作「面殼」，王季思本作「皮殼」。暫保留不改。〔二〕「骷」原本作「髏」，各本均已改。〔三〕甯希元本「甘甘」作「干干」，「渾」原本作「里」，甯希元本校作「黑」，其他各本均作「渾」。〔四〕原本「杀」字不重，各本均重。〔五〕原本「我」字殘損，以下至「膏」殘損、空缺，徐沁君本據各本補「這個」至「病在」。「恨則恨」至「膏」之間，鄭騫本、甯希元本作「個月之間，少人來問候，早知你病在」，王季思本作「這個月之間，少人來問候。早知道你病在」，赤松紀彦本作十三個空圍與「你病□」。今從徐本。〔六〕「肓」原本作「育」，各本均已改。

〔注〕①「黄甘甘」，黄瘦貌。②「則」，只。

【村里迓鼓】九原①孤墳〔一〕，可惜好人不長壽〔二〕。你平生正直无私曲②，心无塵垢。想你腹中大才，胸中清氣〔三〕，都变做江山之秀。閃的③我急急如漏網魚，呀呀如失群雁，忙忙如喪家狗，神恍惚提心在口。

〔校〕〔一〕原本「墳」字，徐沁君本改作「憤」。按，「墳」字無誤，不可改作「憤」。「九原」本爲九州大地，春秋時期指晋國卿大夫的墓地。漢代劉向《新序·雜事四》記載：「晋平公過九原而嘆曰：『嗟乎！此地之藴吾良臣多矣，若使死者起也，吾將誰與歸乎?』」後泛指墓地。前蜀韋莊《感懷》：「四海故人盡，九原新塚多」，「九原」與「新塚」連用。該句「九原」與「孤墳」連用，正是「墓地」與「墳塚」義，此指張劭之墳。「九原孤憤」，不通！〔二〕「壽」原本作「受」，唯赤松紀彦本未改。〔三〕「氣」原本作「⺇」，赤松紀彦本校作「風」，其他各本均作「氣」。

〔注〕①「九原」，墓地。②「私曲」，私心。③「閃的」，抛撇。

【元和令】怪幾日前長星①落大如斗，流光射夜如晝，元來是喪賢人地慘共天愁。你看尌〔一〕掛②盡汝陽城外柳，和這青山〔二〕一夜也白頭，滿城人雨淚流。

〔校〕〔一〕原本「尌」字，徐沁君本、王季思本據《元曲選》改作「劍」，其他各本均作「樹」。按，「尌」是「樹」的古字，「尌掛」符合語境。〔二〕原本無「山」字，各本均已補。

〔注〕①「長星」，巨星；彗星。②「尌掛」，即「樹掛」，冬天霜雪凝結在樹枝上形成的白色冰晶。

【上馬嬌】休道人一州，力万牛，百般的拽不動轝車①軸。人道你英魂〔一〕耿耿將咱候。你志已酬，你將灵聖暫時休〔二〕。

〔校〕〔一〕「魂」原本作「雄」，各本均已改。〔二〕原本「休」字，徐沁君本、甯希元本改作「收」。

〔注〕①「轝車」，此指靈車。

【遊四門】束〔一〕刺刺①慘人風过冷颼颼，支生生②的頭髮似人揪。静悄悄芳魂〔二〕迥野③申时候，昏慘慘落日墜城頭。殘雪又收，寒雁下汀洲。景物正幽，村落帶林丘。

〔校〕〔一〕原本「束」字，甯希元本未改，鄭騫本、赤松紀彦本改作「疎」，徐沁君本、王季思本作「疏」。〔二〕原本「芳魂」，鄭騫本、甯希元本改作「荒郊」，王季思本改作「荒林」。

〔注〕①「束刺刺」，狀大風聲。②「支生生」，頭髮奓起貌。③「迥野」，曠野。

【勝葫蘆】都化〔一〕做野草閑花滿地愁〔二〕。你為我不肯上墳丘，休！休！枉把一二千人心〔三〕落後。便道誰薄①誰厚②，誰親③誰〔四〕舊④，便道相識到頭休。

〔校〕〔一〕「化」原本作「火」，徐沁君本校作「伙」，其他各本均作「化」。〔二〕「愁」原本作「𩰖」，各本均已改。〔三〕原本「心」字，徐沁君本據明代各本改作「都」。〔四〕原本無「誰」字，各本均已補。鄭騫本「親」改作「新」。

〔注〕①「薄」，關係不親近。②「厚」，關係親近。③「親」，新結識。④「舊」，舊相識。

【後庭花】恰祭酒奠一二斗，挽詩吟到十数首。可惜耗散了風雲氣，沉埋了經濟①手。論交游，你都在諸人之右。播英声横宇宙，吐虹〔一〕霓②貫斗牛，卧白雲商嶺③頭，釣西風渭水秋，笑嚴光④，傲許由⑤，到如今，一筆勾。

〔校〕〔一〕「虹」原本作「紅」，各本均已改。

〔注〕①「經濟」，治理國家。②「虹霓」，彩虹。③「商嶺」，商山。④「嚴光」，嚴子陵，東漢隱士。⑤「許由」，傳説堯時代的隱士。

【青哥〔一〕兒】你功成、功成名就〔二〕，都强如①古今、古今〔三〕前後。一介寒儒，過如②箇萬户侯。既今日歸休，人死不中留。咱意〔四〕氣相投，你知我心憂。來歲到神州，將高節清修，白玉堦前拜冕旒③，叮嚀奏。〔五〕

〔校〕〔一〕「哥」原本作「歌」，鄭騫本、王季思本、赤松紀彦本未改。〔二〕甯希元本作「你功成名就功成」。〔三〕兩「今」字鄭騫本均作「前」。〔四〕「咱意」原本作「自房」，「自」有校筆改作「咱」，各本均校作「咱意」。〔五〕甯希元本據《雍熙樂府》補一曲【梧葉兒】：「似這般光前裕後，一靈兒蕩蕩悠悠。我親身自把靈車扣。一來是神明佑，二來是鬼推軸，我自與你革刺刺相拽到墳頭。」校記云：「原本缺此曲，各本皆有，實劇情發展不可或缺者。今據《雍熙樂府》補。」

〔注〕①「强如」，强于；比……强。「如」是比較標記。②「過如」，超過。③「冕旒」，皇帝禮冠和禮冠上的玉串，代指皇帝。

【〔一〕醋葫蘆】母親伴魂帛〔二〕①即便回，嬸子共姪兒休落後。好生的謝相知親眷省僝僽②。我如今夜共君璋〔三〕、子征向原上宿。自恨我奔喪來後，又不是沽名弔〔四〕譽没來由。

〔校〕〔一〕王季思本補「商調」。〔二〕原本「帛」字，徐沁君本、王季思本改作「幡」。〔三〕原本「璋」字，徐沁君本、甯希元本、王季思本改作「章」。〔四〕原本「弔」字，徐沁君本、甯希元本改作「釣」。

〔注〕①「魂帛」，束帛以招魂的工具，「帛」使魂魄有所依附。②「僝僽」，煩惱；煩悶。

【幺篇〔一〕】待①不去呵逆不過親眷情，待去呵應不過兄弟口。想對床風雨幾春秋，只落得墳頭上一盃澆奠酒。從今别後〔二〕，再相逢枕席上黄昏時候五更頭。

〔校〕〔一〕「幺篇」原本作「三煞」，徐沁君本、甯希元本、王季思本改作「幺篇」，鄭騫本作「幺」，赤松紀彦本未改。〔二〕原本無「别」字，「後」下有一重文符號。「别」字唯甯希元本未補，各本均删重文符號。

〔注〕①「待」，要。

【幺篇〔一〕】兄弟呵！你怎听杜鵑啼山月曉，你怎禁乱蟬〔二〕声暮雨收〔三〕，怎禁那蛩蟲兒①夜雨泣清秋，你听那寒鴉萬點老樹頭。這幾件兒終年依舊，似這般漫漫長夜幾時休。

〔校〕〔一〕「幺篇」原本作「二」，徐沁君本、甯希元本、王季思本改作「幺篇」，鄭騫本作「幺」，赤松紀彦本未改。〔二〕「蟬」原本作「蜂」，各本均已改。〔三〕「收」原本作「秋」，各本均已改。

〔注〕①「蛩蟲兒」，蟋蟀。

【高過浪來裏〔一〕】則被這君璋〔二〕、子征將我緊逼逐①，並不肯相離了左右。今日不得已也，且隨眾還家。〔三〕到來〔四〕日絶早到墳頭，我與你廬〔五〕墓②丁憂③，一片心雖過當④，无虚謬。早是這朔風⑤草木偃⑥，落日虎狼愁。你覷這四野田疇，三尺荒丘，魂魄悠悠，誰問誰偢⑦，欲去也傷心再回首。

〔校〕〔一〕「高過浪來裏」原本作「幺」，赤松紀彦本未改，徐沁君本作「高平煞」，其他各本均作「高過浪來裏」。〔二〕「璋」原本作「地」，鄭騫本、赤松紀彦本改作「璋」，其他各本均改作「章」。〔三〕「今日」至「還家」原本作大字，徐沁君本、甯希元本改作夾白。徐沁君本上補「（帶云）」，下補「（唱）」。〔四〕「到來」原本作「别奉」，各本均已改。〔五〕原本無「廬」字，各本均已補。

〔注〕①「逼逐」，逼迫。②「廬墓」，古代在父母墳旁守墓蓋的小屋。③「丁憂」，爲父母守喪。④「過當」，過分。⑤「朔風」，北風。⑥「偃」，倒。⑦「偢」，瞅；看。

【尾聲〔一〕】可怜你朱顔妻未老，可怜你青鬢子年幼，最可怜你白頭老母正堪憂。我眼中淚〔二〕，和心上愁，這兩般兒①合就〔三〕②，似〔四〕一江春水向東流。

〔校〕〔一〕「尾聲」原本作「尾」，赤松紀彦本未改，徐沁君本、王季思本作「尾聲」，鄭騫本作「浪來裡煞」，甯希元本作「浪里來煞」。〔二〕原本無「淚」字，「眼中」原本作「巾忠」，各本均已補改。〔三〕「就」原本作「我」，甯希元本校作「輳」，其他各本均作「就」。〔四〕「似」原本作「以」，各本均已改。

〔注〕①「兩般兒」，兩種；兩方面。②「合就」，合在一起。

第四折

【中吕】【粉蝶兒〔一〕】山月蒼蒼，野猿啼老松枝上，滿郊原風捲白楊。弔英魂，歌〔二〕楚些①，不勝悲愴。我若不築室居喪〔三〕，枉交俺那黄泉下故人失〔四〕望。

〔校〕〔一〕原本無「兒」字，各本均已補。〔二〕原本無「歌」字，各本均已補。〔三〕「喪」原本似「衺」字，各本均校作「喪」。〔四〕「失」原本作「天」，各本均已改。

〔注〕①「楚些」，招魂歌。《楚辭·招魂》以楚國民間招魂歌寫成，句尾均帶「些」字，後遂以「楚些」代指招魂歌。

【醉春風】我與你壘高塚卧麒麟〔一〕①，栽長松引鳳凰。死生交金石友②志誠心，又不是謊，人都道是狂〔二〕，都這般講，講。今日浮丘③，有朝得志，恁時改葬。

〔校〕〔一〕「高塚卧麒麟」原本作「一家卧其人」，徐沁君本作「高冢卧麒麟」，其他各本均作「高塚卧麒麟」。〔二〕「是狂」原本作「都儻」，赤松紀彦本作「都狂」，其他各本均作「是狂」。

〔注〕①「高塚卧麒麟」，「高冢麒麟」指名臣、高官之墓，文獻習見「麒麟塚」「麒麟冢」。②「金石友」，堅如金石的友誼。③「浮丘」，此指墳墓。

【滚綉鞋】我若為將為卿為相，與你立石人石虎石羊①。將恁〔一〕那九歲〔二〕子四旬②妻八十娘，另巍巍③分區小院，高聳聳盖座〔三〕萱堂④，我情願奉晨昏⑤親侍養。

〔校〕〔一〕原本「恁」字，徐沁君本改作「您」。〔二〕「歲」原本作「十」，各本均已改。〔三〕「座」原本作「做」，唯赤松紀彦本未改。

〔注〕①「石人石虎石羊」，石雕的人、虎、羊，用于墓道旁。②「四旬」，四十歲。③「另巍巍」，單獨貌。④「萱堂」，母親的居室，亦代指母親。⑤「奉晨昏」，早晚問候侍奉。

【石榴花】兀良①見蕩晨光一道驛塵黄，鬧炒炒〔一〕人馬叩墳墻。曲弓弓〔二〕叉手問行藏②，道當今聖上，訪問賢良。听得道接王〔三〕宣，諕得我魂飄蕩，更衣服手脚獐〔四〕狂③。我又不〔五〕曾映斜陽垂釣在磻溪④上，又誰想墳塋⑤里遇〔六〕着文王。

〔校〕〔一〕徐沁君本「炒炒」改作「吵吵」。〔二〕甯希元本「弓弓」改作「躬躬」。〔三〕「王」原本作「生」，赤松紀彦本未改，徐沁君本作「王」，其他各本均據明傳本改作「皇」。〔四〕原本「獐」字，唯赤松紀彦本未改，其他各本均改作「張」。〔五〕原本無「不」字，唯赤松紀彦本未補。〔六〕「遇」原本作「過」，唯赤松紀彦本未改。

〔注〕①「兀良」，雜劇襯字，無意義。②「行藏」，此指來歷、底細。③「獐狂」，慌張。④「磻溪」，姜太公釣魚之處。⑤「墳塋」，墳墓。

【鬪鵪鶉】等我暮景桑榆①，合有些峥嶸氣象。我當初樂極悲生，今日泰來否往。量〔一〕築了五六板兒墳垣②早奏与帝王，又不是傅說③墻。用微臣作楫為霖④，枉悮〔二〕陛下眠思夢想。

〔校〕〔一〕原本「量」字，赤松紀彦本未改，其他各本均改作「壘」。〔二〕原本「悮」字，徐沁君本、甯希元本、王季思本改作「誤」。

〔注〕①「暮景桑榆」，指晚年時光。日落時陽光照在桑樹、榆樹枝頭，借指日暮、晚年。亦作「桑榆景」「桑榆晚景」「桑榆之景」。②「墳垣」，墳墻。③「傅說」，殷代人，曾爲奴版築，商王武丁（高宗）夢見傅説，後于傅險（傅巖）得之。「版築」即「板築」，是一種造墻方法，先按墻的厚度在兩面豎好板子，再往中間填土、夯實。④「作楫為霖」，源自「傅説霖」，指久旱後有甘霖。

【上小樓】過保了也門下侍郎，落保了也朝中宰相。我又不是孝廉方正，德行才能，政事文章。一方之地，百万生灵，將咱倚〔一〕仗，我便有尹鐸①才也怎生保障。

〔校〕〔一〕原本無「倚」字，甯希元本補「依」，其他各本均補「倚」。

〔注〕①「尹鐸」，春秋末晋國人，少昊後裔，晋國趙鞅家臣，有才能，曾爲晋陽行政長官。

【幺篇〔一〕】列旌旗一望①中，擺頭答②半里長。見馬前虞候，志節〔二〕③昂昂，狀〔三〕貌堂堂。問姓名，是故人，別來无恙。也是我却〔四〕為官貴人多忘。

〔校〕〔一〕「幺篇」原本作「么」，赤松紀彦本未改，鄭騫本作「幺」，其他各本均改作「幺篇」。〔二〕徐沁君本據明傳本改「節」爲「氣」。〔三〕「狀」原本作「壯」，唯赤松紀彦本未改。〔四〕徐沁君本「却」改作「恰」。

〔注〕①「一望」，目力所及的距離，也指極近的距離。②「頭答」，即「頭踏」，古代官員出行時的儀仗隊。③「志節」，志向與節操。

【滿庭芳】說古人隱監門壺漿①，這的每進時節捐軀報国，退〔一〕時節晦跡韜光②。這的是鵾鵬斥鴳③非相抗，大剛來④各自徜徉：一箇趆草萊⑤一生跳蕩，一箇駕天風万里翱翔。但能自心〔二〕舒暢，問甚麼雲霄糞〔三〕壤⑥，樂処是天堂。

〔校〕〔一〕「退」原本作「皃」，各本均已改。〔二〕「自心」原本合作「息」，甯希元本作「自心」，赤松紀彦本作「息」，鄭騫本作「够心」，徐沁君本作「意」，王季思本作「够意」。今從甯希元本。

〔三〕「糞」原本作「墳」，唯赤松紀彦本未改。

〔注〕①「壺漿」，茶水；酒漿。②「晦跡韜光」，韜光養晦，隱藏行迹、才能。③「鶤鵬斥鷃」，大鵬鳥斥責小鷃鳥，比喻力量相差懸殊。④「大剛來」，大概；總之；通常。亦作「大綱來」「待剛來」。「來」，詞綴。⑤「草萊」，雜草，喻鄉野、民間；平民、布衣。⑥「雲霄糞壤」，指天上和地下的區别。

【十二月】恰①脱了粗〔一〕衣布裳，便穿上束帶朝章②，拜受了玄纁③一箱，跪听了丹詔④十行，面覷着東都洛陽，三舞蹈頓首⑤誠惶〔二〕⑥。

〔校〕〔一〕「粗」原本作「祖」，各本均已改。〔二〕「惶」原本作「隍」，各本均已改。

〔注〕①「恰」，剛。②「朝章」，此指朝服。③「玄纁」，黑色和淺紅色布帛，代指帝王聘請賢士的禮品。④「丹詔」，皇帝用朱筆書寫的詔書。⑤「頓首」，此處指磕頭、跪拜。⑥「誠惶」，誠惶誠恐。本表示臣子對皇帝十分敬畏，後指十分小心謹慎。

【堯民歌】遥望着麒麟殿①上拜君王。仲尼徒不願比孫龐〔一〕②，死生交當可似蘇張③，清白吏須當效龔黄④。學士道循良⑤，蒼生有指望，治國〔二〕關興喪。

〔校〕〔一〕「龐」原本作「一」，各本均已改。〔二〕原本「國」下有一「治」字，唯鄭騫本未删。

〔注〕①「麒麟殿」，漢代宫殿名。②「孫龐」，孫臏和龐涓。③「蘇張」，蘇秦和張儀。④「龔黄」，龔遂與黄霸。⑤「循良」，官吏奉公守法。

【普天樂】今日箇法司官①，多偏向，則近的縣丞〔一〕主簿〔二〕，不敢望宰相平章②。有人告取受贓，則不與招伏狀③。想那頓〔三〕降二等殿三年的无情棒〔四〕，則不如跪精磚捱〔五〕一會官房④。要不壞了官人勾當，関節⑤的令史〔六〕應當，安排箇総領承當。

〔校〕〔一〕「丞」原本作「承」，各本均已改。〔二〕「簿」原本作「薄」，各本均已改。〔三〕原本「頓」字殘作「顿」，鄭騫本「頓」作「×」，甯希元本校作「黜」。〔四〕「棒」原本作「捧」，甯希元本「情捧」改作「請俸」，失之武斷。其他各本「捧」均改作

「棒」。〔五〕「捱」原本作「睚」，各本均已改。〔六〕「令史」原本作「一吏」，唯鄭騫本未改。徐沁君本校記云：「本句與上下句，以『官人』、『令史』、『總領』相應成文。」

〔注〕①「法司官」，掌管司法刑獄的官員。②「平章」，官職名，職位低于尚書、中書、門下長官，但可參議國事。③「招伏狀」，招認的文書。④「官房」，此指官司。⑤「関節」，重要。

【快活三】毛朦脱布裳〔一〕，鋒劍倚天長。胸襟磊落〔二〕量①汪洋，豪氣三千丈。

〔校〕〔一〕徐沁君本、甯希元本、王季思本此句改作「毛錐脱布囊」。〔二〕甯希元本「落」改作「磊」。

〔注〕①「量」，度量；氣量。

【鮑老兒】據着他廉孝忠直節義剛，白身①里②便合拜頭廳相③。怎把山雞比鳳凰，不信是飛在梧桐上。他支撑宇宙，揩磨④日月，整頓綱常⑤，扶持廟堂⑥，調和鼎鼐⑦，燮理陰陽⑧。

〔注〕①「白身」，没有功名、官職。②「里」，方位詞承擔與位格標記功能，相當于後置的「憑藉；靠」。③「頭廳相」，宰相，也泛指高官。「頭廳」，古代中央政府的最高行政機構。④「揩磨」，擦拭。⑤「綱常」，三綱五常，禮教倡導的人倫道德。⑥「廟堂」，朝廷。⑦「調和鼎鼐」，在鼎鼐中調和味道，喻指處理國家大事，多指宰相職責。⑧「燮理陰陽」，調和陰陽，喻指大臣扶助皇帝治國理事。

【耍孩兒】微臣怎敢學周黨①，陛下遵先帝率由舊章。微〔一〕臣本貫在山陽，幼年父母雙亡。三公②若是无伊吕③，四海誰知有范張？臣比張邵无名望，張邵多名望〔二〕。張邵德重厚如④曾顔閔冉⑤，張邵才正〔三〕似賈馬班張〔四〕⑥。

〔校〕〔一〕「微」原本作「徵」，各本均已改。〔二〕徐沁君本、甯希元本、王季思本删該小句。〔三〕徐沁君本「正」下補「高」字。〔四〕「賈馬班張」原本作「賈馬班固張良」，唯鄭騫本保留未改。徐沁君本校記云：「『固』、『良』原爲注文混入正文。但『張』非『張良』，而實爲『張衡』。息、臧、孟本却改『張』爲『楊』（揚），蓋以張良不應與賈、馬、班并立，故改爲揚雄也。」

〔注〕①「周黨」，東漢隱士，不仕王莽。②「三公」，古代中央三種最高官銜的合稱。周代指太師、太傅、太保，西漢指丞相（大司徒）、太尉（大司馬）、御使大夫（大司空），東漢、唐宋指太尉、司徒、司空，明清代沿周制。（參見《漢語大詞典》）③「伊呂」，伊尹和呂尚。伊尹輔佐商湯，呂尚輔佐周武王，後泛指輔弼重臣。④「如」，比，差比標記。⑤「曾顏閔冉」，曾參、顏淵、閔子騫、冉有。⑥「賈馬班張」，賈誼、司馬相如、班固、張衡。

【幺篇】〔一〕微臣犬馬①年雖長，學問索持旛〔二〕納降。平生師友不能忘，微臣有終身不断心喪。想大漢朝豈无良史②書名〔三〕姓，比眾文武自有傍〔四〕人話短長。臣舉一人才可以注③元戎將④。似微臣常人有数，如此公國士无雙⑤。

〔校〕〔一〕原本無【幺篇】，鄭騫本補【幺】，赤松紀彥本作【么篇】，其他各本均作【幺篇】。〔二〕原本「旛」字，徐沁君本改作「幡」。〔三〕原本無「名」字，各本均已補。〔四〕徐沁君本、甯希元本「傍」改作「旁」。

〔注〕①「犬馬」，臣下對皇帝自比犬馬，喻指願供驅使。②「良史」，優秀的史官。③「注」，選舉職官時登記備案。④「元戎將」，主將；統帥。⑤「國士无雙」，國家獨一無二的人才。

【墻頭花】仲山休強，不用你排儀仗，奉持旌節①自詔〔一〕訪。我雖無紫袍②拜在白玉堦前，去來，去來，我交你也布衣走到黄金殿③上。

〔校〕〔一〕原本「詔」字，徐沁君本、甯希元本改作「召」。

〔注〕①「旌節」，古代使者所持的作爲憑信的節，代指信符、軍權。②「紫袍」，官員的官服。③「黄金殿」，華麗的宫殿，代指皇宫。

【九煞】雖然是失一賢却得一賢，何須用涕兩行淚兩行，陛〔一〕下得蜀望隴〔二〕休多想。只因損折〔三〕①了那一條白玉擎天柱②，因此上陪〔四〕③與這万丈黄金架海梁④。陛下豈不聞晏平仲⑤為齊相，人都道乘車相憂心悄悄⑥，御車〔五〕吏⑦意氣洋洋。

〔校〕〔一〕「陛」原本作「階」，各本均已改。〔二〕「得蜀望隴」原本作「得蜀望随」，徐沁君本校作「得隴望蜀」，其他各本均作「得蜀望隴」。〔三〕「折」原本作「拆」，唯甯希元本未改。〔四〕原本「陪」

字，徐沁君本、王季思本改作「賠」，其他各本未改。〔五〕「車」原本作「宣」，各本均已改。

〔注〕①「損折」，損失。②「白玉擎天柱」，喻國家棟梁。③「陪」，賠。④「黄金架海梁」，喻國家棟梁。⑤「晏平仲」，晏嬰，春秋時期齊國政治家、思想家、外交家。⑥「悄悄」，憂傷貌。⑦「御車吏」，趕車的官吏。

【八煞】那婆婆古君子沒恁地直，那婆婆烈丈夫也无這般剛，專教他不拘小節修高尚。便①餓殺呵豈食世上无功禄，至窮死呵也不受人間枉法贓。能可②教血汗里③求供养。做兒的負大〔一〕志五旬也不仕，做娘〔二〕的守高節一世兒孤孀〔三〕。

〔校〕〔一〕「大」原本作「人」，各本均已改。〔二〕「做娘」原本作「敨死」，唯鄭騫本未改。〔三〕「孀」原本爲俗體「[illegible]」，各本均已改。

〔注〕①「便」，即使；即便。②「能可」，寧可。③「里」，離格標記，相當于後置的「從」，表示動作的起點。「血汗里求供养」，即從血汗裏得到供養，謂自食其力。

【七煞】鄧仲華①起身策杖賓，韓元帥前資是执戟郎②，這的每須不是壘俸錢儹〔一〕到那七重圍金頂蓮花帳。後來一个奮白身③的尋尋〔二〕臺上誅王莽，一个没月俸的〔三〕九里山前困霸王。若不遇二漢祖寬洪海量，盡〔四〕今生不過緑袍槐簡④，那世里不能勾〔五〕紫綬金〔六〕章⑤。

〔校〕〔一〕原本「儹」字，鄭騫本改作「攢」。〔二〕原本「尋尋」，徐沁君本據《漢書·王莽傳》改作「八風」。〔三〕「月俸」原本作「俸月」，鄭騫本、甯希元本、王季思本改作「俸錢」；徐沁君本作「月俸」；赤松紀彦本未改，但删「的」字。〔四〕「盡」原本作「儘」，徐沁君本、甯希元本改作「盡」，其他各本未改。〔五〕原本「勾」字，唯赤松紀彦本未改，其他各本均改作「够」。〔六〕「金」原本作「今」，各本均已改。

〔注〕①「鄧仲華」，鄧禹，字仲華，東漢開國名將。②「执戟郎」，古代宫門警衛。③「白身」，没有功名、官職。④「緑袍槐簡」，古代低級官員穿緑官服，持槐木手板。⑤「紫綬金章」，紫色印綬和金

印，代指位高權重。

【六煞】有錢的張打油提在不次①選用科②，没鈔的董仲舒也打入雜行③常選房④，調你兩遭兒早鏡中白髮三千丈。常選房滿堂火猥老些英雄漢〔一〕，選用科里海青馬⑤攛番〔二〕田舍郎⑥。臣若〔三〕得五日權了〔四〕，我敢兩觀下誅了少卯⑦，九鼎内烹殺弘羊⑧。

〔校〕〔一〕甯希元本删「漢」字。〔二〕原本「番」字，徐沁君本、甯希元本、王季思本改作「翻」。〔三〕「若」原本似「名」，各本均已改。〔四〕此處徐沁君本、甯希元本、王季思本補「頭廳相」。

〔注〕①「次」，在；位于；名列。②「選用科」，選拔任用的行列。③「雜行」，作雜役的行列。④「常選房」，當指等待被人選用的房間。⑤「海青馬」，驛馬。「海青」是元代驛站名。⑥「田舍郎」，農家子。⑦「兩觀下誅了少卯」，春秋時期孔子在魯國誅殺少正卯。「兩觀」，宫門兩邊的望樓，借指行刑、正法之處。⑧「九鼎内烹殺弘羊」，西漢桑弘羊被霍光烹殺。

【五煞】他每不理會万邦安万民，且對付百人食百羊，出來的一个个黑胡肥大如俺蕭〔一〕丞相。憑大体呵則倚着急喉嚨健啖①是人中寶，論治道呵全靠那壯脾胃消食的是海上方。宰相每可恁也託〔二〕着先帝并今上，玳瑁筵②羊羹受用，曾將那滹沱河〔三〕麥飯③思量？

〔校〕〔一〕「蕭」原本作「肖」，各本均已改。〔二〕徐沁君本「託」改作「托」。〔三〕「河」原本作「何」，各本均已改。

〔注〕①「健啖」，胃口好；食欲好。②「玳瑁筵」，豪華奢侈的宴席。③「麥飯」，磨碎的麥子煮成的飯，亦指祭祀用的飯食。

【四煞】受了人精金〔一〕子①攙越②定奪，要了人親女兒分付勾當，誰的幾椿〔二〕兒買金珠〔三〕打銀〔四〕器諸般上。去時節載着两三舡月眉星眼③錢塘女，天呵！知他怎生过那四十里雪浪風濤的揚〔五〕子江。百姓每編做歌〔六〕曲當街上唱，唱道是官員宰相，則是个販人〔七〕賣的才郎〔八〕。

〔校〕〔一〕「精金」原本作「情今」，鄭騫本、王季思本作「清金」，徐沁君本作「情金」，甯希元本、赤松紀彦本作「精金」。〔二〕「椿」原本作「椿」，各本均已改。〔三〕「金珠」原本作「今珠」，各本均已改。〔四〕「銀」原本作「良」，各本均已改。〔五〕「揚」原本作「洋」，各本均已改。〔六〕「歌」原本作「哥」，各本均已改。〔七〕鄭騫本删「人」字。〔八〕「郎」原本作「人」，鄭騫本、王季思本、赤松紀彦本改作「郎」。「才人」甯希元本改作「牙郎」，徐沁君本改作「客旅經商」。

〔注〕①「精金子」，精煉的金子；純金。②「攙越」，超出本分、本職。③「月眉星眼」，形容女子貌美。

【三煞】□□〔一〕看文案時睁着眼不識一字，受關〔二〕節〔三〕処腆胸脯〔四〕且是四行，那厮則是箇黑神道化做他通紅蟒。得了錢呵敢不問〔五〕韓元帥①放了鍾離昧〔六〕②，不与鈔呵敢待〔七〕着孔夫子幽囚煞公冶長。動不動說殿角粧朝様。你便眼〔八〕哭的紅如血豈怜緹氏③，你便頤〔九〕養的白似瓠不識張蒼〔十〕。

〔校〕〔一〕原本此二字空缺，鄭騫本補「他每」，徐沁君本、甯希元本、王季思本補「那厮」，赤松紀彦本作二空圍。〔二〕「關」原本作「閑」，各本均已改。〔三〕原本此處有「一」字，各本均删。〔四〕「胸脯」原本作「一脯」，赤松紀彦本未改，鄭騫本、甯希元本、王季思本作「胸脯」，徐沁君本作「着胸」。〔五〕「問」原本作「間」，各本均已改。〔六〕「昧」原本作「末」，唯赤松紀彦本未改。〔七〕「待」原本作「時」，各本均已改。〔八〕「眼」原本作「一」，徐沁君本校作「啼」，其他各本均作「眼」。〔九〕「頤」原本作「頣」，鄭騫本、甯希元本、王季思本校作「頭」，徐沁君本、赤松紀彦本作「頤」。〔十〕「蒼」原本作「湯」，鄭騫本、甯希元本未改，其他各本均校作「蒼」。徐沁君本校記云：「張蒼漢初從劉邦起事，『身長大，肥白如瓠』。見《史記・張丞相列傳》。張湯，漢武帝時人，與此事無關。」

〔注〕①「韓元帥」，韓信。②「鍾離昧」，楚漢争霸時西楚大將。③「緹氏」，緹縈，此指緹縈救父之事。

【二煞】使名臣〔一〕①審罪囚，差重宦②降御香，他每把陛下那敬天心好生德〔二〕常欽仰③。審囚的萬邦刑〔三〕措④无冤枉〔四〕，降香的五岳神灵必受享。愁甚不鳳凰至靈芝長。不〔五〕自然上天有感，聖壽⑤无疆。

〔校〕〔一〕原本無「臣」字，各本均已補。「名」原本作「明」，各本失校。〔二〕「德」原本作「的」，各本均已改。〔三〕「刑」原本作「邢」，各本均已改。〔四〕「枉」原本空缺，徐沁君本補「屈」，其他各本均作「枉」。〔五〕徐沁君本删「不」字。

〔注〕①「名臣」，有名的賢臣。②「重官」，重要大臣。③「欽仰」，欽佩敬仰。④「刑措」，置刑法而不用。亦作「刑錯」「刑厝」。⑤「聖壽」，皇帝的壽命、壽誕。

【尾聲〔一〕】死的墳墓上封贈了官，活的殿階边頒賜与賞。〔二〕調和鼎鼐①，燮理陰陽②。〔三〕丞相明如皓月千峰上；〔四〕識人如鑑③，用人无疑。〔五〕官里〔六〕④似一片青天万民仰。

〔校〕〔一〕原本「尾聲」，徐沁君本改作「煞尾」。〔二〕〔四〕此處鄭騫本、徐沁君本、王季思本、赤松紀彦本補「（帶云）」。〔三〕此處徐沁君本、赤松紀彦本補「（唱）」。〔五〕此處徐沁君本、王季思本、赤松紀彦本補「（唱）」。〔六〕「里」原本作「理」，各本均已改。

〔注〕①「調和鼎鼐」，在鼎鼐中調和味道，喻指處理國家大事，多指宰相職責。②「燮理陰陽」，調和陰陽，喻指大臣扶助皇帝治國理事。③「識人如鑑」，謂極具識別人才的眼光。「鑑」，鏡子。④「官里」，皇帝。

新刊死生交范張鷄黍終〔一〕

〔校〕〔一〕尾題鄭騫本作「死生交范張鷄黍終」，甯希元本作「死生交范張鷄黍雜劇終」，徐沁君本、赤松紀彦本未改，王季思本删尾題。

新刊関目嚴子陵垂釣七里灘

宮天挺

校本六種

鄭騫本：鄭騫《校訂元刊雜劇三十種》

徐沁君本：徐沁君《新校元刊雜劇三十種》

甯希元本：甯希元《元刊雜劇三十種新校》

王季思本：王季思《全元戲曲》（第四卷）

隋樹森本：隋樹森《元曲選外編》（第二册）

王國維本：王國維《二牖軒隨録》

第一折

〔一〕某姓嚴，名光，字子陵，本貫①會稽嚴州人也。自幼年好遊翫〔二〕江湖，即今在富〔三〕陽富春山畔七里灘，釣魚為生。方今王新室②在位為君一十七年，滅漢宗〔四〕一万五千七百餘口，絶刘後患，天下把這姓刘的捉拿。有一人舂〔五〕陵鄉白水村姓刘，名秀，字文叔。不敢呼為刘文叔，改名為金和秀才。它常以〔六〕我為兄相待。近日在下村李二公莊上，閑攀話③飲酒。想漢朝以來：

〔校〕〔一〕此處鄭騫本補「（正末扮上開）」，徐沁君本補「（正末上，云）」，王季思本補「（正末扮上，云）」。〔二〕原本「翫」字，隋樹森本、王國維本未改，其他各本均改作「玩」。〔三〕「富」原本作「南」，鄭騫本、王國維本未改，隋樹森本改作「東」，其他各本均作「富」。〔四〕鄭騫本「宗」下補「室」字。〔五〕「春」原本作「充」，各本均已改。〔六〕王國維本「以」作「從」，蓋從覆元槧本。

〔注〕①「本貫」，原籍。②「王新室」，王莽政權。③「攀話」，閑聊；閑談。

【仙吕】〔一〕【點絳唇】開創高皇，上天責〔二〕降，蕭〔三〕丞相①，韓信，張良。自〔四〕平帝②生王莽。

〔校〕〔一〕原本無宫調名【仙吕】，王國維本未補，其他各本均已補。〔二〕王國維本、甯希元本「責」改作「謫」。〔三〕「蕭」原本作「肖」，各本均已改。〔四〕原本「自」字，徐沁君本、甯希元本、王季思本改作「至」。

〔注〕①「蕭丞相」，蕭何。②「平帝」，漢平帝劉衎。

【混江龍】自從夏桀將禹丧，獨夫殷紂滅成湯。丕顯①立弔民伐罪②，丕承立守緒成王。剛四十〔一〕垂拱岩廊③朝采〔二〕④鳳，第五輩巡狩⑤湘流中渰杀昭王。自開基起〔三〕運，立国安邦，坐籌帷幄，竭力疆埸，百十万陣，三五千場，滿身矢鏃〔四〕⑥，遍躰金瘡，尸横草野，鴉啄人腸，未曾〔五〕立兩行墨蹟在史書中，却早臥一丘新土在芒〔六〕山上。咱人這富貴如蝸〔七〕牛角半痕涎沫⑦，功名似飛螢尾一點光芒。

〔校〕〔一〕原本「十」字，鄭騫本、甯希元本改作「世」。〔二〕原本「采」字，鄭騫本、甯希元本未改，其他各本均改作「彩」。〔三〕原本「起」字，鄭騫本、隋樹森本未改，其他各本均改作「啟」。〔四〕「鏃」原本作「簇」，唯隋樹森本未改。〔五〕甯希元本「曾」改作「嘗」。〔六〕原本「芒」字，鄭騫本、甯希元本改作「邙」。〔七〕「蝸」原本作「堝」，各本均已改。

〔注〕①「丕顯」，大顯。②「弔民伐罪」，慰問受苦的人民，討伐有罪的統治者，即征討有罪者以撫慰百姓。③「垂拱岩廊」，毫不費力地治理國家。「垂拱」，袖手，形容不費力氣。「岩廊」，高峻的廊廡，代指朝廷。④「采」，彩。⑤「巡狩」，皇帝巡行、視察天下。⑥「矢鏃」，箭和箭頭。⑦「涎沫」，口水。

【油葫芦】刘文叔相期何故爽①？一會家自暗想，怎生來今日晚了時光？他子在魚洲攬〔一〕住收罾〔二〕②綱，酒旗摇處沽村釀，暢情時酌一壺，開懷時飲幾觴。知他是暮年间身死中年間丧，醉不到三万六千場。

〔校〕〔一〕原本「魚洲攬」，鄭騫本、王季思本未改，徐沁君本作「漁舟攬」，隋樹森本、甯希元本作「漁洲攬」，王國維本作「漁舟攬」。〔二〕「罾」原本作「僧」，唯王國維本未改。

〔注〕①「爽」，爽約。②「罾」，方形漁網。

【天下樂】則愿的王新室官家壽命長。我這里酙量，有个意况①，体〔一〕乾坤姓王的由他姓王。它奪了呵奪漢朝，篡了呵篡了漢邦，倒与俺闲人每留下醉鄉②。

〔校〕〔一〕原本「体」字，甯希元本改作「你」，王國維本改作「這」。

〔注〕①「意况」，情况；情態。②「醉鄉」，醉酒後的精神世界。

【那吒令】則咱這醉眼觑世界，不悠悠蕩蕩；則咱這醉眼覷日月，不來來往往；則咱這醉眼覷富貴，不勞勞穰穰〔一〕①。咱醉眼寬似滄海中，咱醉眼竟高似青霄上，咱醉眼不識个宇宙洪荒②。

〔校〕〔一〕「穰穰」鄭騫本、甯希元本、王國維本改作「攘攘」。

〔注〕①「勞勞穰穰」，紛亂；紛擾；煩躁不安。②「宇宙洪荒」，混沌蒙昧狀態。

【鵲踏〔一〕枝】他笑咱唱的來不依腔〔二〕，舞的來煞①顛狂。俺不比您各皺〔三〕②定眉兒，別〔四〕是天堂。富漢每喝菜湯，穿麄衣潑〔五〕裳，有一日潑家私③似狗令羊腸〔六〕④。

〔校〕〔一〕「踏」原本作「沓」，各本均已改。〔二〕「腔」原本作「羌」，各本均已改。〔三〕「各皺」原本作「名[illegible]」，鄭騫本、隋樹森本校作「名皺」，徐沁君本、王季思本作「扢皺」，甯希元本作「各皺」，王國維本「您各皺」改作「你們皺」。〔四〕王國維本「別」改作「則」。〔五〕原本「潑」字，鄭騫本、王國維本未改，隋樹森本作「樸」，其他各本均改作「布」。〔六〕王國維本「令」改作「倖」。甯希元本「狗令羊腸」改作「狗零羊剩」，稱「猶今俗語『雞另狗碎』」。

〔注〕①「煞」，很；極。②「各皺」，皺縮，此指皺眉。③「潑家私」，破家當。④「狗令羊腸」，俟考。

【寄生草】我比他吃茶飯知个飢飽，我比他穿衣服知个暖凉。酒添的神氣能榮旺，飯裝的皮袋①偏肥胖，衣穿的寒暑難侵傍②。看誰人省悟是誰痴？怕不③鳳凰〔一〕飛在梧桐上。

〔校〕〔一〕「凰」原本作「皇」，各本均已改。

〔注〕①「皮袋」，身體；皮囊。②「侵傍」，侵近。③「怕不」，恐怕；也許。

【六幺〔一〕序】您將他稱賞，把它贊〔二〕獎，那厮則是火〔三〕避苛〔四〕虎當道豺狼。咱人但曉三章①，但識斟量②，忠孝賢良。但侶嚴〔五〕光，怎肯受王新室紫綬金章③。時史令〔六〕鬼眼通神〔七〕相，有多少馬壯人強。改年建〔八〕号時間旺，奪了刘家朝典④，奪了漢世〔九〕⑤封疆⑥。

〔校〕〔一〕「幺」原本作「么」，鄭騫本、王季思本未改，其他各本均改作「幺」。〔二〕「它贊」原本作「它濽」，鄭騫本、隋樹森本作「他讚」，其他各本均作「他贊」。〔三〕原本「火」字，徐沁君本改作「伙」。〔四〕「苛」原本殘損，鄭騫本作「×」，王國維本作一空圍。〔五〕「嚴」原本作「敢」，隋樹森本、王國維本未改，其他各本均改作「嚴」。王國維本「但侶」作二空圍。〔六〕甯希元本「時史」改作「待使」，王國維本「時史令」作三空圍。徐沁君本校記云：「『時史』疑爲『待吏』二字形誤。」〔七〕「神」原本作「身」，徐沁君本、甯希元本、王季思本改作「神」。徐沁君本校記云：「關漢卿《裴度還帶》有相士趙野鶴稱『肉眼通神相』。」〔八〕「建」原本似「廷」，各本均已改。〔九〕甯希元本「世」改作「室」。

〔注〕①「三章」，代指法律規章。②「斟量」，思量；估量。③「紫綬金章」，紫色印綬和金印，代指位高權重。④「朝典」，朝廷的法律、禮儀制度。⑤「漢世」，漢朝。⑥「封疆」，疆域；疆土。

【幺篇〔一〕】遍端詳，那厮模樣，休緊休忙，等那穹蒼①，到那時光，漢室忠良，议論商量，引領刀槍，撞入門墻，拖下龍床，脱了衣裳，木驴②牽將，闹市雲陽〔二〕③，手脚舒長，六道長釘釘上，咱大家看一場。不争④你動起刀槍，天下荒荒〔三〕，正應道龍鬥魚傷⑤。尽乾坤一片青羅網，咱人逃出大纛〔四〕⑥高張。您漢家〔五〕枝葉⑦合興旺。現〔六〕放着一个〔七〕天摧地塌〔八〕，國破家亡。

〔校〕〔一〕「幺篇」原本作「么」，鄭騫本、王國維本作「幺」，其他各本均作「幺篇」。〔二〕「陽」原本作「南」，各本均已改。〔三〕原本「荒荒」，徐沁君本、王國維本改作「慌慌」。〔四〕甯希元本「大」改作「不」。「纛」原本作「[illegible]」，隋樹森本校作「纛」，其他各本均作「等」。〔五〕甯希元本「家」改作「室」。〔六〕「現」原本作「見」，鄭騫本、隋樹森本、王國維本未改，其他各本均作「現」。〔七〕「一个」原本作「不」，鄭騫本、隋樹森本、王國維本未改，徐沁君本、王季思本作「個」，甯希元本作「一個」。按，原本「一个」合作「不」。〔八〕「塌」原本作「搭」，唯隋樹森本未改。

〔注〕①「穹蒼」，即蒼穹，指上天。②「木驴」，古代凌遲用的刑具。③「闹市雲陽」，指行刑之地；刑場。「雲陽」本爲地名，秦李斯被斬于雲陽街市，後以「鬧市雲陽」「雲陽鬧市」代指行刑之地。④「不争」，不料；想不到。⑤「龍鬥魚傷」，謂戰争殃及平民百姓。⑥「大纛」，軍中旗幟。⑦「枝葉」，宗親；本家；親屬。亦指後代、子嗣。

【后庭花】你道我瓦盆兒醜看相，磁甌兒少意況，強如這惹禍患黄金盞，招灾殃碧玉觴。玉斝〔一〕内①飲瓊漿，耳边[illegible]〔二〕音嘹亮，絳紗籠銀燭光，列金釵十二行②，裙摇的瓊〔三〕珮響，步金蓮羅襪香，嬌滴滴宫樣粧，玉纖纖手内將，黄金盞盞〔四〕面上，关埋伏，闹隱藏。

〔校〕〔一〕原本「斝」字殘損，隋樹森本作一空圍，徐沁君本作「斝」，其他各本均作「觴」。〔二〕「[illegible]」鄭騫本、王季思本校作「厢」，徐沁君本、甯希元本作「旁」，隋樹森本作「傍」，王國維本作「際」。〔三〕「瓊」原本作「[illegible]」，鄭騫本、王國維本校作「環」，其他各本均作「瓊」。〔四〕「盞」原本不重，鄭騫本、王國維本不重，隋樹森本補一空圍，其他各本均重「盞」字。

〔注〕①「内」，工具格標記，相當于後置的「用」。②「金釵十二行」，喻姬妾衆多。

【青哥兒】那裏面暗隱着風波、風波千丈。你説波使磁甌的有甚涂〔一〕傷？我醉了呵東〔二〕倒西歪侭〔三〕①不妨。我若爛醉在村鄉，着李二公扶將，到草〔四〕舍茅堂，靠瓮牖②蓬窓③，新葦席清凉，旧木枕边厢〔五〕，祖〔六〕脱下衣裳，放散誕〔七〕心腸，任百事無妨，倒大來④免慮忘憂，納被蒙頭，任意番〔八〕身，強如⑤您宰相侯王，遭断没属官象牙床，泥金亢〔九〕⑥。

〔校〕〔一〕原本「㴱」字，鄭騫本作「×」，徐沁君本、王季思本作「灾」，隋樹森本作「深」，甯希元本作「涂」，王國維本作「悲」。存疑。〔二〕「東」原本作「杀」，各本均已改。〔三〕原本「侭」字，徐沁君本、甯希元本、王國維本改作「盡」。〔四〕「草」原本作「茀」，隋樹森本校作「茅」，其他各本均作「草」。〔五〕「廂」原本作「相」，隋樹森本、王國維本未改，其他各本均改作「廂」。〔六〕「袒」原本作「[illegible]」，鄭騫本、隋樹森本校作「把」，王國維本作「擺」。〔七〕「誕」原本作「但」，唯王國維本未改。〔八〕「意」字王國維本作一空圍。原本「番」字，隋樹森本未改，其他各本均改作「翻」。〔九〕「亢」原本作「坑」，隋樹森本、王國維本未改，鄭騫本校作「炕」，其他各本均改作「亢」。徐沁君本校記云：「楊景賢《西游記》第五本第十七齣：『端坐泥金亢。』指椅言。」

〔注〕①「侭」，都；完全。②「瓮牖」，以破甕爲窗，言貧窮、簡陋。③「蓬窗」，蓬草做成的窗户，言貧窮、簡陋。④「倒大來」，非常；無比。⑤「如」，比，差比標記。「A 强如 B」，A 比 B 强。⑥「泥金亢」，泥金椅。「泥金」，金箔和膠水做成的金色顏料，可與油漆調和。

【賺煞尾〔一〕】平地上窩弓〔二〕，水面上張羅網〔三〕，再〔四〕誰想相〔五〕尋相訪。鴻鵠志飛騰天一方〔六〕，揀深山曠野潛藏。莫〔七〕行唐①，驀嶺登崗②，拽着个鈍木斧，繫着条麄麻繩，㧊〔八〕着条旧擔杖〔九〕。我則待駕孤舟蕩漾，趂五湖烟浪，望七里灘頭，輕舟短棹，蓑笠綸竿〔十〕③，一鈎香餌釣斜陽。

〔校〕〔一〕徐沁君本、甯希元本、王國維本删「尾」字。〔二〕鄭騫本補「箭」字。〔三〕「網」字原本作「[illegible]」，隋樹森本校作「扯」并屬下句，其他各本均作「網」。〔四〕「再」原本作「[illegible]」，鄭騫本、王季思本校作「更」，徐沁君本、甯希元本校作「再」，隋樹森本校作「扭」，王國維本作一空圍。〔五〕「相」原本作「[illegible]」，隋樹森本校作「村」。鄭騫本「䢾尋」校作「逡巡」。〔六〕「方」原本作「充」，各本均已改。〔七〕「莫」原本作「漢」，鄭騫本、隋樹森本、王季思本校作「漢」，王國維本作一空圍，徐沁君本作「莫」，甯希元本作「嘆」。暫從徐本。〔八〕原本「協」字，鄭騫本、甯希元本校作「挾」，隋樹森本作「攜」，王國維本作「擔」，徐沁君本、王季思本未改。〔九〕王國維本「杖」誤作「秋」。〔十〕「望七」至「綸竿」，鄭騫本、甯希元本、王季思本處理爲夾白，「望」上鄭騫本、王季思本補「（帶云）」。

〔注〕①「行唐」，遲慢；彷徨。②「驀嶺登山」，翻山越嶺。③「綸竿」，釣魚竿。

第二折

【越調】【閗鵪〔一〕鶉】我把這縵〔二〕笠①做交遊，蓑衣為伴侶。這縵〔三〕笠避〔四〕了些冷霧寒烟，蓑衣遮了些斜風細雨。看紅鴛戲波面千層，喜白鷺頂風絲一縷。白日坐一襟芳草裀②，晚來宿半间茅苫〔五〕屋③。想從前錯怨天公，甚也有安排我處！

〔校〕〔一〕「鵪」原本作「奄」，各本均已改。原本無宮調名【越調】，唯王國維本未補。〔二〕〔三〕原本「縵」字，王國維本未改，其他各本均改作「㡟」。〔四〕「避」原本作「迣」，隋樹森本校作「遮」，王國維本校作「遊」，其他各本均校作「避」。下一曲「避世」之「避」作「迣」，可參考。〔五〕「苫」原本作「苦」，各本均已改。

〔注〕①「縵笠」，方形的女真帽式，亦作「幔笠」「㡟笠」。②「芳草裀」，芳草地。③「茅苫屋」，茅草屋。

【紫花兒序〔一〕】您〔二〕道我不達時务，我是个避世嚴陵，釣幾尾漏網的遊魚。怎禁四蹄玉兔，三足金烏①。子〔三〕細②惆㑔〔四〕③，覷了些成敗興亡閲了些今古〔五〕，浪淘尽〔六〕千古風流人物：昨日个虎踞在咸陽，今日早鹿走姑蘇④。〔七〕

〔校〕〔一〕原本無「序」，徐沁君本、甯希元本、王季思本補。〔二〕甯希元本「您」改作「你」。〔三〕原本「子」字，隋樹森本、王國維本未改，其他各本改作「仔」。〔四〕原本「惆㑔」，隋樹森本、甯希元本未改，其他各本均改作「躊躇」。〔五〕「古」原本作「右」，各本均已改。〔六〕「尽」原本作「尸」，各本均已改。〔七〕甯希元本據《盛世新聲》《雍熙樂府》補一曲【小桃紅】，注：「原本脱此曲。」【小桃紅】則我這領粗布袍，雖不及紫朝服，倒大來自在無憂慮。草履比朝靴大行步，慢麻縧緊束住我身軀，想嚴光也有安排處。一個秦李斯在雲陽中滅族，漢張良辭朝歸去，都待要玉帶上掛金魚。

〔注〕①「三足金烏」，太陽中的三足烏，亦代指太陽。②「子細」，仔細。③「惆㥏」，躊躇。④「鹿走姑蘇」，鹿到姑蘇臺游玩，比喻宫殿荒廢，國家敗亡。姑蘇臺傳説吴王夫差建的臺，亦稱姑胥臺。唐李白《對酒》：「棘生石虎殿，鹿走姑蘇臺。」

【金蕉葉】七里灘從來是祖居，十〔一〕輩兒不知禍福，常遶〔二〕定灘頭景物。我若是不做官〔三〕，一世兒①平生願足。

〔校〕〔一〕甯希元本「十」改作「是」。〔二〕王國維本「遶」誤作「腕」。〔三〕鄭騫本此句爲夾白。

〔注〕①「一世兒」，一生；一輩子。

【調笑令】巴①到日暮，看天隅②，見隱隱殘霞三四縷。釣的這錦鱗③來滿向籃〔一〕中貯④，正是收綸罷釣⑤魚〔二〕父⑥。那的是江上晚來堪畫処，抖搜〔三〕⑦着緑蓑〔四〕歸去。

〔校〕〔一〕「籃」原本作「藍」，各本均已改。〔二〕原本「魚」字，唯鄭騫本未改，其他各本均作「漁」。甯希元本「釣」下補「的」，「夫」改作「夫」。按，均可不改。〔三〕原本「搜」字，鄭騫本、甯希元本、王國維本未改，其他各本均改作「擻」。〔四〕「蓑」鄭騫本作「簑」。

〔注〕①「巴」，巴望；盼望。②「天隅」，天邊。③「錦鱗」，錦鯉；魚的美稱。④「貯」，存放。⑤「收綸罷釣」，釣魚結束。⑥「魚父」，漁夫。⑦「抖搜」，抖擻。

【鬼三台】休停住，疾迴去，不去呵枉惹的我訕言諜〔一〕語①。回奏与您漢鑾輿②，休着俺闲人受苦。皂朝靴緊行拘我二足，紗〔二〕幞頭③帶〔三〕着掐我額顱④。我手执的是斑竹綸竿⑤，誰秉得你花紋〔四〕象笏⑥。

〔校〕〔一〕「課」原本作「𣺌」，鄭騫本校作「躁」，隋樹森本作「訛」，王國維本作一空圍，其他各本均作「課」。徐沁君本校記云：「《大宋宣和遺事》亨集：師師……説與他娘道：『咱家有課語訛言的，怎奈何?』狄君厚《介子推》第二折白：『割捨了訛言課語，抗敕違宣。』可據。後來這句話已不爲人所熟知。」〔二〕「紗」原本作「砂」，各本均已改。〔三〕原本「帶」字，鄭騫本、隋樹森本、王國維本未改，其他各本均改作「戴」。〔四〕「紋」原本似「故」，各本均已改。

〔注〕①「訛言課語」，猶「胡言亂語」。「課」義當由占卜義發展出來。②「漢鑾輿」，漢朝皇帝。「鑾輿」，帝王的車駕，也代指帝王，亦作「鸞輿」。③「幞頭」，古代男子束髮的頭巾。④「額顱」，額頭。⑤「綸竿」，釣魚竿。⑥「象笏」，古代大臣上朝時所執的象牙做的板子，也叫手板，材質除象牙外，還有竹木、玉石等。

【禿厮兒】您那有榮辱襴袍①靴笏，不如俺無拘束新酒活魚，青山緑水開畫圖〔一〕。玉帶上，掛金魚②，都是囂虚③。

〔校〕〔一〕「畫圖」原本作「圖畫」，唯王國維本未乙轉。

〔注〕①「襴袍」，古代一種公服。因其于袍下施横襴爲裳，故稱。其制始于北周。（參見《漢語大詞典》）②「掛金魚」，即玉帶上掛金魚，代指做高官。③「囂虚」，虚假；喧囂塵世。

【聖藥王】我在這水国居，樂有餘。你问我弃高官不做待①闲居？重呵②止不過請些俸禄，輕呵③但抹着滅了九族④。不用一封天子詔〔一〕賢書，廻去也不是護身符。

〔校〕〔一〕「詔」原本作「沼」，徐沁君本、甯希元本、王國維本校作「召」，其他各本均作「詔」。按，「氵」實爲「言」旁俗寫，該劇多有其例。

〔注〕①「待」，要。②③「呵」，話題標記，相當于「的話」。④「九族」，以自己爲本位，上推至四世之高祖，下推至四世之玄孫爲九族。（參見《漢語大詞典》）

【麻郎兒】我尽説与你肺腹〔一〕①，我共②您〔二〕鸞〔三〕輿③，俺兩个常遶着南陽酒庐〔四〕，醉酩酊④不能家去。

〔校〕〔一〕原本「腹」字，唯隋樹森本未改，其他各本均改作「腑」。

〔二〕原本「您」字，甯希元本、王國維本改作「你」。〔三〕原本「鸞」字，各本均改作「鑾」。按，可不改。〔四〕原本「盧」字，徐沁君本改作「鲈」。

〔注〕①「肺腹」，肺腑。②「共」，和；與。③「鸞輿」，帝王車駕，亦代指帝王。④「酩酊」，大醉貌。

【幺篇〔一〕】俺是酒徒①，醉餘，睡處〔二〕，又無甚花氈綉〔三〕褥②。我布袍袖將它〔四〕蓋覆〔五〕，常与我席頭兒多處〔六〕。

〔校〕〔一〕「幺篇」原本作「么」，鄭騫本、王國維本作「幺」，其他各本均作「幺篇」。〔二〕原本「處」字，鄭騫本、甯希元本、王國維本未改，徐沁君本、王季思本據《盛世新聲》等改作「足」。〔三〕「綉」原本作「秀」，各本均已改。〔四〕原本「它」字，王季思本改作「咱」，其他各本均改作「他」。〔五〕「覆」原本作「伏」，唯王國維本未改。〔六〕該句原本作「常与我席頭兒奪樹」，鄭騫本、甯希元本作「常與我席頭兒多處」，徐沁君本據《雍熙樂府》改作「常讓與席頭兒寬處」，王季思本作「常与我席頭兒寬處」，隋樹森本、王國維本未改。

〔注〕①「酒徒」，嗜酒之人。②「花氈綉褥」，指好的卧具。

【絡絲娘】倒兩个醉偃仰〔一〕同眠抵足①，我怎去它〔二〕手裹三叩頭揚塵拜舞②？我說來的言词你寄將去，休忘了我一句。

〔校〕〔一〕「偃」原本作「廛」，鄭騫本作「壓」，隋樹森本「廛仰」校作「塵市」，王國維本作二空圍，其他各本均作「偃仰」。〔二〕原本「它」字，其他各本均改作「他」。

〔注〕①「抵足」，脚碰脚，謂同榻共寢。②「揚塵拜舞」，即「揚塵舞蹈」，舞蹈名，用于祭天、地、神，是最隆重的禮儀。

【尾聲〔一〕】說与你刘文叔有分付处①别処分付，我不做官呵有甚麼〔二〕没發付②您〔三〕那襴袍③靴笏？我則知十年前共飲的旧知交④，誰認的甚麼中興漢光武！

〔校〕〔一〕原本無「聲」字，徐沁君本、王季思本補「聲」，鄭騫本、甯希元本作「收尾」，隋樹森本、王國維本未改補。〔二〕「麼」原本作「粱」，鄭騫本、隋樹森本作「梁」，王國維本删，其他各本均作「麼」。〔三〕王國維本「您」改作「你」。

〔注〕①「処」，的話，表假設。②「發付」，對付；打發；發落。③「襴袍」，古代一種公服。因其于袍下施横襴爲裳，故稱。其制始于北周。（參見《漢語大詞典》）④「知交」，知己；知心朋友。

第三折

〔一〕自從与刘文叔酌别之後，今〔二〕經十年光景。他如今做了中興皇帝〔三〕，宣命①我兩三次，我不肯做官。您不知国家興廢。〔四〕漢家公卿笑子陵，子陵還笑漢公卿。一竿七里灘頭竹，釣出千秋万古〔五〕名。云山蒼蒼，江水泱泱。貧道之風，山高水長。主人宣命我兩次三回〔六〕，我不肯去，則做那布衣之交。時〔七〕作一書來請命我，好至圣至明的〔八〕皇帝〔九〕。能紹②前業謂〔十〕之光，克除〔十一〕禍乱謂〔十二〕之武〔十三〕。休説君臣相待，則做个朋友相看，也索礼當一賀。〔十四〕

〔校〕〔一〕此處徐沁君本、王季思本補「（正末上，云）」，鄭騫本補「（正末上云）」。〔二〕「今」原本作「ク」，隋樹森本作「又」，其他各本均作「今」。〔三〕「皇帝」原本作「〇〇」，各本均校作「皇帝」。〔四〕此處鄭騫本、徐沁君本、甯希元本、王季思本補「（詩曰）」。〔五〕徐沁君本「古」改作「世」。〔六〕王國維本「回」改作「番」。〔七〕原本「時」字，鄭騫本、甯希元本改作「特」，王國維本「時」下補一「特」字。隋樹森本「時」屬上句。〔八〕「至圣至明的」原本作「至圣圣明的」，鄭騫本、徐沁君本、王季思本作「一個聖明的」，甯希元本作「至聖至明的」，隋樹森本作「一個聖聖的」。按，第一個「至」原本作「𡊅」，各本多視作「一个」相連，誤。〔九〕「帝」原本作「〇」，各本均校作「帝」。〔十〕「紹前業謂」原本作「昭千葉為」，隋樹森本未改，鄭騫本僅「為」改作「謂」，其他各本均改作「紹前業謂」。徐沁君本校記云：「《資治通鑒》卷四十《漢紀》三二『世祖光武皇帝』注引《謚法》：『能紹前業曰光，克定禍亂曰武。』據改。『昭千葉』爲『紹前業』之音誤。」〔十一〕原本「除」字，徐沁君本、甯希元本改作「定」。〔十二〕「謂」原本作「為」，隋樹森本未改，鄭騫本、徐沁君本、甯希元本、王季思本均已改。

〔十三〕「命我」至「之武」，王國維本脱。〔十四〕此處徐沁君本、王季思本補「（唱）」。

〔注〕①「宣命」，皇帝宣召。②「紹」，繼承。

【正宫】〔一〕【端正好】高祖般性寬洪①，文帝般心明圣，可知漢業②中興。為我不從丹詔③修書請，更道違宣命。

〔校〕〔一〕原本無宫調名【正宫】，唯王國維本未補。

〔注〕①「寬洪」，胸懷寬廣；有氣量。②「漢業」，漢朝基業。③「丹詔」，皇帝用朱筆書寫的詔書。

【滚綉球〔一〕】嚴子陵，莫不忒煞逞①。我是个道人家動不如静。休！休！我今番索通个人情。便索登，遠路程，怎禁它〔二〕礼節〔三〕相敬，豈辞勞鞍馬前行。不免的手攀明月來天闕②，我子索袖挽清風入帝京③，怎得消停。

〔校〕〔一〕「滚綉球」原本作「衮秀求」，各本均已改。〔二〕原本「它」字，各本均改作「他」。〔三〕「節」原本作「郎」，各本均已改。

〔注〕①「逞」，快意；誇耀。②「天闕」，天上宫闕，此指皇帝宫殿、朝廷。③「帝京」，京城；帝都。

【倘秀才】來了我呵鷗鷺在灘頭失驚，不見我呵漁父①在磯臺②漫等，來了我呵釣臺上青苔即漸③生。這其间柴門静悄悄，茅舍冷清清，料應。

〔注〕①「漁父」，漁夫。②「磯臺」，磚石砌成的臺階。③「即漸」，逐漸；漸漸。

【滚綉球〔一〕】柴門知它〔二〕扃①也不扃？人笑〔三〕却〔四〕是應也那不應？荒疎了俺那柳陰花徑，有賓朋來呵誰人出户相迎？到初更酒半醒，猛想起故园景，忽然感懷詩〔五〕興，對蓬窓②斜月似挑灯。香馥馥暗香浮動梅摇影，疎剌剌③翠色相交竹弄声。感旧傷情。

〔校〕〔一〕「滚綉球」原本作「衮秀求」，各本均已改。〔二〕原本「它」字，各本均改作「他」。〔三〕甯希元本「笑」改作「來」。〔四〕鄭騫本「却」改作「來」。〔五〕王國維本「詩」作一空圍。

〔注〕①「扃」，關；關門。②「蓬窓」，蓬草做成的窗户。③「疎剌剌」，狀風吹竹子聲。

【倘秀才】見旗幟上月華日精①，諕的些居民似速風②迸星〔一〕③，百般的下路④潛藏無掩〔二〕映⑤。不知您，帝王情，是怎生？

〔校〕〔一〕「星」原本作「𫝀」，隋樹森本校作「呈」并屬下句，其他各本均作「星」。〔二〕「掩」原本作「俺」，各本均已改。

〔注〕①「月華日精」，太陽星和太陰星散發出的光華。②「速風」，快速的風。③「迸星」，快速移動的星。④「下路」，路邊。⑤「掩映」，隱藏；掩藏。

【滚綉球〔一〕】這〔二〕鸞〔三〕駕却是應也不應？布衣〔四〕人却是驚也不驚？更做道①一人有慶，漢君王真恁地將鸞駕別無処施呈②。他出郭迎，俺旧伴等③，待剛來〔五〕④我根〔六〕前⑤顯耀他帝王的權柄⑥，和俺釣魚人莫不兩国相争。齊臻臻⑦戈殳鐙棒⑧當頭擺，明晃晃武士金瓜⑨夾路行。我怎敢衝〔七〕撞朝廷。

〔校〕〔一〕「滚綉球」原本作「衮秀求」，各本均已改。〔二〕「這」原本作「折」，鄭騫本、隋樹森本未改；徐沁君本作「斥」，校記云：「『斥鸞駕』即『指斥鑾輿』之意」，王季思本從徐本；甯希元本作「遮」，校記云：「即唐突天子車駕」；王國維本作「這」。按，該曲嚴子陵對漢武帝無指斥之意，今從王國維本。〔三〕原本「鸞」字，各本均改作「鑾」，下同。〔四〕「衣」原本作「氏」，隋樹森本作「民」；王國維本「布氏」校作「那民」。〔五〕「來」原本作「外」，王國維本「剛外」校作一「向」字，其他各本「外」均校作「來」，王季思本「待」改作「大」。〔六〕原本「根」字，鄭騫本、甯希元本、隋樹森本未改，其他各本均改作「跟」。〔七〕「衝」原本作「充」，各本均已改。

〔注〕①「更做道」，即使；縱使。亦作「更做」「更做到」「更則道」。②「施呈」，施展呈現。③「伴等」，夥伴；好友。④「待剛來」，大概；總之；通常。亦作「大綱來」「大剛來」。「來」，詞綴。⑤「根前」，方位詞承擔與位格標記功能，相當于後置的「對；向」。⑥「權柄」，權力。⑦「齊臻臻」，齊整整。⑧「戈殳鐙棒」，謂各種兵器。⑨「金瓜」，古代衛士所執金色銅質瓜形兵仗，可用來擊殺他人。

【倘秀才】他往〔一〕常穿一領麄布袍被我常扯的偏襟袒〔二〕領，它〔三〕如今穿着領柘黄袍①我若是輕抹着該多大來罪名。我則似〔四〕那草店上相逢時那个身命②，便和您，敘交情，做咱那伴等③。

〔校〕〔一〕「往」原本作「枉」，各本均已改。〔二〕「偏襟袒」原本作「扁禁旦」，隋樹森本、王國維本作「扁襟旦」，其他各本均作「偏襟袒」。〔三〕原本「它」字，各本均改作「他」。〔四〕徐沁君本「似」改作「是」。

〔注〕①「柘黄袍」，赤黄色的袍子，指皇袍。②「身命」，命運。③「伴等」，夥伴。

【滚綉球〔一〕】投〔二〕至①得帝業興，家業成，四边寧〔三〕静②，經了幾千場虎鬪龍争。則為我交契情③，我廣〔四〕打聽，到處裹曾問遍庶民百姓，最顯的是暮秋黄〔五〕嚴凝④。都説你須知後漢功臣力，不及滹沱一片冰。端的是鬼怕神驚。

〔校〕〔一〕「滚綉球」原本作「衮秀求」，各本均已改。〔二〕「投」原本似「接」，王國維本校作「接」，「投至得」作「接得至」。〔三〕「寧」原本作「宰」，隋樹森本作「平」，王國維本作「安」，其他各本均作「寧」。〔四〕「廣」原本作「庆」，鄭騫本作「×」，王國維本作一空圍，隋樹森本、甯希元本作「費」，徐沁君本、王季思本作「廣」。〔五〕鄭騫本據文義補「落」字，甯希元本據《禮記·月令》「草木黄落」補「落」字，徐沁君本「黄」改作「霜氣」，王國維本「黄」下補一空圍，隋樹森本未改。

〔注〕①「投至」，等到。②「四边寧静」，謂國家太平。③「交契情」，交情；友情。④「嚴凝」，嚴寒。

【脱布衫】則為你搬〔一〕調①人兩字功名，驅策〔二〕②人半世浮生。一个楚霸王拔山舉鼎，烏江岸劍抹〔三〕了咽〔四〕頸③。

〔校〕〔一〕「搬」原本作「般」，唯隋樹森本未改。〔二〕「驅策」原本作「[illegible]」，鄭騫本、甯希元本、王季思本校作「驅策」，徐沁君本校作「驅用」，隋樹森本作「軀桊」，王國維本作「軀縈」。〔三〕「抹」原本作「末」，各本均已改。〔四〕「咽」原本作「燕」，各本均已改。

〔注〕①「搬調」，慫恿；挑撥；戲弄。②「驅策」，驅使；役使。

③「咽頸」，咽喉；脖子。

【小梁州】都則[①]為耻向東吴再[〔一〕]起兵，那其間也是[〔二〕]高祖功成。道[〔三〕]賊王莽篡了龍廷[②]，有真命，文叔再中興。

〔校〕〔一〕「再」原本作「耳」，各本均已改。〔二〕「是」原本作「[illegible]」，隋樹森本校作「漢」，王國本校作「算」并删「也」字，其他各本均作「是」。〔三〕甯希元本「道」改作「到」。

〔注〕①「則」，只。②「龍廷」，朝廷；皇位。

【幺篇[〔一〕]】貧道暗暗心内自思省，建武十三年八月期程[①]。王新室有百万兵困你在昆陽陣。那其間醉魂也半輪明月，覺來時依旧照茅亭。

〔校〕〔一〕「幺篇」原本作「么」，鄭騫本、王國維本作「幺」，其他各本均作「幺篇」。

〔注〕①「期程」，時候。

【耍孩兒】自古興亡成敗皆前定，若是你不患難如何得太平。自從祖公公[①]昔日陷[〔一〕]彭城，真乃是死里逃生。不龍吟[〔二〕]怎得真龍顯？不發黑如何得曉日明？雖然您明圣，若不是云臺[②]上英雄併力[③]，你独自个孤掌難鳴。

〔校〕〔一〕「陷」原本作「㷔」，覆元槧本刻作「焰」，隋樹森本作「焰」，其他各本均作「陷」。〔二〕「龍吟」原本作「農吟」，隋樹森本未改，鄭騫本、甯希元本作「濃陰」，徐沁君本、王季思本作「龍吟」，王國維本作「濃雲」。今從徐本。

〔注〕①「祖公公」，劉邦。②「云臺」，此指漢光武帝所建高臺，用于召集群臣議事。③「併力」，合力；協力。

【四[〔一〕]煞】為民[〔二〕]樂業在家内居，為農的欣然在壟上耕，從你為君社稷安，盗賊息，狼[〔三〕]烟[①]静。九層[〔四〕]春露都恩[〔五〕]到，兩鬢秋霜何足星。百姓每家家慶，慶道是民安国泰，法正官清。

〔校〕〔一〕原本無「四」字，鄭騫本、隋樹森本未補，王國維本補「二」，其他各本均補「四」。〔二〕鄭騫本、甯希元本、王國維本補「的」字。〔三〕「狼」原本作「浪」，各本均已改。〔四〕王國維本「層」改作「重」。〔五〕王國維本「恩」字作一空圍。

〔注〕①「狼烟」，戰火，喻指戰爭。

【三煞〔一〕】休將閑事争〔二〕提，莫將席面冷，磁甌瓦钵似南陽興。若相逢不飲空歸去，我怕听陽関弟〔三〕四声①。你把這瓮〔四〕内酒休交剩。我若不令十分酩酊②，怎解咱数載离情。

〔校〕〔一〕原本無「煞」字，鄭騫本作「二煞」，隋樹森本未補，其他各本均補「煞」字。〔二〕原本「争」字，甯希元本改作「净」，王季思本删。〔三〕原本「弟」字，各本均改作「第」。〔四〕王國維本「瓮」改作「甌」。

〔注〕①「陽関弟四声」，代指離别。②「酩酊」，大醉貌。

【二煞〔一〕】你也不是我的君，我也不是你的卿，咱兩个一樽〔二〕酒罷先言定。若你万圣〔三〕主今夜还朝〔四〕去，我便〔五〕七里灘途程①來日登。又不曾更了名姓，你則是十年前沽酒刘秀，我則是七里灘垂釣的嚴陵。

〔校〕〔一〕「二煞」原本作「四」，鄭騫本作「三煞」，徐沁君本、甯希元本、王季思本作「二煞」，王國維本作「四煞」，隋樹森本未改。〔二〕原本「樽」字，徐沁君本、甯希元本改作「尊」。〔三〕原本「圣」字，鄭騫本、甯希元本改作「乘」。〔四〕「朝」原本作「[illegible]」，鄭騫本、甯希元本、王國維本均校作「朝」，徐沁君本、王季思本校作「歸」，隋樹森本校作「得」。〔五〕「便」原本作「更」，各本均已改。

〔注〕①「途程」，路程。

【〔一〕尾】您每朝聚九卿①，你須當起五更，去得遲呵着那〔二〕兩班文武在丹墀②候等。俺出家兒〔三〕③納被蒙頭，黑甜④一枕，直睡到紅日三竿猶〔四〕兀自⑤喚不的我醒。

（下）

〔校〕〔一〕徐沁君本、王季思本補「煞」字。〔二〕「那」原本似「則」，鄭騫本、甯希元本、王季思本作「則」，隋樹森本作「那」，徐沁君本、王國維本作「這」。〔三〕「兒」原本作「[illegible]」，覆元槧本刻作「東」，鄭騫本、隋樹森本校作「東」，徐沁君本、王季思本校作「來」，甯希元本校作「索」，王國維本校作「布」。按，「出家兒」習見，該劇第四折「俺出家兒散誕心腸」。〔四〕「猶」原本作「由」，各本均已改。

〔注〕①「九卿」，古代中央政府的九個高級行政長官，各代名稱不

盡相同。②「丹墀」，宫殿或祠廟的紅色臺階。③「出家兒」，出家人。④「黑甜」，狀酣睡貌。⑤「猶兀自」，還；仍。

第四折

〔一〕則想在昨都〔二〕外相見之後，便指望便回俺那七里灘去來，不想今日又請做拂塵筵席①。〔三〕

【雙調】〔四〕【新水令】屈央〔五〕着野人心直宣的我入宫來，笑刘文叔我根前〔六〕②是何相待。待剛來③則是矜誇④些金殿宇，顯耀些玉楼臺⑤，莫過〔七〕是玉殿金堦。我住的草舍茅齋，比您不曾差夫役着万民盖。

〔校〕〔一〕鄭騫本、王季思本補「（正末上云）」，徐沁君本補「（正末上，云）」，王國維本删此賓白。〔二〕「都」原本作「[illegible]」，徐沁君本校作「都」，隋樹森本校作「却」，鄭騫本、甯希元本、王季思本校作「郊」。今從徐本。〔三〕此處徐沁君本、王季思本補「（唱）」。〔四〕原本無宫調名【雙調】，唯王國維本未補，其他各本均已補。〔五〕「央」原本作「恙」，隋樹森本未改，王國維本作一空圍，其他各本均改作「央」。〔六〕「我根前」原本作「我我根」，隋樹森本未改，鄭騫本、甯希元本作「我根前」，徐沁君本、王季思本作「我跟前」，王國維本作「向我跟前」。〔七〕「莫過」原本作「末[illegible]」，徐沁君本、隋樹森本作「末過」，鄭騫本、王國維本改作「莫道」，甯希元本、王季思本作「莫過」。按，「莫過」更合語境。

〔注〕①「拂塵筵席」，接風洗塵的宴席。②「根前」，跟前，方位詞承擔與位格標記功能，相當于後置的「對」。③「待剛來」，大概；總之；通常。亦作「大綱來」「大剛來」。「來」，詞綴。④「矜誇」，誇耀。⑤「玉楼臺」，華麗的樓閣亭臺。

【喬牌兒】輦路①傍〔一〕啄緑苔，猛然间那驚怪。元〔二〕來②是七里灘朱頂仙鶴在碧云间將雪翅開，它直飛到皇宫探我來。

〔校〕〔一〕原本「傍」字，徐沁君本、甯希元本改作「旁」。〔二〕原本「元」字，鄭騫本、王季思本改作「原」。

〔注〕①「輦路」，天子車駕經過的道路。②「元來」，原來。

【掛玉鉤】〔一〕他〔二〕為甚還〔三〕闷在闌干外?〔四〕是不是我的仙鶴？若是我的

呵則不它〔五〕來。〔六〕和它那獻菓木〔七〕猿猱①也到來。我山野的心常在。俺那里水似藍，山如黛。不由我見景生情，覩物傷懷。

〔八〕俺那七里灘，好𨒛好〔九〕景致。麋鹿啣花，野猿獻菓，天灯②自見，烏鵲報曉，禽有禽言，獸有獸語。〔十〕

〔校〕〔一〕原本無該曲牌名，與上曲相連，徐沁君本、甯希元本、王季思本補。〔二〕原本「他」字，徐沁君本改作「它」，王國維本删。〔三〕「還」原本作「[illegible]」，隋樹森本、鄭騫本、王國維本作一空圍，甯希元本作「遥」，徐沁君本、王季思本作「還」。〔四〕此處鄭騫本補「（云）」，徐沁君本、王季思本補「（帶云）」。〔五〕「它」原本作「[illegible]」，鄭騫本、甯希元本、王季思本作「宜」，隋樹森本作「肯」，王國維本删，同時删「來」字。〔六〕此處徐沁君本、王季思本補「（唱）」。〔七〕徐沁君本、王國維本删「木」字。〔八〕此處徐沁君本、王季思本補「（云）」。〔九〕原本「𨒛好」，鄭騫本作「×好」，徐沁君本、甯希元本、王季思本作「過這」，隋樹森本作「多好」。〔十〕此處徐沁君本、王季思本補「（唱）」。王國維本删賓白。

〔注〕①「猿猱」，猿猴。②「天灯」，此指月亮、星星。

【滴滴金】俺那里猿猱會插手，仙鶴展翅，把人情都解①，非濁骨与凡胎②。我在緑柳堤〔一〕边，紅蓼灘頭，白蘋洲外，這其間鷗鷺疑猜〔二〕。

〔校〕〔一〕「堤」原本作「提」，各本均已改。〔二〕「疑猜」原本作「凝梢」，各本均已改。

〔注〕①「解」，明白。②「濁骨与凡胎」，即「濁骨凡胎」，指凡人濁重的身體，也指凡人、塵世之人。

【折桂令】疑猜我在釣魚灘醉倒未〔一〕回來。俺出家兒①散誕〔二〕②心腸，放浪形骸。我把您上下君臣，非是嚴光，把您花白〔三〕③。為君的緊打並〔四〕④吞伏⑤四海，爲臣的緊鋪劳日轉千堦⑥。〔五〕我説与您听，我不人才；有那等不染塵埃，不識興衰，靠嶺〔六〕偎崖，撒網擔柴，尋覓將來，則那的便是人才。

〔七〕敢也不敢？中也不〔八〕中？我问您咱。〔九〕

〔校〕〔一〕「未」原本作「未」，隋樹森本校作「來」，王國維本校作「了」，其他各本均作「未」。〔二〕「誕」原本作「旦」，王國維本作

「但」，其他各本均作「誕」。〔三〕「白」原本作「向」，王國維本删此句，其他各本均改作「白」。〔四〕徐沁君本「並」改作「併」。〔五〕鄭騫本、王季思本此處補「（帶云）」，「我説与您听」處理爲夾白。「聽」下王季思本補「（唱）」。〔六〕「嶺」原本作「領」，各本均已改。〔七〕此處鄭騫本、徐沁君本、王季思本補「（云）」。〔八〕「不」字原本空缺，各本均已補。〔九〕此處徐沁君本、王季思本補「（唱）」。王國維本删賓白。

〔注〕①「出家兒」，出家人。②「散誕」，悠閑自在；放誕不羈；不受拘束。③「花白」，搶白；奚落；譏諷。④「打並」，打拼；除去。⑤「吞伏」，吞并；使臣服。⑥「日轉千堦」，喻官職晋升極快。

【喬牌兒】脚緊抬脚慢抬，一層陌①兩層陌〔一〕。上金堦宫女將我忙扶策②，把嚴陵來休怪責。

〔校〕〔一〕兩「層陌」原本均作「增陌」，隋樹森本、甯希元本改作「層邁」，王國維本作「層陌」，其他各本均作「層驀」。徐沁君本校記云：「『驀』爲『邁』之借字。」

〔注〕①「陌」，「邁」的借字，邁步。②「扶策」，扶助。

【殿前歡】扶策的我步瑶堦①，心懷〔一〕七里灘釣魚臺。醉醺醺跳出龍門外，似草店上般東倒西歪。把我腦擥的搶將下來。這殿阁初興盖，您君臣閑耍誇胸大〔二〕。大古里②是茅茨③不剪，三尺臺堦。〔三〕倘或间④失手打破這盞兒呵〔四〕，家裏有幾个七里灘陪〔五〕得過！〔六〕

〔校〕〔一〕「懷」原本作「術」，鄭騫本、隋樹森本未改，王國維本「心術」作「四□」，其他各本「術」改作「懷」。〔二〕「耍」原本作「要」，隋樹森本未改，徐沁君本、鄭騫本、王季思本改作「耍」，該句甯希元本作「抖腰跨胸太」，王國維本作「休要夸高大」。〔三〕此處鄭騫本、徐沁君本、王季思本補「（云）」。〔四〕原本「呵」字，鄭騫本、隋樹森本、王季思本改作「呀」，鄭騫本獨立成句，隋樹森本屬上句。〔五〕原本「陪」字，各本均改作「賠」。〔六〕此處徐沁君本、王季思本補「（唱）」。王國維本删賓白。

〔注〕①「瑶堦」，宫殿中玉砌的臺階。②「大古里」，大概；總之。③「茅茨」，茅草屋的屋頂，也代指簡陋的房屋。④「倘或间」，倘

若；如果。

【水仙子】我這里輕揎①袍袖手舒開，滿飲瓊漿款〔一〕落臺，飲絶時放的穩忙加額②。比俺那使磁甌好不自在，怎如咱草店上倒〔二〕開懷。不想衡〔三〕是禍患，不知衡〔四〕是利害，暢好③拘束人也玳瑁筵④開。

〔校〕王國維本該曲改動很大，不集録。〔一〕「款」字原本左旁殘損，鄭騫本作一空圍，隋樹森本作「軟」，徐沁君本、甯希元本、王季思本作「款」。〔二〕鄭騫本「倒」下補「大」字。〔三〕〔四〕「衡」原本作「閬」，鄭騫本、隋樹森本未改，徐沁君本、甯希元本、王季思本改作「衡」。按，「衡」字是。

〔注〕①「揎」，捲起袖子露出手腕。②「加額」，雙手放置額前。舊爲禱祝儀式之一。亦用以表示敬意。（參見《漢語大詞典》）③「暢好」，正好；甚好。④「玳瑁筵」，亦作「瑇瑁筵」，指珍貴豪華的宴席。

【落梅風】我在江村裏住，肚皮里飢上來，俺則①有油鹽和的半盞野菜，食魚羹稻〔一〕飯幾曾②把桌〔二〕器③擺，幾曾這般區區將將〔三〕④大驚小怪。

〔四〕我則待回〔五〕七里灘去。〔六〕

〔校〕〔一〕徐沁君本「稻」改作「杈」。〔二〕「桌」原本作「卓」，各本均已改。〔三〕原本「區區將將」，鄭騫本作「趨趨鏘鏘」，甯希元本作「趨趨將將」。〔四〕此處鄭騫本、徐沁君本、王季思本補「（云）」。〔五〕王國維本删「回」字。〔六〕此處徐沁君本、王季思本補「（唱）」。

〔注〕①「則」，只。②「幾曾」，哪曾；不曾。③「桌器」，餐具。④「區區將將」，形容吵鬧。

【鴛鴦〔一〕煞】九經三史①文書册，壓着一千場国破山河改。富貴荣華，草介〔二〕塵埃②。唱〔三〕道③禄重官高，衡〔四〕是禍害，鳳阁龍楼④，包着成敗。您那裏是舜殿堯堦⑤，嚴光呵，則是跳出了十万丈風波是非海！

〔校〕〔一〕「鴛鴦」原本作「離亭宴」，隋樹森本、王國維本未改，其他各本均已改。〔二〕原本「介」字，唯隋樹森本未改，其他各本均改作「芥」。〔三〕徐沁君本「唱」改作「暢」。〔四〕「衡」原本作「闐」，鄭騫本、隋樹森本、王國維本未改，徐沁君本、甯希元本、王季思本改作「衡」。按，「衡」字是。

〔注〕①「九經三史」，泛指古代典籍。②「草介塵埃」，喻輕賤。「草介」同「草芥」。③「唱道」，真是；正是。亦作「暢道」。④「鳳阁龍楼」，指帝王的樓閣、宫殿。⑤「舜殿堯堦」，指堯舜的住處。

題目〔一〕　劉文叔醉隱三家店

正名　嚴子陵垂釣七里灘

新〔二〕刊関目嚴子陵七里灘全〔三〕

〔校〕〔一〕原本無「題目」，鄭騫本、徐沁君本、甯希元本、王季思本補。〔二〕原本「新」字空缺，徐沁君本、王國維本補。〔三〕尾題鄭騫本作「嚴子陵垂釣七里灘終」，徐沁君本、王國維本作「新刊關目嚴子陵七里灘全」，甯希元本作「嚴子陵垂釣七里灘雜劇終」，隋樹森本、王季思本無尾題。

古杭新刊關目輔成王周公攝政

鄭光祖

校本六種

鄭騫本：鄭騫《校訂元刊雜劇三十種》
徐沁君本：徐沁君《新校元刊雜劇三十種》
甯希元本：甯希元《元刊雜劇三十種新校》
王季思本：王季思《全元戲曲》（第四卷）
盧冀野本：盧冀野《元人雜劇全集》（第八册）
隋樹森本：隋樹森《元曲選外編》（第二册）

楔子

（微子一折〔一〕）（駕上，宣住）（正末扮太師上，開）自家姬姓，周家嫡族〔二〕，見〔三〕為太師。從先考①文王时，參預②国事。至今上武王，一同克商伐紂。官里③与諸侯會于鹿臺④，宣喚某沙〔四〕，不知有甚公事？（見駕科）（駕云）（封公了）（駕云）〔五〕陛下，當元⑤本子是吊民伐罪⑥，今來有罪的伐了，有功的賞了也〔六〕。有紂子武庚，合維般祀，若不封贈，恐失前言。（駕云了）〔七〕叔鮮去呵，是，争柰⑦兄弟性〔八〕剛，交叔処、叔度二人同去方可〔九〕。將叔鮮進〔十〕封管叔，叔度封蔡叔，叔処封霍叔，名為三監。恁地呵〔十一〕怎生？（一行下）（駕云）（〔十二〕告歸農⑧科，谢恩科〔十三〕）〔十四〕

〔校〕〔一〕「折」原本作「折」，唯盧冀野本未改。〔二〕「嫡族」原本作「的簇」，盧冀野本、隋樹森本作「的族」，其他各本均作「嫡族」。〔三〕原本「見」字，徐沁君本、甯希元本改作「現」。〔四〕原本「沙」字，徐沁君本、甯希元本改作「吵」。〔五〕〔七〕此處鄭騫本、甯希元本、王季思本補「（云）」，徐沁君本補「（正末云）」。〔六〕原本「也」字，徐沁君本改作「他」，屬下句，盧冀野本、隋樹森本「也」字屬下句。〔八〕「性」原本作「生」，各本均已改。〔九〕「同去方可」原本作「方可同去」，鄭騫本、盧冀野本、隋樹森本未乙轉。〔十〕「進」原本作簡體「尽」，各本均已改。〔十一〕「呵」原本作「何」，唯盧冀野本未改。〔十二〕此處徐沁君本補「正末」。〔十三〕此處徐沁君本補「唱」。〔十四〕王季思本補「（正末唱）」。

〔注〕①「先考」，先父。②「參預」，參與。③「官里」，皇帝。④「鹿臺」，商紂王所建高臺。⑤「當元」，當初，亦作「當原」。⑥「吊民伐罪」，慰問受苦的人民，討伐有罪的統治者，即征討有罪者以撫慰百姓。⑦「争柰」，怎奈。⑧「歸農」，罷職回鄉務農。

【仙吕】〔一〕【賞花時】滅紂主殘殷故〔二〕天，祀后稷南郊以配天。願陛下福齊天，九五①数飛龍在天②，昨日商今日周別換了一重天。〔三〕

〔校〕〔一〕原本無宮調名【仙吕】，唯盧冀野本未補。〔二〕鄭騫本、甯希元本「殷故」改作「以敬」。〔三〕此處徐沁君本、王季思本補「（下）」。

〔注〕①「九五」，指帝王。②「飛龍在天」，比喻帝王在位。

第一折

（三〔一〕叔一折）（太后云了）（駕云）（一行都云〔二〕了）〔三〕（正末秉圭①上，開）自今上踐祚②，无為而治，一十五年，王弗幸有疾弗瘳③。今築高臺三層，齋戒七日，秉圭祝册④，告於太王、王季、文王，愿以臣之身，以代主上之命。未知天意若何？暗想周家帝嚳，順时積德，至今恰正統，皆順天意人心，却不曾延其壽筭⑤！〔四〕

〔校〕〔一〕原本「三」字殘損，隋樹森本無「三」，鄭騫本作一空圍，其他各本均作「三」。〔二〕原本「云」字，徐沁君本、甯希元本改作「下」。〔三〕「三叔」至「云了」，徐沁君本、甯希元本、盧冀野本、隋樹森本置于楔子末。〔四〕此處徐沁君本、甯希元本補「（唱）」。

〔注〕①「秉圭」，手執玉圭。亦作「秉珪」。②「踐祚」，帝王登基、即位。③「瘳」，病愈。④「祝册」，帝王祭祀用的文書，此處爲動詞。⑤「壽筭」，壽數；壽命。

【仙吕】〔一〕【點絳脣】后稷躬耕①，帝堯徵聘②，封姬姓。農務興行，周業③從兹④盛。

〔校〕〔一〕原本無宫調名【仙吕】，唯盧冀野本未補。

〔注〕①「躬耕」，親自耕種。②「徵聘」，朝廷以禮徵召賢人。③「周業」，周代帝業。④「兹」，此。

【混江龍】太公〔一〕修公刘德行，岐山下市井不年成。王季立丕承〔二〕①祖考②，太伯賢遠入蛮荆③。次及西伯文王善養老，直至當今天下至〔三〕昇平。當此際紂君暴虐，廢天时殷道〔四〕難行，寵妲己貪淫律廢〔五〕，信惡來濫法極刑，建鹿臺宫為九市④，奏淫歌夜至達明，酒為池可行舟楫，肉為林不問羶腥，裸形〔六〕體去逐男女，剖心肝故殺公卿，天降灾三年不雨，民失業四海逃生。听衆口一詞可伐，會諸侯八百來盟，戊午日孟津師渡〔七〕，甲子日牧野交兵。彼紂王火中燔死，妲己氏劍下尸呈〔八〕。秉金〔九〕鉞⑤吊民伐罪⑥，偃旗〔十〕鼓衆□□□〔十一〕。陰陽再判，日月重明，万邦入貢，五谷豐〔十二〕登，家无事，国先寧，絶攙擾，得安寧。順皇〔十三〕天洗净日邊雲，与黎民去却心頭病。恰救得蒼生安息，便不能得龍体安寧。

（上壇告天科〔十四〕）〔十五〕

〔校〕〔一〕「太公」原本作「大公」，徐沁君本、王季思本改作「太王」，其他各本均作「太公」。〔二〕「承」原本作「成」，隋樹森本、盧冀野本未改，其他各本均改作「承」。〔三〕原本「下至」，徐沁君本、王季思本改作「子致」，甯希元本「至」改作「致」，其他各本未改。〔四〕「道」原本作「到」，唯盧冀野本未改。〔五〕「律廢」原本作「[illegible]」，覆元槧本刻作「[illegible]」，盧冀野本校作「肆慾」，甯希元本校作「寺廟」，其他各本均校作「肆虐」。按，各校勘意見字形均不合，今校作「律廢」，與下句「濫法極刑」語意亦合。〔六〕「形」原本作「刑」，各本均已改。〔七〕「渡」原本作「度」，徐沁君本、王季思本改作「渡」，其他各本未改。〔八〕「尸呈」原本作「尸王」，略殘損，盧冀野本作「亡生」，隋樹森本作「喪生」，甯希元本作「尸横」，其他各本均作「尸呈」。〔九〕「金」原本作「今」，各本均已改。〔十〕原本「旗」字作「[illegible]」，部件「其」簡作「七」與兩點，元刊雜劇較常見。隋樹森本、鄭騫本、盧冀野本校作「旂」，其他各本均作「旗」。〔十一〕此三字漫漶，徐沁君本、王季思本以意補作「庶歡騰」，鄭騫本、隋樹森本、盧冀野本、甯希元本作三空圍，甯希元本「衆」字亦作空圍。〔十二〕「豐」原本作「風」，各本均已改。〔十三〕「皇」原本作「黄」，唯盧冀野本未改。〔十四〕此處徐沁君本補「唱」。〔十五〕此處王季思本補「（唱）」。

〔注〕①「丕承」，很好地繼承，也指帝王承天受命。②「祖考」，祖先。③「蛮荆」，指春秋楚國地域。④「九市」，泛指熱鬧的街市。⑤「金鉞」，金斧頭。⑥「吊民伐罪」，慰問受苦的人民，討伐有罪的統治者，即征討有罪者以撫慰百姓。

【油葫芦】今日祝冊①修成將壇墠②登，心志誠，愿三天上享〔一〕降威灵。官里③无貪淫貪欲貪能〔二〕性，都子為憂民憂国〔三〕憂成病。配三才〔四〕④天地人，明三光日月星。百姓將及时甘雨把君恩並，却難〔五〕主上望長生。

〔校〕〔一〕「享」原本作「亨」，各本均已改。鄭騫本「上」改作「尚」。〔二〕徐沁君本「能」改作「成」。〔三〕甯希元本「民」「国」換位。〔四〕「才」原本作「未」，各本均已改。〔五〕「難」原本作「離」，唯隋樹森本未改。

〔注〕①「祝冊」，帝王祭祀用的文書。②「壇墠」，古代祭祀場所。築土曰壇，除地曰墠。③「官里」，皇帝。④「三才」，天、地、人。

【天下樂】点点咸①呼万歳声。今上神灵，雖圣明，不如云予仁若考②多藝能③。愿三天神意察，把吾皇壽考④增，寧可促微臣老性命。

（做折著〔一〕草⑤科〔二〕）〔三〕

〔校〕〔一〕「折著」原本作「折耆」，徐沁君本改作「揲著」，其他各本均作「折著」。〔二〕此處徐沁君本補「唱」。〔三〕此處王季思本補「（唱）」。

〔注〕①「咸」，都；皆。②「予仁若考」，出自《尚書·金縢》，我的才能像父祖一樣。③「藝能」，才能。④「壽考」，壽數；壽命。⑤「著草」，古代用來占卜的草。

【那吒令】定華夷①九鼎②，得乾坤正刑〔一〕③。恰簫〔二〕韶④九成⑤，放関雎〔三〕鄭声⑥。早春秋九令，入桑榆暮景⑦。金声⑧鳴清廟鐘〔四〕，玉振⑨響明堂磬，血食⑩列俎豆⑪犧牲。

〔校〕〔一〕原本「刑」字，盧冀野本、甯希元本改作「型」。〔二〕「簫」原本作「筲」，各本均已改。〔三〕「雎」原本作「惟」，各本均已改。甯希元本「放」改作「傚」。〔四〕「鐘」原本作「鍾」，各本均已改。

〔注〕①「華夷」，華夏民族與少數民族，代指天下。②「九鼎」，九州。③「正刑」，正常的法度。④「簫韶」，舜樂名，也泛指美妙的音樂。⑤「九成」，九闋。樂曲終止曰「成」。⑥「鄭声」，春秋鄭國音樂，泛指與雅樂不同的音樂或一般民間音樂。⑦「桑榆暮景」，指晚年時光。日落時陽光照在桑樹、榆樹枝頭，借指日暮、晚年。亦作「桑榆晚景」「桑榆之景」。⑧「金声」，鐘聲、鉦聲。⑨「玉振」，磬聲振揚。⑩「血食」，享受祭品，古代以殺牲取血爲祭，故稱。⑪「俎豆」，兩種盛食物的禮器，也用于祭祀。

【鵲踏枝】為君疾不能興，求占〔一〕卜可宜行。雖生死各尽天年，要陰陽不順〔二〕人情。比及①齊七政②璿璣玉衡③，先索推五行啟木櫃金縢④。

〔校〕〔一〕原本「占」字殘損，覆元槧本空缺，鄭騫本補「著」，盧冀野本、隋樹森本補「龜」，其他各本均作「占」。〔二〕徐沁君本按語意「順」改作「背」。甯希元本指出：「陰陽若不背人情，隨人喜惡，則失去卜卦意義。《老君堂》一折［油葫蘆］曲：『陰陽不順情，若順情有禍難』，即此意。」

〔注〕①「比及」，及至；等到。②「七政」，古代天文術語。有多種説法，一是日、月和金、木、水、火、土五星；二是天、地、人與四時；三是北斗七星。③「璿璣玉衡」，古代觀測天象的玉飾儀

器。④「金縢」，收藏書契并用金屬帶子封存的櫃子。

【寄生草】演九五①三一②数，乩〔一〕③乾元亨利貞。當元④定太初一氣剖判初〔二〕伏羲〔三〕圣，自后立六十四卦彖象〔四〕是先君定，如今折〔五〕四十九莖蓍草⑤卜當今命。果必⑥有禍福願先天无咎鬼神言，設若見吉祥是上〔六〕人有福牙推〔七〕⑦勝。

〔校〕〔一〕「乩」原本作「乩」，盧冀野本、鄭騫本校作「排」，徐沁君本、甯希元本作「兆」，隋樹森本、王季思本作「乩」。按，「乩」有「占卜」義，與「演」對舉。〔二〕原本「初」字，徐沁君本、甯希元本改作「爲」。〔三〕「羲」原本作「義」，唯盧冀野本未改。〔四〕「彖象」原本作「彖」和一重文符號，隋樹森本、盧冀野本作「録二」，徐沁君本、鄭騫本、王季思本作「彖象」，甯希元本作「彖彖」。〔五〕徐沁君本「折」改作「揲」。〔六〕徐沁君本、甯希元本、王季思本改作「主」。徐沁君本指出「主人有福牙推勝」是當時成語。〔七〕原本「牙推」殘損，鄭騫本、隋樹森本、盧冀野本作「□惟」，其他各本均作「牙推」。

〔注〕①「九五」，本爲《易》卦爻位名，九是陽爻，五是從下向上第五位。《易》乾卦：「九五，飛龍在天，利見大人。」「九五」，代指帝王。②「三一」，天一、地一、太一三神。③「乩」，占卜。④「當元」，當初，亦作「當原」。⑤「蓍草」，占卜用的草。⑥「果必」，果然；果真。⑦「牙推」，亦作「衙推」，指醫、卜、星、算等術士。

（云）卜了三卦，未知卦象若何？（到太廟科，做開金縢看卜兆書科）（外上宣了）（〔一〕做將文冊同卜兆書一發①放在金縢櫃中了，出來科〔二〕）嗨!〔三〕不想貪慌〔四〕，將先天祝冊錯放在金縢中，待取去，争柰②宣喚緊！日後〔五〕再取也不妨。（虛下）（駕上，云住）（〔六〕見駕科）（駕又云）

〔校〕〔一〕此處徐沁君本補「正末」。〔二〕此處徐沁君本、王季思本補「云」。〔三〕「嗨」原本作「海」，鄭騫本、王季思本未改，其他各本均改作「嗨」。〔四〕「慌」原本作「荒」，隋樹森本、盧冀野本未改，其他各本均改作「慌」。〔五〕「後」原本作「去」，隋樹森本、盧冀野本未改，其他各本均改作「後」。〔六〕此處徐沁君本補「正末」。

〔注〕①「一發」，一起；一同。②「争柰」，怎奈。

【幺篇〔一〕】陛下放心。〔二〕不足以為天異，何劳的苦圣情。陛下夢身穿赤〔三〕色是周家正，陛下見天分乾象①為文章盛，陛下謊地開坤宙主烟塵②净。太陰③昏被日奪了東海月華明，帝星④无為雲遮了北斗杓兒柄。（駕云了）〔四〕

〔校〕〔一〕「幺篇」原本作「么」，盧冀野本未改，隋樹森本、鄭騫本作「幺」，其他各本均作「幺篇」。〔二〕徐沁君本、王季思本「陛下放心」置于該曲牌前科介後。鄭騫本「陛」上補「（云）」。〔三〕「赤」原本作「小」，盧冀野本、隋樹森本、鄭騫本未改，其他各本均作「赤」。徐沁君本校記云：「古代五行相勝學説，周以『火氣勝』，『色尚赤』（參見《吕氏春秋·應同篇》）。本曲故説『赤色』爲『周家正（色）』也。」〔四〕此處徐沁君本、王季思本補「（正末唱）」。

〔注〕①「乾象」，天象。②「烟塵」，代指戰争。③「太陰」，太陰星；月神。④「帝星」，古星名，也稱天帝、紫微星，象征帝王。

【六幺序〔一〕】不争①俺弃却周天下〔二〕，永別離老弟兄〔三〕，交誰憂念四海生灵。鳳凰雛羽未全成，犁牛子角未能騂。然如此把後朝遺囑〔四〕的分明，耳边听口不住稱神圣，臣唯能喏喏②連声。臨大節怎敢違尊命，欽依聖教，死效〔五〕愚誠。

〔校〕〔一〕「幺序」原本作「么令」，隋樹森本作「幺令」，鄭騫本、王季思本作「么序」，盧冀野本作「么令」，徐沁君本、甯希元本作「幺序」。〔二〕徐沁君本「下」改作「子」。〔三〕「弟兄」原本作「兄弟」，唯盧冀野本未乙轉。〔四〕「遺囑」原本作「遣祝」，盧冀野本、隋樹森本未改，其他各本均改作「遺囑」。〔五〕鄭騫本、甯希元本「效」改作「後」。

〔注〕①「不争」，不料；不想；想不到。②「喏喏」，應答聲。

【幺篇〔一〕】臣雖無能，輔朝廷，寄命①叮嚀，密旨親听，社稷重興。付能臣支撑，忠信難憑，天地為盟，上有蒼冥〔二〕②。倘或天不容吾皇駕崩！〔三〕陛下放心！〔四〕這公事便索行。臨至日若是上下交征，内外差争③，老微臣怎地施行？（駕与劍了）〔五〕這劍斬〔六〕不臣，夷背逆，誅讒佞④。圣旨道无鸾〔七〕駕⑤如朕親行。臣既能如此持威柄，其教不嚴而治，其政不肅而成。

（辞駕科〔八〕）〔九〕

〔校〕〔一〕「幺篇」原本作「么」，盧冀野本未改，隋樹森本、鄭騫本作「幺」，其他各本均作「幺篇」。〔二〕「蒼冥」鄭騫本、隋樹森本、盧冀野本改作「滄溟」。〔三〕此處鄭騫本、徐沁君本、王季思本補「（帶云）」。〔四〕此處徐沁君本補「（唱）」。〔五〕此處徐沁君本補「（正末唱）」。〔六〕「斬」原本殘損，盧冀野本、隋樹森本、鄭騫本作「折」，其他各本均作「斬」。〔七〕原本「鸾」字，各本均改作「鑾」。〔八〕此處徐沁君本補「唱」。〔九〕此處王季思本補「（唱）」。

〔注〕①「寄命」，以重任相托。②「蒼冥」，蒼天。③「差争」，争執。④「讒佞」，讒臣；佞臣。⑤「鸾駕」，天子車駕，亦代指帝王。亦作「鑾駕」。

【賺尾〔一〕】恰①把密旨暗中傳，不想大事須臾②定。臣怎敢使赤子匍匐〔二〕③入井？〔三〕臣該万死！〔四〕怎敢當篡位奪權惡罪名！它〔五〕小子〔六〕④小神武文明。此件事不為輕，怎敢諂諛⑤龍情？臣依着天道人心順处行。（駕云了）〔七〕且休问人心怎生，現〔八〕如今天心先應。〔九〕臣夜觀乾象⑥，不見別，〔十〕見明滴溜照東宫一點紫微星⑦。

（駕云了）（下）

〔校〕〔一〕原本「尾」字，徐沁君本、甯希元本、王季思本改作「煞」。〔二〕「匍匐」原本作「匐」和一重文符號，鄭騫本、甯希元本、王季思本作「匐匍」，其他各本均作「匍匐」。〔三〕此處鄭騫本、徐沁君本、王季思本補「（帶云）」。〔四〕此處徐沁君本補「（唱）」。〔五〕原本「它」字，各本均改作「他」。〔六〕原本「子」字，隋樹森本未改，盧冀野本作「衹」，其他各本均改作「則」。按，「子」同「衹」「則」，可不改。〔七〕此處徐沁君本、王季思本補「（正末唱）」。〔八〕「現」原本作「見」，鄭騫本、盧冀野本、隋樹森本未改，其他各本均改作「現」。〔九〕此處鄭騫本、徐沁君本、王季思本補「（帶云）」。〔十〕此處徐沁君本補「（唱）」。

〔注〕①「恰」，剛；正好。②「須臾」，極短的時間。③「匍匐」，

爬行。④「子」，則；是。⑤「諂諛」，諂媚阿諛。⑥「乾象」，天象。⑦「紫微星」，帝星，象征帝王。

第二折

（衆哭上了）（打請住）（正末扮上了〔一〕）自商君无道，暴殄天物①，害虐烝民②，為天下逋③逃主，萃淵藪④。綏〔二〕厥士女，惟其士女，篚〔三〕厥玄黄，昭我周王。自伐紂之後，大賢于四海，而万姓服悦⑤。列爵惟五，分土惟三，建官惟賢，位事〔四〕惟能，重民〔五〕五教，惇〔六〕信明〔七〕義，崇德报功，垂拱而天下治⑥。豈想有今日！〔八〕

〔校〕〔一〕此處徐沁君本、王季思本補「云」。〔二〕「綏」原本作「腰」，隋樹森本、盧冀野本、鄭騫本作「要」，其他各本均作「綏」。徐沁君本校記云：「今據《書·武成》改。」〔三〕「篚」原本作「匪」，隋樹森本、盧冀野本、鄭騫本未改，其他各本均據《書·武成》改作「篚」。〔四〕「事」原本作「士」，隋樹森本、盧冀野本、鄭騫本未改，其他各本均據《書·武成》改作「事」。〔五〕「民」原本作「為」，隋樹森本、盧冀野本、鄭騫本未改，其他各本均據《書·武成》改作「民」。〔六〕「惇」原本作「淳」，隋樹森本改作「諄」，盧冀野本改作「敦」，鄭騫本未改，其他各本均據《書·武成》改作「惇」。〔七〕「明」原本作「民」，隋樹森本、盧冀野本、鄭騫本未改，其他各本均據《書·武成》改作「明」。〔八〕此處徐沁君本、王季思本補「（唱）」。

〔注〕①「暴殄天物」，任意糟蹋、浪費東西，不知珍惜。②「烝民」，人民；民衆；百姓。③「逋」，逃亡；流亡。④「淵藪」，某類人或事物聚集的地方。⑤「服悦」，發自内心地服從、佩服。⑥「垂拱而天下治」，毫不費力地治理國家。「垂拱」，袖手，形容不費力氣。

【中吕】〔一〕【粉蝶兒】想衆口嗷嗷，苦①殘殷紂王无道，昨日致師②于牧野商郊。一戎〔二〕衣，天下定，宣明王教。怎生便鳳返丹霄③！哭一声痛連心血流七竅！

〔校〕〔一〕原本無宫調名【中吕】，唯盧冀野本未補。〔二〕「戎」原本作「戒」，各本均已改。

〔注〕①「苦」，很；極。程度副詞。②「致師」，挑戰。③「鳳返丹霄」，喻帝王去世。

【醉春風】當初成大業建元[①]疾，今日弃臣民歸去早。无為而治数十年，陛下今日早了？俺幾時了？直等立新君呵了。恰葬罷山陵，索問乎国政，定其尊号[②]。

（相見了）（[一]云了）[二]

〔校〕〔一〕此處徐沁君本補「小駕」。〔二〕此處徐沁君本、王季思本補「（正末唱）」。

〔注〕①「建元」，建國；開國後首次建立年號。②「尊号」，此指帝王去世後確定的稱號。

【迎仙客】今日冊[①]東宮[②]登宝位，代[一]先帝拜南郊。（[二]云了）[三]听言絶擗踴[③]一声險氣倒。然如此省艱難，怕**忔㒓**[四][④]的成病了。殿下！這孝子心難學，將柰何周宗廟。（[五]駕云了）[六]

〔校〕〔一〕「代」原本作「伐」，各本均已改。〔二〕此處徐沁君本補「小駕」。〔三〕此處徐沁君本補「（正末唱）」。〔四〕甯希元本「**忔㒓**」改作「乞良」。〔五〕此處徐沁君本補「小」。〔六〕此處徐沁君本、王季思本補「（正末唱）」。

〔注〕①「冊」，冊立，此指新君正式登基。②「東宮」，代指太子。③「擗踴」，形容極度悲傷。「擗」，以手捶胸。「踴」，以脚頓地。④「**忔㒓**」，悲痛；凄凉。

【上小樓】誰不知商均[①]德[一]薄[二]，都子為丹朱[②]不肖[③]。殿下仁勝殷湯，賢㑭虞姚[三]，德似唐堯。見[四]如今，獄訟彰，盼望着黎民歌樂。殿下踐皇基[④]正是用天之道。

〔校〕〔一〕「均德」原本作「君得」，盧冀野本、隋樹森本作「均得」，其他各本均作「均德」。〔二〕盧冀野本、隋樹森本「薄」作「濤」。〔三〕此四字盧冀野本作四空圍。〔四〕徐沁君本、甯希元本「見」改作「現」。

〔注〕①「商均」，舜之子。②「丹朱」，唐堯之子。③「不肖」，無德；不賢德。④「皇基」，帝王的基業。

【幺篇[一]】習先考[①]能用[二]賢，學文王善養老。自然配却三才[②]，應却三台〔三〕③，竄却三苗④。但凡事謹守着，父之道，别无德教。子這的是普天之下太平之兆。

(小駕待接大礼〔四〕讓科〔五〕)〔六〕

〔校〕〔一〕「幺篇」原本作「么」，盧冀野本未改，隋樹森本、鄭騫本作「幺」，其他各本均作「幺篇」。〔二〕「用」原本作「田」，各本均已改。〔三〕「台」原本作「合」，徐沁君本、甯希元本改作「台」。徐沁君本校記云：「三台，星名。古人認爲：在天爲三台，在人爲三公。故本曲言『應却三台』。」〔四〕此處徐沁君本、王季思本補「（正末)」。〔五〕此處徐沁君本補「唱」。〔六〕此處王季思本補「（唱)」。

〔注〕①「先考」，先父。②「三才」，天、地、人。③「三台」，星名。④「三苗」，古國名。

【滿庭芳】臣合當金瓜①碎腦。君再讓八般大礼，臣索跳九鼎油鑊②。若論着安天〔一〕治国非臣功效，是兩班文武大小官僚。(〔二〕駕云了)〔三〕不干臣事。〔四〕召公奭扶持的乾坤定天清地濁，畢公皋夔〔五〕理的陰陽③正雨順風調。若論着順有道伐无道，〔六〕戊午日兵臨孟水，甲子日血浸朝歌，〔七〕亏負着吕望六韜④。(小駕云了)〔八〕更是枉〔九〕了它〔十〕歸蓑衣不換柘黄袍⑤。

(小駕云了)(正末〔十一〕帶劍做住了〔十二〕)〔十三〕

〔校〕〔一〕徐沁君本、甯希元本、王季思本「天」改作「邦」。〔二〕徐沁君本補「小」字。〔三〕此處鄭騫本補「（云)」，徐沁君本、王季思本補「（正末云)」。〔四〕此處徐沁君本補「（唱)」。〔五〕「皋夔」原本作「皋泄」，盧冀野本作「皋夔」，鄭騫本作「皋夔」，其他各本均改作「高夔」。〔六〕此處鄭騫本、徐沁君本、王季思本補「(帶云)」。〔七〕此處徐沁君本補「(唱)」。〔八〕此處徐沁君本補「（正末唱)」，王季思本補「（正末帶云)」。〔九〕鄭騫本、盧冀野本、隋樹森本「枉」誤作「任」。鄭騫本、盧冀野本「更是任了」爲科介。〔十〕原本「它」字，各本均改作「他」。〔十一〕此處徐沁君本、王季思本補「正末」。〔十二〕此處徐沁君本補「唱」。〔十三〕此處王季思本補「（唱)」。

〔注〕①「金瓜」，古代衛士所執金色銅質瓜形兵仗，可用來擊殺他

人。②「九鼎油鑊」，大油鍋，此處用于刑罰。③「燮理陰陽」，調和陰陽，喻指大臣扶助皇帝治國理事。④「吕望六韜」，「吕望」指姜太公，名尚，字子牙，號飛熊，傳説他著有軍事類著作《六韜》。⑤「柘黄袍」，赤黄色的袍子，指皇袍。

【普天樂】龍椅上，緊扶着，大小官員，揚塵舞蹈①。若有个敢喧呼②的正犯新条③，依班次休怠〔一〕慢分毫。百官每听処分④一齊的忙呼噪⑤，扶持着有德的君王誰敢違拗。不是請〔二〕來的先君劍利水吹毛⑥，它〔三〕子索封侯拜爵，稱臣上表，列土〔四〕分茅〔五〕⑦。

〔校〕〔一〕「怠」原本作「待」，盧冀野本、隋樹森本未改。〔二〕「請」原本作「倩」，唯鄭騫本未改。〔三〕原本「它」字，各本均改作「他」。〔四〕「土」原本作「上」，各本均已改。〔五〕「茅」原本作「毛」，各本均已改。

〔注〕①「揚塵舞蹈」，舞蹈名，用于祭祀天、地、神，是最隆重的禮儀。②「喧呼」，喧鬧喊叫。③「新条」，新法律；新律條。④「処分」，吩咐；指揮。⑤「呼噪」，喧嚷；歡呼。亦作「呼譟」。⑥「吹毛」，謂刀劍鋒利。⑦「列土分茅」，天子將土地分封給諸侯、功臣，分封時授予用泥土裹著的白茅，故稱。

（小駕云了）〔一〕今日皇天眷佑，陛下合①継万世无疆之祚②，誰敢不從。若有不依命者，自有常典！（等衆呼噪③了，做住）（太后上）〔二〕雖然大事定，一喜一悲。〔三〕

〔校〕〔一〕〔二〕此處鄭騫本、甯希元本補「（云）」，徐沁君本、王季思本補「（正末云）」。〔三〕此處徐沁君本、王季思本補「（唱）」。

〔注〕①「合」，應當；應該。②「祚」，皇位；帝位。③「呼噪」，喧嚷；歡呼。亦作「呼譟」。

【耍孩兒】悲呵悲定寰區〔一〕①的聖主歸天早，喜呵喜継万世君王定了。休道人，子這天无語垂象也報〔二〕斯民②，便陰陽二氣和調。先君崩愁云冷霧迷坤宙〔三〕③，新君立和氣春〔四〕風滿市朝。臣不敢奉先君詔。德不及夔龍禹稷，才不及伊尹皋陶。

〔校〕〔一〕「區」原本作「匡」，盧冀野本、隋樹森本未改，其他各本均改作「區」。〔二〕鄭騫本「報」作「×」。〔三〕鄭騫本「宙」

改作「軸」。〔四〕「春」原本作「看」，各本均已改。

〔注〕①「寰區」，天下；人世間。②「斯民」，百姓。③「坤宙」，宇宙；世界。

【幺篇〔一〕】便交臣身居冢宰①為阿保②，這一遍公徒③也不小。知它〔二〕蒙先君寄命④托微臣，不知的道有心待窺〔三〕伺皇朝。休將軍国咨臣下，能把文章教尔曹⑤。（太后云了）（〔四〕做不穩科〔五〕）臣坐子〔六〕⑥坐把不定心頭跳。伴君王坐朝问道，把微臣立草為標⑦。

〔七〕臣欽依先君遺命，有所不免，忝當此位。有幾件合行的公〔八〕事，最爲急务。這其間行呵，正是敬〔九〕一人而千万人悦。（〔十〕后云了）〔十一〕

〔校〕〔一〕「幺篇」原本作「么」，盧冀野本未改，隋樹森本、鄭騫本作「幺」，其他各本均作「幺篇」。〔二〕原本「它」字，各本均改作「他」。〔三〕「窺」原本作「歸」，各本均已改。〔四〕此處徐沁君本、王季思本補「正末」。〔五〕此處徐沁君本、王季思本補「唱」。〔六〕原本「子」字，隋樹森本、徐沁君本、王季思本改作「則」，盧冀野本改作「祇」，鄭騫本、甯希元本未改。按，「子」同「則」「祇」，不必改。〔七〕此處鄭騫本、徐沁君本、王季思本補「（云）」。〔八〕「公」原本作「工」，各本均已改。〔九〕原本「敬」字，盧冀野本、隋樹森本、徐沁君本、王季思本改作「儆」。按，「敬」字無誤，不能改作「儆」。「儆」同「警」，指警告、使警醒，該句非此義。〔十〕除鄭騫本，其他各本均補「太」字。〔十一〕此處徐沁君本、王季思本補「（正末唱）」。

〔注〕①「冢宰」，即太宰，周官名，爲六卿之首。②「阿保」，保護養育。③「公徒」，刑罰。④「寄命」，以重任相托。⑤「尔曹」，你們；你輩。⑥「子」，則；是。⑦「立草為標」，代指軍令、軍紀嚴明。

【三煞】不肖①呵〔一〕雖近族呵削了大權，賢仁的雖草澤②呵加与重爵。正韶樂〔二〕，明周礼，開學校。一壁③交有司④家削減的刑罰省，一壁交関市⑤处徵收的稅斂薄。釋了故殺⑥，饒了強盜。濟貧困不敢侮於鰥寡，免差徭⑦而況取於逋逃⑧。

〔校〕〔一〕鄭騫本「呵」改作「的」。〔二〕原本無「樂」字，徐沁君本、王季思本補。甯希元本「韶」上補「簫」。今從徐本。

〔注〕①「不肖」，無德；不賢德。②「草澤」，喻地位低微。③「一壁」，一邊；一方面。④「有司」，有關部門。⑤「関市」，邊關的交易市場。⑥「故殺」，故意殺害他人的罪犯。⑦「差徭」，差役；徭役。⑧「逋逃」，流亡；逃亡。

【二煞】從今后剗地①拖帶着一身疾病，從今後剗地使作②的心碎了，從今後剗地學舜之徒孳孳為善從頭鷄兒叫，從今後剗地為宗庙呵春秋祭祀周三祖，從今后剗地憂天下呵日夜思量計万条。臣不得已，非心樂。剗地似臨深淵般兢兢〔一〕戰戰，履薄冰般怯怯喬喬③。

〔校〕〔一〕甯希元本「兢兢」改作「竞竞」。

〔注〕①「剗地」，反倒；反而。②「使作」，作弄；擺布。此指勞累。③「怯怯喬喬」，膽小、謹慎、拘謹、驚恐貌。亦作「怯怯僑僑」。

【〔一〕尾】宣化①的臣民〔二〕内外服，將傍②的君王壽数高。等天子將攝行③的国事親臨却，微臣报国忠心恁时了。

（下）

〔校〕〔一〕徐沁君本補「煞」字。〔二〕「民」原本作「反」，盧冀野本、隋樹森本改作「僚」，其他各本均作「民」。

〔注〕①「宣化」，宣傳教化。②「將傍」，扶持。③「攝行」，代理行使職權。

第三折

（管叔一折）（召公夾云）（駕云了）（正末上了，開）自先君在日，攝行①天子事。這些时官里②坐於御榻，某侍坐於天子之側，名曰抱孤攝政。官里坐朝，索走一遭去。想攝政以來，天下皆為奉行先君之業。〔一〕

【越調】【鬥鵪鶉】〔二〕從先帝升遐〔三〕③，當今嗣国，宗祀明堂，歌謠〔四〕④圣德，誦〔五〕堯典微言，達洪〔六〕範至理，寄命⑤时托柱〔七〕石，抱孤的慎鼎彝⑥，化⑦被⑧蒿萊⑨，仁沾動植⑩。

〔校〕〔一〕此處徐沁君本、王季思本補「（唱）」。〔二〕原本無曲牌名【鬥鵪鶉】，各本均已補。〔三〕「遐」原本作「霞」，各本均已改。〔四〕徐沁君本「謡」改作「謳」。〔五〕「誦」原本作「訟」，盧冀野本、隋樹森本未改，其他各本均改作「誦」。〔六〕「洪」原本作「紅」，各本均已改。〔七〕「柱」原本作「桂」，各本均已改。

〔注〕①「攝行」，代理行使職權。②「官里」，皇帝。③「升遐」，去世。④「歌謡」，歌頌；歌唱。⑤「寄命」，以重任相托。⑥「鼎彝」，古代宗廟中的祭器。⑦「化」，教化。⑧「被」，覆蓋。⑨「蒿萊」，野草；雜草。⑩「動植」，動植物。

【紫花兒序〔一〕】奏武樂[①]一人有慶，拜旒冕〔二〕[②]万国咸臻，偃[③]兵戈四海无敵。恐民乱攝行[④]国事，為君幼權典樞機[⑤]。但將傍[⑥]的它〔三〕朝夕，歸政与君王就臣位，便是我孝當竭力。上不愧〔四〕三廟[⑦]威灵，下不欺九土〔五〕[⑧]黔黎[⑨]。

（見駕了）（〔六〕云了）〔七〕

〔校〕〔一〕「紫花兒序」原本作「子花序」，各本均已改，鄭騫本無「兒」字。〔二〕徐沁君本「旒冕」乙作「冕旒」。〔三〕原本「它」字，各本均改作「他」。〔四〕「愧」原本作「鬼」，鄭騫本作「媿」，其他各本均作「愧」。〔五〕「土」原本作「去」，盧冀野本未改，甯希元本改作「曲」，其他各本均改作「土」。〔六〕此處徐沁君本補「駕」字。〔七〕此處徐沁君本補「（正末唱）」，王季思本補「（唱）」。

〔注〕①「武樂」，歌頌武功的舞樂，與「文樂」相對。②「旒冕」，帝王上朝戴的禮帽，代指帝王。③「偃」，停止。④「攝行」，代理行使職權。⑤「樞機」，事物的關鍵部分，代指中央政權的機要部門、職位。⑥「將傍」，扶持。⑦「三廟」，古代大夫爲祖先所立的廟。⑧「九土」，九州；天下。⑨「黔黎」，百姓。

【小桃紅】微臣冠服衮冕〔一〕[①]執桓圭[②]，坐休近蟠〔二〕龍椅[③]，它〔三〕每北面而朝能可南面立。臣恐失尊卑，將无能冢〔四〕宰[④]權休罪。第一來曾奉的先君聖敕，第二來見〔五〕佐着當今皇帝〔六〕。〔七〕若不如此，〔八〕怎敢看穩拍拍〔九〕[⑤]文武兩班齊。

（太公云了）〔十〕太公休胡說！国家别觑谁？〔十一〕

〔校〕〔一〕「冕」原本作「免」，各本均已改。〔二〕「蟠」原本作「半」，盧冀野本、隋樹森本未改，其他各本均作「蟠」。〔三〕原本「它」

字，各本均改作「他」。〔四〕「冢」原本作「家」，各本均已改。〔五〕徐沁君本、甯希元本「見」改作「現」。〔六〕「帝」原本作「○」，各本均已改。〔七〕此處徐沁君本補「（帶云）」。〔八〕此處徐沁君本補「（唱）」。〔九〕「拍拍」原本作「怕」和一重文符號，盧冀野本作「怕怕」，其他各本均作「拍拍」。〔十〕此處徐沁君本、王季思本補「（正末云）」。〔十一〕此處徐沁君本、王季思本補「（唱）」。

〔注〕①「冠服衮冕」，指穿戴好朝服。②「桓圭」，古代公爵所持的圭。③「蟠龍椅」，帝王的龍椅。④「冢宰」，即太宰，周官名，爲六卿之首。⑤「穩拍拍」，穩穩地；穩當貌。亦作「穩丕丕」。

【雪里梅】為甚不交你皓首退朝歸？似你般白髮故人稀①。能可②你贊拜休名③，逸居〔一〕免跪，凡事便宜。

〔校〕〔一〕原本「逸居」，徐沁君本、甯希元本改作「進殿」。

〔注〕①「白髮故人稀」，人老後親友逐漸减少。②「能可」，寧可。③「贊拜休名」，即「贊拜不名」，臣子朝拜帝王時，贊禮的人不直呼其姓名，只稱官職。這是帝王給予大臣的一種特殊禮遇。「贊拜」，古代舉行朝拜、祭祀、婚禮儀式時，由贊導的人在旁唱導行禮。（參見《漢語大詞典》）

【鬼三台】陛下道他當日，执輪〔一〕竿①為活計。早忘了戊午日兵臨孟水，甲子日勝商紂一戎衣，奪与咱江山社稷。陛下道微臣恋它〔二〕子甚的？咱家里太公望子之久矣。它未常〔三〕離先帝玉輅車②中，它〔四〕須曾到文王非〔五〕熊③夢里。

（召〔六〕奏有諫章了）（宣净了）（做住）〔七〕

〔校〕〔一〕原本「輪」字，唯盧冀野本未改，其他各本均改作「綸」。〔二〕〔四〕原本「它」字，各本均改作「他」。〔三〕原本「常」字，盧冀野本、隋樹森本未改，其他各本均改作「嘗」。按，可不改。〔五〕原本「非」字，盧冀野本、隋樹森本、甯希元本改作「飛」。〔六〕盧冀野本、徐沁君本、甯希元本、王季思本補「公」字。〔七〕此處徐沁君本、王季思本補「（正末唱）」。

〔注〕①「輪竿」，一種釣竿。②「玉輅車」，玉輦，是天子所乘的有玉飾的車輦，故稱。③「非熊」，吕尚；姜太公。

【金蕉葉】末不①誰把賢門閉塞，為甚把鑾輿〔一〕②指斥〔二〕③？你快說離却淮夷的日期。(净云了)〔三〕既不到淮夷，怎知這背反朝廷的信息？(净云了)〔四〕

〔校〕〔一〕原本「鸞」字，盧冀野本、隋樹森本未改，其他各本均作「鑾」。「輿」原本作「與」，各本均已改。〔二〕「指斥」原本作「咫尺」，盧冀野本、隋樹森本未改，其他各本均已改。「指斥鑾輿」，指摘、斥責帝王。類似説法還有「指斥乘輿」「指斥朝廷」「指斥陛下」「指斥至尊」「指斥宫闈」「指斥宫禁」等。〔三〕此處徐沁君本補「（正末唱）」。〔四〕此處徐沁君本、王季思本補「（正末唱）」。

〔注〕①「末不」，難道是。②「鑾輿」，天子的車駕，亦作「鑾輿」，代指帝王。③「指斥」，指摘、斥責。

【調笑令】客旅①每报知，這的是真实，可知道路上行人口勝碑。我子為君王幼小權監国，除此外别无它〔一〕意。〔二〕公〔三〕將不利於孺子！〔四〕慌〔五〕向丹墀②内俯伏呼万歳，臣死无葬身之地。

〔校〕〔一〕原本「它」字，各本均改作「他」。〔二〕此處鄭騫本、徐沁君本、王季思本補「（帶云）」。〔三〕「公」原本作「工」，各本均已改。〔四〕此處徐沁君本補「（唱）」。〔五〕「慌」原本作「荒」，各本均已改。

〔注〕①「客旅」，對宰輔的敬稱。②「丹墀」，宫殿或祠廟的紅色臺階。

【禿厮兒】臣子是為冢宰①安邦治国，怎敢道欺幼主立位登基，愿君王表白臣所為。免令的，小民每，猜疑。

〔注〕①「冢宰」，即太宰，周官名，爲六卿之首。

【圣藥王】君也頭不擡，文武每①口難啟。恁地呵老微臣不死是為賊。臣委实无此心，到如今說甚的。尽忠心有口怎分析〔一〕②？惟有老天知。(太后云)〔二〕乞將臣分付③於有司④者⑤！〔三〕

〔校〕〔一〕「析」原本作「折」，盧冀野本、徐沁君本未改，其他各本均改作「析」。〔二〕此處徐沁君本、王季思本補「（正末云）」。〔三〕此處徐沁君本、王季思本補「（唱）」。

〔注〕①「每」，們，複數標記。②「分析」，辯解；申辯。③「分

付」，交付。④「有司」，有關部門。⑤「者」，祈使語氣詞。

【麻郎兒〔一〕】事既該十惡大逆，罪合當①万剮〔二〕凌持〔三〕②。愿把臣全家監籍〔四〕③，乞將臣九族④誅夷⑤。

〔校〕〔一〕原本無「兒」字，各本均已補。〔二〕「剮」原本作「則」，各本均已改。〔三〕原本「持」字，各本均改作「遲」。〔四〕盧冀野本「籍」改作「禁」。

〔注〕①「合當」，該當；應當。②「凌持」，即「凌遲」，古代酷刑。③「監籍」，監禁籍没。④「九族」，以自己爲本位，上推至四世之高祖，下推至四世之玄孫爲九族。（參見《漢語大詞典》）⑤「誅夷」，誅殺；殺死。

【幺篇〔一〕】恁地、却依、正理，壞①了臣於法合宜，壞了臣於民有益〔二〕，不壞臣於君不利。

〔校〕〔一〕「幺篇」原本作「么」，盧冀野本未改，隋樹森本、鄭騫本作「幺」，其他各本均作「幺篇」。〔二〕「益」原本作「盃」，各本均已改。

〔注〕①「壞」，此指殺死。

【絡絲〔一〕娘】若不壞呵三千里流言怎息？若不壞呵如今武庚助紂作業①。管叔又背乱為非，蔡叔將軍儲②供給，霍叔又戈甲相隨。〔二〕踏〔三〕踐③東土，震動京畿④，怎柰何四五処烟塵⑤並起。謝太后和君王赦臣无罪，若〔四〕謝恩了敢⑥虛做了真实。

（〔五〕后云了）〔六〕

〔校〕〔一〕「絡絲」原本作「各糸」，各本均已改。〔二〕此處徐沁君本補【幺篇】。按，該曲【絡絲娘】有增句，無【幺篇】。【絡絲娘】有【幺篇】，但極少使用。【絡絲娘】正格四句，【幺篇】同。若補【幺篇】，應共八句，然該曲共十句。據曲譜，【絡絲娘】第二句下可增四字句三句至六句。據此，「管叔」至「並起」六句爲增句，首尾各二句爲本格。〔三〕「踏」原本作「查」，盧冀野本、隋樹森本作「踏」，其他各本均作「踏」。〔四〕鄭騫本「若」改作「告」，「告謝恩了」處理爲科介。〔五〕此處徐沁君本、甯希元本、王季思本補「太」字。〔六〕此處徐沁君本、王季思本補「（正末唱）」。

〔注〕①「作業」，作孽。②「軍儲」，軍需物資。③「躂踐」，踏；踩。④「京畿」，京城及周邊地區。⑤「烟塵」，代指戰爭。⑥「敢」，可能。

【東原樂】微臣當辞位，宜弃職，乞放殘骸歸田里。娘娘道不放微臣出宫圍〔一〕①，進退兩難為。微臣叩頭出血，免冠②請罪。

（太后取水盆了）

〔校〕〔一〕原本「圍」字，鄭騫本作「幃」，其他各本均作「闈」。

〔注〕①「宫圍」，即「宫闈」，皇宫。②「免冠」，脱帽；摘帽。表示謝罪。

【綿搭絮】〔一〕為甚把金盆約退，非敢把懿旨①相違。〔二〕微臣身沾〔三〕着罪惡，點污尽忠直。濯呵濯得了腮边血污，滌呵滌得净面上塵灰。娘娘！子這緑水何曾洗是非，白首无堪問鼎彝〔四〕②。見〔五〕如今内外差池③，事難行〔六〕當恁的。

（召〔七〕云三监了）（駕怒了）〔八〕

〔校〕〔一〕原本【綿搭絮】在「塵灰」下「娘娘」上，盧冀野本、隋樹森本未改。〔二〕「為甚」至「相違」，徐沁君本屬上一曲。其他各本該曲均如上所示。〔三〕「沾」原本作「洽」，盧冀野本、隋樹森本未改，其他各本均作「沾」。〔四〕「彝」原本作「不」，盧冀野本、隋樹森本未改，其他各本均改。盧冀野本、隋樹森本「不」屬下句。〔五〕徐沁君本、甯希元本「見」改作「現」。〔六〕徐沁君本「行」改作「爲」。〔七〕原本「召」字殘損，徐沁君本作「召公」，盧冀野本、隋樹森本、甯希元本作「召」，鄭騫本、王季思本作「后」。〔八〕此處徐沁君本、王季思本補「（正末唱）」。

〔注〕①「懿旨」，皇后、太后的詔令。②「白首无堪問鼎彝」，此指年紀老邁不堪管理國事。「鼎彝」，古代宗廟中的祭器，代指國事。③「差池」，事故；差錯。

【拙魯速〔一〕】一人交太公擁旌旗，三監①共武庚听消息。這老子若到那里，不分个等級，莫想問周室宗族紂苗裔，他恁大年紀〔二〕統領着軍騎②。它〔三〕老將會兵機③，敢土平了三四国。

〔校〕〔一〕「拙魯速」原本作「么」，盧冀野本未改，隋樹森本作「幺」，徐沁君本作「幺篇」，其他各本均改作「拙魯速」。〔二〕「紀」原本作「幾」，各本均已改。〔三〕原本「它」字，各本均改作「他」。

〔注〕①「三監」，管叔、蔡叔、霍叔。②「軍騎」，軍隊。③「兵機」，用兵之道；軍事機謀。

（云）怎生信别人言語，便交征伐去。果必〔一〕曾反呵不枉了。若不曾反呵，這老子那里問三監是俺弟兄，敢都殺〔二〕了，枉死〔三〕了无罪生灵，子①除這般。（對駕云）陛下，今日三監和武庚流言至此，只因微臣呵反了。太后娘娘不放微臣出朝。乞付臣兵權，親身征伐去呵，怎生?〔四〕

〔校〕〔一〕「必」原本作「外」，盧冀野本删，隋樹森本作「外」，徐沁君本作「必」，鄭騫本、甯希元本、王季思本作「然」。今從徐本。〔二〕「殺」原本作「耒」，盧冀野本、隋樹森本作「來」，其他各本均作「殺」。〔三〕「死」原本作「苦」，鄭騫本、甯希元本、王季思本作「苦」，其他各本均作「死」。〔四〕此處徐沁君本、王季思本補「（唱）」。

〔注〕①「子」，只。

【幺篇〔一〕】此一行眼見的老微臣三不歸①，怎施呈大將軍八面威。未曾了前罪，又持着兵衛②，怕主公難意③，大臣猜忌，愿情的把家私④封記⑤，老妻留係，伯禽監繫〔二〕，俺一家兒當内〔三〕質⑥。

〔校〕〔一〕「幺篇」原本作「拙魯速」，盧冀野本、隋樹森本、徐沁君本未改，鄭騫本作「幺」，甯希元本、王季思本作「幺篇」。〔二〕「繫」原本作「擊」，各本均已改。〔三〕徐沁君本、甯希元本「内」改作「納」。

〔注〕①「三不歸」，無著落。②「兵衛」，士兵與守衛用的器具，也指防衛。③「難意」，爲難。④「家私」，家産；家業。⑤「封記」，封緘并標記。⑥「内質」，即「納質」，送納人質。此指人質。

【收尾】恁〔一〕兩个柱石臣①善事當今帝，咱尽衰老齊家治国。等齊了管叔鮮、蔡叔度〔二〕，見〔三〕放着畢公皋〔四〕、召公奭。

〔校〕〔一〕徐沁君本「恁」改作「您」。〔二〕「管叔鮮、蔡叔度」原本作「管叔度、蔡叔鮮」，盧冀野本、鄭騫本未改，隋樹森本、甯希元本改作「管叔鮮、蔡叔度」，徐沁君本、王季思本改作「蔡叔度、管叔鮮」。〔三〕徐沁君本、甯希元本「見」改作「現」。〔四〕「公臯」原本作「工臯」，盧冀野本、隋樹森本、鄭騫本作「公臯」，其他各本均作「公高」。

〔注〕①「柱石臣」，重臣；棟梁臣。

第四折

（正末上了〔一〕）〔二〕

【雙調】〔三〕【新水令】當初被流言千里地定了江淮，更怕為臣的坐觀成敗。今日〔四〕却能勾見公侯伯子男，呵，嘆自己年月日時胎①。當初把福变為灾，今日否極也却生泰。

〔校〕〔一〕此處徐沁君本補「唱」。〔二〕此處王季思本補「（唱）」。〔三〕原本無宮調名【雙調】，唯盧冀野本未改。〔四〕甯希元本脱「日」字。

〔注〕①「胎」，事物的根源、初基。

【駐馬聽】當初〔一〕離鳳闕瑶階①，管叔鮮〔二〕誣〔三〕我全无經濟才②；自從啟金縢玉冊，姜太公從頭釣出是非來。我想金縢鎖鑰未能開，知它〔四〕我滿門良賤③今何在。子為有神灵也顯得我无罪責。〔五〕我有别心呵！〔六〕這其間神不容，地不載，天不盖！

〔校〕〔一〕「初」原本作「刀」，各本均已改。〔二〕「鮮」原本作「度」，唯鄭騫本未改。〔三〕鄭騫本「誣」改作「輕」。〔四〕原本「它」字，各本均改作「他」。〔五〕此處鄭騫本、徐沁君本、王季思本補「（帶云）」。〔六〕此處徐沁君本補「（唱）」。

〔注〕①「鳳闕瑶階」，代指皇宫。②「經濟才」，治理國家的才能。③「滿門良賤」，一家老小。

【喬牌兒】士民①每當〔一〕攔断十字街，見官里步行出五〔二〕門②外。錦衣花帽〔三〕櫂停待，官里向前行您將我肩上擡。

（放下了）〔四〕（〔五〕不肯科）

〔校〕〔一〕徐沁君本「當」改作「擋」。〔二〕原本「五」字，鄭騫本未改，其他各本均改作「午」。〔三〕「帽」原本作「冒」，各本均已改。〔四〕徐沁君本「放下了」處理爲賓白，其他各本均爲科介，甯希元本「放」上補「交」字，徐沁君本「放」上補「（云）」。〔五〕此處徐沁君本補「駕」字。

〔注〕①「士民」，士大夫；讀書人。②「五門」，古代宫廷的五道門，即皋門、庫門、雉門、應門、路門，后泛指宫門、城門。

【掛玉鈎】您真个不放也!〔一〕我捨了老性命就肩輿①上跳下來！（〔二〕放了）（云了）〔三〕為甚懶向龍床前驀②？臣又怕〔四〕弟〔五〕二遍流言赶下來。庶幾③廣民之愛，君托付，臣庇〔六〕賴④。元首良〔七〕哉！股肱賢〔八〕哉！（駕云了，云〔九〕）〔十〕

〔校〕〔一〕該句原本爲小字，徐沁君本、王季思本置于「（不肯科）」之後，「您」上補「（正末云）」，「也」下補「（唱）」，其他各本未改。鄭騫本「您」上補「（云）」，隋樹森本作大字、曲文，甯希元本「您」改作「你」。〔二〕徐沁君本補「駕」字。〔三〕此處徐沁君本補「（正末唱）」，王季思本補「（唱）」。〔四〕「怕」原本作「帕」，各本均已改。〔五〕原本「弟」字，各本均改作「第」。〔六〕「庇」原本作「披」，徐沁君本、甯希元本改作「庇」，是。〔七〕〔八〕原本「良」「賢」，徐沁君本、甯希元本、王季思本改作「明」「良」，其他各本未改。按，「元首明哉，股肱良哉」出自《尚書·虞書·益稷》，指君王聖明，臣下賢良。後世文獻對此二句多有化用，「明」「良」二字可以替换爲其他褒義的形容詞。《北史·列傳第二十八》：「天清其氣，地樂其静，可謂重明叠聖，元首康哉」，北宋《册府元龜》第六十七卷：「股肱喜哉！元首起哉！」故該句可不改字。〔九〕徐沁君本删「云」字，王季思本補改作「（正末云了）」，鄭騫本「云」下補「了」字。其他各本未改。〔十〕此處徐沁君本補「（正末唱）」，王季思本補「（唱）」。

〔注〕①「肩輿」，肩上擡的輕便的代步工具。②「驀」，跳；走過去。③「庶幾」，或許可以；希望可以。④「庇賴」，庇護；庇蔭。

【川撥〔一〕棹】我一脚地过江淮，怎生便禍從天上來？是怨氣沉埋，被元氣冲開，雷震瑶臺，風鼓陰〔二〕霾。您怎生變〔三〕理陰陽①，調和鼎鼐②。那風撼乾坤，攪世界，走砂石，昏日色，偃〔四〕③田禾，傷稼穡④，拔林木，倒〔五〕殿堦。

〔校〕〔一〕「撥」原本作「卜」，各本均已改。〔二〕「鼓陰」原本作一「古」字，盧冀野本、隋樹森本作「古□」，其他各本均作「鼓陰」。〔三〕「燮」原本作「泄」，各本均已改。〔四〕「偃」原本作「堰」，盧冀野本、隋樹森本未改，其他各本均已改。〔五〕「倒」原本作「到」，盧冀野本、隋樹森本、鄭騫本未改，其他各本均已改。

〔注〕①「燮理陰陽」，調和陰陽，喻指大臣扶助皇帝治國理事。②「調和鼎鼐」，在鼎鼐中調和味道，喻指處理國家大事，多指宰相職責。③「偃」，倒。④「稼穡」，耕種與收穫，代指農業活動。

【水仙子】您可甚①春風來似不曾來，不知當日灾因那个灾?〔一〕若不如此呵!〔二〕尽今生老死居朝外。老微臣甚風兒吹到來，天心与人意〔三〕和諧。非是臣威風大，只因君前过改，禾復起，枯樹上花開。

(駕云了)〔四〕

〔校〕〔一〕此處鄭騫本、徐沁君本、王季思本補「（帶云）」。〔二〕此處徐沁君本補「（唱）」。〔三〕徐沁君本「意」改作「事」。〔四〕此處徐沁君本、王季思本補「（正末唱）」。

〔注〕①「可甚」，也作「可甚麼」，説什麼；算什麼。

【沽美酒】如今被論人當了罪責，不想那元告〔一〕①人儼〔二〕然在。快將那陳言献策②的請过來。(净云了)〔三〕向口上疾忙便掴③，非是臣不寛大。

〔校〕〔一〕「元告」原本作「元吉」，盧冀野本、隋樹森本未改，甯希元本作「元告」，其他各本均作「原告」。〔二〕「儼」原本作「掩」，鄭騫本、王季思本作「儼」，其他各本均作「安」。〔三〕此處徐沁君本、王季思本補「（正末唱）」。

〔注〕①「元告」，原告。②「陳言献策」，陳述主張，獻上計策。③「掴」，打。

【太平令】打，打這厮凍妻子舌尖牙〔一〕快，打，打這厮圖哺〔二〕啜①信口胡開，打，打這厮大共小着讒言攪壞，打，打這厮没的有把平人②展賴③。將口來，豁開，至兩腮。〔三〕不恁地呵!〔四〕這人說是非的除天可害④。

〔校〕〔一〕「牙」原本似「了」，盧冀野本、隋樹森本校作「了」，鄭騫本作「丫」，徐沁君本、王季思本校作「牙」，甯希元本作「口」。

今從徐本。〔二〕徐沁君本「哺」字改作「餔」。〔三〕此處鄭騫本、徐沁君本、王季思本補「（帶云）」。〔四〕此處徐沁君本補「（唱）」。

〔注〕①「哺啜」，吃喝；飲食。②「平人」，平民；百姓。③「展賴」，誣賴；誣陷。④「除天可害」，只有天可以加害。

（一行下〔一〕了）〔二〕陛下，這反背①的都有，駕〔三〕下問波②。（武庚云管叔了）（衆云了）云來都是你！〔四〕

〔校〕〔一〕原本「下」字，徐沁君本、甯希元本、王季思本改作「上」。〔二〕此處鄭騫本補「（云）」，徐沁君本、王季思本補「（正末云）」。〔三〕原本「駕」字，徐沁君本、甯希元本、王季思本改作「陛」。〔四〕原本「云來都是你」，盧冀野本、隋樹森本未改，鄭騫本作「（云）來！都是你！」，徐沁君本、王季思本作「（正末云）來！都是你！（唱）」，甯希元本作「（云）元來都是你！」。存疑。

〔注〕①「反背」，背叛；造反。②「波」，吧。

【甜水令】今日个將汝擒獲，對証无差，并贓拿敗①。須是你福去一時來。它〔一〕每个个稱詞，一一從实。老〔二〕臣頻頻加額②。折〔三〕証③的文狀④明白。

〔校〕〔一〕原本「它」字，各本均改作「他」。〔二〕「老」原本作「無」，各本均已改。〔三〕「折」原本作「拆」，盧冀野本、隋樹森本未改，其他各本均改作「折」。

〔注〕①「并贓拿敗」，人贓俱獲。②「加額」，雙手放在額前，用于表示祝禱或敬意。③「折証」，辯白；對證。④「文狀」，文書；字據；訴狀；軍令狀。

【折桂令】見的臣胸中无半點塵埃。霍叔將他官削了玉下玄白〔一〕，蔡叔將他遞流①入千万〔二〕瓊崖②。把這兩个七事兒③分開，轉送交普天之下，号令明白。為甚把背反心刑于四海④，交知這吃劍〔三〕頭⑤日轉千堦⑥。便把你磣可可⑦的血浸尸骸，不由我普連連〔四〕⑧的淚〔五〕落双腮。兄弟呵！哭你的是痛杀杀昆仲⑨情懷，壞〔六〕你的是清〔七〕耿耿⑩國家簡册〔八〕⑪。（断出）（一行下了）（駕上云住）〔九〕

〔校〕〔一〕原本「玉下玄白」，徐沁君本改作「五等侯伯」，甯希元本作「去下玄帛」，其他各本未改。〔二〕原本「万」字，鄭騫本未改，徐沁君本、甯希元本、王季思本改作「里」，盧冀野本、隋樹森本「万」下補「里」字。〔三〕「劍」原本作「離」，盧冀野本、隋樹森本未改，鄭騫本作「難」，其他各本均作「劍」。徐沁君本校記云：「『吃劍頭』一詞，曲中常用。」〔四〕「漣漣」原本作「連」和一重文符號，鄭騫本作「連連」，甯希元本作「速速」，其他各本均作「漣漣」。〔五〕「淚」原本作「疾」，各本均已改，形近致誤。〔六〕「壞」原本爲重文符號，盧冀野本、隋樹森本作「懷」，其他各本均作「壞」。〔七〕「清」原本作「情」，盧冀野本、隋樹森本未改，其他各本均已改。〔八〕「簡册」原本作「各閑」，隋樹森本未改，盧冀野本改作「法在」，鄭騫本、王季思本作「××」，徐沁君本作「簡册」，甯希元本作「盟册」。徐沁君本校記云：「元本『各閑』之『閑』字，與『簡』、『册』二字形似。簡册，即簡策。」今從徐本。〔九〕此處徐沁君本、王季思本補「（正末唱）」。

〔注〕①「遞流」，流放。②「瓊崖」，秀美的山崖。③「七事兒」，七處；七塊；七部分。④「刑于四海」，指以法律治理天下。⑤「吃劍頭」，挨劍砍的人。⑥「日轉千墡」，喻官職晋升極快。⑦「磣可可」，凄慘可怕。亦作「磣磕磕」。⑧「普漣漣」，流泪貌。⑨「昆仲」，兄弟。年長曰「昆」，年輕曰「仲」。⑩「清耿耿」，形容清廉耿直。⑪「簡册」，書籍；史籍。

【雁兒落】當初和一〔一〕时有利害，今日歸政了无妨礙。見〔二〕如今天年已六旬①，聖德光②三代。

〔校〕〔一〕「初和一」原本作「了和一」，盧冀野本、隋樹森本、鄭騫本作「初和一」，徐沁君本、王季思本作「初攝政」，甯希元本作「呵攝政」。按，「當初」與「今日」對言，「和一」存疑。〔二〕徐沁君本、甯希元本「見」改作「現」。

〔注〕①「六旬」，六十歲。②「光」，照。

【得勝令】陛下今日国政自能裁，老〔一〕臣今日難〔二〕道口難開。生不負先君命，老還歸宰相堦。往〔三〕常坐地〔四〕①的情懷，臣委实身无措心无柰；今日拜舞②雖囊揣③，倒大來④千自由百自在。

（太后云了）〔五〕礼不可非！〔六〕

〔校〕〔一〕「老」原本作「示」，與「臣」均爲小字，盧冀野本、隋樹森本校作科介「云」，其他各本均改作「老」。〔二〕「難」原本作「呉」，盧冀野本、隋樹森本、鄭騫本校作「吴」，徐沁君本、王季思本校作「難」，甯希元本「呉道」校作「舞蹈」。〔三〕「往」原本作「枉」，各本均已改。〔四〕徐沁君本、王季思本「地」改作「朝」。〔五〕此處鄭騫本補「（云）」，徐沁君本、王季思本補「（正末云）」。〔六〕此處徐沁君本、王季思本補「（唱）」。

〔注〕①「坐地」，坐著；坐了。②「拜舞」，古代朝拜帝王的禮節，跪拜與舞蹈。③「囊揣」，窩囊。④「倒大來」，非常；無比。

【落梅風】伯禽①備法駕②非公道，微臣免朝請③忒分外④。君臣遇一朝一代。（太后云了）〔一〕娘娘道臨大節不可奪當為鑑戒⑤。聽道罷痛連心性，氣夯胸懷。臣不忠不孝，无德〔二〕无才。想建千〔三〕年基業，留万世恩澤〔四〕。會為君，能使臣，托孤的主人安在！

（下）（唐叔獻嘉〔五〕禾⑥上了）（祭出）

〔校〕〔一〕此處徐沁君本、王季思本補「（正末唱）」。〔二〕「德」原本作「得」，各本均已改。〔三〕原本無「千」字，盧冀野本、隋樹森本、鄭騫本未補，其他各本均已改。〔四〕「澤」原本作「人」，盧冀野本、隋樹森本、鄭騫本未補，其他各本均改作「澤」。徐沁君本校記云：「『澤』字韵。」〔五〕「嘉」原本作「加」，各本均已改。

〔注〕①「伯禽」，周公旦長子。②「法駕」，天子車駕中的一種。天子的鹵簿分大駕、法駕、小駕三種，其儀衛之繁簡各有不同。③「朝請」，春天朝見皇帝曰朝，秋天則曰請，泛指朝見皇帝。④「分外」，例外；過分。⑤「鑑戒」，能使人借鑒、警戒的事情。⑥「嘉禾」，生長奇異、茁壯的禾，古人以爲吉祥的征兆。

題目　　說武庚管叔流言

正名　　輔成王周公攝政

古杭新刊関目輔成王周公攝政〔一〕

〔校〕〔一〕尾題盧冀野本、甯希元本改作「輔成王周公攝政雜劇終」，鄭騫本作「輔成王周公攝政終」，徐沁君本作「古杭新刊關目《輔成王周公攝政》」。隋樹森本、王季思本刪尾題。

新栞関目全蕭何追韓信

金仁傑

校本五種

鄭騫本：鄭騫《校訂元刊雜劇三十種》

徐沁君本：徐沁君《新校元刊雜劇三十種》

甯希元本：甯希元《元刊雜劇三十種新校》

王季思本：王季思《全元戲曲》（第四卷）

隋樹森本：隋樹森《元曲選外編》（第二册）

第一折

（等漂母提一折下）（惡少年云了）（旦并外上）（〔一〕末抱籃〔二〕背劍冒雪上，開）自家韓信的便是①。目今②秦失其鹿③，天下逐之，不知久後鹿死誰手？想自家空學的滿腹兵書戰策，奈滿眼兒曹④，誰識英雄之輩！好傷感人呵！〔三〕

〔校〕〔一〕徐沁君本補「正」字。〔二〕「抱籃」原本作「抱監」，隋樹森本未改，鄭騫本、王季思本作「抱籃」，徐沁君本作「袍盔」，甯希元本作「孛籃」。甯希元本校記云：「隋、鄭二本失校，徐本改作『袍盔』，誤。韓信此時尚乞食于淮陰，無『袍盔』可言。『孛籃』則爲元曲中乞丐所持之物件，或作『蒲籃』。如《東堂老》三折揚州奴夫婦淪爲乞丐，即『同旦兒擕蒲籃上』。又《合汗衫》三折張員外夫婦乞討時，亦『正末同卜兒蒲籃上』。據改。」〔三〕此處徐沁君本、王季思本補「（唱）」。甯希元本「呵」改作「也」。

〔注〕①「自家韓信的便是」，元代特殊判斷句，是漢語與蒙古語接觸的結果，由漢語的SVO語序和蒙古語的SOV語序疊加而成，其完全形式是：自家是韓信的便是。疊加過程爲：自家是韓信＋自家韓信的便是＝自家是韓信的便是。「是」與「的」可以省略。②「目今」，如今。③「秦失其鹿」，秦朝失去統治地位。④「兒曹」，兒輩。

【仙吕】〔一〕【點絳唇】想着我独步才超①，性与天道，凌雲〔二〕浩②。世事皆濁，子我這美玉誰彫琢？

〔校〕〔一〕原本無宫調名【仙吕】，各本均已補。〔二〕「雲」原本作「去」，各本均已改。

〔注〕①「独步才超」，指才能超衆。②「凌雲浩」，謂壯志凌雲。

【混江龍】消磨了聖人之教，幾時得〔一〕經綸〔二〕①天地整皇朝？时遇着山梁雌雉②，急切釣不的滄海鯨鼇。淚灑就長江千尺〔三〕浪，氣衝開雲漢九重霄。胸次③包羅天地，肺腑捲□〔四〕江河，筆尖能摇山岳，劍鋒〔五〕可摘星辰，嘆英雄何日朝聞道！盼杀我也玉堂金马④，困杀我也陋巷簞〔六〕瓢⑤！

〔校〕〔一〕「得」原本作「的」，唯隋樹森本未改。〔二〕「綸」原本作「侖」，各本均已改。〔三〕「尺」原本作「尽」，各本均已改。〔四〕此字原本殘損嚴重，覆元槧本空缺，徐沁君本校作「攝」，甯希元本校作「掠」，隋樹森本、鄭騫本、王季思本均作一空圍。〔五〕「鋒」原本作「夆」，各本均已改。〔六〕「簞」原本作「丹」，各本均已改。

〔注〕①「經綸」，經濟；管理；治理。②「山梁雌雉」，聚集在山梁上的雌野鷄。典出《論語・鄉黨》：「山梁雌雉，時哉！時哉！」指進退應合乎時宜。③「胸次」，胸間；胸懷。④「玉堂金马」，代指富貴榮華。⑤「陋巷簞瓢」，代指窮困的生活。

【油葫芦】尋思我枉把孫吴①韜畧②學，天交〔一〕我不發跡直等到老。一回家③怨天公直恁困英豪！嘆良金美玉④何人曉，恨高山流水知音少。礼不通忘〔二〕了管轄⑤，道不行无了木鐸〔三〕⑥。枉交〔四〕那兵書戰策習的玄妙，争奈⑦俺命不濟⑧謾⑨徒〔五〕勞。

〔校〕〔一〕「交」原本作「不」，唯隋樹森本未改。〔二〕甯希元本「忘」改作「亡」。〔三〕「道不行无了木鐸」原本作「道不了无了木錫」，各本均已改。〔四〕「交」字原本殘損，隋樹森本校作「着」，徐沁君本、甯希元本校作「了」，鄭騫本、王季思本校作「交」。按，「交」字形近，可通。〔五〕「徒」原本作「圖」，唯隋樹森本未改。

〔注〕①「孫吴」，春秋時期孫武和戰國時期吴起的合稱，二人都是軍事家。②「韜畧」，文韜武略或《六韜》與《三略》，常指用兵的謀略、策略。③「一回家」，一會兒家。④「良金美玉」，代指有才能的人。⑤「管轄」，統轄管理。⑥「木鐸」，警示世人的響器，喻宣揚教化的人。⑦「争奈」，怎奈。⑧「不濟」，不好；欠佳。⑨「謾」，枉；空；白。

【天下樂】空交我日夜思量計万条。一回〔一〕家①心焦，何日了？越把我磨劍的志節②懶墮却。空將文業③攻〔二〕，武藝學，至如④學將來有甚好？（做冒雪的科，云）嗨〔三〕，好大雪呵！〔四〕

〔校〕〔一〕甯希元本「回」改作「會」。〔二〕「攻」原本作「功」，各本均已改。〔三〕「嗨」原本作「海」，唯隋樹森本未改。〔四〕此處徐沁君本、王季思本補「（唱）」。

〔注〕①「一回家」，一會兒家。②「志節」，志氣、氣節。③「文業」，讀書之事。④「至如」，即使；即便。

【那吒令】似這般大雪呵，街上黎民〔一〕也懊惱；似這般大雪呵，山上樵夫也怎熬；似這般大雪呵，江上漁翁也凍倒。便有个姜子牙也難應飛〔二〕熊兆①，子索把緑蓑〔三〕衣披着。

〔校〕〔一〕徐沁君本「民」改作「庶」。〔二〕隋樹森本、徐沁君本「飛」改作「非」。〔三〕「緑蓑」原本作「录蓑」，鄭騫本、王季思本作「緑簑」，其他各本均作「緑蓑」。

〔注〕①「飛熊兆」，周文王夢見飛熊入夢得姜子牙，「飛熊兆」喻指得到人才或被重用。

【鵲〔一〕踏枝】昔〔二〕零零①洒瓊瑶②，乱紛紛剪鵝毛。越映的江闊天低，水遠山遥。冰雪堂③蘇秦凍倒，漏星堂④颜子⑤難熬。

〔校〕〔一〕「鵲」原本作「雀」，各本均已改。〔二〕「昔」原本作「音」，隋樹森本、徐沁君本作「昔」，其他各本均作「淅」。

〔注〕①「昔零零」，擬聲詞，狀風雨雪聲，亦作「淅零零」。②「瓊瑶」，雪。③「冰雪堂」，破漏的房屋。④「漏星堂」，破漏的房屋。⑤「顏子」，顏回。

【寄生草】凜凜①寒風刮，揚揚②大雪飄。如銀〔一〕河滚〔二〕下飛虹□〔三〕，似玉龍噴出梨花落，比白雲滿地无人掃。我則見敗殘鱗甲滿天飛，抵③多少西風落葉長安道。

（做見旦、外〔四〕，并旦施礼科）（旦云了）〔五〕

〔校〕〔一〕「銀」原本作「艮」，各本均已改。〔二〕「滚」原本作「衮」，各本均已改。〔三〕此處原本脱一字，「虹」原本作「蛈」，鄭騫本未改，其他各本均改作「虹」。徐沁君本、王季思本「虹」下補「瀑」字，其他各本均補一空圍。〔四〕徐沁君本補「末」字。〔五〕此處徐沁君本、王季思本補「（正末唱）」。

〔注〕①「凜凜」，寒冷。②「揚揚」，狀雪大貌。③「抵」，頂。

【幺篇〔一〕】尔道我秋夏间猶難〔二〕过，冬月天怎地熬。可不春來依旧生芳草。尔道我白身①无靠何时了，可不説青霄有路終須到。子我這男兒未濟②婦人嫌，真乃是龍歸淺水③蟆蝂〔三〕笑。

〔校〕〔一〕「幺篇」原本作「么」，隋樹森本、鄭騫本作「幺」，其他各本均作「幺篇」。〔二〕「猶難」原本作「由難」，隋樹森本作「由誰」，鄭騫本作「因誰」，其他各本作「猶誰」。〔三〕原本「蟆蝂」，徐沁君本、王季思本改作「蝦蟆」，其他各本未改。

〔注〕①「白身」，没有功名、官職。②「未濟」，尚未成功。③「龍歸淺水」，比喻有才能的人落難或未成功。

【村里迓鼓〔一〕】憑着我五陵豪氣①，不信道一生窮暴②。（〔二〕云）夫子抱麒麟而哭生不遇时。〔三〕我若生在春秋，那时〔四〕英雄志登〔五〕时③宣召。憑着滿腹才調④，非咱心傲。論勇呵那里説卞莊⑤強，論武呵也不放〔六〕廉頗會，論文呵怎肯讓子產⑥高，論智呵我敢和伍子胥臨潼鬥宝。（等外〔七〕并旦又住）〔八〕

〔校〕〔一〕「鼓」原本作「古」，各本均已改。〔二〕徐沁君本、王季思本補「帶」字。〔三〕此處徐沁君本補「（唱）」。〔四〕隋樹森本、甯希元本「那时」屬上句。按，據曲譜，【村裏迓鼓】第三句正格四字，只能爲「生在春秋」，「那时」若屬上句，則必爲正格字，實非。故「那时」應屬下讀。「生在春秋」爲第三句正格字，「英雄志登时宣召」爲第四句七個正格字。〔五〕甯希元本「登」改作「當」。〔六〕隋樹森本「放」改作「數」。〔七〕徐沁君本補「末」字。〔八〕此處徐沁君本、王季思本補「（正末唱）」。

〔注〕①「五陵豪氣」，常作「五陵豪氣三千丈」，指高門貴族的豪邁氣概。「五陵」是渭水北岸今陕西咸陽附近的五個縣的合稱。五縣爲：長陵、安陵、陽陵、茂陵、平陵，是豪富、外戚的居住地。（參見《漢語大詞典》）②「窮暴」，貧困；窮苦。③「登时」，立時；馬上。④「才調」，才氣。⑤「卞莊」，卞莊子，春秋時期魯國大夫。⑥「子産」，春秋時期鄭穆公的孫子，名僑。

【元和令】晉灵輒①得飯了，請趙盾且休鬧。聖人言謀道不謀食，居无安，食无飽。覷了田文②门下女妖嬈③。（做煩惱出门唱）我能可首陽山④自餓倒。

（等净上打撞怒云）〔一〕

〔校〕〔一〕徐沁君本認爲下曲【上馬嬌】首二字爲「蕩子」，移至此處作爲賓白，補作「（正末云）蕩子！（唱）」，王季思本從。

〔注〕①「灵輒」，即桑下餓人，被趙盾救助、捨飯。②「田文」，孟嘗君。③「女妖嬈」，美貌女子，此指燕姬。④「首陽山」，山名，相傳伯夷、叔齊耻食周粟，在首陽山採薇而食，最終餓死。

【上馬嬌】[illegible]〔一〕庚運①歹也逢着太歲②惡〔二〕，但行処撞着兒曹③。（等净做住，〔三〕行着唱）他把我丕丕④的赶过長安道，惡難怎逃？時下怎歸着⑤？忿氣不消，赶到我二十遭。

（等净做劍哏〔四〕⑥住）〔五〕

〔校〕〔一〕此二字覆元槧本空缺，隋樹森本、鄭騫本、王季思本作二空圍，甯希元本校作「暢好」并將「庚」改作「是」，徐沁君本校作「蕩子」移至上曲末。存疑。〔二〕原本「也逢着太歲惡」殘損，隋樹森本、鄭騫本作「也□□□惡」，徐沁君本、王季思本補作

「也逢着太歲惡」，甯希元本作「也又太歲惡」。今從徐本。〔三〕徐沁君本補「正末」。〔四〕原本「哏」字，隋樹森本、鄭騫本未改，其他各本均改作「狠」。〔五〕此處徐沁君本、王季思本補「（正末唱）」。

〔注〕①「庚運」，占卜術語。②「太歲」，太歲之神，不可衝犯。③「兒曹」，兒輩。④「丕丕」，盛大貌。⑤「歸着」，收拾；處理。⑥「哏」，狠。

【遊四門】呀，早〔一〕劍橫秋水①手中捉〔二〕。（等净云了）〔三〕我可甚猶自想來朝。（等净云了）〔四〕尔〔五〕道拜為兄長相結好，為朋友便躭饒②。呵，咱兩个做知交③。

〔校〕〔一〕「早」原本作「皂」，各本均已改。〔二〕「捉」原本作「[illegible]」，隋樹森本、王季思本作「提」，鄭騫本、徐沁君本作「捉」，甯希元本作「搖」。按，【遊四門】首句押韵，「捉」及韵脚均屬蕭豪。〔三〕〔四〕此處徐沁君本、王季思本補「（正末唱）」。〔五〕原本「尔」字，各本均改作「你」。

〔注〕①「秋水」，形容劍光冷峻明澈。②「躭饒」，耽待饒恕，亦作「耽饒」。③「知交」，知己。

【勝葫芦】可知大古①是人伴賢良智轉高。（净怒云了）〔一〕呀，怎想舌是斬身刀②，子見他惡歆歆③仗〔二〕着龍泉④尋左〔三〕錯⑤。他把我踢收禿刷⑥覷覷，子覺我驚驚〔四〕戰戰心怕，不由我的羞剔痒〔五〕⑦腿脡⑧搖。（等净云了）〔六〕昔日宋桓魋欲害孔子，孔子不能逃難，亦曾〔七〕服微〔八〕而〔九〕避過。我想一代聖賢，尚然如此，何况韓信！〔十〕

〔校〕〔一〕此處徐沁君本、王季思本補「（正末唱）」。〔二〕「仗」原本似「伏」字，隋樹森本校作「伏」，其他各本均作「仗」。〔三〕原本「左」字，鄭騫本、王季思本改作「差」。〔四〕原本「驚驚」，徐沁君本改作「兢兢」，甯希元本改作「竞竞」。〔五〕原本「痒」字，隋樹森本未改，鄭騫本、王季思本改作「屑」，徐沁君本、甯希元本作「薛」。按，「的羞剔薛」習見。〔六〕此處徐沁君本、王季思本補「（正末云）」。〔七〕原本「曾」字殘損，隋樹森本作「畏」，其他各本均作「曾」。〔八〕原本「服微」，隋樹森本未改，其他各本均乙作「微服」。〔九〕「而」原本作「面」，唯隋樹森本未改。〔十〕此處徐沁君本、王季思本補「（唱)」。

〔注〕①「大古」，大概；總之。②「舌是斬身刀」，謂亂説話會惹來殺身之禍。③「惡歆歆」，惡狠狠，亦作「惡噷噷」。④「龍泉」，寶劍名。⑤「左錯」，差錯。⑥「踢收禿刷」，形容仔細打量他人的様子。⑦「的羞剔痒」，顫抖貌，亦作「滴羞篤速」「滴羞都蘇」「滴羞蹀躞」「滴羞跌屑」等，由「蹀躞」經過逆向變韵重疊發展而成。⑧「腿脡」，腿。

【后庭花】既〔一〕冥鴻[①]惜羽毛，休想先生懶折腰。（做鑽一遭〔二〕）赤緊[②]在它〔三〕雙股〔四〕下子索伏低且做小。（做入〔五〕鑽一遭〔六〕）向胯下扒步[③]到兩三遭，避不的〔七〕鄉人每耻笑。恨難消，伏軟弱，痛難熬，兒曹每行霸道。(等外〔八〕喝净下了)〔九〕是誰人把劍客赶去了？細〔十〕身軀猛回頭覷覷着。

〔校〕〔一〕「既」原本作「㲾」，隋樹森本、徐沁君本校作「歸」，其他各本均作「既」。按，「歸」與「既」俗體同形或僅有細微差别，二者極易相混。「既」與下句「休」呼應。〔二〕〔六〕此處徐沁君本、王季思本補「唱」。〔三〕原本「它」字，各本均改作「他」。〔四〕「雙股」原本作「心投」，隋樹森本、鄭騫本未改，徐沁君本、王季思本作「雙股」，甯希元本作「行投」。今從徐本。〔五〕原本「入」字，各本均改作「又」。〔七〕「的」原本作「口」，隋樹森本作一空圍，鄭騫本、王季思本作「得」，徐沁君本、甯希元本作「的」。〔八〕徐沁君本補「末」字。〔九〕此處徐沁君本、王季思本補「（正末唱)」。〔十〕原本「細」字，徐沁君本、甯希元本改作「扭」。

〔注〕①「冥鴻」，高飛的鴻雁。②「赤緊」，常作「赤緊的」，習見于元刊雜劇，意義複雜繁多，此指「無奈；没辦法」。③「扒步」，手觸地爬行。

【柳葉兒】却元來是孟嘗〔一〕君來到。(等旦云〔二〕)〔三〕見桑新婦[①]乱下風雹[②]。哥哥！咱正是揚鞭舉棹休相笑。却才那齊管仲行无道，又見魯义姑[③]逞龐豪，咱呵可甚晏平仲善与人交。

(等卜兒云了)（〔四〕云）婆婆，這恩念久後須要报了。(卜兒云了)（卜兒砌末)〔五〕

〔校〕〔一〕「嘗」原本作「常」，各本均已改。〔二〕此處徐沁君本補「了」。〔三〕此處徐沁君本、王季思本補「（正末唱）」。〔四〕此處徐沁君本、王季思本補「正末」。〔五〕原本此條科介在下一曲曲牌名之後，隋樹森本、鄭騫本未改，其他各本均移至此，甯希元本改作「（卜兒與砌末了）」。此處徐沁君本、王季思本補「（正末唱）」。

〔注〕①「桑新婦」，據《漢語大詞典》，《曲海總目提要》卷三十引《廣輿記・山東兖州府・流寓人物》：「［莊周］一日游山下，過一新塚，有少婦縞素扇墳，曰：『受夫約，墳土乾乃嫁，故扇之欲其早乾耳。』」後因以「桑新婦」指狠心不賢的妻子。桑新，「喪心」的諧音。②「乱下風雹」，喻亂發脾氣。③「魯義姑」，春秋時魯國農婦，危急時刻，棄子抱侄而走。參見《列女傳・魯義姑姊》。

【賺煞尾〔一〕】真乃孟母断機①心。（等外与砌末了）〔二〕怎忘的鮑叔②般相結好。（旦云了）〔三〕我早子離了尔〔四〕賢達嫂嫂。（等旦云了）〔五〕大丈夫何愁刎頸交。（旦云了）〔六〕割雞焉用牛刀。打听波女妖嬈，有一日平步青霄③，不信鴻鵠同燕雀。（等旦云了）〔七〕噤声！〔八〕憑着我整乾坤六韜④，展江山三畧⑤，笑談間束帶立於朝⑥。

（下）

〔校〕〔一〕原本無「賺煞」，隋樹森本未補改，鄭騫本、甯希元本改作「賺煞」，徐沁君本、王季思本改作「賺煞尾」。〔二〕〔三〕〔五〕〔六〕此處徐沁君本、王季思本補「（正末唱）」。〔四〕原本「尔」字，各本均改作「你」。〔七〕此處徐沁君本、王季思本補「（正末云）」。〔八〕此處徐沁君本、王季思本補「（唱）」。

〔注〕①「孟母断機」，孟子的母親剪斷織布機上的布。②「鮑叔」，鮑叔牙，以篤于友誼著稱。③「平步青霄」，平步青雲，喻一下子登上高位。④「六韜」，軍事類著作，傳説是姜太公所著。⑤「三畧」，軍事著作，傳説是漢初隱士黄石公所著。⑥「束帶立於朝」，在朝爲官，亦作「束帶立朝」。

第二折

（等霸王上開一折下）（等駕提一折）（等蕭〔一〕何云了）（正末背劍踏〔二〕

竹馬兒上開）想自家离了淮陰，投於楚国不用。今投沛公，亦不能用人。闷闷而不已，而成短歌。歌〔三〕曰：背楚投漢，氣吞山河。知音未遇，彈〔四〕琴空歌。弃执戟离霸主，謀大將投蕭何，治粟以嘆何補，乘駿騎而之〔五〕他。詩曰：淚洒西風怨恨多，淮陰壯士被穷磨。魯麟周鳳①皆為瑞，时与不时争奈何！〔六〕

〔校〕〔一〕「蕭」原本作「肖」，各本均已改，下同。〔二〕「躂」原本作「查」，各本均已改。〔三〕「歌」原本作「之」，當是重文符號之誤，隋樹森本未改，其他各本均改作「歌」。〔四〕「彈」原本作「強」，鄭騫本改作「操」，其他各本均改作「彈」。〔五〕「之」原本作「知」，隋樹森本未改，其他各本均改作「彈」。〔六〕此處徐沁君本補「（唱）」。

〔注〕①「魯麟周鳳」，均爲祥瑞之兆。「魯麟」是春秋時期魯哀公十四年所獲麒麟，「周鳳」典出「鳳鳴岐山」。

【雙調】〔一〕【新水令】恨天涯流落客孤寒，嘆英雄半生虚幻。坐下馬枉踏〔二〕遍山水雄〔三〕，背上劍枉射得斗牛①寒。恨塞於天地之间，云遮断玉砌雕欄〔四〕，按〔五〕不住浩然氣透霄漢。

〔校〕〔一〕原本無宫調名【雙調】，各本均已補。〔二〕「枉踏」原本作「望沓」，鄭騫本、甯希元本、王季思本校作「枉躂」，隋樹森本、徐沁君本作「空踏」。〔三〕徐沁君本「水雄」改作「色暖」。〔四〕徐沁君本「欄」改作「闌」。〔五〕「躂」原本作「查」，各本均已改。

〔注〕①「斗牛」，北方七宿中的斗宿和牛宿。

【驻马听】回首青山，拍拍離愁滿戰鞍；舉頭新雁，呀呀哀怨伴〔一〕天寒。指〔二〕望學龍投大海驾天関①，劃地②似軍〔三〕騎羸馬連雲棧③。且相逢覷英雄如匹似闲〔四〕④，堪恨无端四海蒼生眼。

〔校〕〔一〕徐沁君本、王季思本「伴」改作「半」。〔二〕「指」原本作「止」，唯隋樹森本未改。〔三〕「軍」原本作「君」，鄭騫本、王季思本未改，其他各本均改作「軍」。〔四〕原本「如匹似闲」，甯希元本、隋樹森本未改，鄭騫本、王季思本改作「如等閑」，徐沁君本以「如」爲衍文删。按，各本不明「如匹似閑」何義，誤以其爲「如A似B」的并列結構，實非，此四字爲動賓結構，「如」是比擬動詞，「匹似閑」爲一詞，「等閑；平常」義。《朱子語類》第十三卷：「不赴科舉，也是匹似閑事」，元代喬吉套曲《喬牌兒·别情》：「見桃花呵似見他容顔，覷得越女吴姬匹似閑。」故「如匹似閑」義同「如等閑」，不必刪改。

〔注〕①「天関」，天門；險要的關隘。②「剗地」，反而；反倒。③「軍騎羸馬連雲棧」，喻指指陷入極險的境地。「羸馬」，瘦馬；劣馬。「連雲棧」，古棧道名。在陝西漢中，是川陝之間的通道。④「如匹似閑」，如等閑。「匹似閑」，等閑；平常。

【沉醉東風】干〔一〕①功名千難万難，求身仕②兩次三番。前番離了楚国，今次又别炎漢③，不覺的皓首蒼顏④。就月朗回頭把劍看。忽然傷感，默〔二〕⑤上心來。〔三〕百忙里揾⑥不乾我英雄淚眼！

詩曰：身似青山氣似云，也曾富貴也曾貧。时運未來君休笑，太公⑦也作釣魚人。〔四〕

〔校〕〔一〕「干」原本作「幹」，鄭騫本、王季思本、隋樹森本用繁體，未改；徐沁君本、甯希元本用簡體，作「干」。按，「干」義爲「求」，與下句「求」對舉。下曲「干」字同。〔二〕原本「默」字，鄭騫本、甯希元本、王季思本改作「驀」。〔三〕「忽然」至「心來」原本爲大字，隋樹森本未改，其他各本均改作小字、夾白。「忽」上鄭騫本、徐沁君本、王季思本補「（帶云）」，「來」下徐沁君本、王季思本補「（唱）」。〔四〕此處徐沁君本補「（唱）」。

〔注〕①「干」，求。②「身仕」，仕途。③「炎漢」，漢朝自稱以火德王，故稱炎漢，皇姓稱「炎劉」。④「皓首蒼顏」，雪白的頭髮，灰暗的面容，形容容貌蒼老。⑤「默」，忽然；突然。「默」通「驀」。⑥「揾」，擦。⑦「太公」，姜太公。

【水仙子】想當日子牙守定釣魚灘，遇文王親詣磻溪①登將臺〔一〕。如今一等盜糠杀狗為官宦，天那，偏我干功名的難上難。想岩前傅說②貧寒，平糞土把生涯幹，遇高宗一夢间，他須不曾板〔二〕築③在長安。（蕭何踏〔三〕竹马兒上了）〔四〕

〔校〕〔一〕原本「臺」字，隋樹森本未改，其他各本以失韻改作「壇」。〔二〕「板」原本作「梗」，各本均已改。〔三〕「踏」原本作「查」，隋樹森本改作「踏」，其他各本均作「查」。〔四〕此處徐沁君本、王季思本補「（正末唱）」。

〔注〕①「磻溪」，姜太公釣魚之處。②「傅說」，殷代人，曾爲奴版築，商王武丁（高宗）夢見傅說，後于傅險（傅巖）得之。③「板築」即「版築」，是一種造墻方法，先按墻的厚度在兩面竪好板子，再往中間填土、夯實。

【雁兒落】丞相道將咱來不住的赶，韓信子索把程途盼。（蕭何云了）〔一〕為甚却〔二〕①相逢便噤声②，非是我不言語相輕慢。

〔校〕〔一〕此處徐沁君本、王季思本補「（正末唱）」。〔二〕徐沁君本「却」改作「恰」。

〔注〕①「却」，纔；剛。②「噤声」，閉口不作聲，亦作「禁聲」。

【得勝令】我又怕叉手告人難，因此上懶下實彫鞍。（蕭何云了）〔一〕說着漢天子猶〔二〕心困①，量着楚重瞳②怎掛眼③。（蕭何云了）〔三〕弃駿馬雕鞍，向落日夕陽岸；伴蓑笠綸〔四〕竿④，釣西風渭水寒。（蕭何云了）〔五〕

〔校〕〔一〕〔三〕〔五〕此處徐沁君本、王季思本補「（正末唱）」。〔二〕「猶」原本作「由」，唯隋樹森本未改。〔四〕「伴蓑笠綸」原本作「辨衣苙侖」，鄭騫本作「辦簑笠綸」，其他各本均作「辦蓑笠綸」。按，「辦蓑（簑）笠綸竿」意義過實，「辦」應改爲「伴」。末二句指韓信與蓑衣、釣竿爲伴，獨自在渭水邊的寒風裏垂釣。元代滕斌【中吕·普天樂】《酒謫仙强》：「喜駕孤舟瀟湘内，伴綸竿箬笠蓑衣」，與此意境相同，可證。

〔注〕①「心困」，心煩；操心。②「楚重瞳」，項羽。「重瞳」，一個眼球上有兩個瞳孔。③「掛眼」，留意；重視。④「綸竿」，釣魚竿。亦作「輪竿」。

【夜行船】看承的自家如等閑，我早子沒福見刘亭長①龍顔。（蕭何云了）〔一〕誰受尔〔二〕那小覷我的官職！（蕭何云了）〔三〕誰吃尔〔四〕那淹留②咱的茶飯！（蕭何云了）〔五〕剗地③說功名半年期限。

〔校〕〔一〕〔三〕〔五〕此處徐沁君本、王季思本補「（正末唱）」。〔二〕原本「尔」字，各本均改作「你」。〔四〕「吃尔」原本作「乞尔」，各本均改作「吃你」。

〔注〕①「刘亭長」，漢高祖劉邦，曾作泗水亭長。②「淹留」，羈絆；羈留；逗留。③「剗地」，反而；反倒。

【掛玉鈎〔一〕】我怎肯一事无成兩鬢斑〔二〕。(蕭何云了)〔三〕既然尔〔四〕不用我這英雄漢，因此上鉄甲將軍夜度関①。尔〔五〕端的②為马來將人盼？既不為马共人，却有甚別公幹③？我〔六〕漢室江山，可知、可知〔七〕保奏得我甚掛印登壇④？

〔校〕〔一〕「鈎」原本作「釣」，各本均已改。〔二〕「斑」原本作「班」，各本均已改。〔三〕此處徐沁君本、王季思本補「(正末唱)」。〔四〕〔五〕原本「尔」字，各本均改作「你」。〔六〕原本「我」字，徐沁君本改作「你着我輔助」，甯希元本作「你着我輔佐」。徐沁君本校記云：「盛、詞、李本作『你着我輔佐(盛作[作])江山』，雍本作『你着輔助漢世江山』。今據各本綜合校補。」〔七〕鄭騫本、王季思本「可知、可知」處理爲小字、夾白，并上補「(帶云)」。

〔注〕①「鉄甲將軍夜度関」，指伍子胥過昭關事。②「端的」，的確；真的。③「公幹」，公事；公差。④「掛印登壇」，指做高官、當將軍。

(蕭何云了)(漁公上云了)(蕭何并〔一〕末上舡科)〔二〕丞相道漁公説〔三〕得是，官人每不在家里快活，也這般帶〔四〕①月披星生受②子末〔五〕③？將謂韓信功名如此艱辛，元來這打魚的覓衣飯吃〔六〕更是生受。〔七〕

〔校〕〔一〕此處徐沁君本補「正」字。〔二〕此處徐沁君本、王季思本補「(正末云)」，鄭騫本、甯希元本補「(云)」。〔三〕「説」原本作「𬣡」，各本均已改。〔四〕原本「帶」字，隋樹森本、王季思本改作「戴」。〔五〕「子末」原本作「子未」，隋樹森本、王季思本改作「則麽」，其他各本均作「子末」，隋樹森本屬下句，其他各本均屬上句。〔六〕「吃」原本作「乞」，鄭騫本、徐沁君本、隋樹森本改作「吃」，王季思本改作「喫」，甯希元本誤作「覓衣衣飯」。〔七〕此處徐沁君本、王季思本補「(唱)」。

〔注〕①「帶」，同「戴」。②「生受」，受苦；受累。③「子末」，怎麽；做什麽。

【川撥〔一〕棹】半夜里〔二〕恰回還，抵多少夕陽歸去晚。烟烟灣灣〔三〕，珂珮①珊珊。冷清清夜静水寒，可正是漁人江上晚。

〔校〕〔一〕「撥」原本作「卜」，各本均已改。〔二〕「里」原本在「還」下，各本均已改。〔三〕此四字原本作「烟〻灣〻」，隋樹森本校作「烟烟灣灣」，甯希元本作「烟水彎彎」，其他各本均據《雍熙樂府》改作「烟水潺潺」。

〔注〕①「珂珮」，珂製的珮。

【七弟兄】脚踏着〔一〕跳板，手执定竹竿，不住的把舡攀。兀良①我子見沙鷗〔二〕驚起芦花岸，忒楞楞②飛过蓼花灘，可便似禹门浪急桃花泛③。

〔校〕〔一〕「着」原本作「眉」，各本均已改。〔二〕「鷗」原本作「嘔」，各本均已改。

〔注〕①「兀良」，襯詞，無意義；或猶「兀那」。②「忒楞楞」，禽類拍動翅膀聲。③「禹門浪急桃花泛」，比喻春闈。「禹門」，龍門，指科舉考場。「桃花泛」，傳説河津桃花浪起，江海之魚集聚龍門下，躍過龍門的化爲龍，否則點額暴腮。(參見《漢語大詞典》)

【梅花酒】雖然是暮景殘，恰夜静更闌，對綠〔一〕水青山，正天淡云闲，明滴溜①銀〔二〕蟾②似〔三〕海山，光燦爛玉兔照天關。撑開船，掛起帆。俺紅塵中受塗炭，恁綠波中覓衣飯；俺乘駿騎怇〔四〕③登山，尔〔五〕驾孤舟怕逢灘；俺錦征袍④怯衣单，尔綠蓑衣不曾乾；俺乾熬得鬢班班〔六〕⑤，尔枉守定水潺潺；俺不能勾紫羅襴⑥尔空执着釣魚竿。咱都不到這其間。

〔校〕〔一〕「綠」原本作「录」，各本均已改，下同。〔二〕「溜銀」原本作「的良」，各本均已改。〔三〕原本「似」字，隋樹森本未改，其他各本均改作「出」。〔四〕原本「怇」字，各本均改作「懼」。〔五〕原本「尔」字，各本均改作「你」。〔六〕原本「班班」，唯鄭騫本未改，其他各本均改作「斑斑」。

〔注〕①「明滴溜」，明亮貌。②「銀蟾」，月亮。③「怇」，同「懼」，恐懼；害怕。④「征袍」，戰袍。⑤「班班」，斑點衆多貌。「班」同「斑」。⑥「紫羅襴」，紫羅袍，指官服。

【收江南】怎知烟波名利大家難。(做上岸科，漁父先下)〔一〕抵〔二〕多少五更朝外馬嘶寒①。對一天星斗跨彫鞍，不由我倦惮，也是箅來名利不如闲。

〔校〕〔一〕此處徐沁君本、王季思本補「（正末唱）」。〔二〕「抵」原本作「幾」，各本均已改。

〔注〕①「五更朝外馬嘶寒」，老臣五更天在殿外等待上朝。

【鴛鴦煞〔一〕】我想這男兒受困遭磨難，恰便似蛟龍未濟①逢乾旱。塵蒙〔二〕了戰策兵書，消磨了頓〔三〕劍摇環②。唱道③惆悵功名，因何太晚〔四〕？似這般涉水登山，休休休空長嘆。（蕭何帶住）〔五〕謝丞相执手相看，不由我半挽着絲韁意去的懶〔六〕！

（下）

〔校〕〔一〕「鴛鴦煞」原本作「尾」，唯隋樹森本未改。〔二〕「塵蒙」原本作「怎濛」，隋樹森本作「怎蒙」，其他各本均據各明傳本改作「塵蒙」。〔三〕「頓」原本作「遁」，各本均已改。〔四〕「晚」原本作「山」，各本均據《雍熙樂府》改。〔五〕此處徐沁君本、王季思本補「（正末唱）」。〔六〕「絲韁意去的懶」原本作「糸韁意去的[illegible]」，隋樹森本作「絲韁意去的嬾」，鄭騫本作「絲繮意去的嬾」，王季思本作「絲繮意去的懶」，甯希元本作「絲韁意去的懶」，徐沁君本則改作「絲韁去意的懶」。

〔注〕①「未濟」，尚未成功。②「頓劍摇環」，按劍揮刀，形容士氣高漲，鬥志昂揚。③「唱道」，真是；正是。亦作「暢道」。

第三折

（驾上云了）（蕭何云了）（樊〔一〕噲上云了）（正末上開）不想今日得見官里面皮。〔二〕

【中吕】〔三〕【粉蝶兒】手摘星辰，脚平踏〔四〕禹門①潮信②，吐虹蜺〔五〕③千丈絲綸〔六〕，釣五国，平天下，怎交魚龙一混。早子得志羽扇綸〔七〕巾④，再不踐長途客身⑤難進。

〔校〕〔一〕「樊」原本作「凡」，各本均已改。〔二〕此處徐沁君本、王季思本補「（唱）」。〔三〕原本無宫調名【中吕】，各本均已補。〔四〕原本「踏」字，覆元槧本刻作「踏」，鄭騫本、隋樹森本、王季思本作「踏」，徐沁君本、甯希元本作「踏」。〔五〕原本「蜺」字，鄭騫本、徐沁君本、王季思本改作「霓」。〔六〕「絲綸」原本作「糸侖」，各本均已改。〔七〕「綸」原本作「合」，與「侖」簡寫形式形近致誤，各本均已改。

〔注〕①「禹門」，龍門，指科舉考場。②「潮信」，潮水，因涨落有時，故稱。③「虹蜺」，彩虹，亦作「虹霓」。④「羽扇綸巾」，拿着羽毛做的扇子，帶着絲織的頭巾，此指做官。⑤「客身」，客居他鄉的人。

【醉春風】昨日看青山緑〔一〕水劍光昏，今朝見白马紅纓衫〔二〕色新①。便做一宵官〔三〕里夢賢人，也似這般准，准。三省吾身，五陵年少②，端的③一言難尽。

(做探蕭何礼了)〔四〕今日得見官里④，謝丞相一人而已。〔五〕

〔校〕〔一〕「緑」原本作「录」，各本均已改。〔二〕隋樹森本「衫」改作「彩」。〔三〕「宵官」原本作「肖宫」，徐沁君本改作「宵官」，其他各本均作「宵宫」。按，「一宵官里夢賢人」是對周文王夢飛熊典故的化用，故應作「官里」。〔四〕此處徐沁君本、王季思本補「(正末云)」。〔五〕此處徐沁君本、王季思本補「(唱)」。

〔注〕①「白马紅纓衫色新」，喻春風得意。②「五陵年少」，年少豪氣。「五陵」指高門貴族的豪邁氣概，本是渭水北岸今陕西咸陽附近的五個縣的合稱。五縣爲：長陵、安陵、陽陵、茂陵、平陵，是豪富、外戚的居住地。③「端的」，真的；的確。④「官里」，皇帝。

【石榴花】昨日恰正動羈懷①千里踐紅塵，单騎欲私奔。若不是朝中宰相自劳神，把飄零客身②，引入賢門。若不是丞相追回沙！〔一〕這其間趂西風人遠天涯近。子見眾公卿步砌③慇〔二〕勤，擺〔三〕列着半張鸾〔四〕驾④迎韓信，這的是天子重賢臣。

(做見驾)(驾跪〔五〕下科)〔六〕

〔校〕〔一〕該句原本爲大字，隋樹森本未改，其他各本均改作小字、夾白。原本「沙」字，徐沁君本、甯希元本、王季思本改作「吵」。「若」上鄭騫本補「(云)」，徐沁君本、王季思本補「(帶云)」。徐沁君本、王季思本「吵」下補「(唱)」。〔二〕「砌慇」原本作「[illegible]懸」，隋樹森本作「履慇」，其他各本均作「砌般」。按，「[illegible]」覆元槧本刻作「[illegible]」，徐沁君本校記指出，元刊本《老生兒》第二折開頭「砌末」之「砌」刻作「[illegible]」，可證，此説是。今檢覆元槧本，刻作「[illegible]」，亦可佐證。〔三〕「擺」原本作「把」，唯隋樹森本未改。〔四〕原本「鸾」字，各本均改作「鑾」。〔五〕「跪」原本殘作「[illegible]」，鄭騫本作「×」，隋樹森本作「發」，徐沁君本、王季思本作「跪」，甯希元本「[illegible]下」校作「下殿」。〔六〕此處徐沁君本、王季思本補「（正末唱）」。

〔注〕①「羈懐」，羈留异鄉的心情。②「客身」，客居他鄉的人。③「步砌」，步行。④「鸾驾」，天子車駕。「鸞駕」與「鑾駕」均指天子車駕，但來源不同，「鸞駕」指鸞鳥駕馭的車，「鑾駕」指帶鑾鈴的車駕。

【鬥鵪鶉〔一〕】臣迭不得①舞蹈揚塵②。（驾云了）〔二〕嗨！〔三〕好豁達波！〔四〕開基〔五〕至尊。這一遍不弱如③文王自臨，自臨渭濱④。〔六〕（驾云了）〔七〕量這个夯鉄〔八〕之夫⑤小可人⑥，怎做這社稷臣⑦。為我王納諫如流⑧，因此上丞相奏准。

（做回驾科）〔九〕

〔校〕〔一〕「鵪鶉」原本作「奄屯」，各本均已改。〔二〕〔七〕〔九〕此處徐沁君本、王季思本補「（正末唱）」。〔三〕「嗨」原本作「海」，唯鄭騫本未改。〔四〕「好豁達波」各本均作大字、曲文。按，「波」似可視作元雜劇賓白的標記，同折【堯民歌】有「息怒波豁達大度（『度』原本作『肚』，各本均已改）聖明君」與「噤声波低頭切肉大將軍」二句，鄭騫本將「息怒波」「噤声波」處理爲小字、夾白，是。〔五〕原本無「基」字，隋樹森本未改，徐沁君本以衍文删「開」字，其他各本均補「基」字，可通。按，據曲譜，【鬥鵪鶉】第二句正格四字，「開至尊」中脱一字。該句是韓信對劉邦的贊美，因爲劉邦親自來迎接韓信。劉邦是開國皇帝，故補「基」字可通。若作「好豁達波至尊」，正格只能爲「豁達至尊」，而首字要求平聲，「豁」爲仄聲。〔六〕「這一」至「渭濱」原本作「這一遍不若如文王自臨〱渭濱」，鄭騫本校作「這一遍不若如文王自臨，自臨渭濱」，徐沁君本校作「這一遍不弱如文王自臨渭濱」，甯希元本校作「這一遍不若如文王，自臨渭濱」，王季思本校作「這一遍不弱如文王自臨、自臨渭濱」，隋樹森本校作「這一遍不若如文王自臨臨渭濱」。按，王季思本所校正確。據曲譜，【鬥鵪鶉】全曲八句，若如徐本合作一句，則短一句。故「這一遍不若如文王自臨く渭濱」應分作兩句：「這一遍不若如文王自臨，自臨渭濱。」「く」代替「自臨」二字。因爲【鬥鵪鶉】第三、四句正格均爲四字，有重文符號「く」，就必有重叠，若僅叠「臨」字，則第四句正格短一字。「弱如」是「比……弱」，該句指劉邦親自迎接韓信不比周文王親自到渭水河邊請姜太公弱。〔八〕「鈇」原本作「[illegible]」，隋樹森本作「錢」，鄭騫本、王季思本作「賤」，徐沁君本、甯希元本作「鐵」。按，「鈇」「鐵」是，「夯鐵之夫」習見于元雜劇。

〔注〕①「迭不得」，來不及。②「舞蹈揚塵」，舞蹈名，用于祭天、地、神，是最隆重的禮儀。③「弱如」，比……弱，「如」是差比標記。④「渭濱」，渭水之濱。⑤「夯鈇之夫」，粗魯的武夫。⑥「小可人」，尋常、普通之人。「小可」，細小；輕微；尋常。⑦「社稷臣」，國家重臣。⑧「納諫如流」，接受勸諫像流水那樣自然。

【剔銀灯】臣昨日做了个夜度昭関伍員①，不弱〔一〕如②有国難投〔二〕孫臏〔三〕。今日又不曾駈兵領將排着軍陣，不刺③，怎消得我王這般捧轂推輪〔四〕④。量這个提牌〔五〕將，執戟人⑤，霎时間官封一品。

〔校〕〔一〕「弱」原本作「若」，徐沁君本、王季思本改作「弱」。按，「不弱如」義爲「不比……弱」，該句指韓信被蕭何追回前的境遇不比有國難投的孫臏弱。〔二〕原本無「投」字，各本均已補。〔三〕「臏」原本作「濱」，各本均已改。〔四〕「捧轂推輪」原本作「棒鼓推侖」，隋樹森本作「棒鼓推輪」，其他各本均改作「捧轂推輪」。〔五〕「牌」原本作「[illegible]」，隋樹森本校作「熛」，其他各本均改作「牌」。徐沁君本校記云：「《全相平話前漢書續集》卷上，韓信怨恨劉邦的話中有：『且不如楚項羽前提牌執戟。』無名氏《賺蒯通》第二折，韓信上場詩：『當初不解提牌職，誰助高皇定太平。』又白：『初投項王麾下，爲提牌執戟郎。』《陽春白雪》前集卷四馬昂夫【朝天曲】咏韓信：『假王，氣昂，胯下羞都忘。提牌不過一中郎，漂母曾相餉。』據知『𤆻』爲『牌』字的殘缺變形。」

〔注〕①「伍員」，伍子胥。②「弱如」，比……弱，「如」是差比標記。③「不剌」，《漢語大詞典》釋作：「助詞。亦作『不倈』。表轉接語氣。」④「捧轂推輪」，扶着車轂推車前進，一般指古代帝王任命將帥時的隆重禮遇。⑤「提牌將、执戟人」，在高官手下當差的人，比喻才能、身份低微。

【蔓菁菜】陛下！我親掛了元戎印①，久已〔一〕後我王掌十万里錦乾坤，恁时節須正本。尔〔二〕看〔三〕我尽節存忠②立功勳，單〔四〕注③着楚霸王大軍尽。

〔校〕〔一〕甯希元本「已」改作「以」。〔二〕原本「尔」字，各本均改作「你」。〔三〕「看」原本作「春」，各本均已改。〔四〕「單」原本作「丹」，各本均已改。

〔注〕①「元戎印」，主將、統帥的大印。②「尽節存忠」，堅守節操，竭盡忠誠。③「單注」，偏偏注定。

（樊〔一〕噲云了）〔二〕衆軍拿下者①！既為元帅，軍有常〔三〕刑②。推轉者！（駕上云了）〔四〕且留下者！（云）〔五〕我王万歳万歳〔六〕万万歳！想古往今來，多少功臣名將，誰不出於貧寒碌碌之中。听微臣說咱。〔七〕

〔校〕〔一〕「樊」原本作「凡」，各本均已改。〔二〕〔四〕此處徐沁君本、王季思本補「（正末云）」，鄭騫本、甯希元本補「（云）」。〔三〕「常」原本作「長」，唯隋樹森本未改。〔五〕「云」上徐沁君本補「向駕」二字，甯希元本删「（云）」。〔六〕徐沁君本「万歳」不重。按，原本第一個「万歳」下有兩個重文符號，當重。〔七〕此處徐沁君本、王季思本補「（唱）」。

〔注〕①「者」，祈使語氣詞。②「常刑」，一定的刑法。

【十二月】伊尹曾耕於有莘①，子牙曾守定絲綸〔一〕②，傅說在岩前板築〔二〕③，夫子在陳蔡清貧。（等净云了）〔三〕尔〔四〕休笑這做元帅的元是庶人，道丞相也是个黎民。

〔校〕〔一〕「綸」原本作「輪」，各本均已改。〔二〕「築」原本作「大」，唯隋樹森本未改。〔三〕此處徐沁君本、王季思本補「（正末唱）」。

〔四〕原本「尔」字，各本均改作「你」。

〔注〕①「有莘」，古國名，亦作「有侁」。②「絲綸」，釣絲。③「板築」，亦作「版築」，是一種造墻方法，先按墻的厚度在兩面豎好板子，再往中間填土、夯實。

【堯民歌】我從來將相出寒門。(驾云了)〔一〕咱正〔二〕是一朝天子一朝臣。(驾云了)〔三〕息怒波豁達大度〔四〕聖明君。(净云了)〔五〕噤声①波低頭切肉大將軍。(净云了)〔六〕休賣弄花唇②，尔〔七〕不曾把鎗刀劍戟掄〔八〕，我子見尔〔九〕杀狗处③持刀刃〔十〕。

〔校〕〔一〕〔三〕〔五〕〔六〕此處徐沁君本、王季思本補「(正末唱)」。〔二〕「正」原本作「王」，隋樹森本、徐沁君本未改，其他各本均改作「正」。〔四〕「度」原本作「肚」，各本均已改。〔七〕〔九〕原本「尔」字，各本均改作「你」。〔八〕「掄」原本作「侖」，各本均已改。〔十〕「持刀刃」原本作「捽刀万」，隋樹森本、甯希元本作「抨刀刃」，鄭騫本作「捽刀分」，徐沁君本、王季思本作「持刀刃」。徐沁君本校記已找到例證，明代沈采《千金記》第二十六齣：「你是個低頭吃肉大將軍，只好殺狗處持着刀刃。」今從徐沁君本。

〔注〕①「噤声」，閉口不言，亦作「禁聲」。②「花唇」，花言巧語。③「处」，時。

(净云了)(驾上云了)〔一〕霸王酒不飲三，色不侵〔二〕二，有喑嗚叱咤①之威，舉鼎拔〔三〕山之力，人有疾病之苦，泣涕衣食而飲〔四〕。陛下不知霸王却有幾樁〔五〕②兒不及我王処。(等驾云了)〔六〕

〔校〕〔一〕此處徐沁君本、王季思本補「(正末云)」，鄭騫本、甯希元本補「(云)」。〔二〕甯希元本「侵」改作「親」。〔三〕「拔」原本作「披」，各本均已改。〔四〕該句徐沁君本、甯希元本改作「涕泣而分食飲」。〔五〕「樁」原本作「庄」，隋樹森本未改，其他各本均已改。〔六〕此處徐沁君本、王季思本補「(正末唱)」。

〔注〕①「喑嗚叱咤」，厲聲怒喝。②「樁」，件。

【上小樓】他不合①燒阿房三十六宫，杀降兵二十万人。先到咸陽，不依前言，自号為君。赶故主，杀子嬰②，誅絶斬尽。更杀义帝〔一〕③，江心中有家難〔二〕奔。

〔校〕〔一〕「帝」原本作「弟」，各本均已改。〔二〕「難」原本作「誰」，各本均已改。

〔注〕①「合」，該。②「子嬰」，秦三世。③「义帝」，熊心，秦末被擁立爲楚懷王。

【幺篇〔一〕】把長安封與〔二〕佞臣，將彭城改作〔三〕内門。這的是他不得天时，失了地利，惡了秦民。更擄掠民財〔四〕，弑君杀父，言而无信。及至①它〔五〕封官时惜爵刓印②。

〔校〕〔一〕「幺篇」原本作「么」，隋樹森本、鄭騫本作「幺」，其他各本均作「幺篇」。〔二〕「與」原本作「為」，隋樹森本、鄭騫本未改，其他各本均改作「與」。〔三〕甯希元本删「作」字。〔四〕「財」原本作「才」，唯隋樹森本未改。〔五〕原本「它」字，各本均改作「他」。

〔注〕①「及至」，等到。②「刓印」，《史記·酈生陸賈列傳》：「〔項羽〕爲人刻印，刓而不能授。」謂羽摩挲侯印，不忍授人。後因以「刓印」喻吝于爵賞。（參見《漢語大詞典》）

（駕上云了）〔一〕我王錯矣！豁達大度，納諫如流①，為緹縈〔二〕而罷刑肉〔三〕，滅強秦而民稱德〔四〕，有功雖仇必賞，有過雖親〔五〕必誅。霸王為名征，我主施仁义呵！〔六〕

〔校〕〔一〕此處徐沁君本、王季思本補「（正末云）」，鄭騫本、甯希元本補「（云）」。〔二〕「緹縈」原本作「忄宗」，隋樹森本、甯希元本、王季思本未改，鄭騫本作「×宗」，徐沁君本改作「緹縈」。徐沁君本校記云：「此本漢文帝時事，想係誤用或借用。」按，今從徐本。〔三〕原本「刑肉」徐沁君本、王季思本乙作「肉刑」。〔四〕「民稱德」原本作「罷城悳」，隋樹森本、王季思本作「罷城旦」，鄭騫本作「罷城×」，徐沁君本作「民稱德」，甯希元本作「罷城役」。徐沁君本校記云：「『罷』字蒙上句『罷肉刑』而誤；『城』、『稱』音近致誤。」按，今從徐本。〔五〕「親」原本作「斬」，各本均已改。〔六〕此處徐沁君本、王季思本補「（唱）」。

〔注〕①「納諫如流」，接受勸諫像流水那樣自然。

【耍孩兒】這楚重瞳①能有十年運。（驾云了）〔一〕去十分消磨了六分。

臣夜〔二〕觀乾象②甚分明。(驾云了)〔三〕我王帝星③朗朗超羣。(驾云了)〔四〕他时來力舉千斤鼎，直熬〔五〕得運去无功自杀身。(驾云了)〔六〕陛下問安邦策何时定？臣筭着五年滅楚，小可如④三載亡秦。

〔校〕〔一〕〔三〕〔四〕此處徐沁君本、王季思本補「（正末唱）」。〔二〕「夜」原本作「一」，唯隋樹森本未改。〔五〕「熬」原本作「敖」，各本均已改。〔六〕此處王季思本補「（正末唱）」。

〔注〕①「楚重瞳」，項羽。②「乾象」，天象。③「帝星」，古星名，亦稱天帝、紫微星，象征帝王。④「小可如」，表轉折，即「不過如」。

【幺篇〔一〕】恁般一个秦家基〔二〕業人，客尽更〔三〕愁甚末刘項不分。登时间①一統做漢乾坤，笑談间席捲三秦②。收〔四〕齊破趙無虚謬，滅楚興刘有定准。(驾云了)〔五〕請我王休心困③。薦微臣的是朝中宰相，拿霸主〔六〕的全在閫外將軍④。

〔七〕臣已早定議了。〔八〕

〔校〕〔一〕「幺篇」原本作「么」，隋樹森本、鄭騫本作「幺」，其他各本均作「幺篇」。〔二〕甯希元本「基」改作「繼」。〔三〕原本「更」字不清，隋樹森本、甯希元本校作「東」。鄭騫本「客尽」屬上句。〔四〕原本「收」字，覆元槧本刻作「敗」，鄭騫本、隋樹森本沿誤。〔五〕此處徐沁君本、王季思本補「（正末唱）」。〔六〕甯希元本「主」改作「王」。〔七〕此處鄭騫本、徐沁君本、王季思本補「（云）」。〔八〕此處徐沁君本、王季思本補「（唱）」。

〔注〕①「登时间」，馬上；立刻。②「三秦」，秦朝滅亡後，項羽將關中三分，秦降將章邯爲雍王，司馬欣爲塞王，董翳爲翟王，合稱三秦。③「心困」，心煩；操心。④「閫外將軍」，不在朝廷、京城任職的將軍；外任的將軍。

【三煞】臣交子房①散了楚軍，周勃②領着漢兵，臣交酈商③引鉄騎④八方四面相隨趁⑤。臣交王陵⑥作先鋒九里山前明排着陣，臣交灌嬰⑦為合後⑧十面埋伏暗擺〔一〕着軍。臣交樊〔二〕噲去山尖頂上〔三〕，磨旗⑨作軍中眼目，看陣势調遣軍人。

〔校〕〔一〕「擺」原本作「罷」，各本均已改。〔二〕「樊」原本作「凡」，各本均已改。〔三〕「頂」原本作「項」，各本均已改。徐沁君本脱「上」字。

〔注〕①「子房」，張良。②「周勃」，西漢開國將領，周亞夫之父。③「酈商」，西漢初年將領。④「鉄騎」，古代重騎兵。⑤「隨趂」，跟着；追趕。⑥「王陵」，戰國末年楚國人，西漢開國將領。⑦「灌嬰」，西漢開國功臣。⑧「合後」，軍職名，與「先鋒」相對，負責後援、斷後。⑨「磨旗」，摇旗、揮旗發送信號。

【二煞】得勝也臣交大梁王①在後面赶，詐〔一〕②敗也臣交九江王③在前面引，把楚重瞳賺④入長蛇陣⑤。恁时節喑嗚叱咤⑥難開口，便⑦舉鼎拔〔二〕山怎脱身。臣交吕马童〔三〕⑧緊緊地相逗〔四〕趂⑨。（等駕云了）〔五〕不妨事。〔六〕他那里〔七〕知心故友？子是个取命的凶神。

（駕云了）〔八〕相持⑩処⑪用着一人，孤舟短棹，直臨江岸，扮作漁公。楚重瞳杀的怕撞陣衝〔九〕軍，走的慌〔十〕心忙意緊，行至烏江，无処投奔，來叫漁公。〔十一〕

〔校〕〔一〕「詐」原本作「乍」，各本均已改。〔二〕「拔」原本作「披」，各本均已改。〔三〕「童」原本作「通」，唯鄭騫本未改。〔四〕「逗」原本作「逗」，徐沁君本、王季思本校作「追」，隋樹森本、甯希元本作「逗」，鄭騫本作「隨」。〔五〕此處徐沁君本、王季思本補「（正末云）」，鄭騫本補「（云）」。〔六〕此處徐沁君本、王季思本補「（唱）」。〔七〕「里」下鄭騫本、王季思本補「是」。〔八〕此處徐沁君本、王季思本補「（正末云）」，鄭騫本、甯希元本補「（云）」。〔九〕「衝」原本作「充」，各本均已改。〔十〕「慌」原本作「荒」，各本均已改。〔十一〕此處徐沁君本、王季思本補「（唱）」。

〔注〕①「大梁王」，彭越，西漢初年名將。②「詐」，假。③「九江王」，英布，秦末漢初名將。④「賺」，騙。⑤「長蛇陣」，古代用兵陣法，將軍隊排成長蛇形根據戰況靈活變化。⑥「喑嗚叱咤」，厲聲怒喝。⑦「便」，即便；即使。⑧「吕马童」，西漢開國功臣，殺項羽。⑨「逗趂」，追逐。「逗」「趂」均爲「追；趕」義。⑩「相持」，兩方對立，互相牽制，難分勝負。⑪「処」，時。

【〔一〕尾】子①說道渡人不渡〔二〕馬。（駕云了）〔三〕他待②渡馬时便說不〔四〕

渡人。（駕云了）〔五〕這的是一朝马死黄金尽③。那时節有家難逩，有国難投，急不得已，〔六〕羞扯龍泉④自〔七〕去刎！

（下）

〔校〕〔一〕徐沁君本、王季思本補「煞」字。〔二〕「渡」原本作「浪」，各本均已改。〔三〕〔五〕此處徐沁君本、王季思本補「（正末唱）」。〔四〕「說不」原本作「不說」，隋樹森本、甯希元本未改，其他各本均乙轉。〔六〕原本「那时」至「難投」爲大字，「急不得已」爲小字，隋樹森本均處理爲大字、曲文，其他各本均處理爲小字、夾白。「那」上鄭騫本、徐沁君本、王季思本補「（帶云）」，「已」下徐沁君本補「（唱）」。〔七〕「自」原本作「目」，各本均已改。

〔注〕①「子」，只。②「待」，要。③「马死黄金尽」，謂錢財用盡。④「龍泉」，寶劍名。

第四折

（踏〔一〕竹馬兒調陣子①上）（漁翁、霸王一折了）（駕一行上）（〔二〕末扮吕馬童〔三〕上云）怎想今日烏江岸上，九里山前，送②了尔〔四〕呵！好傷感人呵！〔五〕

【正宫】〔六〕【端正好】再休誇桀紂起刀兵，謾③說吴越相吞併，也不似這一場虎鬥龍争。方信圖王霸業④從天命，成敗皆前定。

〔校〕〔一〕「踏」字原本殘缺，隋樹森本、鄭騫本删，其他各本均作「踏」。〔二〕徐沁君本補「正」字。〔三〕「童」原本作「通」，唯鄭騫本未改。〔四〕原本「尔」字，各本均改作「你」。〔五〕此處徐沁君本、王季思本補「（唱）」。〔六〕原本無宫調名【正宫】，各本均已補。

〔注〕①「調陣子」，古代戲曲場面術語，表現戰争場景。②「送」，斷送；葬送。③「謾」，休；别。④「圖王霸業」，謀求稱王稱霸大業。

【滚綉球〔一〕】哎！霸王呵！全不見鴻門會那氣性，今日向烏江岸滅尽形。那里也拔山舉鼎，怎想尔〔二〕臨死也通个人情。自刎〔三〕処①，叫一声鄉人吕马童〔四〕！梟首級分付的明。〔五〕這兩椿〔六〕兒送②得楚重瞳百事无成：待回向垓心[③]里别了虞[七]姬，闷闷闷，懶歸西楚親无救；待去來吴楚八千子弟散得无一人，羞荅荅[八]，耻向東吴再起兵。另巍巍[④]孤掌難鳴。

（驾云了）[九]

〔校〕〔一〕「滚綉球」原本作「衮秀求」，各本均已改。〔二〕原本「尔」字，各本均改作「你」。〔三〕「刎」原本作「别」，各本均已改。〔四〕「童」原本作「通」，唯鄭騫本未改。徐沁君本「鄉人吕马童」處理爲小字、夾白，上補「（帶云）」，下補「（唱）」。〔五〕此處鄭騫本、王季思本注：「（以下缺五句）（此處有佚曲若干）」，且此二本均將該曲後續語句改作第二支【滚綉球】的後半部分語句。第二個【滚綉球】曲牌下注「（以上缺七句）」。甯希元本補空圍，「明」下補五句空圍，每句數目分别爲四、七、七、七、四，「這」上補八句空圍，每句數目分别爲三、三、四、七、一、二、三、四。鄭騫本、王季思本、甯希元本在兩支【滚綉球】間據《北詞廣正譜》補一曲【轉調貨郎兒】，曲文如下：「那其間更闌人静，子房公吹笛數聲，却又早元戎帳裏夢魂驚，歌動離鄉背井，聲悲切雨泪盈盈，鐵笛吹響故鄉情，他可都傷心見景。衆兒郎不顧將軍令，項重瞳引着虞姬聽，早八千兵散楚歌聲。月滿空，恰二更。當夜個，吹散了他那英雄百萬兵。」徐沁君本、隋樹森本未改補。按，今亦暫依原本。〔六〕「椿」原本作「庄」，隋樹森本未改，其他各本均已改。〔七〕「虞」原本作「吴」，各本均已改。〔八〕徐沁君本「荅荅」改作「羞羞」。〔九〕此處徐沁君本、王季思本補「（正末唱）」。

〔注〕①「処」，時。②「送」，斷送；葬送。③「垓心」，重圍之中。④「另巍巍」，單獨貌。

【收[一]尾】子[①]為那八千子弟无踪影，因此上送得他十二瑶堦[②]独自行。道寡稱君事不成，創業[二]開基命不存。失却龍駒怎戰争，别了虞姬那痛增。前後軍兵緊相併[三][③]，左右鎗刀斷[四]圍定。揉袖[五]揎拳[④]挺魁[六]頂，破步撩衣[⑤]扯劍迎，響断獅蠻[七][⑥]心不寧，仗着龍泉身畧横，猿背[八]弯環[九]，醉眼朦朦[十]，腰項斜稱，呀！他可早鮮血淋漓了戰袍領！

（下）（扮韓信上）（駕上云）

〔校〕〔一〕徐沁君本、王季思本「收」改作「煞」。〔二〕「業」原本空缺，各本均補。〔三〕此字原本殘存左下角，各本均校作「併」。〔四〕甯希元本「斯」誤作「厮」。〔五〕「揎袖」原本作「[illegible]抽」，隋樹森本作「掠袖」，鄭騫本作「揎袖」，徐沁君本、甯希元本作「捋袖」，王季思本作「提袖」。徐沁君本校記辨明該詞有幾種寫法：「揎拳捋袖」「裸袖揎拳」「揎拳揎袖」「揎拳攞袖」。〔六〕原本「魁」字，徐沁君本、甯希元本改作「盔」。徐沁君本校記指出「魁」「盔」同音諧謔。故可不改。〔七〕「鑾」原本殘作「[illegible]」，隋樹森本、鄭騫本、甯希元本作「鏊」，徐沁君本、王季思本作「鑾」。徐沁君本校記云：「『鑾』字上截殘損，下截似『金』字。覆本作『鏊』。今改。按：鏊，如爲兜鏊，與上『盔』犯複；且『獅鏊』不成詞。獅鑾，指帶。」徐説是。〔八〕徐沁君本「背」改作「臂」。〔九〕甯希元本「環」改作「躬」。〔十〕第二個「朦」字原本作重文符號，隋樹森本重作「朦朦」，其他各本均改作「朦朧」。

〔注〕①「子」，只。②「瑶堦」，宫殿中玉砌的臺階。③「併」，拼殺；追殺。④「揎袖揎拳」，捋起衣袖露出手臂、拳頭，謂準備戰鬥。⑤「破步撩衣」，撩起衣服大步快走。⑥「獅鑾」，亦作「獅鑾帶」，帶獅子、鑾王圖案的玉帶。

題目　　霸王垓下别虞姬　　高皇親掛元戎印

正名〔一〕　　漂母風雪嘆王孫　　蕭何月夜追韓信

新刊関目月夜追韓信的本畢〔二〕

〔校〕〔一〕原本無「正名」，隋樹森本未補，其他各本均已補。〔二〕尾題鄭騫本改作「蕭何月夜追韓信終」，徐沁君本作「新刊關目《月夜追韓信》的本畢」，甯希元本改作「蕭何月夜追韓信雜劇終」，隋樹森本、王季思本删尾題。

新刊関目陳季卿悟道竹葉舟

范　康

校本四種

鄭騫本：鄭騫《校訂元刊雜劇三十種》

徐沁君本：徐沁君《新校元刊雜劇三十種》

甯希元本：甯希元《元刊雜劇三十種新校》

王季思本：王季思《全元戲曲》（第四卷）

第一折

（外末扮陳季卿上，云）小生姓陳，名季卿，武林餘杭人也。幼年習學儒業，來到京師應舉①，不及第，流落于此。正值冬天，下着紛紛揚揚大雪。好命薄呵！猛想起來，此間青龍寺惠長老，乃是小生故鄉人也，今日去投逩一遭。（等外末上，開住）（等行者云了）（外末題滿庭芳云了）（正末扮鶴氅提荆籃上，開）貧道姓吕，名嵓，字洞賓，道号純陽子。本師法旨：為凡世間有一人姓陳名季卿，此人有神仙之分，交我點化此人。望見這青龍寺有一道紫氣，敢有此人在這寺里。〔一〕朝遊北海暮蒼梧〔二〕，袖内〔三〕青蛇膽氣粗。三日〔四〕岳陽人不識，朗吟②飛過洞庭湖。〔五〕

〔校〕〔一〕此處各本均補「（詩曰）」。〔二〕甯希元本「梧」誤作「悟」。〔三〕甯希元本「内」改作「有」。〔四〕原本「日」字，鄭騫本未改，徐沁君本、王季思本改作「入」，甯希元本改作「醉」。

〔五〕此處徐沁君本、王季思本補「（唱）」。

〔注〕①「應舉」，參加科舉考試。②「朗吟」，高聲吟誦。

【仙吕】〔一〕【點絳唇】恰①遊了這北海〔二〕蒼梧〔三〕，又早歲華②幾度，成今古。嘆世事榮枯，誰識長生路？

〔校〕〔一〕原本無宫調名【仙吕】，各本均已補。〔二〕「海」原本作「粤」，鄭騫本、徐沁君本未改，甯希元本、王季思本已改。〔三〕甯希元本「梧」誤作「悟」。

〔注〕①「恰」，剛。②「歲華」，時光；年華。

【混江龍】量這一坨兒寰土①，經了些〔一〕龍争虎鬥戰争余。我從剖開混沌，踏破空虚。陵谷高深悉变迁，山河氣象映青虚②。秘養的精神似水，顔色如朱。又不服玄精③雲母④，又不餌枸杞蒼術，又不采茯苓桂〔二〕子，又不佩宝籙⑤靈符。子把心猿意馬⑥牢拴住，一任⑦交星移物换⑧，石爛桑枯⑨。

（正末〔三〕与外末相見科〔四〕）〔五〕秀才在此何幹？莫圖富貴，休貪名利，肯隨我出家去？〔六〕

〔校〕〔一〕徐沁君本脱「些」字。〔二〕甯希元本「桂」誤作「挂」。〔三〕徐沁君本删「正末」。〔四〕此處徐沁君本、甯希元本補「云」。〔五〕此處鄭騫本、王季思本補「（正末云）」。〔六〕此處徐沁君本、王季思本補「（唱）」。

〔注〕①「寰土」，疆土。②「青虚」，青天；上天。③「玄精」，道教指人身體的精氣、元氣。④「雲母」，一種礦石，白色者可食用。⑤「宝籙」，道家的符籙。⑥「心猿意馬」，心思似猿、馬一般不安定。⑦「一任」，任憑。⑧「星移物换」，比喻時間變化。⑨「石爛桑枯」，比喻時間變化或永遠。

【油葫芦】笑您這千丈風波名利途，問〔一〕是非鄉枉受苦，便做到佩蘇〔二〕秦金印待何如？你看凌烟閣①那个是真英武，金谷園②都是些濁男女。（外〔三〕云）也有賢的。〔四〕分甚賢辨甚麼愚？折末③將陶朱公④遺像把黄金鑄，也是泛烟水洞庭湖。

〔校〕〔一〕甯希元本「問」改作「向」。〔二〕原本「蘇」字空缺，各本均補。〔三〕此處徐沁君本補「末」字。〔四〕此處徐沁君本、王季思本補「（正末唱）」。

〔注〕①「凌烟閣」，封建帝王爲表彰功臣而建的繪有功臣畫像的高閣。②「金谷園」，西晋石崇的别墅。③「折末」，即使。④「陶朱公」，春秋越國范蠡的别稱。

【天下樂】早經了一戰功成万骨枯！嘆您〔一〕這區區①，文共武，好辛苦麼紫羅袍②白象笏③。争如④我誦黄庭⑤道德經，持金符⑥太素書⑦，轉〔二〕清風一万古。

〔校〕〔一〕甯希元本「您」改作「你」。〔二〕原本「轉」字，鄭騫本未改，徐沁君本、王季思本改作「傳」，甯希元本據《元曲選》改作「播」。

〔注〕①「區區」，形容微不足道。②「紫羅袍」，官員的朝服。③「白象笏」，古代大臣上朝時所執的象牙做的板子，也叫手板，材質除象牙外，還有竹木、玉石等。④「争如」，怎如；不如。⑤「黄庭」，道教經典著作《黄庭經》。⑥「金符」，符命，古代指上天賜給人君的符瑞，是受命之憑證。⑦「太素書」，指《太上老君太素經》。

（等外末云了）〔一〕黄庭道德經。秀才，你不〔二〕身上飢寒？（等外〔三〕云了）〔四〕貧道略有小術，便交你不飢寒。（做取藥〔五〕与外末了）（外〔六〕喫藥〔七〕了）（外問末了）〔八〕（此處字迹無法辨認）〔九〕（正末云）昔日四皓①隱於商山，巢由②遁〔十〕於潁〔十一〕水，此乃達道〔十二〕③之仙。（等外〔十三〕云了）〔十四〕

〔校〕〔一〕〔四〕此處甯希元本補「（云）」，其他各本均補「（正末云）」。〔二〕徐沁君本「不」上補「莫」字，甯希元本「不」下補「覺」字。〔三〕〔六〕〔十三〕此處徐沁君本補「末」字。〔五〕〔七〕原本「藥」字不清，徐沁君本作空圍。〔八〕〔九〕此處殘損不清，鄭騫本作「（外問末了）（此處有缺文約七八字）」，徐沁君本作「（外末問正末了）……」，甯希元本作「（外末問□□□□上秘訣之道）」，王季思本作「（外末問正末了）（此處有缺文約七八字）」。〔十〕「遁」原本作「達」，鄭騫本、王季思本未改，徐沁君本改爲「遁」，甯希元本改爲「避」。今從徐本。〔十一〕「潁」原本作「穎」，各本均已改。〔十二〕「道」原本有殘損，鄭騫本校作「退」，其他各本均作「道」。〔十四〕此處徐沁君本、王季思本補「（正末唱）」。

〔注〕①「四皓」，指秦末隱居商山的東園公、角里先生（角，一作角）、綺里季、夏黄公。四人鬚眉皆白，故稱商山四皓。也泛指隱居不仕、德高望重的人。（參見《漢語大詞典》）②「巢由」，巢父和許由，均爲堯時隱士，堯讓位于二人，均不受。後代指隱居不仕者。③「達道」，得道。

【那吒令】豈不聞列禦寇乘〔一〕清風，入八區①；子房公②伴赤松，歸洞府；漢張騫〔二〕浮槎③入帝都④；更有葉靖禪，引着明皇去，遊遍天衢⑤。

〔校〕〔一〕「乘」原本作「乗」，鄭騫本、王季思本校作「乘」，徐沁君本、甯希元本作「踩」。鄭騫本認爲形近致誤。〔二〕徐沁君本、甯希元本補「泛」字。

〔注〕①「八區」，八方；天下。②「子房公」，漢代張良。③「浮槎」，木筏；木船。④「帝都」，京城。⑤「天衢」，天上的道路；京城的道路。

【鵲踏枝】俺那里景非俗，也没您下民①居。見的雨霧雲霞，影〔一〕徹天衢。大羅仙没揣的②过去，我下塵凡點化頑愚。

〔二〕秀才，你知這幾件事？（外〔三〕云）甚事？〔四〕

〔校〕〔一〕原本「影」字，鄭騫本、甯希元本改作「彩」，鄭騫本校記云：「此用王勃滕王閣詩序語」，甯希元本從。〔二〕此處鄭騫本、王季思本補「（正末云）」，徐沁君本、甯希元本補「（云）」。〔三〕此處徐沁君本補「末」字。〔四〕此處徐沁君本、王季思本補「（正末唱）」。

〔注〕①「下民」，百姓；人民。②「没揣的」，不料；没想到。

【寄生草】想當日刘高祖，逼倒个楚項羽。顯它〔一〕那拔山舉鼎英雄处，投至①紅塵迷却陰陵②路，又早烏江不是无舡渡。你學取休官弃職漢張良，不如閒早歸山去。

（等外末云了）（〔二〕末云）我住処你尋着？〔三〕

〔校〕〔一〕原本「它」字，各本均改作「他」。〔二〕此處鄭騫本、徐沁君本、王季思本補「正」字。〔三〕此處徐沁君本、王季思本補「（唱）」。

〔注〕①「投至」，等到。②「陰陵」，春秋時爲楚邑，楚漢時爲項

羽兵敗後迷失道處。

【幺篇〔一〕】枉踏破王喬①登仙履，不見俺葛洪②煉藥炉。俺那屋任來任去隨身住，无風无雨難傾覆，不修不壘常堅固。又不曾洞門深鎖遠山中，白雲滿地你无尋処。

〔校〕〔一〕「幺篇」原本作「么」，鄭騫本作「幺」，其他各本均作「幺篇」。

〔注〕①「王喬」，下洞八仙之一。②「葛洪」，東晋煉丹家，字號抱樸子。

（等外〔一〕云了）（正末云了）（外末不采〔二〕科）（正末看華夷圖題詩科）閑觀九域①志，如同下眼觀。軍府②抬頭覷，邊廷〔三〕③咫尺間。縣排十万鎮，州隱五千山。雖无歸去路，好把畫圖看。（外末做不采〔四〕正末科）（正末起身讀外末滿庭芳了）（外末云，吟鳳棲梧了）〔五〕（正末冷笑科〔六〕）愚漢又有思鄉之意。秀才，我不曾來时，你作一詞，我尚記的。（等外末云了）〔七〕貧道終南山野叟是也。（等外〔八〕云了）〔九〕秀才，你肯跟〔十〕貧道去，贈你一帆清風，不用盤纏便到。（指壁上華夷圖）此一条道，正是歸鄉之路。〔十一〕

〔校〕〔一〕〔八〕此處徐沁君本補「末」字。〔二〕〔四〕原本「采」字，鄭騫本未改，其他各本均改作「睬」。〔三〕徐沁君本「廷」改作「庭」。〔五〕此處有一科介「（正末起身讀外末滿庭芳云了）」，鄭騫本保留，其他各本均删。〔六〕此處徐沁君本、王季思本補「云」。〔七〕〔九〕此處甯希元本補「（云）」，其他各本均補「（正末云）」。〔十〕「跟」原本作「根」，唯鄭騫本未改。〔十一〕此處徐沁君本、王季思本補「（唱）」。

〔注〕①「九域」，九州；天下。②「軍府」，軍中府庫；將帥的府署。此指將帥。③「邊廷」，邊疆；邊地。也指邊地官署。

【醉中天】這篇詩勝王粲登楼賦，似張翰憶蓴鱸。（正末〔一〕把竹葉貼壁上〔二〕）你覷渺渺烟波賽一葉兒芦。（等外末云了）（末〔三〕云）呆漢，正道上好去者！〔四〕休猜做野水无人渡。你發志氣長安應舉，不及第〔五〕似淵明歸去，兩椿〔六〕兒是一夢華胥①。

(〔七〕末云）呆漢，望見你去的路麽?〔八〕

〔校〕〔一〕徐沁君本、甯希元本删「正末」。〔二〕此處徐沁君本、王季思本補「唱」。〔三〕甯希元本删「末」字，其他各本「末」上均補「正」字。〔四〕此處徐沁君本補「（唱）」。〔五〕「第」原本作「弟」，各本均已改。〔六〕「椿」原本作「庄」，各本均已改。〔七〕「末」上鄭騫本、王季思本補「正」字，徐沁君本删「末」字。〔八〕此處徐沁君本、王季思本補「（唱）」。

〔注〕①「一夢華胥」，黄帝夢見游于華胥氏之國，因以「華胥夢」代指夢境。

【金盞兒】你覷烟浪暗荆吴，遠水泛舳艫①，一任交風濤洶〔一〕湧蛟龍怒。(正〔二〕末云了)〔三〕你把双眸緊閉偃着身軀〔四〕。棹穿波月冷，帆掛海雲浮。寒烟生古渡，兀良②便似茅舍旧鄉間③。

(〔五〕云）呆漢，休開眼！莫忘了正道者！〔六〕

〔校〕〔一〕「洶」原本作「汹」，各本均已改。〔二〕原本「正」字，徐沁君本、甯希元本改作「外」。〔三〕此處徐沁君本補「（正末唱)」。〔四〕「軀」原本作「躯」，各本均已改。〔五〕鄭騫本、王季思本補「正末」。〔六〕此處徐沁君本、王季思本補「（唱)」。

〔注〕①「舳艫」，船頭與船尾，泛指船艦。②「兀良」，襯詞，無意義。③「鄉間」，家鄉；故鄉；鄉里。

【賺煞〔一〕】我与你踢倒鬼門関，却早夢遶槐安路，一枕南柯省悟。子被這利鎖名韁相纏住，點頭時暮景桑榆①。你若是到蓬壺②，我与你割断凡俗，這的是袖里青蛇膽氣麄。趂着烟霞伴侣，舞西風歸去，我交你朗吟飛过洞庭湖。

（下）

〔校〕〔一〕「賺煞」原本作「尾」，各本均已改。

〔注〕①「暮景桑榆」，指晚年時光。日落時陽光照在桑樹、榆樹枝頭，借指日暮、晚年。亦作「桑榆景」「桑榆晚景」「桑榆之景」。②「蓬壺」，蓬萊的别稱，傳説中的仙山。

第二折

(外末云了)〔一〕（正末引净、孤四人戴逍遥〔二〕道粧上云）神仙每好

快活！〔三〕

【雙調】〔四〕【新水令】我曾向五湖①三島②自遨遊，則我這拂天風兩枚袍袖。喚灵童採瑞草，同仙子上瀛洲③。散袒〔五〕④優悠〔六〕，嘆塵世幾昏晝。

〔校〕〔一〕徐沁君本、甯希元本、王季思本將「（外末云了）」置于上折末，王季思本「（外末云了）」下又補「（下）」。〔二〕「遥」下徐沁君本、甯希元本、王季思本補「巾」字。〔三〕此處徐沁君本、王季思本補「（唱）」。〔四〕原本無宮調名【雙調】，各本均已補。〔五〕「袒」原本作「袒」，各本均改作「誕」。〔六〕徐沁君本「悠」改作「遊」。

〔注〕①「五湖」，洞庭湖、鄱陽湖、太湖、巢湖、洪澤湖。②「三島」，傳說中的蓬萊、方丈、瀛洲三座海上仙山。亦泛指仙境。③「瀛洲」，傳說中的東海仙山。④「散袒」，義同「散誕」，悠閑自在；放誕不羈；不受拘束。

【駐馬听】我故国神遊，見物換星移①幾度秋；將浮生講究，經了些夕陽西下水東流。嘆興亡眉鎖庙堂愁，為功名人似黄花瘦。歸去休，看銀山鉄壁層層秀。

（外末暗上科）（正末云）陳季卿呆漢，你到此有何事？（等外末驚云了）〔一〕

〔校〕〔一〕此處徐沁君本、王季思本補「（正末唱）」。

〔注〕①「物換星移」，比喻時間變化。

【雁兒落】你自吞了名利鈎，向苦海誰人救？早則不凌雲氣貫斗牛，枉了你戰篤速①把丹墀②叩。

（外末云）四座先生高姓？

〔注〕①「戰篤速」，顫抖；戰抖。②「丹墀」，宮殿或祠廟的紅色臺階。

【掛玉鈎〔一〕】噤声！〔二〕①我傲杀人間万户侯，見它〔三〕泪淹濕羅衫袖。〔四〕俺四个品竹調絃〔五〕②，自歌自舞，岂不樂乎！〔六〕正是幾処笙歌幾処愁，直餓的佀夷齊③瘦。你却不去鳳閣④前，鸾臺⑤後，金榜標名，剗地⑥向異境⑦神遊。

（等外末云了）

〔校〕〔一〕「鈎」原本作「勾」，各本均已改。〔二〕徐沁君本、王季思本「噤声」移至該曲牌前「高姓」後，并前補「（正末云）」，後補「（唱）」。〔三〕原本「它」字，各本均改作「他」。〔四〕此處鄭騫本補「（云）」，徐沁君本、王季思本補「（帶云）」。〔五〕徐沁君本「絃」改作「弦」。〔六〕此處徐沁君本、王季思本補「（唱）」。

〔注〕①「噤声」，閉口不言。②「品竹調絃」，泛指吹彈管弦樂器。③「夷齊」，伯夷和叔齊，耻食周粟，餓死在首陽山。④「鳳閣」，指帝王的樓閣、宮殿。⑤「鸾臺」，宮殿、高臺的美稱。⑥「剗地」，反而；反倒。⑦「異境」，奇異的境界，此指仙境。

【沽美〔一〕酒】你噤声！〔二〕你剗地①待紅塵中為太守，青史内把名留。緊袖了攀蟾折桂②手，把功名住休，把玄関③快參透。

〔校〕〔一〕「美」原本作「高」，各本均已改。〔二〕徐沁君本、王季思本「你噤声」移至該曲牌前科介後，并前補「（正末云）」，後補「（唱）」。

〔注〕①「剗地」，反而；反倒。②「攀蟾折桂」，喻科舉高中、及第。③「玄関」，入道的法門。

【太平令】〔一〕看閬苑①山明水秀，強似絶粮孔子在陳州。枉了學鑿壁匡衡講究，枉了學〔二〕映雪孫康生受。便做到五侯②，在鳳楼③，飲御酒，好辛苦呵金章紫綬④。

（末〔三〕云）呆漢，你記得与終南山野叟相辨四仙其事麼？（外末云）記得。（正末云）你認的俺四个？（外末云）小生都不認得。（等四仙各云了）〔四〕

〔校〕〔一〕原本該曲與上曲連在一起，各本均補【太平令】。〔二〕「學」原本作「受」，唯鄭騫本未改。〔三〕徐沁君本删「末」字，鄭騫本、王季思本「末」上補「正」字。〔四〕此處徐沁君本、王季思本補「（正末唱）」。

〔注〕①「閬苑」，傳説中神仙的居處。②「五侯」，公、侯、伯、子、男五等諸侯。③「鳳楼」，即龍樓鳳閣、龍樓鳳闕，代指帝王的宮殿。④「金章紫綬」，金印和紫色印綬，代指位高權重。

【滴滴金】我駕天風摩挲①星斗，這个曾慷慨運機籌②，這个独泛灵槎把天関③参透，這个在月殿里遨遊。

〔注〕①「摩挲」，撫摸；觸摸。②「機籌」，計謀；計策。③「天関」，得道的法門。

【折桂令】早子不播虚名万古千秋〔一〕。（正末云了）（外末云了）〔二〕早不一〔三〕跳龍門，独占鰲頭；剗地遠負琴書，苦懨懨①似宋玉悲秋。你對終南山忘機野叟，在青龍寺高枕无憂。你駕一葉〔四〕舟，〔五〕万里江流。如今夢入槐安②，早兩処凝愁③。

（正末云了）（等外末〔六〕臨江仙了）（正末云）此子可教。（等外末云了）〔七〕

〔校〕〔一〕「千秋」原本爲墨丁，各本均補「千秋」。〔二〕〔七〕此處徐沁君本、王季思本補「（正末唱）」。〔三〕甯希元本「一」改作「魚」。〔四〕「舟」上各本均據《元曲選》補「扁」字。〔五〕「万」上徐沁君本、甯希元本、王季思本據《元曲選》補「泛」字。〔六〕「臨」上徐沁君本、甯希元本、王季思本均補「吟」字。

〔注〕①「苦懨懨」，苦悶；痛苦。亦作「苦厭厭」。②「槐安」，槐安國；槐安夢。③「凝愁」，凝聚愁情。

【川撥棹】枉了你自僝僽①，緊閉談天說地口〔一〕。便滅楚興刘，拜相封侯〔二〕，佐漢祖②功施宇宙，真乃是補完天地手。

〔校〕〔一〕「口」字原本空缺，各本均補。〔二〕「候」原本作「佐」，各本均已改。

〔注〕①「僝僽」，煩惱；煩悶。②「漢祖」，劉邦。

【七弟兄】剗地①點頭，拂袖，五雲②遊，弃司徒金印沉如斗。玉溪边烟水不停流，看翠岩前風月長依旧。

〔注〕①「剗地」，反而；反倒。②「五雲」，五色祥雲。

【梅花酒】休待兩鬢秋，与天子分憂。嘆歲月如流，呀！早白了人頭。待〔一〕献賦長楊①臨帝闕②，我乘綵〔二〕鳳上瀛洲③。俺三个是故友：一个吹玉笛對岩幽④，一个倚銀箏⑤步滄洲，這个彈錦瑟上扁舟。

〔校〕〔一〕原本「待」字，徐沁君本、甯希元本、王季思本據《元曲選》改作「你」。〔二〕原本「綵」字，鄭騫本未改，其他各本均改作「彩」。

〔注〕①「長楊」，秦漢時期的長楊宫，在今陝西周至縣東南。②「帝闕」，京城；皇城門。③「瀛洲」，傳説中的東海仙山。④「岩幽」，山岩幽深處。⑤「銀筝」，用銀裝飾的筝，或用銀字表示音調高低的筝。（參見《漢語大詞典》）

【收江南】我臥吹簫〔一〕管到揚州，趂清風吹上碧霄遊。你跨金鼇①穩上鳳凰楼②。〔二〕拿雲③且袖手，管取一場蝴蝶夢莊周。

（正末〔三〕云）不可久留，你鄉間〔四〕④近也，咫尺可到，休忘了正道！〔五〕

〔校〕〔一〕「簫」字原本空缺，各本均已補。〔二〕徐沁君本補「我」字。〔三〕徐沁君本删「正末」。〔四〕鄭騫本、王季思本「間」改作「閭」。〔五〕此處徐沁君本、王季思本補「（唱）」。

〔注〕①「金鼇」，傳説中的神龜。②「鳳凰楼」，指華美的樓閣。③「拿雲」，比喻本領高强。④「鄉閭」，家鄉；故鄉；鄉里。

【鴛鴦煞〔一〕】趂着清風明月黄昏後，天涯倦客①空生受。憑着短劍長琴，遊遍七国春秋。唱道②暴虎馮河③，學屠龍袖手。你〔二〕若要散袒〔三〕④優悠〔四〕⑤，净洗了心上塵〔五〕垢，子俺閬苑⑥遨遊，再休向邯鄲路⑦兒上走。

〔六〕（外末云了，叫漁舡科，云下）

〔校〕〔一〕「鴛鴦煞」原本作「離亭宴煞」，各本均據《元曲選》改作「鴛鴦煞」。〔二〕「你」原本殘作「」，各本均校作「你」。〔三〕「袒」原本作「」，各本均改作「誕」。〔四〕徐沁君本「悠」改作「游」。〔五〕原本此處空缺一字，鄭騫本、王季思本補「和」字。〔六〕此處各本均補「（下）」。

〔注〕①「倦客」，浪迹他鄉的人。②「唱道」，真是；正是。亦作「暢道」。③「暴虎馮河」，空手打虎，徒步過河。比喻有勇無謀、冒險蠻幹，也比喻勇猛果敢。④「散袒」，義同「散誕」，悠閑自在；放誕不羈；不受拘束。⑤「優悠」，悠閑自在。⑥「閬苑」，傳説中神仙的居處。⑦「邯鄲路」，指求取功名之路，亦作「邯鄲道」。

第三折

（等孛老、保〔一〕儿、旦兒〔二〕一折下）（正末扮漁夫〔三〕披着簑衣摇舡

上，開）月下撑開一葉舟，風前收起釣魚鉤。箬笠[①]遮頭捱日月，簑衣披躲度春秋。俺這打漁[四]人好是[②]快活！[五]

〔校〕〔一〕徐沁君本、王季思本「保」改作「卜」。〔二〕徐沁君本删「兒」字。〔三〕徐沁君本「夫」改作「翁」。〔四〕徐沁君本、甯希元本「漁」改作「魚」。〔五〕此處徐沁君本、王季思本補「（唱）」。

〔注〕①「箬笠」，竹篾、箬葉編成的斗笠。②「好是」，很是；真是；甚事。

【南吕】[一]【一枝花】短蓬窓新織成，細網索重編[二]就。却[三]才對西風捲了釣絲[四][①]，又早隨明月棹着扁舟。烟水悠悠，自釀下黄炉酒，自提着班[五]竹[②]篘[③]，直喫的醉朦朧月朗風清，閑快活[六]天長地久。

〔校〕〔一〕原本無宫調名【南吕】，各本均已補。〔二〕「編」原本作「𦁤」，鄭騫本校作「綸」。〔三〕徐沁君本「却」改作「恰」。〔四〕徐沁君本「釣絲」乙作「絲釣」。按，「釣絲」無誤，不可乙轉。據曲譜，【一枝花】第三句正格五字，第四個正格字應爲去聲，末字平仄不論，末字亦不須押韵。「釣」爲去聲，剛好合乎平仄要求。且「釣絲」爲一詞，指釣魚竿上的絲綫。唐代杜甫《重過何氏》詩三：「翡翠鳴衣桁，蜻蜓立釣絲」，宋代陸游《舟中對舟》：「江空裊裊釣絲風，人静翩翩葛巾影。」故「釣絲」不可乙轉。〔五〕原本「班」字，各本均改作「斑」。〔六〕原本此處有一「傲」字，鄭騫本、甯希元本保留，徐沁君本改作「煞」，王季思本據《元曲選》删。今亦從《元曲選》。

〔注〕①「釣絲」，釣魚竿上的絲綫。②「班竹」，即「斑竹」，帶紫褐色斑點的竹子。③「篘」，過濾酒的竹製工具，也代指酒。

【梁州[一]】管甚麽送青春夕陽西下，任无情江水東流，輕烟細雨迷了前後。垂楊曲岸，芳草汀洲，簑衣披躲，箬笠遮頭。這的是打漁[二]人一段風流，相伴着野鷺沙鷗。却[三][①]離了陶朱公[②]一派平湖，過了那蜀諸葛三江渡口，兀良[③]早來到漢嚴陵七里灘頭。我三个□[四]好滄波老樹為知友，食楚江萍勝似粱[五]肉[④]。受用的是新釣得[六]鲈魚旋篘[⑤]酒，樂以忘憂。

（等外末云了）（正末做听的科[七]）[八]

〔校〕〔一〕徐沁君本、甯希元本補「第七」。〔二〕徐沁君本、甯希元本「漁」改作「魚」。〔三〕徐沁君本「却」改作「恰」。〔四〕原本此字殘不可認，鄭騫本作一空圍，徐沁君本、王季思本作「恰」，甯希元本作「相」。〔五〕原本「粱」字不清，鄭騫本、甯希元本作「粱」，徐沁君本、王季思本作「粱」。〔六〕徐沁君本「得」改作「的」。〔七〕此處徐沁君本補「唱」。〔八〕此處王季思本補「（唱）」。

〔注〕①「却」，剛。②「陶朱公」，春秋時期越國范蠡的別稱。③「兀良」，襯詞，無意義。④「粱肉」，粱爲飯，肉爲肴。泛指精美食物。亦作「梁肉」。⑤「旋篘」，旋轉過濾酒的竹製工具，代指酒。

【隔尾】莫是燃犀温嶠①江心里走？莫是皷瑟湘灵②水面上遊？我与你凝望眼菰蒲③边耐心兒候。這里是沙堤岸口，又不是家前院後，這喚渡舡行人在那荅〔一〕兒④有？

（等外末見漁翁喚渡咱）（正末云）秀才，你那里去？（外末云）你問我做甚麼？〔二〕

〔校〕〔一〕鄭騫本、王季思本「荅」改作「搭」。〔二〕此處徐沁君本、王季思本補「（正末唱）」。

〔注〕①「燃犀温嶠」，比喻能敏鋭地洞察事物。②「皷瑟湘灵」，湘水女神演奏古瑟。③「菰蒲」，菰和蒲，借指湖澤。④「那荅兒」，哪裏。

【賀新郎】你待渡関河①，我須索②問根由③。你是做買賣經商？是探故人親旧④？你在滄波側畔呆荅孩⑤候。（外末云了）〔一〕你莫不是楚三閭⑥懷沙自投？莫不是伍子胥雪父冤仇？莫不學李謫仙⑦撈月去？莫不學越范蠡欲歸舟？（等外〔二〕云了）〔三〕元來趕科場不及第村學究。本待执御苑⑧春風白象簡⑨，不及第待趓烟波明月釣魚舟。

（等外末云了）〔四〕

〔校〕〔一〕〔三〕〔四〕此處徐沁君本、王季思本補「（正末唱）」。〔二〕此處徐沁君本補「末」字。

〔注〕①「関河」，函谷關和黄河。泛指山川河流。②「須索」，應該；要。③「根由」，原由。④「親旧」，親朋舊友。⑤「呆荅孩」，發呆；痴呆。亦作「呆荅合」「呆答孩」「呆打孩」「呆打頦」。⑥「楚三

閭」，屈原。⑦「李謫仙」，李白。⑧「御苑」，皇帝的苑囿。亦作「御園」。⑨「白象簡」，即「白象笏」，古代大臣上朝時所執的象牙做的板子，也叫手板，材質除象牙外，還有竹木、玉石等。

【罵玉郎】露寒掠濕簑衣透，摇短棹下中流①，過了些橋横独木龍腰瘦，見数點鷗〔一〕，斷趂逐②，粧點秋〔二〕江秀。

〔校〕〔一〕覆元槧本「鷗」誤刻作「鳴」。〔二〕徐沁君本、甯希元本「秋」改作「楚」。

〔注〕①「中流」，水流之中。②「趂逐」，追逐。

【感皇恩】雲影悠悠，風力颼颼。轉過這緑楊堤，芳草渡，蓼花洲。(外〔一〕云）這是那里?〔二〕過了淮河界首，汴水分流，可早①傍②鄉間〔三〕，臨故里，莫停留。

（外末云）奇怪！早來到我家鄉也！這其間敢二更前後也!〔四〕

〔校〕〔一〕此處徐沁君本補「末」字。〔二〕〔四〕此處徐沁君本、王季思本補「（正末唱）」。〔三〕原本「間」字，唯鄭騫本未改，其他各本均據《元曲選》改作「閭」。

〔注〕①「可早」，早已；已經。②「傍」，臨近。

【採茶歌】不索你問更籌①，子看水雲收，明滴溜〔一〕②半輪殘月在柳梢頭。（做舡住科）（正末云）秀才，你家鄉到了。見了爺娘妻子便回來。(等外末云）這人家便是，你等我，便下舡也。〔二〕把舡纜在枯樁〔三〕便辞舟，早听得汪汪犬吠竹林幽。

（都下）

〔校〕〔一〕「溜」原本作「留」，各本均已改。〔二〕此處徐沁君本、王季思本補「（正末唱）」。〔三〕甯希元本「樁」誤作「粧」。

〔注〕①「更籌」，古代夜晚報時用的計時竹籤。②「明滴溜」，明亮貌。

(等孛〔一〕老、保〔二〕兒、旦兒〔三〕一齊上，云住）（正末、外末一齊上）（外末云）你子在這里等我，見了父母便來也。（旦開門云了）（等外末云了）（等孛〔四〕老云了）（等外末云了）（等孛〔五〕老云了，做把盞科）（正末冷笑云）季卿，疾忙去來!〔六〕

〔校〕〔一〕〔四〕〔五〕「孛」原本作「卜」，甯希元本未改，其他各本均改作「孛」。〔二〕原本「保」字，徐沁君本、王季思本改作「卜」。〔三〕徐沁君本删「兒」字。〔六〕此處徐沁君本、王季思本補「（唱）」。

【牧羊関】剗地①席上歌金縷②，樽〔一〕前捧玉甌③。這其間炊黄粮〔二〕一飯才熟④。早辞了白髮的爺娘，割捨了青春配偶。好不聰明愚濁⑤漢，疾省悟抱〔三〕官囚⑥。不争⑦你恋着个石季倫⑧千鍾富，怎發付⑨陶朱公⑩一葉舟。

（等外末云了）（等旦打悲科）〔四〕

〔校〕〔一〕徐沁君本、甯希元本「樽」改作「尊」。〔二〕原本「粮」字，鄭騫本、王季思本未改，徐沁君本改作「粱」，甯希元本作「梁」。〔三〕原本「抱」字，徐沁君本、甯希元本改作「報」。按，「抱官囚」指貪戀官位的人，此句指陳季卿一直醉心功名。〔四〕此處徐沁君本、王季思本補「（正末唱）」。

〔注〕①「剗地」，倒是；反倒。②「金縷」，金縷衣，此指穿金縷衣的美貌女子。③「玉甌」，玉製酒杯。④「炊黄粮一飯才熟」，此指黄粱夢的典故。「黄粮」即「黄粱」。⑤「愚濁」，愚昧昏濁。⑥「抱官囚」，指貪戀官位的人。⑦「不争」，想不到；不料。⑧「石季倫」，晋石崇，字季倫，以生活豪奢著稱。⑨「發付」，打發；發落；對付。⑩「陶朱公」，春秋時期越國范蠡的别稱。

【哭皇天】則管絮叨叨將它〔一〕閗，泪汪汪不住流。快頓脱①了金枷連玉鎖，早畢罷了燕侶共鶯儔②。准備下簑笠輪〔二〕竿③釣舟，磻溪④岸側，渭水河頭，趂烟波漁父，散袒〔三〕⑤優悠〔四〕⑥，寬袍大袖，兀那閬苑⑦瀛洲⑧。傲西風喒兩个早去休，管甚末龍争虎閗，烏〔五〕飛兔走⑨。

（等外末索紙筆寫詞〔六〕科）〔七〕

〔校〕〔一〕原本「它」字，各本均改作「他」。〔二〕原本「輪」字，各本均改作「綸」。〔三〕「袒」原本作「袒」，各本均改作「誕」。〔四〕徐沁君本「悠」改作「游」。〔五〕甯希元本「烏」誤作「鳥」。〔六〕原本「詞」字，鄭騫本未改，其他各本均改作「詩」。〔七〕此處徐沁君本、王季思本補「（正末唱）」。

〔注〕①「頓脱」，挣脱；甩脱。②「燕侶共鶯儔」，即「燕侶鶯儔」，比喻相愛的年輕眷侶，或年輕女伴。「共」，和；與。③「輪竿」，帶轉輪的釣魚竿。④「磻溪」，姜太公釣魚之處。⑤「散袒」，義同「散誕」，悠閑自在；放誕不羈；不受拘束。⑥「優悠」，悠閑自在。⑦「閬苑」，傳説中神仙的居處。⑧「瀛洲」，傳説中的東海仙山。⑨「烏飛兔走」，比喻時光飛逝。

【烏夜啼】你賽隋〔一〕何①枉了閑唇口，休想我信風波東見東流。（詩曰）月斜寒露白，此夕去留心。离歌凄〔二〕鳳管②，别泪洒瑶琴。酒至添愁飲，詩成和泪吟。明夜相思夢，空床閑半衾。〔三〕你如今聳双眉〔四〕病得似秋崖瘦，兀自回首凝眸，离恨悠悠。一个盼雕鞍眉鎖庙堂愁，一个怨陽関泪濕春衫袖。早去來，休生受。〔五〕麻袍草履，傲杀肥馬輕裘③。（等孛老、保〔六〕兒、旦都下）〔七〕

〔校〕〔一〕「隋」原本作「陏」，徐沁君本未改，鄭騫本、王季思本校作「隨」，甯希元本校作「隋」。〔二〕「凄」原本作「棲」，鄭騫本、甯希元本未改，徐沁君本作「悽」，王季思本作「凄」。〔三〕此處徐沁君本補「（正末唱）」，王季思本補「（唱）」。〔四〕「眉」原本作「眉」，徐沁君本校作「肩」，其他各本均作「眉」。按，「眉」字是，這幾句均言眉毛，與肩膀無涉，後「眉鎖」之「眉」原本作「眉」，可證。〔五〕徐沁君本據《元曲選》補「則我這」。〔六〕徐沁君本、王季思本「保」改作「卜」。〔七〕此處徐沁君本補「（正末唱）」。

〔注〕①「隋何」，漢朝著名説客。②「鳳管」，笙簫或笙簫之樂。③「肥馬輕裘」，肥壯的駿馬和輕暖的裘皮衣服，比喻優渥、富裕的生活。

【三煞】趁着那啞咿〔一〕①数声櫓響离了江口，見明滴溜②一點漁灯古渡頭。則見春江雪浪拍天流，更月黑雲愁，束刺刺〔二〕③風狂雨驟。這天氣甚時候？白莽莽銀濤不断流，那里也楚尾吴頭④。

〔校〕〔一〕原本「啞咿」，鄭騫本、徐沁君本、王季思本乙作「咿啞」。〔二〕原本「束」字，鄭騫本改作「踈」，徐沁君本、王季思本改作「疏」，甯希元本未改。原本「刺」字不重，各本均據《元曲選》重。

〔注〕①「啞咿」，擬聲詞，摇櫓聲。②「明滴溜」，明亮貌。③「束剌剌」，擬聲詞，狀大風聲。④「楚尾吴頭」，古豫章一帶位于楚地下游，吴地上游，如首尾相銜接，故稱「楚尾吴頭」。泛指長江中下游一帶地方。（參見《漢語大詞典》）

【二煞】子①見盤旋〔一〕深处蛟龍吼，皓月當空鬼魅愁，番〔二〕江攪海震動陽侯②。諕的我怯怯喬喬③，正值〔三〕着天陰舡漏，执短棹有誰救？險些个蹅番〔四〕一葉舟，性命似水上浮漚④。

（外末云）〔五〕風浪起怎生柰何？救人咱⑤！（念佛科）〔六〕

〔校〕〔一〕徐沁君本、甯希元本「旋」改作「漩」。〔二〕原本「番」字，鄭騫本未改，其他各本均改作「翻」。按，「番」同「翻」，可不改字。〔三〕原本無「值」字，鄭騫本據文義補「值」，甯希元本、王季思本從。今從鄭本補。〔四〕鄭騫本、王季思本「蹅」改作「踏」。原本「番」字，鄭騫本未改，其他各本均改作「翻」。按，「番」同「翻」，可不改字。〔五〕原本無「（外末云）」，各本均已補。〔六〕此處徐沁君本、王季思本補「（正末唱）」。

〔注〕①「子」，只。②「陽侯」，傳説中的波濤之神，也代指波濤。③「怯怯喬喬」，膽小、謹慎、拘謹、驚恐貌。亦作「怯怯僑僑」。④「水上浮漚」，水上漂浮的泡沫。⑤「咱」，祈使語氣詞。

【收尾煞〔一〕】枉了你告玄真〔二〕①，礼河伯②，頻叉手，你且定神思，安魂灵，緊閉眸。浪淘淘〔三〕，水逆流，衝三山③，蕩九州，撼天関，動地軸④，滚〔四〕金鰲⑤，海上流。戰欽欽⑥，冷汗流，魂离躰，命欲休。死臨侵⑦不能勾〔五〕葬故鄉三尺荒丘⑧，誰奠一盞北邙⑨墳上酒！

（下）

〔校〕〔一〕原本「收尾煞」，徐沁君本、甯希元本、王季思本據《元曲選》改作「黄鐘尾」。鄭騫本「收」誤作「牧」。〔二〕原本「真」字，唯鄭騫本未改，其他各本均據《元曲選》改作「冥」。〔三〕鄭騫本、王季思本「淘淘」改作「滔滔」。〔四〕「滚」原本作「衮」，各本均已改。〔五〕原本「勾」字，各本均改作「够」。

〔注〕①「玄真」，玄真子，此指神仙。②「河伯」，河神。③「三山」，傳説中的三座海上仙山，即方丈、蓬萊、瀛洲。④「地軸」，

傳説中大地的軸。⑤「金鰲」，傳説中的神龜。⑥「戰欽欽」，顫抖貌。⑦「臨侵」，臨近。⑧「三尺荒丘」，墳墓。⑨「北邙」，即「北邙山」，亦稱邙山，在河南洛陽市北，黄河南岸，屬秦嶺支脉，是古人理想的葬身之地。

（等外末叫救人咱〔一〕）（做閃下水的覺來科）（行者上，云〔二〕了）（等外末做意云了）（行者云了）（外末赶先生見籃内科〔三〕）先生去了！有个籃兒，於内别无一物，則有一帋書。我試看咱①。〔四〕一葉丁寧〔五〕②送客歸，翠毛修竹苦相依。玉簫〔六〕四坐留言日，妙曲一篇知過時。相見未能施話足，粧娥〔七〕臨别更留題。佳人慟哭黄昏後，將謂〔八〕山〔九〕翁捴不知。（外末做沉吟科〔十〕）必是好〔十一〕人！夢中所事皆知。我赶那先生去！〔十二〕

〔校〕〔一〕王季思本「救人咱」處理爲賓白，其他各本均屬科介。〔二〕「云」原本作「去」，各本均已改。〔三〕〔十〕此處鄭騫本、徐沁君本、王季思本補「云」字。〔四〕此處甯希元本補「（做念科，詩云）」。〔五〕甯希元本「丁寧」改作「叮嚀」。〔六〕「簫」原本作「筲」，各本均已改。〔七〕原本「娥」字，鄭騫本未改，徐沁君本改作「成」，甯希元本、王季思本改作「臺」。〔八〕「謂」原本作「為」，各本均已改。〔九〕甯希元本「山」改作「仙」。〔十一〕徐沁君本、甯希元本、王季思本「好」改作「仙」。〔十二〕此處徐沁君本、甯希元本、王季思本補「（下）」。

〔注〕①「咱」，祈使語氣詞。②「丁寧」，言語懇切貌。

第四折

（正末打愚皷①上〔一〕）〔二〕昨日東周今日秦，咸陽灯火洛陽塵。百年一枕滄浪夢，笑杀崑崙〔三〕頂上人。今朝无事，上街抄化②。〔四〕

【節節高】子③為這百年名利，做下一場公案。試把金馬玉堂④臣宰每從頭觀看，都待久居廊廟⑤長他功〔五〕幹⑥。做到三公⑦位，享千鍾禄，呀！早上在百尺竿。怎知〔六〕我早納下烏靴象簡⑧。

〔校〕〔一〕徐沁君本補「云」字。〔二〕此處鄭騫本、王季思本補「（詩曰）」。〔三〕徐沁君本、甯希元本「崑崙」改作「昆侖」。〔四〕此處徐沁君本、王季思本補「（正末唱）」。〔五〕原本「功」

字，徐沁君本改作「公」，甯希元本「他」改作「把」。〔六〕鄭騫本、王季思本「知」改作「如」。

〔注〕①「愚皷」，漁鼓。②「抄化」，募化；求乞。③「子」，只。④「金馬玉堂」，亦作「玉堂金馬」，代指富貴榮華。⑤「廊廟」，殿下屋和太廟，代指朝廷。⑥「功幹」，才幹。⑦「三公」，古代中央三種最高官銜的合稱。周代指太師、太傅、太保，西漢指丞相（大司徒）、太尉（大司馬）、御使大夫（大司空），東漢、唐宋指太尉、司徒、司空，明清代沿周制。（參見《漢語大詞典》）⑧「烏靴象簡」，代指做官。「烏靴」，古代官員穿的黑靴子。「象簡」，象笏，古代大臣上朝時所執的象牙做的板子，也叫手板，材質除象牙外，還有竹木、玉石等。

【元和令】我庵静坐寰〔一〕①，你為功名往來干〔二〕②。若是棘針途路③接天関，更難行也人去攀。不管雲陽④鮮血未曾乾，惡風波〔三〕早過眼。

〔校〕〔一〕甯希元本「寰」改作「圜」。〔二〕「干」原本作「幹」，鄭騫本、王季思本未改，徐沁君本、甯希元本用簡體作「干」。按，「干」爲「求取」義。〔三〕徐沁君本「波」改作「浪」。

〔注〕①「坐寰」，道家指進入寰堂獨處修行。②「干」，求；求取。③「棘針途路」，坎坷路；難行之路。④「雲陽」，指行刑之地、刑場，本爲地名，秦李斯被斬于雲陽街市，後以「雲陽市」「雲陽鬧市」代指行刑之地。

【上馬嬌】鐃①你百事聰，所事奸，那个曾人馬得平安。不如嚴子陵独釣在秋江上〔一〕，對紅蓼灘②，閑把釣魚竿。

〔校〕〔一〕徐沁君本以押韵將「上」改作「岸」。

〔注〕①「鐃」，即使。②「紅蓼灘」，長滿紅蓼的水邊。

【遊四門】比着風波千丈世途①難，可須名利不如閑。我看黄鶴對舞青松澗，俗事不相関，將意馬拴，推倒是非山。

〔注〕①「世途」，塵世道路；人生歷程。

【勝葫芦】煞強如①鉄甲將軍夜過関，它〔一〕驅猛試〔二〕跨雕鞍，有一日戰罷荒郊白骨寒。争如②我茅庵草舍，蒲團紙帳，高卧③得清閑。

〔校〕〔一〕原本「它」字，各本均改作「他」。〔二〕原本「試」

字，鄭騫本未改，徐沁君本、王季思本改作「兕」，甯希元本改作「獸」。存疑。另，徐沁君本、甯希元本、王季思本「跨」上斷句，鄭本未斷。據曲譜，【勝葫蘆】全曲六句，「跨」上若斷開，則爲七句，誤。

〔注〕①「強如」，比……强。「如」是差比標記。②「争如」，怎如；怎比。③「高卧」，安卧；舒適地躺著。也指隱居不仕。

【幺篇〔一〕】事不欺心睡自安。勸你塵世莫愁煩，打迭①起琴書②還旧山。尋取藥炉③經卷，對石臺香案，也終是勝人間。

〔校〕〔一〕「幺篇」原本作「叉」，鄭騫本未改，其他各本均改作「幺篇」。

〔注〕①「打迭」，收拾。②「琴書」，琴和書，指文人雅士的常伴之物。③「藥炉」，煎藥的爐子。

【後庭花】覷坵〔一〕墳土未乾，英雄骨已寒。那里也楚霸主〔二〕鴻門會，韓元帥拜將壇。如今净潺潺〔三〕①，人生虚幻，嘆人生如過眼②。我在邯鄲古道間，紅塵中倦往還，蹇驢兒門外拴，弃功名如等閑，做神仙頃刻間。

〔校〕〔一〕徐沁君本、甯希元本「坵」改作「丘」。〔二〕原本「主」字，唯鄭騫本未改，其他各本均改作「王」。〔三〕原本「净潺潺」，鄭騫本、王季思本未改，徐沁君本作「静潺潺」，甯希元本作「静巉巉」。

〔注〕①「净潺潺」，亦作「静巉巉」，安静貌。②「過眼」，雲烟。

【柳葉兒】吃了頓黄粮〔一〕仙飯①，強如②煉葛洪九轉灵丹。長安市上曾來慣，粧个風魔③漢。權借些兒个酒容颜，點頭時會④尽人間。

〔校〕〔一〕原本「粮」字，鄭騫本、徐沁君本、王季思本改作「粱」，甯希元本作「梁」。

〔注〕①「黄粮仙飯」，此指黄粱夢的典故。「黄粮」即「黄粱」。②「強如」，比……强。「如」是差比標記。③「風魔」，即「瘋魔」，瘋癲；痴呆。④「會」，領會；明白。

【正宫】〔一〕【端正好】我不去玉堂①遊，也不向東山卧，得磨陁〔二〕②且自磨陀。打数声愚皷③向塵寰④中過，便是我物外⑤閑工〔三〕課⑥。

〔校〕〔一〕原本無宫調名【正宫】，各本均已補。〔二〕原本「陁」

字，各本均改作「陀」。〔三〕原本「工」字，徐沁君本未改，其他各本均改作「功」。

〔注〕①「玉堂」，美麗的宫殿。②「磨陁」，逍遥自在；消磨；猶豫徘徊。亦作「磨陀」「磨佗」。③「愚皷」，漁鼓。④「塵寰」，塵世。⑤「物外」，世外；世俗之外。⑥「工課」，此指宗教信徒定時修行。

【滚綉球〔一〕】向蓬萊頂上過，訪故人藍采和，引着俺旧交游弟兄八个，看海山高銀闕①嵯峨②。共葛洪崖③將星斗摩，同費長房④把龍杖〔二〕喝。唤仙童把洞門休鎖，對丹丘⑤斟瀲灧⑥金波⑦。按双成⑧廣寒殿纖腰舞，听麻姑女⑨蓬萊〔三〕皓齒歌〔四〕，醉入无何⑩。

（等外末做歪帽荒〔五〕走科〔六〕）師父，救弟子咱⑪！（云下）〔七〕

〔校〕〔一〕「滚綉球」原本作「衮秀求」，各本均已改。〔二〕甯希元本「杖」改作「仗」。〔三〕此處徐沁君本、甯希元本補「洞」字。〔四〕「歌」原本作「哥」，各本均已改。〔五〕原本「荒」字，各本均改作「慌」。〔六〕此處各本均補「云」字。〔七〕此處徐沁君本、王季思本補「（正末唱）」。

〔注〕①「銀闕」，道家指神仙或天帝的居處。②「嵯峨」，山高而險。③「葛洪崖」，葛洪和洪崖的合稱（據徐沁君本）。④「費長房」，東漢方士。⑤「丹丘」，神仙的居處。⑥「瀲灧」，水波蕩漾貌。⑦「金波」，酒名，也泛指美酒。⑧「双成」，董雙成，傳説是西王母的侍女，代指美女。⑨「麻姑女」，仙女名。⑩「无何」，是「无何有之鄉」的縮略，指虚幻、空虚的境界或夢境。⑪「咱」，祈使語氣詞。

【倘秀才】見它〔一〕戰篤速①驚急列②荒荒〔二〕走着，剗地③痴〔三〕漢呆〔四〕答孩④孜孜⑤覷我。（等外末云）師父慈悲，度弟子望〔五〕長生之路！（做拜科）〔六〕搗蒜〔七〕也似⑥堦前拜則麽？我是个貧齋〔八〕道，住在山阿，怎生把你儒生度脱⑦？

（等外末云了）〔九〕

〔校〕〔一〕原本「它」字，各本均改作「他」。〔二〕原本「荒荒」，各本均改作「慌慌」。〔三〕此處徐沁君本衍一「呆」字。〔四〕王季思本「呆」改作「獃」。〔五〕原本「望」字，徐沁君本、甯希元本改作「往」。〔六〕〔九〕此處徐沁君本、王季思本補「（正末唱）」。〔七〕「搗蒜」原本墨濃不可辨，似是「横雄」，鄭騫本作「横雄」，其他各本據《元曲選》改作「搗蒜」。今亦據《元曲選》改。〔八〕「齋」原本作「儕」，鄭騫本未改，徐沁君本改作「齋」，甯希元本改作「乞」，王季思本作「窮」。今從徐本。

〔注〕①「戰篤速」，戰抖貌。②「驚急列」，神情驚慌。亦作「驚急力」「驚急烈」「驚急裏」。③「剗地」，平白地；無端地。④「呆答孩」，痴呆。亦作「呆荅合」「呆打孩」「呆打頦」。⑤「孜孜」，凝視貌。⑥「也似」，似的，比况助詞。⑦「度脱」，超度；解脱。

【滚綉球〔一〕】這篇詩〔二〕是仙壇求登甲科①，你知得這詩意麽？（〔三〕云）弟子省不的。（〔四〕唱）你不能把小詩中玄機點破，却不提着紫霜毫②判断山河。你知道榮華如水上漚③，功名如石内火。（外末云）弟子不省的。（做拜科）〔五〕恨不的向這講堂中把面皮搶破，我与你拂塵俗將圣手摩挲。你被歲華④淘渲⑤得紅颜少，世事培埋得白髪多，即漸⑥消磨。（外末云）師父那里去？弟子願隨師父去！〔六〕

〔校〕〔一〕「滚綉球」原本作「衮秀求」，各本均已改。〔二〕原本「篇詩」漫漶，覆元槧本前字刻作「局」，後字空缺，鄭騫本作「局□」，其他各本均作「篇詩」。徐沁君本校記云：「『這篇詩』即指上折正末荆籃内七律詩。」〔三〕各本均補「外末」二字。〔四〕徐沁君本、王季思本補「正末」，甯希元本删「（唱）」。〔五〕〔六〕此處徐沁君本、王季思本補「（正末唱）」。

〔注〕①「登甲科」，科舉及第。②「紫霜毫」，代指毛筆。③「水上漚」，即「水上浮漚」，水上漂浮的泡沫。④「歲華」，時光；時間。⑤「淘渲」，淘選；消磨。⑥「即漸」，逐漸；漸漸。

【叨叨令】俺那里蒼松偃蹇①蛟龍卧，青山高聳晴嵐②潑，香風不動松花落，洞門自閉无人鎖。隨我去來也末哥，隨我去來也麼哥，朝真③共上蓬萊閣。

（擺八仙隊子上）（外末云）師父言這幾个是誰？〔一〕

〔校〕〔一〕此處徐沁君本、王季思本補「（正末唱）」。

〔注〕①「偃蹇」，委曲婉轉。②「晴嵐」，晴天山中的霧氣。③「朝真」，道教指朝拜得道真人。

【十二月〔一〕】這个勝仙〔二〕花曾遊大羅[①]，這个吹鉄笛韵美声和，這一个口略綽[②]手拿着个笊籬，這个髪蓬鬆鉄枴斜拖，這个曾將那華陽女度脱[③]，這个緑羅衫笑舞狂歌。

〔校〕〔一〕「十二月」原本作「堯民哥」，各本均已改。按，「哥」當爲「歌」。〔二〕甯希元本「勝仙」改作「賸簪」。

〔注〕①「大羅」，即大羅天，指道教三十六天中最高的一重天。②「口略綽」，嘴大。③「度脱」，超度；解脱。

【堯民歌】〔一〕這个落腮鬍常帶醉顏酡[①]。（外末云）師父，你？（〔二〕唱）我邯鄲店黄粮〔三〕夢經過，覺來時改尽旧山河，正是一場興廢夢南柯。真个，當初受坎坷〔四〕，今日万古清風播。

（下）（散場）

〔校〕〔一〕原本該曲與上一曲連爲一曲，各本均斷開，并補【堯民歌】。〔二〕徐沁君本、王季思本補「正末」，甯希元本删「（唱）」。〔三〕原本「粮」字，甯希元本改作「梁」，其他各本均改作「粱」。按，「黄粮」即「黄粱」。〔四〕「坷」原本作「呵」，各本均已改。

〔注〕①「酡」，酒後臉紅。

題目　　吕純陽[①]顯化滄浪夢

正名　　陳季卿悟道竹葉舟

新刊関目陳季卿悟道竹葉舟終〔一〕

〔校〕〔一〕尾題鄭騫本作「陳季卿悟道竹葉舟終」，徐沁君本作「新刊關目《陳季卿悟道竹葉舟》終」，甯希元本作「陳季卿悟道竹葉舟雜劇終」，王季思本删尾題。

〔注〕①「吕純陽」，吕洞賓，號純陽子。

新刊関目諸葛亮博望燒屯

無名氏

校本四種

鄭騫本：鄭騫《校訂元刊雜劇三十種》

徐沁君本：徐沁君《新校元刊雜劇三十種》

甯希元本：甯希元《元刊雜劇三十種新校》

王季思本：王季思《全元戲曲》（第六卷）

第一折

（〔一〕末扮諸葛上開）貧道覆〔二〕姓①諸葛，名亮，字孔明，道号卧龍。於南陽鄧縣，在襄陽西二十里，号曰隆中，有一崗〔三〕名曰卧龍崗〔四〕，好耕鋤隴畝②。近有新野太守刘備，來謁兩次，於事不曾放参③。盖為世事乱，龍虎交雜不定。正每日向茅庐中松窓下，卧看兵書。呸，諸葛，幾時是出世④処⑤呵！〔五〕

〔校〕〔一〕徐沁君本補「正」字。〔二〕原本「覆」字，鄭騫本未改，其他各本均改作「複」。按，「覆姓」指兩字姓，「複姓」指兩字或兩字以上的姓。〔三〕〔四〕徐沁君本、甯希元本「崗」改作「岡」。〔五〕此處徐沁君本、王季思本補「（唱）」。

〔注〕①「覆姓」，兩字姓。②「隴畝」，土地；田畝。③「放参」，放人進來参謁。④「出世」，出仕做官。⑤「処」，時。

【仙吕】〔一〕【點絳唇】数①下皇〔二〕極②，課③傳周易，知天理。飽養玄機④，待龍虎風雲會⑤。

〔校〕〔一〕原本無宫調名【仙吕】，各本均已補。〔二〕「皇」原本作「黄」，各本據趙琦美《脉望館鈔校本古今雜劇》改作「皇」。

〔注〕①「数」，定數。②「皇極」，古代有關天文、五行等的方術。③「課」，占卜。④「玄機」，奥妙。⑤「龍虎風雲會」，君臣會合。

【混江龍】有朝一日，出茅庐指點世人迷。憑着我腸撑〔一〕星斗，如還我志遂風雷①，立起天子九重龍鳳闕〔二〕②，顯俺那將軍八面虎狼威。（做失驚科〔三〕）見風篩竹影，日射松窓，袖中發課③，門外觀窺。〔四〕道童，安排接駕，準備烹茶。〔五〕這的又是那一个未發跡的潛龍帝④？（做尋思科〔六〕）你休鋪藤〔七〕簟⑤，且掩柴扉。

〔校〕〔一〕原本「腸撑」，王季思本校記云：「脈抄本作『劍揮』」，甯希元本校記云：「『腸撑』二字疑誤。脉抄本作『劍揮』，似是。」〔二〕「闕」原本作「関」，各本均已改。〔三〕〔六〕此處徐沁君本、王季思本補「唱」。〔四〕此處徐沁君本、王季思本補「（帶云）」。〔五〕此處徐沁君本、王季思本補「（唱）」。「安排接駕，準備烹茶」原本爲大字，鄭騫本處理爲曲文，其他各本均爲夾白。〔七〕鄭騫本、王季思本「藤」改作「籐」。

〔注〕①「風雷」，此指急劇變化的形勢。②「龍鳳闕」，帝王的宫殿。③「發課」，起課；卜卦。④「潛龍帝」，隱而未顯的未來的帝王。⑤「藤簟」，藤席。

（做看書科）（等皇叔一行上）（張飛叫住）（道童報兩次了）（〔一〕云）既然一年中來謁三番，兼此人有皇帝〔二〕分①，和他〔三〕相見咱〔四〕怕甚。道与那姓刘的將軍过來。（做接待科）（刘備施礼了）〔五〕

〔校〕〔一〕此處徐沁君本補「正末」二字，王季思本補「末」字。〔二〕「帝」原本作「〇」，各本均已改。〔三〕原本無「他」字，各本均已補。〔四〕甯希元本「咱」下點斷。〔五〕此處徐沁君本補「（正末唱）」，王季思本補「（末唱）」。

〔注〕①「分」，名分；位分。

【醉中天】我与你火速挪〔一〕身起，挪〔二〕步下堦基。煞是兩次三番劳動〔三〕①躰，將貧道權休罪，請皇叔安然坐地②。（等〔四〕云了〔五〕）〔六〕口声声道孤穷③刘備。〔七〕休胡道！〔八〕那一个村庄家④生得舜目堯眉〔九〕⑤？

〔校〕〔一〕〔二〕「挪」原本作「那」，唯鄭騫本未改。〔三〕徐沁君本據趙琦美《脉望館鈔校本古今雜劇》將「動」改作「貴」。〔四〕徐沁君本補「劉備」二字。〔五〕此處王季思本補「末唱」。〔六〕此處徐沁君本補「（正末唱）」。〔七〕此處徐沁君本補「（帶云）」。〔八〕此處徐沁君本補「（唱）」。〔九〕原本無「堯眉」，各本均據趙琦美《脉望館鈔校本古今雜劇》補。

〔注〕①「劳動」，辛苦；勞累。②「坐地」，坐著；坐了。③「孤窮」，孤苦失意。④「村庄家」，村民；農夫。⑤「舜目堯眉」，代指帝王之相。

（做交皇叔坐地①科）（等劉備不肯坐科）〔一〕問〔二〕公來訪諸葛，有您〔三〕甚事？（刘備云了）〔四〕將軍少罪。貧道是南陽一耕夫，且於此中避世，那里管您這人間興廢？去不得！去不得！〔五〕

〔校〕〔一〕此處徐沁君本補「（正末云）」，王季思本補「（末云）」，甯希元本補「（云）」。〔二〕王季思本「問」改作「聞」。鄭騫本「問」處理爲科介「（問）」。〔三〕「有您」鄭騫本、甯希元本乙作「您有」。〔四〕此處徐沁君本補「（正末云）」，王季思本補「（末云）」，鄭騫本、甯希元本補「（云）」。〔五〕此處徐沁君本、王季思本補「（唱）」。

〔注〕①「坐地」，坐著；坐了。

【油葫芦】俺則待仿〔一〕學巢由①洗是非，習道德，喜登吕望②釣魚磯。誰待要蝸牛角上③争名利？誰待〔二〕蜘蛛網内④求官位？（刘〔三〕云了〔四〕）〔五〕但穿些布草衣，但喫些藜藿食⑤。日高三丈蒙頭睡，一任⑥交烏兔⑦走東西。

〔校〕〔一〕「仿」原本作「訪」，各本均已改。〔二〕徐沁君本補「要」字。〔三〕此處徐沁君本補「備」字。〔四〕此處王季思本補「末唱」。〔五〕此處徐沁君本補「（正末唱）」。

〔注〕①「巢由」，巢父和許由，均爲堯時隱士，堯讓位于二人，均不受。後代指隱居不仕者。②「吕望」，姜太公。③「上」，同時承

擔離格標記和方位詞兩種語法功能。離格標記「上」表示從某處得到某物，相當于後置的「從」，是元代漢蒙語言接觸過程中，漢語方位詞受蒙古語静詞格附加成分影響產生的格標記用法。④「内」，同時承擔離格標記和方位詞兩種語法功能。離格標記「内」表示從某處得到某物，相當于後置的「從」，是元代漢蒙語言接觸過程中，漢語方位詞受蒙古語静詞格附加成分影響產生的格標記用法。⑤「藜藿食」，泛指粗劣的飲食。「藜」，灰菜。「藿」，豆葉。⑥「一任」，任憑。⑦「烏兔」，指日月。古代神話日中有三足金烏，月中有玉兔。

【天下樂】貧道除睡人間揔不知①。（刘〔一〕云了〔二〕）〔三〕其实，没意智②。你本待告貧道下山与您出些氣力，其实當不得寒，濟不得飢，請下這卧龍崗〔四〕待則甚的？

（刘〔五〕云了）〔六〕貧道想您求賢的，没一个用到頭的，那一个是有下梢③的？（刘〔七〕云了）〔八〕

〔校〕〔一〕〔五〕〔七〕此處徐沁君本補「備」字。〔二〕此處王季思本補「末唱」。〔三〕此處徐沁君本補「（正末唱）」。〔四〕原本「崗」字，徐沁君本、甯希元本改作「岡」。〔六〕此處鄭騫本、甯希元本補「（云）」，王季思本補「（末云）」，徐沁君本補「（正末云）」。〔八〕此處王季思本補「（末唱）」，徐沁君本補「（正末唱）」。

〔注〕①「除睡人間揔不知」，除了睡覺，什麼也不關心。②「意智」，智慧；心計；主見。③「下梢」，末尾；結局。

【那吒令】常想起卞和般献璧，能可①學韓信般乞〔一〕食，你也枉了似子房〔二〕進履②。用人時河泊里尋，山林里覓，這般做小伏低③。

〔校〕〔一〕「乞」原本作「喫」，鄭騫本作「吃」，其他各本均改作「乞」。〔二〕此處徐沁君本、王季思本補「般」字。

〔注〕①「能可」，寧可。②「子房進履」，指張良在圯橋上給黄石拾鞋、穿鞋的典故。張良字子房。③「做小伏低」，謂低聲下氣；巴結奉承。

【鵲踏枝】一投①定了華夷②，一投罷了相持③，那里想国難之時，用人之際〔一〕。早安排下見識，便剥官罷職，早向未央宫里万剮凌遲。

（刘〔二〕云了）〔三〕去不得！去不得！〔四〕

〔校〕〔一〕「際」原本作「濟」，各本均已改。〔二〕此處徐沁君本補「備」字。〔三〕此處鄭騫本、甯希元本補「（云）」，王季思本補「（末云）」，徐沁君本補「（正末云）」。〔四〕此處徐沁君本、王季思本補「（唱）」。

〔注〕①「一投」，及至；等到。②「華夷」，華夏民族與少數民族，代指天下。③「相持」，此指戰爭。

【寄生草】能可[①]耕些荒地，撥些菜畦。和這老猿野鹿為相識，共[②]山童樵子[③]為師弟，伴着清風明月為交契[④]。則這藥炉[⑤]經卷老生涯，竹籬茅舍人家住。

（刘[〔一〕]云了）（[〔二〕]冷笑科[〔三〕]）將軍，你好小覷[⑥]人！[〔四〕]

〔校〕〔一〕此處徐沁君本補「備」字。〔二〕此處徐沁君本、甯希元本補「正末」，王季思本補「末」。〔三〕此處徐沁君本、王季思本補「云」。〔四〕此處徐沁君本、王季思本補「（唱）」。

〔注〕①「能可」，寧可。②「共」，和；與。③「樵子」，樵夫；打柴人。④「交契」，交情；友情。⑤「藥炉」，煎藥的爐子。⑥「小覷」，小看；輕視。

【幺篇[〔一〕]】張子房知興廢，嚴子陵識進退。一个日頭出扶立高皇位[①]，一个日頭正策定[②]中興帝[③]，你道[〔二〕]日頭斜怎立刘家国？可不一雞死後一雞鳴，只有後輩无前輩。

〔校〕〔一〕「幺篇」原本作「么」，鄭騫本作「幺」，其他各本均作「幺篇」。〔二〕原本「道」字，甯希元本、王季思本改作「到」。

〔注〕①「高皇」，漢高祖劉邦。②「策定」，扶持；支持。③「中興帝」，漢武帝劉秀。

（刘[〔一〕]云了）[〔二〕]貧道作耍[①]來。（道童云了）（喝噤声[②]）[〔三〕]（刘[〔四〕]云了）[〔五〕]既然有二兄弟同來，交請那姓関的來。（関见了）[〔六〕]是个五霸諸侯[③]，生得奇哉！[〔七〕]

〔校〕〔一〕〔四〕此處徐沁君本補「備」字。〔二〕〔五〕〔六〕此處鄭騫本、甯希元本補「（云）」，王季思本補「（末云）」，徐沁君本補「（正末云）」。〔三〕此處徐沁君本處理爲「（正末喝）噤声！」，甯希元本處理爲「（喝）噤聲！」，鄭騫本、王季思本均爲一條科介。

按，原本「喝噤聲」連在一起，當是科介。〔七〕此處徐沁君本、王季思本補「（唱）」。

〔注〕①「作耍」，玩耍；玩笑。②「噤声」，閉口不言。③「五霸諸侯」，即春秋五霸，泛指諸侯。

【金盞兒】生的高聳聳俊鶯〔一〕鼻，長挽挽卧蚕眉，紅馥馥雙臉胭〔二〕脂般赤，黑真真〔三〕三柳〔四〕①美髯垂。内藏着君子氣，外顯着磣人威②。這將軍生前為將相，死後作神祇〔五〕③。

（刘〔六〕云了）（張飛云了）〔七〕也交請將姓張的來。（張飛叫住了）〔八〕又是个五霸諸侯王〔九〕！將軍直④恁般哏〔十〕⑤！〔十一〕

〔校〕〔一〕王季思本「鶯」改作「鷹」。〔二〕「胭」原本作「烟」，各本均已改。〔三〕原本「真真」，甯希元本、王季思本改作「蓁蓁」。〔四〕原本「柳」字，鄭騫本未改，其他各本均改作「綹」。按，「柳」同「綹」。〔五〕「祇」原本作「祈」，甯希元本改作「祇」，其他各本均作「祇」。〔六〕此處徐沁君本補「備」字。〔七〕〔八〕此處鄭騫本、甯希元本補「（云）」，王季思本補「（末云）」，徐沁君本補「（正末云）」。〔九〕原本「王」字，鄭騫本、甯希元本、王季思本改作「三」并屬下句，以「三將軍」爲張飛。〔十〕原本「哏」字，徐沁君本、甯希元本改作「狠」。〔十一〕此處徐沁君本、王季思本補「（唱）」。

〔注〕①「柳」，綹；束。②「磣人威」，令人懼怕的威風。③「神祇」，天神和地神，泛指神靈。④「直」，居然；竟然。⑤「哏」，狠。

【醉中天】直恁般无道理无廉耻，失上下没尊卑。早把一對環眼①睁〔一〕開瞅覷誰？查沙②起黄髭力〔二〕③，顯出他那五霸諸侯王氣，不住的叫天吖〔三〕地④。將軍呵！你也做得个莽壯〔四〕⑤張飛！

（刘〔五〕云了）〔六〕也交請來。（趙雲見了）〔七〕這將軍是家將⑥降將⑦？（刘〔八〕云了）（刘封見了）〔九〕這將軍〔十〕嫡子庶〔十一〕子？（刘〔十二〕云了）〔十三〕

〔校〕〔一〕「睁」原本作「争」，各本均已改。〔二〕原本「力」字，鄭騫本未改，其他各本均改作「髣」。〔三〕「吖」原本作「丫」，各本均已改。〔四〕原本「壯」字，各本均改作「撞」。按，「莽壯」可通，不必改字。〔五〕〔八〕〔十二〕此處徐沁君本補「備」字。〔六〕

〔七〕〔九〕此處鄭騫本、甯希元本補「(云)」，王季思本補「(末云)」，徐沁君本補「(正末云)」。〔十〕此處鄭騫本、徐沁君本、王季思本補「是」字。〔十一〕原本「庶」字，徐沁君本改作「義」，校記云：「第四折【十二月】：『這个是義子劉封。』據改。」〔十三〕此處王季思本補「(末唱)」，徐沁君本補「(正末唱)」。

〔注〕①「環眼」，圓眼；大眼。②「查沙」，張開貌。「查」本字當爲「奓」，「沙」是詞綴。③「黄髭力」，黄鬍鬚。「髭」，唇邊的鬍子。「力」，俟考。④「呌天吖地」，大聲喊叫。⑤「莽壯」，魯莽。⑥「家將」，自己隊伍中的將領。⑦「降將」，戰敗被俘的將領或主動投誠的將領。

【金盞兒】這个是庶[一]子有心機，這个須降將顯忠直，都向那諸侯王里安插應當那職。趙雲堪中交掌計，刘封也征敵。這將軍杀場上交戰馬，這將軍陣面上磨征旗①。穩情取②鞭敲金鐙[二]響③，人和凱歌④回。

〔校〕〔一〕徐沁君本「庶」改作「義」。〔二〕「鐙」原本作「凳」，各本均已改。

〔注〕①「磨征旗」，揮摇征旗發送信號。②「情取」，落得；得到。③「鞭敲金鐙響」，用鞭子敲打馬鐙，喻凱旋。④「凱歌」，勝利之歌。

(刘[一]云了)([二]云)貧道去呵去！你待与誰争天下？(刘[三]云了)[四]且論曹操，今已[五]百万之眾，挾天子而令諸侯，此势大不可与争鋒。(刘[六]云了)[七]若論孫權，據着[八]江東，已定[九]三世，国險而民富[十]，賢能用之[十一]，此势大不可与敵，可以為援而不可圖也[十二]。(刘[十三]云了)[十四]公有可圖之国，宜取荆州為本，益州為利。(刘[十五]問了)[十六]先論荆州，北據漢沔[十七]①，利尽南海，東通[十八]吴會②，西通巴蜀，此乃用武之国，其主刘表不能守[十九]，此殆③天所以資[二十]④將軍也。再論益州，據益州險塞，沃[廿一]野千里，天府⑤之土，刘璋暗弱，張魯在北，民殷国富而不知存恤⑥，智能之士⑦思得明君。將軍既[廿二]漢室之胄⑧，信義著在四海，若跨有[廿三]荆益，保其巖阻[廿四]⑨，撫和⑩諸戎[廿五]，結[廿六]好孫權，内修政[廿七]治，外觀时变，如此則霸業可成[廿八]，漢室可興矣！[廿九]

〔校〕〔一〕〔三〕〔六〕〔十三〕〔十五〕此處徐沁君本補「備」字。

〔二〕此處王季思本補「末」，徐沁君本補「正末」。〔四〕〔七〕〔十四〕〔十六〕此處鄭騫本、甯希元本補「(云)」，王季思本補「(末云)」，徐沁君本補「(正末云)」。〔五〕各本均據《三國志·諸葛亮傳》補「擁」字。各本此段賓白補改均據《三國志·諸葛亮傳》。按，不應要求與原文一字不差，可通者可不改。〔八〕徐沁君本「着」改作「有」。〔九〕徐沁君本「定」改作「歷」。〔十〕原本「富」字，鄭騫本未改，其他各本均改作「附」。〔十一〕原本「用之」，徐沁君本、甯希元本改作「爲之用」。〔十二〕此二句原本作「此势大不可與敵援而不可網之」，末字鄭騫本、王季思本作「之」，徐沁君本、甯希元本作「也」。按，原文作「也」。〔十七〕「沔」原本作「免」，各本均已改。〔十八〕原本「通」字，鄭騫本、甯希元本、王季思本改作「連」。〔十九〕原本無「守」字，各本均已補。〔二十〕「將」前原本作「此始天所此」，各本均改作「此殆天所以資」。〔廿一〕「沃」原本作「沙」，各本均已改。〔廿二〕「將軍既」原本作「記」，各本均已改。〔廿三〕「跨有」原本作「誇」，各本均已改。〔廿四〕「巖阻」原本作「嚴沮」，各本均已改。〔廿五〕原本無「諸」字，徐沁君本「戎」下補「夷」，其他各本均在「戎」上補「諸」。〔廿六〕「結」原本作「能」，各本均已改。〔廿七〕「政」原本作「正」，各本均已改。〔廿八〕此句原本只餘「此霸」二字，徐沁君本作「則霸業可成」，甯希元本作「此霸業可成」，鄭騫本、王季思本作「如此則霸業可成」。〔廿九〕此處徐沁君本、王季思本補「(唱)」。

〔注〕①「漢沔」，州名。②「吴會」，秦漢會稽郡治在吴縣，郡縣連稱爲吴會。③「殆」，大概。④「資」，幫助。⑤「天府」，天子府庫，喻某地物産豐饒。⑥「存恤」，救濟；撫慰；體恤。⑦「智能之士」，有智慧、才能的人。⑧「胄」，帝王或貴族子孫、後代。⑨「巖阻」，謂險阻之處。⑩「撫和」，安撫使和睦。

【後庭花】我直智降了黄漢昇〔一〕，威伏了馬孟起。我委实①戰不得周公瑾，委实赢不得曹孟德。(覷刘了。唱:〔二〕)徹口下相了容儀，可惜剛做得三年皇帝〔三〕。(做意放〔四〕)休争！常言道饒人不是痴②。(刘〔五〕云了)(〔六〕做不去的科)(外〔七〕抱倈兒③過來見住了)(〔八〕做猛

驚科[九]）道童，准備去來！這里却有四十年天子！（等刘備一行謝了）[十]

〔校〕〔一〕徐沁君本、甯希元本「昇」改作「升」。〔二〕此處徐沁君本、王季思本補「唱」。〔三〕「帝」原本作「〇」，各本均已改。〔四〕王季思本補「唱」字。〔五〕此處徐沁君本補「備」字。〔六〕此處王季思本補「末」，徐沁君本補「正末」。〔七〕王季思本據上下文將「外」改作「劉」。〔八〕此處徐沁君本補「正末」二字。〔九〕此處徐沁君本補「云」，王季思本補「末云」。〔十〕此處王季思本補「（末唱）」，徐沁君本補「（正末唱）」。

〔注〕①「委实」，的確；真的。②「饒人不是痴」，寬恕是聰明之舉。③「倈兒」，扮演小孩的角色名。

【賺煞[一]】把您這孫劉曹，立做了吴蜀魏，却便似鼎足三分社稷。（刘[二]云了）[三]雖然地利天时奪了第一，喒仗人和創業開基[四]①。道童你快收拾，咱龍虎相隨，先占了西蜀四千里。（張飛云了）（[五]做對関唱）對着个雲長說知，单共你張將軍賭[六]氣。（刘備云了）[七]主公放心，[八]你看我笑談間分付②与那衮龍衣③。

（下）

〔校〕〔一〕「賺煞」原本作「收尾」，各本均已改。〔二〕此處徐沁君本補「備」字。〔三〕此處王季思本補「（末唱）」，徐沁君本補「（正末唱）」。〔四〕「基」原本作「公」，各本均已改。〔五〕此處王季思本補「末」，徐沁君本補「正末」。〔六〕「賭」原本作「覩」，唯鄭騫本未改，其他各本均已改。〔七〕此處鄭騫本補「（帶云）」，徐沁君本補「（正末云）」，王季思本補「（末帶云）」。〔八〕此處徐沁君本、王季思本補「（唱）」。

〔注〕①「創業開基」，開創基業，開國皇帝的功績。②「分付」，交代；講明。③「衮龍衣」，即衮龍袍，古代綉有龍紋的皇帝朝服，此處代指皇帝。「衮」是古代帝王及上公穿的繪有卷龍的禮服。

第二折

（曹操、夏侯惇[一]云了）（[二]末扮軍師共刘備上）（刘[三]云了）[四]諸

亮无能，賴主公洪福，衆將軍虎威，交貧道做人。〔五〕

【南吕】〔六〕【一枝花】遮天雜綵〔七〕旗，振地花腔皷。青龍偃月刀，銀蟒點鋼突〔八〕。齊臻臻①鐙棒②柯舒〔九〕③。朱紅漆花梢弩，獸吞頭④金蘸斧⑤。有五十〔十〕員越嶺犇〔十一〕彪，二万只巴〔十二〕⑥山劣虎。

〔校〕〔一〕「惇」原本作「敦」，各本均已改。〔二〕此處徐沁君本補「正」字。〔三〕此處徐沁君本補「備」字。〔四〕此處鄭騫本、甯希元本補「（云）」，王季思本補「（末云）」，徐沁君本補「（正末云）」。〔五〕此處徐沁君本、王季思本補「（唱）」。〔六〕原本無宫調名【南吕】，各本均已補。〔七〕原本「綵」字，鄭騫本、王季思本未改，徐沁君本、甯希元本改作「彩」。〔八〕原本「突」字，鄭騫本、甯希元本、王季思本改作「毒」。〔九〕「鐙棒柯舒」原本作「蹬棒柯舒」，鄭騫本未改，徐沁君本、王季思本作「鐙棒戈殳」，甯希元本作「鐙棒戈斧」。按，「鐙棒」「柯舒」均爲兵器。〔十〕鄭騫本、王季思本「十」改作「千」。〔十一〕原本「犇」字，鄭騫本未改，其他各本均作「奔」。〔十二〕原本「巴」字，各本均改作「爬」。按，「巴」字無誤，不煩改字。「越嶺犇彪」對「巴山劣虎」，「巴山越嶺」拆作「巴山」「越嶺」二詞，分在二句。「巴」爲「爬」義，但不必改字。「巴山越嶺」亦作「巴山度嶺」。《單刀會》「人似巴山越嶺彪」，鄭本保留未改，對同一問題處理不一致。

〔注〕①「齊臻臻」，整齊貌。②「鐙棒」，古代一種棒形武器，一端爲馬鐙形銅製品。③「柯舒」，古代的一種兵器，亦作「柯欚」。④「獸吞頭」，此指斧頭上的獸面裝飾物。⑤「金蘸斧」，兵器，刃部鍍金的斧子。⑥「巴」，爬。

【梁州第七〔一〕】投至①坐這中軍帳②七重禁圍③，亏杀您卧龍崗〔二〕三顧茅庐。覷寰中④草寇如无物。運乾坤手段，安社稷權〔三〕術。憑着我這一条妙計，三卷天書，顯神機单注⑤着東吴，仗□〔四〕風独霸西蜀。則仗着主公前関將〔五〕張飛，那里怕他曹操下張遼許褚，更共那孫權行魯肅周瑜。（外报了）（刘備云了）（〔六〕冷笑科〔七〕）我則道有何事報覆⑥，元來是夏侯惇〔八〕瞎漢驅軍伍，覷貧道似泥土。叵耐〔九〕⑦无徒領士卒，怎敢单搦⑧這耕夫。

（刘備云了）〔十〕主公放心。〔十一〕

〔校〕〔一〕原本無「第七」，鄭騫本未補，其他各本均已補。〔二〕徐沁君本、甯希元本「崗」改作「岡」。〔三〕「權」原本作「拳」，各本均已改。〔四〕該字原本爲墨丁，鄭騫本據文義補「威」，王季思本從；徐沁君本補「仁」，甯希元本從。徐沁君本校記云：「『仁風』一詞，曲中常用之。」例略。〔五〕徐沁君本「將」改作「羽」。〔六〕此處王季思本補「末」，徐沁君本補「正末」。〔七〕此處徐沁君本、王季思本補「唱」。〔八〕「惇」原本作「敦」，各本均已改。〔九〕徐沁君本「耐」改作「奈」。〔十〕此處鄭騫本、甯希元本補「（云）」，王季思本補「（末云）」，徐沁君本補「（正末云）」。〔十一〕此處徐沁君本、王季思本補「（唱）」。

〔注〕①「投至」，等到。②「中軍帳」，元帥、將軍的軍帳。③「禁圍」，皇宫之内，亦作「禁闈」。④「寰中」，天下。⑤「单注」，偏偏注定。⑥「報覆」，回報；回復。⑦「叵耐」，無奈。⑧「搦」，抓；拿；握。

【牧羊関】托賴①着日月光天德，山河壯帝居②，請我主暫把眉舒。看貧道握霧拿雲③，看貧道呼風喚雨。我似兒戲般先收了魏，笑談間並吞了吴。我直交功盖三公④位，名成八陣圖⑤。

（張飛云了）（〔一〕做喝了）〔二〕一壁⑥去，不用你！趙雲來听吾將令。〔三〕

〔校〕〔一〕此處徐沁君本補「正末」。〔二〕此處鄭騫本補「（云）」，王季思本補「末云」。〔三〕此處徐沁君本、王季思本補「（唱）」。

〔注〕①「托賴」，依賴；倚仗；被庇護。②「帝居」，帝王的居處，也指京都。③「握霧拿雲」，指施展本領。④「三公」，古代中央三種最高官銜的合稱。周代指太師、太傅、太保，西漢指丞相（大司徒）、太尉（大司馬）、御使大夫（大司空），東漢、唐宋指太尉、司徒、司空，明清代沿周制。（参見《漢語大詞典》）⑤「八陣圖」，諸葛亮創立的用兵陣法。⑥「一壁」，一邊。

【四塊玉】呼趙雲，休停住。你与我貫甲披袍①統征夫②，快与我横槍跨馬為前部③。（張飛云了）〔一〕趙雲！〔二〕你依吾將令听我差，休採〔三〕這个言那个語，我交〔四〕你手里不要赢，則④要輸〔五〕。

（張飛云了）[六]不用你！叫[七]刘封[八]听吾將令。[九]

〔校〕〔一〕此處徐沁君本補「（正末云）」，王季思本補「（末云）」。〔二〕〔九〕此處徐沁君本、王季思本補「（唱）」。〔三〕原本「採」字，鄭騫本未改，其他各本均改作「睬」。〔四〕原本無「交」字，唯鄭騫本未補。〔五〕「不要贏，則要輸」原本作「則要嬴不要輸」，各本「嬴」均改作「贏」，鄭騫本作「則要贏不要輸」，徐沁君本作「不要贏，則要輸」，甯希元本、王季思本作「不要贏則要輸」。〔六〕此處鄭騫本、甯希元本補「（云）」，王季思本補「（末云）」，徐沁君本補「（正末云）」。〔七〕「叫」字鄭騫本、王季思本屬上句，徐沁君本、甯希元本屬下句。〔八〕「封」原本作「備」，各本均已改。

〔注〕①「貫甲披袍」，穿上鎧甲披上戰袍。②「征夫」，出征的戰士。③「前部」，先鋒部隊；先頭部隊。④「則」，只。

【牧羊関】則要你魚鱗般排軍陣，雁行般擺隊伍，依着我運計鋪謀。則要你吶[一]喊摇旗，則要你篩①鑼擂皷。他若走向軍垓[二]②里撞，他若赶向草坡里伏。直鬧得逆子心頭怕，常諕得賊兒膽底虚③。

（張飛云了）[三]一壁去，不用你！喚糜竺糜[四]芳听吾將令。[五]

〔校〕〔一〕「吶」原本作「納」，唯鄭騫本未改。〔二〕「垓」原本作「該」，各本均已改。〔三〕此處鄭騫本、甯希元本補「（云）」，王季思本補「（末云）」，徐沁君本補「（正末云）」。〔四〕二「糜」字原本均作「梅」，「竺」原本作「竹」，各本均已改。〔五〕此處徐沁君本、王季思本補「（唱）」。

〔注〕①「篩」，敲。②「軍垓」，軍隊重圍的中心。③「賊兒膽底虚」，猶做賊心虚。

【賀新郎】則向這博望城多准備下些火葫芦①，賺②入來先燎断粮車，得空便後燒着窩鋪③。交車輪大火砲虚空里舞，火逼得神号[一]鬼哭，交火焚得馬死人无，都交火垓④中逃性命，都交火陣内喪了殘軀。（張飛云了）[二]張將軍不索階前怒。則這的是黄公三略法⑤，吕望六韜書⑥。

（張飛云了）[三]一壁去，不用你！喚関某听吾將令。[四]

〔校〕〔一〕徐沁君本「号」改作「嚎」。〔二〕此處王季思本補「末唱」，徐沁君本補「（正末唱）」。〔三〕此處鄭騫本、甯希元本補「（云）」，王季思本補「（末云）」，徐沁君本補「（正末云）」。〔四〕此處徐沁君本、王季思本補「（唱）」。

〔注〕①「火葫芦」，内裝火藥的葫蘆形引火戰具。②「賺」，騙。③「窩鋪」，臨時性營寨或棚子。④「火垓」，火海的中心。⑤「黄公三略法」，傳説漢初隱士黄石公著有軍事著作《三略》。⑥「吕望六韜書」，「吕望」指姜太公，名尚，字子牙，號飛熊，傳説他著有軍事類著作《六韜》。

【罵玉郎】関公与我牢把白河渡，差軍役堰〔一〕①江湖，夜深勒馬向高崗〔二〕上覷。把水驟住，若軍过去，到低渺②処。

〔校〕〔一〕「堰」原本作「偃」，各本均已改。〔二〕徐沁君本、甯希元本「崗」改作「岡」。

〔注〕①「堰」，擋；阻塞。②「低渺」，低窪。

【感皇恩】便与我放開溝渠，交渰了軍卒，向浪濤中，波面上，狗扒伏①。便休誇壯士，都喂〔一〕了鰕魚。便逃灾難，趓性命，也中機謀。

〔校〕〔一〕「喂」原本作「偎」，鄭騫本作「餵」，其他各本均作「喂」。

〔注〕①「狗扒伏」，像狗一樣在水面上趴浮着。

【採茶歌】一半火燒得没，一半水渰得无，抵①多少一鈎香餌釣鰲魚。（張飛云了）〔一〕拿去何〔二〕須施英武，我得來全不費工夫。

〔校〕〔一〕此處王季思本補「末唱」，徐沁君本補「（正末唱）」。〔二〕甯希元本「去何」改作「取呵」。

〔注〕①「抵」，頂。

（張飛叫住了）（刘備告住了）（〔一〕云）看主公面用你，听我將令。直等交趙雲引閗①，刘封追赶，糜芳糜竺〔二〕火燒，関公水渰了，四十万大軍則落得二十个敗卒，杀得筋衰力尽，中箭著刀，恁时節用你相持②。我這般，這般。〔三〕

〔校〕〔一〕此處王季思本補「末」，徐沁君本補「正末」。〔二〕二「糜」字原本均作「梅」，「竺」原本作「竹」，各本均已改。〔三〕此處徐沁君本、王季思本補「（唱）」。

〔注〕①「引閗」，戰術，引著對方軍隊戰鬥。②「相持」，兩方對

立，互相牽制，難分勝負。

【紅芍藥】不要你揎拳捋〔一〕袖①放麄踈②，不要你大叫高呼。則要你吞声窨氣③莫囂浮④，則要你暗地埋伏。直等到風清過二皷，都不到二十个敗殘軍卒，殺得東歪西倒中金鏃〔二〕⑤，剛剛的強整〔三〕立的身軀。

〔校〕〔一〕「捋」原本作「將」，各本均已改。〔二〕「鏃」原本作「鎚」，徐沁君本作「錘」，其他各本均改作「鏃」。〔三〕甯希元本「整」改作「掙」。

〔注〕①「揎拳捋袖」，捋起衣袖露出手臂、拳頭，謂準備戰鬥。②「麄踈」，粗魯。③「窨氣」，忍氣。④「囂浮」，喧囂；吵鬧。⑤「金鏃」，金屬箭頭。

【菩薩梁州】却待盼望程途，肯分①截着走路，正打你行②過去，若拿〔一〕不着怎地支吾③？（等〔二〕云了）〔三〕那二十來个敗殘軍你□〔四〕拿不住？（張飛云了）〔五〕張將軍咱兩个立了文書。那夏侯惇〔六〕你手里若親拿住？（張〔七〕云了）〔八〕則怕踏尽鉄鞋无覓处。（張〔九〕云了）〔十〕若違犯後④不輕恕！（張〔十一〕云了）〔十二〕若得勝交你腰間掛了虎符⑤，若不贏交〔十三〕識我斬斫⑥權謀。

（刘〔十四〕云了）〔十五〕主公，看這一陣厮殺咱！衆將軍每，小心在意着〔十六〕！〔十七〕

〔校〕〔一〕原本「若拿」二字空白，該句趙琦美《脉望館鈔校本古今雜劇》作「你若是拿不住怎的支吾」，徐沁君本據補爲「你拿」，其他各本據補爲「若拿」。〔二〕此處王季思本補「張」，徐沁君本補「張飛」。〔三〕此處鄭騫本補「（云）」，王季思本補「（末云）」，徐沁君本補「（正末云）」。〔四〕原本該字空缺，徐沁君本補「若」，其他各本均補「敢」字。〔五〕〔八〕〔十〕〔十二〕此處王季思本補「末唱」，徐沁君本補「（正末唱）」。〔六〕「惇」原本作「敦」，各本均已改。〔七〕〔九〕〔十一〕此處徐沁君本、甯希元本補「飛」字。〔十三〕此處甯希元本補「你」字。〔十四〕此處徐沁君本補「備」字。〔十五〕此處鄭騫本、甯希元本補「（云）」，王季思本補「（末云）」，徐沁君本補「（正末云）」。〔十六〕原本「着」字，徐沁君本改作「咱」，王季思本改作「者」，鄭騫本未改。〔十七〕此處徐沁君本、王季思本補「（唱）」。

〔注〕①「肯分」，恰好；正好。②「行」，那兒；那裏。③「支吾」，應付；對付。④「後」，的話，表假設。⑤「虎符」，古代皇帝調兵遣將用的兵符，皇帝和將帥各執一半，兩半相合可調兵遣將。⑥「斬斫」，砍殺；殺戮。

【隨煞〔一〕尾】不争三二千〔二〕虎豹离窩峪，情取那四十万豺狼卧道途。呼趙雲，記心腹；喚刘封，莫疑悮；差関公，使糜竺〔三〕。則[①]有張飛好囑付：依我差排，听我言語。若是你失悮了軍情，休想我肯躭〔四〕負[②]。諸〔五〕亮有耳目，使不着你弟兄如同手足。〔六〕張飛听者[③]！若拿不着呵！〔七〕我交你莽壯〔八〕[④]的殘生做不得主！

（下）

〔校〕〔一〕徐沁君本「隨煞」改作「黄鐘」。〔二〕「千」原本作「年」，唯鄭騫本未改。〔三〕「糜竺」原本作「梅竹」，各本均已改。〔四〕原本「躭」字，徐沁君本改作「擔」，王季思本改作「耽」，鄭騫本、甯希元本未改。〔五〕此處徐沁君本補「葛」字。〔六〕此處鄭騫本、王季思本補「（云）」，徐沁君本補「（帶云）」。〔七〕此處徐沁君本、王季思本補「（唱）」。〔八〕原本「壯」字，各本均改作「撞」。

〔注〕①「則」，只。②「躭負」，耽待；饒恕。③「者」，祈使語氣詞。④「莽壯」，魯莽。

第三折

（等衆將各一折了）（張飛云了）（〔一〕末扮上）（皇叔云了）（〔二〕云）這其間都建功也！主公不須憂念。〔三〕

【雙調】〔四〕【新水令】管着二千員敢〔五〕戰鉄衣郎[①]，只除是莽張飛不伏諸亮。為争奪飛鳳闕[②]，直請下卧龍崗〔六〕。則今番成敗興亡，都没半个時辰見明降[③]。

（趙雲上見住了）〔七〕好將軍，能掌吾計，將酒來。〔八〕

〔校〕〔一〕此處徐沁君本補「正」字。〔二〕此處王季思本補「末」字，徐沁君本補「正末」。〔三〕〔八〕此處徐沁君本、王季思本補

「（唱）」。〔四〕原本無宫調名【雙調】，各本均已補。〔五〕「敢」原本作「憨」，各本均已改。〔六〕徐沁君本、甯希元本「崗」改作「岡」。〔七〕此處鄭騫本、甯希元本補「（云）」，王季思本補「（末云）」，徐沁君本補「（正末云）」。

〔注〕①「鉄衣郎」，戰士。②「飛鳳闕」，帝王的宫闕。③「明降」，明白；清楚。

【步步嬌】捨死忘生先鋒將，怎禁那一疋坐下馬似龍離浪，使一條緑〔一〕沉①牙角槍②。哎！能掌計的英雄漢你委实強。有一日掌了朝綱〔二〕，你做取那領着頭厅相③。

（把酒了〔三〕）〔四〕刘封，吾計中用來末〔五〕？（刘封云了）（〔六〕把盞④了〔七〕）〔八〕

〔校〕〔一〕「緑」原本作「六」，各本均已改。〔二〕「綱」原本作「崗」，各本均已改。〔三〕此處徐沁君本補「云」。〔四〕此處鄭騫本、甯希元本補「（云）」，王季思本補「（劉封上見住了）（末云）」。〔五〕甯希元本「末」改作「未」。〔六〕此處徐沁君本補「正末」。〔七〕此處徐沁君本補「唱」。〔八〕此處王季思本補「（末唱）」。

〔注〕①「緑沉」，一種竹子。②「牙角槍」，即「涯角槍」，趙雲的兵器，取天涯海角無對之義。③「頭厅相」，宰相，也泛指高官。「頭厅」，古代中央政府的最高行政機構。④「把盞」，本指跪地敬酒，後泛指敬酒。

【風入松】想刘封武藝有誰當，天生的狀〔一〕皃①堂堂。得空便猛望着軍心②撞，似鬧垓垓③的虎蕩群羊。飲过酒今番不枉，你若不為帝决④為王。

（把酒了）（糜芳糜竺〔二〕上見了）（〔三〕把盞了〔四〕）〔五〕

〔校〕〔一〕「狀」原本作「壯」，各本均已改。〔二〕二「糜」字原本均作「梅」，「竺」原本作「竹」，各本均已改。〔三〕此處徐沁君本補「正末」。〔四〕此處徐沁君本補「唱」。〔五〕此處王季思本補「（末唱）」。

〔注〕①「狀皃」，相貌；身材。②「軍心」，軍隊、軍陣的中心。③「鬧垓垓」，喧鬧、雜亂貌。④「决」，一定；必定。

【水仙子】哎！糜芳糜竺〔一〕鎮边疆，喜得您无是无非出戰場。博望城交鹿角[①]叉了街巷，賺[②]得它〔二〕入城來好近傍[③]，四下里火燒着積草屯粮。明晃晃逼殺軍將，焰騰騰燎着上蒼，恁的[④]敢[⑤]馬死人亡。

（関上見住了）〔三〕將軍治水勞神。（関公云了）〔四〕

〔校〕〔一〕二「糜」字原本均作「梅」，「竺」原本作「竹」，各本均已改。〔二〕原本「它」字，各本均改作「他」。〔三〕此處鄭騫本、甯希元本補「（云）」，王季思本補「（末云）」，徐沁君本補「（正末云）」。〔四〕此處王季思本補「（末唱）」，徐沁君本補「（正末唱）」。

〔注〕①「鹿角」，軍營中形似鹿角的防禦工具。②「賺」，騙。③「近傍」，近。④「恁的」，那樣。⑤「敢」，可能。

【川撥棹】不枉了喚雲長，更壓着[①]襄車胄、斬蔡陽。依着我水壅〔一〕沙囊[②]，堰〔二〕[③]住長江，白河水淹淹越長〔三〕。夏侯惇〔四〕心内荒〔五〕，敗殘軍腹内忙。

〔校〕〔一〕「壅」原本作「擁」，徐沁君本、甯希元本改作「壅」。〔二〕「堰」原本作「偃」，各本均已改。〔三〕甯希元本、王季思本「長」改作「漲」。〔四〕「惇」原本作「敦」，各本均已改。〔五〕原本「荒」字，各本均改作「慌」。

〔注〕①「壓着」，超過；比得過。②「沙囊」，沙袋子。③「堰」，阻塞；堵塞。

【七弟兄】放開這廂，刨〔一〕開那廂，則你道則〔二〕遮當。海漫漫[①]水勢從天降，馬和人都在芦花畔〔三〕。

〔校〕〔一〕「刨」原本作「袍」，各本均已改。〔二〕甯希元本、王季思本「則」改作「怎」。〔三〕徐沁君本、甯希元本以押韵將「畔」改作「蕩」。按，該曲押「江陽」韵，「畔」屬「桓歡」，失韵。然元雜劇中不同韵部通押是較常見的現象。在没有其他有力證據的情况下，不能單憑失韵而改字。

〔注〕①「海漫漫」，水大貌。

【梅花酒】殷勤捧玉觴[①]，煞謝你展土開疆，不争[②]你救駕擎〔一〕王[③]，後來入廟昇堂，仗着青龍刀安社稷，憑着赤兔馬定家邦。想你自許昌，自許昌將曹操降，〔二〕曹操降見君王，見君王賜朝章[④]，賜朝章坐都堂[⑤]，坐都堂做丞相，做丞相領親將⑥，領親將上高崗〔三〕，上高崗〔四〕見軍將，見軍將不商量，不商量縱絲韁，縱絲韁入沙場，入沙場對兒郎⑦，對兒郎氣昂昂。

〔校〕〔一〕甯希元本、王季思本「擎」改作「勤」。〔二〕甯希元本、王季思本重「將」字。〔三〕〔四〕徐沁君本、甯希元本「崗」改作「岡」。

〔注〕①「玉觴」，玉酒杯。②「不爭」，不料；想不到。③「救駕擎王」，救助、扶助君王。④「朝章」，朝廷典章。⑤「都堂」，指官署、衙門的辦公之處。⑥「親將」，親信將領。⑦「兒郎」，士兵。

【收江南】氣昂昂勒馬刺顏良，刺颜良天下尽談揚①。〔一〕左右，准備酒者②！張將軍也見功也！（唱）主人公准備捧瓊漿③。張將軍莽壯〔二〕④，若來时决⑤共我定興亡。

（張飛上见了）〔三〕張將軍，你這般為甚？（張〔四〕云了）〔五〕

〔校〕〔一〕此處鄭騫本、王季思本補「（云）」，徐沁君本補「（帶云）」。〔二〕原本「壯」字，各本均改作「撞」。〔三〕此處鄭騫本、甯希元本補「（云）」，王季思本補「（末云）」，徐沁君本補「（正末云）」。〔四〕此處徐沁君本補「飛」字。〔五〕此處王季思本補「（末唱）」，徐沁君本補「（正末唱）」。

〔注〕①「談揚」，談論贊揚。②「者」，祈使語氣詞。③「瓊漿」，美酒。④「莽壯」，魯莽。⑤「决」，一定。

【雁兒落】將軍！你早則不鞭敲金鐙〔一〕響①，可不將得勝歌〔二〕②齊声唱。見緊邦邦剪③了臂膊〔三〕，直停停④舒⑤着脖〔四〕項。

〔校〕〔一〕「鐙」原本作「𨫼」，鄭騫本、甯希元本未改，其他各本均改作「鐙」。〔二〕「歌」原本作「哥」，各本均已改。〔三〕徐沁君本「膊」改作「膀」。〔四〕「脖」原本作「孛」，各本均已改。

〔注〕①「鞭敲金鐙響」，用鞭子敲打馬鐙，喻凱旋。②「勝歌」，凱歌；勝利之歌。③「剪」，雙手綁在背後。④「直停停」，直挺挺。⑤「舒」，伸。

【得勝令】可不是架〔一〕海紫金樑①，那將軍須不是托塔李天王。可不先敗了贏我頭，可不我不贏了不姓張。去时節村桑②，恨不得一跳三千丈；今日你着忙，將軍！可不男兒當自強。
〔二〕左右，推轉③斬訖報來！〔三〕

〔校〕〔一〕「架」原本作「駕」，唯鄭騫本未改。〔二〕此處鄭騫本、徐沁君本、王季思本補「（云）」。〔三〕此處徐沁君本、王季思本補「（唱）」。

〔注〕①「架海紫金樑」，喻國家棟梁、中流砥柱。②「村桑」，粗鄙；粗魯。③「推轉」，推出；推出斬首。

【沽美酒】喚軍卒擺法場①，呼左右列刀槍，快擁出轅門②休問當。可不人不得滅相③，死尸骸卧在雲陽④。

〔注〕①「法場」，刑場。②「轅門」，軍營門。③「滅相」，輕視。④「雲陽」，刑場。「雲陽」本爲地名，秦李斯被斬于雲陽街市，後以「雲陽鬧市」代指行刑之地。

【太平令】交碜可可①簽〔一〕頭在槍上，強如②你叫丫丫〔二〕賭〔三〕賽在階傍〔四〕。(刘備告住了)〔五〕見〔六〕有這張翼〔七〕德招伏③文狀④，交識鋤田漢行軍的膽量。(交斬)（〔八〕告住了)〔九〕張飛！〔十〕你經了這場，我行⑤，須拜降。(張〔十一〕云了)〔十二〕看主公面權时免放。
(皇叔云了)（〔十三〕与張飛把壓驚盞科〔十四〕)〔十五〕既贏了這一陣，再不敢這覷咱也！〔十六〕

〔校〕〔一〕「簽」原本作「[illegible]」，各本均已改。〔二〕原本「丫丫」，徐沁君本未改，其他各本均改作「吖吖」。〔三〕「賭」原本作「覩」，唯鄭騫本未改。〔四〕徐沁君本、甯希元本「傍」改作「旁」。〔五〕〔十二〕此處王季思本補「（末唱）」，徐沁君本補「（正末唱）」。〔六〕原本「見」字，徐沁君本、甯希元本改作「現」。〔七〕「翼」原本作「益」，各本均已改。〔八〕此處王季思本補「劉」字，徐沁君本補「劉備」。〔九〕此處王季思本補「（末云）」，徐沁君本補「(正末云)」。〔十〕〔十六〕此處徐沁君本、王季思本補「（唱）」。〔十一〕此處徐沁君本補「飛」字。〔十三〕此處徐沁君本補「正末」。〔十四〕此處徐沁君本補「云」。〔十五〕此處王季思本補「（末云）」。

〔注〕①「碜可可」，凄惨可怕。亦作「碜磕磕」。②「強如」，比……

强。「如」，差比標記。③「招伏」，招認。④「文狀」，文書。⑤「行」，賓格標記，「我行，須拜降」即「須拜降我」。

【鴛鴦尾〔一〕】今日坐領三軍金頂蓮花帳①，披七星錦綉雲鶴氅。早定了西蜀，貧道却再返南陽。唱道②覷曹操孫權，似浮風搔〔二〕痒③。（刘〔三〕云了）〔四〕請我住共関張，休，休！何須托講，主公洪福无疆，直等我扶立了你刘朝恁时節賞。

（下）

〔校〕〔一〕「鴛鴦」原本作「夗央」，各本均已改。徐沁君本「尾」改作「煞」。〔二〕「搔」原本作「瘙」，鄭騫本、徐沁君本未改。〔三〕此處徐沁君本補「備」字。〔四〕此處徐沁君本補「（正末唱）」。

〔注〕①「金頂蓮花帳」，主將帥的軍帳。②「唱道」，真是；正是。亦作「暢道」。③「浮風搔痒」，言輕而易舉。

第四折

（曹操、管通一折）（正末与皇叔一行上）（皇叔開，設宴了）〔一〕

【中吕】〔二〕【粉蝶兒】今番和曹操争鋒，却渾如一場春夢。怎禁這一班兒盖国英雄：一个个〔三〕善相持①，能挑閗②，超群出衆，都建了頭功，真乃是立乾坤世之樑棟。

〔校〕〔一〕此處王季思本補「（末唱）」，徐沁君本補「（正末唱）」。〔二〕原本無宫調名【中吕】，各本均已補。〔三〕「个」原本不重，各本均重。

〔注〕①「相持」，兩方對立，互相牽制，難分勝負。②「挑閗」，引鬥，引着對方軍隊戰鬥。

【醉春風】當日周天子①夢非〔一〕熊，今日主人公請卧龍。為甚兩三番不肯出茅庐？委〔二〕实②俺倦冗③，冗。向這三国當權，一人前為帥，不如半坡里養種④。

〔校〕〔一〕甯希元本「非」改作「飛」。〔二〕「委」原本作「姜」，各本均已改。

〔注〕①「周天子」，周文王。②「委实」，的確；確實。③「倦

冗」，疲倦。④「養種」，謂培植力量。

（見風起，做意了〔一〕）〔二〕主公休飲酒，今日有細作①來。（張飛云了）（刘〔三〕云了）〔四〕不到午时至。（刘〔五〕云了）〔六〕衆將依吾行事者②。（喚趙雲云了）（喚刘封云了）（喚張飛、関公云了）〔七〕主公也索離了這里，貧道這般行。（耳住了）（却喚刘〔八〕再云了）那件事休忘了。（都下）〔九〕糜芳糜竺〔十〕，您二人休離我左右。（再耳云了）轅門外望着，折末③有甚人來，報与我者。（等管通上云了）（外报了）（荒〔十一〕接科〔十二〕）是俺哥哥，將酒來。〔十三〕

〔校〕〔一〕此處徐沁君本、甯希元本補「云」字。〔二〕此處鄭騫本補「（云）」，王季思本補「（末云）」。〔三〕〔五〕〔八〕此處徐沁君本補「備」字。〔四〕〔六〕〔九〕此處鄭騫本、甯希元本補「（云）」，王季思本補「（末云）」，徐沁君本補「（正末云）」。〔七〕此處鄭騫本、甯希元本補「（云）」，王季思本補「（末云）」，徐沁君本補「（向劉備云）」。〔十〕二「糜」字原本均作「梅」，「竺」原本作「竹」，各本均已改。〔十一〕原本「荒」字，各本均改作「慌」。「慌」上王季思本補「末」字，徐沁君本補「正末」。〔十二〕各本均補「云」字。〔十三〕此處徐沁君本、王季思本補「（唱）」。

〔注〕①「細作」，奸細；間諜。②「者」，祈使語氣詞。③「折末」，不管。

【迎仙客】快排玉斝①，捧金樽〔一〕，元來是俺二十年布衣②間親弟兄。（做拜科〔二〕）這幾年你是住〔三〕在江東？是居在漢中？（外〔四〕云了）〔五〕不想今日相逢，為弟兄途路上煞勞台〔六〕重③。

〔七〕衆將休怠慢！是我的哥哥，天下一人而已。我的學〔八〕藝他會，他的學藝我不會。多把盞者！弟兄每快活一日！（外〔九〕云了）〔十〕

〔校〕〔一〕徐沁君本以不押韵將「樽」改作「鍾」。〔二〕此處徐沁君本、王季思本補「唱」。〔三〕「住」原本作「𠇍」，覆元槧本作「住」，鄭騫本、徐沁君本作「住」，甯希元本、王季思本作「仕」。〔四〕〔九〕徐沁君本「外」改作「管通」。〔五〕此處王季思本補「（末唱）」，徐沁君本補「（正末唱）」。〔六〕原本「台」字略殘損，覆元槧本刻作「珍」，鄭騫本從，其他各本均作「台」。徐沁君本校記云：「劳台重：情深恩重的意思。」〔七〕此處鄭騫本、徐沁君本、王季思本補「（云）」。〔八〕原本該字僅餘「文」字，下句「學」字原本刻作「李」，「文」當是「李」字之誤。鄭騫本作「文」，其他各本均作「學」。〔十〕此處王季思本補「（末唱）」，徐沁君本補「（正末唱）」。

〔注〕①「玉斝」，玉酒杯。②「布衣」，代指平民百姓。③「劳台重」，情深恩重。

【朱履曲】您兄弟誰待隨着龍王打閧〔一〕①？誰待搬〔二〕②着虎將争功？怎禁咱徐庶向人前把我強过從③。這的未曾尋着龐統，投至④請得伏龍，更壓着⑤渭河边姜太公。

（囑付外〔三〕賣弄科）（交外〔四〕指糜芳糜竺〔五〕科〔六〕）〔七〕您二人或揣着或搭⑥着折末⑦甚物，俺哥哥十猜十个着。（等糜芳糜竺〔八〕交〔九〕猜科）〔十〕哥哥，你猜着。〔十一〕

〔校〕〔一〕「閧」原本作「閧」，鄭騫本改作「閧」，其他各本均改作「哄」。按，「打閧」亦作「打哄」。〔二〕「搬」原本作「般」，各本均已改。〔三〕〔四〕徐沁君本「外」改作「管通」。〔五〕〔八〕二「糜」字原本均作「梅」，「竺」原本作「竹」，各本均已改。〔六〕此處徐沁君本補「云」字。〔七〕此處鄭騫本、甯希元本補「（云）」，王季思本補「（末云）」。〔九〕「交」原本作「六」，鄭騫本未改，徐沁君本、甯希元本作「交」，王季思本作「云」。按，「六」當是「交」字上部。〔十〕此處鄭騫本、甯希元本補「（云）」，王季思本補「（末云）」，徐沁君本補「（正末云）」。〔十一〕此處徐沁君本、王季思本補「（唱）」。

〔注〕①「打閧」，胡鬧；玩笑。亦作「打哄」。②「搬」，挑唆。③「过從」，往來；交往。④「投至」，等到。⑤「壓着」，勝過；比得過。⑥「搭」，握。⑦「折末」，不管。

【剔銀灯】非是我廳〔一〕階前賣弄，你看构欄〔二〕①中撮弄。怕他誤〔三〕猜眾將休驚恐，看俺這老哥哥变化神通。（交猜着了）〔四〕這的真術藝②，休道是脫空③，您却睁〔五〕着眼並不敢轉動。

〔校〕〔一〕「廳」原本作「听」，鄭騫本未改，其他各本均改作「廳」。

〔二〕徐沁君本「欄」誤作「攔」。〔三〕「誤」原本作「俣」，鄭騫本作「悮」，其他各本均作「誤」。〔四〕此處王季思本補「（末唱）」，徐沁君本補「（正末唱）」。〔五〕「睁」原本作「争」，各本均已改。

〔注〕①「构欄」，宋元時代雜劇、曲藝等的演藝場所。②「術藝」，才能；本領。③「脱空」，虚空；弄虚作假。

【蔓菁菜】你却把那兩隻手拳得没縫，真个將黑白子暗包籠①。俺哥哥端的曾用功。（覷棊子了〔一〕）將軍每〔二〕俺這死共②活則在他手心中，意里道不殺了成何用。

（做起來催飯科）（糜〔三〕芳問了）〔四〕

〔校〕〔一〕此處徐沁君本補「唱」字。〔二〕鄭騫本、王季思本「將軍每」處理爲賓白，王季思本前補「（末云）」，後補「（唱）」。〔三〕「糜」原本作「梅」，各本均已改。〔四〕此處王季思本補「（末唱）」，徐沁君本補「（正末唱）」。

〔注〕①「包籠」，隱藏；包含。②「共」，和；與。

【快活三】他興心①忒不中，我主意更難容。他興心張網下窩弓②，被我主意引入迷魂洞。

〔注〕①「興心」，存心；故意。②「張網下窩弓」，謂下圈套；做陷阱。「窩弓」，獵人用于捕捉動物的伏弩。

【鮑老兒】喒這將在謀而不在勇，被我打住丹山①鳳。（却賣弄科）〔一〕對眾將哥哥非賣弄，喒也消得他皇家俸。據論天撥地，移星換斗，另有神功。奪旗扯皷，排軍布陣，別是家風。

〔校〕〔一〕此處王季思本補「（末唱）」，徐沁君本補「（正末唱）」。

〔注〕①「丹山」，傳説中産鳳凰的山。

（等眾云了）〔一〕俺哥哥恰使小伎倆，比及飯上，交你看些撥天関手段〔二〕咱。（領管通手云）喒出帳房①，試看兄弟住的宅舍咱。（轉一遭科〔三〕）這一所強如②那一茅庐。（管通問了）（〔四〕做交二將軍背〔五〕科〔六〕）哥哥，這西壁南間，鎖着甚物？你猜着〔七〕。（〔八〕猜云了）（開門了）（趙雲上了）〔九〕這將軍是五霸諸侯王末？（外〔十〕云了）〔十一〕這將軍曹操手里有末？（外〔十二〕云了）（〔十三〕指兄弟二間房子問）（外〔十四〕云了）（〔十五〕依前都是逐一个問了）（同前審了）（弟〔十六〕五个〔十七〕問末）這西壁頭〔十八〕間里是甚物？（外〔十九〕猜了）（開門了）（皇叔上了）〔二十〕這个是真命天子。（等問了）〔廿一〕我說与一个一句。（指外〔廿二〕科〔廿三〕）〔廿四〕

〔校〕〔一〕此處鄭騫本、甯希元本補「（云）」，王季思本補「（末云）」，徐沁君本補「（正末云）」。〔二〕原本無「段」字，鄭騫本、甯希元本、王季思本補，徐沁君本未補。〔三〕〔六〕此處各本均補「云」字。〔四〕〔十五〕此處徐沁君本補「正末」。〔五〕甯希元本「背」改作「避」。〔七〕原本「着」字，鄭騫本未改，其他各本均改作「咱」。〔八〕此處徐沁君本補「管通」二字。〔九〕〔十一〕此處鄭騫本補「（問）」，甯希元本補「（云）」，王季思本補「（末云）」，徐沁君本補「（正末云）」。〔十〕〔十二〕〔十四〕〔十九〕〔廿二〕徐沁君本「外」改作「管通」。〔十三〕此處王季思本補「末」字，徐沁君本補「正末」。〔十六〕原本「弟」字，各本均改作「第」。〔十七〕此處鄭騫本、甯希元本、王季思本補「房子」，王季思本該科介改作「（末指第五個房子問）」。〔十八〕甯希元本删「壁頭」二字。〔二十〕〔廿一〕此處鄭騫本、甯希元本補「（云）」，王季思本補「（末云）」，徐沁君本補「（正末云）」。〔廿三〕此處徐沁君本補「唱」字。〔廿四〕此處王季思本補「（唱）」。

〔注〕①「帳房」，此指軍帳。②「強如」，比……强。「如」，差比標記。

【十二月】這个是常山子龍，這个是義子刘封，這个是英雄翼〔一〕德，這个是義勇関公。（管通云了）你如識真命①呵〔二〕哥哥管通，争奈②這刘備孤穷③。

（外〔三〕相見了）（東間外〔四〕交開門了）〔五〕東間住，休開！〔六〕

〔校〕〔一〕「翼」原本作「益」，各本均已補。〔二〕「你如識真命呵」原本爲大字，鄭騫本處理爲夾白，上補「（云）」；王季思本也作爲夾白，上補「（末云）」下補「（唱）」；徐沁君本、甯希元本作爲唱詞，徐沁君本上補「（正末唱）」。〔三〕〔四〕徐沁君本「外」改作「管通」。〔五〕此處鄭騫本、甯希元本補「（云）」，王季思本補「（末云）」，徐沁君本補「（正末云）」。〔六〕此處徐沁君本、王季思本補「（唱）」。

〔注〕①「真命」，真命天子。②「争柰」，怎奈；無奈。「柰」同「奈」。③「孤窮」，孤苦失意。

【堯民歌】休！則怕頓開金鎖走蛟龍。（開門科了）（抱倈兒[①]上了）〔一〕這的做得俺後代刘朝〔二〕主人公。（等〔三〕云了）〔四〕見〔五〕如今荆州刘表献了江東，益州刘璋壞了皇宫。峥嶸峥嶸，西川一望中，似人世蓬萊洞[②]。

〔校〕〔一〕原本該科介殘損，「抱」「了」二字可辨。鄭騫本作「（抱倈兒見科）」，其他各本均作「（抱倈兒上了）」。科介後王季思本補「（末唱）」，徐沁君本補「（正末唱）」。〔二〕「朝」原本作「𦛗」，各本均校作「朝」。〔三〕此處徐沁君本補「管通」。〔四〕此處王季思本補「（末唱）」，徐沁君本補「（正末唱）」。〔五〕徐沁君本、甯希元本「見」改作「現」。

〔注〕①「倈兒」，扮演小孩的角色名。②「蓬萊洞」，神仙居處。

（都審了，是真命科。）〔一〕哥哥，你更待那里去來？有真命皇帝〔二〕，咱弟兄厮守，只不好那？（外〔三〕云了）〔四〕没三日前準備下。（外〔五〕問了）（快行上了，拿管通出）（駕断出）

（散場）

〔校〕〔一〕此處鄭騫本、甯希元本補「（云）」，王季思本補「（末云）」，徐沁君本補「（正末云）」。〔二〕「帝」原本作「○」，各本均已改。〔三〕〔五〕徐沁君本「外」改作「管通」。〔四〕此處甯希元本補「（云）」，徐沁君本補「（正末云）」。

題目　　曹丞相發馬用兵　　夏侯惇〔一〕進退无門

正名　　関雲長白河放水　　諸葛亮博望燒屯

新刊関目諸葛亮博〔二〕望燒屯畢〔三〕

〔校〕〔一〕「惇」原本作「敦」，各本均已改。〔二〕「博」原本作「慱」，各本均已改。〔三〕尾題鄭騫本改作「諸葛亮博望燒屯終」，徐沁君本作「新刊關目《諸葛亮博望燒屯》畢」，甯希元本作「諸葛亮博望燒屯雜劇終」。王季思本删尾題。

新編足本関目張千替殺妻

無名氏

校本五種

鄭騫本：鄭騫《校訂元刊雜劇三十種》

徐沁君本：徐沁君《新校元刊雜劇三十種》

甯希元本：甯希元《元刊雜劇三十種新校》

王季思本：王季思《全元戲曲》（第六卷）

隋樹森本：隋樹森《元曲選外編》（第三册）

題目校記

該劇元刊本題目爲「新編足本関目張千替殺妻」，鄭騫本改作「鯁直張千替殺妻」，隋樹森本、甯希元本改作「鯁直張千替殺妻雜劇」。

楔子

（外〔一〕一折云了）（正末扮張千上開）小人是屠家①張千的便是②。家貧親老，不多近遠有个員外待要結義③小人做兄弟。待不從呵，時常感它〔二〕恩德多；待從來，争柰④家貧〔三〕生受⑤。（外〔四〕上云了）（〔五〕云）哥哥既是不嫌貧呵！〔六〕

〔校〕〔一〕此處徐沁君本補「末」字。〔二〕原本「它」字，各本均改作「他」。〔三〕「貧」原本作「寛」，隋樹森本未改，鄭騫本作

「緣」，徐沁君本、王季思本作「貧」，甯希元本作「寒」。今從徐本。〔四〕此處徐沁君本補「末」字。〔五〕此處徐沁君本、王季思本補「正末」。〔六〕此處徐沁君本、王季思本補「（唱）」。

〔注〕①「屠家」，屠夫。②「小人是屠家張千的便是」，元代特殊判斷句，是漢語與蒙古語接觸的結果，由漢語的SVO語序和蒙古語的SOV語序叠加而成，該句是這種特殊判斷句的完全形式，叠加過程爲：小人是屠家張千＋小人屠家張千的便是＝小人是屠家張千的便是。「是」和「的」可以省略，還可説成「小人屠家張千的便是」，「小人屠家張千便是」。③「結義」，結拜。④「争奈」，怎奈。⑤「生受」，受苦；辛勞。

【仙吕】〔一〕【賞花時】哥哥道不敬豪門只敬礼，不羡錢財只敬德。哥哥，您兄弟有句話對哥哥題，喒便似陳雷膠漆①，你兄弟至死呵不相离。

（外〔二〕云了）（請老母參拜了）（結義科）（外〔三〕云往直〔四〕西②索錢了）（〔五〕送科）（下）

〔校〕〔一〕原本無宫調名【仙吕】，各本均已補。〔二〕〔三〕此處徐沁君本補「末」字。〔四〕原本「直」字，徐沁君本、王季思本改作「浙」。徐本未云何據，王本稱音近致誤。按，「直西」即「正西」。〔五〕此處徐沁君本補「正末」。

〔注〕①「陳雷膠漆」，東漢陳重與雷義友情深厚，此成語喻友情篤厚。②「直西」，正西。

第一折

(旦等呵)〔一〕（正末扮上墳，末〔二〕云）從哥哥往直〔三〕西去，早半年。今日同嫂嫂与母親往祖墳去。〔四〕

【仙吕】〔五〕【點絳唇】楊柳晴軒，海棠深院，東風①轉，花柳争先，忙殺鶯啼〔六〕燕。

〔校〕〔一〕「（旦等呵）」隋樹森本作爲賓白，置于楔子末，其他各本均作爲科介，鄭騫本置于楔子末，徐沁君本、王季思本、甯希元本置于第一折開頭，甯本改作「（等旦開了）」。未知孰是，存疑。〔二〕徐沁君本、甯希元本、王季思本删「末」字。〔三〕原本「直」

字，徐沁君本、王季思本改作「浙」。〔四〕此處徐沁君本、王季思本補「（唱）」。〔五〕原本無宫調名【仙吕】，各本均已補。〔六〕徐沁君本、王季思本「啼」改作「和」。按，「啼」字可通，不必改作「和」。「鶯啼燕」看似不通，實則是曲詞囿于曲律限制而出現的結果。甯希元本認爲「鶯啼燕」是「鶯啼燕舞」之省，此説有道理。文獻中習見「鶯啼燕語」「鶯啼燕喧」，唐皇甫冉《春思》：「鶯啼燕語報新年，馬邑龍堆路幾千」，南宋葛長庚《酹江月·春日》：「人在白雲流水外，多少鶯啼燕語」，元代王元鼎【正宫·醉太平】《寒食》：「春光去也怎留戀？聽鶯啼燕喧。」「啼」與「語」「喧」互文見義。【點絳唇】下一曲【混江龍】有「鶯聲恰恰，燕語喧喧」。省作「鶯啼燕」，原因有二：其一，該曲【點絳唇】押「先天」韵，末句末字要求仄聲入韵，「燕」字仄聲，既合平仄又可押韵；其二，該曲【點絳唇】五句皆無襯字，末句正格五字，若有「語」「喧」等字，則「鶯啼燕語」或「鶯啼燕喧」必爲後四個正格字，但「忙」與「殺」皆不可能爲襯字，無「忙」或無「殺」均不通。再從意境上來説，「忙殺鶯和燕」遠不如「忙殺鶯啼燕」，後者言有盡而意無窮，畫面感要優于前者。該條有詩詞的意境。雜劇的校勘不能單以規範的語法爲標準，還應注意到曲律、意境等問題。

〔注〕①「東風」，春風。

【混江龍】莎針①柳線，鳳城②春色滿嬌園〔一〕。紅馥馥夭桃噴火，緑茸茸〔二〕芳草〔三〕堆烟。桃杏〔四〕枝邊閗蹴踘，緑楊〔五〕楼外打鞦韆。猛聽的〔六〕鶯声恰恰，燕語喧喧〔七〕，蟬声歷歷〔八〕，蝶翅翩翩。不由人待③把春留恋，綺羅④交錯，車馬駢闐⑤。

（云）嫂嫂，咱墳〔九〕園到那未里？（旦云了）〔十〕

〔校〕〔一〕甯希元本「嬌園」改作「郊原」。〔二〕隋樹森本「茸茸」改作「并并」。〔三〕原本無「草」字，各本均補。〔四〕「杏」原本作「杳」，各本均已改。徐沁君本、甯希元本、王季思本「桃」改作「紅」，以便對下句「緑」。〔五〕徐沁君本「楊」改作「柳」。〔六〕原本此處有一「唱」字科介，鄭騫本、隋樹森本保留，其他各本均删。〔七〕甯希元本「喧喧」改作「嚦嚦」。〔八〕原本「歷歷」，徐沁君本改作「嚦嚦」，甯希元本改作「喧喧」。〔九〕「昝墳」原本作「𥁕墳」，鄭騫本、王季思本作「咱墳」，其他各本均作「喒墳」。按，「昝」同「咱」「喒」。〔十〕此處徐沁君本、王季思本補「（正末唱）」。

〔注〕①「莎針」，莎草。②「鳳城」，京城的美稱。③「待」，要。④「綺羅」，華麗的絲織品，此處代指穿絲綢衣服的人。⑤「駢闐」，聚會；連屬。形容衆多。亦作「駢填」「駢田」。

【油葫芦】嫂嫂道墳在溪橋水那邊，斟量①來不甚遠。恰來到〔一〕居花莊景可人怜。我則見垂楊拂岸黄金線，我則見桃花〔二〕落処胭脂片。〔三〕嫂嫂，這路兒更少〔四〕呵!〔五〕不去它〔六〕大路上行，則小路兒上穿。騎着疋騶驊〔七〕騮②難把莎茵③踐，正是芳草地，杏花天。（旦云了）〔八〕

〔校〕〔一〕原本「居」上空缺，隋樹森本該句作「恰來到居花莊景可人憐」，甯希元本「居」補改爲「那杏」，其他各本「居」均改作「杏」。按，原本「居」上空缺有殘迹，應缺一或二字，但該句僅有元刊本，故無從補校。據曲譜，【油葫蘆】第三句正格七字，「×花莊景可人憐」是正格，「恰來到」及殘損之字應爲襯字。從以上情况來看，「恰來到」與「×花莊景可人憐」之間也應補字，否則語意未完。〔二〕「花」字原本空缺，隋樹森本未補，其他各本均補「花」字。〔三〕此處鄭騫本補「（云）」，徐沁君本、王季思本補「（帶云）」。〔四〕原本「少」字，隋樹森本未改，其他各本均改作「小」。〔五〕此處徐沁君本、王季思本補「（唱）」。〔六〕原本「它」字，各本均改作「他」。〔七〕「騶驊」原本作「駒騂」，鄭騫本上字未改，下字改作「驊」，王季思本上字改作「騶」并删下字，其他各本均作「騶驊」。〔八〕此處徐沁君本、王季思本補「（正末唱）」。

〔注〕①「斟量」，估量；估計。②「騶驊騮」，「驊騮」是駿馬名，「騶」是古代管理車馬的小吏。③「莎茵」，莎草地。

【天下樂】嫂嫂！這的是留与遊人醉後眠。我想來今年，今年强似①去年，若不是俺哥哥齎〔一〕發②有甚錢？人也似好覷〔二〕付③，親兄弟厮顧〔三〕盼④。〔四〕若不是俺哥哥，〔五〕嫂嫂〔六〕怎着兄弟祖墳前來祭奠？（到墳〔七〕园下馬）（旦交參拜科）〔八〕

〔校〕〔一〕原本「賫」字，鄭騫本、王季思本作「賚」，隋樹森本作「費」。〔二〕「覷」字原本作「人」，隋樹森本、鄭騫本未改，其他各本均改作「覷」。〔三〕「顧」原本作「雇」，各本均已改。〔四〕此處鄭騫本、徐沁君本、王季思本補「（帶云）」。〔五〕此處徐沁君本、王季思本補「（唱）」。〔六〕「嫂」原本不重，隋樹森本、鄭騫本未重，其他各本均重。〔七〕「墳」原本作「一」，隋樹森本保留未改，其他各本均改作「墳」。〔八〕此處徐沁君本、王季思本補「（正末唱）」。

〔注〕①「強似」，比……强。「似」，差比標記。②「賫發」，贈送；資助。③「覷付」，照管；照看。④「顧盼」，照顧。

【村里迓鼓】青盛茂竹林松塢，早來到祖宗墳院。先掛着紙錢，躬身拜從頭參見。忘不了哥哥重恩，小可[①]張千，前生分緣〔一〕。想着俺哥哥有管鮑情[②]，関張義，聶政[③]賢，不弃俺身微智淺。

〔校〕〔一〕「緣」原本作「人」，唯隋樹森本未改。

〔注〕①「小可」，表自稱的謙詞。②「管鮑情」，比喻深厚的友情。「管鮑」是春秋時期管仲和鮑叔牙的合稱，兩人相知甚深。③「聶政」，戰國時期韓國勇士。

【元和令】到寒食[①]不禁煙，正清明三月天。和風習習乍晴〔一〕暄[②]，羅衣初試穿。為甚麼嫂嫂意留連[③]，將言又〔二〕不言？
（旦分付整辦祭物[④]了）（旦忘鑰〔三〕匙分付母親科）（旦云）待与小……（末云）〔四〕寃的[⑤]不謊殺人也！怎生嫂嫂今日說出這般這〔五〕言語？〔六〕

〔校〕〔一〕「晴」原本作「睛」，各本均已改。〔二〕「又」原本是一重文符號「〻」，隋樹森本重「將言」，其他各本均校作「又」。〔三〕「鑰」原本作「人」，隋樹森本未改，徐沁君本作一空圍，其他各本均作「鑰」。〔四〕此處原本作「旦云待与小末云」，鄭騫本作「（旦云）待與小（此下有脱誤）（末云）」，隋樹森本作「（旦云）待與。（小末云）」，徐沁君本作「（旦云）待與你……（正末云）」，甯希元本作「（旦云）待與你……。（云）」，王季思本作「（旦云）待與小……（末云）」。〔五〕徐沁君本、甯希元本、王季思本删「這」字。〔六〕此處徐沁君本補「（唱）」。

〔注〕①「寒食」，寒食節，在清明前一或兩天，是爲紀念介子推。

②「晴暄」，晴朗。③「留連」，留戀不捨。④「祭物」，祭品。⑤「寫的」，兀的；這。

【上馬嬌】嫂嫂！更道是顛，更做道賢，恰便似賣俏①女嬋娟。（旦云了）〔一〕喫的來醉醺醺〔二〕又將咱來纏，眼溜溜〔三〕涎，它〔四〕道是休停〔五〕莫俄延②。

〔校〕〔一〕此處徐沁君本、王季思本補「（正末唱）」。〔二〕「醺醺」原本作「薰薰」，各本均已改。〔三〕徐沁君本、王季思本不重「溜」字。〔四〕原本「它」字，各本均改作「他」。〔五〕鄭騫本「停」下補「誤」字，校記云：「少此字句法及平仄均不合」，王季思本從。按，該句句法可通，不可單憑平仄補「誤」字。【上馬嬌】末句正格五字，首字平仄不論，后四字平仄爲「仄仄平平」，「休停莫俄延」爲正格字，「停」字陽平，不合平仄。元雜劇正格字不合平仄者較常見，不能單憑平仄要求而改字、補字。

〔注〕①「賣俏」，以媚態誘惑他人。②「俄延」，耽誤；推遲。

【遊四門】呀！不睹時〔一〕①摟抱在祭臺邊，這婆娘色膽大如天，恰〔二〕不怕〔三〕柳外人瞧〔四〕見。又不是顛，往日賢，都做了鬼胡延〔五〕②。

〔校〕〔一〕原本「睹時」，隋樹森本、鄭騫本、甯希元本未改，徐沁君本改作「睹時」，王季思本改作「睹事」。按，原字無誤，不必改字。〔二〕徐沁君本「恰」改作「却」。「恰」字可通，不煩改字。該條「恰」字爲「豈；難道」義，常與否定詞「不」連用。《詩詞曲語辭辭典》恰引該條，釋作「語氣副詞，相當于『豈』」。再如羅貫中《宋太祖龍虎風雲會》第二折：「哥哥，我一發都殺了，恰不伶俐？」「恰不伶俐」即「豈不伶俐」，即殺了都乾凈。〔三〕「怕」原本作「帕」，各本均已改。〔四〕「瞧」原本作「憔」，各本均已改。〔五〕鄭騫本「延」改作「涎」。

〔注〕①「不睹時」，不更事；不曉事；糊塗。字形繁多，亦作「不睹事」「不覩事」「不覩是」「不睹是」。②「鬼胡延」，難以捉摸的心思、心計。亦作「鬼胡由」「鬼胡油」。

【勝葫芦】嫂嫂休！俺哥哥往直〔一〕西①不到半年，想兄弟情〔二〕无思念？你看路人又不离地遠，你待為非作歹，瞞心昧己②，終久③是不牢堅。

（旦云了）（〔三〕末云）這婦人待要壞哥哥性命！〔四〕

〔校〕〔一〕原本「直」字，徐沁君本、王季思本改作「浙」。〔二〕此處徐沁君本、甯希元本補「怎」字。〔三〕此處徐沁君本、王季思本補「正」字。〔四〕此處徐沁君本、王季思本補「（正末唱）」。

〔注〕①「直西」，正西。②「瞞心昧己」，違背良心做壞事。③「終久」，長久；終究。

【幺篇〔一〕】嫂嫂道瓦礶〔二〕終須不离井〔三〕边，你未醉後人狂〔四〕言？你□〔五〕的我手兒脚兒滴修都速①難動轉〔六〕。嫂嫂〔七〕和俺哥哥是幾年夫妻？（旦云）二十年夫妻。〔八〕又不想同衾結髮，情深義重，夫乃婦之天。

〔校〕〔一〕「幺篇」原本作「么」，鄭騫本作「幺」，其他各本均作「幺篇」。〔二〕原本「礶」字，隋樹森本未改，其他各本均改作「罐」。〔三〕「井」原本作「一」，唯隋樹森本未改。〔四〕「人狂」原本作「人在」，隋樹森本、鄭騫本未改，徐沁君本作「怎狂」，甯希元本、王季思本作「出狂」。按，「狂」「在」形近致誤。〔五〕原本此處少一字，隋樹森本補一空圍，鄭騫本、王季思本「你」改作「嚇」，徐沁君本「你」下補「氣」，甯希元本「你」下補「唬」。〔六〕「難動轉」原本作「㒷動不」，鄭騫本、王季思本、甯希元本校作「難動轉」；隋樹森本作「莫動不」，作爲賓白；徐沁君本作「莫動！不！」，作爲賓白，并上補「（帶云）」。〔七〕「嫂嫂」原本作「娘」和一重文符號，各本均校作「嫂嫂」，鄭騫本上補「（云）」，王季思本補「（帶云）」。〔八〕此處徐沁君本、王季思本補「（正末唱）」。

〔注〕①「滴修都速」，顫抖貌，由「蹀躞」經過逆向變韵重疊發展而成。亦作「的羞刷痒」「滴羞篤速」「滴羞都蘇」「滴羞蹀躞」「滴羞跌屑」。

【后庭花】你休要犯王条成罪愆①，則索辨人倫②依正典③。不听見九烈三真〔一〕④女，三從四德⑤賢。今日个到墳园，祖宗如見，有灵魂在墓前，你狂□〔二〕不怕〔三〕天。胡尋思〔四〕一點，留万〔五〕名〔六〕百世傳。

（旦云了）〔七〕

〔校〕〔一〕原本「真」字，鄭騫本、王季思本未改，其他各本均改作「貞」。〔二〕原本此字空缺，鄭騫本、隋樹森本作一空圍，徐沁君本、王季思本補「言」字，甯希元本補「張」字。「狂」字原本似「往」，隋樹森本作「往」。〔三〕「怕」原本作「帕」，各本均已改。〔四〕此處徐沁君本補「無」字。〔五〕「歹」原本作「多」，隋樹森本未改，徐沁君本改作「聲」，鄭騫本、甯希元本、王季思本改作「歹」。今從鄭本。〔六〕原本「名」下有一字空位，隋樹森本補一空圍。〔七〕此處徐沁君本、王季思本補「（正末唱）」。

〔注〕①「罪愆」，罪過；罪惡。②「人倫」，人與人之間尊卑長幼的等級關係。③「正典」，儒家經典。④「九烈三真」，即「九烈三貞」，謂女性極其貞烈。⑤「三從四德」，泛指古代社會束縛女性的封建禮教。三從：未嫁從父，既嫁從夫，夫死從子。四德：婦德、婦言、婦容、婦功。

【青哥兒】嫂嫂！你是个良人①、良人宅眷，不是小末②、小末行院③。俺哥哥离别未團圓〔一〕，這些時有甚末準〔二〕見。遇着春天，花柳芳妍，粉蝶翻翩〔三〕，紫燕飛旋，簫〔四〕管声傳情素〔五〕，因此上喬〔六〕殢殢延延〔七〕④，虧張千難從愿。

（旦云了）（〔八〕末詐⑤許，回家科〔九〕）〔十〕

〔校〕〔一〕甯希元本「圓」誤作「园」。〔二〕「準」原本作「准」，徐沁君本、王季思本作「準」，其他各本均作「難」。〔三〕「翻翩」原本作「番扁」，鄭騫本作「翩翻」，其他各本均作「翻翩」。〔四〕「簫」原本作「筲」，各本均已改。〔五〕「素」原本作「索」，鄭騫本未改，「情索」屬下句；王季思本改作「愫」，其他各本均作「素」。隋樹森本「情素」屬上句，王季思本「情愫」下補「難言」，甯希元本「情素」下補「難言」，徐沁君本「情素」下補「熬煎」。〔六〕此處徐沁君本、王季思本補「爲作」。〔七〕徐沁君本「延延」改作「涎涎」。〔八〕此處徐沁君本、王季思本補「正」。〔九〕此處徐沁君本補「唱」。〔十〕此處王季思本補「（正末唱）」。

〔注〕①「良人」，賢德者。②「小末」，細微；不重要。③「行院」，妓院。④「殢殢延延」，疑指滯留、延誤。⑤「詐」，假裝。

【賺煞〔一〕】我這一片〔二〕鉄石心①，不比你趂浪風塵怨。我雖是无歹心胡做，〔三〕若〔四〕我這句話合該一千。須我不得將閑話兒展。嫂嫂，你着馬先行。〔五〕我空説在駿馬之前。嫂嫂將着紫籐〔六〕鞭，催動征〔七〕轅，賺的□你〔八〕家解了我冤。你倚仗着有金有錢，欺負俺哥哥无親无眷，不曾見浪包娄②養漢到③陪〔九〕④錢！

〔校〕〔一〕「賺煞」原本作「尾聲」，唯隋樹森本未改。〔二〕「片」原本作「𢙣」，隋樹森本按形描畫，鄭騫本、王季思本作「片」，徐沁君本作「腔」，甯希元本「一𢙣」改作「慷慨」。〔三〕該句隋樹森本作爲曲文，其他各本均爲賓白。「我」上鄭騫本補「（云）」，徐沁君本、王季思本補「（帶云）」，「行」下徐沁君本、王季思本補「（唱）」。〔四〕原本此處有「這句」二字，隋樹森本、鄭騫本保留，其他各本均删，應是衍文。〔五〕該句隋樹森本、鄭騫本、王季思本處理爲曲文，徐沁君本、甯希元本則爲夾白。徐沁君本上補「（帶云）」，下補「（唱）」。〔六〕原本「籐」字，徐沁君本、甯希元本改作「藤」。〔七〕「征」原本作「𨑹」，隋樹森本按形描畫，徐沁君本作「征」，其他各本均作「繮」。〔八〕原本「你」上空缺一字，隋樹森本作一空圍，鄭騫本、王季思本補「到」字，徐沁君本「你」下補「回」字，甯希元本「你」下補「到」字。〔九〕原本「到陪」，隋樹森本未改，徐沁君本作「倒賠」，其他各本均作「倒陪」。

〔注〕①「鉄石心」，喻心硬。②「浪包娄」，詈詞，淫蕩的賤貨。③「到」，倒。④「陪」，賠。

第二折

（旦上云）准備酒食，等待小叔叔。〔一〕（云了）（員外〔二〕上云〔三〕）（回家敲〔四〕門見酒食問科，外見加酒問了〔五〕）（旦支吾云了）（外〔六〕交請弟科，張千不信，外旦請相見科〔七〕）

【正宫】〔八〕【端正好】撇罷了腹中愁，則今〔九〕打迭①起心頭悶。嫂嫂也從今後休恋别人。（旦云了）〔十〕若是俺哥哥一一從頭問〔十一〕，看我数説你一會无淹潤②。

〔校〕〔一〕鄭騫本將此賓白與前後連爲一條科介。〔二〕原本「員外」，徐沁君本、王季思本改作「外末」。〔三〕王季思本「云」下補「了」字。〔四〕徐沁君本「回家」處理爲賓白。「敲」原本作「皷」，各本均已改。〔五〕徐沁君本、甯希元本、王季思本删「外見加酒問了」。〔六〕此處徐沁君本補「末」字。〔七〕徐沁君本、王季思本「科」改作「咱」，「張千」至「見咱」爲賓白，「外旦」改作「嗜」，「張」上補「（正末云）」，「咱」下補「（唱）」；其他各本均處理爲科介。〔八〕原本無宫調名【正宫】，各本均已補。〔九〕鄭騫本「今」改作「合」。〔十〕此處徐沁君本、王季思本補「（正末唱）」。〔十一〕「問」原本作「間」，各本均已改。

〔注〕①「打迭」，收拾。②「淹潤」，温存；腼腆；和順；寬宏；圓潤。

【滚綉毬】俺哥哥恰路上受苦〔一〕辛，幹事忒謹〔二〕勤①。俺哥哥惹近遠也剛道了往來劳困。（外〔三〕云了）（〔四〕唱）哥哥鞍馬上遠路風塵。（外〔五〕問了）〔六〕母親又无甚証〔七〕候，咫尺〔八〕②有些老忘渾③。托賴④着俺哥哥福廕，那里有半星兒⑤疾病纏身。（外〔九〕問了）〔十〕嫂嫂母親行⑥更加十分孝〔十一〕，俺嫂嫂近日來兄弟行⑦重〔十二〕添一倍〔十三〕兒親，看我説你一會叮嚀。

〔校〕〔一〕「苦」原本作「若」，各本均已改。〔二〕「謹」原本作「堇」，各本均已改。〔三〕〔五〕〔九〕此處徐沁君本、王季思本補「末」字。〔四〕此處徐沁君本、王季思本補「正末」。〔六〕〔十〕此處徐沁君本、王季思本補「（正末唱）」。〔七〕徐沁君本、甯希元本、王季思本「証」改作「症」。按，「証」字無誤，亦作「證」。「症」字有兩讀，讀陰平時，繁體爲「癥」；讀去聲時，作「症」，係「症狀」「症候」義。古代文獻中「癥」專指腹中結塊之病。《玉篇》：「癥，腹結病也」，《史記·扁鵲傳》：「以此視病，盡見五臟癥結，特以診脉爲名耳」，晋王熙《脉經·遲疾短長雜病法》：「脉沉重而中散者，因寒食成癥。」故「癥」專指腹病，不泛指一般症狀。指一般症狀的「症」是現代醫學名詞，這一意義在古代中醫學上一般寫作「證」，簡寫作「証」，如「證候」「表證」「裏證」「外證」「變證」等。〔八〕原本「咫尺」，隋樹森本、鄭騫本、甯希元本保留，鄭騫本疑當作「只是」，甯希元本校記云：「謂老年人記性不好，咫尺之間，經常遺忘」，王季思本改作「只是」，徐沁君本改作「只」。按，「咫尺」指小的距離、短的時間、狹小的空間等義，引申出表小量的用法，此處爲「稍微」義。〔十一〕甯希元本「嫂嫂母親行更加十分孝」處理爲賓白。按，據曲譜，【滚綉球】全曲十一句，此條若爲夾白，則整曲短一句。且第九、十兩句須對，正格均七字：母親行加十分孝，兄弟行添一倍親。故該條不是夾白，而是曲文第九句。〔十二〕「重」原本作「街崇」二字，隋樹森本、鄭騫本未改，王季思本改作「皆重」，徐沁君本、甯希元本均作「重」。今從徐本。〔十三〕「倍」原本作「倚」，隋樹森本、鄭騫本未改，其他各本均改作「倍」。

〔注〕①「謹勤」，勤謹；勤勞。②「咫尺」，稍微。③「老忘渾」，老人健忘。④「托賴」，依賴；倚仗；被庇護。⑤「半星兒」，半點兒。⑥⑦「行」，與位格標記，表示動作的對象，相當于後置的「對」。

【倘秀才】當日哥哥不曾見半點兒文墨①与我許多資本，哥哥請〔一〕喫兄弟這一盞酒〔二〕除外别无甚孝〔三〕順。想哥哥山海也似②恩臨〔四〕③幾時尽。且休説放錢的龐居〔五〕士④，更壓着⑤養劍客的孟嘗〔六〕君，那里有俺哥哥意〔七〕分⑥。

(外〔八〕討酒飲了)〔九〕

〔校〕〔一〕「請」原本作「一」，唯隋樹森本未改。〔二〕王季思本「哥哥」至「盞酒」處理爲賓白，并上補「(帶云)」，下補「(唱)」。〔三〕原本無「孝」字，隋樹森本未補，其他各本均補。〔四〕「臨」原本作「林」，各本均已改。〔五〕原本「龐居」二字空缺，隋樹森本作二空圍，其他各本均作「龐居」。〔六〕「嘗」原本作「噹」，各本均已改。〔七〕原本「意」字，徐沁君本、甯希元本、王季思本改作「義」。按，「意分」，交情；情分。不必改字。〔八〕此處徐沁君本補「末」字。〔九〕此處徐沁君本、王季思本補「(正末唱)」。

〔注〕①「文墨」，此指文書、收據。②「也似」，似的，比況助詞。③「恩臨」，恩情。④「龐居士」，富人龐藴常放債但不索還，扶危濟困。他信仰佛教，故稱龐居士，最終將家財散盡。⑤「壓着」，勝過；比……强。⑥「意分」，交情；情分。

【滚綉球】酒行了十数巡，連飲了□□□〔一〕。(旦交勸員外〔二〕酒科)〔三〕嫂嫂，你看俺哥哥不擡頭呵又兼那身困①。則為你嚇〔四〕殺我也七世魔君。早則陽臺〔五〕②有故人，羅幃中會雨雲，不知背地里暗傳芳信。(外〔六〕唱曲〔七〕科)〔八〕哎！你个楚襄王百忙里唱甚末白雪陽春③。(外〔九〕醉睡科)〔十〕我這酒腸寬宋玉〔十一〕纔挪〔十二〕動脚。(〔十三〕末辭科）(旦攔住科)〔十四〕被你這色膽如〔十五〕巫娥④你則末⑤攔住了門，諕的我无処□〔十六〕身。

〔校〕〔一〕原本此處三字空白，隋樹森本作三空圍，鄭騫本、王季思本補「八九樽」，甯希元本作「八九尊」，徐沁君本作「兩三樽」。鄭騫本校記云:「據文義及韻補。」〔二〕徐沁君本、王季思本「員外」改作「外末」。〔三〕〔八〕〔十〕〔十四〕此處徐沁君本、王季思本補「（正末唱)」。〔四〕「嚇」原本作「赫」，各本均已改。〔五〕「臺」原本作「一」，各本均已改。〔六〕〔九〕此處徐沁君本、王季思本補「末」字。〔七〕「曲」原本作「西」，唯隋樹森本未改。〔十一〕「宋玉」原本作「送」，隋樹森本、鄭騫本未改，其他各本均作「宋玉」。徐沁君本校記云:「『酒腸寬宋玉』，與下句『色膽大巫娥』相對。宋玉、巫娥故事，元劇中習用之。」〔十二〕「挪」原本作「那」，隋樹森本未改，其他各本均已改。〔十三〕此處徐沁君本、王季思本補「正」字。〔十五〕原本「如」字，徐沁君本、甯希元本、王季思本改作「大」，與上句「寬」相對。按，原句可通，可不改。〔十六〕原本此處缺一字，隋樹森本補「藏」，鄭騫本、甯希元本、王季思本補「存」，徐沁君本補「潛」。

〔注〕①「身困」，身體疲倦、困頓。②「陽臺」，指男女歡會之處，典出宋玉《高唐賦》。③「白雪陽春」，戰國時期楚國的高雅歌曲，泛指高雅、高深的文藝作品。④「巫娥」，巫山神女。⑤「則末」，怎麼。

【倘秀才】嫂嫂！我往常時草鞋兜不住脚根〔一〕，到如今旧頭巾遊不了頂門①，却是末白馬紅纓衫〔二〕色新②？恰〔三〕不道壁間還有耳〔四〕，窓外豈无人。你待要怎生？

〔校〕〔一〕徐沁君本、王季思本「根」改作「跟」。〔二〕「纓衫」原本作「嬰彩」，鄭騫本、甯希元本改作「纓衫」，其他各本均作「纓彩」。按，「白馬紅纓衫色新」，喻春風得意。〔三〕徐沁君本「恰」改作「却」。〔四〕「耳」原本作「半」，徐沁君本、隋樹森本作「伴」，其他各本均作「耳」。

〔注〕①「頂門」，頭頂前部。「旧頭巾遮不了頂門」，指破舊頭巾蓋不住頭。②「白馬紅纓衫色新」，喻春風得意。

【滚〔一〕綉毬】我這里忙到退〔二〕，越趕得我〔三〕緊。(旦云了)〔四〕你是〔五〕婦人家絮叨叨不嫌口困①。(旦云了)〔六〕這堝兒②比不得你祭臺边謊鬼瞞神。知它〔七〕是你風魔③，我沙〔八〕村④。嫂嫂！不争〔九〕你這般呵〔十〕送的我有家難奔，平白〔十一〕里⑤更待要燕爾〔十二〕新婚。（旦〔十三〕云了)〔十四〕不争⑥二更前後成連理，俺哥哥知道呵敢（此處約有四五字空缺)〔十五〕吊了脊觔〔十六〕⑦。好是⑧傷情！

〔校〕〔一〕「滚」原本作「衮」，各本均已改。〔二〕原本「到退」，鄭騫本未改，隋樹森本、王季思本改作「倒退」，徐沁君本作「倒褪」，甯希元本作「到褪」。按，「到退」即「倒退」，不必改字。〔三〕徐沁君本脱「我」字。〔四〕〔六〕〔十四〕此處徐沁君本、王季思本補「（正末唱)」。〔五〕此處甯希元本衍「個」字。〔七〕原本「它」字，各本均改作「他」。〔八〕「沙」原本作一點，隋樹森本作「我」，鄭騫本作「×」，其他各本均作「沙」。〔九〕「争」原本作「曾」，唯隋樹森本未改。〔十〕「嫂嫂」至「般呵」鄭騫本、王季思本處理爲夾白，鄭騫本上補「（云)」，王季思本上補「（帶云)」下補「（唱)」。〔十一〕「白」原本作「百」，各本均已改。〔十二〕「爾」原本作「耳」，各本均已改。〔十三〕原本「旦」字空缺，隋樹森本作一空圍，其他各本均作「旦」。〔十五〕隋樹森本作五個空圍，甯希元本作四個空圍，徐沁君本補作「九伯風魔哎」，鄭騫本、王季思本補作「三尺麻緣」。徐沁君本校記云：「『九伯風魔』與上句『二更前後』作對」，鄭騫本校記云：「據文義句法補。」〔十六〕鄭騫本、甯希元本、王季思本「觔」改作「筋」。

〔注〕①「口困」，口乏；嘴累。謂費口舌。②「這堝兒」，這裏。③「風魔」，瘋癲。④「沙村」，粗鄙；粗魯。⑤「平白里」，無緣由地；無端地。⑥「不争」，不料；想不到。⑦「脊觔」，脊骨；筋骨。「觔」

同「筋」。⑧「好是」，真是；的確。

【倘秀才】俺哥哥（此處約有三四字空缺）金与銀〔一〕，我今日杀兄長呵却不知恩报恩。（此處約有二三字空缺）〔二〕自己貪盃惜醉人。（旦云了）〔三〕我則理〔四〕會①龐涓刖〔五〕了孫臏，（此處約有二三字空缺）〔六〕見張儀〔七〕凍杀蘇秦。好交自嗔。

〔校〕〔一〕「金」原本似「今」字殘缺，「銀」原本作「艮」，前缺三四字，隋樹森本作「□□□□□與銀」，鄭騫本作「賫發我呵，要銀與銀」，徐沁君本作「往日賫發有金與銀」，甯希元本作「賫發我呵金與銀」，王季思本作「賫發我呵有金與銀」。〔二〕隋樹森本作「□□□」，鄭騫本、王季思本作「更道是」，徐沁君本、甯希元本作「也是我」。〔三〕此處徐沁君本、王季思本補「(『孫臏。世不曾』，正末唱)」。〔四〕「理」原本作「里」，各本均已改。〔五〕「刖」原本作「削」，唯隋樹森本未改。〔六〕原本「了」下空缺，隋樹森本作「□□□□□」，鄭騫本作「孫臏，世不曾」，徐沁君本作「孫臏，幾曾」，甯希元本、王季思本作「孫臏，不曾」。〔七〕「儀」原本作「義」，各本均已改。

〔注〕①「理會」，理解；領會。

【滚綉〔一〕毬】這婆娘外相兒真〔二〕，就里①哏〔三〕②。縱然面搽〔四〕紅粉，是一個油鬏〔五〕髻③吊客喪門。你須是它〔六〕娶到的妻，至如今二十春，你全无半星兒④情分，平白地⑤磣可可⑥剪草除根。這婆娘寸心毒哏〔七〕千般計，不好也，〔八〕却甚麼一夜夫妻百夜恩。誆了我三䰈！(旦云了，要殺外〔九〕科)〔十〕哥哥，你醒也！張千出於无奈，逼得如此！兄弟想着哥哥山海似恩臨〔十一〕⑦未曾报荅，哥哥受兄弟四拜。〔十二〕

〔校〕〔一〕「滚綉」原本作「衮秀」，各本均已改。〔二〕原本「真」字，鄭騫本、隋樹森本未改，其他各本均改作「貞」。〔三〕〔七〕原本「哏」字，隋樹森本未改，鄭騫本作「很」，其他各本均作「狠」。〔四〕「搽」原本作「茶」，各本均已改。〔五〕「鬏」原本作「髳」，唯隋樹森本未改。按，「髳」本爲剃頭義，是「鬏」的記音字。〔六〕原本「它」字，各本均改作「他」。〔八〕「好」字原本殘損，隋樹森本作「女」，其他各本均作「好」。隋樹森本、徐沁君本「不好也」處理爲曲文，其他各本均爲夾白，「不」上鄭騫本、王季思本補「（帶云）」，「也」下王季思本補「（唱）」。〔九〕此處徐沁君本、王季思本補「末」字。〔十〕此處徐沁君本、王季思本補「（正末云）」，隋樹森本補「（云）」。〔十一〕「臨」原本作「林」，各本均已改。〔十二〕此處徐沁君本、王季思本補「（唱）」。

〔注〕①「就里」，内裏；内心。②「哏」，狠。③「油鬏髻」，油亮的髮髻。④「半星兒」，半點兒。⑤「平白地」，無緣由地；無端地。⑥「磣可可」，凄慘可怕。亦作「磣磕磕」。⑦「恩臨」，恩情。

【叨叨令】俺哥哥湯風冒〔一〕雪①金〔二〕蘭分②，你兄弟酒里淘真性。我則理〔三〕會③得哥哥賫發④張屠困。我那里重色輕君子！〔四〕那里有海棠嬌江梅韻。（〔五〕末持刀揪旦科）（旦云）却怎生杀我？（〔六〕末云）我前背〔七〕杀你！〔八〕大古里⑤孟姜女不杀了要怎末哥，不殺了要怎末哥〔九〕，一朝馬死黄金尽⑥。

〔校〕〔一〕「冒」原本作「双」，隋樹森本未改，徐沁君本校作「冒」，校記云：「元本蓋以『双』代『霜』，『霜』、『冒』有些相似，『霜雪』又多連用，以此致誤。」其他各本均作「犯」，鄭騫本校記云：「犯原作双，形近之誤，據文義改。」今從徐本。〔二〕「金」原本作「今」，各本均已改。〔三〕「理」原本作「里」，各本均已改。〔四〕該句隋樹森本處理爲曲文，其他各本均作夾白。「我」上鄭騫本、徐沁君本、王季思本補「（帶云）」，「子」下徐沁君本、王季思本補「（唱）」。〔五〕〔六〕此處徐沁君本、王季思本補「正」字。〔七〕原本「前背」，隋樹森本、鄭騫本、王季思本未改，徐沁君本改作「則替哥哥」，甯希元本改作「剪臂」。存疑。〔八〕此處徐沁君本、王季思本補「（唱）」。〔九〕該句原本爲重文符號，隋樹森本重作「孟姜女不殺了要怎末哥」，其他各本均作「不殺了要怎末哥」。

〔注〕①「湯風冒雪」，謂受盡辛勞。②「金蘭分」，結拜兄弟的情分。③「理會」，理解。④「賫發」，贈送；資助。⑤「大古里」，大概；總之。⑥「馬死黄金尽」，謂錢財用盡。

【尾聲〔一〕】想着婦女湌①刀刃，久已後則着送了人。自家夫主无恩情，㢑〔二〕地②恋着别人親。這婦人壞家門，到〔三〕与别人些金銀〔四〕。因此上有〔五〕一刀兩段〔六〕，歸了地府，〔七〕我与你〔八〕有恩念③哥哥挣了本。

〔校〕〔一〕徐沁君本「尾聲」改作「煞尾」。〔二〕原本「産」字，徐沁君本未改，隋樹森本作「剷」，其他各本均作「剗」。按，「産地」，即「剗地；剷地」。〔三〕原本「到」字，各本均改作「倒」。〔四〕「銀」原本作「艮」，各本均已改。〔五〕鄭騫本、王季思本「有」改作「着」。〔六〕甯希元本「段」改作「斷」。〔七〕徐沁君本「因此」至「地府」處理爲賓白，并上補「（帶云）」，下補「（唱）」。〔八〕甯希元本「你」誤作「孙」。

〔注〕①「飡」，餐。②「産地」，即「剗地；剷地」，反而；反倒。③「恩念」，恩情；恩德。

第三折

（外扮鄭州官，問成員外解開封府了）（外扮包待制①上，引問疑〔一〕獄②不明）（末云〔二〕）人間私語，天聞〔三〕若雷。行道〔四〕数十里地，見座神庙，我且問珓杯〔五〕③咱。〔六〕

【中吕】〔七〕【粉蝶兒】今得一个下下④之〔八〕珓，不争⑤隨順了妖嬈，悶着（此處有三四字殘損）〔九〕不合神道。一會家怨氣難消，吃的來醉醺（此處有四五字空缺）〔十〕道情理難饒，受哥恩杀〔十一〕身難報。

〔校〕〔一〕「疑」原本作「擬」，隋樹森本、鄭騫本未改，其他各本均作「疑」。〔二〕原本「末云」，徐沁君本、王季思本改作「正末上云」。〔三〕「聞」原本作「問」，各本均已改。〔四〕徐沁君本、甯希元本、王季思本「道」改作「到」。〔五〕徐沁君本、王季思本「珓杯」乙作「杯珓」。〔六〕此處徐沁君本補「（唱）」。〔七〕原本無宫調名【中吕】，各本均已補。〔八〕「之」原本作「云」，隋樹森本、徐沁君本未改，其他各本均改作「之」。〔九〕隋樹森本作「□□□心」，其他各本均作「頭自想念」。〔十〕「醺」原本作「薰」，各本均已改。空缺處隋樹森本作「醺□□□□。□□」，鄭騫本、王季思本注「（此處約缺六七字）」，徐沁君本作「醺□□□□。却不」，甯希元本作「醺，□□□□。却不」。〔十一〕甯希元本「杀」改作「念」。按，原句可通，不煩改字。據曲譜，【粉蝶兒】末句平仄爲「××平、仄平平去」，節奏爲三四。「杀」字《中原音韵》屬「家麻」,「入聲作上聲」,爲仄聲。原句既合平仄又合節奏。若「杀」改作「念」,合平仄但不合節奏,只能讀作四三節奏:「受哥恩念/身難報。」原句是説張千受了成員外很多恩惠,即使死了也不能報答。句意亦可通,故不須改字。

〔注〕①「包待制」,包拯。②「疑獄」,疑案。③「珓杯」,即杯珓,占卜用具。④「下下」,最差的;末等的。⑤「不争」,不料;想不到。

【醉春風】它〔一〕不想夫婦恩重如山,待將一个親男兒謀筭①了。珠英断臂去留名,似這婦人的少,少。我因〔二〕此上手攬定青絲,杀壞了不中②淫婦,我待學知心管鮑③。

(〔三〕末見母)(母云了)(母親道旦有杀人賊了)〔四〕

〔校〕〔一〕原本「它」字,各本均改作「他」。〔二〕「因」原本作「恩」,各本均已改。〔三〕此處徐沁君本、王季思本補「正」字。〔四〕該句鄭騫本處理爲科介,隋樹森本作爲賓白;徐沁君本、王季思本删「旦」字并上補「(正末云)」,下補「(唱)」。甯希元本「母親」爲賓白,上補「(云)」,「(道旦有殺人賊了)」爲科介。今從鄭本。

〔注〕①「謀筭」,謀害;算計。②「不中」,不堪。③「管鮑」,春秋時期管仲和鮑叔牙的合稱,兩人相知甚深,比喻交情深厚的摯友。

【快活三】杀人賊有下落,杀人賊有〔一〕歸着①,杀人賊今日有根苗②。母親,我不説誰知道。

〔校〕〔一〕「有」原本作「省」,隋樹森本、鄭騫本未改,其他各本均改作「有」。

〔注〕①「歸着」,結局;下落。②「根苗」,根源;緣由。

【朝天子】母親呵壽高,您兒呵不保〔一〕,不想咱人死〔二〕呵天知道。母親啼天哭地淚流交,您兒不曾將山海恩臨〔三〕①报。我這里苦痛哮〔四〕咷②,捶胸高叫,母親!你指望养兒來防備老。(母親云了)〔五〕不争〔六〕③你兒不招,把哥哥送④了,枉惹得普天下英雄笑。

〔校〕〔一〕「保」原本作「你」,隋樹森本改作「保」,甯希元本改作「肖」,其他各本均作「孝」。今從隋本。〔二〕鄭騫本「死」改作

「無」。〔三〕「臨」原本作「林」，各本均已改。〔四〕原本「哮」字，隋樹森本、甯希元本未改，鄭騫本改作「號」，徐沁君本、王季思本作「嚎」。〔五〕此處徐沁君本、王季思本補「（正末唱）」。〔六〕「争」原本作「曾」，唯隋樹森本未改。

〔注〕①「恩臨」，恩情；恩德。②「哮咷」，嚎咷；大聲哭。③「不争」，不料；想不到。④「送」，葬送；斷送。

【上小樓】我這里孜孜①覷了，諕的撲撲②心跳。好交我戰戰兢兢，滴修都速③，鬼散魂消。是俺哥哥坐死牢，折倒〔一〕了，他當時容貌〔二〕。我是鉄石人④暗傷懷抱。

〔校〕〔一〕「倒」原本作「到」，唯隋樹森本未改。〔二〕「貌」原本作「是」，各本均已改。

〔注〕①「孜孜」，凝視貌。②「撲撲」，擬聲詞，狀心跳聲。③「滴修都速」，顫抖貌，由「蹀躞」經過逆向變韵重叠發展而成。亦作「的羞剔痒」「滴羞篤速」「滴羞都蘇」「滴羞蹀躞」「滴羞跌屑」。④「鉄石人」，心硬之人。

【幺篇〔一〕】它〔二〕那里吃一杖，子〔三〕①如剐一刀。我這里腹热心荒〔四〕②，手忙脚乱，皮〔五〕戰身摇③。往常时那威風，那势耀④，人中才皃。我這里向官人行⑤怎生哀告。

〔校〕〔一〕「幺篇」原本作「么」，鄭騫本作「幺」，其他各本均作「幺篇」。〔二〕原本「它」字，各本均改作「他」。〔三〕徐沁君本「子」上衍一「我」字。鄭騫本「子」字屬上句。隋樹森本「子」改作「則」。〔四〕原本「荒」字，各本均改作「慌」。〔五〕甯希元本「皮」改作「肉」。

〔注〕①「子」，只。②「腹热心荒」，元曲俗語，形容焦急、慌亂。「心」亦作「腸」。「荒」同「慌」。③「皮戰身摇」，身體顫抖，形容害怕。④「势耀」，威勢；威風。⑤「行」，與位格標記，表示動作的對象，相當于後置的「向」。

【滿庭芳】杀人賊我招，相〔一〕公把干連①人放了，犯法的難饒。俺哥哥山海也似②恩未报，怎肯道善与人交。那婆娘罪惡，到〔二〕官人上難學。〔三〕空养着家中俏，我根〔四〕前③欲待私情暗約，那婆娘笑里暗藏刀。

（外[五]哭科）（包問了）（[六]末云）小人是結義兄弟，因這婦人待一心杀害哥哥，是小人杀了。[七]

〔校〕〔一〕「相」原本作「想」，各本均已改。〔二〕隋樹森本「到」屬上句。〔三〕徐沁君本校記云：「按譜：這兩句七言，上三下四句法；原均脱二字。」〔四〕徐沁君本、王季思本「根」改作「跟」。〔五〕此處徐沁君本、王季思本補「末」字。〔六〕此處徐沁君本、王季思本補「正」字。〔七〕此處徐沁君本、王季思本補「（唱）」。

〔注〕①「干連」，有關聯。②「也似」，似的，比況助詞。③「根前」，方位詞承擔與位格標記功能，表示動作的對象，相當于後置的「向/對/跟/和」。

【石榴花】俺本是提刀屠番[一]做①了知心交，論仁義有誰學。俺哥哥索錢去了，离别到半載之遥[二]。那婆娘打扮來便似女猱②，全不似好人家苗条。上墳処③說不尽喬④為作，那里怕野外荒郊。它[三]從早晨間纏到日頭落，回來明月上[四]花梢[五]。

〔校〕〔一〕原本「番」字，隋樹森本、鄭騫本未改，其他各本均改作「翻」。〔二〕「遥」原本作「遇」，各本均已改。〔三〕原本「它」字，各本均改作「他」。〔四〕「月上」原本作「日不」，隋樹森本作「月不」，其他各本均作「月上」。〔五〕「梢」原本作「稍」，各本均已改。

〔注〕①「番做」，變作。②「女猱」，女歌舞藝人；女伎。③「処」，時。④「喬」，假；虛假；假裝。

【鬪鵪鶉】我若背義忘恩，早和它[一]私情暗約。後來俺哥哥來家，夜深吃的來醉倒。呀！婆娘待把俺哥哥所筭①了！被我賺②得它[二]手内[三]刀，想俺哥哥昆仲③情深，因此[四]上把婆娘壞④了。

〔校〕〔一〕〔二〕原本「它」字，各本均改作「他」。〔三〕「内」原本作「刀」，各本均已改。〔四〕「此」原本作「比」，各本均已改。

〔注〕①「筭」，害；謀害；算計。②「賺」，騙；欺騙。③「昆仲」，兄弟。年長曰「昆」，年輕曰「仲」。④「壞」，殺死。

【十二月】便怕甚擔煩受惱，判了个无処歸着①。俺哥哥從來軟弱，幾曾見犯法違条。惜不得家親年老，好交我苦[一]痛嗥[二]咷②。

〔校〕〔一〕「苦」原本作「去」，各本均已改。〔二〕原本「哮」字，隋樹森本、甯希元本未改，鄭騫本改作「號」，徐沁君本、王季思本作「嚎」。

〔注〕①「歸着」，下場；下落；歸屬。②「哮咷」，嚎咷；大聲哭。

【堯民歌】哥哥，你养侍①白頭娘我在死囚牢，常言道舌是斬身刀②。當年禍福不相交，今日官門〔一〕有苦〔二〕落。哥哥休焦〔三〕，把這个軀〔四〕好觀〔五〕着，是必休交俺殘疾娘知道。

〔校〕〔一〕甯希元本「門」改作「司」。〔二〕原本「苦」字，鄭騫本、甯希元本、王季思本改作「着」。〔三〕「哥哥休焦」是夾白，各本失校。據曲譜，【堯民歌】全曲六句，前五句正格皆七字，末句正格五字。該曲押蕭豪韵，「焦」亦屬蕭豪，這可能就是各本將其作爲曲文的原因。該句與下句顯係兩句，不能連爲一句，故應處理爲夾白。【堯民歌】變體第五句首二字可獨立成句，但下句須再重疊二字以成七字句，則全曲七句。該曲無重疊，故非變體。〔四〕徐沁君本「軀」下補「命」字，「軀」上鄭騫本、王季思本補「身」。〔五〕徐沁君本、甯希元本、王季思本「觀」改作「覷」。

〔注〕①「养侍」，贍養；照顧。②「舌是斬身刀」，謂亂説話會惹來殺身之禍。

【耍孩兒】我往常时看别人笞杖徒流絞①，今日个輪到綳〔一〕扒吊拷②。指望咱弟兄情如陳雷膠漆③有誰〔二〕學，登时間瓦解冰〔三〕消。當初一年結義④知心友，誰想咱半路里番〔四〕騰做刎頸交⑤。淚不住腮边落，眼見的一刀兩段，知它〔五〕是今日明朝。

(外〔六〕云了)〔七〕

〔校〕〔一〕「綳」原本作「門」，隋樹森本未改，鄭騫本改作「繃」，徐沁君本補改作「我絣」，甯希元本、王季思本補改作「我綳」。〔二〕「誰」原本作「許」，唯隋樹森本未改。〔三〕「冰」原本作「水」，各本均已改。〔四〕原本「番」字，徐沁君本、甯希元本、王季思本改作「翻」。〔五〕原本「它」字，各本均改作「他」。〔六〕此處徐沁君本、王季思本補「末」字。〔七〕此處徐沁君本、王季思本補「（正末唱)」。

〔注〕①「笞杖徒流絞」，古代的五種刑罰。「笞」，用鞭、杖、板打。

「杖」，用荆條、竹板打。「徒」，徒刑，將犯人拘禁并强制勞動。「流」，流放，將犯人放逐到遠方。「絞」，死刑之一種，將犯人從脖頸處吊起勒死。②「綳扒吊拷」，剥掉衣服，捆綁起來，吊起來拷打。「綳」亦作「繃；絣」。③「陳雷膠漆」，東漢陳重與雷義友情深厚，此成語喻友情篤厚。④「結義」，結拜。⑤「刎頸交」，友誼真摯，可以同生死的朋友。

【二煞】俺哥哥恩義多，你兄弟情分〔一〕少，為人本分天之道。怕你瀽①半碗〔二〕漿水②把我題名③唤，提一陌④錢〔三〕把我咒念着燒。耳边高声叫，兩隻脚登〔四〕着田地，它〔五〕那里攀着枷稍〔六〕⑤。

〔校〕〔一〕原本無「分」字，唯隋樹森本未補。〔二〕原本無「碗」字，隋樹森本、鄭騫本未補，其他各本均已補。〔三〕「錢」原本作「半」，隋樹森本、鄭騫本、甯希元本校作「錢」，徐沁君本、王季思本作「紙錢」。〔四〕徐沁君本、甯希元本、王季思本「登」改作「蹬」。〔五〕原本「它」字，各本均改作「他」。〔六〕原本「稍」字，唯隋樹森本未改，其他各本均改作「梢」。按，「枷稍」同「枷梢」。

〔注〕①「瀽」，潑；倒。②「漿水」，酸了或發酵了的湯水。③「題名」，姓名。④「一陌」，一百張紙錢，泛指一沓紙錢。⑤「枷稍」，枷鎖邊緣。亦作「枷梢」。

【三煞】母親弟〔一〕一來殘疾多，弟〔二〕二來年紀老，常有些不快常〔三〕安樂。怕〔四〕有錢时截取疋整布絹〔五〕，無錢时打我〔六〕条孝繫腰①。淚不住行行落，哀哀②父母，生我劬〔七〕勞③。

〔校〕〔一〕〔二〕原本「弟」字，各本均改作「第」。〔三〕「常」原本作「長」，隋樹森本、鄭騫本、王季思本未改，甯希元本「長」改作「少」。徐沁君本「長」改作「常」，并于「常」上補「那裏每」，校記云：「那裏每，那會有之意。」王季思本「長」上補「那裏有」。〔四〕「怕」原本作「帕」，各本均已改。〔五〕「絹」原本作「肙」，各本均已改。〔六〕原本「我」字，隋樹森本、甯希元本未改，鄭騫本、王季思本改作「幾」，徐沁君本改作「取」。甯希元本校記云：「元人詞序常多有與現代漢語相倒者。『打我條』，即替我帶一條。徐本改『打我』爲『打取』，失。」〔七〕「劬」原本作「功」，各本均已改。此二句出自《詩經·小雅·蓼莪》。

〔注〕①「孝繫腰」，喪服的腰帶。②「哀哀」，悲傷貌。③「劬勞」，辛勞；辛苦。

【四煞】哥哥！咱為兄弟非関今世親，皆因前緣前世報〔一〕。怎着我一心想哥哥恩念①伏侍②到老。誰想半路里〔二〕這婦人把哥哥折〔三〕筭③了。不由心焦躁〔四〕，因此上着命身亡，便④死呵⑤並无悔懊〔五〕。

（外〔六〕云了）〔七〕

〔校〕〔一〕原本無「報」字，隋樹森本未補，鄭騫本補一空圍，徐沁君本、王季思本補「報」，甯希元本補「好」。今從徐本。〔二〕此處徐沁君本補「相抛棄」，「棄」下斷句，校記云：「本句應爲七字，兹以意足成之。」〔三〕原本「折」字，隋樹森本未補，其他各本均改作「所」。按，「折算」義爲「暗算」，可通，不必改字。〔四〕「躁」原本作「皂」，各本均已改。〔五〕「懊」原本作「奥」，各本均已改。〔六〕此處徐沁君本、王季思本補「末」字。〔七〕此處徐沁君本、王季思本補「（正末唱）」。

〔注〕①「恩念」，恩情；恩德。②「伏侍」，服侍；照顧。③「折算」，暗算。④「便」，即便。⑤「呵」，的話，表假設。

【尾聲】哥哥！我死去程途多，回來的路兒少。俺哥哥行①半星兒②恩義③不曾报，我有七十歲的親娘侍奉不到老！〔一〕

〔校〕〔一〕此處王季思本補「（下）」。

〔注〕①「行」，領格標記，相當于表領屬的「的」。②「半星兒」，半點兒。③「恩義」，恩情；義氣。

第四折

（〔一〕末扮上〔二〕）〔三〕

【雙調】〔四〕【新水令】從來猛虎不吃傍窩食①，送的我死无葬身之地。則②為知心友，番〔五〕做③杀人賊。普天下拜義④親戚〔六〕，則你口快心直，休似我忒仁義。

〔校〕〔一〕此處徐沁君本、王季思本補「正」字。〔二〕此處徐沁君本補「唱」字。〔三〕此處王季思本補「（唱）」。〔四〕原本無宫調名【雙調】，各本均已補。〔五〕徐沁君本、甯希元本「番」改作「翻」。〔六〕「戚」原本作「慼」，各本均已改。

〔注〕①「傍窩食」，窩邊食。②「則」，只。③「番做」，變作。④「拜義」，結義；結拜。

【夜行船】哥哥慈悲，盛〔一〕①把兄弟相周急②，如今謝哥哥將來的酒和食。這的長离飯③，永别盃，磣可可④我嚐酒味。

（外〔二〕云了）〔三〕

〔校〕〔一〕甯希元本「盛」改作「常」。〔二〕此處徐沁君本、王季思本補「正」字。〔三〕此處徐沁君本、王季思本補「（正末唱）」。

〔注〕①「盛」，多。②「周急」，周濟困急。③「長离飯」，永别的飯。④「磣可可」，淒慘可怕。亦作「磣磕磕」。

【雁兒落】哥哥，万剮我不後悔，這里便死呵无招對①。常學着仗義心，四海皆兄弟。

〔注〕①「招對」，核對；對證。

【得勝令】我死呵記相識，你從今好將息①。与我幹取些窮活計，休惹人閑是非。你再休貪盃，見〔一〕放着傍州例②。你若求妻，（〔二〕云）常言道醜婦家中宝。休貪它〔三〕人才精精細細，伶伶俐俐〔四〕，能言快語，不中！（外〔五〕云了）〔六〕娶一个端方③稳重的。

〔校〕〔一〕徐沁君本、甯希元本「見」改作「現」。〔二〕此處徐沁君本、王季思本補「帶」字。〔三〕原本「它」字，各本均改作「他」。〔四〕「伶伶俐俐」原本均爲「忄」旁，唯隋樹森本未改。〔五〕此處徐沁君本、王季思本補「末」字。〔六〕此處徐沁君本、王季思本補「（正末唱）」。

〔注〕①「將息」，保養；休息調養。②「傍州例」，例子；慣例；榜樣。③「端方」，端莊；莊重正直。

【落梅風】腦背後高声叫起，諕的我𩲸离体，死无葬身之地。母親道認義①來的哥哥有債回的礼，母親也早難道養軍千日。

〔注〕①「認義」，結拜。

【甜水令】我則見街坊〔一〕鄰里，大的小的，啼天哭地，見了我並无一个感嘆傷悲。他道不愛娘替人償命，生分①忤〔二〕逆②，醜名〔三〕兒万代人知。

〔校〕〔一〕「坊」原本作「方」，各本均已改。〔二〕「忤」原本作「五」，各本均已改。〔三〕「名」原本作「各」，各本均已改。

〔注〕①「生分」，忤逆；乖戾。②「忤逆」，冒犯；違抗；不孝順。

【折桂令】哎！母親！早則无指望緑鬢①班〔一〕衣②。母親，那里有九病十殘，腰屈頭低。告哥哥且慢休推〔二〕，省可里③後擁〔三〕前推，半霎兒午时三刻④。弟兄子母别离，哭哭啼啼，切切悲悲。百忙里地慘天昏，霧鎖云迷⑤。

〔校〕〔一〕原本「班」字，唯隋樹森本未改，其他各本均改作「斑」。按，「班衣」同「斑衣」。〔二〕鄭騫本、甯希元本、王季思本「推」改作「催」。〔三〕「擁」原本作「推」，唯隋樹森本未改。

〔注〕①「緑鬢」，指烏黑油亮的頭髮。②「班衣」，即「斑衣」，傳説老萊子爲愉悦其親而穿的彩衣。③「省可里」，省得；免得；休要。④「午时三刻」，行刑的時間。⑤「霧鎖云迷」，形容氣氛陰鬱。

【水仙子】一灵兒相伴着野雲飛，則①听得腦背後何人高叫起，是哥哥共②母親傍〔一〕边③立。我問你怎生來到〔二〕這里，險〔三〕送④了家有賢妻。杀嫂索⑤償命，宜鐫刎頸碑，將我好名兒万古標題⑥。

〔校〕〔一〕徐沁君本、甯希元本「傍」改作「旁」。〔二〕甯希元本「到」改作「得」。〔三〕「險」原本作「𡘷」，各本均已改。

〔注〕①「則」，只。②「共」，和；與。③「傍边」，旁邊。④「送」，葬送；斷送。⑤「索」，須；要。⑥「標題」，記下；寫下。

題目　　悍婦貪淫生惡計　良人好義結相知

正名　　賢明待制翻疑獄　鯁直張千替殺妻

新編足本関目張千替殺妻畢〔一〕

〔校〕〔一〕尾題鄭騫本改作「鯁直張千替殺妻終」，徐沁君本作「新編足本關目《張千替殺妻》畢」，甯希元本作「鯁直張千替殺妻雜劇終」。隋樹森本、王季思本删尾題。

古杭新刊小張屠焚兒救母

無名氏

校本五種

鄭騫本：鄭騫《校訂元刊雜劇三十種》

徐沁君本：徐沁君《新校元刊雜劇三十種》

甯希元本：甯希元《元刊雜劇三十種新校》

王季思本：王季思《全元戲曲》（第六卷）

隋樹森本：隋樹森《元曲選外編》（第三册）

楔子

（外末上，開）老夫王員外便是①，家住在汴梁西北角隱賢莊居住②。家中有万貫錢財〔一〕，有个孩兒，喚做万宝奴，一家兒看承〔二〕似神珠玉顆。我不合③將人上了神灵的帋馬④，又將來賣与别人還願。我賣的是草香水酒。似我這等瞞心昧己⑤又發積〔三〕⑥，除死无大灾。（下）（〔四〕旦上，開）老身是張屠的母親，得了些症候，看看⑦至死，不久身亡。叫張屠孩兒來，我想一口米湯吃。（正末上〔五〕）自家張屠的便是⑧。街坊每順口叫我做小張屠。娘兒兩个，開着个肉案兒⑨。母親自二十上守寡，經今⑩六十二歲。不想十五日看灯回來得病，□〔六〕加沉重，想口兒米湯吃。大嫂，家中无米，將綿〔七〕襖我去王員外家當去。（外旦云）這襖子是故衣⑪，只直〔八〕二升米，你將去如珍珠一般，休要作賤⑫了。（下）〔九〕

〔校〕〔一〕「財」原本作「才」，各本均已改。〔二〕「承」原本作「成」，唯隋樹森本未改。〔三〕原本「積」字，唯隋樹森本未改，其他各本均改作「迹」。按，「發積」同「發迹」。〔四〕此處鄭騫本、甯希元本、王季思本補「外」字，徐沁君本補「正」字。〔五〕此處徐沁君本、甯希元本、王季思本補「云」字。〔六〕原本該字空缺，「病」字大部分殘損，隋樹森本作兩空圍，鄭騫本、甯希元本作「病，日」，徐沁君本、王季思本作「病，漸」。〔七〕徐沁君本、甯希元本「綿」改作「棉」。〔八〕王季思本、甯希元本「只」改作「足」。徐沁君本、甯希元本「直」改作「値」。〔九〕此處徐沁君本、王季思本補「（正末唱）」。

〔注〕①「老夫王員外便是」，元代特殊判斷句，是漢語與蒙古語接觸的結果，是由漢語的SVO語序和蒙古語的SOV語序疊加而成的，其完全形式爲：老夫是王員外的便是。疊加過程爲：老夫是王員外+老夫王員外的便是=老夫是王員外的便是。「是」和「的」可以省略。②「家住在汴梁西北角隱賢莊居住」，「住在」與「居住」同現，不合漢語規範語法，是漢蒙語言接觸造成的結果，是漢語的SVO和蒙古語的SOV語序的糅合形式。疊加過程爲：家住在汴梁西北角隱賢莊+汴梁西北角隱賢莊居住=家住在汴梁西北角隱賢莊居住。③「合」，該；應該。④「帋馬」，舊俗祭祀時所用的神像紙，祭畢隨即焚化。古代祭祀用牲幣，秦俗用馬，后演變爲用木馬。唐王璵以紙爲幣，用紙馬以祀鬼神。后世刻板以五色紙印神佛像出售，名曰紙馬。或謂舊時所繪神像，皆畫馬其上，以爲神佛乘騎之用，故稱紙馬。又稱甲馬。（參見《漢語大詞典》）⑤「瞞心昧己」，違背良心做壞事。⑥「發積」，同「發迹」。⑦「看看」，眼看著；漸漸；轉瞬間。⑧「自家張屠的便是」，元代特殊判斷句，是漢語與蒙古語接觸的結果，是由漢語的SVO語序和蒙古語的SOV語序疊加而成的，其完全形式爲：自家是張屠的便是。疊加過程爲：自家是張屠+自家張屠的便是=自家是張屠的便是。「是」和「的」可以省略。⑨「肉案兒」，肉攤；肉店。⑩「經今」，至今；到現在。⑪「故衣」，舊衣服；二手衣服。⑫「作賤」，糟蹋；浪費。

【仙吕】〔一〕【端正好】我則待積陰功①，他則待貪財〔二〕物，咱兩个利名心水火不同炉。全不肯施財〔三〕周濟貧民苦，无半點兒慈悲〔四〕処。

〔校〕〔一〕原本無宫調名【仙吕】，各本均已補。〔二〕〔三〕「財」原本作「才」，各本均已改。〔四〕「慈悲」原本作「悪下」，各本均改作「慈悲」。

〔注〕①「陰功」，迷信指陽世所做的在陰間可以記功的好事。

【幺篇〔一〕】便□〔二〕有那金銀〔三〕，垛至北斗待何如！當日魯子敬謁周瑜，郭原真訪亞夫。將一領新綿〔四〕襖，你道是旧衣服，你二升米，看承〔五〕做兩斛珠。不由我心勞攘①，意躊躇，好教我心忙怎〔六〕語。〔七〕

〔校〕〔一〕「幺篇」原本作「么」，鄭騫本作「幺」，其他各本均作「幺篇」。〔二〕原本此字空缺，隋樹森本作一空圍，徐沁君本補「是」字，其他各本未補。〔三〕「銀」原本作「艮」，各本均已改。「金銀」下應斷開，各本失校。據曲譜，【端正好】全曲五句，首句不押韵，后四句押韵。可入【正宫】，不可增句；可入【仙吕宫】，可增句，增句在第四句下，每句正格三字，必爲雙數，偶句押平聲韵，【幺篇】同始調，若用【幺篇】則只能在【幺篇】增句。據此，「便有」至「亞夫」爲前四句，「將一」至「躊躇」爲六個增句，「服」「珠」「躇」押韵，「好教我心忙怎語」是末句。故「便有」至「何如」應斷作兩句：「便有那金銀，垛至北斗待何如!」「有金銀」與「待何如」是正格字。〔四〕徐沁君本、甯希元本「綿」改作「棉」。〔五〕「承」原本作「成」，隋樹森本、甯希元本未改，其他各本均改作「承」。〔六〕此處鄭騫本、甯希元本、王季思本補「言」字。〔七〕此處鄭騫本、王季思本補「（下）」。

〔注〕①「勞攘」，煩躁；慌亂。

第一折

（〔一〕末將米二升〔二〕到家〔三〕）大嫂，這米將去舂〔四〕得熟着，与母親煎湯吃。大嫂，你怎又煩惱？母親知道，又加了病症。你放得歡喜着，母親也歡喜。你不知道這等孝勾當。〔五〕

【仙吕】〔六〕【點絳唇】母親病在膏肓，你孩兒仰天悲搶〔七〕①，添惆悵。

母親受半世孤孀，却怎生越刬地②无承望③。

〔校〕〔一〕此處徐沁君本、王季思本補「正」字。〔二〕甯希元本「米二升」改作「二升米」。〔三〕此處鄭騫本、徐沁君本、甯希元本、王季思本補「云」字。〔四〕「春」原本作「舂」，各本均已改。〔五〕此處徐沁君本、王季思本補「（唱）」。〔六〕原本無宮調名【仙吕】，各本均已補。〔七〕隋樹森本、鄭騫本、王季思本「搶」改作「愴」。

〔注〕①「悲搶」，因悲傷而呼喊。②「刬地」，反而；反倒。③「承望」，指望。

【混江龍】别无甚倚仗，受孤孀躭疾病受凄凉。心劳意攘〔一〕①，腹热腸荒〔二〕②。忍凍餓誰怜兒命蹇③，守孤貧争敢〔三〕④母親忘。常則是半抄兒⑤活計，一合兒⑥餱粮⑦。看看⑧至死，不久身亡。遇不收時月，飢儉〔四〕⑨年光。母親眼中淚不离了枕席边，你孩兒腹中愁常潛在眉尖上。都不到一時半刻，尋思到百計千方。

〔校〕〔一〕「攘」原本作「㰃」，各本均已改。〔二〕原本「荒」字，唯隋樹森本未改，其他各本均改作「慌」。〔三〕甯希元本「敢」改作「取」。〔四〕「儉」原本作「饁」，隋樹森本未改，鄭騫本、王季思本作「歉」，徐沁君本、甯希元本作「儉」。按，「飢儉」指「饑荒」。「儉」受上字「飢」之「飠」旁影響被同化作「饁」，這種現象在古代刻書中習見。

〔注〕①「心劳意攘」，心煩意亂。②「腹热腸荒」，元曲俗語，形容焦急、慌亂。「荒」同「慌」。③「命蹇」，命運不好，也指仕途困頓。④「争敢」，怎敢；不敢。⑤「半抄兒」，半匙，形容極少。⑥「一合兒」，極少。⑦「餱粮」，乾糧；食糧。⑧「看看」，眼看著；漸漸；轉瞬間。⑨「飢儉」，飢荒。

【油葫芦】（云）大嫂，你學幾个古人。〔一〕孟氏①賢達有義方②，夫姓梁，常則是荆釵布褉③守寒窓。為夫的文章冠世詩書廣，為妻的孝廉〔二〕仁義名真響〔三〕。母親行④時時親拜覆⑤，勤勤的厮問當⑥。便有志誠心无半點兒虚誑〔四〕⑦，常則是朝侍奉，暮煎湯。

（云）孟光夫主是梁鴻，与他那妻无話。要我喜時，你則布褉荆釵，便是

夫婦。与他〔五〕夫主⑧送飯，高高〔六〕的擎着，這个便是那「舉案齊眉」。大嫂，你省得那昏定晨〔七〕省⑨的勾當?〔八〕

〔校〕〔一〕該科介、賓白徐沁君本、王季思本移至該曲牌前，并下補「（唱）」。〔二〕「廉」原本作「人」，隋樹森本、鄭騫本未改，甯希元本作「順」；徐沁君本據第三折【耍孩兒】「孝廉仁義」改作「廉」，王季思本從。今從徐本。〔三〕「嚮」原本作「人」，隋樹森本、鄭騫本未改，甯希元本作「娘」；徐沁君本改作「嚮」，王季思本從。今從徐本。〔四〕「誑」原本作「誰」，各本均已改。〔五〕原本此處衍「荆」字，唯隋樹森本未删。〔六〕「高」字原本不重，唯隋樹森本未重，其他各本均重。〔七〕「晨」原本作「辰」，各本均已改。〔八〕此處徐沁君本、王季思本補「（唱）」。

〔注〕①「孟氏」，孟光。②「義方」，做事應遵循的行爲規範和道理。③「荆釵布襖」，荆條製作的髮釵和粗布棉襖，代指簡樸、貧寒。④「行」，那兒；那裏。⑤「拜覆」，拜見問候。⑥「問當」，問。「當」，詞綴，無意義。⑦「虚誑」，虚假；欺騙。⑧「夫主」，丈夫。⑨「昏定晨省」，古代侍奉父母的日常禮節，早晨省視問安，晚上服侍就寢。

【天下樂】誰不待舉案齊眉學孟光。怕不待①開張，那里取升合②粮?與人家打勤劳③做生活有甚妨。怕不待時時的杀个猪，勤勤的宰个羊，覓幾文鄧通錢④將我娘侍〔一〕養。

〔校〕〔一〕「侍」原本作「待」，唯甯希元本未改。

〔注〕①「怕不待」，難道不；豈不。②「升合」，一升一合，借指極少的糧食。③「打勤劳」，做雜活；打雜。④「鄧通錢」，漢代鄧通鑄造的錢幣，代指錢。

【那吒令】住孤村小庄，无親族①當房②。若母親命亡，天那〔一〕！誰人覷當③。大嫂！你學取些賢孝心，我有寬宏量，休學那忤逆婆娘。

〔校〕〔一〕甯希元本「那」改作「哪」。

〔注〕①「親族」，家屬及同宗族的人。②「當房」，宗族中的同房；本家族。③「覷當」，照看；照顧。「當」，詞綴，無意義。

【鵲踏枝】帶頭面①插金裝，穿綾羅好衣裳，出來的毁遍尊親，罵遍街坊。你學那曹娥女〔一〕，哭長城送寒衣孟姜，休學那无廉耻盜果京娘②。（末〔二〕云）大嫂〔三〕，你學二十四孝咱〔四〕。〔五〕

〔校〕〔一〕徐沁君本、甯希元本删「曹娥女」。按，「曹娥女」應該保留。徐沁君本以「曹娥女」與「孟姜」没有關係而删之，實誤。「曹娥」是東漢時期會稽郡上虞縣人，其父迎神溺水而死，于江邊痛哭十七日，投江而死，成爲中國歷史上有名的孝女。「曹娥女」「孟姜女」以及上文「舉案齊眉」的孟光都是張屠妻要學習的對象。據曲譜，【鵲踏枝】本格六句，變格可將原本正格七字的第五句變爲兩個正格四字的小句。該曲【鵲踏枝】係其變格，「你學那曹娥女，哭長城送寒衣孟姜」爲變格的第五、六兩句。〔二〕徐沁君本、甯希元本、王季思本删「末」字。〔三〕「嫂」原本作「人」，唯隋樹森本未改。〔四〕「咱」原本作「人」，隋樹森本、鄭騫本未改，其他各本均改作「咱」。〔五〕此處徐沁君本、王季思本補「（唱）」。

〔注〕①「頭面」，首飾。②「京娘」，亦作荆娘，元代有《賢達婦荆娘盜果》雜劇。

【寄生草】我雖不讀論孟①□〔一〕，多聞孝義章。人〔二〕子孝母天□〔三〕養，郭巨埋子天恩降，孟宗哭竹〔四〕天垂象〔五〕。王祥臥魚〔六〕標寫在史書中，丁蘭刻木圖畫在丹青②上。

（請太醫〔七〕科）（外末醫〔八〕云）我藥用硃〔九〕砂定心丸便可〔十〕。〔十一〕

〔校〕〔一〕原本該字空缺，隋樹森本作一空圍，鄭騫本、甯希元本補「書」，徐沁君本、王季思本補「篇」。〔二〕原本「人」字，隋樹森本、鄭騫本未改，徐沁君本、王季思本改作「曾」，甯希元本改作「舜」。〔三〕原本此處應脱一字，隋樹森本未補，鄭騫本補一空圍，其他各本均補「將」字。〔四〕「哭竹」原本上字空缺，下字作「人」，隋樹森本作「□人」，其他各本均作「哭竹」。〔五〕「象」原本作「人」，各本均已改。〔六〕徐沁君本、甯希元本、王季思本「魚」改作「冰」。〔七〕「太醫」原本作「大衣」，各本均已改。〔八〕「醫」原本作「衣」，各本均已改。〔九〕徐沁君本、甯希元本「硃」改作「朱」。〔十〕「可」原本作「何」，唯隋樹森本未改。〔十一〕此處徐沁君本、王季思本補「（正末唱）」。

〔注〕①「論孟」，《論語》《孟子》。②「丹青」，紅色和青色；丹砂和青臒。代指畫工、畫家。

【醉扶歸〔一〕】賣弄他指下明，看讀廣，止不過〔二〕宣〔三〕明論①、瑞竹堂②，通聖散③、青龍丸④、白虎湯⑤。怎莫⑥這般〔四〕藥直銀〔五〕十〔六〕兩？量這个張屠户朝无夜粮⑦。他可孝〔七〕從心上起，可見老母親病着床。

〔校〕〔一〕徐沁君本、甯希元本「扶歸」改作「中天」。〔二〕原本無「過」字，隋樹森本、鄭騫本未補，其他各本均補。〔三〕原本此處衍「一」字，隋樹森本、鄭騫本未删。〔四〕「般」原本作「半」，隋樹森本、鄭騫本未改，徐沁君本改作「付」，甯希元本、王季思本改作「般」。〔五〕「直銀」原本作「直艮」，徐沁君本、甯希元本改作「值銀」，其他各本均改作「直銀」。〔六〕原本「十」字竪筆與「兩」的横筆連在一起，因此隋樹森本、鄭騫本、甯希元本、王季思本校作「七」。徐沁君本作「十」，是。〔七〕「孝」原本作「仔」，隋樹森本、鄭騫本未改，徐沁君本改作「孝」，甯希元本改作「怒」，王季思本改作「灾」。

〔注〕①「宣明論」，金代劉完素《黄帝素問宣明論方》，又名《醫方精要宣明論》。②「瑞竹堂」，元代薩遷《瑞竹堂經驗方》。③「通聖散」，防風通聖散，中醫方劑名。④「青龍丸」，中藥名。⑤「白虎湯」，中醫方劑名。⑥「怎莫」，怎麼。⑦「朝无夜粮」，謂生活貧寒。

（云）醫〔一〕士説，這藥用一錢朱砂引子。王〔二〕員外有，他要現〔三〕錢，子昔是人〔四〕。（正〔五〕旦云）夫主，有俺父与我人〔六〕一双，去换來。（〔七〕末見外〔八〕）（員外与假朱砂）（〔九〕末問）朱砂有真假。（員外〔十〕説）害來本金〔十一〕，〔十二〕死无大灾。〔十三〕

〔校〕〔一〕「醫」原本作「衣」，各本均已改。〔二〕「王」原本作「末云在上」，隋樹森本作「（末云）在上」，鄭騫本作「（末云）在王」，其他各本均作「王」。今從徐本。〔三〕「現」原本似「主」字，隋樹森本、鄭騫本作「主」，其他各本均改作「現」。今從徐本。〔四〕隋樹森本、鄭騫本「子昔是人」未改，徐沁君本作「不肯貫欠」，甯希元本作「才肯與人」，王季思本作「不肯賒欠」。存疑。〔五〕徐沁君本「正」改作「外」。〔六〕原本「人」字，應是代字符號，該劇習見，隋樹森本、鄭騫本未改，徐沁君本改作二空圍，甯希元本作一空圍，王季思本作「耳環」。〔七〕〔九〕此處徐沁君本、王季思本補「正」。〔八〕此處徐沁君本、王季思本補「末」。〔十〕原本無「外」字，唯隋樹森本未補，隋本「員說」處理爲賓白，其他各本均爲科介。〔十一〕「害來本金」原本作「害來本今」，隋樹森本、鄭騫本未改，徐沁君本作「豁來本金」，甯希元本作「還你來」，王季思本作「害來本金」。〔十二〕此處隋樹森本未補，甯希元本補「俺除」，其他各本均補「除」字。〔十三〕此處徐沁君本、王季思本補「（正末唱）」。

【金盞兒】硃砂面有容光，這物色淡微黃。它〔一〕那里咒連天誓〔二〕說道无虛誑①，恨不得手拈疾病便离床。願母親三焦②和肺腹〔三〕③，五臟潤肝腸。可怜見俺忤逆子，則怕妨□〔四〕俺七十娘。

（末〔五〕云）大嫂，這假朱砂，母親吐了，别无救母之方。俺兩口望着東岳爺〔六〕拜，把三歲喜孫，到三月二十八日，將乔馬送孩兒焦盃〔七〕④內做一枝香焚〔八〕了，好歹救了母親病好。上聖⑤有灵有聖着〔九〕！〔十〕

〔校〕〔一〕原本「它」字，各本均改作「他」。〔二〕「誓」原本作「仕」，各本均已改。〔三〕徐沁君本、甯希元本、王季思本「腹」改作「腑」。〔四〕該字原本作「人」，隋樹森本未改，徐沁君本作「殺」，其他各本均作「了」。〔五〕徐沁君本、甯希元本删「末」字，王季思本「末」上補「正」字。〔六〕原本「爺」下有約半字空位，鄭騫本、甯希元本、王季思本重「爺」字，徐沁君本「爺」下補「参」字，隋樹森本未補改。〔七〕原本「盃」字，隋樹森本未改，鄭騫本作「杯」，其他各本均改作「盆」。〔八〕「枝香焚」原本作「枝人一」，隋樹森本未改，「一了」屬下句；鄭騫本作「枝香一」，「一了」屬下句；徐沁君本改作「炷香焚」；甯希元本、王季思本作「枝香焚」。今從甯本、王本。〔九〕隋樹森本、徐沁君本「着」改作「者」。〔十〕此處徐沁君本、王季思本補「（唱）」。

〔注〕①「虛誑」，虛假；欺騙。②「三焦」，中醫上焦、中焦、下焦的合稱。「上焦」指舌下至胃上口，包括心肺。「中焦」指腹腔上部。「下焦」指胃下口至盆腔的部分，包括腎臟、大小腸和膀胱。③「肺

腹」，肺腑；内心。④「焦盃」，焦盆，焚燒冥幣的火盆。⑤「上聖」，天神；至聖。

【后庭花】我這里望東岳聖〔一〕帝方，祝神明心内想。則為我生身母三焦病，許下喜孫兒做一柱〔二〕香。我這里過①茶湯，願母親通身舒暢。汗溶溶如水一江〔三〕，冷滲滲〔四〕佀冰凉，面融融〔五〕有喜光，笑孜孜親問當②。

〔校〕〔一〕「聖」原本作「人」，隋樹森本未改，鄭騫本、王季思本改作「大」，徐沁君本、甯希元本改作「聖」。〔二〕原本「柱」字，鄭騫本未改，其他各本均改作「炷」。〔三〕原本「水一江」，「水」是校筆在「人」字上改成，隋樹森本、甯希元本作「水一江」，鄭騫本作「人一江」，徐沁君本、王季思本作「水漿」。〔四〕「冷滲滲」原本作「参」和一重文符號，隋樹森本、鄭騫本作「参」，徐沁君本、王季思本作「冷滲滲」，甯希元本作「滲」。〔五〕「融融」原本作「溶溶」，隋樹森本、鄭騫本未改，其他各本均已改。

〔注〕①「過」，端送。②「問當」，問。「當」，詞綴，無意義。

【青哥兒】人可〔一〕却便是平生、平生模樣，往日、往日形像。常言道孝順心是人間海上方①。每日家告遍街坊，誰肯慚惶②，仰告穹蒼〔二〕③，許下明香，兒做神羊④。誰想道捨死回生便离床，兀的是天將傍⑤。

〔校〕〔一〕原本「人」字，隋樹森本、鄭騫本未改，徐沁君本、甯希元本改作「病」，王季思本「人可」改作「沉疴」。〔二〕「穹蒼」原本似是「眾人」，隋樹森本作「眾人」，其他各本均改作「穹蒼」。

〔注〕①「海上方」，使人長生不老的仙方。②「慚惶」，惶恐。亦作「慚皇」。③「穹蒼」，蒼穹；上天。④「神羊」，捆綁成跪狀用來祭祀的羊。⑤「將傍」，扶助；支持。

【賺煞尾】（云）母親，疾〔一〕病痊可①，有何不喜！〔二〕母親病体万〔三〕分安，你兒喜氣三千丈〔四〕。捨了我嫡親子热血一腔。咱人有子方知不孝娘，豈不聞〔五〕哀哀父母情腸。我這里自參詳②，不由我喜笑愁忘，再不揾③傷心淚兩行。將孩兒焰騰騰一炉火光，磣可可④一灵⑤身喪，捨了个小冤家一心侍奉老尊堂⑥。

〔校〕〔一〕原本「疾」字空缺，隋樹森本作一空圍，其他各本均補「疾」。〔二〕徐沁君本、王季思本該科介、賓白移至曲牌名之前，并下補「（唱）」。〔三〕「萬」原本作「兀」，隋樹森本改作「十」，其他各本均改作「萬」。〔四〕「丈」原本作「文」，各本均已改。〔五〕「聞」原本作「問」，唯隋樹森本未改。

〔注〕①「痊可」，病愈。②「參詳」，仔細思量、考慮。③「揾」，擦。④「磣可可」，凄慘可怕。亦作「磣磕磕」。⑤「一灵」，靈魂。⑥「老尊堂」，老母親。

第二折

（正末扮上開云）母親，三月二十八將近，你兒三口兒，待往太〔一〕安①神州東岳庙上燒香去，說与母親。（母親云）你去燒香，休〔二〕帶喜孫去。（〔三〕末云）許愿時有〔四〕孫兒來〔五〕，須得他同〔六〕去。（母親云）你三口兒，少吃酒，疾去早來。〔七〕

〔校〕〔一〕「太」原本作「大」，隋樹森本未改，徐沁君本作「太」，其他各本均作「泰」。〔二〕「休」原本作「林」，各本均已改。〔三〕此處徐沁君本、王季思本補「正」字。〔四〕此處徐沁君本補「喜」字。〔五〕「來」原本作「未」，各本均已改。〔六〕「同」原本作「用」，各本均已改。〔七〕此處徐沁君本、王季思本補「（正末唱）」。

〔注〕①「太安」，泰安。

【越調】〔一〕【閂鵪〔二〕鶉】青天又千日人〔三〕有峰峦万朵。明晃晃金碧琉璃，高聳聳〔四〕楼臺殿閣。王孫每宝馬金鞍，士女每香車①綺羅。正遇着春晝暄，麗日和，裊春風②绿柳如烟〔五〕，含夜雨桃紅侶火。

（旦末〔六〕行路科）（旦問末〔七〕）怎生走了〔八〕幾日，到不得太〔九〕安神州？（末云）〔十〕兀那③高山便是。〔十一〕

〔校〕〔一〕原本無宫調名【越調】，各本均已補。〔二〕「鵪」原本作「奄」，各本均已改。〔三〕此處不知所云，隋樹森本保留未改，鄭騫本、王季思本作「青鴉鴉看松柏千林。另巍巍」，徐沁君本作「青天上雲彩千重，四圍」，甯希元本作「青雲天宫千重，占」。存疑。〔四〕「聳聳」原本作「從」和一重文符號，各本均已改。〔五〕「烟」

原本作「廻」，各本均已改。〔六〕〔七〕徐沁君本、王季思本「旦」「末」分别改作「外旦」「正末」。〔八〕「了」原本作「一」，唯隋樹森本未改。〔九〕「太」原本作「大」，隋樹森本未改，徐沁君本作「太」，其他各本均作「泰」。〔十〕原本無該科介，隋樹森本未補，鄭騫本、甯希元本補「（末云）」，徐沁君本、王季思本補「（正末云）」。〔十一〕此處徐沁君本、王季思本補「（唱）」。

〔注〕①「香車」，泛指華美的車。②「裊春風」，和暖輕柔的春風。③「兀那」，那；那個。

【紫花兒序】鬧清明鶯声宛轉〔一〕，蕩花枝蝶翅蹁〔二〕跹，舞東風燕尾婆娑〔三〕。你覷〔四〕那車塵馬足，作戲敲鑼，聒耳①笙歌，不佀今年上庙的多。普天下名山一座，壯觀着万里乾坤，永鎮着百二②山河。

〔校〕〔一〕「宛轉」原本作「啘囀」，隋樹森本作「婉囀」，其他各本均作「宛轉」。〔二〕原本「蹁」字，隋樹森本未改，其他各本均改作「翩」。按，「蹁跹」同「翩躚」。〔三〕「燕尾婆娑」原本作「剪尾娑人」，隋樹森本未改，甯希元本作「剪尾娑婆」，其他各本均作「燕尾婆娑」。〔四〕「覷」原本作「一」，隋樹森本未改，徐沁君本作「覷」，其他各本均作「看」。今從徐本。

〔注〕①「聒耳」，喧鬧；吵鬧。②「百二」，謂以二敵百，指山河險固。

（外〔一〕末扮〔二〕王員外〔三〕云）我每一年三月二十八，去太〔四〕安神州做一遭買賣，到那里賣与人的帋錢〔五〕，才上〔六〕了神灵，我又將來〔七〕賣。我又有一个孩兒，吽做万宝奴，我一家兒看承〔八〕佀神珠玉顆〔九〕。行好的到〔十〕①无錢，又无兒女；但我瞞心昧己②到〔十一〕有錢，又有兒。我從〔十二〕來〔十三〕死无大灾。（正旦末〔十四〕云）俺三口兒來到三門下，宿〔十五〕歇一宵，明日早晨〔十六〕还願。（外末上〔十七〕）吾是炳灵公〔十八〕③，這位是□□尹〔十九〕，這位是速报司④。俺三位神灵，定是孝子〔二十〕，不是忤逆之人〔廿一〕。今有王員〔廿二〕外，瞞心昧己，不合神道，恶禍生身〔廿三〕。城〔廿四〕隍奉吾神令，教那急脚⑤李能，半夜後，將王員外兒神珠玉顆〔廿五〕抱去，明日午時，去〔廿六〕在那火池里燒死；卻把孝子張屠的喜孫兒，虛空里着扮作〔廿七〕凡人，先送与他母親。休交人識〔廿八〕得不是凡人〔廿九〕。

（下）〔三十〕

〔校〕〔一〕原本无「外」字，鄭騫本、徐沁君本、甯希元本、王季思本均補。按，「外」字當補，本折正末是張屠。〔二〕「扮」原本作「粉」，甯希元本「粉」下補「扮」，其他各本「粉」均改作「扮」。〔三〕此處徐沁君本、王季思本補「上」。〔四〕「太」原本作「大」，隋樹森本未改，徐沁君本作「太」，其他各本均作「泰」。〔五〕徐沁君本「錢」改作「馬」。〔六〕原本無「上」字，隋樹森本未補，鄭騫本、王季思本補「上」字，徐沁君本、甯希元本「才」改作「上」。〔七〕原本無「來」字，唯隋樹森本未補。〔八〕「看承」原本作「堪成」，唯隋樹森本未改。〔九〕原本無「顆」字，唯隋樹森本未補。〔十〕〔十一〕原本「到」字，各本均改作「倒」。按，可不改字。〔十二〕「從」原本作「人」，隋樹森本未改，徐沁君本改作「從」，其他各本均改作「看」。今從徐本。〔十三〕此處鄭騫本、徐沁君本、甯希元本、王季思本補「除」字。〔十四〕原本「正旦末」，徐沁君本、王季思本改作「正末對外旦」，甯希元本改作「正末對旦」。〔十五〕「宿」原本作「宵」，隋樹森本、甯希元本未改，其他各本均改作「宿」。〔十六〕徐沁君本「晨」改作「起」。〔十七〕此處鄭騫本、徐沁君本、王季思本補「云」字。〔十八〕「炳灵公」原本作「病灵」，唯隋樹森本未改。〔十九〕原本尹上空缺兩字，隋樹森本作「□□尹」，鄭騫本作「□□君」，徐沁君本、王季思本作「司命君」，甯希元本作「崔府君」。〔二十〕原本「定是孝子」，隋樹森本未改，鄭騫本、王季思本改作「察得張屠是孝子」，徐沁君本改作「保佑的是孝子」，甯希元本作「察誰是孝順子」。存疑。〔廿一〕該句原本作「是五逆之人」，隋樹森本作「□是忤逆之人」，鄭騫本、王季思本作「不是忤逆之人」，徐沁君本作「折罰的是忤逆之人」，甯希元本作「誰是忤逆之人」。〔廿二〕原本無「員」字，各本均已補。〔廿三〕「身」原本作「神」，隋樹森本未改，鄭騫本、王季思本改作「灾」，徐沁君本、甯希元本改作「身」。鄭騫本「恶」改作「惹」。今從徐本。〔廿四〕原本「隍」上爲「云」字，隋樹森本未改，鄭騫本、王季思本「（云）」作爲科介，「隍」

上補「城」字；徐沁君本、甯希元本删「云」字，補「城」字。〔廿五〕「顆」原本作「人」，唯隋樹森本未改。〔廿六〕徐沁君本「去」改作「丟」。〔廿七〕「作」原本作「人」，隋樹森本未改，鄭騫本、王季思本改作「作」，徐沁君本改作「做」，甯希元本改作「爲」。〔廿八〕「識」原本作「一」，隋樹森本未改，鄭騫本、王季思本作「知」，徐沁君本作「識」，甯希元本「一得」改作「得知」。〔廿九〕「不是凡人」原本作「是凡人」，隋樹森本未改，鄭騫本、甯希元本改作「是神人」，徐沁君本、王季思本作「不是凡人」。〔三十〕此處徐沁君本、王季思本補「（正末唱）」。

〔注〕①「到」，倒；反倒。②「瞞心昧己」，違背良心做壞事。③「炳灵公」，泰山神第三子。④「速报司」，傳説東岳大帝屬下掌管因果報應的機構。⑤「急脚」，疾行送信的人。

【金蕉葉】你去山〔一〕門前□〔二〕躲，你去東廊下休來□〔三〕我，你向松〔四〕陰中權且歇波。我入山〔五〕門沉吟了幾合①。

〔校〕〔一〕原本「山」字，隋樹森本、甯希元本未改，其他各本均改作「三」。〔二〕該字原本作「人」，隋樹森本未改，鄭騫本據文義改補爲「潛身暫」，王季思本從；徐沁君本改作「且」，甯希元本改作「潛」。〔三〕該字原本作「人」，隋樹森本未改，鄭騫本、甯希元本、王季思本改爲「伴」，徐沁君本改作「近」。〔四〕「松」原本作「𢪛」，隋樹森本作「扮」，徐沁君本作「樹」，其他各本均作「松」。〔五〕「入山」原本作「人一」，隋樹森本未改，甯希元本作「入山」，其他各本均作「入三」。

〔注〕①「合」，次；回。

【調笑令】别无甚献賀，為救俺母親活，上〔一〕聖，交張屠无柰何。報娘恩三年乳哺〔二〕恩臨①大，懷躭②十月情多。焚〔三〕兒救母絶嗣〔四〕我，為親娘暴虎馮河〔五〕。

〔校〕〔一〕「上」原本作「一」，隋樹森本未改，鄭騫本、王季思本作「大」，徐沁君本、甯希元本作「上」。〔二〕「乳哺」原本作「人甫」，隋樹森本未改，其他各本均改作「乳哺」。〔三〕「焚」原本作「几」，隋樹森本作「幾」，甯希元本作「棄」，其他各本均作「焚」。

〔四〕此處徐沁君本補「了」字。隋樹森本「我」屬下句。〔五〕該句原本作「為親人一虎不河」，隋樹森本作「我爲親人一虎不河」，鄭騫本作「爲親人暴虎馮河」，其他各本均作「爲親娘暴虎馮河」。

〔注〕①「恩臨」，恩情；恩德。②「懷躭」，懷孕；孕育。

【金蕉葉】恩養〔一〕①上誰人侶我，孝名兒天地包羅。將親〔二〕娘煨〔三〕乾就濕②都正〔四〕過，四十年受苦奔波。

〔校〕〔一〕「養」原本作「羕」；各本均已改。〔二〕「親」原本作「一」，隋樹森本未改，各本均已改。鄭騫本、王季思本「將」改作「想」。〔三〕徐沁君本「煨」改作「偎」。〔四〕鄭騫本、王季思本「正」改作「嘗」。

〔注〕①「恩養」，養育。②「煨乾就濕」，極言養育孩子的付出和辛苦。

【禿厮兒〔一〕】為母親疾病痾〔二〕①，因此上許下他，便无子息②待如何。病未可，不須我，古人言兒女最情多。

〔校〕〔一〕「禿厮兒」原本作「調咲令」，隋樹森本未改，鄭騫本、王季思本改作「聖藥王」，徐沁君本、甯希元本改作「禿厮兒」。〔二〕原本「痾」字，徐沁君本、甯希元本改作「可」，其他各本未改。

〔注〕①「疾病痾」，疾病。②「子息」，子嗣；兒子；也泛指子女、後代。

【小桃紅】也是前生那世冤業多，積攢〔一〕下六年禍，教他今生忍飢餓，受貧□〔二〕，為這人昧神①造業天來大。也是他前□□〔三〕作，故交他今生折剉②，須是貧恨一身〔四〕多。

〔校〕〔一〕「攢」原本作「人」，隋樹森本未改，鄭騫本改作「儹」，徐沁君本、王季思本作「趲」，甯希元本作「攢」。〔二〕該字原本作「人」，隋樹森本未改，徐沁君本、王季思本改作「薄」，甯希元本改作「波」；鄭騫本「貧人」改作「奔波」。〔三〕此二字原本作「人你」，鄭騫本、王季思本作「生造」，徐沁君本、甯希元本作「生做」。〔四〕徐沁君本、王季思本「身」改作「生」。

〔注〕①「昧神」，欺騙神靈。②「折剉」，即挫折；使受挫。

【鬼〔一〕三台】見神灵在空中坐，鬼使①是天丁②六合③。炳灵公〔二〕府君神貌〔三〕惡，速报〔四〕司兩鬢双皤④。闊釰〔五〕長鎗排列多，有十王地府閻羅。上聖，金〔六〕鞭指引俺孩兒，舒⑤聖手遮羅⑥護〔七〕我。

〔校〕〔一〕鄭騫本、甯希元本、王季思本「鬼」改作「耍」。〔二〕徐沁君本補「崔」字。〔三〕「貌」原本作「人」，隋樹森本未改，鄭騫本、王季思本改作「貌」，徐沁君本改作「威」，甯希元本改作「像」。〔四〕原本無「速」字，「报」作「良」，隋樹森本作「□良」，其他各本均改作「速報」。〔五〕原本「釰」字，隋樹森本未改，其他各本均改作「劍」。〔六〕「金」原本作「今」，各本均已改。〔七〕「護」原本作「互」，甯希元本改作「護」，徐沁君本改作「與」，其他各本未改。按，「護」字是，「遮羅」爲「保護」義。

〔注〕①「鬼使」，冥司的差役。②「天丁」，天兵。③「六合」，六壬占卜術中的十二神將之一。④「皤」，老人頭髮變白。⑤「舒」，伸。⑥「遮羅」，遮攔保護。

【寨兒令】我心恍惚，面没羅①，是誰人撒然②驚覺我？則見聖像嚴惡，鬼佀娄羅〔一〕，排列的鬧呵呵〔二〕。穿紅的聖体忙挪〔三〕，穿青的子〔四〕細③詳〔五〕跛，穿緑的親定奪：似白日里无差訛〔六〕。元〔七〕來是一枕夢南柯。

〔校〕〔一〕原本「佀娄羅」，鄭騫本作「似婁羅」，隋樹森本作「似嘍啰」，王季思本作「使婁羅」，徐沁君本、甯希元本作「使嘍啰」。〔二〕原本「呵」字不重，隋樹森本未重，其他各本均重。〔三〕原本無「挪」字，唯隋樹森本未補。〔四〕徐沁君本、王季思本「子」改作「仔」。〔五〕原本「詳」字，唯隋樹森本未改，其他各本均改作「評」。〔六〕原本無「訛」，唯隋樹森本未補。〔七〕「元」原本作「死」，各本均改作「元」。「元」上徐沁君本、甯希元本補「呵」，作爲獨詞句。徐沁君本校記云：「按譜：此處應有一字句，叶韵。」

〔注〕①「面没羅」，發痴；發呆；面無表情。②「撒然」，猛然；忽然。③「子細」，仔細。

【鬼三台】那里哭的声音大，到來日只少个殃人貨〔一〕①。兒女是金枷玉鎖②。你道他悲理當合，你來朝也似他。接孩兒那人姓甚麼？万人中〔二〕認的〔三〕是那个？你孩兒帶着金釧銀鐲？敢遠鄉了神珠玉顆？

〔校〕〔一〕「貨」原本作「禍」，唯隋樹森本未改。〔二〕「人中」原本作「中人」，隋樹森本、徐沁君本未改，其他各本均乙作「人中」。〔三〕徐沁君本「的」改作「得」。

〔注〕①「殃人貨」，連累他人或給他人帶來灾禍的人。②「金枷玉鎖」，比喻既是珍寶，又是包袱。

【禿廝兒】焰騰騰无明烈火①，昏慘慘宇宙屯合②。兒也！咱兩个義絶恩断在這垛。人穰穰〔一〕③，鬧呵呵，无个收羅④。

〔校〕〔一〕徐沁君本、甯希元本「穰穰」改作「攘攘」。

〔注〕①「无明烈火」，怒火。②「屯合」，聚集。③「穰穰」，紛亂貌。④「收羅」，收場；了結。

【聖藥王】尋思了半□〔一〕多，當炉不選火，一炷香天下愿心多。它〔二〕那里淚侶梭，則管里①扯住我。报娘恩非是我風魔②，火葬了小胡娑③。

〔校〕〔一〕原本此處少一字，隋樹森本未補，鄭騫本、王季思本補「日」字，徐沁君本、甯希元本補「晌」字。〔二〕原本「它」字，各本均改作「他」。

〔注〕①「則管里」，只管。②「風魔」，即「瘋魔」，瘋癲；痴迷。③「小胡娑」，小孩兒；小娃娃。

【收尾〔一〕】兩行清淚星眸①中墮，我這九曲柔腸刀割。棄了个小冤家凄凉杀他，存得个老尊堂②快活杀我。

〔校〕〔一〕「收尾」原本作「尾」，隋樹森本未補，徐沁君本改作「尾聲」，其他各本均作「收尾」。

〔注〕①「星眸」，明亮的眼睛。②「老尊堂」，老母親。

第三折

（正〔一〕末扮急脚①上開）小人〔二〕姓李名能，□〔三〕州人氏。生前時曾跟〔四〕磁州崔相公，相公死之後為神〔五〕，人□□君〔六〕，取小人做个〔七〕鬼急脚〔八〕。今日蒙神旨差送孝子張屠孩兒还家，我相公〔九〕的聖佑，與〔十〕做勾當的灵报。（詩曰）守分休貪不義財，命中合有自然來。若將巧計干②求得，人不為雠天降災。〔十一〕

〔校〕〔一〕「正」原本作「外」，隋樹森本、鄭騫本未改，其他各本均已改。〔二〕「人」原本作「名」，唯隋樹森本未改。〔三〕原本此處少一字，各本均補一空圍。〔四〕「跟」原本作「根」，鄭騫本、甯希元本未改，其他各本均已改。〔五〕隋樹森本「為神」屬下句。〔六〕原本「人」下空缺兩字，隋樹森本、鄭騫本補二空圍，徐沁君本補作「人稱崔府君」，甯希元本作「封爲府君」，王季思本作「人稱司命君」。存疑。〔七〕徐沁君本「个」改作「到」。〔八〕甯希元本乙作「急脚鬼」。〔九〕原本無「公」字，隋樹森本未補改，鄭騫本「相」改作「想」，其他各本均「相」下補「公」。〔十〕「與」原本作「互」，徐沁君本、甯希元本改作「與」，其他各本均未改。〔十一〕此處徐沁君本、王季思本補「（唱）」。

〔注〕①「急脚」，疾行送信的人。②「干」，求；求取。

【中吕】〔一〕【粉蝶兒】富和貧天地裁〔二〕排①，使心計放錢〔三〕舉債，惱神灵惹〔四〕禍生〔五〕灾。那一个是人上〔六〕人，它〔七〕則待利上取利，全不想毒有一〔八〕。便休題苦尽甘來，利名場②有成有敗。

〔校〕〔一〕原本無宫調名【中吕】，各本均已補。〔二〕「裁」原本作「我」，隋樹森本改作「安」，其他各本均改作「裁」。按，「裁」字是，形近而誤。〔三〕「錢」原本作「子」，隋樹森本未改，其他各本均已改。〔四〕「惹」原本作「人」，隋樹森本未改，甯希元本改作「天」，其他各本均改作「惹」。〔五〕「生」原本作「人」，隋樹森本、甯希元本未改，其他各本均改作「生」。〔六〕此處徐沁君本、王季思本補「爲」字。〔七〕原本「它」字，各本均改作「他」。〔八〕原本「毒有一」，隋樹森本未改，徐沁君本改作「心腸毒害」，其他各本均改作「其中毒害」。按，各本均據文義改，今存疑。

〔注〕①「裁排」，安排。②「利名場」，名利場，追逐名利的場所。

【醉春風】他〔一〕則待□〔二〕滿眼本錢寬，全不想得臨頭天地窄。明晃晃刀山劍樹〔三〕一齊排，无一个〔四〕改，改，改〔五〕。但有些八難三灾①，一心齋戒，把神灵□〔六〕在九霄雲外。

（末〔七〕云）奉炳〔八〕灵公旨，送孝子張屠孩〔九〕兒，离了神州②。〔十〕

〔校〕〔一〕「他」原本作「也」，隋樹森本、甯希元本未改，其他各本均改作「他」。〔二〕「待□」原本作「寺人」，隋樹森本未改，鄭騫本、王季思本作「待着」，徐沁君本作「待貪」，甯希元本改作「世人」。〔三〕原本「晃」字不重，「刀山劍樹」作「方山剣木」，隋樹森本不重「晃」字，下四字作「方山則木」；其他各本均重「晃」字；下四字甯希元本作「刀山鍘木」，其他各本均作「刀山劍樹」。〔四〕「个」原本作「今」，唯隋樹森本未改。〔五〕原本「改」下有二重文符號，隋樹森本、鄭騫本、甯希元本「改」字重一次，徐沁君本、王季思本重兩次。〔六〕該字原本作「人」，隋樹森本未改，鄭騫本、王季思本作「抛」，徐沁君本作「丟」，甯希元本作「頂」。〔七〕徐沁君本、王季思本删「末」字。〔八〕「炳」原本作「烟」，各本均已改。〔九〕此處徐沁君本、甯希元本、王季思本補「孩」字。〔十〕此處徐沁君本、王季思本補「（唱）」。

〔注〕①「八難三灾」，即「三灾八難」，指多種灾難。②「神州」，此指泰安、泰山。

【迎仙客】出神州十字街，下東岳攝魂臺，奉聖帝速風早到來。積善的遇着禎祥①，作惡的生下患害。哭的那厮急煎煎抹淚揉腮，張屠咲吟吟醉裹乾坤大。

〔注〕①「禎祥」，吉祥；幸福。

（外旦上開）老身是王員外的母親，有孩〔一〕兒。吾兒每年三月二十八〔二〕日，去太〔三〕安神州做一遭買賣。有人來〔四〕說，不見孫子神珠〔五〕玉顆。我想王員外買賣上多有不〔六〕合神道，折〔七〕①我這孫子！好去張婆婆問个信去。（下）〔八〕

〔校〕〔一〕王季思本「孩」上補「個」字，徐沁君本「孩」改作「個孫」。〔二〕「八」原本作「二」，唯隋樹森本未改。〔三〕「太」原本作「大」，隋樹森本未改，徐沁君本作「太」，其他各本均作「泰」。〔四〕「來」原本作「未」，各本均已改。〔五〕原本脱「珠」字，唯隋樹森本未補。〔六〕原本脱「不」字，唯隋樹森本未補。〔七〕此處徐沁君本補「了」字。〔八〕此處徐沁君本、王季思本補「（正末唱）」。

〔注〕①「折」，折罰；折損。

【石榴花】我這里入深村過長街，齊臨臨①踏芳徑步蒼苔②。見老娘娘低首淚盈腮，莫不是張屠的奶奶〔一〕。説不沙〔二〕鬢髮班〔三〕白。元來是濟貧拔富③王員外，上東岳滅罪消災。據着他心平心善心寬大〔四〕，何須你燒香火，醮〔五〕④錢財。

〔校〕〔一〕「奶」原本作「妳」，不重，隋樹森本作「妳」未重，其他各本均作「奶奶」。〔二〕徐沁君本、甯希元本「沙」改作「吵」。〔三〕原本「班」字，各本均改作「斑」。按，「班」同「斑」，可不改。〔四〕甯希元本「大」改作「泰」。〔五〕鄭騫本「醮」改作「蘸」。

〔注〕①「齊臨臨」，整齊貌。②「蒼苔」，青色的苔蘚。③「濟貧拔富」，救助、幫扶貧苦之人。④「醮」，盡；完。

【鬪鵪〔一〕鶉】貪財的本性難移，作惡的山河易改。這小的死裏〔二〕生，禍〔三〕逢着善哉。你孩兒掘〔四〕着喪門①，□〔五〕着太〔六〕歲②，逢着吊客③。娘莫恠責。這孩兒牙落重生，你孩兒石沉大海。

（外旦云）張婆〔七〕，這个孩兒是這哥〔八〕送來。（張婆云）正是。（迎接科）〔九〕

〔校〕〔一〕「鵪」原本作「奄」，各本均已改。〔二〕此處鄭騫本、徐沁君本、王季思本補「逃」字。〔三〕隋樹森本「禍」屬上句，甯希元本「禍」改作「福」并屬上句。〔四〕徐沁君本、王季思本「掘」改作「撞」。〔五〕原本此處應脱一字，隋樹森本未補并與上句連讀，其他各本均補「遇」字。〔六〕「太」原本作「大」，各本均已改。〔七〕徐沁君本、甯希元本、王季思本重「婆」字。〔八〕徐沁君本、甯希元本重「哥」字。〔九〕原本無「（張婆云）」，「旦」作「是」，徐沁君本「是」改作「旦」；隋樹森本未改，「正是迎接科」處理爲賓白；其他各本「正是」處理爲賓白，「迎接科」處理爲科介，「正」上補科介「（張婆云）」。徐沁君本以張屠母爲正旦，不從。此處徐沁君本、王季思本補「（正末唱）」。

〔注〕①「喪門」，凶煞。②「太歲」，太歲之神，不可衝犯。③「吊客」，傳説中主疾病、哀泣的凶神。

【上小楼】見个婆老人它那東〔一〕，恰便似這般〔二〕懃接待。你孩兒吃的醉眼横斜，醉墨①淋漓，倒在長街。這个小嬰孩，我送來，你全家寧柰②。你只望着太〔三〕安州磕頭礼拜。

〔校〕〔一〕原本「婆老人它那東」，隋樹森本作「婆老人他那東」，徐沁君本作「老婆婆籠東老態」，鄭騫本、王季思本作「老婆婆他那東倒西歪」，甯希元本作「婆老人東倒西歪」。〔二〕「般」原本作「人」，隋樹森本未改，鄭騫本、王季思本作「慇」，徐沁君本、甯希元本作「般」。〔三〕「太」原本作「大」，隋樹森本未改，徐沁君本作「太」，其他各本均作「泰」。

〔注〕①「醉墨」，醉後所作書畫作品。②「寧柰」，忍耐。

【幺篇〔一〕】一〔二〕來是神明鑒〔三〕戒，二來是天公眷愛。你孩兒為報娘恩，感動神灵，為母傷懷。你家私①日日增〔四〕，歲歲長，无灾无害，你一家兒否極生泰②。

（外〔五〕旦云）哥〔六〕，你与張屠〔七〕幾年朋友？〔八〕

〔校〕〔一〕「幺篇」原本作「么」，鄭騫本作「幺」，其他各本均作「幺篇」。〔二〕原本脱「一」字，各本均已補。〔三〕「鑒」原本作「人」，唯隋樹森本未改。〔四〕「增」原本作「曾」，各本均已改。〔五〕徐沁君本「外」改作「正」。〔六〕徐沁君本、甯希元本重作「哥哥」。〔七〕甯希元本衍一「兒」字。〔八〕此處徐沁君本、王季思本補「（正末唱）」。

〔注〕①「家私」，家產；家財。②「否極生泰」，義同「否極泰來」，厄運結束好運來。

【滿庭芳】俺兩个深交数載，你張屠吃的前合後□〔一〕。〔二〕慣曾①出外偏憐客，違不过昆仲〔三〕②情懷。你孩兒便似病海中救出你母灾，我便是〔四〕火坑中救出你兒來。他那裏兩手忙加額③。我擔〔五〕着天來大利害，元來是天地巧安排。

〔校〕〔一〕原本此處應脱一字，隋樹森本補一空圍，徐沁君本均補「歪」，其他各本均補「偃」。其後鄭騫本、甯希元本、王季思本又補「東倒西歪」。〔二〕此處鄭騫本、王季思本補「俺也是」，徐沁君本補「也是我」。〔三〕原本「仲」字漫漶似「中」字，隋樹森本作一空圍，其他各本均作「仲」。〔四〕徐沁君本「是」改作「似」。〔五〕「擔」原本作「但」，唯隋樹森本未改。

〔注〕①「慣曾」，經常。②「昆仲」，兄弟。年長曰「昆」，年輕曰「仲」。③「加額」，拱手或合掌與額頭相齊，表示感激、祝賀、崇

敬等意。（參見卜宇欽、周志峰《再説「額手」「以手加額」》，《中國語文》2023 年第 1 期）

【普天樂】問行〔一〕初，添驚怔。它〔二〕道我頭似土塊，身似泥胎①。支更②在金〔三〕殿中，听事③在衙門外。牌面上〔四〕書神字催香賓〔五〕，拂西風滿面塵埃。也不是張千李牌，也不跟〔六〕州官縣宰，這一場恰便佀鬼使神差。

〔校〕〔一〕徐沁君本、甯希元本「行」改作「從」。〔二〕原本「它」字，各本均改作「他」。〔三〕「金」原本作「今」，各本均已改。〔四〕「上」原本作「土」，各本均已改。〔五〕「賓」原本作「賓」，隋树森本、徐沁君本校作「賓」，其他各本均作「賽」。〔六〕「跟」原本作「根」，鄭騫本、甯希元本未改，其他各本均作「跟」。

〔注〕①「泥胎」，泥塑偶像，形容驚呆貌。②「支更」，打更；守夜。③「听事」，等候差遣。

【快活三】三門外大會垓①，西〔一〕廊下鬧埃埃〔二〕②。非干③運拙〔三〕④共⑤時〔四〕衰⑥，則⑦為他造惡弥天⑧大。

〔校〕〔一〕徐沁君本、甯希元本「西」改作「兩」。〔二〕徐沁君本「埃埃」改作「垓垓」。〔三〕「拙」原本作「出」，各本均已改。〔四〕「時」原本作「时」，隋樹森本、鄭騫本作「財」，其他各本均作「時」。按，「時」字是，「時」「運」對舉習見。

〔注〕①「會垓」，戰争中被包圍的陣地。②「鬧埃埃」，吵鬧貌。③「干」，關；關係。④「運拙」，運氣不好。⑤「共」，和；與。⑥「時衰」，時運不好。⑦「則」，只。⑧「弥天」，滿天，指極大。

【朝天子】你那廝最歹，直恁①愛財〔一〕，恰待快閻〔二〕王怔。你那廝損人安已惹下禍灾。（〔三〕云）說与你王員外，〔四〕再休放來生債。啼哭的摘膽剜〔五〕心②，傷情无柰。他道除死无大灾。炳灵公聖裁，小〔六〕龍王性乖，无半时摔碎了你天灵盖。

〔校〕〔一〕「財」原本作「才」，各本均已改。〔二〕「閻」原本作「閆」，各本均已改。鄭騫本、王季思本「快」改作「惹」。〔三〕此處徐沁君本補「帶」字。〔四〕此處徐沁君本、王季思本補「（唱）」。〔五〕「剜」原本作「腕」，各本均已改。〔六〕徐沁君本「小」改作

「火」，校記云：「本劇以『焚兒』爲主要情節，故應是『火龍王』也。」

〔注〕①「直恁」，竟然那麼。②「摘膽剜心」，形容極痛苦、難過。

【耍孩兒】你孩兒孝廉仁义陰功①大，一炷香名揚四海。忠心报母世間希〔一〕，美名兒動省驚臺②。孝順名標入千秋万古忠良傳，与媳婦兒立一面九烈三貞③賢孝牌。孝名兒人都愛，姓王的禍因惡積，姓張的福〔二〕已成胎④。

〔校〕〔一〕甯希元本「希」改作「稀」。〔二〕「福」原本作「禍」，各本均已改。

〔注〕①「陰功」，迷信指陽世所做的在陰間可以記功的好事。②「動省驚臺」，驚動官府。③「九烈三貞」，謂女性極其貞烈。④「福已成胎」，謂已具備福的根基、基礎。

【二〔一〕煞】張家則待要稱千秋万古名，王家則待要利增百倍財〔二〕，見〔三〕如今鬼神嫌〔四〕街坊恠。王家是非海内憂愁殺〔五〕，張家安樂窩中且快哉。到二母直拜，張婆婆〔六〕道与張屠少飲无名之酒①，王婆婆說与王員外再休貪不義之財〔七〕②。

（小〔八〕旦尋孩兒科）（〔九〕末云）娘娘，那里有个神灵，在生时是包待制③，死後為神，速报司④是也。〔十〕

〔校〕〔一〕鄭騫本、甯希元本「二」改作「三」。〔二〕〔七〕「財」原本作「才」，各本均已改。〔三〕徐沁君本、甯希元本「見」改作「現」。〔四〕此處鄭騫本、甯希元本、王季思本補「惡」字。〔五〕「殺」原本作「保」，隋樹森本、甯希元本改作「深」，徐沁君本改作「殺」，鄭騫本、王季思本改作「飽」。〔六〕原本「婆」字不重，各本均已重。〔八〕徐沁君本「小」改作「外」。〔九〕此處徐沁君本、王季思本補「正」字。〔十〕此處徐沁君本、王季思本補「（唱）」。

〔注〕①「无名之酒」，没有名義或正當理由的酒。②「不義之財」，非正道得來的錢。③「包待制」，包拯。④「速报司」，迷信謂陰間東岳大帝屬下掌管善惡因果報應的機構，因果報迅速故名。（參見《漢語大詞典》）

【煞〔一〕】那爺爺曾扶的社稷安，補圓〔二〕天地〔三〕窄，穿一領紫羅袍①〔四〕、白象簡②、腰繫着黄金〔五〕帶。那爺爺睁双恠眼烏雲黑，兩鬢銀〔六〕絲雪練〔七〕白。那爺爺威風整神通大，断陰司能驅鬼使，判南衙③不愛民財〔八〕。

〔校〕〔一〕原本「煞」字，隋樹森本未改，徐沁君本作「三煞」，其他各本均改作「二煞」。〔二〕原本「圓」字，徐沁君本改作「完」，甯希元本改作「园」。〔三〕「地」原本作「他」，各本均已改。〔四〕此處徐沁君本、甯希元本補「手秉着」。〔五〕「金」原本作「今」，各本均已改。〔六〕「銀」原本作「艮」，各本均已改。〔七〕「練」原本作「鍊」，唯鄭騫本未改。〔八〕「財」原本作「才」，各本均已改。

〔注〕①「紫羅袍」，官員的朝服。②「白象簡」，即「白象笏」，古代大臣上朝時所執的象牙做的板子，也叫手板，材質除象牙外，還有竹木、玉石等。③「南衙」，唐代禁衛軍有南衙、北衙；唐代宰相官署也稱南衙；宋代開封府官署也稱南衙。代指官府。

【尾聲〔一〕】由你香焚滿斗香，財〔二〕挑万斗財〔三〕，是家还舍沿離寨〔四〕。這早晚十謁朱門九不開①。一負〔五〕人烟大，止不過前山後嶺，休猜〔六〕做大院深宅。

(末〔七〕云) 張婆婆，我留下這包袱〔八〕，上面有个字，交張屠看，他須〔九〕認我名字。〔十〕

〔校〕〔一〕原本「尾聲」，隋樹森本未改，徐沁君本作「四煞」，其他各本均作「一煞」。〔二〕「財」原本作「才」，各本均已改。〔三〕「斗財」原本作「头才」，鄭騫本、甯希元本改作「貫財」，其他各本均改作「斗財」。〔四〕該句不通，隋樹森本未改，鄭騫本改作「繞家環舍沿籬寨」，徐沁君本作「歸家還舍沿籬寨」，甯希元本作「是家還舍掩籬寨」，王季思本作「遶家環舍沿籬寨」。存疑。該句後徐沁君本、甯希元本補七空圍，徐沁君本校記云：「按譜：原缺此七字句。」甯希元本校記云：「依律，此處缺七字句一。」〔五〕原本「負」字，隋樹森本、甯希元本未改，鄭騫本、王季思本改作「望」，徐沁君本改作「看」。存疑。〔六〕「猜」原本作「積」，唯隋樹森本未改，其他各本均改作「猜」。〔七〕徐沁君本、王季思本删「末」字。〔八〕「袱」原本作「狀」，各本均已改。〔九〕「須」原本殘存右部，作「頁」，隋樹森本作一空圍，徐沁君本作「自」，其他各本均作「須」。〔十〕此處徐沁君本、王季思本補「（唱）」。

〔注〕①「十謁朱門九不開」，富豪人家十有八九爲富不仁，上門求助多遭拒絶。「謁」，拜見。

【煞尾】要尋処[①]无処尋，見來時難見來。你道收藏幼子无〔一〕妨碍，恰便似拾得孩兒落得摔〔二〕[②]。〔三〕

〔校〕〔一〕「无」原本作「元」，各本均已改。〔二〕「摔」原本作「𢶍」，各本均改作「摔」。對于「拾得孩兒落得摔」，徐沁君本校記云：「此爲當時成語。亦見于白樸《墻頭馬上》第二折、楊文奎《兒女團圓》第二折、無名氏《抱妝盒》第二折、無名氏《争報恩》第二折等處。字均作『摔』。『𢶍』當爲新造形聲字。」〔三〕此處王季思本補「（下）」。

〔注〕①「処」，時。②「拾得孩兒落得摔」，指對抱養或他人的孩子不好，也比喻捨棄與己無關的事。

第四折

（旦末〔一〕回家科）（〔二〕末云）大嫂，咱到家見母親，問孩兒，說甚的[①]好？（〔三〕旦云）只說明了不見。（离太〔四〕安州下山科）〔五〕

〔校〕〔一〕原本「旦末」，徐沁君本改作「外旦、正末」，王季思本「末」改作「正末」。〔二〕此處徐沁君本、王季思本補「正」字。〔三〕徐沁君本補「外」字。〔四〕「太」原本作「大」，隋樹森本未改，徐沁君本作「太」，其他各本均作「泰」。〔五〕此處徐沁君本、王季思本補「（正末唱）」。

〔注〕①「甚的」，什麽。

【雙調】〔一〕【新水令】淚汪汪心攘攘[①]出城門，好交人眼睁睁有家難奔。仰天掩〔二〕淚眼，低首揾[②]啼痕。懶步紅塵，倦到山村，入的宅門，愁的是母親問。

（旦末〔三〕到家叫門科）（母親問）張屠，你二口兒來了，孩兒那去了？（旦末〔四〕跪下科）〔五〕

〔校〕〔一〕原本無宫調名【雙調】，各本均已補。〔二〕鄭騫本、徐沁君本、王季思本「掩」改作「淹」。按，「掩」對下句「揾」，可通。〔三〕〔四〕原本「旦末」，徐沁君本改作「外旦、正末」，王季思本「末」改作「正末」。〔五〕此處徐沁君本、王季思本補「（正末唱）」。

〔注〕①「攘攘」，心煩意亂。②「揾」，擦。

【沽美酒】迎門兒拜母親，猶〔一〕兀自①醉醺醺。（〔二〕云）孩兒交你哥哥者！連孫兒不見了！（唱）你伯醉如呆劳〔三〕夢魂。從根〔四〕至本，一声声說元〔五〕因。

〔校〕〔一〕「猶」原本作「由」，各本均已改。〔二〕此處徐沁君本、王季思本補「帶」字。〔三〕甯希元本「劳」改作「芳」。〔四〕甯希元本「根」改作「頭」。〔五〕甯希元本、王季思本「元」改作「原」。

〔注〕①「猶兀自」，還；仍。

【太平令】〔一〕想母親病枕着床时分〔二〕，你孩兒急煎煎①无处安身。望東岳神祠一郡，將〔三〕幼子喜孫兒〔四〕，火焚，在焦〔五〕盆②，是你那不孝的愚男生忿③。

〔校〕〔一〕原本該曲與上一曲連在一起，隋樹森本未改，其他各本均補【太平令】。〔二〕原本「分」字殘損，隋樹森本删，其他各本均作「分」。〔三〕「將」字原本作「[illegible]」，鄭騫本作「挌」，隋樹森本作「格」，徐沁君本「[illegible]」補校作「報娘恩兒心無吝」，「吝」下斷句；甯希元本校作「格」，「格」上補七個空圍，作爲一句；王季思本「[illegible]」校作「將」。今從王本。〔四〕徐沁君本「兒」獨立為句，處理爲賓白。〔五〕甯希元本「焦」改作「醮」。

〔注〕①「急煎煎」，焦急貌。②「焦盆」，焚燒冥幣的火盆。③「生忿」，忤逆。

（婆婆云〔一〕）你二口那里有心去燒香？你吃得醉了，丢了孩兒！我根〔二〕前①說謊，道焚了！虧杀李能哥哥送來！怕你兩口不信，叫孩兒出來你看！喜孫出來！（旦末〔三〕敬怕跪下）〔四〕

〔校〕〔一〕「云」原本作「去」，各本均已改。〔二〕原本「根」字，鄭騫本、徐沁君本、王季思本改作「跟」。〔三〕原本「旦末」，徐沁君本改作「外旦、正末」，王季思本「末」改作「正末」。〔四〕此處徐沁君本、王季思本補「（正末唱）」。

〔注〕①「根前」，與位格標記，表示動作的對象，相當于後置的「向/對/跟/和」，該句意爲：對我説謊。

【雁兒落】听説罷諕了魂，説得我半晌如痴掙〔一〕①。母親暗藏着腹内憂，打迭②起心頭悶。

〔校〕〔一〕「掙」原本作「争」，唯隋樹森本未改。

〔注〕①「痴掙」，發呆；寒噤。②「打迭」，收拾。亦作「打疊」。

【得勝令】這喜孫兒把火自焚了身，正日午未黄昏。皆是你媳婦儼〔一〕①貞烈，也是你歹孩兒佯〔二〕②孝順。我記得神灵，昨夜夢裏傳芳信；這小的久已後成人，到〔三〕做了凌烟閣③上人。

〔校〕〔一〕「儼」原本作「嚴」，徐沁君本改作「儼」，其他各本均未改。按，「儼」與下句「佯」對舉，均爲「假」義。〔二〕「佯」原本作「徉」，各本均已改。〔三〕徐沁君本、甯希元本「到」改作「倒」。按，「到」同「倒」。

〔注〕①「儼」，假。②「佯」，假。③「凌烟閣」，唐代爲表彰功臣而建的懸掛功臣畫像的高閣。

（母親將包袱与張屠看）（張屠認得是神急脚①李能的繫腰②科）（〔一〕旦云）元〔二〕來神灵先送將孩兒來了！俺一家兒望着太〔三〕安神州東岳爺爺，將香案來！（〔四〕末叫母親云）我想這世間人打好歹都有报應！俺都拜謝神灵來！〔五〕

〔校〕〔一〕此處徐沁君本補「外」字。〔二〕王季思本「元」改作「原」。〔三〕「太」原本作「大」，隋樹森本未改，徐沁君本作「太」，其他各本均作「泰」。〔四〕此處徐沁君本、王季思本補「正」字。〔五〕此處徐沁君本、王季思本補「（唱）」。

〔注〕①「急脚」，疾行送信的人。②「繫腰」，腰帶。

【水仙子】莫謾①天地莫謾神，遠在兒孫近在身②，焚〔一〕兒救母行忠信。報爺娘養育恩，勸人間父子恩情。為父的行忠孝，為子的行孝順，傳与你万古留名。〔二〕

〔校〕〔一〕原本「焚」字重，各本均已删。〔二〕此處王季思本補「（並下）」。

〔注〕①「謾」，欺瞞；欺騙。②「遠在兒孫近在身」，對惡人的報應，遠在兒孫輩，近的就在自身。

題目　　炳灵公府君神怒　速报司夢中分付

正名　　王員外好賂貪財　小張屠焚兒救母

古杭新刊小張屠焚兒救母〔一〕

〔校〕〔一〕尾題鄭騫本改作「小張屠焚兒救母終」，徐沁君本作「古杭新刊《小張屠焚兒救母》」，甯希元本作「小張屠焚兒救母雜劇終」。隋樹森本、王季思本删尾題。

參考文獻

一　古籍文獻（經今人校注、整理的古籍歸入專著類）

《覆元槧古今雜劇三十種》，日本京都帝國大學藏，陶子麟刻 1914 年版。

《孤本元明雜劇》，中國戲劇出版社 1958 年版。

古本戲曲叢刊編輯委員會編輯：《古今名劇合選》，見《古本戲曲叢刊四集》，商務印書館 1958 年版。

古本戲曲叢刊編輯委員會編輯：《古名家雜劇》，見《古本戲曲叢刊四集》，商務印書館 1958 年版。

古本戲曲叢刊編輯委員會編輯：《脉望館鈔校本古今雜劇》，見《古本戲曲叢刊四集》，商務印書館 1958 年版。

古本戲曲叢刊編輯委員會編輯：《元刊雜劇三十種》，見《古本戲曲叢刊四集》，商務印書館 1958 年版。

古本戲曲叢刊編輯委員會編輯：《雜劇選》，見《古本戲曲叢刊四集》，商務印書館 1958 年版。

（清）阮元校刻：《十三經注疏》（全二册），中華書局 1980 年版。

（漢）許慎：《説文解字》（附檢字），中華書局 1963 年版。

（明）臧晋叔編：《元曲選》（全四册），中華書局 1958 年版。

（元）锺嗣成等：《録鬼簿》（外四種），上海古籍出版社 1978 年版。

二　工具書

竇學田編撰：《中華古今姓氏大辭典》，警官教育出版社 1997 年版。

方愛平、姚偉鈞主編：《中華酒文化辭典》，四川人民出版社 2001 年版。
高文德主編：《中國少數民族史大辭典》，吉林教育出版社 1995 年版。
漢語大詞典編輯委員會漢語大詞典編纂處編纂：《漢語大詞典》，上海辭書出版社 1986—1993 年版。
黄征：《敦煌俗字典》，上海教育出版社 2005 年版。
王學奇、王静竹：《宋金元明清曲辭通釋》，語文出版社 2002 年版。
葉大兵、烏丙安主編：《中國風俗辭典》，上海辭書出版社 1990 年版。
（清）張玉書等編：《康熙字典》，上海書店出版社 1985 年版。
中華書局編輯部編：《詩詞曲語辭辭典》，中華書局 2014 年版。
宗福邦、陳世鐃、蕭海波主编：《故訓匯纂》，商務印書館 2003 年版。

三　專著

北京大學中文系《關漢卿戲劇集》編校小組：《關漢卿戲劇集》，人民文學出版社 1976 年版。
陳垣：《校勘學釋例》，中華書局 2004 年版。
［日］赤松紀彦等：《元刊雜劇の研究》（一）—（三），日本汲古書院 2007—2014 年版。
德力格爾瑪、高蓮花、其木格：《蒙古語與漢語句法結構對比研究》，民族出版社 2013 年版。
方齡貴主編：《元明戲曲中的蒙古語》，漢語大詞典出版社 1991 年版。
（元）關漢卿著，康保成、李樹玲選注：《關漢卿選集》，人民文學出版社 1998 年版。
管錫華：《校勘學教程》，北京大學出版社 2013 年版。
黄侃箋識，黄焯編次：《説文箋識四種》，上海古籍出版社 1983 年版。
黄永年：《古籍整理概論》，上海書店出版社 2001 年版。
蔣紹愚、曹廣順主編：《近代漢語語法史研究綜述》，商務印書館 2005 年版。
藍立萱校注：《彙校詳注關漢卿集》，中華書局 2006 年版。
劉堅編著：《近代漢語讀本》，上海教育出版社 1985 年版。

盧冀野編纂:《元人雜劇全集》,上海雜誌公司 1936 年版。
甯希元校點:《元刊雜劇三十種新校》,蘭州大學出版社 1988 年版。
人民文學出版社編輯部編:《關漢卿戲曲選》,人民文學出版社 1958 年版。
邵曾祺選注:《元人雜劇》,春明出版社 1955 年版。
施紹文、沈樹華:《關漢卿戲曲集導讀》,中國國際廣播出版社 2009 年版。
隋樹森編:《元曲選外編》(全三册),中華書局 1959 年版。
(唐)王梵志著,項楚校注:《王梵志詩校注》(全二册),上海古籍出版社 1991 年版。
王國維:《王國維戲曲論文集》,中國戲劇出版社 1984 年版。
王國維著,趙利棟輯校:《王國維學術隨筆〈東山雜記〉〈二牖軒隨筆〉〈閱古漫録〉》,社會科學文獻出版社 2002 年版。
王季思:《玉輪軒曲論》,中華書局 1980 年版。
王季思主編:《全元戲曲》,人民文學出版社 1990 年版。
王力:《漢語史稿》(重排本),中華書局 2004 年版。
(清)王念孫:《讀書雜志》,江蘇古籍出版社 1985 年版。
王學奇等校注:《關漢卿全集校注》,河北教育出版社 1988 年版。
王玉章纂輯:《雜劇選》,商務印書館 1936 年版。
烏蘭校勘:《元朝秘史(校勘本)》,中華書局 2012 年版。
吴國欽校注:《關漢卿全集》,廣東高等教育出版社 1988 年版。
吴曉鈴等編校:《關漢卿戲曲集》,中國戲劇出版社 1958 年版。
謝維揚、房鑫亮主編:《王國維全集》第十一卷,浙江教育出版社、廣東教育出版社 2009 年版。
徐沁君:《元北曲譜簡編》,蔣星煜主編:《元曲鑒賞辭典》,上海辭書出版社 1990 年版。
徐沁君校點:《新校元刊雜劇三十種》(全二册),中華書局 1980 年版。
(汉)许慎撰,(清)段玉裁注:《説文解字注》,浙江古籍出版社 1998 年版。

張舜徽撰，姚偉鈞導讀：《中國文獻學》，上海古籍出版社 2005 年版。
張涌泉、傅傑：《校勘學概論》，江蘇教育出版社 2007 年版。
張玉來、耿軍校：《中原音韻校本：附　中州樂府音韻類編校本》，中華書局 2013 年版。
趙變親：《元雜劇用韵研究》，中國社會科學出版社 2014 年版。
甄煒旎：《〈元刊雜劇三十種〉研究》，上海古籍出版社 2016 年版。
鄭騫：《校訂元刊雜劇三十種》，臺北：世界書局 1962 年版。
鄭振鐸編：《鄭振鐸世界文庫》，河北人民出版社 1991 年版。
鄭振鐸：《鄭振鐸古典文學論文集》，上海古籍出版社 1984 年版。
（清）朱駿聲編著：《説文通訓定聲》，中華書局 1984 年版。
（明）朱權著，姚品文點校箋評：《太和正音譜箋評》，中華書局 2010 年版。

三　學術論文

包建强：《〈元刊雜劇三十種〉的版本及其校勘》，《西北師大學報》（社會科學版）2010 年第 1 期。
鄧紹基：《元雜劇〈魔合羅〉校讀記》，《殷都學刊》1994 年第 1 期。
鄧紹基：《元雜劇〈氣英布〉校讀散記》，《河北師院學報》1992 年第 4 期。
杜海軍：《〈元刊雜劇三十種〉的刻本性質及戲曲史意義》，《藝術百家》2010 年第 1 期。
杜海軍：《也論元刊雜劇與李開先的收藏關係——甄煒旎〈《元刊雜劇三十種》與李開先舊藏之關係〉失誤辨》，《藝術百家》2013 年第 1 期。
杜海軍：《論李開先舊藏與元刊雜劇之關係》，《藝術百家》2014 年第 1 期。
方彦壽：《〈元刊雜劇三十種〉的刻本性質與刊刻地點另議》，《藝術百家》2011 年第 3 期。
［日］高橋繁樹等：《新校訂元刊雜劇三十種（一）—（四）》，《日本

佐賀大學教養部研究紀要》，1987—1992 年。
［日］高橋繁樹等：《元刊雜劇三十種語彙集成（一）—（四）》，《日本佐賀大學教養部研究紀要》，1987—1992 年。
江藍生：《處所詞的領格用法與結構助詞“底”的由來》，《中國語文》1999 年第 2 期。
江藍生：《從語言滲透看漢語比擬式的發展》，《中國社會科學》1999 年第 4 期。
江藍生：《時間詞“時”和“後”的語法化》，《中國語文》2002 年第 4 期。
江藍生：《説“蹀躞”與“嘚瑟”》，《方言》2011 年第 1 期。
江藍生：《語言接觸與元明時期的特殊判斷句》，北京大學漢語語言學研究中心《語言學論叢》編委會編《語言學論叢》第二十八輯，商務印書館 2003 年版。
蔣冀騁：《論“坐地”結構中“地”的詞性》，《古漢語研究》2014 年第 3 期。
焦浩：《元刊雜劇〈雙赴夢〉【天下樂】曲校勘研究》，《中國語文》2016 年第 5 期。
焦浩：《聲調曲譜與元刊雜劇校勘》，《戲曲研究》2022 年第 3 期。
焦浩：《近代漢語處所名詞“處”的語法化》，《新疆大學學報》（哲學社會科學版）2023 年第 2 期。
［日］金文京：《〈元刊雜劇三十種〉序説》，《未名》1983 年第 1 期。
黎新第：《元刊雜劇説白語言即是清入作上、次入作去》，《語言研究》2007 年第 2 期。
［韓］李昌淑：《試論〈元刊雜劇三十種〉的性格》，《中國文學》1989 年第 17 期。
李崇興：《〈新校元刊雜劇三十種〉商榷》，《語言研究》1987 年第 1 期。
［韓］李淑寧：《馬致遠生平新考》，《藝術百家》2002 年第 1 期。
［韓］李泰洙：《古本、諺解本〈老乞大〉裏方位詞的特殊功能》，《語文研究》2000 年第 2 期。

李占鵬:《〈元刊雜劇三十種〉整理研究綜述》,《通化師範學院學報》2012 年第 3 期。
劉敬林:《“放二四”、“二四”的修辭理據及確義》,《修辭學習》2007 年第 6 期。
劉麗輝:《元刊雜劇中的兒化現象》,《現代語文》(語言研究版)2007 年第 2 期。
吕永衛:《〈元語言詞典〉指瑕》,《辭書研究》2003 年第 1 期。
雒江生:《“瓜子”考辨》,《西北師大學報》(社會科學版)1993 年第 4 期。
苗懷明:《二十世紀〈元刊雜劇三十種〉的發現、整理與研究》,《戲曲藝術》2004 年第 1 期。
裴雪萊:《追尋文本的真實——〈新校元刊雜劇三十種〉的文獻價值》,《湖北民族學院學報》(哲學社會科學版)2011 年第 5 期。
且志宇:《“瓜娃子”考釋》,《文史雜志》2012 年第 1 期。
曲麗瑋:《〈元刊雜劇三十種〉在近代漢語詞彙研究中的價值》,《社會科學輯刊》2009 年第 5 期。
宋艷、杜海軍:《論〈元刊雜劇三十種〉皆刻于明初説之不成立——與張倩倩博士商榷》,《戲曲研究》2022 年第 3 期。
隋樹森:《讀〈新校元刊雜劇三十種〉》,《文學遺産》1981 年第 4 期。
孫改霞:《〈元刊雜劇三十種〉中圈符意義探微》,《文化遺産》2014 年第 5 期。
唐韵:《〈元曲選〉中“兀的”及其句式——兼與〈新校元刊雜劇三十種〉比較》,《古漢語研究》2005 年第 1 期。
汪維輝:《方位詞“裏”考源》,《古漢語研究》1999 年第 2 期。
王季思:《怎樣校訂、評價〈單刀會〉和〈雙赴夢〉——與劉靖之先生商榷》,《戲劇藝術》1980 年第 4 期。
王學奇:《評〈新校元刊雜劇三十種〉》,《河北師範大學學報》(哲學社會科學版)2004 年第 5 期。
[韓] 文盛哉:《近代漢語的“家/價”研究:以元雜劇爲中心》,《中

國語文論叢》2003 年第 25 期。

［韓］吳慶禧：《元雜劇元刊本到明刊本賓白之演變》，《藝術百家》2001 年第 2 期。

吳小如：《〈元刊雜劇三十種新校〉題記》，《蘭州大學學報》（社會科學版）1988 年第 2 期。

小識：《關漢卿是否知醫?》，《重慶師院學報》（哲學社會科學版）1986 年第 4 期。

［日］小松謙、金文京：《試論〈元刊雜劇三十種〉的版本性質》，黃仕忠譯，《文化遺產》2008 年第 2 期。

徐沁君：《〈元刊雜劇三十種〉校勘舉例》，《揚州師院學報》（社會科學版）1983 年第 1 期。

許并生：《元刊雜劇〈詐妮子調風月〉會校疏證及元雜劇原貌考論》，《東南大學學報》（哲學社會科學版）2013 年第 4 期。

許巧雲：《〈元刊雜劇三十種〉的表演提示及脚色詞探析》，《西南民族大學學報》（人文社會科學版）2014 年第 11 期。

許巧雲：《〈元刊雜劇三十種〉及其校勘釋例》，《西南民族大學學報》（人文社會科學版）2009 年第 3 期。

許巧雲：《〈元刊雜劇三十種〉校勘釋例三則》，《四川大學學報》（哲學社會科學版）2008 年第 6 期。

［日］岩城秀夫：《元刊古今雜劇三十種の流傳》，《中國戲曲演劇研究》，株式會社創文社 1986 年版。

楊琳：《古漢語外來詞研究中存在的問題》，《南開語言學刊》2010 年第 1 期。

楊琳：《漢語詞源求證舉例》，《民族語文》2008 年第 5 期。

［荷］伊維德：《我們讀到的是“元”雜劇嗎？——雜劇在明代宫廷的嬗變》，宋耕譯，《文藝研究》2001 年第 3 期。

余志鴻：《元代漢語的後置詞系統》，《民族語文》1992 年第 3 期。

玉令：《“拽硬射規”應作“拽硬射親”》，《文學遺產》1989 年第 2 期。

章力丹、曹煒：《〈元刊雜劇三十種〉趨向動詞計量考察》，《江西科技師範大學學報》2013 年第 3 期。
張繼烈、鞠鯉亦:《用動態觀點讀〈傷寒論〉——談〈傷寒論〉的六經傳變》,《内蒙古中醫藥》2014 年第 12 期。
張佳:《别華夷與正名分:明初的日常雜禮規範》,《復旦學報》(社會科學版)2012 年第 3 期。
張倩倩:《〈元刊雜劇三十種〉并非刻于元代説》,《文藝評論》2015 年第 12 期。
張增元:《〈新校元刊雜劇三十種〉補》,《文學遺産》1981 年第 4 期。
甄煒旎:《〈元刊雜劇三十種〉與李開先舊藏之關係》,《中國典籍與文化》2008 年第 1 期。
鄭曄:《〈新校元刊雜劇三十種〉處所賓語研究》,《常州工學院學報》(社科版)2014 年第 5 期。
朱光榮:《略論元雜劇的校勘》,《貴州師範大學學報》(社會科學版)1997 年第 4 期。
祖生利:《元代白話碑文中方位詞的格標記作用》,《語言研究》2001 年第 4 期。

四　學位論文

董付蘭:《〈元刊雜劇三十種〉範圍副詞研究》,碩士學位論文,山東大學,2011 年。
董志光:《〈元刊雜劇三十種〉助詞研究》,碩士學位論文,南京師範大學,2006 年。
范曉林:《〈元刊雜劇三十種〉俗字俗詞俗語與版式研究》,博士學位論文,山西師範大學,2013 年。
何忠東:《〈元刊雜劇三十種〉的述補結構》,碩士學位論文,華中科技大學,2004 年。
李莉莉:《〈元刊雜劇三十種〉複音詞研究》,碩士學位論文,曲阜師範大學,2010 年。
李娜:《〈元刊雜劇三十種新校〉形容詞研究》,碩士學位論文,西南大學，2010 年。
曲麗瑋：《元刊雜劇複字詞彙研究》，博士學位論文，南開大學，2010 年。
汪詩佩：《從元刊本重探元雜劇——以版本、體制、劇場三個面向爲範疇》，博士學位論文，臺灣清華大學，2006 年。
王珂：《宋元日用類書〈事林廣記〉研究》，博士學位論文，上海師範大學，2010 年。
王魁星：《元末明初浙東文人群研究》，博士學位論文，復旦大學，2011 年。
王泉：《歷代印刷漢字及相關規範問題》，博士學位論文，華東師範大學，2013 年。
王瑩：《〈新校元刊雜劇三十種〉方位詞研究》，碩士學位論文，蘇州大學，2013 年。
王月婷：《〈新校元刊雜劇三十種〉連詞研究》，碩士學位論文，蘇州大學，2008 年。
［韓］文盛哉：《〈元刊雜劇三十種〉動補結構研究》，博士學位論文，韓國首爾大學，2002 年。
吴媛媛：《〈新校元刊雜劇三十種〉介詞研究》，碩士學位論文，西南大學，2010 年。
張帥：《〈元刊雜劇三十種〉與〈中原音韵〉用韵之比較》，碩士學位論文，華中科技大學，2005 年。
甄煒旎：《〈元刊雜劇三十種〉研究——以元、明版本比較爲中心》，博士學位論文，復旦大學，2007 年。
左菲：《〈元刊雜劇三十種〉語氣詞研究》，碩士學位論文，江西師範大學，2012 年。

後　記

本書是國家社科基金西部項目“《元刊雜劇三十種》集校與研究”（18XYY021）的最終成果。本書的出版得到蘭州大學人文社會科學類高水平著作出版經費資助。特此致謝！

感謝我的研究生姜珊、姜爲怡、岳圓同學，她們對書稿進行了細緻的通讀、校對工作。

感謝中國社會科學出版社編輯王小溪博士，她爲本書的順利出版做了大量專業而細緻的工作！

焦　浩

2023 年 8 月 1 日